新潮文庫

海の史劇

吉村昭著

海の史劇

一

明治三十七年九月五日――フィンランド湾の奥深くに設けられたロシア最大の軍港クロンスタット港の海岸は、ひしめき合う群衆で埋められていた。男や女にまじって杖《つえ》をついた老人や子供たちの姿もみえ、かれらの眼は、一様に港の海面に向けられていた。頭上には、北国らしい澄みきった青空がひろがり、海上をわたってくる風は肌寒かった。

人々の視線の方向には、異様な光景がくりひろげられていた。港の海面は、鉄の構造物の充満した世界に化していた。港内には巨大な戦艦が七隻《せき》もならび、その近くには、装甲巡洋艦をはじめとした巡洋艦六隻が七隻の駆逐艦をしたがえて碇泊《ていはく》し、港外にも多くの艦艇が浮んでいる。さらに、それらの大艦艇群の周囲には、多数の運送船、工作船、病院船等が錨《いかり》をおろしていた。

海岸に押し寄せた群衆は、艦船が数十隻にものぼる大艦隊であることに興奮した眼を光らせていた。

林立した艦船の太い煙突からは、淡い煙がはかれて空を黒くおおっていた。艦上には、正装した士官や水兵が舷側《げんそく》をふちどるように整列しているのがみえた。港には、荘厳《そうごん》さにみちた深い静寂がひろがっていた。動くものもなく、ただ各艦のマストの頂きと艦尾にかかげられた、十字のロシア軍艦旗が風にひるがえっているだけであった。ロシア海軍のほこるバルチック艦隊の主力である第二太平洋艦隊の集結であった。

艦隊は、途中、ロシア軍港レーヴェリとリバウに寄港して弾薬・石炭その他を補給し、遠く東洋にある日本にむかって出撃する。それは、半年近くをついやすことが予想される大遠洋航海なのだ。

海面はかがやき、巨大な艦船の船体は新しく塗装されてつややかに光っていた。それは、不落の城郭の群れのようにもみえた。

静まり返った港内に、突然、軍楽隊の演奏によってロシア国歌の美しい旋律が流れた。と同時に、ロシア皇帝ニコライ二世と皇太后の乗る御召艦「ツァレヴナ」が、黒煙をひきながらゆるやかに動き出した。皇帝は、結集した大艦隊を御召艦上から激励されるのだ。

それまで静粛をまもっていた群衆の中から、不意に、

「ウラー」

という歓声がふき上った。その声は、港の岸を埋めた大群衆の中に波紋のようにひろがり、唱和する叫び声が、国歌吹奏の音楽をかき消した。

歓呼の声は港を圧し、人々は狂ったように手をふり肩をうごかした。その激しいどよめきは、港の岸が大きく揺れているようにすらみえた。

津波のように高まる歓声の中を、御召艦は、静かな動きで艦艇の間を丹念に縫ってゆく。歓声は各艦船にもひろがって、士官も水兵も岸の群衆の声と和するように、

「ウラー、ウラー」

と、叫びはじめた。

御召艦上に立つロシア皇帝ニコライ二世の顔には、期待にみちた表情がうかんでいた。

七カ月前の明治三十七年二月十日に勃発《ぼっぱつ》した日本との戦争は、予想に反してロシア軍の敗北につぐ敗北に終っていた。朝鮮から満州にわたる地域での戦闘で、小柄な将兵によって構成されている日本陸軍は、異常な戦闘力と組織力を発揮してロシア陸軍に徹底的な打撃をあたえていた。それは、世界第一級の陸軍国と認められていたロシアにとって、屈辱的な敗北の連続であった。

また、旅順とウラジオストックを根拠地とするロシア太平洋艦隊も、日本海軍によって大きな痛手をうけていた。八月十日におこなわれた黄海海戦では、ロシア太平洋艦隊側の損害が大きく、その主力は日本海軍の大胆な阻止作戦によって旅順港内にとじこめ

られていた。戦局はロシア側に不利で、イギリス、フランスにつぐ世界第三位の海軍国であったロシア海軍としては、その栄誉にかけても、日本海軍を圧服し戦局の好転をはからなければならなかった。

日本海軍は強力な戦闘力を保持していたが、艦艇の大半はイギリスをはじめとした外国に注文して得たものばかりで、巡洋艦以下の艦艇を建造できる能力しかない。それにくらべてロシア海軍は、サンクト・ペテルブルグ(現在のレニングラード)の海軍工廠《こうしょう》と造船所で大戦艦をはじめ多くの艦艇を次々と完成させ、さらに、日本海軍を圧倒するためにアメリカ、フランス、ドイツにも戦艦以下多数の艦艇を発注して戦力の増強につとめていた。

ニコライ二世は、戦局を一気に挽回《ばんかい》するために第二太平洋艦隊をあらたに編成し、司令長官にロジェストヴェンスキー少将を任命した。その陣容は、建造成ったばかりの新鋭戦艦五隻と旧式戦艦を主力に補助艦艇多数を配した強力艦隊で、一八、〇〇〇浬《かいり》の航路を東洋へむかう。目的地はウラジオストック軍港で、そこを根拠地として大規模な行動を展開すれば、日本と朝鮮、満州、中国の間によこたわる海洋をその支配下におくことができる。もしも、そのようなことが実現すれば、大陸でロシア陸軍と戦う日本陸軍は、補給路を断ちきられて完全に孤立する。そして、陸地からの補給路をもつロシア陸軍はたちまち優位に立って、日本陸軍を全滅させてしまうにちがいなかった。つまり、第二太平洋艦隊の東洋への派遣は、ロシアにとって日本との戦争の勝敗を左右する大作戦であったのだ。

ただ一つ第二太平洋艦隊の危惧《きぐ》していたことは、主力戦艦が新造船であるため、乗組員の訓練が全くといっていいほどおこなわれていなかったことであった。

名提督の名も高い司令長官ロジェストヴェンスキー少将は、その弱点を十分に知っていて、十日前の八月二十五日、全艦隊をひきいてクロンスタット軍港を出港、猛烈な訓練をおこなった。その結果はきわめて好成績で、ロジェストヴェンスキー司令長官は、東洋への航海途中に訓練を反復してゆけば乗組員の練度も高水準に達する自信を得て、この旨《むね》を皇帝ニコライ二世に上奏した。

皇帝は、この報告に満足し、艦隊の全艦艇にキリストの像をあたえ、また、皇太后も自らの手でつくった聖器の布を下賜《かし》した。

ニコライ二世の乗った御召艦は、壮大な城郭を思わせる艦艇群の間を縫うように進んでゆく。御召艦にかかげられた皇帝旗は、澄みきった青空を背景に美しくはためいていた。

ニコライ二世は、御召艦に司令長官以下高級士官をまねいて神への祈りをささげた。

ニコライ二世は、頭を深くたれ、

「神よ、われらにお恵みを垂れたまえ」

と、何度もくり返し、ロジェストヴェンスキー司令長官以下士官たちに、

「神の御加護を信ぜよ。偉大なる神は、必ずそなたたちの上に御慈悲を垂れたもうだろう。そなたたちは、余の忠誠なる臣であり、ロシア全国民の期待をになって日本陸海軍撃滅の大航海に旅立つ。ロシア海軍は、全世界にその名をとどろかす光栄にみちた海の大戦力であり、第二太平洋艦隊は、ロシア海軍の総力を結集した大艦隊である。しかも、その諸艦艇に乗り組むそなたたちは、えりすぐられた勇気あふるる戦士たちだ。ロシア海軍の光輝ある伝統の力を思う存分発揮して、敵を徹底的に撃滅せよ。これは余の願いであると同時に、ロシア全国民の希望でもある」

と、おごそかな口調で述べた。

ニコライ二世の眼には光るものがあふれ、ロジェストヴェンスキー司令長官以下士官たちも、かたい決意をその眼にうかべていた。

御召艦上に立つニコライ二世は、艦艇の群れを見つめながら、

「神よ、お恵みを……」

と、再び口ずさんだ。

軍港の岸にひしめく群衆は、

「ウラー、ウラー」

と、大歓声をあげながら激浪のようにゆれ動いている。ニコライ二世は、大艦隊の威

容を満足そうに表情をゆるめながら見つめていた。

御召艦は、艦艇の碇泊する港内外を一巡し、皇帝旗をはためかせて埠頭《ふとう》の近くにもどってきた。その船体が埠頭に横づけになった時、突然、大轟音《だいごうおん》が港内の空気をひきさいた。皇帝に忠誠を誓う礼砲が、旗艦「クニャージ・スヴォーロフ」から発射されたのだ。

砲口から煙があがり、砲声がとどろくと、旗艦についで各艦の砲は、その威力を誇示するように間断なく礼砲を発射しはじめた。クロンスタット軍港は、たちまちすさまじい音のふき上げる世界に化した。

砲声が港内を圧し、群衆の、

「ウラー、ウラー」

という絶叫に似た歓声が、砲声と競うように異常な激しさでたかまった。砲口からは、空砲の発射と同時に黒煙が噴出する。その煙は港内外に広くひろがっていった。

やがて、黒煙が厚く各艦をおおい、艦艇の群れはその中に没した。群衆の興奮は極度にたかまり、人に押されて岸から海中にこぼれ落ちる者の姿もみえた。

しばらくして砲声がやみ、吐かれる黒煙も絶えた。人々は、うすらぎはじめた黒煙の中から大艦隊の姿が浮び上ってくるのをみた。それは、海上に突然出現した海獣の群れのようにみえた。歓声が、再びたかまった。

日が、傾きはじめた。

ニコライ二世と皇太后は、御召艦「ツァレヴナ」艦上から下りた。そして、高官を従えて埠頭を歩きながら、名残り惜しそうに港内の艦艇の群れを何度もふり返った。

皇帝の眼は、明るくかがやいていた。第二太平洋艦隊は多数の艦船によって構成されているし、司令長官以下乗組員たちの士気もきわめて旺盛《おうせい》に思える。この大艦隊に対抗できる海上兵力が、この地球上に存在するとは思えなかった。

皇帝が去ると、軍港を管理している兵たちが、岸にむらがる群衆を衛門の方向に誘導した。群衆は移動しながらも、時折り港内の艦艇にむかって、

「ウラー」

と、叫んでいた。

群衆が衛門から散ると、港内には静寂がもどった。が、各艦艇には、港内を圧したどよめきが余燼《よじん》のように残されていた。皇帝の観艦と群衆の大歓声。それは、第二太平洋艦隊に対する期待の大きさをしめすもので、乗組員たちの胸には、自分たちに課せられた責任の重さが強烈に焼きつけられた。

皇帝の観艦が終った後、艦隊司令部の動きはあわただしかった。数十隻にのぼる艦船の大航海は、燃料――石炭とのたたかいでもある。各艦船の機関部では、石炭がカマに投げこまれスクリューを回転させる。艦隊は、途中、石炭をひんぱんに補給しながら進まねばならない。そのため、大型貨物船に石炭を積みこんで同行させ、同時に、食糧、

飲料水も大量に運ぶ必要がある。つまり、東洋へむかう第二太平洋艦隊は、洋上をゆく一大キャラバンでもあった。

しかし、石炭船を同行させるだけでは、むろん、石炭補給に間に合わない。そのため司令部では、ドイツをはじめ各国の大型貨物船を借り、石炭を満載して艦隊の航路途中にある多くの港に待機させる計画を立てた。そして、各方面と折衝した末、百隻近くの貨物船を借りることができ、それらの石炭船から石炭を補給しながら、飛石をつたうように東洋へむかうことになった。

司令部では、連日、航路上の港々に石炭船を待機させる連絡に没頭し、その配置もとのったので、クロンスタット軍港を出港することになった。

黒い船体から突き出た黄色い煙突から一斉に黒煙が吐かれ、各艦船は、徐々に港外へと集結してゆく。桟橋では、艦隊の出港を見送る人々がしきりに帽子やハンカチをふっていた。

艦艇の群れは、貨物船をしたがえて港口をはなれた。西の空にひろがる薄い雲は、茜《あかね》色《いろ》に染まりはじめていた。

艦隊は、縦列を組んでフィンランド湾上を進み、翌日にはレーヴェリ軍港に入港した。その港を基地に、第二太平洋艦隊はいよいよ本格的な出撃準備に入った。

日本本土近くに達するのは半年後の予定だが、日本海軍は、全力をあげて決戦をいどんでくるだろう。それを撃滅するためには、全艦艇の戦闘力を一層強化する必要があった。

艦隊は、レーヴェリ軍港を基地に最後の猛訓練を開始した。

艦艇は、港外に出ると、バルチック海東方海面で実戦さながらの激しい戦闘訓練をおこなった。商船を改装した仮装巡洋艦を仮想敵艦として襲撃訓練をおこなったり、艦隊を二分して対戦したりした。

艦艇の群れは、黒煙をなびかせながら全速力で疾走し、砲弾を発射する。旗艦「クニャージ・スヴォーロフ」をはじめとした七隻《せき》の戦艦に装備された大口径砲は、轟音をあげて砲弾を発射、落下した海面には壮大な水柱が高々ともり上った。

訓練は異常な激しさでつづけられ、海面は激しく泡立ち、マストにかかげられた十字旗は音を立ててはためいた。

夜間になると、各艦では探海灯が点じられた。光芒《こうぼう》は、闇《やみ》の海面をなぐように走り、光の帯はあわただしく交叉《こうさ》する。

日露戦争勃発以来、日本海軍は、しばしば夜襲をいどんできた。攻撃してくるのは駆逐艦で、ひそかに接近してくると、不意に砲撃と雷撃をくわえてくる。その奇襲作戦で、ウラジオ、旅順を基地として行動していたロシア艦隊はかなりの打撃をうけていた。第二太平洋艦隊司令長官ロジェストヴェンスキー少将は、日本艦隊の得意とする夜襲攻撃を封ずるため、特に夜間訓練を課したのだ。

その訓練では、駆逐艦を仮想敵艦として洋上を隠密に行動させ、戦艦、巡洋艦に探海灯を放射させてこれをとらえさせ、砲撃を集中する。その夜間訓練は深夜おそくまで反復された。

洋上では、石炭船から各艦艇に対する石炭・水の補給訓練も実施されていた。

補給信号が発せられると、大型の石炭船が艦艇に近づき、船体を横づけにする。波に揺れる艦と船との接舷《せつげん》はきわめて危険だったが、互いに船体を傷《いた》めぬように巧みな操舵《そうだ》がおこなわれた。そして、石炭船のクレーンでつりあげられた石炭の俵や水をみたした缶が艦上に移され、機関部員たちは、それらをかついで艦内に運びこんだ。この洋上補給は、ロシア海軍独得の画期的な作業方法だったが、ロジェストヴェンスキー司令長官をはじめ司令部員が研究実験の末、採用した方法だった。

猛烈な訓練につぐ訓練で、一カ月が経過した。その訓練中にロシア第二太平洋艦隊に事故は起らなかったが、わずかにクロンスタット軍港を出港した折に、新鋭戦艦「オリョール」（一三、五一六トン）が港口近くの浅瀬に坐礁《ざしょう》した。しかし、それも短時間で浅瀬から離れ、レーヴェリ軍港を基地に訓練をおこなっていた艦隊に合流していた。

ロジェストヴェンスキー少将は、万全の準備がととのったことを確認、いよいよ進発の決意をかためた。

十月九日、レーヴェリ軍港は朝の陽光にまばゆく輝いていた。

午前八時、旗艦のマストに信号旗があがり、それを合図に各艦では、マストを頂点に艦首と艦尾方向にそれぞれ張られた綱に色とりどりの万国旗を飾り立てた。士官たちは三角帽をかぶり礼装に身をつつみ、兵たちは新しい青色のフランネル服に黒いズボンの正装で艦上に整列していた。

旗艦「クニャージ・スヴォーロフ」艦上に、軍楽隊演奏のロシア国歌の旋律が起った。皇帝旗を船首の旗竿《はたざお》にひるがえした汽艇に乗ったロシア皇帝ニコライ二世が、皇太后、皇太子とともに艦隊主力に対する最後の見送りに到着したのだ。

旗艦艦上に整列した士官、兵たちは、声を和して、

「皇帝、万歳」

と、叫んだ。

皇帝は、

「新艦隊の勝利をかたく信じている。仁川《じんせん》沖海戦で不運にも撃沈された二等巡洋艦ワリヤーク、砲艦コレーツの仇《あだ》を報ずるためにも、ロシア海軍の名誉にかけて必ず日本艦隊を撃滅せよ。航行の安全を祈り、全員無事勝利の栄をになって帰国することを待っている」

という趣旨の勅語を下賜した。さらに、皇帝は、ロジェストヴェンスキー司令長官以下をしたがえて、戦艦群を巡視し、乗組員たちを激励した。

その日、正午に全艦隊は港外に出て、カルロス島北端にある堤防を目標に砲弾をたたきこむ訓練をおこない、戦闘射撃の仕上げをした。

翌日、皇帝は、巡洋艦、駆逐艦を巡視、午後から皇太后とともに戦艦に最後の激励をたまわった。その日、駆逐艦三隻もあらたに編入され、翌十月十一日、艦隊は、大群衆に見送られてレーヴェリ軍港を出港、最後のロシア領泊地であるバルチック海に面した軍港リバウにむかった。

その途中も艦内生活は規則通りくり返され、早朝には号笛が鳴り、

「総員起シ、釣床アゲイ」

の号令につづき、

「釣床、上甲板へアゲイ」

と声がかかる。兵たちは、機敏に上甲板へ駈《か》け上り、順序正しく格納所に釣床をおさめる。その後、上甲板で神父を中心に神への祈りがささげられ、航海の無事と勝利が祈念された。

祈禱《きとう》が終ると、艦内は兵たちによって清掃され、あらゆる要具は所定の位置に配置された。

朝食後の点検も整然とおこなわれた。旗艦のマストに「軍艦旗アゲ方用意」の信号旗があがると同時に、各艦の当直将校は、「衛兵、信号兵、鼓手、甲板へ！　両舷直整列」を命じ、番兵、信号兵、鼓手は後甲板の左側に、士官は右側に、兵員は舷門近くに整列する。

艦長が姿を現わすと、

「気をつけい！　捧《ささ》げ銃《つつ》」

という声に、銃兵が銃をあげる。やがて、

「軍艦旗揚げ方、始め」

の命令で、青い十字旗が艦尾にあげられる。ラッパ手と鼓手の奏《かな》でる行進曲を耳に、十字旗を見上げる乗組員たちの眼には、闘志にみちた決意の光がはらんでいた。

十月十二日、最後の泊地リバウ軍港に入港した第二太平洋艦隊は、弾薬、石炭、食糧等の積込み作業をおこなった。

作業は繁忙をきわめ、日が没してからも、アーク灯をたいて全乗組員が搭載品の積込みにつとめた。各艦は、たちまちそれらの軍需物資でふくれ上り、吃水線《きっすいせん》は深く沈んだ。

しかし、その積載のために思わぬ不祥事がおこった。リバウ軍港の水深は浅く、入港した翌十月十三日に、「オリョール」「オスラビヤ」(一二、六七四トン)の二戦艦が、浅瀬にその艦底をつけてしまったのだ。

司令部員たちは、この事故に顔色を変えた。このまま弾薬、燃料等の積込みをつづければ、大きな船体をもつ他の戦艦にも、同じような坐礁事故がおこることはあきらかだった。そのため、ロジェストヴェンスキー少将は、戦艦への積込みを中止し、「オリョール」「オスラビヤ」二艦の浅瀬からの離脱に全力をつくすように命じた。

幸いにも潮が満潮に移り、坐礁した両戦艦は、ようやく浅瀬からはなれることができた。

ロジェストヴェンスキー少将は、リバウ軍港が大艦隊の集結地に適さないことをさとった。港は改造工事中で、港口にもうけられた堤防も低く、外洋の波浪が、絶え間なく港内にも押し寄せてくる。各艦船の舷側には高々と波しぶきがあがり、船体ははげしく動揺していた。

七隻の戦艦は、水深の深い海面をえらんで碇泊《ていはく》していたが、翌日の朝早く、また旗艦「クニャージ・スヴォーロフ」（一三、五一六トン）に事故が発生した。同艦は、港内の浮標《ブイ》に繫留《けいりゅう》されていたが、外洋からの波浪のあおりで浮標にしばりつけていた錨《いかり》の鎖が音を立てて断ち切れ、横波を受けて流れはじめたのだ。

司令部員をはじめ全艦隊の乗組員は、恐怖に身をふるわせた。戦艦がそのまま流れてゆけば、他艦に激突し大惨事となる。しかし、機敏な操舵によって「クニャージ・スヴォーロフ」は漂流後、すぐにその動きを停止した。

ロジェストヴェンスキー少将は、度重なる事故の発生を防ぐ方法について苦慮し、決断をくだした。港内にいても外洋の波浪の影響を直接受けるならば、むしろ、港外に出る方が安全だと判断したのだ。

ただ、戦艦に物資の積込みが終っていないことが憂慮された。この点について、ロジエストヴェンスキー少将は、同軍港の司令官と協議した結果、港内で修理中の運送船「イルトゥイシ」の修理工事が終ったら、それらの物資を積んで艦隊を追わせることに決定した。

危険な港内から一刻も早くはなれるべきだと考えたロジェストヴェンスキー少将は、その日の正午に全艦艇に港外へ出ることを命じた。各艦は、その命令にしたがって一隻ずつ港の外に移動し、錨を海中に投じた。

その夜は風がうなり、波浪が各艦船を動揺させ、各艦の間にさかんに発光信号が交された。闇の海上に点滅する信号灯。それは、翌日の進発をしめすものだった。

明治三十七年十月十五日――

東の空が、白みはじめた。風波は弱まり海は凪《な》いでいたが、こまかい秋雨が海上をけむらせていた。

リバウ港外に集結している四十余隻の艦船の罐室《かましつ》では、焚火《ふんか》兵が、シャベルで石炭をすくってはカマの中に投げこんでいた。林立する煙突からは、黒煙が濛々《もうもう》と吐かれ、ようやく明るくなった雨空に立ちのぼっていた。

遠くみえる港の岸には、群衆のひしめく姿がうかび上っていた。岸を帯状にふちどる黒々とした人の群れに、波頭のような白いひらめきがみえるのは、しきりにふられる人々の手であった。歓声をともなうどよめきは、艦船の碇泊位置にまではとどかなかったが、それが無音であるために一層、群衆の興奮が息づまるような激しさで感じとれた。

煙突の黒煙はさらに濃くなり、艦船上の乗組員の動きはあわただしさを増した。

午前九時、旗艦「クニャージ・スヴォーロフ」の檣頭《しようとう》高く、

「錨ヲ揚ゲ」

の信号旗がかかげられた。遂《つい》にバルチック艦隊――ロシア第二太平洋艦隊の進発時刻がやってきたのだ。

まず、第二巡洋戦隊（司令官エンクウィスト少将）旗艦「アルマーズ」を先頭に、巡洋艦三隻がそれぞれ錨をまき上げて動き出し、ついで第一巡洋戦隊の二隻の巡洋艦が錨をあげ、その後を、運送船二隻と砕氷船が追ってゆく。その一団が水平線下に没した午前十時、第二戦艦戦隊（司令官フェリケルザム少将）旗艦「オスラビヤ」以下戦艦三隻、巡洋艦一隻、工作船、運送船がそれに従い、正午には、ロジェストヴェンスキー司令長官の坐乗する旗艦「クニャージ・スヴォーロフ」をはじめ戦艦四隻が巨大な舳《へさき》を南に向け

た。

朝鮮海峡に達するまでの航路は、約一八、〇〇〇浬《かいり》。一昼夜二〇〇浬の速力で進んでも、全航路を走航するには九十日を必要とする。さらに、石炭積込み等のために六十日間の日数が予定されるので、朝鮮海峡に達するのは百五十日――五カ月後となる。つまり、順調に航海できれば、三月中旬に日本本土近くに到達することが予想された。

その大航海についやされる石炭は、約二四万トンという驚くべき量であった。それらは、航路途中の港々に配置されている外国から雇い入れた石炭船から補給をうけるが、艦隊自身も多くの石炭船をしたがえ、食糧、水を満載した運送船も同行している。さらに、長い航海途上で起るにちがいない艦船の故障を修理するため、工作船「カムチャツカ」（七、二〇七トン）に技師、工員多数も乗りこんでいた。

第二太平洋艦隊は四集団にわかれ、黒煙をなびかせて南下してゆく。乗組員総数一万二千七百八十五名。かれらは、満州大陸とそれに接した海上で激烈な戦闘をつづけているロシア陸海軍の救援のために、東洋への大航海に出発したのだ。

開戦当時、極東方面にあったロシア海上兵力は、「ペトロパヴロフスク」をはじめ七隻の一等戦艦と十隻の巡洋艦（仮装巡洋艦一隻をふくむ）その他が主として旅順港を基地に、また、巡洋艦五隻（仮装巡洋艦一隻をふくむ）、砲艦九隻、水雷砲艦二隻、駆逐艦二十隻、特務船約二十隻がウラジオストックを基地に配置されていた。そのほか、仁川を基地とする巡洋艦一隻等をふくめて、総排水量は、一九一、〇〇〇トンであった。

これに対して日本海軍は、戦艦六隻を主力に二六四、六〇〇トンの艦艇群を保有し、東洋での日・露両国海軍の兵力は、わずかに日本側がすぐれている状態であった。

しかし、その後、日本海軍の戦艦「八島」（一二、三二〇トン）「初瀬」（一四、八五〇トン）がロシア海軍の敷設した機雷に触れて沈没、戦艦はわずかに四隻となっていた。また、ロシア側も、戦艦「ペトロパヴロフスク」の機雷接触による爆沈についで黄海海戦で戦艦「ツェザレヴィチ」が戦列からはなれ、残された戦艦五隻、巡洋艦二隻等は、旅順港内深く身をひそめていた。

ウラジオストックに基地をおく大型装甲巡洋艦三隻を主力とした艦隊は、名提督エッセン少将指揮の下に、開戦直後から活発な動きをしめして日本側に大きな脅威をあたえていた。まず、ウラジオ艦隊は、四月二十五日に元山《げんざん》港付近で商船「五洋丸」輸送船「金州丸」を撃沈、六月には玄界灘《げんかいなだ》で輸送船「佐渡丸」「常陸丸《ひたち》」「和泉丸《いずみ》」を攻撃し沈没させ、さらに、七月になると、津軽海峡に姿をあらわし、「高島丸」ほか二隻を撃沈し、その後、大胆にも東京湾付近にも進出、日本に軍需物資を輸送していたイギリス船、ドイツ船等を沈めた。しかし、このウラジオ艦隊も、蔚山《うるさん》沖の海戦で三隻の装甲巡洋艦中「リューリック」が沈没、「ロシーヤ」「グロモボイ」二隻がウラジオ港内に逃げこみ、日本海軍は、制海権を手中にしていた。

それら旅順、ウラジオストックにとじこめられたロシア海上兵力は、日本海軍によってその行動を阻止されていたが、祖国から来航するロシア第二太平洋艦隊の来着を待って、再び活動を開始する気配が十分だった。第二太平洋艦隊が日本に接近すれば、日本艦隊は、旅順とウラジオストックの監視に全力をそそぐことはできなくなる。必然的に、旅順とウラジオストックにとじこめられているロシア東洋艦隊は、弱化した封鎖線を突き破って脱出、来航してきたロシア第二太平洋艦隊との合流を企てることはあきらかだった。

もしも、そのような事態が実現すれば、ロシア艦隊は、戦艦十二隻を擁した超大艦隊となり、わずか戦艦四隻を主力とした日本艦隊を圧倒する。ロシア艦隊はたちまち制海権を奪回し、大陸への日本の補給路を断ちきり、大陸で孤立した日本陸軍を背後から攻撃することも可能になる。すでに弾薬と兵員不足におちいっていた日本陸軍は、制海権の喪失とともに全滅することが予想された。

日本軍にとって唯《ただ》一つの活路は、旅順港奥深くひそむロシア東洋艦隊主力を潰滅《かいめつ》させることであった。しかも、それは、ロシア第二太平洋艦隊の来航以前に成功させねばならぬ作戦だった。

旅順港内には、「レトゥイザン」「ポベーダ」「ペレスヴェート」「ポルタワ」「セヴァストポリ」の五戦艦と巡洋艦二隻その他砲艦、駆逐艦十余隻がとじこめられていた。というよりは、自ら港内にひそんで、艦船の修理につとめ、士気の恢復《かいふく》をはかり、いつでも出撃できるよう待機していた。

港口には防材と機雷を敷設し、強力な砲台の砲口も海上にむけられ、日本艦隊の侵入を完全に防止していた。そのため、日本艦隊のロシア艦に対する海上からの攻撃は、全く絶望状態となっていた。

日本海軍は、ロシア第二太平洋艦隊の来航が予想された頃から、陸上からの旅順港占領を陸軍側に懇請し、それに同意した陸軍は、乃木希典《のぎまれすけ》大将の率いる第三軍に旅順攻撃を命じ、八月末に完全に占領する予定を立てた。第三軍は、八月十九日総攻撃を開始し、猛砲撃の後、二十一日午前四時、日本軍将兵は喚声をあげて一斉に突撃した。

しかし、予想に反して旅順要塞《ようさい》は驚くほど堅固で、ステッセル中将の指揮する守備隊将兵は、世界最強のロシア陸軍と評されるにふさわしい旺盛《おうせい》な戦闘力をしめして、陣地を固守し、新式兵器である機関銃を駆使して突撃してくる日本軍将兵を次々に射《う》ち倒した。その後、繰返された総攻撃もすべて失敗し、兵力の損耗と弾薬の不足は深刻化し、旅順の陥落は、日本軍の猛攻にもかかわらず半ば絶望状態となっていた。

そうした戦況は、リバウ軍港を進発したロシア第二太平洋艦隊司令長官ロジェストヴエンスキー少将にもつたえられていた。

かれは、いつかは旅順が陥落するかも知れないという危惧《きぐ》をいだいてはいたが、ステッセル中将指揮の旅順守備隊の強力な抵抗に大きな期待もかけていた。もしも旅順陥落以前に東洋へ達することができれば、圧倒的な勝利が予想される。かれは、一刻も早く東洋に到達したいと苛立《いらだ》っていた。

ロジェストヴェンスキー司令長官は、自らひきいる第二太平洋艦隊が日本艦隊を撃滅できるか否《いな》かによって、祖国の勝敗が左右されることを確実に知っていた。もしも第二太平洋艦隊が日本艦隊に敗れれば、イギリス、フランスにつぐ世界第三位の海軍国であるロシア海軍は完全に崩壊する。そして、満州で日本陸軍と対戦しているロシア陸軍も孤立するのだ。

また、ロシア第二太平洋艦隊の進発は、ロシアの国内事情に重大な影響をあたえるものでもあった。

ロシアの社会組織の近代化は、ひどく遅れていた。歴代の皇帝は、貴族階級と高級官僚の支持のもとに苛酷《かこく》な専制政治をとってきていた。議会はなく言論、出版の自由も完全におさえつけられ、農民、労働者たちは、地主と資本家の抑圧のもとで貧窮にあえいでいた。

そうした暗い社会情勢をうちやぶるために、さまざまな動きがみられるようになったが、治安当局は厳しい弾圧でそれにのぞみ、革命家は、つぎつぎに死刑に処せられたりシベリアへ流刑《るけい》されていた。しかし、専制政治に対する民衆の激しい憤《いきどお》りはさらにたかまり、不穏な事件が相ついで発生し、その年の七月には、弾圧政策の推進者であった内務大臣プレーヴェが、革命家の投じた爆弾で暗殺された。

革命運動家にとって、日露戦争でロシアが敗北をつづけていることは、一般大衆を糾合するのに恰好《かっこう》の材料であった。また、革命運動の背後には、日本陸軍から謀略活動を命ぜられていた明石《あかし》元二郎陸軍大佐の暗躍もあり、ロシア国内の専制政治に対する反撥《はんぱつ》は日を追うて増大していた。

ロシア政府は、そうした国内の反政府運動をしずめ、ロシア国民に政府の威信を印象づけるためにも、日本との戦争で輝かしい勝利をおさめる必要があった。その期待をになって第二太平洋艦隊は進発を命じられたのだ。

リバウ軍港を四集団にわかれて出発した第二太平洋艦隊は、バルチック海を南下したが、出港と同時に早くも戦闘準備の態勢に入っていた。東洋は半年近くの月日をついやさねば到達できぬほど遠い地にあるが、リバウ港外はすでに危険にみちた海域であった。各地に放たれたロシア側の諜報員《ちょうほういん》からぞくぞくともたらされる情報は、ロシア海軍関係者に大きな不安をあたえていた。日本はイギリスと日英同盟をむすんでいたが、日本の海軍士官が、イギリスに注文し建造した水雷艇多数に乗って、ロシア第二太平洋艦隊を航路途中で襲撃するという情報がしきりだった。

これに対する処置として、ロシア海軍省は、ロシア第二太平洋艦隊の出発する四カ月近く前から、バルチック海と北海を連絡する海峡の要所要所に望楼を建設して、航行する怪船の監視にあたらせていた。また、小さな汽船数隻《せき》を監視艇として放ち、海峡付近を定期的に哨戒《しょうかい》させていた。

艦隊は、海軍省の警告にしたがって、周囲に厳重な警戒をはらいながら進みつづけた。砲には日本水雷艇の奇襲にそなえて実弾を装塡《そうてん》し、夜襲にそなえて砲手は夜間も砲からはなれず、そのかたわらで交代に睡眠をとっていた。

艦隊は重苦しい緊張につつまれながら航行をつづけ、やがて、針路を西に向けた。その方向には、北海へ通じるせまい大ベルト海峡がある。

第二太平洋艦隊にとって、その海峡の通過には多くの危険が予測されていた。

各国に放たれた諜報員たちからの情報は、ぞくぞくとロシア海軍省に入電し、第二太平洋艦隊にも詳細につたえられていたが、それらを綜合《そうごう》すると、日本海軍は第二太平洋艦隊の全戦力を航行途中で潰滅させようと企て、その襲撃は、艦隊がロシア軍港を出港した直後から開始されるにちがいないという。殊《こと》に、大ベルト海峡は襲撃に最も適した場所で、日本艦艇の攻撃がおこなわれる公算が大であるとつたえてきていた。たしかに、せまい水路には島も多く、日本水雷艇の奇襲に絶好であり、機雷敷設の効果もいちじるしいはずだった。

そうした危惧を裏づけるように、海峡の北岸にあるスウェーデンに、多くの日本人海軍士官が滞在して水雷艇の訓練をしているという情報が入っていた。また、海峡に一般船をよそおった敷設船が、機雷の敷設を開始したという報もあった。

各艦は、一定の間隔をたもって西進してゆく。駆逐艦は、艦船の前後左右に配置され、周囲に厳しい警戒の眼を向けつづけている。海上に船影をみとめると、駆逐艦は、それにむかって全速力で疾走し、船の針路を変えさせ、不審な行動をとることのないよう監視した。全艦艇は、その船に砲口をむけ、砲手はいつでも砲弾を発射できる態勢をとっていた。

リバウ軍港を出港した日の夜、乗組員の半数がわずかに就寝を許されたが、かれらも全員服をきたまま横臥《おうが》し、暗い洋上には探海灯がたえ間なく放たれていた。

翌十月十六日午後二時、艦隊はボーンホルム島の南方海上に達したが、その海面で突然、衝突事故が発生した。駆逐艦「ブイストルイ」が通信連絡のため戦艦「オスラビヤ」に接近した時、艦首を戦艦の船体にぶつけてしまったのである。幸い損傷は軽く、駆逐艦に小さい穴があき水雷発射管が圧《お》しつぶされただけであったので、同行していた工作船「カムチャツカ」が、ただちに損傷艦をボーンホルム島に誘導して投錨《とうびょう》し、修理に着手した。他の艦船は、「ブイストルイ」「カムチャツカ」二隻を同島に残して、翌十七日朝、大ベルト海峡の入口にあるデンマーク領ランゲランド島のファッケベルグ灯台の傍に投錨した。

この地点には、予定通り、すでにドイツ船とデンマーク船が石炭を満載して待機していた。艦隊は、ただちに石炭補給作業を開始しようとしたが、正午頃から風がはげしく波浪も押し寄せるようになったので、石炭積載は中止された。

たまたま、同港に碇泊《ていはく》していたデンマーク海軍の通報艦「ヘイムダル」が、艦隊に対して礼砲を放ち敬意を表した。そして、同艦から訪問使として、士官が艦隊旗艦「クニャージ・スヴォーロフ」に来艦した。

ロジェストヴェンスキー司令長官は、その友好的態度を謝し、天候恢復まで港内に碇泊したいと述べ、士官は快くその申し出を承諾した。

風と波浪はさらに増し、夕刻には遂に暴風雨となった。風はうなり声をあげて走り、闇《やみ》の中から湧《わ》く黒い激浪は、波頭を白々と吹きちらしながら突き進んでくると、碇泊した艦船の群れに激突する。甲板は波に洗われ、船体はきしみ音をあげて大きく動揺した。

そうした中で、旗艦「クニャージ・スヴォーロフ」におかれた艦隊司令部では、ロジェストヴェンスキー司令長官を中心に海峡突破の策が練られていた。

艦隊が通過するデンマーク海峡には、国籍不明の怪船が機雷敷設を企て、また、日本海軍の水雷艇が数隻同海峡に潜伏しているとの報がつたえられている。さらに最新情報として、デンマーク海峡のオモからシュリッツエ・グルンドにわたる海中に、機雷を大量に敷設したという情報ももたらされていた。

事態は、急迫していた。このまま艦隊が大ベルト海峡に進めば、日本水雷艇の攻撃を受けるか機雷にふれて爆沈するか、いずれにしても大損害をこうむることは確実だった。司令部の憂色は濃く、その打開策として、艦隊の前進する以前に艦隊の一部を先行させ、水雷艇の発見につとめるとともに機雷の掃海をおこなうことに決定した。先遣隊の責任者には巡洋戦隊司令官エンクウィスト少将が選ばれ、巡洋艦「アルマーズ」「スヴェトラーナ」「ジェムチュグ」と駆逐艦四隻をひきい、さらに、砕氷船「エルマーク」と汽船「ローランド」を掃海作業をおこなわせるため同行させることになった。

無気味な夜が明けた。

風は弱まり雨もやんで、ランゲランド島に朝の陽光があたりはじめた。海面も凪《な》いできたので、中断されていたドイツ船、デンマーク船からの石炭積込み作業が開始された。

艦隊の同港出港は翌日と決定していたので、エンクウィスト少将指揮の先遣隊は、同日午後二時、ランゲランド島を出港した。同隊は、厳重警戒のもとに大ベルト海峡のせまい水路に進入し、オモ付近に投錨し、哨戒の任にあたる巡洋艦、駆逐艦が、海峡全域に散って日本水雷艇の姿をもとめて行動した。

また、砕氷船「エルマーク」と汽船「ローランド」は、海峡一帯の掃海任務についた。この両船は、船と船の間に張られた掃海索で掃海をはじめたが、初めての試みなので操作をあやまり、掃海索を切断してしまった。

先遣隊の任務は、掃海作業の中止によって失敗し、艦隊は触雷の危険に身をさらしながら海峡に進入しなければならなくなった。

十月十九日午前六時、リバウ軍港から軍需品を満載して追ってきた運送船「マライヤ」を合流させ、第二太平洋艦隊は、ランゲランド島を出港した。

艦隊は、水雷艇の来襲による被害を最小限度にくいとめるため、艦艇に約九〇〇メートルの距離をたもたせて単縦陣で進み、乗組員は戦闘配置についた。そして、あたりに警戒の眼を向けながら、徐々に大ベルト海峡のせまい水路に近づいていった。

艦隊の緊張は、極度にたかまった。新たな情報として海軍省から無線電信で、日本海軍の潜水艇が海峡のせまい水路で魚雷攻撃をおこなうため待ちかまえている、とつたえてきた。

艦隊は、恐怖につつまれた。

時折り、海上に船影が湧いた。その度に司令部では、全艦艇に警告を発し、護衛にあたる駆逐艦は舳《へさき》を船影にむけ白波を立てて接近してゆく。が、それらはすべて海峡を航行する一般商船や漁船であった。

第二太平洋艦隊を途中で日本海軍艦艇が襲撃するという風説は、ヨーロッパ全土にひろがっていた。その情報源がどこにあるのか、ロシア海軍省もつかむことはできなかったが、日を追うにつれて情報は具体的な内容をもつものになり、ロシア海軍省も無視することはできなくなって、いつの間にか日本海軍水雷艇の襲撃は必至と判断するようになっていた。

しかし、実際には、大ベルト海峡をはじめヨーロッパに日本水雷艇は一隻もいなかった。潜水艇もいず、機雷敷設をくわだてる日本海軍士官の姿もなかった。日本海軍は、ただ遠くはなれた東洋で、ロシア海軍の総力をあげて編成された第二太平洋艦隊がリバウ軍港を出港したということを知っただけであった。

その不可解な情報をだれが流したのか知るよしもないが、ヨーロッパ各地に放たれていた日本側の諜報機関が同盟国イギリスの協力を得て流布したものであったことは疑いの余地がない。

当時、日本陸・海軍の諜報機関の動きは活潑《かっぱつ》で、ロンドン、パリ、ベルリン、ウィーンの各日本大使館館員と駐在武官が、ロシア陸海軍の情報収集にあたり、第二太平洋艦隊の内容とその行動を詳細に本国へ通報していた。

日本側の諜報機関がこのような根拠のない怪情報を流した意図は、東洋への長い航海途中でロシア第二太平洋艦隊の司令部員や乗組員を精神的に疲労させるためで、いわば、日本海軍のくわだてた巧妙な神経戦であった。

それに、日本海軍は、ロシア皇帝が第二太平洋艦隊の東洋への回航をなるべくなら断念して欲しい、とひそかに願っていた。戦艦七隻を主力とした第二太平洋艦隊は、戦艦四隻しか保有していない連合艦隊にとっては強敵であり、対戦しても勝利を得ることは困難だと予測していた。さらに、簡単に陥落させることができると思われていた旅順要《よう》塞《さい》も、想像を絶した堅固さで、何度総突撃をおこなっても日本軍将兵の死体が山積するだけであった。

その旅順港内には、戦艦五隻、巡洋艦二隻が健在で、来航する第二太平洋艦隊と合流すれば、空前の大戦力となる。日本海軍は、旅順攻撃に死力をつくしていたが、第二太平洋艦隊と対決することは極力避けたかったし、そうした事情から、ヨーロッパ全土に風説を流して第二太平洋艦隊の牽制《けんせい》につとめていたのだ。

この神経戦は見事に成功し、第二太平洋艦隊は完全に日本諜報機関の策略におどらされていた。艦隊は、実体のない日本海軍水雷艇の襲撃におびえ、機雷の姿をさぐって海上を厳重に監視しながら航行をつづけなければならなかった。

やがて、前方にデンマーク領サムス島の島影がみえてきた。ようやく艦隊は、大ベルト海峡のせまい水路を通過することができたのだ。

しかし、その島の東方を通過した頃、日が傾き夜の闇が落ちてきて、再び艦隊は不安につつまれた。日本海軍は夜襲戦法に長じていて、その攻撃は水雷艇を駆使することを常とし、海峡に多数配置されているといわれる水雷艇が、夜陰に乗じて来襲することが十分に予想された。

日没と同時に、全艦艇は一斉に探海灯をともした。鋭い光芒《こうぼう》が、夜の海上をあわただしく薙《な》いでゆく。乗組員の半ばは戦闘配置につき、就寝を許された者たちも、甲板に出てあたりの海上をうかがっていた。

時折り闇の海上に船の灯があらわれた。探海灯の光芒は、すぐにその船にそそがれ、砲口は船影に向けられた。闇の中に船の姿が明るく照らし出されたが、その姿は次第に遠ざかり、やがて、闇の水平線に没していった。

艦隊は、カテガット海峡を北上していった。風波は強く、艦艇は波しぶきにつつまれながら進み、その間にも、絶えず探海灯の光が海上を目まぐるしく交叉《こうさ》していた。

夜が明け、艦隊はカテガット海峡を無事通過、突端にあるスカゲン岬近くに錨《いかり》を投げた。……十月二十日午前九時二十五分であった。

艦隊はカテガット海峡を通過したが、依然として危機は去らなかった。北海に出るには、日本水雷艇のひそむといわれるスカゲラク海峡を航行しなければならない。

スカゲン岬沖に投錨後間もなく、旗艦「クニャージ・スヴォーロフ」にロシア皇帝ニコライ二世からの電報がとどいた。その内容は、司令長官ロジェストヴェンスキー海軍少将を侍従将官の称号のまま中将に進級するというものであった。

全乗組員は、ロジェストヴェンスキー司令長官に祝辞をおくり、ロジェストヴェンスキー中将は、皇帝に謝辞を答信するとともに皇帝への忠誠をあらためて誓った。

その電報は、艦隊の空気を明るませたが、日本艦艇の襲撃を予測して、再び重苦しい緊張がひろがっていった。

ロジェストヴェンスキー中将は、掃海に失敗した砕氷船「エルマーク」を同行させる必要がないと判断し、「エルマーク」に対して、艦首部の一区画に漏水し復水器にも故障を生じた駆逐艦「プロゾルリーヴイ」を護衛して、ロシア領リバウ軍港に帰港せよ、と命じた。

しかし、「エルマーク」は身をすくめたように動かない。リバウ軍港に引き返すには、ようやく通過したカテガット、大ベルト両海峡を航行しなければならない。そこには、日本水雷艇がひそんでいるといわれ、さらに、それにつづくバルト海にも危険がみちている。その海を無装備の「エルマーク」が損傷艦をともなって引き返すことは、死を意味することであると考えられた。

そうした理由から「エルマーク」は艦隊とはなれることを恐れたのだが、ロジェストヴェンスキーは苛立《いらだ》って、「エルマーク」の艦尾付近の海面目がけて実弾を発射させた。その威嚇《いかく》射撃に驚いて、「エルマーク」はようやく舳を南に向け、「プロゾルリーヴイ」をともなって去って行った。

空は美しく晴れ、海は輝いていた。その中で、各艦は、石炭船からの石炭積込みをあわただしく開始した。

その時、スカゲン港から石炭を積んだ一隻《せき》の貨物船が、全速力で旗艦「クニャージ・スヴォーロフ」に近づいてきた。同船からおろされた短艇が旗艦の船体に接すると、一人の男が縄梯子《ばしご》をつたってあがってきた。それは貨物船の船長で、一通の書面をロジェストヴェンスキー司令長官に提出した。

書面は、スカゲンに駐在するロシア副領事からのもので、緊急事態の発生を告げていた。その文面には、

「日本水雷艇ト思ワレル国旗ヲ掲揚セザル水雷艇七隻、ノルウェーノスカケェラーク港ニ在リ。マサニ出撃セントスルモノノ如《ご》シ」

という文字が記されていた。

ロジェストヴェンスキー中将は、この副領事の緊急報告によって、それまでつたえられてきた諸情報が事実であったことを知った。

この緊急連絡は、艦隊司令部に大きな衝撃をあたえた。艦隊は、スカゲン岬付近で一夜をすごし、石炭積込みをおこなう予定を立てていたのだが、事態は、その連絡によって一変した。日本水雷艇は夜襲をくわだてているだろうし、スカゲン岬沖に碇泊《ていはく》している艦隊が絶好の攻撃目標となることはあきらかだった。

ロジェストヴェンスキー中将は、その攻撃によって自らひきいる第二太平洋艦隊が大損害を受けることを憂慮した。それを事前にふせぐためには、スカゲン岬を一刻も早く

はなれる以外に方法はなかった。

同中将は、全艦隊に対し、

「石炭積載ヲ中止シ、タダチニ出動準備セヨ」

という命令を発した。

この突然の命令は、全艦隊乗組員に激しい不安をあたえた。石炭の積込みを中止して出動準備をするということは、戦闘開始を暗示している。それは、日本の艦艇が急速に接近しているためと推測された。

ロジェストヴェンスキー司令長官は、損害を少くするため全艦隊を六集団にわけて抜錨《ばつびょう》するよう指令し、また、各艦の乗員に戦闘配置につくことを命じた。

各艦には、一斉にあわただしい動きがみられた。舷窓《げんそう》は固く閉じられ、砲撃の障害になるカッターはとりのぞかれた。砲には実弾が装塡《そうてん》され、傍にある弾薬架には砲弾と装薬が山のように積み上げられ、砲員は砲の近くに配置された。

午後三時、第一陣が黒煙を濛々《もうもう》と吐きながら錨をあげ、西方のスカゲラク海峡にむかって動き出し、つづいて午後四時二十五分に第二陣、午後五時には第三陣が抜錨した。

日が、すでに傾きはじめていた。その時、スカゲン岬で抜錨時刻を待っていた戦艦「ナワリン」(一〇、二〇六トン)の見張員が、

「南西方向ニ軽気球二個発見」

と報告した。軽気球は各国軍隊で偵察《ていさつ》用に使われ、日本軍も旅順方面で港内状況を偵察するためしきりに利用しているという報告がはいっていた。

艦隊司令部は、その報告に愕然《がくぜん》とした。日本軍の使用している軽気球は一人乗りで、風速八メートル以下の場合には二、〇〇〇メートル近くも飛ぶといわれている。水雷艇七隻の来襲警告についで、突然出現した軽気球は、攻撃準備をととのえる水雷艇に正確な情報を流すためのものと想像された。

軽気球は、茜色《あかねいろ》に染まった南西方向の空に姿を現わし、ゆっくりと海岸線に沿って近づいてくる。風嚢《ふうのう》に吊《つ》られた小さな籠《かご》の上には、西日を浴びた小さな人影もみえた。

軽気球は、艦隊上空近くをすぎ、ゆれながら北東へとむかってゆく。その方向の空には、すでに夕闇《ゆうやみ》がひろがりはじめていた。軽気球は、やがて、スカゲン岬灯台の上を移動し、濃い闇の中に没していった。

艦隊の恐怖は増した。艦隊の所在は軽気球によって発見され、それは、水雷艇の夜襲をうながすにちがいなかった。

艦隊は抜錨を急ぎ、午後九時、旗艦「クニャージ・スヴォーロフ」以下戦艦群を最後に、全艦隊はスカゲン岬沖をはなれた。

二

六集団にわかれた艦隊は、スカゲラク海峡をユトランド半島北岸沿いに西へむかった。海は凪《な》ぎ、海面は月光を浴びてかがやいている。銀河や星座が、夜空を冴《さ》えざえといろどっていた。

各艦は、黒煙をたなびかせながら一定の間隔をたもって進んでゆく。海上には、幾筋もの航跡が流れ、艦尾のスクリューから湧《わ》く白波は、月光を浴びて夜光虫の群れのように輝いていた。

左方にはユトランド半島の陸地がみえ、所々に集落の灯《ひ》と灯台の灯が点滅していた。それは、美しい夜景につつまれたおだやかな航海にみえた。

しかし、艦隊は日本水雷艇の夜間攻撃におびえて厳戒態勢をとっていた。軽気球の偵《てい》察《さつ》報告にもとづいて水雷艇の群れは急ぎ出撃し、高速を利して追跡を開始しているにちがいなかった。幸いにも夜の海は月光を浴びて明るく、敵艦の姿をとらえることは容易だった。そのため、各艦では、見張員が双眼鏡に眼を押しつけて海上を監視していた。

艦隊は、整然とした隊形を組んで北海に向け航行したが、そのうちに航路方向から次第に霧が湧いてきて、なおも進むうちに、全艦艇は濃い霧の中につつまれた。

艦隊司令部は、困惑した。視界は完全に閉ざされ、敵水雷艇を発見することは全く不可能になっている。各艦では、探海灯を周囲に放っていたが、乳白色の霧がぼんやりと丸く浮き上るだけで光芒《こうぼう》は進まない。濃霧の発生は、日本水雷艇の奇襲に絶好の気象条件にちがいなかった。

艦隊司令部は、霧の中から忽然《こつぜん》と湧く水雷艇の影におびえた。

さらに、濃霧は艦隊の隊形を保持することを不可能にした。各艦は、艦の所在をしめすために灯火をともしていたが、それも霧にさえぎられて目視することができず、味方艦同士の激突事故の危険が予想されるようになった。

ロジェストヴェンスキー司令長官は、危険防止のため、各艦に対して速力をおとすように命じた。また霧の中で艦が四散して艦隊から遠くはなれてしまうことも予想されたので、そのような場合には、アフリカ大陸西北端にある仏領のタンジールに集合するよう命じた。

霧はさらに密度を増して、甲板に立って艦橋を見上げても白くにじんで見えない。甲板上を近づいてくる人の姿も幻影のようにゆらぎ、探海灯は霧を照射するだけになった。

各艦は霧に濡《ぬ》れ、鎖からは水滴がしたたり落ちた。

艦同士の衝突をおそれて、各艦は霧中汽笛を鳴らして艦の位置をしめし合った。霧の中から湧く汽笛。それは、遠く近く海獣のうめき声のように長い余韻をひいて、断続的に鳴っていた。

恐怖の夜が明けた。

艦隊を厚くつつみこんでいた霧が徐々に明るみ出し、やがて、周囲は白い霧の世界と化した。

そのころから、霧がうすらぎはじめ、視界もひらけてきた。艦隊は、スカゲラク海峡を通過し北海に進入していた。

艦隊は、午前八時、一斉に針路を南西に転じた。海は凪ぎ、空には厚い雲がひろがっていた。

しかし、前夜の濃霧で隊列はすっかり乱れていた。各艦は、霧の中の衝突をおそれて海上広く散ってしまっていた。

ロジェストヴェンスキー司令長官は、無線電信によって隊列をととのえることを命じ、その指示にしたがって、各艦は所定の位置にもどることにつとめた。が、工作船「カムチャツカ」と運送船「マライヤ」の二船は、はるか後方におくれ、全速力で艦隊を追っていた。

日本水雷艇の来襲におびえた各艦の乗組員の神経は、極度に疲労していた。ロシア領リバウ軍港を出港してから六日間、十分な睡眠をとった者はいなかった。食事はそれぞれの配置部署でとることが多く、かれらの眼は、絶えず海上に向けられている。顔には疲労の色が濃く、眼は赤く血走っていた。

午後になった。

かれらは、夜のくるのを恐れた。日本水雷艇は、夜行性の野獣のように闇《やみ》に身をかくしてひそかに接近し、不意に攻撃をしかけてくるだろう。艇は小さいが、日本人は、それを自在に駆使して大型艦を撃沈させるのだ。

――夜がやってきた。

かれらの恐怖を一層つのらせるように風が強まり、激浪が各艦船の舷側《げんそく》に白い水しぶきを上げるようになった。夜空は雨気をはらんだ黒雲におおわれ、海上は闇につつまれた。

各艦は、探海灯を周囲に放ち、波にもまれながら進んでゆく。その間、旗艦「クニャージ・スヴォーロフ」を中心に、各艦船から発せられる無線電信が闇の中を乱れとんでいた。

艦隊の次の寄港地は、ドーバー海峡を越えた位置にあるフランス領ブレスト港で、艦隊は、ドーバー海峡に針路を定めていた。

夜の闇が濃くなるにつれて、乗組員の恐怖はつのった。乗組員の半数は、就寝せずにそれぞれの戦闘配置部署についていた。

午後八時五十分、各艦船は、突然、戦慄《せんりつ》すべき無線電信を受信した。それは、前夜の濃霧ではぐれ、はるか後方から艦隊を必死に追っていた工作船「カムチャッカ」からであった。

「カムチャッカ」からの第一報は、

「水雷艇追跡シ来《きた》ル」

という緊急電報であった。

艦隊司令部は、騒然となった。

スカゲン岬沖に碇泊《ていはく》中、スカゲン駐在ロシア副領事から日本水雷艇七隻《せき》の来襲警告がもたらされ、さらに、艦隊の偵察を目的としているらしい怪軽気球二個が艦隊上空付近を浮流していった。それらの事実から、日本水雷艇の追尾が予想されていたが、艦隊の最後尾を航行中の工作船「カムチャッカ」が、遂《つい》に日本水雷艇に捕捉《ほそく》されたのだ。

「カムチャッカ」は、ほとんど武装せず、艦の護衛を受けることもなくただ一隻で航行している。水雷艇の攻撃をうければ、他愛《たわい》なく撃沈されることはあきらかだった。

旗艦「クニャージ・スヴォーロフ」におかれた艦隊司令部では、その状況を知ろうとして、「カムチャッカ」に対し、

「貴船ヲ追跡スル水雷艇ハ、イズレノ方向ヨリ来リ、マタ幾隻ナリヤ」

と発信し、応答を待っていたが、「カムチャッカ」からの第二信は、司令部の質問に対する答えではなく、

「ワレ、攻撃ヲ四方ヨリ受ケントス」

という悲痛な内容であった。

司令部員の顔色は、一層青ざめた。「四方ヨリ」という報は、日本水雷艇がかなりの数であり、「カムチャツカ」が完全に包囲されていることをしめしている。

司令部は、

「水雷艇ハ幾隻ナルヤ、詳細ニ報告セヨ」

と、打電した。

それに対して、「カムチャツカ」からは、

「水雷艇ハ、約八隻ナリ」

という返電があった。

スカゲン駐在のロシア副領事からの情報では、ノルウェーのスカケェラーク港に七隻の水雷艇が出撃態勢にあるとつたえてきたが、「カムチャツカ」の返信にある「約八隻ナリ」という報から察すると、スカケェラーク港を出撃した日本水雷艇隊が「カムチャツカ」を包囲したものと判断された。

司令部では、

「水雷艇ハ、貴船ニ接近シオルヤ」

と、打電した。それに対し、「カムチャツカ」から、

「一鏈《れん》（約一八五メートル）以内ニアルモノト、以外ニアルモノトアリ」

と、つたえてきた。

水雷艇は、かなり近い距離に迫っている。「カムチャツカ」からは、

「灯火ヲ消シタリ」

という電文も発信してきていて、「カムチャツカ」が闇黒《あんこく》の海上を必死に逃げている光景が想像された。

さらに、「カムチャツカ」から、

「針路ヲ種々ニ変ジテ、水雷艇ノ襲撃ヲ避ケントス」

という無線電信も入電した。「カムチャツカ」は、全速力をあげ、水雷艇から離脱することにつとめている。

しかし、艦隊司令部は、「カムチャツカ」が撃沈を避けられるとは予測もしていなかった。たとえ雨気をふくむ厚い雲が夜空をおおい海上は漆黒の闇にとざされていても、夜間攻撃を常としている日本海軍の水雷艇は、必ず「カムチャツカ」をとらえるにちがいなかった。伝えられるところによると、水雷艇の乗員にえらばれる者は視力がことのほかよい者にかぎられ、さらに、夜間でも対象を眼でとらえるきびしい訓練を重ねているという。すでに包囲された「カムチャツカ」が、その攻撃を避けることができるとは思えなかった。

日本の水雷艇（駆逐艦をふくむ）は、魚雷発射にきわめて巧みだと世界各国の海軍から高く評価されていた。その使用する魚雷は直径約四六センチで、射程距離も二、〇〇〇メートルにおよぶといわれている。

実戦では、早くも日清戦争中、明治二十八年二月初旬に日本水雷艇が魚雷攻撃によって清国の誇る巨大な戦艦「定遠」を大破して沈没させ、その他、「来遠」「威遠」ほか一隻にも損傷をあたえている。また、日露戦争が開始されると、水雷艇の魚雷攻撃は猛威を発揮し、八カ月前の明治三十七年二月八日の深夜には、旅順港口に突入した十三隻の駆逐艦が、戦艦「レトゥイザン」「ツェザレヴィチ」巡洋艦「パルラダ」の船腹にそれぞれ魚雷をたたきこみ、同月十四日には、旅順艦隊旗艦の戦艦「ペトロパヴロフスク」に大損害をあたえるなど、その後もさかんに夜陰を利用して雷撃をつづけている。

そうした日本水雷艇に包囲された「カムチャツカ」の運命はすでに定まったも同然で、攻撃によって沈没の危機にさらされていると想像された。

艦隊司令部は、

「水雷艇ハ、魚雷ヲ発射セシヤ」

と、「カムチャツカ」に打電した。

しかし、「カムチャツカ」からの返信は、

「不明ナリ」

という曖昧《あいまい》なものだった。魚雷が発射されれば、その航跡は白く尾をひいて海面を走るが、海が闇にとざされているので、発射されても眼にとらえることができないのかも知れなかった。

艦隊司令部は、

「今、貴船ハ、イズレノ方向ヘ航進シオルヤ」

と、問うた。

返信がすぐにかえってきて、

「本船ハ、一二ノットニテ東ニ向ッテ航進中」

と、つたえてきた。それは、「カムチャツカ」が石炭を必死に焚《た》いて逃避に全力をあげていることをしめしていた。

その返信を追うように「カムチャツカ」から、

「艦隊ノ位置ヲ示サレタシ」

と、打電してきた。一隻で航行している「カムチャツカ」は、強力な戦闘力をもつ艦隊に合流することをねがっている。

司令部は、これに対し、

「水雷艇ハ、貴船ヲ追跡シオルヤ。貴船ハ、マズ針路ヲ転ジテ危険ヲ避ケタル後、経緯度ヲ示セ。ソノ時ワガ艦隊ノ針路ヲ示サン。今、貴船ハ、イカナル針路ヲ取リツツアル

と、問うたが、「カムチャツカ」はおびえたように、

「示スハ危険ナリ」

と、つたえてきた。

艦隊司令部と「カムチャツカ」の間で交されている無線電信は、当然、日本水雷艇の電信兵も傍受しているはずであった。電文は暗号をつかっているが、もしもそれが解読されれば、「カムチャツカ」の位置はあきらかになり、水雷艇の集中攻撃を受けることになる。そうした事態をおそれた「カムチャツカ」は、自船の航進位置の報告を拒否したのだ。

「カムチャツカ」は東に進んでいるが、それでは艦隊の位置と一層はなれてしまう。艦隊司令部は、

「危険ヲ避ケ、西ヘ向ッテ航進セヨ」

と、指令した。

「カムチャツカ」からの連続的に発信される悲痛な無線電信は、全艦艇にも受信されて、各艦の警戒は一層きびしくなった。

司令長官ロジェストヴェンスキー中将以下全艦艇の指揮者は、艦橋に立って双眼鏡に眼をあて、見張員は闇黒の海上に眼を走らせていた。

その後、「カムチャツカ」からは、水雷艇の攻撃に関する発信は絶えた。同船は、闇《やみ》に身をひそませ、奇跡的にも逃避に成功したようだった。

「水雷艇追跡シ来ル」

という無電の発信から二時間十分経過した午後十一時〇〇分、「カムチャツカ」の危機が一応去ったと判断した艦隊司令部は、ロジェストヴェンスキー司令長官名で、

「司令長官ヨリ――貴船ハ、今モナオ水雷艇ヲ見ルヤ」

と、打電した。

それに対して、二十分後の午後十一時二十分、

「見エズ」

という「カムチャツカ」からの無線電信が入った。

艦隊司令部には、安堵《あんど》の空気がひろがった。そして、「カムチャツカ」を一刻も早く艦隊に合流させるべきだと判断して、同十一時三十分、司令部から、「カムチャツカ」に、

「位置ヲ示セ」

と、打電し、「カムチャツカ」からもそれに対する返電があって、司令部は、同船に対して艦隊に合流させるための針路をしめした。

「カムチャツカ」が危険を脱したことは、司令部の緊張をやわらげたが、同時に、新た

な不安に襲われた。「カムチャツカ」が包囲されながら撃沈されなかったことは、常識として考えられない。もしかすると、水雷艇は、そのような一工作船を攻撃する意志はなく、簡単に包囲を解いたのかも知れない。日本水雷艇の攻撃目標は、当然、大型のロシア艦艇にちがいなく、「カムチャツカ」を逃げるにまかせて、ひたすら艦隊主力を追って急速に前進していると判断された。

艦隊司令部は、全艦艇に警告を発し、各艦は、戦闘開始にそなえて全乗組員が配置についた。

霧が再び湧《わ》いてきて、海上の視界は不良になった。その中を艦隊は、北海の中央部にあるドッガーバンク東方沖に近づいていった。

ドッガーバンクは、水深一八メートルから三六メートルの浅瀬で、その一帯には魚がむらがっている。ドッガーとはオランダ語でトロール船を意味し、バンクは浅瀬の意で、その海域は魚の種類もきわめて豊富で、殊《こと》に、ニシン、タラ、カレイの量が多く、世界的な大漁場として知られていた。

時計の針が、十月二十二日午前零時をまわった。

第二太平洋艦隊主力は、ドッガーバンク東方を南西方面に航進していたが、午前零時五十五分、旗艦「クニャージ・スヴォーロフ」の針路方向に、突然、緑色の火閃《かせん》が湧くと、闇の夜空に狼火《ろうか》のように舞い上った。

旗艦「クニャージ・スヴォーロフ」の見張員は、

「怪火、針路方向ニ見ユ」

と、当直将校に緊急報告した。その緑色の火閃は、「クニャージ・スヴォーロフ」と後続の艦艇でも目撃され、各艦は、たちまち大混乱におちいった。

「クニャージ・スヴォーロフ」の艦橋にあったロジェストヴェンスキー中将以下司令部員たちも、愕然《がくぜん》として前方に双眼鏡をむけた。

海上は暗く、波は荒い。夜空に打ち上げられた火閃は、高々と舞い上ると消えた。それは、日本水雷艇の攻撃開始の合図のように思えた。

その直後、見張台から、

「針路方向ニ、怪船多数」

という緊急報が入った。

たしかに、かなりの数の小型の船影が、双眼鏡の中に浮び上ってみえた。それらの船影は、一定の間隔をたもちながら、一列になって「クニャージ・スヴォーロフ」の前方を左から右にかけて横切るように動いている。しかも、それらは、闇の中に身をかくすように灯火も消していた。

ロジェストヴェンスキー中将は、小型船の群れを、数珠《じゅず》のようにつらなって進む動きから察して、航路上に多数の機雷を投下している日本の敷設船と判断した。

同中将は、機雷にふれることを避けるため全艦艇に、

「戦闘用意！」

を下令すると同時に、

「転舵《てんだ》」を命じた。

「クニャージ・スヴォーロフ」の巨体がかしぎ、海水を荒々しく泡立たせると大きく艦首を左方にめぐらし、それについで後続艦も回頭し、探海灯が一斉にともされた。光芒《こうぼう》は、機雷敷設船と思われる小型船の群れに向けられ、水雷艇の接近をとらえるため四方八方にあわただしく放たれた。

その光芒が左方に向けられた時、突然、闇の海上に二隻《せき》の船影が光の先端にうかび上った。その船型は、水雷艇と酷似していて、波浪の中を黒煙をなびかせながら高速度で接近してくる。

ロジェストヴェンスキー中将は、全艦艇に対し攻撃開始を下令、「クニャージ・スヴォーロフ」艦長は、

「射《う》チ方ハジメ」

と、命じた。

旗艦の主砲が、轟音《ごうおん》をあげて火をふき、それにつれて他艦も一斉射撃を開始した。

海面には探海灯の光芒が狂ったように走り、砲声は絶え間なく鳴りひびき、砲火は海

上にひらめいた。針路方向を横切っていた小型船の群れは、砲弾の落下によって立ち昇る水柱につつまれた。その中を、退避する船影や逆に艦隊方向に突き進んでくる船もみえた。

その時、「クニャージ・スヴォーロフ」の見張員は、探海灯の光の中にマストに灯をともした一漁船を発見、艦橋に報告した。

ロジェストヴェンスキー中将は、その漁船に疑いをいだきながらも、「射チ方ヤメ」の合図として、探海灯の光を上方四五度に向けた。

が、その直後、またも左舷《さげん》方向に、

「水雷艇接近シツツアリ」

の報告があり、その方向に双眼鏡を向けると、探海灯の光をうけながら突進してくる船影を認めた。そのため、再び砲撃開始が命じられた。

海面には探海灯の光芒があわただしく走り、到《いた》る所に水柱が上る。砲声はいんいんと海上にとどろき、砲弾を発射するたびに各艦は大きく振動した。

しかし、砲撃は、ほとんど乱射に近いものだった。リバウ軍港を出発して以来、日本水雷艇の攻撃におびえていた砲手たちは、水雷艇来襲の報に愕然とし、平静さを失っていたのである。

砲弾は、照準も定めず、探海灯に明るく浮き上った船影に浴びせかけられる。

ロジェストヴェンスキー中将は、後続艦から発射される砲弾が味方の艦に命中するおそれも出てきたと判断し、再び探海灯の光を上方に向けて、

「射チ方ヤメ」

の命令を全艦艇に発した。

しかし、狼狽《ろうばい》した各艦の砲撃はやまず、ようやく砲声がやんだのは、砲撃を開始してから十分後の十月二十二日午前一時〇五分であった。

海面は、大きく波立っていた。その上を探海灯があわただしく動き、小型船の船影を浮び上らせていたが、水雷艇らしき船影は消えていた。

ロジェストヴェンスキー中将は、水雷艇の攻撃を防止できたことを知り、急いで危険海面からの離脱を企て、全艦艇に急速航進を命じた。

しかし、その頃、艦隊の前方にあった巡洋艦「アヴローラ」(六、七三一トン)から思いがけぬ無線電信が発せられてきた。それは、同艦に砲弾が命中し損傷を受けたというのだ。

艦隊司令部は、日本水雷艇の攻撃にさらされたのかと騒然となったが、やがて、「アヴローラ」艦長からの報告によって、味方艦から発射された砲弾が同艦に命中したことを知った。

「アヴローラ」は、艦隊の砲撃が開始された直後、日本水雷艇を砲撃しようと海上を探

った。が、目標を発見できず、ようやく小型船を認めることができたので、六個の探海灯を一斉に照射し、射撃を開始した。

突然、闇の中から湧いたその探海灯の光を、他のロシア艦は、日本水雷艇の放つ探海灯だと誤認し、砲口を「アヴローラ」に向け、同艦に砲火を集中した。

命中弾は五個で、一発が煙突に、他の四発は船腹の水線上に命中し、同艦にのっていたアファナーシイという神父が片腕をもぎとられるという重傷を負い（後に死亡）、砲員のシァチーロが軽傷を負ったという。

また、新造戦艦「オリョール」の七・五センチ砲は、射撃時に砲弾が砲身の中で爆発し、破損したという報告もあった。

艦隊司令部は、巡洋艦「アヴローラ」が味方艦の砲撃で損傷を受けたことに衝撃を受けたが、艦隊の隊列を再びととのえさせると、あわただしく航進を開始した。

夜が、白々と明けてきた。

艦隊は、北海を横断しドーバー海峡に入った。右方はるかにドーバーの市街がみえ、イギリス海岸が望見された。

イギリスは日本と同盟を結び、ロシアに悪感情をいだいている。イギリスで新造された水雷艇に日本海軍士官が乗りこんで襲撃をはかっているという諜報員《ちょうほういん》からの報告もあったので、艦隊は、全速力でドーバー海峡を通過した。

十月二十四日朝、フランスの最西端にあるウェッサン島沖五浬《かいり》の位置に達し、予定通り、寄港予定地のフランス領ブレストに入港しようとした。

しかし、ひどい濃霧で、細い水道をぬって進入することは困難であった。司令部内には、霧がはれるのを待って入港すべきだという意見もあったが、時間を空費することは東洋への回航がそれだけおくれることになるので、ロジェストヴェンスキー司令長官は、予定を変更してブレスト寄港を断念し、艦隊を二つの集団にわけ、スペイン領の大西洋に突き出たフィニステレ岬に針路をむけた。かれは、艦隊をその岬に近いスペイン領ビーゴに寄港させて石炭補給をしようとしたのである。

艦隊は、二日間をついやしてビスケー湾を横切り、フィニステレ岬沖に達し、十月二十六日午前十時五十分、艦隊の第一集団がビーゴに入港した。

しかし、不意に入港してきた艦隊に対するスペイン政府の態度は、ひどく冷淡だった。スペインは、日露戦争に関して中立国であることを宣言していて、日本艦隊を撃滅させるために航進しているロシア艦隊に好意をしめすことはできない立場にあった。もしもスペイン政府がロシア艦隊に便宜をあたえれば、日本政府は、同盟をむすぶイギリスの支援のもとに、中立違反として強硬な抗議を向けてくるにちがいなかった。

ビーゴ港には、すでに五隻のドイツ貨物船がロシア海軍省の指令で入港していて、積

載していた石炭を艦隊に補給しようと待機していた。そして、入港してきた戦艦に近づき船体を横づけしたが、ビーゴ港の役人は、

「石炭の補給は許可せず」

と、つたえ、監視のため石炭船に乗っていたスペインの憲兵も、ロシア艦の乗組員が石炭船に移乗することを禁じた。

思いがけぬ苛酷《かこく》なスペイン官憲の態度に、ロシア艦隊の乗組員は激昂した。艦隊はブレスト寄港を断念して航海をつづけてきたので、各艦に積みこまれていた石炭の量は底をついている。もしも、石炭補給ができなければ、東洋への回航は早くも挫折《ざせつ》する。

「妨害をするなら、ビーゴの町に砲弾をぶちこむぞ」

と、スペイン憲兵に怒声を浴びせかける水兵もいて、港内に険悪な空気がひろがった。

しかし、いたずらに摩擦を起せば国際問題にまで発展するおそれがあるので、ロジェストヴェンスキー司令長官は、各艦に対し自重するようにたしなめ、艦隊は、そのままなすこともなくビーゴ港に碇泊《ていはく》をつづけた。そして、ロシア海軍省に打電して、スペイン政府の諒解《りようかい》を得て欲しいと要請した。

スペイン政府からようやく石炭積載の許可がおりたのは、艦隊が入港してから二十六時間もたった十月二十七日午後一時であった。

艦隊司令部をつつんでいた重苦しい空気ははれたが、一艦あたりの石炭補給量を四〇

〇トン以内に制限するというスペイン政府の付帯条件に、司令部員たちは憤慨した。

しかし、一刻も早く石炭補給を終えて出発しなければならぬので、早速、石炭の積込みを開始した。そして、夜を徹して作業をすすめ、翌十月二十八日午前十時に作業を終了した。

ロジェストヴェンスキー中将の顔はひきつれていた。四〇〇トンほどの石炭補給量では、わずかな距離しか進むことができない。石炭はロシアが買い入れたものなのに積込みを妨害するスペイン政府の態度は、たとえ中立違反をおそれたものであったとしても、余りにも非情なものに思えた。

予定では、ビーゴを出港後、アフリカ北部の西海岸にあるダカールへ直航する計画であったが、石炭量が少いので、それは不可能になった。そのため、途中、やむを得ずジブラルタル海峡に面したモロッコ領タンジールに寄港するよう予定を変更しなければならなくなった。

ロジェストヴェンスキー中将は、一刻も早くスペイン領ビーゴ港を立ち去りたいと思い、石炭積込みがすむと、ただちに出港準備を命じ、正午に出港予定を立てた。

その時、ロシア本国の海軍省から、思いもかけぬ指令が無線電信によって発せられてきた。電文を読んだロジェストヴェンスキー中将は、顔色を変えた。

「どうしたのだ、いったいどうしたと言うのだ」

かれは、怒りにふるえた声で叫んだ。

電文には、

「北海ニ於《おい》テ、貴艦隊ガイギリス国籍ノ汽船ヲ撃沈セリトノ抗議ヲイギリス国ヨリ受ケタリ。当事件ノ解決スルマデ、貴艦隊ハビーゴ港ニ碇泊スベシ」

と、出港中止を命じていた。

たしかに北海のドッガーバンク付近で日本水雷艇と小型の機雷敷設船と思われる船影を砲撃した。しかし、それがイギリスの抗議となってあらわれるとは、想像もしていなかった。

そのうち、本国の海軍省から、抗議の内容について詳細な報告が相ついで発信されてきた。

イギリス政府の主張によると、第二太平洋艦隊がドッガーバンク沖を通過した夜、その付近では、イギリスの「ケルサル・ブラザース・エンド・ビーチング」会社のゲームコック船隊の漁船が夜の漁に従事していた。漁船は三十艘《そう》で、規定の灯火をともし網を海中にはっていた。

一定の時間がたったので、網を曳《ひ》き上げることになり、船隊の隊長が合図の緑色の火《ひ》箭《や》を夜空に打ち上げた。その指示に従って、漁船は一斉に行動に移り、定められた間隔をたもって網をひきながら一列になって動いた。

漁師たちが掛声をあげて網をひき上げはじめた時、作業を指揮していた船隊長は、闇《やみ》の海上を近づく黒々とした軍艦の群れを発見した。

かれは、新聞でロシアの大艦隊が航海の途についたことを知っていたので、これがロシア艦隊かと息をのんだ。その巨大な艦隊の群れを凝視していると、艦隊は、漁船隊の西方に変針して通過しながら、突然、探海灯を放って漁船の群れに光芒を浴びせかけてきた。と同時に、黒々とした城郭のようにうかぶ艦艇群から朱色の閃光《せんこう》がひらめき、すさまじい砲撃音につづいて砲弾の飛来する音が雷鳴のように空気をひきさいた。

漁船の群れは、思いがけぬ砲撃に呆然《ぼうぜん》とし、揚げかけていた網を捨てて逃げまどった。しかし、それらの群れに砲弾はたえ間なく落下し、機関銃の弾丸も豪雨のように浴びせかけられてきた。戦艦「オリョール」一艦を例にあげても、わずか十分間の砲射撃に、四・七センチ、七・五センチ砲弾計五百発、六インチ砲弾十七発、機関銃弾千八百発が発射されている。

しかし、日本水雷艇の来襲と思って狼狽しきっていた砲手も射手も、直接、水面を射撃したりするような乱射をおこない、それが漁船の被害を少くすることにもなった。漁船の中で撃沈されたのはクレーン号という漁船一隻だけで、他の四隻が大破したという。

港にもどった漁船からの報告をうけた漁船会社は、不当なロシア艦隊の行為をイギリス政府に強く訴えた。そのニュースはたちまち国内にひろく流れ、イギリスの新聞もこの事件を不祥事件として大々的に報道した。殊《こと》に、ロシア艦隊所属の駆逐艦が、朝まで現場にとどまりながら漁船の船員を救助することもせずに立ち去ったことは、非人道的な行為である、とロシア政府を攻撃し、はげしい世論がまき起った。

このような世論を背景に、イギリス政府は、緊急閣議をひらいてロシア政府に対し、

一、至急、事件ノ調査ニ着手スルコト

二、イギリス人弁護人、証人ノ出頭ノモトニ有罪者ヲ処罰スルコト

三、ロシア艦隊ヲ、ビーゴ港ニ滞留サセルコト

の三点を申し入れ、ロシア政府もそれを諒承したので、第二太平洋艦隊はビーゴ港に抑留状態となったのである。

しかし、多くの艦艇を擁する第二太平洋艦隊が、イギリス政府の抗議を憤《いきどお》って過激な行動にうつることも予想された。そのため、イギリス海軍は、イギリス本国艦隊の一斉出動を命じ、また、地中海艦隊も本国艦隊と合流するためジブラルタル方面に移動させていた。

イギリスの各新聞は、連日、海軍の緊迫した動きをつたえた。それによると、海軍省はすでに予備役の動員令をくだし、さらに、ロシア艦隊が抑留命令を無視してビーゴ港を出港した折には、イギリス海軍がこれをとらえ、ロジェストヴェンスキー中将を海上

で捕捉《ほそく》する予定だという。

もしも、そのような事態が起れば、イギリス、ロシア両艦隊の間に砲火が交されるおそれもあり、英・露戦争の勃発《ぼっぱつ》をうながすことにもなりかねなかった。

ヨーロッパ諸国は、北海事件の推移を大きな不安のもとに見守っていた。

ロジェストヴェンスキー中将は、イギリスの激しい抗議に反撥《はんぱつ》して、ロシア海軍省に実情報告をおこなった。その中で中将は、

「北海ノ事件ハ、灯火ヲ消シタ水雷艇二隻《せき》ガ、ワガ艦隊ノ先頭艦ニ隻ヲ攻撃セントシタタメニ発生シタルモノナリ」

と、日本水雷艇の来襲を強く主張した。

また、イギリスの新聞の、現場にロシア駆逐艦が朝まで残っていたのに漁師を救助しなかったという記事をとりあげて、

「当時、現場ヲ航行中ノ艦隊ハ戦艦、巡洋艦ノミデ、駆逐艦ハオラズ。イギリス新聞ガ指摘シタ駆逐艦コソ日本水雷艇デ、ワガ艦隊ガ、ソレニ砲撃ヲ加エタコトハ当然ノ処置デアル」

と、反論した。

これに対してロシア海軍省は、イギリスとの折衝が成立するまで隠忍自重してビーゴ港にとどまるように重ねて指示してきた。

ロジェストヴェンスキー中将は、やむなく碇泊することを諒承し、全艦船にカマの火を落すよう命じた。

ロシア政府とイギリス政府の折衝が開始され、その審理は国際査問会に委任されることになった。ロシア、イギリス、フランス、アメリカ、オーストリアの五カ国から一名ずつの委員がえらばれ、パリに於て討議されることに決定した。

ロジェストヴェンスキー中将は、苦境に立たされた。遠く東洋では、旅順要塞《ようさい》のロシア守備隊が、日本軍の相つぐ総突撃を必死になって食いとめている。が、その防戦にも限度があり、いつかは旅順要塞も陥落し、港内にある戦艦五隻を主力としたロシア旅順艦隊も撃沈されることが予想される。

第二太平洋艦隊は、旅順陥落以前に東洋へ達し、有利な態勢で日本艦隊と対決することを願っていただけに、回航の遅延はロジェストヴェンスキー中将にとって大きな打撃であった。

ロジェストヴェンスキー中将は、北海事件をイギリス政府の策謀だと判断した。イギリス政府は、同盟国である日本のために漁船発砲事件を大々的にとり上げて、艦隊をビーゴ港に抑留させようとしているのだとしか思えなかった。

艦隊司令部には、沈痛な空気がひろがり、ロジェストヴェンスキー中将は、室内を苛《いら》立《だ》ったように歩きまわっていた。が、抑留の決定した日、ロシア皇帝ニコライ二世は、ロジェストヴェンスキー中将の苦悩を慰撫《いぶ》する勅電を送ってきた。

「朕《ちん》ハ、汝《なんじ》及ビ朕ノ貴重ナル艦隊ヲ片時モ心ニ忘ルルコトナシ。紛議モ程ナク解決スルト信ズ。全ロシアノ希望ト確信ハ、汝ノ一身ニ集ル」

ロジェストヴェンスキー中将をはじめ司令部員たちは、頭を深く垂れてその勅電をうけた。皇帝の温情とロシア国民の期待をになった責任の重さに、かれらは、あらためて厳粛な感慨にひたった。

ロジェストヴェンスキー中将は、皇帝に対し、

「艦隊ハ、全乗組員、心ヲ陛下ノ玉座ニ集ム。ウラー」

と、つつしんで忠誠を誓う答電を発した。

皇帝からの慰めの勅電を受けたロジェストヴェンスキー中将は、屈辱にたえて自重すべきだと思った。が、翌日になると、焦燥感は再びはげしく燃え上り、海軍大臣に対し、

「東洋ヘノ回航遅延ハ、トリ返シノツカヌ大損失ナリ。事件ノ解決予定日ハ何日頃ナルヤ、返電ヲ切望ス」

と、督促した。

また、艦隊から事件の証人を出すようにという海軍省からの連絡には、

「本艦隊ノ次ノ予定寄港地ハ、タンジール港ナリ。モシ証人ガ必要ナラ、本艦隊ガタンジール港ニ到着後デモ差支《さしつか》エナイデハナイカ」

と、返電した。

翌十月二十九日、同中将は、陸上から送られてきたイギリスの新聞を読んで激怒した。そこには、第二太平洋艦隊を出港させる代償として、ロジェストヴェンスキー中将に責任をとらせて司令長官を解任させるべきだ、と記されていた。

ロジェストヴェンスキー中将はただちに電信室に命じ、

「イギリスノ新聞記事ニアル如《ごと》ク、艦隊ノ前進ノ代償ニ余ヲ罷《ひ》免《めん》スル必要アラバ、早速、解任ノ断行ヲ切願ス」

と、海軍省に打電させた。

その日の午後四時、港外の水平線上に黒煙がかすかに出現した。見張台に立っていた見張員が、

「イギリス巡洋艦見ユ」

と、報告した。

艦隊の空気は、緊張した。北海事件ではげしい抗議を浴びせかけているイギリスは、遂《つい》にロシア艦隊と武力で対抗するため艦艇を派遣してきた、と判断された。

監視していると、イギリス巡洋艦は大胆にも一隻でビーゴ港に入港してくる。その艦尾には、ユニオンジャックが武力を誇示するようにはためいていた。

巡洋艦は入港してくると、すぐに無線電信を発し、沖合からも電波がもどってくる。

すでに沖合にも、その艦型からイギリス地中海巡洋艦隊旗艦と思える巡洋艦がかすかにみえ、しきりに両艦の間で電信が交されていた。

それは、あきらかに威嚇《いかく》に類した行為であった。イギリス海軍は、巡洋艦を派遣してロシア艦隊の動静をさぐり、もしもそれに反抗する気配をみせれば、ただちに攻撃するという態度をしめしている。

そのうちに、巡洋艦から艇がおろされて旗艦「クニャージ・スヴォーロフ」に接舷《せつげん》すると、士官が艦にあがってきた。巡洋艦「ランカスター」の艦長で、にこやかな表情でロジェストヴェンスキー中将に挨拶《あいさつ》し、日常会話を交して艦をおりると、巡洋艦にもどっていった。

やがて、「ランカスター」は抜錨《ばつびょう》して出港していったが、その間にも、沖合の艦艇とさかんに交信しながら海岸線に沿って姿を没した。

夜がやってきた。

艦隊は港口を警戒していたが、隣接した湾に集結しているイギリス艦隊の巡洋艦が一隻ずつ同湾から出てきて港内のロシア艦隊の動きをさぐっている。艦隊司令部は、イギリス艦の動きに苛立った。

翌三十日、イギリス巡洋艦「ランカスター」が再び入港、ロジェストヴェンスキー中将は、恒例にしたがって同艦を訪問、答礼した。同中将にとって、苦痛に満ちた訪問だった。

「ランカスター」は、ロジェストヴェンスキー中将の答訪を受けると、ビーゴ港を出港していった。

しかし、同艦は、隣湾に在泊中のイギリス巡洋艦隊との間で無線電信の交信をつづけ、もしも第二太平洋艦隊が不穏な動きをしめすような場合には、ただちに攻撃する態勢をととのえているようにみえた。

「イギリスの豚どもめ」

艦隊の乗組員たちは、黒煙を吐きながら遠ざかる「ランカスター」に罵声《ばせい》を浴びせかけていた。

ロジェストヴェンスキー中将は、自室に閉じこもったまま姿をみせなかったが、翌十月三十一日、本国の海軍省からつたえられた新たな指令に顔をしかめた。

北海事件でイギリス政府は、事情を調査する必要から、第二太平洋艦隊の責任ある地位についている士官を査問委員会に出頭させるべし、と主張していた。もしも艦隊の行為が有罪と認められた場合には、艦隊の責任者を処罰するという提案をロシア政府に突きつけたという。

ロシアは、日本との戦争に国力を傾注し、しかも、国内では民衆運動が日増しにはげしくなっている。そうした内外ともに多くの難事をかかえているロシアにとって、世界最強の海軍力をほこるイギリスと対決する余力はなかった。ロシア政府は、イギリスの要求を検討した結果、イギリス政府の提案を諒承し、ロジェストヴェンスキー中将に打電して士官四名の出頭を命じた。

その指令を受けたロジェストヴェンスキー中将は、屈辱で身をふるわせた。夜間で十分確認することはできなかったが、あきらかに日本水雷艇と思われる怪船が艦隊に攻撃態勢をとってきた。そのため、全艦艇に砲撃を命じたのだが、イギリス政府は漁船を不法に攻撃したと称して、証人の出頭まで要求してきた。

かれは、本国政府の弱い態度に憤りを感じたが、その苦しい立場も理解することができた。イギリス巡洋艦隊は、ビーゴ港を監視し、戦争発生にそなえて待機している。ロシア政府がイギリス政府の提案を拒否すれば、露英戦争に発展するおそれがある。ロジェストヴェンスキー中将は、自分の任務が艦隊を東洋に回航させて日本海上兵力を潰滅《かいめつ》させることにあり、そのためには、本国政府の指令に従順にしたがわなければならぬ、と思った。

同中将は、艦隊司令部に命じて四人の士官を選び出させた。それは、旗艦「クニャージ・スヴォーロフ」のクラード海軍中佐、戦艦「アレクサンドル三世」のエリック海軍大尉、戦艦「ボロジノ」のシェムチェンコ海軍少尉、運送船「アナドゥイリ」のオット海軍少尉であった。

かれらは、ロジェストヴェンスキー司令長官に挨拶した後、憮然《ぶぜん》とした表情で本国へ引き返していった。

すでにビーゴ港に抑留されてから四日間がむなしく過ぎていた。艦船の煙突から煙は絶え、甲板には、うつろな表情で歩く水兵たちの姿がみえるだけであった。

その後、北海事件の審理は、イギリス、ロシア、アメリカ、フランス、オーストリア各国の五委員によって構成された国際査問会に委任された。

第一回の公開会議は、翌明治三十八年一月十九日にパリで開催されている。そして、数回の会合をおこなった結果、二月二十五日に決定書を発表して、査問会を閉じた。

この決定書では、第二太平洋艦隊司令長官ロジェストヴェンスキー中将が発砲を命じた行為の是非が問われた。

同司令長官は、北海事件の発生する直前に艦隊からはるか後方におくれていた工作船「カムチャツカ」からの緊急信を受けている。

それは、「水雷艇追跡シ来《きた》ル」「攻撃ヲ四方ヨリ受ケントス」という悲痛な電文で、艦隊司令部は極度に緊張した。その結果、ロジェストヴェンスキー司令長官は、日本水雷艇が「カムチャツカ」への攻撃から転じて艦隊主力を襲撃するだろうという予測を立てた。

同司令長官がこのような危惧《きぐ》をいだいた根底には、日本水雷艇が大ベルト海峡及び北海で艦隊を襲撃するという諜報員《ちょうほういん》からの報告があったからである。さらに、スカゲン岬沖に碇泊《ていはく》した折に、スカゲン駐在のロシア副領事から、「日本水雷艇ト思ワレル国旗ヲ掲揚セザル水雷艇七隻、ノルウェーノスカケェラーク港ニ在リ。マサニ出撃セントスルモノノ如シ」という報告を受け、同司令長官は、日本水雷艇の来襲が必至と考えた。そのため、全艦艇に水雷艇の攻撃にそなえ砲火を開く態勢をとらせたわけだが、国際査問会は、同長官の判断は戦時下におけるやむを得ぬものであったと認定した。

しかし、発砲事件の核心にふれると、ロシア、イギリス両委員の主張は完全に対立した。

艦隊は、突然、上った緑色の火箭《ひや》を日本水雷艇の攻撃合図と判断したが、イギリス委員は、それを漁船隊が網をあげる合図であったと反論した。この点については、イギリス委員の主張が認められ、ロジェストヴェンスキー司令長官の判断があやまっていたと判定された。

ロシア委員は、

「漁船が、航海規則にある灯火をともしていなかったことは違法であり、艦隊が敵船と断定し、砲撃したことは当然の処置であった」

と、主張した。

しかし、イギリス委員は、

「漁船は、正規の灯火をかかげていた」

と、反論。両委員の間に、はげしい応酬があった。

査問会の空気は、次第にロシア側に不利になった。

委員たちは、漁船が艦隊に敵対行為をとらなかったのに、その漁船に対して、ロジェストヴェンスキー司令長官が砲撃を命じたことは不当であると断定した。

国際査問会は、日本水雷艇問題を中心に最後の討論にはいった。

ロシア委員は、

「探海灯の光の中に、大速力を以《もっ》て航進する少くとも二隻以上の水雷艇を発見したことは確実である。しかも、水雷艇は、攻撃せんとする態勢をとっていた。水雷艇は、巧みにイギリス漁船の中に混じって行動していたため、わが艦隊の発射した砲弾が漁船に命中したのである。しかも、その夜は闇《やみ》が濃く風波も激しかったことを考慮すれば、漁船が難を受けたことは不可抗力と断ぜざるを得ない」

と、主張した。

各委員たちは、これに対して、イギリス漁船員を取調べた結論として、

「事件発生の夜、漁船隊の中にも、またその付近にも、いずれの国の水雷艇もいなかったことは疑う余地がない」

として、ロジェストヴェンスキー司令長官が砲火を開かせたことは不当である、と断

定した。

この結論に不服なロシア委員は、

「艦隊が砲撃した理由は、怪船が攻撃の目的を以て航進したからである」

と、弁明したが、それは、他の委員によって全面的に否定された。

ロシア委員は、

「それでは、イギリス委員に申し上げたい。日本側は、イギリスに水雷艇の建造を依頼し、日本海軍士官を乗り組ませてわが第二太平洋艦隊を攻撃させようと企てていることは、すでにひろく知られていることである。このような事実があることからも、北海のドッガーバンク沖に出現した水雷艇は、日本海軍のものと断定せざるを得ない」

と、非難した。

イギリス委員は、ロシア委員の質問を予期していたように、

「それは、全く事実無根である。大英帝国は、そのような目的をもつ日本水雷艇を建造した事実はない」

と、否定した。

ロシア委員は、沈黙した。工作船「カムチャツカ」を追跡し、周囲から突き進んできた怪船は、いったいなんだったのだろう。漁船隊にまじって大速力で航進してきた水雷艇とおぼしきものは、大型漁船にすぎなかったのか。他の委員たちは、ロジェストヴェ

ンスキー司令長官が、日本水雷艇の来襲をおそれる余り、漁船を水雷艇と錯覚して砲撃したと考えたが、ロシア委員にとって、そのようなことは到底信じがたいことであった。

結局、国際査問会は、事件の責任が第二太平洋艦隊にあると断定、イギリス側の訴えを全面的に認めた。

処罰方法としては、種々協議した末、ロシア政府が賠償金をイギリス側に支払うという方法が適当と判定された。そして、査問会が閉じられてから半月後の明治三十八年三月十日、ロシア政府は、六万五千ポンドの賠償金をイギリス側に手渡し、北海事件は落着した。

三

明治三十七年十月三十一日、第二太平洋艦隊が四名の士官を北海事件の証人として本国へ帰還させた夜、ロシア政府は、イギリス政府の諒解《りようかい》を得てロジェストヴェンスキー中将に対し、

「前進ヲ許可ス」

と、打電してきた。

重苦しい空気につつまれていた艦隊にようやく活気がもどり、各艦ではあわただしく

出港準備にとりかかった。

翌十一月一日午前七時、旗艦「クニャージ・スヴォーロフ」以下戦艦、巡洋艦の群れは、一斉に抜錨《ばつびょう》、ビーゴ港を出発した。同港に抑留されてから五日目のことであった。マストにかかげられた十字旗は潮風にはためき、煙突から吐かれる黒煙は海面をひろく流れた。乗組員の顔も明るさをとりもどし、いまわしい北海事件についても、

「実弾を発射した良い訓練だった」

と、言い合ったりした。

しかし、ビーゴ港を出発後、乗組員たちの顔は再びこわばった。イギリス地中海巡洋艦隊の巡洋艦四隻《せき》が姿をあらわし、しかも、ロシア艦隊の追尾を開始したのである。ロシア艦隊は、初め、その行動をいぶかしんだが、やがて、巡洋艦がロシア艦隊を監視するため追ってきていることに気づいた。

そのうちに、四隻の巡洋艦の動きは徐々に大胆になった。

四隻の巡洋艦は、一列になって航進しているロシア艦隊と約三、〇〇〇メートルの距離を保って並航して進んでいたが、しばらくすると、速度をあげて舳《さき》を一斉にロシア艦隊に向け、反対側にぬけ出た。ロシア艦隊にとって、そのようなイギリス巡洋艦隊の動きは悪意にみちた挑発行動としか思えなかった。

さらに、午後になると、イギリス巡洋艦の動きは一層露骨さを増した。艦は、進路を

変えるとロシア艦隊の背後にまわり、その航跡をたどるように一列になって追尾してくる。そして、遂《つい》には、その進路方向に進み出て、四艦が横にひろがって進む隊形までとった。それは、ロシア艦隊の行手をはばもうとする意図をいだいているようにすらみえた。

夜になると、イギリス巡洋艦隊は、ロシア艦隊を見失うまいと一、五〇〇メートルの距離に接近してきた。そして、その進路を正確にはかるため、ロシア艦隊旗艦「クニャージ・スヴォーロフ」の艦首近くを高速力で横切って反対側に出、艦隊のともす灯火を目標にしながら航行していた。

ロシア艦隊の乗組員たちは、イギリス巡洋艦隊の行動に憤激した。日本と同盟をむすぶイギリスは、東洋に回航するロシア艦隊を嘲弄《ちようろう》し、いやがらせをしている。巡洋艦隊の動きには、世界第一位の戦力を背景にもつイギリス海軍の傲慢《ごうまん》さが感じられた。

各艦では、砲に実弾を装塡《そうてん》し、砲口を一斉にイギリス巡洋艦隊に向けていた。

そのうちに、イギリス巡洋艦隊は威力を誇示するようにその数も十隻に増して、半円形の包囲態勢までとって追尾しはじめた。

ロジェストヴェンスキー司令長官は、乗組員の眼が殺気をはらんでいるのに気づいた。イギリス巡洋艦隊がこのような行動をつづければ、乗組員の憤《いきどお》りは爆発して、命令も待たずに砲撃を開始するかも知れない。

ロジェストヴェンスキー中将は、各艦に自重するように命じ、航進を急がせた。そして、ビーゴ港を出港してから二日目の十一月二日午後三時、第二太平洋艦隊は、地中海入口のジブラルタル海峡に面したタンジールに入港した。

タンジールには、先行していた戦艦三隻、巡洋艦五隻その他駆逐艦、運送船が碇泊《ていはく》していて、全艦艇が集結した。

タンジールは、ロシアの友好国フランスの植民地であるモロッコに属していたので、第二太平洋艦隊は大歓迎を受けた。タンジール市長は、ロジェストヴェンスキー司令長官に対し、出来得るかぎりの便宜をはかる、と申し出た。

同港では、イギリスのグーリに二隻の日本水雷艇が碇泊しているという情報を得たが、追尾してきたイギリス巡洋艦も姿を消し、艦隊の乗組員の間によどんでいた重苦しい空気も、タンジール港市民の歓迎で跡かたもなく吹きはらわれた。

各艦には、タンジール駐在のロシア領事をはじめタンジール市の高級官吏等の来訪がしきりで、各艦からは礼砲が発射され、タンジール市からも答礼砲がとどろいた。

港の商人たちは、小舟にのって各艦をとりまき、艦上では音楽が奏されて、港内のにぎわいは増した。

翌日から各艦では、石炭の積込み作業を開始したが、東風が強く激浪が湾内に押し寄せた。そのため、戦艦に横づけしていたドイツ給炭船「バルラス」の舷側《げんそく》が破壊するという事故が発生したので、作業を中止した。

翌十一月四日、波もおだやかになったので、石炭積込み作業が再開された。ロジェストヴェンスキー司令長官は、回航遅延をとりもどす目的から、最も早く石炭の積込みをおこなった艦の水兵に賞金をあたえると発表した。そして、その作業を督励するため、各艦で軍楽隊に音楽を演奏させた。

作業開始の信号と同時に、たちまち各艦では活気にみちた光景がくりひろげられた。上甲板に集合した全乗組員が四方に散り、楽隊は陽気な行進曲をかなでる。石炭船の起重機は石炭をつめこんだ俵をつり上げて艦に移し、乗組員たちは、競い合うようにそれを艦内に運びこむ。甲板上にも艦内にも、石炭の粉塵《ふんじん》が濛々《もうもう》と舞い上り、士官も水兵も真っ黒になった。

夜になると、アーク灯がともされ、その中で石炭積込み作業がつづけられた。

各艦は、多量の石炭でふくれ上った。作業成績はきわめてよく、短時間のうちに各戦艦は平均一、二〇〇トンに達する石炭を積込むことができた。次の艦隊主力の寄港地ダカールはアフリカの西岸にあって、そこまでは一、五〇〇浬《かいり》もある。それにそなえてロジェストヴェンスキー司令長官は、戦艦の使用していない機関室にまで石炭を積込ませた。

ロジェストヴェンスキー司令長官は、石炭積込み作業の好結果と艦隊乗組員の士気の高さに満足し、全艦隊に出港準備を命じた。艦隊はその地で二手に分れ、別々の航路をたどることになった。

東洋までの航路は、二つあった。

一つは、アフリカ大陸の南端喜望峰を大きく迂回《うかい》する航路で、他は地中海に入りスエズ運河を通過する航路であった。むろん、スエズ運河を通る航路の方がはるかに距離は短く、理想からいえば、全艦隊がスエズへの航路をとることが望ましかった。が、スエズ運河の水深は浅く、大型の戦艦は船底をついてしまう危険があった。殊《こと》に各戦艦は、多量の石炭を積みこんでいるので吃水《きっすい》は深く沈み、航行は不可能だった。

そうした事情から、ロジェストヴェンスキー司令長官は、タンジールで艦隊を二隊に分け、本隊は喜望峰を迂回し、支隊は、スエズ運河を通過してアフリカ東方のマダガスカル島で合流させる計画を立てていた。

それにもとづいて、「スヴェトラーナ」以下三隻の巡洋艦と七隻の駆逐艦、運送船をスエズ運河を通過させる支隊とし、残りの艦船は、喜望峰をまわる本隊と定めた。

しかし、ロジェストヴェンスキー司令長官は、その計画の一部を変更した。

支隊は、スエズ運河を通りぬけて紅海を南下するが、もしも、そこに日本の有力な巡洋艦隊が待機していて攻撃を受ければ、支隊は全滅させられるおそれがある。そのような危険を防ぐためには、強力な艦艇を加える必要があった。

幸い、戦艦中の「シソイ＝ウェリーキー」（一〇、四〇〇トン）と「ナワリン」の吃水は浅く、スエズ運河を航行することは可能であり、しかも、「シソイ＝ウェリーキー」は機関に、「ナワリン」は復水器に故障を生じがちであったので、短航路をとらせる必要があった。

結局、ロジェストヴェンスキー中将は、その二戦艦をも加えて独立支隊とし、海軍少将フェリケルザムを支隊司令官に任じた。

十一月四日、ロジェストヴェンスキー中将は、旗艦「クニャージ・スヴォーロフ」のマストに、「独立支隊ハ、出動ノ用意ヲナスベシ」

の信号旗をかかげさせた。

命を受けた支隊は出港準備を急ぎ、午後八時、錨《いかり》をあげると単縦列をくんで湾口に艦首をむけた。

ロジェストヴェンスキー中将は、幕僚とともに沖合へと遠ざかってゆく支隊の艦影を見送った。その後、支隊は、ジブラルタル海峡をぬけて地中海を東進し、ギリシャ南方のクレタ島スダ湾へとむかうはずであった。

本隊は、支隊の出港につづいて十一月五日午前七時、タンジール港を抜錨した。艦尾のスクリューは回転し、二列縦陣をとって出港、アフリカ迂回の航進を開始したが、再び沖合からイギリス巡洋艦隊が姿をあらわして追尾してきた。

ロジェストヴェンスキー中将は、北海で起ったような事件が発生することをおそれ、航路の選定には特別の配慮をはらっていた。夜間に通過する商船と日本水雷艇の判別は困難なので、一般商船の通る航路から遠くはなれて航行させた。そのため、イギリス巡洋艦以外には一隻の船影も眼にすることはなかった。

海はおだやかで平穏な航海がつづき、十一月九日には北回帰線を越えた。

南下するにつれて、気温は次第に上昇し、やがて、アフリカ特有の激しい暑熱と湿気がおそってきた。

一年の半ば近くを雪と氷にとざされた北国生れの乗組員にとって、初めて経験する猛暑は、かれらに大きな苦痛をあたえた。

甲板にあがっても無風帯に入ったため空気はよどみ、眼のくらむような眩《まば》ゆい太陽が乗組員たちの皮膚をやく。手すりのポールも砲身も手のふれられぬように熱し、かれらの体には水を浴びたような汗が流れていた。

湿気もひどく、艦内には一面に水蒸気がたちこめているような水気をふくんだ空気がみちている。金属には水滴がやどって錆《さび》を生じ、机のひき出しは、水分をふくんで引きあけることもできなくなった。

乗組員たちは、そうした中で艦内訓練をつづけていたが、日射病で倒れる者が続出し、しばしば訓練を中止しなければならなかった。

夜間は、暑熱がかれらの睡眠をさまたげた。日本艦艇の来襲をおそれていた各艦は、艦の窓をすべて閉じて艦内の灯を洩《も》らさぬようにつとめていた。そのため、乗組員の居住区は蒸し風呂のような熱気と湿気が充満し、乗組員たちは裸身に汗を流してあえいでいた。

しかし、罐室《かましつ》の者にくらべれば、苦痛ははるかに少かった。半ば密閉された罐室では、昼夜の別なく焚火兵《ふんか》がスコップで石炭をすくってはカマの中に投げ入れている。屈強な焚火兵も、火熱と暑熱につつまれ、二十分も作業をつづけると意識がかすみ、よろめくように罐室を這《は》い出なければならなかった。

しかし、暑さは、まだはじまったばかりだった。赤道は遠く、そこは暑熱の地獄であるにちがいなかった。

十一月十二日朝八時、艦隊は、北アフリカの西岸にあるダカールに入港した。ダカールは、ロシアの友好国フランスの植民地なので、役人は同港での石炭積載を許可した。

その日は、ロジェストヴェンスキー中将の誕生日で、乗組員に祝賀の食事が提供され、午後六時、艦隊は石炭の積込みを開始した。が、その直後、ダカール駐在のフランス人知事が、ロジェストヴェンスキー中将を訪れてきて意外な申し出をした。

「貴艦隊が、当湾内で石炭積込みをおこなうことは、中立国であるフランスが中立違反に問われるおそれがある。ダカール知事として、私は、貴艦隊に当港を出港して遠くの湾で積込みをおこなうことを命ずる」

知事は、きびしい口調で言った。

ロジェストヴェンスキー中将は、この申し出に承服せず、ロシア本国政府に対して事情を報告し、

「今後、友好国ノフランス領港内デ自由ニ石炭積載ノデキルヨウ、フランス政府ニ交渉サレタシ。モシソレガ不可能ナラバ、艦隊ノ東洋ヘノ回航ハ不可能ナリ」

と、訴えた。そして、フランス人知事の申し出を無視して、夜おそくまで石炭積込みを強行した。

翌日も早朝四時から賞金つきで積載作業を開始、各艦では、作業の促進をはかるため軍楽隊が狂ったように行進曲を演奏した。が、酷熱をおかしておこなわれた作業は、乗組員に大きな肉体的影響をあたえた。

酷暑の中で、凄絶《せいぜつ》な石炭積込み作業がつづけられた。フランス人知事は、石炭積込み中止をつたえてきているし、その態度は一層硬化することが予想される。艦隊としては、事態が悪化しないうちに、出来るかぎりの量の石炭を短時間で積込まねばならなかった。石炭の粉塵が各艦の甲板上に黒煙のように舞い上り、艦内の士官室も戸棚も食卓も黒光りした石炭屑《くず》におおわれた。

乗組員たちは、東洋への回航が石炭との戦いであることを知っていた。石炭がなけれ

ば艦隊は動くことができず、祖国ロシアの大きな期待をになって日本艦隊撃滅のため東洋へ回航することは不可能になる。

しかし、かれらにとって、アフリカの暑熱は余りにも苛酷《かこく》すぎた。甲板上の温度は摂氏三五度を越え、鋼鉄は手をふれると火傷《やけど》をするほど熱し、艦内の温度は実に摂氏四五度以上にも達していた。

そうした中で、乗組員は必死になって石炭を艦内に運びこむ作業にとりくみ、石炭の粉塵の付着したかれらの体からは、汗が黒い液体となって流れていた。士官も兵も頭から靴まで黒く染まり、その識別は困難だった。かれらは、石炭の粉を吸いこまぬように麻屑を鼻孔におしこみ、あえぎながら作業をつづけた。

午後になると、暑熱と疲労で卒倒する者が続出しはじめた。しかし、乗組員たちは、死力をふりしぼって作業をすすめ、卒倒した者も再び起き上って石炭の俵をかついだ。

そうした乗組員たちの努力によって、日が傾きはじめた頃には、早くも石炭積込み作業は終った。

かれらは、終了の合図を耳にすると、石炭の上に仰向けに倒れ、肩を大きくあえがせながら西日のひろがる熱帯の空を見上げていた。

その苛酷な作業は、一人の犠牲者を生んだ。パリ駐在のロシア大使の令息であるネリドフ海軍大尉《たいい》で、翌十一月十四日午後三時に死亡したのである。

フランス人知事は、フランス本国から港内での石炭積込みを禁止すべしという命令を受け、再び作業中止を勧告にきた。

しかし、ロジェストヴェンスキー中将はこれを無視し、さらに、定量の一倍半に相当する石炭を積込む作業を各艦に命じた。その指示にしたがって、各艦では七五ミリ砲砲台、艦首水雷発射管室、浴場、洗濯場、乾燥場、罐室通路、艦尾最端部にまで多量の石炭をつみこんだ。

その頃、本国の海軍大臣から艦隊司令部に送られてきた無線電信は、ロジェストヴェンスキー中将を失望させた。その内容は、

「フランスガ同国植民地ノ港内デロシア艦隊ニ石炭積込ミノ実施ヲ許可シタ行為ハ中立国違反デアルトシテ、日本政府ハ、フランス政府ニ対シテ厳重ナ抗議ヲ発シタ。ソノタメ、今後フランス植民地港内デノ石炭積込ミハ行ワヌヨウ命ズ」

というものだった。

その命令にしたがえば、石炭の補給は波荒い港外か、港に近い設備の乏しい湾内でおこなう以外にない。艦隊の前途には、濃い暗雲がたちこめた。

十一月十六日、艦隊は、ダカールを出港してアフリカ大陸の西岸沿いに南下した。

ロジェストヴェンスキー中将の念頭から常にはなれなかったのは、東洋での戦況であった。満州で日本軍と激戦をつづけるロシア陸軍は、果して有利に戦いを展開している

のか。また、ロシア艦隊の在泊している旅順の攻防戦は、どのようになっているのか。

その戦況は、日本艦隊撃滅を期すロジェストヴェンスキー中将指揮下の第二太平洋艦隊に重大な関係をもっている。殊に旅順攻防戦は、艦隊にとって最大の関心事だった。日本軍は、陸上から旅順要塞《ようさい》を攻め落すため全力をあげて突撃をくり返しているが、その陥落以前に第二太平洋艦隊が東洋に到達すれば、旅順港内にいるロシア艦隊は、その封鎖線を突破して第二太平洋艦隊に合流できる。そして、ロシア艦隊は、強大な戦力を駆使して日本艦隊を潰滅《かいめつ》させ、制海権を手中にし、大陸の日本陸軍の補給路を断ち、それを全滅させることも容易だった。ロジェストヴェンスキー中将は東洋での戦況を知りたがったが、ロシア海軍省は、それについてなんの情報も与えてはくれなかった。

その頃、ロシア陸軍は沙河《しゃか》で日本軍と対決して大敗北を喫し、戦況は依然として好転するきざしはみえなかった。が、ロシア海軍省は、苦難にみちた航海をつづける艦隊の士気のおとろえることをおそれて、その事実をロジェストヴェンスキー中将につたえなかったのだ。

ロジェストヴェンスキー中将は完全なツンボ桟敷《さじき》におかれていたわけだが、わずかにダカール港で得た情報が唯一《ゆいいつ》の救いになっていた。それは、旅順要塞の守りがかたく、総攻撃をおこなった日本軍が大損害を受けて撃退されたというニュースであった。

その戦況に満足したロジェストヴェンスキー中将は、すさまじい暑熱にさらされながら艦隊を南下させることに努めたが、艦船の故障が相ついで、連日三、四回は停止しなければならず、また、未知の海洋を航行するため坐礁《ざしょう》の危険も多く、その航進は意のままにならなかった。

或る海域では、海図に水深が三、六〇〇メートルと記載されているのに、実際に測定してみると一〇〇メートルしかないようなこともしばしばだった。石炭積込みのために波浪のおだやかな陸地に接近する必要があったが、海図に信頼が置けぬので接近は危険だった。

そうした障害にさまたげられながらも、艦隊は、ダカールを出港してから十日後の十一月二十六日にガブーン河口に入港した。そして、四日間碇泊《ていはく》して石炭積込みを終えた後、十一月三十日、同河口を出発することになった。

その日、本国の海軍軍令部から明るい連絡が入った。ポルトガルの武装船一隻《せき》が、第二太平洋艦隊に合流したいと切望しているという報《しら》せであった。

その好意的な申し出を喜んだロジェストヴェンスキー中将は、ポルトガル植民地の良港であるグレート・フィッシ・ベーにその武装船が待っているだろうと予測し、同港にむかって出港した。

十二月二日の夜明けに、艦隊は赤道を通過した。

各艦では、乗組員たちが仮装行列などの趣向をこらして赤道祭をもよおし、ロジェストヴェンスキー司令長官も興味深げに見物した。

かれは、長い航海で乗組員の規律がゆるむことを最も恐れ、規則に違反した者には厳罰主義でのぞむように全艦艇に指示していた。そして、乗組員たちにかれの方針をしめすために、出港したばかりのガブーン河口では、巡洋艦「ドミトリー・ドンスコイ」のヴェショールイ大尉、少尉候補生ワルザール、同セリトゥレンニコフの三士官を軍法会議にかけるため本国へ強制送還した。司令長官命で風紀の乱れることを防ぐため夜間の離艦を厳禁していたが、その三士官は、禁をやぶって、短艇で病院船「オリョール」の看護婦のもとへひそかに忍んでゆこうとする所を発見されたのである。

そうした不祥事はあったが、ロジェストヴェンスキー中将は、幾分、機嫌を直していた。本国を出発してから、北海事件をはじめ各港で石炭積載拒否を受けるなど冷たい扱いを受けてきたが、ポルトガルの一武装船が第二太平洋艦隊に合流することを切望しているという軍令部からの報告は、好意に飢えていたロジェストヴェンスキー中将の苛立《いらだ》った感情をしずめていた。

それに、赤道を越えてから暑熱が急に低下したことも、かれの気分をなごませていた。海面には南氷洋から流れてくる寒流が流れこんできていて、その影響で、艦内温度も摂氏二〇度近くに低下していた。

艦隊は、十二月五日、ポルトガル武装船が待っていると予測されるグレート・フィッシ・ベー湾外に到着した。

ロジェストヴェンスキー中将は、同湾で歓待を受けて武装船とも会合できるだろうと期待していたが、その期待は入港後、無残にも裏切られた。

各艦が錨《いかり》を投じて間もなく、湾内からポルトガルの砲艦が艦隊に近づいてきた。砲艦の艦長が、ロジェストヴェンスキー中将に会見を申し入れて艦上にあがってきた。

同中将が会うと、艦長は、

「艦隊の湾内に入ることは厳禁する。また、湾外もポルトガル領海に属すので、二十四時間以内に退去して欲しい」

と、きびしい口調でつたえた。

同中将は、唖然《あぜん》として、

「ポルトガルの武装船が、わが艦隊に合流することを望んで、当港に待っているはずだが」

と、言ったが、艦長は、

「そんな船のことは知らぬ」

と、そっけなく答えて去っていった。

ロジェストヴェンスキー中将は、悄然《しょうぜん》と椅子《いす》に腰を落した。

本国のリバウ軍港を出発してから五十日が過ぎたが、その間、日本水雷艇の影におびえて北海事件をひき起したり、運送船の故障なども続出して、航進は思うようにはかどらない。その上、寄港する港では常に冷淡な扱いを受け、石炭の満足な積込みも許してはくれない。

東洋への道は遠く、その航路の半ばにも達していない。ロジェストヴェンスキー中将は、自分の率いる艦隊が洋上をさ迷う浮浪者の群れのようにも思えた。

ロジェストヴェンスキー中将直率の第二太平洋艦隊主隊が、アフリカ大陸の西岸沿いに喜望峰へと苦難の航海をつづけている頃、タンジールで別れた支隊は、地中海を東進、十一月十九日にはギリシャ南方洋上にあるクレタ島のスダ湾に集結を終えた。そして、十一月二十一日、支隊は同湾を出港、二十四日にはスエズ運河の入口にあるポートサイドに到着した。

支隊は、「シソイ＝ウェリーキー」「ナワリン」の二戦艦、「スヴェトラーナ」「ジェムチュグ」「アルマーズ」の三巡洋艦と七隻の駆逐艦、九隻の運送船で、主隊と同じように、中立国違反をおそれる各港の官憲から冷たい扱いを受けた。ポートサイドでも、石炭や飲料水の積込み制限を受け、しかも、その碇泊時間は二十四時間以内とされた。

十一月二十五日、まず、「ボードルイ」を先頭に七隻の駆逐艦が、スエズ運河事務所員の指示によってスエズ運河に入った。

駆逐艦は、五〇〇メートルの間隔を保って進み、後方から巡洋艦「アルマーズ」を先導艦とした二隻の戦艦が入河し、さらに、巡洋艦二隻と運送船九隻がそれにつづいた。

支隊司令部は、日本人工作員が破壊工作をするおそれがあるという軍令部からの情報にもとづいて、人家の多い場所にあらかじめ番兵を配置し、厳重な巡視にあたらせた。

運河沿いの住民は、第二太平洋艦隊の支隊が遠く東洋にある日本艦隊に決戦をいどむためスエズ運河を通過することを知っていて、運河沿いにむらがり、艦船のやってくるのを待っていた。

やがて、運河の北方から黒煙をなびかせた駆逐艦のマストがみえ、群衆は、歓声をあげて沿岸にひしめき合った。

駆逐艦についで巡洋艦が姿をみせ、その後方から、戦艦二隻が運河を圧して近づいてきた。かれらの興奮は、最高潮に達し、艦上に並ぶ乗組員に手をふり、激励の歓呼をあげ、乗組員も喜んでそれに応《こた》えた。

支隊は、群衆の見守る中を無事に運河を通過、スエズ湾に投錨《とうびょう》した。が、その湾での碇泊時間も制限を受けていたので、十一月二十七日、あわただしく抜錨すると、紅海を南下した。

しかし、日本艦艇が紅海で支隊を襲撃するため待ち構えているという情報がしきりにつたえられていたので、全艦船は、その来襲にそなえて厳重警戒にあたった。砲には砲弾を装塡《そうてん》して、夜間でも当直の砲手は洋上を監視しつづけた。また、非番の砲手たちも、衣服をつけたまま砲の傍で睡眠をとり、警報の発令と同時に砲火を開くことができるよう待機していた。

第二太平洋艦隊の主隊と支隊は、アフリカ大陸南東方向にあるインド洋のマダガスカル島で合流を策していたが、その二隊の航行は、想像を絶した苦難にみちたものであったのだ。

寄港する各港で、艦隊は石炭や食糧飲料水の積載を請《こ》い、追い立てられるように出港すると、外洋の荒い風波にさらされる。航進はいちじるしく遅延し、依然として東洋への道は遠かった。しかも、艦隊首脳部の最大の関心事であった東洋の戦況も、その後、かれらには全くつたえられていなかった。

四

ロジェストヴェンスキー海軍中将のひきいる第二太平洋艦隊の東洋への回航の報は、日本海軍に大きな動揺をあたえていた。

日露戦争勃発《ぼっぱつ》当時、日本海軍の総兵力は、戦艦六隻《せき》、一等巡洋艦六隻その他の巡洋艦を主力に合計排水量二十六万四千六百余トンであったが、これに対抗する東洋水域でのロシア海軍兵力は、戦艦七隻、巡洋艦十四隻を主力に合計排水量十九万一千余トンであった。

合計排水量では日本海軍の方がまさっていたが、日清戦争で捕獲した艦をはじめ旧式老齢艦がまじっていたので、戦力の上では、ほぼ対等であった。

そうした事情から、日本海軍は、自らの戦力を少しでも減少させることはできない立場にあった。東郷平八郎海軍大将を司令長官とした連合艦隊は、ウラジオストック、旅順の両港を基地とするロシア海上兵力に積極的な戦闘をいどみ、仁川《じんせん》沖、旅順港口、黄海、蔚山《うるさん》沖の各海戦で打撃をあたえ、制海権も手中におさめることに成功した。

しかし、ロシア艦隊は、旅順とウラジオストック両港奥深くひそんで、その主力は閉《へい》塞《そく》状態にありながらも、依然として健在だった。

その間、明治三十七年四月三十日、ロシア皇帝ニコライ二世は、本国にある大艦隊を第二太平洋艦隊として東洋の危急をすくうため派遣すると発表した。

制海権の確保に全精力を集中していた日本海軍にとって、その発表は、或る程度予期していたこととはいえ一大脅威となった。

さらに、新艦隊の司令長官に軍令部長ロジェストヴェンスキー海軍少将（当時）が任命されたことを知った日本海軍は、一層、重苦しい不安につつまれた。軍令部長といえば、海軍の作戦行動面における最高責任者で、そのような位置にあるロジェストヴェンスキー少将が司令長官に任ぜられたことは、ロシアの新艦隊に対する期待がなみなみならぬものであることをしめしていた。

日本海軍は、ヨーロッパにある在外領事館や各地に放たれた諜報員《ちようほういん》から情報を集めることにつとめていたが、新艦隊の陣容が、ロシア本国の海上兵力の主力をもって編成されることを察知した。

そうした状況の中で、突然、戦慄《せんりつ》すべき悲報が相ついで報告され、海軍大臣はじめ日本政府の要人は顔色を失った。それは、旅順口閉塞作戦をおこなっていた艦艇がぞくぞくと触雷、衝突、坐礁《ざしよう》で失われたからであった。

まず、五月十二日、掃海中だった第四十八号水雷艇が、翌々日には通報艦「宮古」（一、七七一トン）が、それぞれ機雷にふれて沈没、さらに、五月十五日には二等巡洋艦「吉野」（四、一五〇トン）が深夜濃霧にさまたげられて最新鋭装甲巡洋艦「春日」（七、六二八トン）と衝突、「吉野」は沈没、「春日」は傷ついた。この事故によって、「吉野」は艦長以下乗員の八〇パーセントに達する三百十七名の乗組員が死亡した。

しかも、その日、日本海軍の戦力に大打撃をあたえる事故が発生した。

日本海軍は、「三笠」（一五、一四〇トン）「朝日」（一五、二〇〇トン）「初瀬」（一五、〇〇〇トン）「敷島」（一四、八五〇トン）「富士」（一二、五三三トン）「八島」（一二、三二〇トン）の六戦艦を保有していたが、これらの戦艦は、すべてイギリスから購入した優秀艦で、殊《こと》に「三笠」「初瀬」は、世界最強の新鋭戦艦であった。

ところが、二等巡洋艦「吉野」の沈没した五月十五日、日本海軍の期待をになう戦艦「初瀬」が、ロシア海軍の敷設した機雷にふれ、さらに曳航《えいこう》される途中、再び触雷して火薬庫が爆発、瞬時にして沈没してしまったのである。

この光景は、旅順港内に閉じこめられていたロシア軍艦にも望見され、艦橋にいたロシア信号兵は、

「敵戦艦爆発シ、甚シク傾斜シツツアリ」

と報告した。

沈滞していたロシア艦の乗組員は、かすかにあがる爆煙を眼にして、

「ウラー、ウラー」

と、歓喜の声をあげ、互いに体を抱きあって踊り狂った。この轟沈《ごうちん》によって、副長海軍中佐有森元吉以下四百九十二名が殉職した。

また、「初瀬」の触雷直後、再び旅順港外で大爆発音が起った。ロシア軍艦の上甲板にいた乗組員たちは、その音響を耳にして、またも、「ウラー、ウラー」の歓声をあげた。

かれらは、狂気乱舞した。戦艦「八島」が、「初瀬」と同じように機雷に触れ大破したのだ。「八島」は曳航されていったが、途中、浸水がはげしく沈没してしまった。

災厄は、さらにつづいた。翌々日の五月十七日、砲艦「大島」（六四〇トン）が濃霧の

ため僚艦「赤城」に激突、駆逐艦「暁」(三六三トン)も、機雷にふれてそれぞれ海底に没してしまったのである。

日本海軍は、わずか六日間に敵艦と砲火をまじえることもなく七隻の艦艇を失ったことになるが、殊に最新鋭戦艦「初瀬」と戦艦「八島」を失ったことは、致命的ともいえる大損失であった。

日本海軍の主力を形成する六隻の戦艦は四隻に激減し、戦力の三分の一を失った。ロジェストヴェンスキー海軍少将指揮の大艦隊の来航がつたえられる折だけに、海軍首脳部の悲嘆は大きかった。

連合艦隊司令長官東郷平八郎大将は、その悲報に愕然《がくぜん》とした。責任は、かれが一身に負わねばならぬものであった。

かれは、表情の乏しい提督で、自らの心の動揺を部下にさとられることを恐れでもするように、ひとり甲板上を眼を落して歩きつづけるだけだった。

海軍大臣山本権兵衛《ごんべえ》は、相つぐ沈没事故に、その度に東郷司令長官に警告をあたえていた。第四十八号水雷艇の沈没についで通報艦「宮古」が沈没した時、山本は東郷に対し、

「先ニ第四十八号水雷艇沈没ノ報ニ接スルヤ、本大臣ハ特ニ将来ノ注意ヲ促シタリシガ、今マタ軍艦宮古ガ同地点ニ於テ同様ノ不幸ニ陥リシノ報ヲ得テ、遺憾ノ至ニ堪エズ」

と、打電し、その行動に十分注意すべきである、ときびしい語調でいましめた。さらに、水雷艇、通報艦についで巡洋艦「吉野」の衝突事故による沈没がつたえられると、山本の憤《いきどお》りは爆発した。山本は、東郷に対して、「実ニ遺憾極マリナシ」と叱責《しっせき》し、連合艦隊が開戦以来戦況の有利に展開していることになれて注意をおこたるようになっているのではないか、と電報で激しく難詰《なんきつ》した。かれは、東郷の指導に重大な不備がある、と指摘したのだ。

しかし、戦艦「初瀬」「八島」の沈没を知った山本は、さすがに言葉もなく、その悲報に唖然《あぜん》とした。かれは、憤激する気持も失われ、むしろ東郷の立場に同情した。東郷が、その責任者として日夜苦悶《くもん》していることを察したのだ。

山本は、東郷の責任をこれ以上追及するのは酷だと判断し、

「初瀬沈没ノ電報ニ接シ、閣下ト共ニ其ノ悲ミヲ同ジウス。然レドモ優勢我ニアリ、決シテ憂慮ニ制セラルベカラズ。今ヤ最モ大切ナル時機ニ属スルヲ以テ非常ナル注意ヲ加エ、我ガ勢力ノ維持ニ努メ、士気ヲ鼓舞シ以テ大ニ将来ヲイマシメ職責ヲ全《まっと》ウセラレンコトヲ切望ス」

と、逆に東郷を慰め、激励した。

しかし、新鋭戦艦「初瀬」と戦艦「八島」を失ったことは、日本海軍にとって致命的な事故であった。東洋水域のロシア艦隊は、傷ついた戦艦三隻を修理して計五隻の戦艦

が旅順港内にひそんでいる。しかも、ロシア本国から来航する第二太平洋艦隊は七隻の戦艦が主力となるとつたえられ、それが合流すれば、ロシア側は十二隻の戦艦を有する大艦隊となる。

それに対して、日本海軍は、二隻の戦艦を失ってわずか四隻の戦艦で対抗しなければならない。日本海軍がまさっているのは巡洋艦の戦力だが、それにしても戦艦の数が十二対四では、戦力の差は余りにも大きすぎた。

東郷司令長官の立場は、窮地におちいった。

旅順港奥深くひそむ戦艦五隻をふくむロシア旅順艦隊は、港内で艦船の整備につとめ、乗組員も十分に静養をとって戦力は急速に向上している。それと対照的に、日本海軍の艦船は長い戦闘行動で故障個所も多く、乗組員にもようやく疲労の色が濃くなってきている。

日本海軍は、旅順港口を閉塞しているが、旅順艦隊は、港外に機雷を敷設したりして、日本軍艦の接近をさまたげている。そうした中で、ロシア本国から大艦隊がやってくれば、日本海軍の大部分の艦艇は決戦にそなえて内地に引揚げ修理をしなければならず、旅順港の閉塞もおろそかになる。

そのような場合には、当然、旅順艦隊は旅順港を出てウラジオストックに残存し休養しているウラジオストック艦隊と合流し、態勢をととのえるだろう。劣勢の日本海軍は、ロシア本国からの来航艦隊とウラジオストックのロシア艦隊とのはさみ撃ちにあうのだ。

東郷司令長官は、ロシア本国からの大艦隊の来航は必至と考え、伊東海軍軍令部長に、

「このままの状態では、憂慮に堪えず」

と、苦悩を訴えた。

日本海軍にとって、活路はただ一つしかなかった。それは、勢力の恢復《かいふく》につとめているロシア旅順艦隊を、新艦隊の来航以前に潰滅《かいめつ》させてしまうことであった。

しかし、旅順艦隊は、旅順港内深くもぐりこんでいて、海上からそれに打撃をあたえることは不可能だった。残された方法は、陸軍によって旅順要塞を攻め落し、港内のロシア艦艇を撃沈させることのみであった。

東郷は、七月十一日、伊東軍令部長に書簡を送り、旅順攻略を陸軍に依頼して欲しい、と強く要請した。

東郷の要望をいれた伊東は、翌日、大本営陸軍部参謀総長に面会して海軍側の意をつたえ、その結果、陸海軍高級幕僚会議の席上、陸軍による旅順攻略作戦を開始することが決定した。

その命令は、満州におもむく途中の満州軍総司令官大山巌元帥《いわおげんすい》のもとにつたえられ、大山は、連合艦隊の基地である長山列島に立ち寄って、東郷司令長官と懇談した。そして、七月十四日、大山は、大連に上陸すると、第三軍司令官乃木希典《のぎまれすけ》大将を招いて旅順

攻略を命じた。

乃木は、その命令にしたがって、七月二十五日から作戦行動に入り八月末日までに旅順要塞《ようさい》の占領を終了する、と確約した。

東郷をはじめ海軍首脳部の表情には、ようやく明るさがもどった。八月末に旅順が陥落し、港内のロシア艦艇が撃沈されれば、行動中の大半の艦艇は、日本内地の海軍工《こう》廠《しょう》等にもどって修理を受けることができる。修理は最小限約二カ月を要するが、それが終れば猛訓練をつんで、来航をつたえられるロシア新艦隊に全力をあげて決戦をいどむ。戦艦の数では劣勢だが、実戦を経てきた経験と猛訓練で、ロシア来航艦隊と対決することは可能なのだ。

そのような海軍の期待をになって、乃木希典大将のひきいる第三軍は、七月二十五日、旅順に対して攻撃を開始した。

すでに旅順のロシア軍守備隊にも、本国から救援の大艦隊が来航するという連絡はつたえられていた。もしも救援艦隊が到着するまで旅順艦隊を温存させておけば、日本艦隊を全滅させることができることも知っていた。そのため、守備隊の士気はきわめて高く、攻撃してきた日本軍を迎え撃って激しい抵抗をしめした。

戦闘は、三日間にわたっておこなわれた。

日本軍の攻撃はすさまじく、ロシア守備隊の防衛線を突破、七月三十日には完全に旅順を包囲した。その間、日本軍は参加将兵五万七千名のうち死傷者約二千八百名を生み、ロシア軍は一万八千名のうち約千四百名の死傷者を出した。

日本軍は、旅順を一気に攻め落す意気に燃えていた。しかし、日本軍の前面にはだかるロシア軍陣地は、想像を絶した恐るべき大要塞であった。

乃木大将をはじめ大本営陸軍部は、旅順要塞の堅牢《けんろう》さを全く知らなかった。それまでの旅順に対する調査では、日清戦争時代の旧式な陣地に多少の散兵壕《ごう》が増築されたものと推定されていた。しかし、ロシア軍は、旅順を領有した後、二十万樽《たる》のセメントを投入、極秘のうちに大要塞を作り上げていた。その内容が外部にもれるのを防ぐため、工事に従事した人夫多数を殺害したとも噂《うわさ》され、その後も、機密保持に厳重な監視をつづけていた。

旅順を包囲した日本軍は、八月六日、ロシア軍陣地への攻撃を開始したが、ロシア軍守備陣地はかたく、三日間にわたる戦闘でその一角を占領したにとどまった。戦闘は予想以上の苦戦で、日本軍は攻撃参加者九千百余名中、千二百余名の死傷者を出した。

しかし、それは、旅順攻防戦の序幕にすぎなかった。日本軍は、突撃に突撃をかさねて八月十五日には旅順本要塞に迫る陣形をととのえたが、堅牢な要塞は、日本軍将兵の生命を際限なくのみこむ無気味な怪物だった。

日本軍は、砲兵陣地の展開も終え、八月十九日早朝から本要塞目ざして大攻撃を開始した。

日本軍は、攻城砲百七十門、野砲八十門、海軍重砲三十門によって砲撃を集中、一トーチカに平均七〇トンの砲弾を撃ちこんだ。これによって、トーチカ群は壊滅したと判断し、乃木司令官は八月二十一日、総突撃を命じた。

しかし、トーチカは猛砲撃にも堪えて破壊されることもなく、その上、戦意の高いロシア守備隊の猛反撃にあって、日本軍は大損害をうけ、全滅状態になった部隊も多かった。総攻撃は、惨憺《さんたん》たる結果に終った。

八月二十四日朝、乃木大将の手にした双眼鏡には、斜面をおおうおびただしい日本兵の死体のみがうつった。乃木は、ついに攻撃中止を命じたが、その本要塞に対する六日間におよぶ第一回の攻撃は、参加将兵五万七百六十五名中一万五千八百六十名の死傷者を出すという悲惨な結果に終り、或る連隊では、軍旗護衛兵六名を除く連隊長以下全員が戦死したほどだった。

しかし、乃木は、旅順要塞を正面から肉弾攻撃すれば必ず攻め落せると信じて疑わず、九月十九日、再び大攻撃の開始を命じた。

その攻撃の際、第一師団のみは、二〇三高地占領をくわだてて軍を進めた。海軍側としては、要塞そのものの占領よりも港内にいる旅順艦隊を潰滅してもらうことが唯一《ゆいいつ》の希望で、そのためには、港内を見下ろすことのできる二〇三高地を占領し、そこに砲を据えて港内の敵艦隊を砲撃するのが最も効果的であった。そうした海軍側の要望もあって、乃木司令官は、第一師団に二〇三高地占領を命じたのだ。

しかし、第三軍の主たる攻撃目的は要塞そのものの占領であり、敵艦隊を潰滅させることは、その占領の後に得る結果と考えていた。

二〇三高地の攻撃は、第一師団によって開始されたが、それは総攻撃のわずかな部分を占めるものにすぎなかった。

ロシア守備隊は、機関銃を駆使して防戦につとめ、第一師団は二〇三高地の占領に失敗した。しかし、常に敵よりも数倍、数十倍の大損害をこうむる日本軍の中で、第一師団はロシア守備隊の死傷者千二百二十一人に対し、千八百二十四人と六百余名を上まわる程度の損害を受けたにとどまった。それは、ロシア軍守備隊が二〇三高地に強固な陣地を設けていなかったためで、山腹にわずかの散兵壕が掘られていただけであった。

この折の第三軍の総攻撃も、旅順港の一部を望見できる高台を占領しただけで、死傷者四千八百名の損害をこうむり、不成功に終った。

その頃、大本営陸軍部は、旅順要塞の攻撃に専念する乃木大将の作戦指導に、不信感をいだくようになっていた。

旅順攻撃は、港内の敵艦隊を撃滅することが主要な目的で、その点については、大本営陸軍部の意見も海軍側の要望と一致していた。それには、港内を望見することのできる二〇三高地を占領すべきだと判断されていたが、乃木大将のひきいる第三軍は、要塞の陥落を第一に考え、二〇三高地の攻撃には力をそそがない。そして、大本営から送った艦艇撃沈を目的とした二八サンチロ径の要塞砲も、旅順要塞の砲撃に使用するという状態だった。

大本営は、

「二〇三高地を攻撃すべし」

と、電報を打ったが、それに対して第三軍は、

「同高地を占領しても、旅順要塞は陥落せず。わが軍は、要塞陥落に努力せん」

と、答えてくる。

大本営と第三軍の意見は、完全に対立した。

海軍側は、乃木軍の旅順攻略が失敗の連続であることに狼狽《ろうばい》した。陸軍側は、八月末までに旅順を陥落させ港内の旅順艦隊を潰滅させると約束したが、突撃に突撃をくり返しても旅順要塞はゆらぎもせず、日本軍将兵の死体のみが山積してゆくだけだ。もしも、その陥落以前にロシアから第二太平洋艦隊が来航すれば、連合艦隊の戦力では、到底それを迎え撃つことは不可能に近い。

海軍が陸軍に旅順攻略を要望した目的は、港内の旅順艦隊を潰滅してもらうためだが、第三軍は、そのようなことは最終目的として、ただいたずらに正面攻撃をくり返すだけ

で、死傷者は増すばかりだった。

海軍側は、第三軍の攻撃作戦に激しい苛立《いらだ》ちを感じていたが、十月十六日にロンドンから発せられた電文は、海軍部内に大きな動揺をあたえた。それまで艦隊編成をつたえられていたロジェストヴェンスキー少将指揮の第二太平洋艦隊が、十月十五日、ロシアのリバウ軍港を出撃したというのだ。さらに十八日になると、その勢力が戦艦七隻《せき》、巡洋艦六隻を主力とした四十七隻におよぶ大艦隊であるという情報が入電した。

海軍は、一日も早く旅順攻略を成功して欲しいと陸軍側に懇請したが、その間にも、ロシア艦隊は、バルト海をぬけて北海へと急速に航進していた。

日本海軍の焦慮はつのったが、そのうちに、第二太平洋艦隊がイギリス漁船隊を日本水雷艇とまちがえて砲撃するという北海事件が起り、イギリスを激怒させているという情報も入ってきた。

日本海軍は、その事件の推移に重大な関心をいだいた。もしも、その事件をきっかけにロシアとイギリスの紛争が拡大すれば、ロジェストヴェンスキー中将が来航を断念するか、それともロシア艦隊がどこかの港で抑留され、来航の期日が大幅に遅れることになるかも知れない。戦備の全く整っていない日本海軍にとって、それは願ってもないことであった。

やがて、ロシア艦隊がイギリスの抗議によってスペイン領ビーゴ港で碇泊《ていはく》を命ぜられ、二十日間ほど抑留されるだろうという情報が入った。

日本海軍は、その報を喜んだ。そして、十月二十六日から二八サンチ砲の砲撃によって開始された第三軍の旅順に対する総攻撃に希望を託した。その期待をになって同月三十日、乃木大将のひきいる第三軍の将兵は、堅牢な旅順要塞に肉弾攻撃による攻撃をいどんだ。

しかし、十一月二日、第二太平洋艦隊は、北海事件落着のメドもついて予想よりも早くビーゴ港を出港したという電文が入った。さらに翌日になると、第二太平洋艦隊が、地中海入口のタンジールに到着、支隊はスエズ運河を通過するため地中海に入り、主隊は、アフリカ大陸の喜望峰を迂回《うかい》して、支隊とマダガスカル島で合流する予定だということもあきらかになった。

その頃、日本海軍の期待もむなしく、第三軍の総攻撃は二千八百名の死傷者を出しただけで完全に失敗し、攻撃は中止された。

日本海軍は、第二太平洋艦隊の戦力を探知することに全力をつくしていた。諜報員《ちょうほういん》その他が各地に配置され、積極的な情報蒐集《しゅうしゅう》がおこなわれていたが、ぞくぞくと入電してくる情報は、日本海軍の不安をつのらせるものばかりであった。

第二太平洋艦隊は、給炭・給水用の運送船をはじめ艦船修理に任じる工作船、水雷母艦、病院船までともなっている。そして、途中の港々にあらかじめ多くの給炭船を配置させ、穏やかな日をえらんで外洋でも石炭や水の積込みをおこないながら航海をつづけている。主隊と支隊は、インド洋のマダガスカル島で合流し、ただちにマレー諸島方面へとむかい、台湾付近に進出してくるだろう。整備された第二太平洋艦隊の機能を考えると、その進出は意外に早く、明年一月上旬には日本近海に姿をあらわすことが予想された。

第二太平洋艦隊は、旅順の陥落以前に東洋へ到着することをねがって速度をあげているだろうし、もしかすると、十二月末頃までには日本近海に接近してくるかも知れなかった。

そのような諸情報を分析した結果、日本海軍は、ロシア第二太平洋艦隊の来航を十二月末か明年一月初旬と判断した。

しかし、日本海軍艦艇は、長い戦闘行動であらゆる部分に修理を必要とし、殊《こと》に旗艦「三笠」は、八月十日の海戦で後部主砲塔の砲が破壊し、主砲力は半減している。日本海軍としては、ロシア艦隊の来航前に、「三笠」をはじめ全艦艇の整備を終えている必要があった。が、その修理期間は少くとも二カ月を要すると予想され、それから逆算すると、内地の海軍工廠等に艦艇を十一月初旬までに収容しなければならなかった。

しかし、十一月初旬はすでにきていた。大本営海軍部は、各鎮守府司令長官に全力をあげて迅速に修理をおこなう準備をととのえることを命じ、修理期間を一カ月と指示した。が、それでもロシア艦隊を迎えうつためには、十一月末日までに各艦艇を海軍工廠に収容しなければならない。

海軍側は、陸軍側に対して苦境を説明し、旅順の陥落を十一月末までに必ず果してくれるよう再び強く要請した。そして、第二太平洋艦隊の決戦にそなえるため、大半の艦艇を引き揚げさせる必要があるので、旅順港封鎖作戦をゆるめざるを得ない、と陸軍側に通告した。

しかし、封鎖をとくと、旅順艦隊は出港してウラジオストック港に回航し、ロシア第二太平洋艦隊と協同作戦をとる公算が大きい。そのようなことにでもなれば、日本海軍の勝算は絶望的となる。

また、海軍が封鎖をゆるめると、ロシア軍守備隊は、海上からの補給を得て戦力は倍加する。つまり、旅順を攻撃している第三軍も苦境におちいる。

さらに、沙河《しゃか》の会戦で日本陸軍は勝利を得ていたが、奉天方面のロシア陸軍は、着々と兵力の増強につとめ、世界最強の陸軍国としての名誉にかけても日本陸軍を全滅させようと期していた。

これに対して日本陸軍は、砲弾不足におちいっていて、兵員の数も劣勢であった。大本営陸軍部は、旅順を一日も早く陥落させて、その攻撃にしたがう第三軍を奉天方面に送りこみたかった。

しかし、第三軍司令官乃木大将も総司令官大山元帥《げんすい》も、旅順要塞を正面から攻め落す方針を変えようとはしなかった。大本営陸海軍部は、二〇三高地を占領してそこを観測点に敵艦隊を砲撃して欲しいと要望しているのに、現地軍は、それを無視して要塞の正面からの攻撃をやめようとはしない。

このままではいつまでたっても旅順陥落は実現しないと察した伊東祐亨《ゆうこう》海軍軍令部長は、十一月八日、陸軍部の山県有朋《やまがたありとも》参謀総長と会い、伊集院《いじゅういん》軍令部次長、長岡参謀次長をまじえて大本営陸海軍部合同会議をひらいた。

会議は深夜におよび、種々協議の結果、翌九日午前一時すぎ、山県参謀総長名で大山総司令官に電報を発した。電報内容は、一日も早く旅順艦隊を撃破してわが海軍の艦艇を修理させ、来航するロシア第二太平洋艦隊との決戦にそなえさせなければならない。そのためには、第三軍の攻撃目的を港内の敵艦撃破と定め、敵艦を砲撃するのに最も適した二〇三高地の占領に全力を集中して欲しい。もしも、それが果せなかった折には、陸海全軍の作戦上、とり返しのつかない一大危機に見舞われる……という悲壮なものであった。

その電報に対して、満州軍総司令官大山巌元帥から返電がきたが、それは、大本営の意見と全く対立したものであった。大山は、「二〇三高地ハ旅順ノ死命ヲ制スルモノニ非《あら》ズ」と断定して、大阪に待機する第七師団を増援部隊として送るよう要請してきた。

そして、乃木大将の指揮する第三軍には、今まで通り正面攻撃を続行させるから承知しておいて欲しい、とつたえてきた。

大本営は、総司令部の返電に当惑した。が、意見の相違は大本営と満州軍総司令部の間だけではなく、総司令部と旅順攻撃にしたがう第三軍との間でも起っていた。

第三軍は、二八サンチ砲で旅順港内の艦船と港湾施設に砲撃をつづけていたが、それは観測する高台もない盲撃《めくらう》ちに等しいもので、さすがの総司令官大山元帥も、砲弾のいたずらな消費と砲の損耗を憂《うれ》えて砲撃を中止せよ、と指令した。

しかし、乃木司令官は、港内の艦船砲撃を望む海軍を失望させることを恐れた。たしかに観測点のない砲撃ではあるが、それを続行すれば、命中することもあり得ると推測していた。そのため、大山の命令に対して反対する旨《むね》の電報を打った。

大山は、乃木の電報に接し、二八サンチ砲は近く開始予定の総攻撃に用うべきだとして、

「貴電一読ス。モシ二八サンチ砲ノ効果ガ敵艦ニ命中沈没セシムルカ、又ハ軍艦ヲ港外ニ出デザル如《ごと》クナセバ可ナルモ、今日マデノ経験上シカラズ。サル上ハ無駄ノコトナリ。ヨッテ連合艦隊ト協議シ、断然二八サンチノ全力ヲ主攻撃ニ向ワシムルヲ要ス」

と述べ、軍艦射撃に一発も弾丸を使用してはならぬ、とつけ加えた。

しかし、乃木は、砲や火薬などの運送に協力してくれた海軍の恩義に報ゆるためにも、

砲撃を続行すべきだとして、その説明に白井参謀を大山のもとへ派遣したりした。このように大本営、総司令部、第三軍の間に、作戦目的の大混乱があった。

すでにその頃、ロジェストヴェンスキー中将のひきいる第二太平洋艦隊の主隊は、タンジールを出港、アフリカ大陸の西岸沿いに南下し、十一月十二日には喜望峰へほぼ三分の一の位置にあるフランス領ダカールに入港していた。また、支隊は地中海を航進して、早くもスエズ運河入口近くに迫っていた。

ロシア艦隊の速度は予想以上に早く、大本営海軍部は、暗澹《あんたん》たる空気につつまれた。旅順陥落の予想は全く立たず、第二太平洋艦隊は急速にせまっている。その来航艦隊と決戦しなければならぬ日本海軍は、やむなく出動中の艦隊を数隻ずつ交代に内地へ帰還させて、海軍工廠等で修理させることを決意した。

状況は、最悪の事態におちいった。開戦以来、順調に推移していた戦局も、旅順攻撃の失敗につぐ失敗で、敗北の危機にさらされていた。

大本営陸軍部は、旅順攻防戦の成否が全戦局を左右すると判断し、日本陸軍最後の予備軍であった第七師団を旅順攻撃に参加のため出発させた。日本陸軍は、すべての戦力を投入しつくしたのだが、第七師団も、第三軍の反復される旅順要塞《ようさい》への正面攻撃に使われれば、たちまち大損害を受けることはあきらかだった。

大本営陸海軍部は、作戦指揮の混乱を統一させるため、最後の手段として天皇の裁断を仰ぐことになった。そして、天皇の承諾を得て、十一月十四日午前、御学問所で御前会議がひらかれた。出席者は、総理大臣桂太郎《かつらたろう》をはじめ寺内陸相、山本海相、陸軍からは山県参謀総長、長岡参謀次長、海軍からは伊東軍令部長、伊集院軍令部次長の計七名であった。

それまでの御前会議では、陸・海軍からそれぞれ戦闘経過を天皇に報告するだけであったが、その折の会議は、全戦局を左右する日露戦争中最も重大な意義をもつもので、祖国の興亡に関する会議であっただけに、席上には終始悲壮な空気がただよっていた。

一般大衆は相つぐ勝利に熱狂し、夜の町々には、しばしば提灯《ちょうちん》行列の灯《ひ》が流れ、万歳、万歳の歓声があがっている。また、一方では幸徳秋水《こうとくしゅうすい》、堺利彦《さかいとしひこ》、安部磯雄《いそお》らが「平民新聞」を発刊して、社会主義者としての立場からさかんに戦争反対を唱え、歌人与謝野晶子《よさのあきこ》も、戦場へおもむく弟への感情を「君死にたまふことなかれ」という厭戦詩《えんせんし》にうたって、「明星」に発表していた。このような戦争批判は一部の人々に大きな共鳴をあたえていたが、学者、新聞人による戦争謳歌《おうか》の声は、それをはるかに上廻るほど強いものであった。勝利に酔う一般大衆の前に、反戦論者の声は、ほとんどなんの反応ももたらしてはいなかった。

大衆は、東洋の小国である日本が、世界の大国であるロシアに有利な戦いを進めていることに狂喜していた。たしかに、戦争の推進力は、そのような一般大衆の戦争に対する情熱によって支えられていたが、戦争が敗勢にかたむけば興奮はたちまち冷え、逆に軍を激しく非難するおそれがあった。その一つのあらわれとして、旅順攻撃に多くの戦死者を出しながらほとんどなんの成果もあげていない第三軍司令官乃木希典大将に、「乃木将軍よ、腹を切れ」などという激烈な非難も寄せられるようになっていた。

陸海軍首脳部は、大衆の支持を失うことを最も恐れた。そのような事態をふせぐためにも、目前にせまる一大危機を天皇の力によって打開しようと企てたのだ。

そうした事情を背景に、御前会議は、一時間半にわたって緊迫した空気の中でつづけられた。

まず、海軍首脳部から天皇に対し、ロシア第二太平洋艦隊の来航をひかえて日本海軍が最悪の苦境に立っていることを訴えた。そして、旅順港内のロシア艦隊を撃滅せずに来航艦隊をむかえるようなことにでもなれば、有利に展開していた戦局は一変して、永久に制海権を失うおそれがある。それは、日本陸・海軍の大敗北にもつながる可能性をひめているものだ、と報告した。

天皇の顔に、深い憂慮の色があらわれた。

また、山県有朋参謀総長から、大本営陸軍部も海軍側の判断と全く一致していて、旅順要塞そのものの占領よりも、港内にひそむ旅順艦隊の撃破を第一に考えている、と上奏した。

「しかし、恥を申し上げねばなりませぬが、陸軍内部に根本的な意見の対立があり、それは日増しに深まりつつあります。わが帝国の危急存亡の折に、このような意見の不統一がありますことは、陛下に対し誠に申し訳ないことと思います」

山県は頭を垂れ、現地軍が旅順要塞の占領のみに専念して、旅順艦隊の撃破を第一義に考える大本営陸軍部の主張とはげしく対立していることを率直に報告した。

天皇は、多数の将兵を死に至らしめながら第三軍が旅順攻撃に失敗を繰返していることに、心を痛めていた。その成否が、来航するロシア艦隊と決戦を挑む日本海軍の勝敗を左右する重要な要素になることも知っていた。

天皇は、大本営陸・海軍部の意見が大局的に正しいことを認め、旅順要塞の占領よりも旅順艦隊を砲撃できる高地――二〇三高地を確保すべきだ、と判断した。そして、御前会議の結果を、現地軍の統率にあたる満州軍総司令官大山巌元帥に至急つたえるよう指示した。

陸・海軍部首脳たちの顔に喜びの色があふれた。天皇の意志が現地軍につたえられれば、作戦変更は確実に実施されるにちがいなかった。

御前会議が閉じられると、山県参謀総長は、ただちにその旨を大山総司令官に打電した。

それに対して、二日後の十一月十六日、大山からの回答が山県宛《あて》に寄せられた。その内容は、天皇の御意志にそい、敵艦砲撃に適した高地を占領することに全力を尽すと述べていたが、二〇三高地を攻撃するよう暗示した大本営陸軍部の指示には、賛意をしめしてはいなかった。それどころか大山は、大本営海軍部が陸軍部をうながして御前会議を開催させ、その決定を満州軍総司令部に押しつけてきたと臆測《おくそく》し、同総司令部総参謀長児玉源太郎大将名で、伊東海軍軍令部長に憤怒にみちた電報を発してきた。その中で、児玉は、

「海軍は、十一月末かおそくとも十二月十日以後に旅順港口の封鎖をゆるめ、陸軍兵力の海上輸送も中止することを予定していると述べたというが、そのような言動は陸軍に対する脅迫以外のなにものでもない。海軍は、ロシア第二太平洋艦隊を迎え撃つために、内地の造船所で艦艇を修理しなければならぬというが、全艦艇を一時に修理する能力はないはずだ。当然、交代で修理することになるのに、全艦艇を引揚げるという発言は、陸軍に対するいたずらな強要である」

と、激しい調子で海軍を非難した。

満州軍総司令部は、微妙な立場に立たされた。それまで総司令部は、第三軍の旅順要塞そのものに対する正面攻撃を容認してきたが、御前会議ではその攻撃方法が否定され、二〇三高地を攻撃すべしと指令してきた。その命令が、天皇の意志にもとづくものであるかぎり、そむくわけにもゆかず、結果的には満州軍総司令部の無策無能を責められた

形になった。

総司令部は面目を失したが、冷静に考えてみれば、第三軍が正面攻撃によって旅順要塞を陥落させる望みは少い。戦局全体を考えると、御前会議の指示通り二〇三高地を占領して旅順艦隊を撃破する以外に適当な方法はなかった。

大山は、作戦変更を決意し、十一月二十一日、次のような訓令を第三軍司令官乃木希典大将に発した。

「敵ハ死守スルモノノ如シ。バルチック艦隊（ロシア第二太平洋艦隊）ノ東航ハ事実トナル。コレガタメ十二月上旬、我ガ海軍ハ、戦備ヲ整エザルベカラズ。故《ゆえ》ニ速《すみやか》ニ敵艦ヲ撃沈スル要地占領ヲ要ス。（来援ノ）第七師団ヲコレニ用イルコト。要スルニ堅忍不抜ノ精神ト勇猛果敢ノ動作ヲ必要トシ、帝国陸海全軍ノ安危ニ関スルモノナルヲ以《もっ》テ、多大ノ犠牲ハ敢《あえ》テ問ワズ。要ハ、タダ望台一帯ヲ占領スルニアリ」

この訓令中で望台——つまり港内を眺望できる旅順要塞前面の高地一帯に対して攻撃を集中し、その占領を厳命したのだ。

ついで翌十一月二十二日には、天皇から乃木大将に激励の勅語がつたえられ、また、山県参謀総長からも攻撃成功を祈る漢詩が送られた。日本の存亡は、第三軍の総攻撃の成否にかかり、乃木大将はその重責を一身に負わされたのだ。

しかし、第三軍の内情は、決して好ましいものではなかった。その根本原因は、乃木司令官の指揮能力の不足にあった。

司令部内には、旅順攻撃開始直後から作戦上の意見の対立が多く、人間的な和にも欠ける傾きが濃かった。その上、司令部とその指揮下にある各師団とのつながりも、ほとんど不統一であった。本来ならば、司令部から命令をくだし、それに従って師団が行動すべきであるのに、作戦は各師団に委任されていて、自由放任の状態にあった。そのため、各師団はとかく安全な作戦行動をとりがちで、全軍一致して攻撃する態勢にはなかった。

また、乃木司令官の指揮能力の欠如は、各師団の指揮官から兵卒にいたるまで司令部への不信となってあらわれていた。

将兵たちは、

「あんな司令部では、勝ちいくさは望めない」

と、口々に言い合っていた。

野戦病院内でも、半ば公然と司令部に対する批判がきざしていて、或る病兵は、

「病気がなおればまた銃をとらねばならぬが、あのような司令部の作戦にしたがっていたなら、犬死するだけだ。それよりも本国に帰してもらって療養したい」

と、もらしたりしていた。

このような指揮系統の混乱は、攻撃目標に対する不統一にもあらわれていた。司令部

内では、旅順要塞の正面からの攻撃はいたずらに多数の将兵を死亡させるだけで効果は期待できず、むしろ二〇三高地の奪取に全力を傾注して、そこから旅順港内を砲撃する方が効果的であるという意見を強く主張する者もあった。

しかし、乃木は、旅順要塞の正面攻撃をやめようとはしなかった。かれは、多くの将兵を犠牲にしたその攻撃を今さら中止することは、司令官としての面目上できぬと考えていた。

しかし、周囲の事情は一変した。作戦を支持していた満州軍総司令官も、望台を占領するように訓令を発してきて、暗に二〇三高地への攻撃をおこなうようながしている。また、天皇からの勅語もつたえられて、第三軍は二〇三高地占領に全力をつくさねばならなくなった。第三軍司令部は、遂《つい》に攻撃目標の変更を受け入れざるを得なくなり、総攻撃の準備に着手した。

総攻撃がおこなわれる前日の十一月二十五日、大本営陸軍部から派遣されていた幕僚大沢中将が第三軍司令部をおとずれると、司令部内には沈鬱《ちんうつ》な空気がよどみ、殊《こと》に乃木の眼にはすっかり生気が失われていた。

大沢中将が乃木に声をかけると、乃木はうつろな顔をあげて、

「勅語をたまわってから、私は、もう三日三晩一睡もできないでいる。私には、これ以上どうしてよいのかわからない。もしも旅順攻撃の指揮をとる適当な人物がいるなら、

だれにでも指揮権をゆずりたい。しかし、だれにも攻撃を成功させる名案はないだろう」

と、血走った眼をしばたたき、第三軍参謀長伊地知幸介少将も頭をたれていた。

大沢は、司令官以下幕僚たちの士気が沈滞していることに慄然《りつぜん》とした。

乃木大将指揮の第三軍による第三回総攻撃は、明治三十七年十一月二十六日午後から開始された。

大本営は、第三軍が二〇三高地に攻撃を集中すると信じこんでいたが、意外にも、その攻撃目標は第一回、第二回の総攻撃と同じようにまたも旅順要塞への正面からの突撃であった。乃木は、第三軍の名誉にかけても難攻不落といわれる旅順要塞を攻め落したかったのだ。

先陣を引き受けた第一師団の主力が、まず、松樹山堡塁《ほうるい》にむかった。

猛烈な砲撃が要塞にあびせかけられ、その後、各隊が喚声をあげながら陣地をとび出して突進した。そして、外壕《そとぼり》から胸牆《きようしよう》にたどりついたが、ロシア守備隊の猛反撃にあって、またたく間に全滅状態におちいった。

しかし、第一師団はこれにひるむことなく、第二波、第三波の突撃隊をおくった。これを迎え撃った要塞にたてこもるロシア軍守備隊は、突撃隊に砲弾を集中し、機関銃弾をそそぎ、手榴弾《てりゅうだん》をたたきつけた。たちまち日本軍将兵はつぎつぎに倒れ、突撃隊はそれらの死体をふみこえて進んだが、敷設された地雷にふれて四散する者も多く、わずかに外壕に達することができただけで前進は完全にはばまれた。

その後、外壕に達した将兵は死力をつくして城壁にはりつきピラミッド状の人間梯子《ばしご》をつくってその上を突撃隊がはいのぼったが、それも待ちかまえていたロシア軍守備隊の機関銃掃射にあい、堡塁内に突入した日本兵も生き残ったものはなく、第一師団の突撃はみじめな大敗北に終った。

その他、第九師団、第十一師団の突撃も第一師団と同じ結果に終り、第三回総攻撃は完全に失敗し、多くの戦死者を出すにとどまった。

しかし、第三軍司令部は、この失敗にもめげず夜襲による特別攻撃をおこなうことを決意した。それは一種の奇襲作戦で、夜の闇《やみ》を利して要塞《ようさい》に接近し、一気に要塞内に突入しようというものであった。この作戦の実施について満州軍総司令部は、成功率も少くいたずらに多くの将兵を失うおそれがあるとして実行に反対した。しかし、第三軍の中村覚《さとる》少将の強硬な主張に乃木も同意し、奇襲作戦をおこなうことに決定した。

奇襲隊は特別支隊と命名され、各師団から三千百数十名の者が夕刻に集合した。そして、夜間の敵味方の識別を容易にするため全員が白ダスキをかけ、乃木の見送りをうけ中村少将にひきいられて出発した。

特別支隊は、闇の中をひそかに歩み、山の中腹にたどりついた。そして、斜面をはいのぼっていったが、兵が埋設されていた地雷にふれたため轟音《ごうおん》をあげて炸裂《さくれつ》し、ロシア守備隊はそれによって日本軍の接近を知り、サーチライトを照射してはげしい砲火を集中してきた。特別支隊は、死を賭《と》して突撃を繰返したが、優秀な銃砲火にさらされ、この奇襲作戦も完全に失敗した。第三回総攻撃も、ただ日本軍将兵の死体を散乱させただけで終ったのだ。

第三軍の総攻撃がまたも旅順要塞への正面攻撃に終始し、推定約一万名の将兵を失ったことを知った大本営陸軍部の憤《いきどお》りははげしかった。参謀次長長岡外史中将は、参謀総長山県有朋元帥《げんすい》のもとに顔をひきつらせておもむくと、

「第三軍は、いったいどうしたというのです。旅順要塞をこりもせず正面攻撃し、いたずらに多くの将兵を犠牲にしています。なぜ、二〇三高地を攻撃すべしという命令にしたがわないのです。乃木司令官にまかせていては、どれだけ兵力があっても足りません。私は、満州軍参謀の井口省吾少将に電報を打って、強硬に乃木大将に忠告するように依頼したいと思いますが、御許可下さい。これ以上、無益の殺生を見すごしておくわけにはゆきません」

と、眼を血走らせて言った。

「いや、それはいかん。すべては総司令官の大山元帥にまかせてある。大本営からはこ

れ以上なにも言うな」

山県参謀総長は、悲痛な表情をしてきびしく長岡をたしなめた。

大本営海軍部の失望は、さらに大きかった。御前会議でも、要塞への正面攻撃は中止して二〇三高地の占領をはかるよう指示しているのに、乃木軍は、二〇三高地を攻撃する気配もみせない。

海軍首脳者たちは、第三軍司令部の無能を憤ると同時に、ロジェストヴェンスキー中将の指揮するロシア第二太平洋艦隊の動きに焦慮の色を濃くしていた。すでに主隊は喜望峰にむかって進んでいるし、支隊もスエズ運河を通過したという連絡が入っていた。

その上、十日ほど前から、日本海軍を戦慄させるような情報がつぎつぎに入電してきていた。

まず、ロシア本国から新たな増援部隊が、ロシア第二太平洋艦隊に合流するために出発したという情報が入っていた。その後発隊は、巡洋艦「オレーグ」（六、六四五トン）「イズムルード」（三、一〇三トン）をはじめ仮装巡洋艦「リオン」「ドネープル」駆逐艦「グローズヌイ」「グロムキー」「プロンジーテリヌイ」「プロゾルリーヴイ」「レーズウイ」に一一、八九七トンの大運送船「オケアン」の十隻《せき》によって編成され、すでに十一月十六日、リバウ軍港を出港し、高速を利して本隊を追っているという。日本海軍首脳部は、ロシア第二太平洋艦隊が、一層強大な戦力をそなえて来航してくることを知った。

さらに、旅順への第三回総攻撃が開始された前々日の十一月二十四日には、ロシア皇帝ニコライ二世が新たにロシア第三太平洋艦隊を編成して、日本艦隊を撃滅させるため東洋派遣を決定したという驚くべき情報も入電した。ロシア本国には、有力な海上兵力は残されていないが、戦艦「ニコライ一世」(九、五九四トン)をはじめ十隻近くの艦艇があり、それを投入してまで東洋へ出撃させようというロシア本国の決定には、なみなみならぬ戦意が感じられた。

危機は、急速にせまっていた。そうした折に、乃木大将のひきいる第三軍の総攻撃の惨敗《ざんぱい》がつたえられたのだ。

第三軍司令官乃木希典大将の解任問題は、第一回総攻撃以後から僅《わず》かながらもきざしていて、旅順要塞の内情を十分に偵察《ていさつ》もせず、ただ肉弾攻撃をくり返すというその戦法に批判の声があがっていた。そして、第二回の総攻撃も全く同じ作戦方法でいたずらに戦死傷者を生むにとどまったことから、大本営部内では、乃木大将の罷免《ひめん》問題が表面化し、第三回の総攻撃の惨敗によって真剣に検討されるようになっていた。

その理由は、大本営陸軍部、満州軍総司令部の指示にもかかわらず、旅順への正面攻撃をくり返して多数の将兵を犠牲にし、また、科学的な作戦もたてず、部下の意見に左右されてひたすら無謀な突撃をつづける乃木の指揮官としての資格に対する疑惑からであった。

このような乃木に対する不信感は、陸軍首脳部のみにとどまらず、第三軍内部にも異常なほどのたかまりをみせていた。陸軍中将志木守治は、当時、第十一師団の大隊長で旅順攻撃に参加したが、後に第三軍将兵の戦場心理を左のように率直に述べている。

「ここに一つ弁じておくことがある。乃木将軍は、その当時、今日、人が崇拝する如《ごと》き立派な司令官ではなかったのである。第三回総攻撃の前だったが、此《こ》の度の攻撃に旅順が落ちなければ、軍司令官は死を決しておるとの風評がつたわったことがある。しかし、その風説は少しも第一線部隊をはげますことにも発奮する材料にもならなかった。むしろ自殺したければ自殺したらよいではないかと聞き流しただけであった。

また、将軍の子供が二人（勝典、保典）戦死したことも、今日では大いに第一線将兵の士気を鼓舞したように言いつたえられているが、これは全く虚偽である。少くともわが師団の者たちは、将軍の無能な作戦による当然の結果だと考えたにすぎなかった」

乃木は、このようなきびしい内部の批判にもさらされていたのである。

十一月二十七日の朝を迎えた。戦場には、日本軍将兵の死体が累々《るいるい》と横たわっている。第三軍司令部員は、暗澹《あんたん》とした表情でその光景をみつめていた。

乃木は、その時になってようやく第一回総攻撃以来の作戦のあやまちに気づき、全軍に対し、

一、軍は一時、要塞方面の攻撃を中止し、二〇三高地を攻略する。
二、攻城砲兵は、主として二八サンチ榴弾をもって二〇三高地を砲撃すべし。
三、第一師団は、日没をもって同堡塁に突撃すべし。
四、他の部隊は、従来の攻撃正面において攻撃動作を継続し、前面の敵を牽制《けんせい》すべし。

という命令を発した。

長い紆余《うよ》曲折をへて、ついに二〇三高地攻撃の開始が決定されたのだ。

二〇三高地攻撃開始の報は、大本営陸軍部にも緊急電報でつたえられた。

大本営首脳部の喜びは大きかった。参謀次長長岡中将は、来客と話をしている時にその報告をうけ、

「やったか」

と、思わず叫んで、室内を狂ったように歩きまわった。

第三軍砲兵部隊は、二八サンチ砲の砲口を二〇三高地にむけ、

「射《う》て！」

の命令とともに、一斉に火をふいた。

すべての砲は、二〇三高地に対して砲撃を集中し、あたりはすさまじい砲声の轟音にみちた。

第三軍司令部は、二〇三高地のロシア軍守備陣地が旅順要塞よりもはるかに貧弱なも

のであると察していた。その判断の根拠は、九月下旬の第一回総攻撃の折に第一師団が二〇三高地を攻撃した経験によるものであった。

その折の攻撃では、占領も可能なまでに有利な攻撃を展開したが、旅順要塞正面に攻撃の主目標がおかれていたので、同高地への攻撃には消極的で、全力を傾注することもなく中止した。しかし、その攻撃に参加した第一師団司令部の証言によると、二〇三高地の山腹にはわずかの散兵壕《ごう》があるだけで、なんの防禦《ぼうぎょ》設備もないという。

第三軍は、その証言からも容易に二〇三高地を占領できると判断し、第一師団に命じて日没と同時に攻撃を命じた。

第一師団は、その命令にしたがって二〇三高地の各方面から一斉に攻撃を開始した。そして、二〇三高地の中腹まで突進したが、たちまち付近の砲台や堡塁から猛烈な銃砲火を浴びて兵力の大半を失った。ただその中の一隊は山頂の一角にたどりついたが、それもすさまじい逆襲を受けて撤退を余儀なくされた。

第三軍司令部は、二〇三高地の防禦力が想像を絶した強力なものと化していることに愕然《がくぜん》とした。この点についても司令部は、二〇三高地に対する偵察の不完全さをさらけ出した。たしかに九月下旬の第一回総攻撃当時は、二〇三高地の防禦力も手薄だった。が、その折の攻撃がロシア軍守備隊司令部を刺戟《しげき》して、守備隊は、二〇三高地に急いで堡塁、砲台をきずき、深い壕をぞくぞくと新設し、山腹一帯に鉄条網を敷くなど、可能なかぎりの徹底した防禦工事をおこなった。工事は十一月上旬にすべてを完成し、旅順にさらに一つの堅牢《けんろう》な大陣地を加えていたのだ。

しかし、第三軍にとっては、もはや二〇三高地以外に攻撃目標はなく、全力をあげて同高地を奪取しなければならぬ立場に追いこまれていた。

乃木は、攻撃続行を決意し、翌二十八日の夜明けとともに、再び砲撃を二〇三高地に集中させた。そして、午前八時、第一師団に突撃を命令、将兵は屍《しかばね》をのりこえて突き進み、ようやくその一隊が山頂の西南部を占領することができた。しかし、その一隊もやがて増援されたロシアの新鋭軍によって徹底的な打撃を浴びせかけられ、進むことも退くことも不可能な状態におちいった。

満州軍総司令部は、十一月二十六日、第三軍が旅順要塞への攻撃に失敗し、さらに翌二十七日の二〇三高地への攻撃もほとんど効果のないことを知って愕然とした。

北方戦線では、日露両軍が沙河で戦闘をまじえることもなく対峙《たいじ》しているが、ロシア陸軍は、ぞくぞくと大兵力を補充して、いつ総反攻を開始するか予断をゆるさない。総司令部としては、一日も早く旅順攻囲戦を勝利のもとに終了して、総力を北方戦線にさし向けねばならぬ立場におかれていた。そのため、第三軍の旅順総攻撃に大きな期待をかけていたのだが、その後の第三軍からは攻撃成功の報告は打電されてこない。

総司令部は戦況の推移を見守っていたが、十一月二十八日に二〇三高地の山頂西南部を占領した第三軍の一隊が、翌二十九日にロシア守備隊の増援軍に全滅させられたことを知って呆然《ぼうぜん》とした。しかも、ロシア軍守備隊は、第三軍の攻撃目標が二〇三高地に向けられていることに気づき、その主力を同高地防禦に大移動しているという情報も得て、焦《あせ》りの色を濃くした。

部内には、乃木に対する不信感が急激にたかまった。乃木にこのまま旅順攻撃をまかせていては、将兵の犠牲が増すばかりで、二〇三高地の占領は到底おぼつかないという意見を公然と口にするものも多くなった。

そうした空気の中で、二十九日の夕方、満州軍総参謀長児玉源太郎大将は、参謀松川敏胤《としたね》少将に、

「これ以上、乃木にまかせておくわけにはゆかぬ。おれが旅順に行く」

と、決意をもらした。

児玉の言葉は、重大な意味をもっていた。旅順攻撃の指揮は乃木にまかせられているのに、総司令部から総参謀長が直接旅順におもむくことは、乃木の作戦能力を全面的に否定することになる。

松川は、顔色を変えて、

「それはいけません。もしも乃木軍司令官の作戦指導に不安があるならば、第三軍の参謀副長を呼びよせて指示をあたえるべきです。第一、北方戦線の危機がせまっている現

在、総参謀長が総司令部をはなれることは避けなくてはなりません」

と、必死になって児玉の旅順行きに反対した。

しかし、児玉はその忠告を入れず、顔を朱色に染めて荒々しく松川を難詰《なんきつ》した。

「松川、旅順の戦況をそのように甘くみておるのか。二〇三高地は、旅順の死命を制するものなのだ。二〇三高地を占領できるかどうかによって、日本の運命は決する。おれは、増援軍として旅順に派遣された第七師団の大迫尚敏《おおさこなおとし》中将とともに、二〇三高地を徹底的に攻撃し占領する。しかし、乃木はおれの親友だ。かれの指揮権をうばおうというのではない。かれに忠告をしに行くのだ」

松川は、児玉のはげしい口調に口をつぐんだ。

松川にも、児玉の旅順行きの気持は理解できた。ただ児玉が旅順に行けば、そのたぐい稀《まれ》なすぐれた作戦能力で、第三軍の作戦方法に強硬な意見をたたきつけるにちがいない。そのようなことにでもなれば、乃木軍司令官の立場は失われ、指揮系統の大混乱をまねく。

児玉の決意のかたいことを知った松川は、作戦を円滑に進めるために、むしろ思いきって児玉に全指揮権をあたえるという総司令部命令を出してもらった方が適当だ、と思った。そして、かれは児玉に、

「私は、指揮権の乱れることを最も恐れているので、思いとどまるように申し上げたの

です。しかし、閣下が旅順にどうしても行かれると申されるのなら、これ以上おとめはいたしません。私から総司令官大山元帥に、乃木大将への指令書を出していただくようお願いしてみます。予の言葉と心得よ――という文句を入れていただきます」

と、言った。

児玉は、口をつぐんだ。松川の意見通りにすれば、乃木の面目は全く失われる。かれは、松川に、

「そんな酷なことはできぬ」

と、首をふった。が、松川は頑《かたく》なに主張を曲げず、児玉も、結局その意に従うことになった。

大山は、松川の進言を黙ってきいていたが、

「よろしい。乃木に手紙を書く」

と答えて、松川の言葉通りの文面を書きしるした。

児玉は、その手紙をもって参謀田中国重騎兵中佐をしたがえ、その日、午後八時の列車に乗ってあわただしく出発した。

その夜、南丸房店と得利寺《とくりじ》間で列車衝突事故があったため列車はおくれた。児玉は、不機嫌そうに随行の田中中佐ともひとことも言葉を交さず、ただ黙しているだけだった。

翌三十日夜、列車は定刻より二時間おくれて南関嶺に到着したが、そこに大山総司令官からの電報がとどいていた。その電文には、

「第三軍ハ、二〇三高地ヲ確実ニ占領セリ」

という文字が記されていた。

口をつぐみつづけていた児玉は眼を輝かせ、田中参謀に、

「ぶどう酒を出せ」

と、はずんだ声で言うと、田中と祝杯をあげ、乃木に対して祝電を打つことを命じた。

児玉の喜びは大きく、旅順行きの必要もなくなったので大連におもむき、そこで宿をとることになった。そして、大連に一泊したが、翌十二月一日児玉が朝食をとっている時、旅順から緊急電報が入った。それは、

「イッタン占領セル二〇三高地ハ、再ビ奪回セラル」

という電文だった。

児玉は顔色を変えて立ち上ると、テーブルの上の洋食皿をたたきつけて、食事を中止した。

「なんというだらしのなさだ。せっかく占領した高地を奪い返されるとは！」

児玉の怒りは激しかった。そして、すぐに大連を列車で出発すると、旅順の第三軍司令部に近い長嶺子《ちょうれいし》で下車した。

停車場には、第三軍参謀が一人迎えに出ていた。児玉は、

「現在の戦況はどうなっているのだ」

と、苛立《いらだ》った口調でたずねた。

第三軍参謀は、児玉の突然の質問にうろたえたが、姿勢を正すと戦況の報告をおこなった。

「それは、いつの戦況か？」

「はい、私が司令部を出発した時の状況でありますから、五時間前の状況です」

「そんな昔のことをきいておるのではない。現在の戦況をきいておるのだ。すぐに通信所で司令部に問い合せてたしかめてこい」

児玉は、荒々しい声をあげた。

「しかし、通信所のある村は、ここから一里以上もはなれておりますので、時間を要しますが……」

参謀は、顔をこわばらせて答えた。

児玉は、顔色を変えた。

「なに？ 停車場に通信所を設けていないというのか。停車場は、兵員物資の通過するきわめて重要な場所だ。そこに通信所をおいていないとはどういう気持からか。そんな不用意なことでは緊急連絡がとれぬではないか。第三軍司令部は、なにをしておるの

だ」

かれは、激しい憤《いきどお》りに身をふるわせ、唇をかみしめながら停車場を出ると、待っていた馬車に乗った。

馬に鞭《むち》があてられ、馬車が勢いよく走り出した。旅順方向からは、砲声と銃声が激浪の岩にくだけるような轟音《ごうおん》となってきこえてくる。

児玉は、唇をゆがめて黙っていたが、ふと、かれの眼は車の外にそそがれた。そこには、旅順攻撃に参加し戦死した将兵たちの墓標が果しなくつらなって立っていた。

「田中、あれを見ろ」

児玉は、唖然《あぜん》としたように、随行してきた田中参謀に声をかけた。

「わが将兵の戦死者の墓だ。なぜ、このような場所をえらんで墓地をつくったのだ。この道は、駅から旅順へとむかう主要道路ではないか。増援部隊は、必ずこの道を通って旅順にむかう。それら将兵がこの無数の墓標をみたら、どのような心理状態になるか。墓標を眼にして暗い気持になるにきまっている。戦場に到達せぬ前に、早くも士気はおとろえてしまうではないか。このことだけをみても、第三軍司令部の無能ぶりはあきらかだ。全く第三軍司令部はどうかしている」

児玉は、吐き捨てるように言った。

第三軍参謀は、顔を蒼白《そうはく》にして口をつぐんでいた。

正午近く、児玉と田中参謀は、柳樹房にある第三軍司令部に到着した。児玉は、参謀たちの敬礼にも無言で答礼しただけで、乃木をともなって一室に入ると、かたくドアを閉じた。

児玉は、乃木から現在の戦況と今後の作戦計画を聴取した。乃木の声は、弱々しかった。説明が終ると、二人の間に重苦しい沈黙がひろがった。

児玉が、意を決したように口をひらいた。

「乃木、おれは友人としてはっきりと言う。君の今までとってきた作戦にも、今後の作戦計画にもおれは賛成できない。というよりは、全面的に反対だ。率直に言おう。一時、君の軍司令官としての指揮権をおれにゆずってもらいたい」

児玉の眼には、刺し貫くような鋭い光がうかんでいた。

乃木の顔からは、一瞬、血の色がひいた。

乃木は、満州軍総司令部から児玉総参謀長が旅順にくるという電報を受けた時、もしかすると軍司令官としての指揮権をうばわれるのではないかと思っていたが、その反面では児玉とは友人であり、それほど苛酷《かこく》な処置はとるまいという気持もあった。しかし、児玉の申し出は、その期待を完全にうちくだいた。

「このようなことを、友人として口にするのは誠につらいことだ。しかし、祖国のためには私情を捨てなければならぬ。君に一通の書面を書いてもらいたい。それには、児玉が一時軍司令官としての指揮をとると明記して欲しい」

児玉は、淡々とした口調で言った。

かれは、もしも乃木がそれを拒絶した場合には、満州軍総司令官大山巌元帥《げんすい》からの手紙を乃木にしめそうと思った。が、総司令官からの命令というよりは児玉個人の意向に従うという形をとった方が、乃木の自尊心を幾分でも傷つけずにすむと思った。

児玉は、乃木の顔を凝視した。

「わかった。君の言う通りにしよう」

乃木はうなずくと、筆を手にして児玉に、第三軍軍司令官の全指揮権をゆだねる旨《むね》の書状を書き記してさし出した。

乃木の顔には、悲痛な表情にまじって安堵《あんど》の色もうかんでいた。かれは、旅順攻撃に心身ともに疲れ果ててしまっていたのだ。

児玉の乃木に対する申し出を追うように、その日、第三軍司令部宛に大山総司令官の訓令がつたえられてきた。その冒頭には、

「二〇三高地に関する戦況が不明な原因は、第三軍司令部の指揮の統一がとれていないと断定せざるを得ない」

と、その責任をせめ、作戦内容についても批判し、最後に、

「なお総司令官の名を以《もつ》て、児玉総参謀長を第三軍の作戦指導に派遣した」

と、結ばれてあった。つまり、乃木の指揮権をとり上げることは、満州軍総司令官大山元帥の意志によるものであることをあきらかにしたのだ。

指揮権を得た児玉の動きは、機敏だった。かれは、ただちに参謀たちを集合させると、戦闘方法の変更をつたえ、新しい作戦計画を発表した。それは、砲兵部隊を二〇三高地に出来るだけ接近させて猛砲撃をおこなうという内容だった。

これに対して、即座に重砲隊副官から、味方を砲撃するおそれがあるという強硬な反対意見があったが、

「そのような生ぬるい考えで二〇三高地がおとせると思うのか。そんなことを恐れず、射《う》ちまくるのだ」

と、児玉は、副官の顔をにらみ据えた。そして、重砲旅団長豊島陽蔵少将に、重砲を二〇三高地の砲撃に適した高崎山に移動させることを命じた。

命令の伝達を終ると、児玉は、

「第三軍の参謀は、いつも司令部におるようだな。司令部からはなれると指揮をとる上で不利だという理由からだそうだが、そんなばかな理由があるものか」

と、参謀たちを見渡した。

それまで第三軍司令部も各師団司令部も、敵からの砲弾のとどかぬような第一線から遠くはなれた場所に設けられていた。その理由は、司令部に敵弾が命中した場合に、指

揮系統の中枢《ちゅうすう》が失われることを恐れたからであった。

しかし、そのような安全策は、さまざまな欠陥となってあらわれていた。まず、第一線との距離がはなれすぎているため連絡がおくれがちで、短時間に適切な指示をあたえることができないうらみがあった。また、司令部から直接戦況を観測することも不可能で、敵の逆襲をゆるす結果にもなっていた。

それに、司令部がはるか後方の安全地帯に設けられているということは、第一線将兵の士気に好ましくない影響をあたえていた。「指揮者先頭」という軍の大原則があるかぎり、当然、司令部は第一線近くにおかれていなくてはならなかった。

この点について満州軍総司令官大山元帥も、児玉が第三軍司令部に到着した同じ日に第三軍に対し、

「高等司令部ノ位置遠キニ過ギ、タメニ敵ノ逆襲ニ対シ救済スルノ時機ヲ逸スルコトアルハ誠ニ遺憾ナリ。

明朝ノ攻撃ニハ、各高等司令部親シク適当ノ位置ニ進ミ、必ズ自ラ地形ト時機トヲ観察シ、成功ノ機会ヲ逸セズ、占領ヲ確実ナラシムルコトヲ期スベシ」

と、厳重にいましめている。この警告でもあきらかなように、第三軍上層部の者たちには、第一線将兵に肉弾突撃をくり返させながら、自らの身の安全を守る風潮が濃かったのである。

さらに、かれらのあやまちは、それだけにとどまらなかった。司令部の参謀たちは常に司令部内にいて、第一線を視察したものは榊原大佐以外皆無と言ってよかった。乃木も参謀長伊地知幸介少将も、最前線におもむいたことはなく、敵状の判断はすべて第一線の青年将校たちにまかせていた。

そのような不可解な司令部員の行動は満州軍総司令部にもつたえられていて、噂《うわさ》通り司令部内に参謀全員がとどまっているのを眼にした児玉は、激しい憤りを感じた。

「よいか、参謀というものは全軍の作戦指導にあたるものなのだ。それが第一線の情況に暗いようで、参謀の仕事ができるか。なにをぐずぐずしておるのだ。すぐに前線におもむいて敵状を視察し、戦況を報告せよ」

かれは、苛立ったように命じた。

参謀たちは羞恥《しゅうち》に顔をあからめ、数名の参謀が即座に前線視察に出発することになった。

かれらが敬礼して司令部を出ようとすると、乃木が席を立ってかれらに近づき、

「第一線には危険が多い。十分注意して行くように……。身の安全を心から祈っている」

と、手をさし出し、慈愛のこもった眼で参謀たちの顔を見つめた。

児玉は、その情景に眼をいからせた。たしかに乃木は心の優しい将軍にちがいなかっ

た。かれは、部下が第一線視察に出発することを気づかって握手している。しかし、第一線に配属された将兵は、銃砲火を浴びながら突撃をくり返し、累々《るいるい》とした死体となって横たわっている。それは、司令部のあやまった作戦指導の犠牲になったもので、それまで第一線視察すらおこたっていた参謀たちの責任といってよかった。その参謀が第一線にむかうというのに、「身の安全を祈っている」と言って握手をしている乃木の行為は、児玉に理解できなかった。

児玉は、乃木の指揮者としての能力が全く欠けていることをはっきりと知ったように思った。かれは、部下の身を案ずる余り、危険な第一線の視察を命じようとしなかったのだろう。そして、作戦も各師団の自由にまかせ、軍司令部内でも、参謀たちの意見に左右され決断を下すこともなかったにちがいない。

乃木は人情の厚い男にはちがいないが、軍人ではない。そのような乃木の性格が、多くの将兵を死に追いやったのだ、と児玉は思った。

乃木は、一人一人にかたい握手を交している。

児玉の怒りは、爆発した。

「そんな所でなにをしておるのか。早く第一線へ急ぐのだ」

児玉の怒声に、参謀たちは直立不動の姿勢をとると、司令部の外に走り出ていった。

司令部内に、白けた沈黙がひろがった。参謀たちは、一様に乃木の姿から眼をそらせていた。乃木にはすでに軍司令官の権限はなく、ただ陸軍大将という肩書きをもつ一個の老人にすぎなくなっている。

乃木は、悄然《しようぜん》と頭をたれて司令部の一隅にある椅子《いす》に腰を下ろした。その顔には気まずそうな表情がうかび、しきりに細い眼を弱々しくしばたたいていた。

その日、児玉は、総司令部から随行させてきていた田中参謀に第一線視察を命じ、田中はその命令にしたがって前線部隊から各種の資料を得て、児玉に報告した。

翌朝、児玉は、田中参謀らをしたがえて、二〇三高地を攻撃している第七師団司令部のおかれた高崎山山腹に急いだ。

司令部内にいた第七師団長大迫尚敏中将は、児玉の前に立つと、

「わが師団はほとんど全滅の状態で、生存者はわずか千余名にすぎません。しかし、わが師団は、なんとしてでも二〇三高地を攻め落したいのです。今度は必ず成功させてみせます。どうかもう一度、攻撃させてください」

と、涙を流して頼みこんだ。

児玉は、その悲壮な決意を諒解《りようかい》して、大迫の願いを許した。

しかし、第七師団の一参謀が作成した攻撃部隊の区分表は乱雑で、しかも、或る歩兵中隊が左右両翼にダブッて配置されているように書き記されていた。

それに気づいた児玉は、

「きさまは、陸軍大学校でなにを学んだのだ」

と、叫ぶと、その参謀の階級章を荒々しくもぎとった。

児玉の作戦は、徹底した積極戦法であった。

かれは、二〇三高地攻撃を策す第七師団司令部内に起居して、直接全軍の指揮にあたり、十二月三日からは、高崎山に進出した重砲兵隊に一斉砲撃を命じた。そして、逆襲につぐ逆襲に堪えながら二〇三高地の一角にしがみついている百名ほどの将兵を支えるため、決死隊を組織して可能なかぎりの土嚢《どのう》を運び上げさせた。

児玉は、第一線将兵に比して作戦指揮にあたる師団の参謀たちの生ぬるい態度に、相変らず憤《いきどお》りを感じていた。

その日、高崎山から砲撃が開始された時、第一師団、第七師団の参謀たちが、司令部をはなれて砲撃の成果を見物するため、ぞろぞろと高崎山の頂上にのぼっていった。満州軍総司令部から児玉に随行してきた田中参謀も、それらの参謀たちについて山上にのぼっていったが、それを知った児玉は、ただちに田中を呼びもどすと、両師団長以下にもきこえるような大声で、

「田中の馬鹿者！　貴様は、将来、師団長にもなり軍司令官にもなる男だというのに、なんというざまだ。このような重大な折に、自分に課せられた作戦指揮に専念もせず、のんびりと見物などしているとは何事か」

と、叱《しか》りつけた。

児玉が田中を罵倒《ばとう》したのは、暗に師団長たちを強くいましめたかったのだ。児玉が前線で指揮にあたったことは、全軍の士気をふるい立たせるのに大きな効果があり、また、その戦法もいちじるしい成果となってあらわれてきた。

十二月四日もすさまじい砲撃がつづけられ、さらに、翌五日には早朝から二八サンチ砲を主力に、旅順戦はじまって以来、最も激しい砲火が二〇三高地を中心としたロシア軍守備陣地に浴びせかけられた。

児玉は、午前九時すぎ、第七師団に決死隊の突撃を命じた。満を持していた第七師団の残存将兵は、陣地をとび出して突進を開始したが、たちまち猛烈な砲火にあってなぎ倒された。

しかし、児玉は、それにもめげずぞくぞくと突撃隊を出撃させた。かれは、その日の攻撃にすべてを賭《か》けていた。もしも、その攻撃に失敗すれば、ロシア軍守備隊の士気はあがり、逆に日本軍の士気はおとろえる。そのような最悪の結果におちいれば、旅順を陥落させることはほとんど絶望的となり、日本の興亡に重大な影響をあたえる。

かれは、砲兵隊に全力をあげて砲撃の続行を命じるとともに、全軍に総突撃を命じた。

砲声と銃声が二〇三高地に充満し、同高地は、高地そのものが大噴火をおこしているような凄絶《せいぜつ》な火閃《かせん》におおわれ、斜面を日本軍将兵は、喚声をあげながら突撃をくり返した。

死体は高地をおおい、肉片がとび散り血は斜面を太い筋となって流れた。が、日本軍将兵はその上をふみこえて突進をつづけ、正午すぎに、一隊が遂に同高地頂上に這《は》い上ることができた。

さらに、午後二時すぎには、二〇三高地の西南部占領についで東北部の山頂もほぼ日本軍の総突撃によって手中におさめることができた。日本軍は、ロシア軍守備隊の猛反撃にもよく堪え、その間に、早くも砲兵隊の観測隊が同高地西南部の山頂に進出し、観測所を設けた。

予想通り、山頂からは旅順港内と市街が一望のもとに見下ろすことができた。港内には戦艦、巡洋艦などが無傷のまま碇泊《ていはく》し、それまでメクラ射ちにしていた日本軍の砲撃が、それらの艦になんの損傷もあたえていなかったことをあきらかにしていた。

観測所からは、各艦の位置が砲兵旅団司令部に打電された。

児玉大将は、ただちに二八サンチ砲を前進させて敵艦に対する砲撃を命じたが、重砲旅団長豊島陽蔵少将は、これに強く反対した。豊島は、二八サンチ砲を二〇三高地に近づければ、必ず敵砲兵部隊の集中砲火を浴びることはあきらかで、防弾のための遮蔽物《しゃへいぶつ》をつくってから砲撃を開始すべきだと進言した。

しかし、児玉は、豊島旅団長の主張を聞き入れず、ただちに砲撃を命じた。やむなく豊島は、その命令にしたがって二八サンチ砲を前進させ、砲撃を開始させた。砲が轟然《ごうぜん》と火をふき、巨大な砲弾は、旅順港内につぎつぎに吸いこまれていった。

山頂に設けられた観測隊は、戦艦「ポルタワ」(一〇、九六〇トン)に二八サンチ砲弾が命中するのを確認。隊員は、体を抱き合って喜んだ。二八サンチ砲弾の威力はすさまじく、同艦の甲板を貫通して弾薬庫内で炸裂《さくれつ》したらしく、大爆発を起して火炎が空にふき上り、上甲板まで浸水するのが認められた。

この戦果は、砲兵旅団司令部につたえられ、全軍指揮にあたる児玉大将のもとへも報告された。参謀たちは歓声をあげ、児玉も眼を輝かせて喜んだ。

その日、旅順艦隊旗艦の一等戦艦「レトゥイザン」(一二、九〇二トン)にも砲弾が八発命中し、二〇三高地を占領した日本軍も、陣地の防禦《ぼうぎょ》をかためて同高地を死守しつづけた。

十二月六日の朝を迎えた。

二戦艦に致命的な打撃をあたえた日本軍の砲撃は、ロシア軍守備隊の戦意をいちじるしくおとろえさせたらしく、二〇三高地周辺の陣地にいたロシア軍守備隊がぞくぞくと本要塞《ようさい》内に撤去し、日本軍は、これらの地を無血占領することができた。

二八サンチ砲の砲撃はその日もつづけられ、戦艦「ペレスヴェート」(一二、六七四トン)「レトゥイザン」をそれぞれ大破、撃沈、翌七日から十一日までに巡洋艦以下雑用船にいたるまで多数の艦船を破壊撃沈し、港の岸に立つ造船所をはじめ工場も徹底的に粉砕しつくした。

十一月二十七日に開始された二〇三高地の攻略戦は、十二月六日に同高地の占領をみて終了した。この十日間の攻撃に日本軍は約六万四千人の兵力を投入、そのうち戦死五千五十二名、負傷一万一千八百八十四名、計一万六千九百三十六名という将兵を犠牲にした。

旅順艦隊主力の潰滅《かいめつ》を確認した満州軍総参謀長児玉源太郎大将の任務は終った。そして、第三軍軍司令官の指揮権を再び乃木希典大将にもどすと、同月九日、旅順を出発、総司令部に引き返した。

二〇三高地の攻略戦に一喜一憂していた大本営海軍部は、同高地占領につづいて旅順港内にあったロシア艦隊の戦艦五隻《せき》中四隻と巡洋艦二隻その他の艦船が炎上または撃沈されたことを知って、万歳を連呼し、歓喜にひたった。

その戦艦中ただ一艦撃沈をまぬがれた「セヴァストポリ」（一〇、九六〇トン）のみが、駆逐艦六隻をしたがえて十二月九日の夜明けに旅順港を出港、洋上遠くのがれようと企てていた。しかし、日本海軍のかたい封鎖線を突破することは不可能であるとさとった「セヴァストポリ」は、旅順要塞近くの崖下《がけした》に碇泊し、砲台の掩護《えんご》のもとに身をひそませていた。

これを察知した日本海軍は、荒天のおさまるのを待って、十二月十二日午前零時三十分、水雷艇による夜襲攻撃を開始した。しかし、「セヴァストポリ」の水雷防禦はかたく、探海灯を照射して日本水雷艇に猛烈な砲火をあびせかけてきた。海上の寒気はきびしく、降雪はしきりだったが、日本水雷艇隊は、連日「セヴァストポリ」に水雷攻撃をしかけ、十四日には艦首をわずかに沈下させることに成功した。

翌十五日夜、水雷艇隊は、またも「セヴァストポリ」と駆逐艦に突進して魚雷を発射、駆逐艦を撃沈し、「セヴァストポリ」にも大損傷をあたえることができた。それを裏づけるように日本軍の竜王塘望楼《りゅうおうとう》からも、「セヴァストポリ」が浅い海底に艦底をつけ、乗組員が甲板上を右往左往しているのが望見される、という報告がもたらされた。

連合艦隊司令部では、参謀飯田久恒少佐を派遣して同望楼から「セヴァストポリ」の損傷程度を確認させることに決定したが、司令長官東郷平八郎大将が、直接、同望楼におもむくと言い出した。

参謀たちは困惑し、東郷を翻意させることにつとめた。同望楼におもむくには、機雷の敷設されている危険な海面を通過しなければならない。もしも東郷の身に大事が起れば、日本海軍の大打撃となる。

しかし、東郷は、それらの進言に耳をかさず、その日、参謀秋山真之《さねゆき》中佐、同飯田少佐をしたがえ、通報艦「竜田」に乗って出発した。そして、無事に同望楼に達すると、双眼鏡を眼にあて「セヴァストポリ」を凝視した。

かれの体は、寒風の吹きすさぶ中でみじろぎもしなかった。無言のまま双眼鏡に眼をあてつづけ、秋山、飯田両参謀もそれにならった。

十分ほどしてようやく双眼鏡から眼をはなした東郷は、

「たしかに大損傷をあたえている」

と、秋山たちをふりむき、満足そうに頰をゆるめた。

東郷は司令部にもどると、大本営海軍部軍令部長伊東祐亨大将に対し、

「ワガ水雷艇隊ノ攻撃ヲ受ケタル敵戦艦〝セヴァストポリ〟ハ、海岸ヨリ約四〇〇メートルノ水深浅キ海上ニアリ。シキリニ損傷部ヨリ浸水シタル海水ヲ排出スルニ努メオリシモ、今ヤ艦ノ傾斜少クトモ一〇度ニ及ビ、艦首少シク沈下シ、旅順港造船所等ノ破壊セル現今ノ状況ノ下ニアッテハ到底復旧シ得ザルノ見込ナリ、ホトンド全クソノ戦闘航海力ヲ有セザルモノト確認セリ」

という報告電文を打電した。

この「セヴァストポリ」の大破によって、ロシア旅順艦隊の戦艦五隻、巡洋艦二隻は全滅し、連合艦隊は、来航する第二太平洋艦隊に総力をあげて対決する態勢をとることができたのだ。

その後、旅順攻略戦は、乃木軍司令官指揮の第三軍によって積極的に続行された。

ロシア軍守備隊の士気は急におとろえていて、第三軍は突撃陣地から坑道を掘って前進し、要塞内に突入して次々に堡塁《ほうるい》をおとし入れ、翌明治三十八年一月一日、旅順市内に突入する陣形をととのえることができた。

その日の午後三時三十分、白旗をかかげたロシア軍軍使が、守備隊軍司令官ステッセル将軍の降伏書簡をさし出した。これによって、翌二日午後、水師営に日本側から第三軍参謀長伊地知幸介少将、第一艦隊参謀岩村団次郎中佐、ロシア側から守備隊参謀長レイス大佐、「レトゥイザン」艦長シチエンスノヴィチ大佐がそれぞれ委員として参集、同四時三十五分、旅順開城の調印が終了した。

この降伏規約を作成するにあたって、天皇は、乃木軍司令官にステッセル将軍の祖国に対する忠誠をたたえ礼節を以《もっ》て厚く遇することを命じた。その結果、規約の第七条に、

「ロシア軍の勇敢なる防戦を名誉としてたたえ、ロシア陸海軍の将校の帯剣および直接生活に必要な私有品の携帯を許す。また、戦争終了までに日本国の利益に反する行為をしないことを宣誓するものは、本国に帰還することを承諾する」

といった内容をくり入れた。

旅順戦は終了したが、日本軍は、この戦闘で第一回攻撃以来、実に死傷者約六万という大きな犠牲を強いられた。

作戦指導に欠陥のあった乃木第三軍司令官は、ステッセル将軍と水師営で劇的な会見

をおこない、それは美化されて国民にもつたえられたが、その背後では、乃木大将に対する責任追及の動きがすすめられていた。

その方法として、第三軍司令部を内地に帰還させ、解散させるという案が採択された。そして、満州軍総参謀長児玉源太郎大将が、その書類に署名し大本営宛に報告しようとしたが、参謀松川敏胤少将の必死の忠告によって中止された。もしも、それが実現すれば、乃木大将の失態は国民にもひろく知れわたる。

日本陸軍が正式に作成した機密戦史中にも、その間の事情が詳しく述べられていて、「もし児玉がその書類に署名したならば、乃木将軍の切腹は、この時に実現せられたかも知れぬ」と、明記されている。

ロシア旅順艦隊が全滅したことは、日本海軍にとって待ちに待った一大朗報であった。その全滅によって、東洋に残ったロシア軍艦は、ウラジオストック軍港にひそむ装甲巡洋艦「ロシーヤ」(一二、一九五トン)「グロモボイ」(一二、三五九トン)と、数隻の駆逐艦だけになった。

日本海軍としては、この諸艦を牽制《けんせい》すれば、ロシア本国から来航してくるロシア艦隊に総力をあげて対決できることになったのだ。

十二月十九日、アフリカ大陸西岸沿いに南下中であったロジェストヴェンスキー中将指揮の第二太平洋艦隊主隊が、喜望峰を大きくまわって通過したという情報が入電した。

また、スエズ運河を通過した支隊も、主隊との合流地点マダガスカル島に接近し、さらに巡洋艦「オレーグ」「イズムルード」仮装巡洋艦「リオン」「ドネープル」ほか駆逐艦五隻による後発隊も、十一月十六日ロシア本国を出港、第二太平洋艦隊に合流するため速度をあげて本隊を追っていた。第二太平洋艦隊は、後発隊をもあわせて戦力を増強し、日本近海に接近する態勢をかためていた。

第二太平洋艦隊が喜望峰を通過した日、大本営海軍部は、一通の緊急電文を受けた。それは、ロシア皇帝ニコライ二世の発表文であった。

それによると、皇帝は、ロシア本国に温存しておいた戦艦「ニコライ一世」装甲巡洋艦「ウラジーミル・モノマフ」（五、五九三トン）装甲海防艦「アドミラル・ウシャーコフ」（四、一二六トン）「ゲネラル・アドミラル・アプラクシン」（四、一二六トン）「アドミラル・ゼニャーヴィン」（四、九六〇トン）、その他駆逐艦数隻によって第三太平洋艦隊を編成、一月下旬、東洋に向け出発させるという。

ロシアは、旅順艦隊の全滅に大衝撃をうけたが、新たに第三太平洋艦隊を編成して、日本海軍の潰滅をくわだてようとしているにちがいなかった。

もしも、その電文通り東洋への来航が実現すれば、ロシア艦隊は、戦艦八隻を主力とした大艦隊となり、戦艦四隻を主力とした日本海軍力を少くとも戦艦隻数では圧倒することがあきらかになった。

さらに、翌々日になると、第三太平洋艦隊の整備指揮官に任ぜられたピレーエフ中将が、出港地のリバウ軍港に向けて着任のため出発したという情報も入り、第三太平洋艦隊の出撃は確実となった。

ロシアは、総力をあげて全艦艇を東洋に投入しようとしている。それは日本海軍にとって、飛沫《しぶき》を吹きちらしながらせまってくる巨大な津波のように感じられた。

しかし、第三太平洋艦隊編成の報は、ロシア艦隊の来航が予想よりかなりおくれることをもしめしていた。新艦隊が第二太平洋艦隊に追いつくのには、かなりの日時を要するだろうし、全艦隊が日本近海に出現するのは一、二カ月先になるにちがいなかった。第三太平洋艦隊の編成発表によって、ロシア艦隊の来航がおくれる公算が大きくなったが、日本海軍も、長い戦闘行動で全艦艇は傷ついていた。

大本営海軍部は、連合艦隊に対し、旅順港口と朝鮮海峡方面に一部の艦をとどめ、大半の艦艇を急いで内地に帰航させるよう命じた。そして、十二月十日、各鎮守府司令長官、各要港部司令官を招集し、その席上、海軍軍令部長伊東祐亨海軍大将は、

「ロシア旅順艦隊の全滅は誠に慶賀にたえない。わが連合艦隊は、ロシア本国より来航する敵艦隊と正々堂々一大決戦を交える状況になった。しかし、わが連合艦隊の諸艦艇は、相つぐ海戦と作戦行動によって故障個所も続出している。遺憾ながら現状のままでは、来航する敵艦隊におくれをとることが十分に予想される。大本営は連合艦隊に帰航

を命じ、即刻修理を受けるよう命令を発した。ロシア艦隊の来航は近く、事態は甚だ切迫している。諸官は、重大時機にかんがみ全力をつくしてこれら艦艇の修理につとめ、連合艦隊の作戦行動を容易にさせるよう努力してもらいたい」

と、訓示した。

また、大本営は、すでに十一月末、連合艦隊司令長官東郷大将に対して、仏領インドシナ沿岸とマレー諸島方面に仮装巡洋艦「香港丸」（六、一六九トン）「日本丸」（六、一六八トン）の二艦を派遣するよう命じていた。

ロシア艦隊は、合流地のマダガスカル島を発してインド洋を横切り、マレー半島のシンガポール付近を通過して台湾沖に進んでくるにちがいなかった。その間、マレー半島、仏領インドシナ沿岸の港湾に寄港することも十分予想された。

日本海軍としては、それらの地域を偵察《ていさつ》すると同時に、日本巡洋艦がそのあたりまで行動していることをしめすことによって、来航艦隊の神経を疲労させようとはかったのだ。

「香港丸」「日本丸」は、その命令に従って、十二月二日、佐世保軍港に入港して海軍工廠《こうしょう》で修理を終えた後、十三日、同港を出港した。そして、シンガポールをへてインド洋上にまで進出し、マレー諸島を巡航して一月十八日に佐世保に帰ってきた。この遠洋航海中、両艦は、各港にその威容を誇示するように碇泊《ていはく》し、日本軍艦が常にその付近に行動中であるかのように装った。

同じ目的で、巡洋艦「新高《にいたか》」（三、三六六トン）も中支那、台湾方面に出動し、南方にむかい、香港、マカオ、ルソン島等の諸港を経て、一月十一日、佐世保に帰港した。

その間にも連合艦隊の諸艦はぞくぞくと内地にもどり、海軍工廠や造船所に入った。工廠員たちは、待ちかまえていたように各艦にむらがり、昼夜の別なく修理に全力をつくした。

そうしたあわただしい空気の中で、連合艦隊旗艦「三笠」も呉《くれ》軍港に修理のため入港したが、大本営は、司令長官東郷平八郎大将に上京の上、登営することを命じた。

明治三十七年十二月三十日朝、東京の新橋停車場には礼服を身につけた人々が列車の到着を待っていた。フォームに立ちならぶのは、天皇、皇后のお使いである井上侍従武官、山内皇后宮亮《こうごうぐうのすけ》をはじめ東伏見、伏見両殿下、徳川貴族院議長、桂首相以下各大臣、陸海軍将校、外国領事、貴衆両院議員ら多数であった。

定刻の午前九時三十分、列車がフォームにすべりこんでくると同時に、万歳の声が起った。

停車した列車から、連合艦隊司令長官東郷平八郎大将が、蔚山沖海戦で勝利をかちとった第二艦隊司令長官上村彦之丞《かみむらひこのじょう》海軍中将をはじめ高級幕僚とともにフォームに降り立った。

東郷は、東伏見、伏見両殿下に挙手し、ついで出迎えの人々に握手の礼をおこなった。かれは、開戦以来、連合艦隊をひきいて黄海海戦、蔚山沖海戦等に勝利をおさめ、ウラジオストックのロシア艦艇を同港内にとじこめ、日本陸軍の猛攻撃によって旅順艦隊も全滅している。かれの上京は、連続的な勝利の栄に輝く司令長官の帰京であった。

停車場の外にはおびただしい群衆がひしめき合い、東郷が駅舎から姿をみせると、かれらの中から一斉に、万歳、万歳の叫び声がふき上った。軍楽隊の演奏もはじまり、東郷は、挙手の礼をくり返しながら宮内省差しまわしの馬車にのった。

民衆の歓呼の声はさらにたかまり、馬車の動きを追って移動してゆく。沿道には人々の手にする国旗がふられ、万歳の声が起り、その中を馬車は、日比谷公園に沿って進み海軍省前に横づけになった。

出迎えに出た海軍大臣山本権兵衛大将は、東郷らを省内に導き入れて慰労の言葉を述べ、シャンペンで乾杯し、万歳を三唱した。

午前十一時、東郷とその幕僚は、山本海軍大臣、伊東軍令部長にともなわれ皇居におもむいた。

東郷らが待っていると、天皇が姿をあらわした。山本と伊東が、それぞれ東郷の帰京目的を天皇につたえ、東郷が、旅順艦隊全滅までの戦闘経過を詳細に説明した。さらに来航を急ぐロシア第二太平洋艦隊の回航状況と、後発隊についでロシア本国を出発したロシア第三太平洋艦隊の兵力とその回航予想について報告した。

天皇は、東郷をねぎらい激励の言葉をあたえた。東郷は奉答して、

「ロシア本国より新来の敵艦隊に対しては、誓ってこれを撃滅し、陛下のお心を安んじ奉《たてまつ》ります」

と、力強い口調で言った。

東郷の天皇に対する「……誓ってこれを撃滅し」という言葉は、同席していた山本海軍大臣らを驚かせた。

東郷は誇張のきらいな性格であり、天皇に対する言葉は絶対的な重みがあることも知っているはずだった。その東郷が、来航するロシア艦隊を撃滅すると誓ったことは、山本らにとって幾分軽率であるとも感じられた。

日本海軍には、ロシア艦隊に勝つ絶対的な力はない。敵艦隊は、八隻の戦艦を主力としているのに、それを迎え撃つ日本海軍の戦艦は四隻にすぎない。幸いにも日本の装甲巡洋艦八隻は極めて強力で、戦艦隻数の劣勢を補うことができるはずだったが、来航するロシア艦隊を「撃滅」できる確証はなかった。

東郷たちは、つつしんで天皇の前を退出した。

一同が控室にもどると、第二艦隊司令長官上村中将が気づかわしげに、

「司令長官、なぜ、陛下にあのようなことを申し上げたのですか。冒険すぎると思いま

すが……」

と、言った。

東郷は顔を曇らせると、

「実は、あのようなことを申し上げる気はなかった。しかし、陛下のお顔を拝していると、深い御心痛の色がありありとみえた。私としては、あのように言う以外になかったのだ」

と言った。上村たちは、黙ったままうなずいていた。

翌々日の一月一日、旅順のロシア軍守備隊の降伏申し入れによって、旅順開城規約の調印もおこなわれ、正月の各神社は、勝利につぐ勝利を喜ぶ参拝者の群れでにぎわった。号外の鈴の音が町々を走り、東郷大将と乃木大将は英雄視され、各所で勝利を祝う催しがおこなわれた。

日本全国は沸き立っていた。軍需景気で企業の利益は増大し、財界人たちは明るい表情で町々を馬車で往《ゆ》き交った。家々には国旗がひるがえり、空には凧《たこ》が舞っていた。しかし、そうした賑《にぎ》わいの中で、一般大衆の生活は極度な貧しさにあえいでいた。戦争は物資を果しなくのみこみ、それをおぎなうために税率は高まり、国債が乱発されていた。

政府は、開戦直後、総額五億七千万円にのぼる戦費予算を計上し、その財源を国債と

戦時特別税にもとめていた。その特別税設置を発表した時、政府は、貴衆両院の有力者を集めて、

「政府は、特別税が悪税であることを承知しているが、国家の富力が十分ではないので、やむを得ずとった処置である。国を賭《と》しての戦争であるから、なにとぞ御諒承《ごりょうしょう》いただきたい」

と、財政難のきびしさを訴えた。

そのうちに戦争が進むにつれて、民衆は酷税と物価の暴騰《ぼうとう》にさらされるようになった。殊《こと》に出征兵士を出した家や戦死者の遺族は、働き手を失い、生活は悲惨なものになっていた。が、そうした中でも、国民は戦争の勝利をねがって高税に堪え、国債の第一回募集も予定額一億円に対し四億五千二百十一万円余にのぼるという好成績をあげていた。

しかし、そのような努力にもかかわらず軍需物資は極度に欠乏し、財源は枯渇しかけていた。大衆の勝利に酔うかげには、国力の衰弱がいちじるしかった。

五

喜望峰を迂回《うかい》したロシア第二太平洋艦隊主隊はインド洋に入り、十二月二十九日、マダガスカル島の北東岸セントマリー海峡に投錨《とうびょう》した。

艦隊にとって、アフリカ大陸海岸沿いの航海は苦痛にみちたものであった。海図は不正確でほとんど役に立たず、坐礁《ざしょう》の危険におびえながら水深を測定して航行しなければならなかった。また、寄港する港では、日本艦艇が出没しているという風説がしきりで、その来襲にも厳重な警戒をはらう必要があった。そうした日本艦艇の影におびやかされた各艦では、士官や水兵に多数の発狂者も出ていた。

しかし、マダガスカル島にたどりついたロシア艦隊主隊には、ようやく明るい空気がもどった。東洋へ近づいたため日本艦艇の来襲するおそれは濃くなったが、日本海までの航路は海図も整備されていて、航海はきわめて容易であることが判明していたからだった。

それに、かれらを最も喜ばせていたのは、地中海の入口でわかれた支隊がスエズ運河をへてマダガスカル島の北端にあるフランス領ジエゴスアレス軍港で主隊を待ち受けている、と予測されていたことであった。支隊と合流すれば戦力は増し、日本艦艇の来襲も排除できるにちがいなかった。

乗組員の顔には、おさえきれぬ喜びの色があふれていたが、それも、たちまち一つの報告によって消えてしまった。その日午後四時ごろ、病院船「オリョール」がカブシタットから入港してきたが、カブシタットで得た新聞によると、旅順港にいたロシア艦隊が、二〇三高地を占領した日本陸軍の攻城砲の猛砲撃をうけて全滅したという悲報をつたえたのだ。

艦隊乗組員の落胆は大きく、かれらは、言葉もなくただ互いの顔を見つめ合い、その新聞記事が誤報であることを祈るだけだった。

ロジェストヴェンスキー中将も、艦隊が東洋に到達する以前に旅順の陥落をある程度予想はしていたが、その新聞報道に眉《まゆ》をひそめた。かれは、旅順艦隊との合流を夢み、圧倒的に優勢な戦力で日本艦隊を全滅させようとくわだてていたのだ。

さらに、翌日、ロジェストヴェンスキー中将は、海軍大臣から一通の電報を受け、狼《ろう》狽《ばい》した。

地中海入口で分れた支隊は、マダガスカル島の北端にあるフランス領ジエゴスアレス軍港に入港し、主隊も同港で合流する計画を立てていた。が、海軍大臣からの電報によると、中立国違反を理由に日本政府の抗議を受けたフランス政府が同港への艦隊入港を拒絶し、ノーシベー湾にはいるよう指示してきたので、海軍大臣は、支隊に予定を変更してノーシベー湾にむかうよう命令を発したという。

ロジェストヴェンスキー中将にとって、それは予想もしていなかった電文だった。ジエゴスアレス軍港には、雇い入れた多くの石炭船が入港して艦隊の到着を待っている。もしも、艦隊が同港に入港しなければ、石炭船は他港に去って、艦隊は石炭を積むことができなくなる。それは航海の中止につながるもので、ロシア艦隊にとって憂慮すべき大打撃であった。

それに、艦隊は、長い航海を経ているので艦船の故障も多く、その修理のためにもジエゴスアレス軍港に入港して整備し、軍需品も補給したかった。そうした計画を立てていたのに、ロシア海軍大臣が支隊にノーシベー湾への入港を直接命令したのは、ロジェストヴェンスキー司令長官の存在を完全に無視したものであった。

中将は憤然として、ただちに電報を発した。その中で中将は、海軍大臣が独断で予定変更を命令したことに対する憤懣《ふんまん》を述べ、せっかくジエゴスアレス軍港に配置してある石炭船が、艦隊の入港せぬことをいぶかしんで他の港に去ってしまうおそれがあると警告し、

「ワガ艦隊ガ石炭ヲ積ミ込ムコトノデキヌ事態ニオチイッタ場合ハ、実ニワガ艦隊ノ最後ト諦《あきら》メル以外ニナシ」

と、訴えた。

また、それに加えて、合流地点を変更した現在、石炭船を再び集めることは困難であると訴え、

「予定ノ変更ハ、ワガ艦隊ノ前途ノ光明ヲ完全ニ奪ウモノデアル。今ヤ本官ハ、艦隊ヲ喪失シタト同ジ心境デアル」

と、海軍大臣に憤《いきどお》りをぶつけた。

打電後、ロジェストヴェンスキー中将は、事態の収拾をはかることに苦慮した結果、支隊に対して、海軍大臣の命令したノーシベー湾の碇泊《ていはく》をやめ、主隊の碇泊するセントマリー海峡の北方九〇浬《かいり》にあるアントンジル湾に回航するよう命じた。さらに、使いを派して、ジエゴスアレス軍港に待つ石炭船を主隊の碇泊するセントマリー海峡に連れてくるよう手配した。

一月一日、本国の海軍軍令部長から、正式に旅順港内のロシア艦隊が全滅したことを無線電信でつたえてきた。ロシア軍守備隊の状況については、

「二〇三高地ヲ占領サレタタメ、ワガ守備隊ハ、本要塞《ようさい》ノ基本防禦《ぼうぎょ》線ニ退キ防戦ニツトメテイル。シカシ、弾薬ハマサニ尽キントシ、将兵ノ疲労モ大デアル」

と、絶望的な戦況であることをあきらかにした。

ロジェストヴェンスキー中将は呆然《ぼうぜん》と立ちすくみ、乗組員たちの間にも沈鬱《ちんうつ》な空気が流れた。

ロシア海軍軍令部は、その悲報が艦隊乗組員の士気を衰えさせることをおそれたらしく、その日、ネボガトフ少将を司令長官に、戦艦「ニコライ一世」をはじめとした艦艇によってロシア第三太平洋艦隊を編成、救援のため派遣するとつたえてきた。

ロジェストヴェンスキー中将は、艦隊を隣湾のタングタング湾に移して艦に石炭を積みこませていたが、ノーシベー湾に碇泊しているはずの支隊からは、なんの応答もない。

そのうちに一月五日、ようやく支隊からの電報が到着した。それによると、支隊の艦艇は長い航海で故障を起したものが多く、全艦艇を出港させることはできない状態だと告げてきた。

ロジェストヴェンスキー中将は、マダガスカル島での集合予定地の突然の変更が予想以上にロシア第二太平洋艦隊に大きな混乱をあたえていることを知った。

支隊の艦隊はノーシベー湾に碇泊し、主隊はタングタング湾に投錨している。しかも、支隊を探しにでた三隻《せき》の巡洋艦が行方不明になっている。それに、海軍省からは、日本艦隊の一部がシンガポールに進出し、また、マダガスカル島付近の海面に日本の駆逐艦と怪しい汽船が出没しているという新聞の報道もつたえてきた。つまり、ロシア艦隊は分散状態で、日本の艦艇に襲撃される危険にもさらされていた。

ロジェストヴェンスキー中将は、艦船の集結をはかるため一刻も早く支隊と合流し、行方不明になっている艦を寄せ集めたかった。

しかし、ノーシベー湾にいる支隊の艦隊は、長い航海で故障し動けない状態にあると訴えてきている。ロジェストヴェンスキー中将は、ノーシベー湾が不便な位置にあるので集合地点としては好ましくないと思ったが、全艦隊をまとめるためには、むしろ、主隊をひきいてノーシベー湾にむかい支隊と合流すべきだと判断した。

一月六日午前八時三十分、ロジェストヴェンスキー司令長官は、艦隊に抜錨を命じ、主隊の艦艇をひきいて支隊の待つノーシベー湾にむかった。幸いにも、午前十時三十分、支隊から主隊を探しもとめて航進してきた巡洋艦「スヴェトラーナ」と駆逐艦二隻に会合することができた。

巡洋艦から艦長がボートで旗艦にやってくると、ロジェストヴェンスキー司令長官の前に立ち、

「支隊の全艦船は一隻残らず無事で、ノーシベー湾に碇泊し、司令長官の御到着を心からお待ち申し上げております」

と、眼に喜びの涙をにじませながら報告した。

その報告は、主隊の各艦にもつたえられ、乗組員たちは手を握り合って喜んだ。

地中海の入口にあるタンジールで支隊と別れたのは、十一月四日であった。それから二カ月余、支隊は、地中海からスエズ運河を通過し、さまざまな苦難を経てノーシベー湾に集結している。

主隊の乗組員たちは、支隊との合流が間近いことに胸をおどらせた。

「スヴェトラーナ」に同行してきた駆逐艦「ボードルイ」は機関に故障をおこしていたので、汽船「ローランド」に曳航《えいこう》させて進んだ。また、ドイツ石炭船三隻にも出遭い、これも艦列に加えた。

その夜、艦隊は灯火を消し、日本艦隊の夜襲にそなえて厳重な警戒態勢をとった。

一月七日の朝がやってきた。その日は、ロシア暦で十二月二十五日のクリスマスにあたっていた。

各艦では、メインマストに高々とロシア艦隊の十字旗をかかげ、午前八時に全艦艇は動きをとめ、乗艦している神父によって神への祈りがおごそかにささげられ、一同、

「アーメン」

を口にし、ひざまずいた。

また、ロジェストヴェンスキー司令長官は、旗艦「クニャージ・スヴォーロフ」の後甲板に士官をはじめ全乗組員を集めて、クリスマスを祝う言葉を述べ、酒杯をあげた後、

「わが艦隊は、本国を出発して以来、多くの苦難をなめながらも、遂《つい》にインド洋のマダガスカル島に到達することができた。これは、ひとえに諸君の祖国愛にもえる努力のたまものであり、感謝に堪えない。わが旅順艦隊は残念ながら全滅し、日本艦隊は、わが第二太平洋艦隊の来航を待ちかまえている。決して楽観は許されない。しかし、わが艦隊には必ず神の御加護がある。ロシア魂をふるい立たせよう。わが艦隊に勝利の神はやどるのだ。皇帝ウラー、ロシア海軍ウラー」

かれの力強い訓示に、乗組員は感動し、

「ウラー、ウラー」

と、叫びつづけた。

司令長官の訓示は全艦艇の乗組員につたえられ、かれらの士気はとみに上った。その興奮をたかめるように、各艦は、一斉に三十一発ずつの祝砲を放った。インド洋上にいんいんとどろく祝砲は、ロシア艦隊の勝利をちかう叫びのようにきこえた。

正午にクリスマスの祝典を終えた艦隊は、支隊の待つノーシベー湾にむかって航進を開始した。しかし、戦艦「オリョール」に故障が生じていたので、艦隊は六ノットに速度を落さなければならなかった。

ロジェストヴェンスキー司令長官は、ノーシベー湾にいる支隊と連絡をとる必要を感じ、「スヴェトラーナ」をノーシベー湾に戻るよう急航させた。夕陽がインド洋の海面を赤々と染め、水平線下に没していった。

その頃、戦艦「ボロジノ」から緊急信号が旗艦に入った。

艦隊司令部は、緊張した。「ボロジノ」の発した信号は、

「ワガ艦隊ヲ追尾シ来タル四隻ノ大型軍艦ヲ発見ス。ソノウチ三隻ハ反転シタルヲ以テ、残レル一隻ニ向ッテ砲火ヲ開キタリ。シカシ、同艦モ灯火ヲカクシテ艦影ヲ没セリ」

という無気味な内容だった。

ロジェストヴェンスキー司令長官は、ただちに全艦艇に対して戦闘配置につくよう命じ、警戒を厳にした。「ボロジノ」の見張員の発見した四隻の軍艦は、シンガポール付近にあるといわれている日本艦隊の一部が進出してきたのではないか、とも想像された。

その夜は晴れていたが、月はなかった。実弾をこめた砲には砲手がつき、見張員は、星明りの海上に視線を走らせていた。

艦隊は航進をつづけたが、そのうちに、航路の右方向でしばしば怪しい灯火がひらめいた。艦隊司令部は、日本艦艇の夜襲をうける公算が大きいと判断し、就寝していた当直以外の砲手たちも集合させ、砲のかたわらでごろ寝をさせた。司令部員たちは一睡もせず、洋上の監視につとめた。

不安にみちた一夜が明けた。乗組員たちは血走った眼をしょぼつかせながら、太陽が水平線上にのぼるのを見守った。前日の夕刻、戦艦「ボロジノ」が発見した四隻の大型軍艦は、はたして日本の軍艦なのか。かれらは、おびえきった表情で言葉を交していた。

艦隊は、その日も厳重な警戒態勢をとりながら進んだ。

夜がやってきた。

乗組員たちは、日本艦艇の夜襲に不安を感じていたが、午後七時、一隻の駆逐艦が旗艦「クニャージ・スヴォーロフ」にむかって進んでくるのを発見した。艦隊司令部は、日本駆逐艦かも知れぬと予測し、全艦艇に、

「戦闘準備！」

を下令し、各艦の砲口は、夜の海上を近づいてくる駆逐艦の艦影に向けられた。

しかし、各艦から一斉に浴びせかけられたサーチライトの光にうかび上ったのは、ロ

シア駆逐艦「ブイヌイ」であった。同艦は、ノーシベー湾で主隊のくるのを待っている支隊に所属していて、支隊の司令官フェリケルザム少将から迎えにゆくよう命じられてきたのである。

艦隊は、駆逐艦「ブイヌイ」の案内で黒煙をなびかせながら進み、夜おそくノーシベー湾外にたどりついた。

湾内にいる支隊の士官をはじめ乗組員たちも興奮しているらしく、無線電信で、

「一刻モ早ク入港スルコトヲ切望ス。ロジェストヴェンスキー司令長官ノ御到着ヲ、全乗組員謹ンデオ待チ申シ上ゲテイル。尚《なお》、貴隊ノ巡洋艦三隻スデニ入泊シオレリ」

と、しきりに連絡してくる。

行方不明の三艦の碇泊を知って安堵《あんど》したが、深夜の入港は坐礁事故を発生させるおそれもあるので、その夜は湾外で碇泊し、明朝早く入港することになった。

……夜が白々と明けてきた。主隊の各艦の煙突からは、朝靄《あさもや》の中に黒煙がうす墨のように吐かれている。

やがて、入港の信号が発せられて、各艦は錨《いかり》をまきあげて動きはじめた。

湾口をすぎると、広大な湾内に、支隊の軍艦が点々と散っているのが望見できた。

湾内はすばらしい風光につつまれ、波は静かで、小さな島もいくつかみえる。緑におおわれた山が湾をふちどるようにつらなり、岸には白い砂地が帯状にのびていた。乗組

員は、美しい湾の光景を恍惚《こうこつ》とながめていた。

旗艦の甲板上で、軍楽隊が明るい行進曲を演奏しはじめた。乗組員は、各艦の甲板上の片側に整列した。

主隊の艦艇は、ゆっくりと支隊の艦艇に近づいてゆく。二カ月ぶりに主隊と支隊は、長い航海をへて合流することができたのだ。

整列する乗組員の眼には、感動の涙が光った。「ウラー」という叫びが支隊の各艦に整列する乗組員からふき上ると、接近してゆく主隊の艦艇からも、

「ウラー、ウラー」

と、狂喜した叫び声が一斉にあがった。

かれらの眼からは涙があふれ、軍楽隊のかなでる行進曲が、かれらの感動を一層あおった。

南国の強い陽光のあふれる中を、戦艦「シソイ=ウェリーキー」に坐乗していた支隊司令官フェリケルザム少将が、汽艇にのって旗艦「クニャージ・スヴォーロフ」にやってきた。甲板上には、司令長官ロジェストヴェンスキー中将が司令部員をしたがえて出迎え、フェリケルザム少将と体を抱き合った。二人は、無言のまま唇を接し合った。

その情景に「ウラー、ウラー」という叫び声が、全艦艇からふき上った。

しかし、艦隊の集結を喜ぶ司令長官をはじめ乗組員たちの顔には、悲痛な表情もかす

めすぎていた。それは、旅順港を基地とするロシア艦隊の全滅の悲報をうけていたからだった。

ロジェストヴェンスキー中将は、フェリケルザム少将以下高級士官を司令長官室に招き入れた。向い合って坐った二人の顔には、沈鬱な表情がうかんでいた。

自然に旅順艦隊全滅のことが、二人の口からもれた。フェリケルザム少将は、マダガスカル島で入手した新聞をさし出した。そこには、旅順要塞を守備していたロシア陸軍四万名が日本軍に降伏、捕虜のうち一千名が将校だと記されていた。

さらに、日本海軍は、旅順港内に沈没したロシア戦艦等を引きあげて戦列に加え、東洋へ急ぐロシア第二太平洋艦隊を迎え撃とうとしているとも書かれていた。新聞の文章は拙劣で、その記事が事実をつたえているかどうかは疑わしかったが、司令長官室の空気は暗くよどんだ。

また、他の新聞によると、ロシア国内では専制君主制に対する大衆の反抗が急にたかまっているともつたえていた。ロシアの首都をはじめ各都市で、大衆と官憲の衝突が起きているらしい。

ロジェストヴェンスキー中将の眼に、苛立《いらだ》った光が濃くうかび、口早にフェリケルザム少将に支隊の艦船の状況をたずねた。フェリケルザム少将は、多数の艦船が航海途中で故障を起し、大修理を必要とする、と報告した。

ロジェストヴェンスキー中将は、司令長官室を出ると、フェリケルザム少将の案内で各艦の故障状況を視察してまわった。かれは、顔を曇らせた。フェリケルザム少将の報告通り、多くの艦船は航行不能と思われるほど傷ついていた。

ロジェストヴェンスキー中将は、旅順のロシア艦隊の全滅を知った時、すぐに一つの判断をくだしていた。それは、一刻も早く日本の近海に到着しようという強い決意だった。

かれは、状況を確実にみきわめるすぐれた提督だった。日本の艦隊は、旅順港の閉塞《へいそく》につとめると同時に、多くの海戦に参加して疲れきっている。艦艇は故障個所も多く、戦闘行動にたえられないものになっているにちがいなかった。

かれには、日本海軍首脳部のあせりが眼にみえるようだった。かれらは、ロシア第二太平洋艦隊の来航におびえている。七隻の戦艦群を主力としたロシア艦隊に、かれらは大きな脅威を感じているはずだった。

かれらは、旅順艦隊の全滅によって海上に散る艦艇を集め、急いで造船所に送りこんでいるにちがいない。しかし、日本の海軍工廠《こうしょう》の工事能力は、ロシアの海軍工廠のそれよりもはるかに低い。ロシアでは戦艦も建造できるが、日本では巡洋艦以下の艦艇しか造る力がない。それでもかれらは、必死になって艦艇の修理につとめるだろうが、それにはかなりの日数を必要とするはずだった。

ロジェストヴェンスキー中将は、その虚をつくべきだと思った。インド洋を横切り、シンガポール付近を通過すれば、日本は近い。もしも、その海域にまで進出すれば、日本海軍は、傷だらけの艦艇を工廠から再び引きずり出して、決戦にそなえなければならなくなる。そうした場合、むろんロシア艦隊は絶対的な優位に立って、日本艦隊を潰滅《かいめつ》させることができるにちがいなかった。

ロジェストヴェンスキー中将は、勝利をおさめるためには、一日も早くノーシベー湾を出て前進することだと思った。艦隊を休息させ石炭を補給する日数を考えた末、おそくとも一月十四日には出港しなければならぬと思った。

しかし、合流したフェリケルザム少将指揮の支隊の艦船には大修理が必要なので、やむを得ず予定を五日間延期して、出港を一月十九日と定めた。そして、集結地の予定変更で散っていた石炭船を集めることにつとめ、石炭の積込み作業を開始させた。

その日、本国の海軍省から無線電信で二つの重要な連絡が入った。

一つは、本国を出発した巡洋艦「オレーグ」「イズムルード」仮装巡洋艦「ドネープル」「リオン」ほか駆逐艦等によって成る後発隊の動きをつたえるものであった。第二は、戦艦「ニコライ一世」をはじめ本国に残された艦艇によって編成された第三太平洋艦隊が、ネボガトフ少将を司令長官に、一月中旬、本国のリバウ軍港を進発する予定だという報告だった。

ロシア海軍首脳部は、東洋へ急ぐ第二太平洋艦隊が旅順艦隊と合流して作戦をおこなうことを期待していたが、その願いも完全に失われ、日本海軍と対決するのはロジェストヴェンスキー中将の指揮するロシア第二太平洋艦隊だけになっている。

海軍首脳者たちの中には、旅順艦隊の全滅によって情勢は悪化し、第二太平洋艦隊を本国へ引揚げさせるべきだという意見を述べる者もいた。長い航海を経て疲れきった第二太平洋艦隊を日本近海に近づければ、日本艦隊の好餌《こうじ》になるにすぎないと主張したのだ。

かれらの間で、激しい意見がたたかわされた。しかし、皇帝の強い意志もあって、大勢は、予定通りロシア第二太平洋艦隊をそのまま航進させるべきだという意見にかたむいた。

その主張の根本的原因になったのは、多分に国際的な配慮にもとづくものであった。第二太平洋艦隊は、ロシア本国を出発してから長い航海をつづけた後、ようやくインド洋のマダガスカル島に到着した。その動きは、全世界が注目し、日本艦隊との決戦を息をのんで見守っている。そうした背景の中で、たとえ旅順艦隊が全滅したからとはいえ、第二太平洋艦隊を本国へ引き返させたとしたらロシアは世界各国の冷笑を浴びることになる。国家の威信は完全に崩壊し、歴史的にも一大汚点として刻みつけられるだろう。

それに、国内では政治に対する大衆の抵抗運動が日に日にたかまっていて、政府もその鎮圧に狂奔していた。そうした情勢の中で、第二太平洋艦隊の引揚げが発表されれば、革命派の恰好《かっこう》の宣伝材料になって反政府運動はさらに激化するだろう。

第一、ロシア第二太平洋艦隊に引揚げ命令を出しても、艦隊側がそれに応じるとは考えられなかった。艦隊は、各寄港地で冷淡な仕打ちをうけ、それに堪えながら石炭、食糧、水を補給して、ようやくマダガスカル島にたどりつくことができた。その艦隊に、情勢の変化を理由にして引揚げ命令を出しても、激しい反撥《はんぱつ》をひき起すにちがいなかった。

ロシア海軍首脳部は、それらの状況を綜合《そうごう》した結果、第二太平洋艦隊を予定通り航進させることに決定した。しかし、第二太平洋艦隊のみで日本艦隊と対決させることは不安だった。そのため、国の総力をあげて第二太平洋艦隊の戦力を増強させねばならぬと判断し、後発隊に第二太平洋艦隊を追わせ、さらに第三太平洋艦隊にも出動命令を下したのだ。

しかし、その連絡を受けたロジェストヴェンスキー中将の表情は暗かった。かれは、一日も早くマダガスカル島をはなれて日本近海へ急ぎたかった。旅順艦隊は全滅したが、日本艦隊の軍艦は長い作戦行動で傷ついている。故障した艦艇は、工廠に入れられているのだろうが、その修理が終らぬうちに決戦をいどみたかった。

しかし、ロシア本国からの連絡では、ドブロヴォリスキー大佐指揮の後発隊と近々出発予定のネボガトフ少将指揮の第三太平洋艦隊と合流して、日本近海へむかえ、といってきている。

ロジェストヴェンスキー中将は、当惑し、すぐに海軍省に対して、

「日本艦隊ハ、旅順港封鎖作戦デカナリノ痛手ヲ負ッテイル。修理ニツトメテイルハズダガ、ワガ第二太平洋艦隊ハ、ソノ修理の完了スル以前ニ日本近海ニ到着シ、決戦ヲイドム必要アリト判断シタ。ドブロヴォリスキー大佐ノ後発隊ノマダガスカル到着ハ二月ニ入ッテカラデアリ、ネボガトフ少将ノ第三太平洋艦隊ノ到着ハ、サラニ四月ニナッテシマウト予測サレル。

ワガ艦隊ハ、ソノヨウナ時期マデ待ツワケニユカヌ。予定通リ一月十九日ニ出撃スル」

と、打電した。かれは、一月十九日に出動しなければ、圧倒的な勝利をつかむ機会をのがしてしまうと確信していた。

かれは、全艦隊の乗組員に対して上陸を禁ずる旨《むね》の命令を下し、マダガスカル島付近に出没するとつたえられている日本艦艇の来襲にそなえて、厳重な警戒態勢をしいた。哨戒《しょうかい》のため巡洋艦を一隻《せき》ずつ湾外に出動させて水平線上を巡航させ、駆逐艦二隻を湾の入口に派遣して、奇襲を警戒させた。

日没後は、艦載水雷艇を湾外に放ち、夕方になると、日本水雷艇の襲撃にそなえて魚

なかった。

雷防禦網《ぼうぎょもう》を周囲にはりめぐらし、夜間には各艦の灯をすべておおいかくさせた。ノーシベー湾は濃い闇《やみ》につつまれ、その中で各艦は、息をひそめるように身動きもしなかった。

一月十四日はロシア暦の一月一日にあたるので、各艦では、新年を迎える祈禱《きとう》式がおこなわれた。

その日、ロシア皇帝ニコライ二世から、新年に対する祝詞と東洋へむかう艦隊に対する激励をかねた電報が入電した。

「皇帝陛下は、常にわれわれを見守っていてくださる。陛下の温かいお心に対しても、われわれは一身を捧《ささ》げて勝利のために戦おう」

ロジェストヴェンスキー中将は、全乗組員に訓示を発した。この勅語と司令長官の訓示に、乗組員たちの士気は大いにふるい立った。

その日、士官たちは互いに他の艦船を訪れて年賀の挨拶《あいさつ》をし、兵たちも当直員以外は休みをとった。

しかし、翌一月十五日には、前日の休業をとりかえすため、乗組員たちは全力をあげて勤務についた。各艦では、機械類の分解手入れをおこなって砲身がみがかれ、艦船番号順に石炭の積込み作業につとめ、さらに短艇を使用した訓練も日没まで実施された。

出港は、一月十九日に決定していた。艦隊乗組員も、そのことを十分承知していて休息も惜しんで出動準備に奔走した。作業は、乗組員の努力によって順調にすすみ、出動日の前日にすべて作業は終了した。

明治三十八年一月十九日の朝を迎えた。

ノーシベー湾には、ロシア第二太平洋艦隊の全艦艇が整備を終えて出港時刻を待った。艦隊は、いよいよインド洋を横切り東洋へとむかう。乗組員の顔には、祖国愛にもえた決死の色が濃くうかんでいた。

各艦では、出撃の前途を祈願する祈りがささげられ、艦に乗りくむ神父によって聖書が口ずさまれた。湾内には、厳粛な静けさがひろがった。

ロジェストヴェンスキー中将の眼にも、必勝を期す光がうかんでいた。そして、全艦船に対し出動準備を命じ、同行するドイツの石炭船の船長に集合地点をしめした秘密命令書を手渡した。

しかし、石炭船の船長たちは、意外にも命令書を受けとろうとしない。艦隊司令部は、船長たちの態度をいぶかしんだが、その時、石炭船会社の社長から一通の電報が司令部に入電してきた。

電文に眼を通したロジェストヴェンスキー中将の顔から、血の気がひいた。その電文には、

「本会社ノ石炭船ハ、マダガスカル島カラ東方へ進ム貴艦隊トノ同行ヲ拒否スル」

と、書き記されていた。

理由は、日本政府のドイツに対する強硬な抗議によるものであった。日本政府は、ロシア艦隊に石炭を供給する石炭船は、すべて中立違反として捕獲するとつたえ、石炭船会社は、その通告におびえて同行を拒否してきたのだ。

艦隊が東洋へ達することができるか否《いな》かの重要な鍵《かぎ》は、石炭補給の成否にあった。

ロシア第二太平洋艦隊は、ロシアの石炭船以外にドイツの運送会社所属の運送船を多額の代金をはらって数多くやとい入れていた。それらのドイツ運送船は、石炭を満載して艦隊に同行したり、寄港予定地に待っていて石炭を供給してきた。それによって艦隊は、ようやくマダガスカル島にたどりつくことができたのだ。

しかし、ドイツの運送船会社は、今後、艦隊に同行することはできぬという。ロジェストヴェンスキー中将は、艦隊がマダガスカル島出動寸前であっただけに激怒した。

ロジェストヴェンスキー中将は、すぐにロシア本国に電報を発し、ドイツ運送船会社からの申し出をつたえ、至急、善処して欲しいと依頼した。この電報は、ロシア海軍省を驚かせ、ただちにドイツ運送船会社に対して契約違反を理由に強く抗議したが、運送船会社は、かたくなに抗議に反撥した。石炭船の船員たちが危険を恐れ、日本海軍艦艇の待ちかまえる戦域に入ることをこばんでいるという。

その交渉経過を知ったロジェストヴェンスキー中将は、ドイツの石炭船の同行がなくとも出発すべきだと思った。インド洋を横切るだけの石炭は積みこんであるし、オランダ領のバタビヤ（ジャカルタ）に達すれば、そこで石炭を集めることもできる。かれは、一刻も早く日本近海に急ぎたかった。

かれを恐れさせていたのは、台風の季節が近づいていることであった。マダガスカル島は、例年、猛烈な台風にみまわれる。このまま艦隊が同島のノーシベー湾に碇泊《ていはく》をつづけていれば、すさまじい暴風と激浪で、艦船が破壊される危険が十分に予想される。ロジェストヴェンスキー中将は、ドイツ石炭船を放棄して前進する決意を海軍省につたえた。

これに対して、本国からも無線電信がしばしば入電してきたが、結論がでないままに出動予定の一月十九日もむなしく暮れてしまった。

翌日、海軍省から、

「命令アルマデ、マダガスカル島ノーシベー湾ヨリノ出動ヲ見合ワスベシ」

という電報が入った。また、全力をあげて第二太平洋艦隊を追っているドブロヴォリスキー大佐指揮の後発隊をノーシベー湾で待ち、合流するようにという命令もつたえられた。

ロジェストヴェンスキー中将は激しい焦燥感にとらえられ、平静さを失った。

後発隊は、巡洋艦四隻、駆逐艦五隻、運送船一隻によって編成されているが、その到着は二月に入ってからと予想される。ドイツの石炭船を放棄するという犠牲を払ってでも日本近海へ急ぐことを念願するロジェストヴェンスキー中将は、ノーシベー湾に碇泊したまま後発隊を待つ気にはなれなかった。

それに、同中将は、後発隊の艦艇の性能が決してすぐれてはいないことも知っていた。かれは、そのような艦艇を同行するのはかえって足手まといになるとも思っていた。

かれは、情勢判断の甘い本国の海軍首脳部の態度に苛立《いらだ》って、翻意をうながす強硬な電文を送った。

「海軍省カラノ電文ハ受ケ取ッタ。後発艦隊ヲ待テト言ウガ、ドノヨウナ判断ニヨル命令ナノカ。後発艦隊ヲ加エレバ、僅《わず》カナガラモ戦力ハ増スコトハタシカデアル。シカシソレヨリモ、一刻モ早ク日本近海ニ進出スル方ガ得策デアル。前進デキズコノママ碇泊ヲツヅケテイレバ、食糧等ハ欠乏シ、ソノ上、乗組員ノ士気モ極度ニ衰エル。コノヨウナ情況ヲ考慮ノ上、是非トモ出動ノ許可ヲ与エテ欲シイ」

と、要求し、さらに、

「ソレデモ尚《なお》、コノママ当湾ニ碇泊セヨト命ズルナラバ、私ハ、艦隊指揮ノ責任ヲ負ウコトハ出来ナイ」

ともつけ加えた。そして、海軍省からの回答を待ったが、いつまでたっても返電がこ

ないので同中将は重ねて、

「イタズラニ当地ニ碇泊シテイル間ニ、日本海軍ハ海軍力ヲ十分整備シテシマウダロウ。ドブロヴォリスキー大佐指揮ノ後発隊ニハ、有力ト思エル艦ハ僅カニ巡洋艦『オレーグ』一隻ノミデアル。ネボガトフ少将指揮ノ第三太平洋艦隊ノ方ガ頼リニナルガ、同艦隊ガ当地ニ到着スルノハ五月ニ入ッテカラニナルダロウ。ソノヨウナ時期マデ待ツ事ハ、セッカクノ好機ヲ逸スルコトニナリ、ワガ艦隊ニトッテ大イニ不利ニナル」

と、マダガスカル島からの出動許可を強く求めた。

このようなロジェストヴェンスキー中将の強硬な意見に、海軍省も困惑し、その経過を皇帝ニコライ二世に報告した。ニコライ二世は海軍省の苦衷を察して、一月二十五日、同中将に電報を発した。

その趣旨は左のようなものであった。

一、第二太平洋艦隊のみの戦力では、日本艦隊を撃滅するのに不安である。

二、ドブロヴォリスキー後発隊とネボガトフ艦隊を合流させれば、日本艦隊との決戦に勝利をおさめることは確実である。このことを考慮して、貴艦隊は、絶対にマダガスカル島で後援艦隊の到着を待たねばならぬ。

これに対して、ロジェストヴェンスキー中将は、マダガスカル島にとどまることの不利を皇帝に再び強く訴えた。かれは、艦隊指揮者として、たとえ皇帝であろうとも、その命令を即座に受け入れる気にはなれなかった。

ニコライ二世は、中将の強硬な返電に当惑した。そして、中将の出撃しようという決意がきわめてかたいことをさとり、海軍首脳者たちを招集して協議を重ねた末、二月七日、ロジェストヴェンスキー中将に対して、左のような暗号電報を送った。

「ドブロヴォリスキー大佐指揮の後発隊は、すでに貴地にむかって航行中であるのだから、ぜひ貴艦隊は、マダガスカル島にとどまって同艦隊の到着を待つべきである。また、ネボガトフ少将の第三太平洋艦隊は、数日後、リバウ軍港を出発することになっている。しかし、この艦隊をマダガスカル島で待つかどうかは、汝《なんじ》の判断にまかす。ただし、同艦隊との合流予定地は、正確にネボガトフ少将につたえるよう命じる」

皇帝は妥協案を提示したわけだが、ロジェストヴェンスキー中将は、それでもなお不服だった。かれは、マダガスカル島に長くとどまることによって乗組員の規律が乱れることを恐れた。

かれは、再び皇帝に対して激しい調子の電文を送った。

その中で中将は、ネボガトフ少将指揮の第三太平洋艦隊を待つことの不利を説いた。艦隊の到着は、三カ月後と予想される。しかも、艦隊は長い航海を経たことによって多くの故障個所をかかえたままやってくるにちがいない。そのような場合には、大修理が必要となり、さらにマダガスカル島出撃の日は延期される。

ロジェストヴェンスキー中将の作戦計画としては、日本近海におもむいて全速力でウラジオストックに突進し、ウラジオストックを根拠地として作戦行動をとる予定であった。しかし、ネボガトフ艦隊は故障艦も多く、そのため速度をあげることもできないだろう。ウラジオストックに突入する艦隊にとって、このような低速のネボガトフ艦隊は却《かえ》って足手まといになる。

このような説明を述べた後、ロジェストヴェンスキー中将は、

「陛下よ。ネボガトフ艦隊が故障もなく到着するという保証がありますなら、私に合流せよとお命じ下さい。その確証がないようでありますなら、私に前進することをお許し下さい」

と、懇願した。

ニコライ二世はこれに対し、

「ネボガトフ艦隊は、出来得るかぎり故障を起さぬよう十分な整備をほどこしている。同艦隊とはあくまでも合流することを命じる」

と、返電した。

ロジェストヴェンスキー中将の立場は、最悪のものになった。ドイツ石炭船は艦隊に同行することをこばむし、皇帝からは、ドブロヴォリスキー後発隊とネボガトフ艦隊を待つようにと命じてきている。第二太平洋艦隊は、完全にマダガスカル島のノーシベー

湾に釘《くぎ》づけになってしまった。

しかも、同湾は、艦隊の長期碇泊には不適当な場所であった。

まず、その気象条件が乗組員に大きな苦痛をあたえていた。太陽はじりじりと照りつけて、気温は連日摂氏四〇度近くまでのぼる。北国生れの乗組員たちにとって、その炎熱は堪えがたいものであった。

艦の砲身もデッキの手すりも熱し、艦内に入って陽光をさけようとすれば、蒸し風呂に入れられたような暑熱と湿気になやまされる。かれらは、汗を流し肩をあえがせていた。

そのうちに、日射病で倒れる者が続出し、原因不明の皮膚病もすさまじい早さでひろがっていった。士気旺盛《おうせい》だったかれらの眼には鋭い光もうしなわれ、動作もとみに緩慢になった。

また、食糧事情も次第に深刻なものになっていた。牛肉は入手できたが、野菜と穀物がなかなか手に入らない。飲料水は湯のように熱し、しかも不潔で、そのために消化不良を起して病院船に送られる者が日を追うて増加していた。

その上、ロシア本国の事情も東洋戦域での戦況も全く入ってこない。本国からの郵便物も絶えて、乗組員たちの表情には沈鬱《ちんうつ》な色が濃くしみつくようになった。

かれらは、それでも慰安を求めて艦上から釣糸をおろして魚釣りをしたり、各艦で演芸大会をひらいたりした。

しかし、それにも飽いたかれらには、深い絶望感がしのび入りはじめた。かれらの間には、徐々に戦争の将来に対する不安がささやかれるようになった。旅順艦隊の全滅が、かれらにとって最も大きな打撃になっていた。

日本海軍は、開戦以来、相つぐ作戦に連続的な勝利をおさめている。東洋の一小国にすぎない日本は、いつの間にか海軍兵力を強化し、十分な乗員の訓練もつんで東洋に配置されたロシア海軍兵力を圧倒し、遂《つい》には旅順艦隊まで全滅させた。体も小さく肌の黄色い日本人。ロシア艦隊乗組員は、その日本人がすぐれた頭脳をもった途方もない能力をひめた人種に思えてきた。

ロシア艦隊乗組員の士気は、全く沈滞した。それは、ロジェストヴェンスキー中将の最も恐れていたことであった。

病院船「オリョール」から、一艘《そう》の短艇がおろされた。

各艦では、炎熱にさらされた甲板上で乗組員がぼんやりと短艇を見送っている。短艇の中には、荒い板で作られた二個の棺がのせられ、その内部には日射病で死亡した二人の水兵の遺体がおさめられていた。

短艇が海岸につくと、棺が、同僚の水兵たちにかつがれて緑におおわれた傾斜をのぼってゆく。中腹にたどりつくと棺がおろされ、シャベルで墓穴が掘られた。湾内に並ぶ各艦からは、墓穴のかたわらで頭を垂れ死者への祈りをささげている水兵たちの姿が遠くみえた。

棺が、墓穴の中へ下ろされた。各艦では、炎熱の中で死者をいたむ半旗がかかげられている。棺が、穴の底につくと、儀仗兵《ぎじようへい》が銃口を空に向けた。

弔銃の一斉発射。

それは、三回連続発射され、銃声がノーシベー湾にひびいた。

二つの白い十字架が、盛り上った土の上に突き立てられた。会葬に加わった者たちは、傾斜をゆっくりと下りはじめた。

艦の甲板に立つ者たちは、二つの白い十字架に視線をむけていた。日射病で死亡した二人の水兵は、死後もその体が摂氏四二度の温度でほてっていた。氷と雪にとざされたロシアで生れ育った二人の水兵の体には、暑熱が異常な激しさで食い入ったのだろう。

かれら二人の水兵は、郷里の人々に送られ、本国のリバウ軍港を熱狂的な国民の歓呼を浴びながら艦隊とともに出発した。かれらは、勝利をねがい祖国へ凱旋《がいせん》する日を夢みていたにちがいない。しかし、かれらは、異境の地で悶死《もんし》し、未開の土地に埋葬《まいそう》されたのだ。

甲板から十字架を望む乗組員たちの顔には、二人の水兵の不幸を悲しむ表情がうかんでいた。と同時に、それが自分たちの運命になるかも知れぬというおびえの色が、暗い表情になってしみついていた。

二個の十字架は、乗組員たちの気分を沈鬱なものにしたが、一月中旬に入ると、さらに二個の十字架が加えられた。それは大尉《たいい》と准《じゅん》士官のもので、二人は酒に酔って肩を抱き合ったまま高所から転落、大尉は頭部を、准士官は胸部をくだき脊椎《せきつい》を折って、それぞれ人事不省におちいり死亡したのだ。

さらに水兵三名が日射病で絶命、七個の十字架が傾斜の中腹に寄り添うように立てられた。

その頃、一人の水兵が逃亡した。ボートに乗って上陸したまでは判明したが、そのまま艦に帰ってはこなかったのである。艦隊では、その逃亡兵の捜索もおこなわなかった。

乗組員たちは、なすこともなく日を送った。かれらは、甲板の日陰に入って物憂《ものう》げに横たわっていた。洗濯をする気力も失われ、かれらの体からは異様な体臭が発散されていた。かれらは、皮膚病におかされた体を動物のように爪で荒々しくかきむしっていた。

艦隊は、マダガスカル島ノーシベー湾に腰をすえたまま動かない。

故国のリバウ軍港を出港したのは、前年の十月十五日だった。それから主隊はアフリカ大陸最南端の喜望峰を迂回《うかい》、支隊は地中海からスエズ運河を通過して、ようやく二カ月半ぶりにマダガスカル島で合流することができた。艦隊乗組員は、戦場に接近したことで興奮し、出撃にそなえて士気も一層たかまった。しかし、艦隊は、マダガスカル島ノーシベー湾にとどまったまま、いたずらに一カ月余もついやしている。

乗組員たちは、出港の日をしきりに待った。が、そのうちにかれらも、ロシア本国からの艦隊が到着するまでノーシベー湾にとどまらねばならぬという事情を知るようになった。

ドブロヴォリスキー後発隊は、スエズ運河を通過したといわれているのでまだよいが、問題はネボガトフ少将指揮のロシア第三太平洋艦隊の来着だった。その艦隊は、本国を出発するどころか、リバウ軍港を二月中旬に出港するという。ロシア第二太平洋艦隊がリバウ軍港からマダガスカル島まで達するのに二カ月半をついやしたことから考えても、その到着は、五月に入ってしまうだろう。もしもネボガトフ艦隊の到着を待つとしたら、ロシア第二太平洋艦隊は、五カ月間近くノーシベー湾にとどまって日を送らねばならなくなる。

暑熱と湿気になやまされ、退屈な日々をもてあましていた乗組員たちにとって、そのような長い月日をノーシベー湾で送らねばならぬことは不満だった。

かれらの気持は、すさみはじめた。かれらは、昼間から酒を飲み、バクチにふけるようになり、しばしばボートに乗ってノーシベーの町へ上陸した。

しかし、町も、かれらにとって決して好ましい場所ではなかった。住民は種々雑多で、黒人、マレー人、ユダヤ人、インド人、それにわずかなヨーロッパ人がいて、それらの人種の血がカクテルのように混じり合った混血人も多く住んでいた。南国の未開地というにふさわしく、川にはワニが、陸上にはトカゲ、猿などもみられた。

ノーシベーの町にとって、ロシア艦隊の長期碇泊《ていはく》は願ってもない恵みであった。艦隊は、食糧や生活必需品を大量に買い入れてくれるし、上陸してくる乗組員も金を落してくれる。

町の商人たちが、この機会をのがすはずはなかった。かれらは、口々に、

「このような好況は、ノーシベー町始まって以来のことだ」

とささやき合って、物価の吊上《つりあ》げをはかった。

商品の価格は日を追って上昇し、十倍、二十倍と暴騰《ぼうとう》する品物もあった。怪しげなロシア語をあやつって水兵たちを店にひきこむ者も出てきて、町の中には、「パリー・コーヒー店」ともっともらしい看板を出したユダヤ人の喫茶店すら出来た。店主のユダヤ人は公然と、

「ロシア艦隊が去ったら、喫茶店を閉じてヨーロッパへ帰る。このように大儲《おおもう》けをしたことはない」

と、表情をゆるめていた。

士気の沈滞は、さまざまな形になってあらわれた。上官の命令に従わぬ者、泥酔して

士官の悪口をどなり散らす水兵、夜間に無断でボートをおろして上陸する者など、軍の規律は乱れた。

そのうちに、運送船「マライヤ」で、艦隊初の不祥事件も起った。

一月二十一日、四名の水兵が、突然、激しい口調で他の乗組員を煽動《せんどう》しはじめた。

「みんなきけ。ここは地獄だ。この気も狂わんばかりの暑さはどうだ。おれたちの食う物はなんだ。ましなのは牛肉ぐらいのもので、野菜は一切口にすることができない。このままでは栄養失調になって死んでしまう。本国からは、郵便物もこない。家族がどのように暮しているのか知ることさえ許されていないのだ。もう一カ月以上も艦隊は動こうとしない。本国からネボガトフ艦隊のくるのを待つというが、よくきけ、ネボガトフ艦隊はまだ本国を出発していないのだ。おれたちは、あと三カ月も四カ月もこの炎熱地獄の中で艦隊のくるのを待たねばならない。そんなことができるか」

一段と高い所に立った四人の水兵は、交互に拳《こぶし》をふり上げて叫ぶ。

水兵たちのまわりに、乗組員の数が次第に増してきた。かれらは、四人の水兵たちの口から吐かれる言葉に耳をかたむけた。

「どうだ、これ以上待つことができるか。みんな、あれを見ろ。十字架は、ついに十本を越した」

水兵の一人が、陸地の傾斜を指さした。そこには、日射病等で死亡した乗組員たちの白い墓標が寄りかたまるようにして立っている。

「墓標は、日増しにふえてゆく。今に陸地はおれたちの墓でおおわれるだろう。ここは地球の果ての地獄なのだ。それでもお前たちは、この地にとどまるというのか」

水兵の叫び声に、乗組員たちは動揺した。

「そうだろう、墓になりたい者はいないはずだ。死をまぬがれる方法はただ一つ。この地を去ることだ。本国へ帰ることだ。本国へ帰れば、そこには野菜もある、冷たい飲料水もある、酒もある。それよりもなによりも、妻や子がいる。両親が待っている。船をおれたちで動かして、本国へ帰ろう、墓になりたくなかったら本国へ帰ろう」

乗組員たちは、

「そうだ、本国へ帰ろう、帰ろう」

と、口々に言い合った。

かれらは、興奮して一斉に拳をふり上げ、「本国へ、本国へ」と叫んだ。

祖国を出てから四カ月近く、かれらは、日本水雷艇の来襲におびえて夜も熟睡できずにすごしてきた。それに、港々でくり返される苛《か》酷《こく》な石炭積込み作業。ようやくマダガスカル島ノーシベー湾にたどりついたが、艦隊はいつまでたっても動こうとはしない。炎熱とすさまじい暑気が、かれらの頭脳を乱れさせてしまったのだ。

運送船「マライヤ」の乗組員は、軍属として徴用された雑役夫が多かった。それだけに、四名の煽動者によって、たちまち規律は乱れた。

「本国へ帰ろう」

という叫びは、かれらの間に野火のような速さでひろがっていった。スコップや鉄棒を手に船内を走りまわると、艦長をはじめ士官たちを脅迫して、それぞれの部屋に閉じこめた。

「マライヤ」に叛乱《はんらん》起る！　の報は、すぐに艦隊司令部につたえられた。

日没が迫った頃で、司令部では、ただちに武装した水兵を「マライヤ」に急行させた。そして、船内を鎮圧すると、煽動した四名の者を逮捕して旗艦「クニャージ・スヴォーロフ」に連行した。

かれらは、そのまま同艦の獄房に投げこまれた。

司令部では、煽動者の処分を全乗組員につたえた。かれらは、数日間獄房にとじこめられた後に、陸にあげて追放するという。この処置は、或る意味では死刑よりも苛酷なものであると言ってよかった。

「クニャージ・スヴォーロフ」の獄房は、空気の流れの全くない密室であった。艦は、炎熱で焼けつくように熱している。その奥まった個所にある獄房は、一分間もとどまることはできないすさまじい熱気がよどんでいた。

また、陸にあげて追放される四名の者たちには、悲惨な運命が待っているはずだった。

ノーシベーの町をはなれれば、人も住むことのできないジャングルがひろがっている。土民は、かれらを危険な人物として殺害するかも知れないし、恐しい風土病がかれらをおそう可能性もある。いずれにしても、かれらには、死が待ちかまえているのだ。

四日後、かれらは、「クニャージ・スヴォーロフ」の甲板上に引き出された。獄房の中の熱気が、かれらの肉体を侵蝕していた。足腰の立つ者は一人もなく、かれらはボロのように突っ伏していた。

水兵たちが、かれらの体をひきずってボートに移した。ボートは、ノーシベーの町を遠くはなれた海岸の方へむかって遠ざかっていった。

この叛乱事件は、艦隊司令部に恐怖をあたえた。

「マライヤ」の乗組員のほとんどが、わずか四名の煽動によってたちまち暴徒と化したことでもあきらかなように、叛乱の再発する条件はそろっている。激しい暑熱と湿気がかれらの頭を乱し、食糧不足がかれらを苛立《いらだ》たせている。娯楽を得ようとノーシベーの町に上陸しても、かれらの心をいやすものはなく、商品は驚くほどの暴騰をしめしている。本国からの郵便物もたえているので、かれらの気分はいらだつばかりだ。

しかも、そうした悪条件は、今後、日を追うてたかまってゆくことはあきらかだった。艦隊司令部は、軍紀を維持することに真剣にとりくまねばならなくなった。

ロジェストヴェンスキー中将は、運送船「マライヤ」に叛乱が起り、乗組員がそのような気持になったのも無理はない、とひそかに思った。

かれは、一月三十日に妻への手紙を書いた。自分の苦悶をはき出すことのできるのは、妻だけであった。

「妻よ。今、私は大いに不愉快を感じている。ドイツの石炭船は、わが艦隊と同行することをこばんだ。これは、あきらかな裏切り行為だ。また、本国の海軍省は、後続艦隊を待てと愚かしいことを言ってきている。後続艦隊を待てば、わが艦隊は当地に五月頃までとどまらねばならなくなる。その間に、日本海軍は海戦にそなえて準備を完全にととのえてしまうだろう。それに、後続艦隊には、ろくな軍艦はない。屑《くず》のような艦ばかりだ。当地は、へんぴな場所だ。食糧にも困っている。豊富なのは牛肉ぐらいのもので、穀物も食用油も野菜もない。艦に貯えてある食糧も、後二週間ほどでつきてしまう。食糧をつんだ船がこなければ、われわれは飢餓にさらされるだろう。青菜の缶詰もなくなり、ジャガ芋はマダガスカル島に一個もないようだ」

かれの手紙は、悲痛にみちたものだった。まして、下士官や兵の苦痛はさらに激しいものであったが、かれは同情してはいられない立場にあった。乗組員の不満がさらにつのって爆発すれば、艦隊は煽動者にのっとられてしまう。日本艦隊との決戦を期して航進するどころか、艦隊は叛乱兵の所有と帰して、司令長官以下首脳部は生命を断たれるか追放されてしまうだろう。

かれには、日本艦隊を撃滅する使命が課せられている。ロシア随一の名提督としての誇りからも、必ず海戦に勝利をおさめなければならない。そのためには、弛緩《しかん》した乗組員の士気をたかめる必要があった。

かれらの最もなやんでいるのは、退屈感をまぎらす方法がないことにちがいなかった。なすこともなく炎熱の地で日を過せば、優秀な乗組員でも不穏なことを考え、それを実行に移すはずだ。

ロジェストヴェンスキー中将は、かれらに仕事をあたえることが士気を恢復《かいふく》させる最良の方法と考えた。そして、各艦の艦長に対して、運送船からの石炭積込み作業と猛訓練を開始するよう命じた。

翌日から各艦では、運送船に残されていた石炭の積込み作業がはじまった。また、交代で艦は訓練出動のため錨《いかり》をあげた。

久しぶりに湾内には、活気がよみがえった。戦艦の上では艦上訓練がおこなわれ、巡洋艦、駆逐艦はぞくぞくと湾を出て外洋にむかい、艦隊行動をとって襲撃訓練を実施した。

疾走する艦の動きに、乗組員たちの顔にもようやく明るい表情がうかびはじめた。

夕刻、訓練が終る直前に、各艦では一斉に砲弾を放った。遠く海面上に立ちのぼる水柱に、乗組員たちの眼には海軍軍人らしい輝きがうかんだ。

作業と訓練の実施は、たしかに艦隊乗組員の沈みきった気分をふるい立たせるのに効果があった。

さらに、かれらの士気を一層たかめさせたのは、故国からの郵便物がとどいたことであった。二月二日、郵便船が手紙や小包などをのせて入港してきた。

郵便物は、旗艦「クニャージ・スヴォーロフ」内で区分され、集ってきた各艦船の士官や当番兵に渡された。故国からの便りを待ちこがれていたかれらの喜びは大きかった。

かれらは、

「祝杯だ、祝杯だ」

と、狂喜して杯をあげた。

歌声が起り、抱き合って踊る者、嬉《うれ》しさの余り泣き出す者もいた。小包の中には、家族から送られた防寒衣料が数多く入っていた。炎熱の地にいる乗組員にとって、それは無用のものだったが、かれらは喜んで胸に抱きしめていた。

艦隊の空気は、一変した。乗組員たちには笑顔がもどり、上官に対する態度もきびきびしたものになった。

そうしたかれらに、冷水を浴びせかけられるようなニュースが入った。それは、通信員が傍受したもので、ロシアの首都ペテルブルグで激しい暴動が起き、軍隊が出動して市中に障害物を設け、暴徒の群れに銃撃を浴びせかけて、その多数を殺傷したという。

乗組員たちは、互いに顔を見合せた。たしかに故国を出発する頃にも各地で民衆運動が起き、その度に官憲が指導者を逮捕していた。政情は、日増しに不安定になってきていることはあきらかだった。しかし、首都ペテルブルグでそのような大騒動が起るとは予想もしていなかった。

乗組員たちは、落着きをとりもどすと、そのニュースについて意見を交し合った。

「デマだ」

と、一人が言った。

それに対して、反論する者はいなかった。それまで艦隊につたえられるニュースは、ほとんど事実とは異なった質のものが多く、寄港する港々の新聞も、興味本位の記事が大半で、すこぶる誇張が多い。事実は意識的にゆがめられて報道されている。

乗組員たちの結論は、そのニュースが虚報だろうということに落着いた。が、その通信員の傍受したニュースに関するかぎり、それは事実をつたえたものであった。

ロシアの国内不安は、深刻なものになっていた。皇帝専制政治が近代社会の発展の中で、多くの欠陥をさらけ出していた。

工業のさかんになってきたロシアでは、工場ではたらく労働者が激増していたが、資本家は高級官僚とかたく手をむすび、労働者の生活は日増しに激化する貧困の中であえいでいた。

さらに、日露戦争の勃発《ぼっぱつ》による戦費の増大は物価の暴騰《ぼうとう》ともなってあらわれ、大衆の政治に対する不満はつのるばかりだった。また、世界屈指の強大な軍事力をほこるロシアが東洋の一島国にすぎない日本に敗北をかさねているという事実も、大衆の政府に対する不信の念をたかめていた。

そうした中で、難攻不落といわれていた大要塞《だいようさい》――旅順が日本軍の猛攻撃で陥落した。ロシア民衆の衝撃は大きく、民心は極度に動揺した。

そうした社会不安を反映して、一月初旬には、首府ペテルブルグの一工場でストライキが発生、それはまたたく間に多数の工場にひろがっていった。

三十二歳の青年僧ゲオルギー・ガボンは、このような社会状態を憂《うれ》え、大衆の苦悩にみちた生活の救済のため立ち上り、皇帝ニコライ二世に民衆の窮状をうったえようと企てた。

一月二十九日の日曜日、かれの呼びかけで十数万人の一般大衆が集ってきた。かれらは、皇帝に敬愛の念をもつ者ばかりで、聖像と皇帝の肖像をかかげ、「神よ、皇帝陛下にお恵みをあたえたまえ」と歌いながら、皇帝に請願のため冬宮にむかった。

デモは、整然とした秩序をたもって行進していった。

「偉大なる皇帝陛下」

という声も、かれらの間からしばしば起った。

そうしたかれらの前方に、武装した多数のロシア兵が姿をあらわした。雪のつもった道を静かに進んでゆく民衆は、ロシア兵がデモを阻止するなどとは想像もしていなかった。

突然、ロシア兵から一発の銃声が起り、それを合図に兵の手にした銃からすさまじい射撃音が起った。行進していた人々が、相ついで倒れてゆく。列は乱れ、人々は逃げまどったが、発砲はやまず、広場の雪は朱に染まり、たちまち千人以上の死者と二千人の負傷者が出た。

この事件は、「血の日曜日」といわれ、ロシア革命の火点ともなった。

皇帝をはじめ政府首脳部は、反政府運動の激化を憂えていたが、民心を安定させるためには戦局を有利に展開させることが得策だという結論に達し、かれらの期待は、東洋へとむかうロジェストヴェンスキー中将指揮のロシア艦隊に集中されていた。

ロジェストヴェンスキー中将に、「血の日曜日」事件の内容はつたえられなかった。ロシア政府は、艦隊乗組員に動揺をあたえることをおそれたのである。

猛訓練と石炭積込み作業は、乗組員の士気をたかめるのに効果はあったが、炎熱のもとにおこなわれた訓練と作業は、日射病で倒れる者をさらに増加させ、二週間後には兵たちの気持も完全にだらけてしまった。かれらの眼からは生彩が失われ、日陰をもとめて寝ころがる。病死者は毎日のように出て、陸地の墓標は日を追って増していった。

かれらは、退屈しのぎに上陸してノーシベーの町をあてもなく歩く。物価はさらに高騰し、乗組員にも手が出せない。町の商人にとって、乗組員は恰好《かっこう》の餌《えき》になっていた。町の中には、ロシア語で書かれた看板が激増し、中には、「来たれ、買い求めよ! 非常に安い店です!」などと書かれているものもあった。

乗組員は、それらの看板をうつろな眼でながめながら歩きまわるだけだった。

二月十四日、ロジェストヴェンスキー中将は、十五隻《せき》の艦艇をひきいて湾外に出た。後発隊のドブロヴォリスキー艦隊がようやくマダガスカル島付近にやってきたので、それを出迎えるための出港だった。

同中将は、ドブロヴォリスキー大佐に無線電信を発し、

「貴隊ハ午前十一時マデニ南緯一三度東経四七度五〇分ノ海上へ来《きた》ルベシ」

と、指令し、十五隻の艦艇に予定海面にむかって陣形運動をおこなわせながら進ませ、やがて、水平線に数条の黒煙があらわれたのを望見した。

双眼鏡をのぞくと、巡洋艦「オレーグ」をはじめ「イズムルード」「ドネープル」「リオン」に「グロムキー」以下駆逐艦二隻と運送船「オケアン」がみえた。十一月十六日、ロシア本国のリバウ軍港を出港して、途中、故障の続発した三隻の駆逐艦を本国に帰還させたが、三カ月の大航海をへて、ようやく来航してきたのだ。

ロジェストヴェンスキー中将はドブロヴォリスキー大佐に信号を発して、すみやかに艦列に加わるよう指令し、それに従って六隻の艦艇と一隻の運送船が接近し、艦隊に合流した。

艦隊は、その日午後四時、ドブロヴォリスキー大佐指揮の後発隊を誘導して、ノーシベー湾に投錨《とうびょう》した。

翌日、ネボガトフ少将指揮の第三太平洋艦隊がロシア本国を二月十五日に出港した……という電報が海軍省から打電されてきた。

ロジェストヴェンスキー中将は、その電報に顔をしかめた。ネボガトフ艦隊の来着は、順調な航海をつづけても五月になる。日本近海へ一刻も早く到達したいと願っていた同中将の希望も、その電報によって完全にうちくだかれた。

かれは、落胆のあまり半病人のような状態になり、二月十七、十八の両日は風邪で寝こんでしまい、ようやく上甲板に姿を現わしたのは数日後であった。しかし、かれの顔は別人のようにやつれ、持病のリューマチも起って、右足を曳《ひ》きながら悄然《しょうぜん》と歩いていた。

ノーシベー湾に碇泊《ていはく》をつづけるロシア艦隊の碇泊状況は、さらに悪化していた。牛肉をのぞいた食糧は乏しく、たとえ購入できたとしてもひどく高い。さらに、飲料水の不足は深刻化する一方で、艦隊乗組員を苦しめていた。むろん、体を洗う水はなく、汗にまみれたかれらの体からは異様な臭《にお》いが発散していた。

幸い、ほとんど毎日のように、熱帯特有の俄《にわ》か雨が通りすぎた。雨が落ちはじめると、各艦では、乗組員がとび出して桶《おけ》、樽《たる》をはじめさまざまな容器を甲板にならべ、ボートをおおうシートまでひろげて雨を受けた。そこにたまった雨水を集めて貯えたが、雨はすぐに通りすぎてしまうので到底一日の使用量にも足りなかった。

水不足は日増しに深刻なものになっていたので、司令部は、探索隊を編成し陸地へ水探しに出掛けることを指令した。

しかし、ノーシベーの町には、住民の使用する水が辛《かろ》うじて確保されているだけで余裕はない。探索隊は、あてもなく水を求めて陸地を歩きまわった。

日が、むなしく流れていった。水源地はどこにもなく、夕方、かれらは疲れきった表情で艦にもどってきた。

そのうちに、ようやく密林におおわれた一つの小島で清水の湧《わ》いている泉を発見した。探索隊は大いに喜び、艦隊司令部では、早速その島の泉に近い海岸に貯水池を作ることに決め、作業隊を出動させた。

かれらは、ツルハシやスコップをふるって池を掘り、溝《みぞ》を作って泉の水を池に導いた。小さな泉なので池に貯水されるまでにはかなりの日数を要したが、やがて、池に水がみたされ、それを艦載艇がホースで吸い上げて艦隊に運び、ようやく水不足を解消することができた。

しかし、食糧、飲料水の不足よりも、乗組員を最も苦しめていたのは暑熱であった。暑いだけでなく湿気が九八パーセントに達して、まるで蒸気の中にいるようだった。それに、いつも無風なので霧の中で呼吸するような息苦しさにおそわれていた。

マダガスカル島に移住したヨーロッパ人は、いかに健康に留意しても三年以上とどまることはできないというのが定説であった。それ以上在留すれば、必ず発病し死亡するという。それを裏づけるように、艦の乗組員の間にも病人の数が急増し、病気の種類もチフス、赤痢、肺結核、熱帯性発疹《ほっしん》等さまざまで、死亡者の出ぬ日はなく、また、暑さと倦怠《けんたい》感で発狂者も増した。

ロジェストヴェンスキー中将は、この問題の打開をはかるため軍医会議を開催させた。参集した軍医たちの意見は、一様に悲観的であった。このままノーシベー湾に碇泊をつづければ、乗組員の大半が病人になるだろうと述べる者さえいた。

その結果、全乗組員の健康診断をおこない、重症の患者を本国へ送りかえすことに決定した。丁度、故障の多い運送船「マライヤ」を本国へ帰すことになっていたので、士官五名、兵員十四名の発狂者をふくめた重症患者を同船に移させた。

「マライヤ」は、それらの患者をのせてノーシベー湾を出港していった。

ノーシベー湾は、軍艦そのものにとってもきわめて不適当な碇泊地だった。暑さと湿気が多いので、海草類の生育が早い。そのため、艦の底と舷側《げんそく》には、巨大な獣の体毛のように長い海草が付着してゆらぎ、貝類もびっしりとはりついていた。

このような付着物は、海水の抵抗を増す原因になり、艦の速度を減少させてしまう。それは、必然的に航海での石炭の消費を増大させることになる。

海草類の付着する確率の高い南洋や極東を航海する商船は、少くとも六カ月に一度は造船所のドックに入って付着物を除去する。それは多大な費用を必要とする作業なのだが、それを敢《あ》えておこなわねばならぬほど、海草類の付着物は船にとってきわめて有害なのである。

艦隊も、それらの付着物をとりのぞかねばならないのだが、それを可能とする造船所などむろんない。長い間、碇泊をつづけている間に、艦船の群れは海草と貝類に厚くおおわれ、やがて、航行も不可能になることさえ予想された。

艦隊司令部は、海草や貝殻の害を避けるために艦をなるべく外洋に出して走らせねばならぬと考え、乗組員の士気をふるい立たせる目的もあって、しきりに外洋での訓練をおこなわせた。が、それは同時に貴重な石炭を費すことにもなって、艦隊司令部の苦悩は増すばかりであった。

そうした中でも、ロジェストヴェンスキー中将のもとへは、東洋での日本艦隊の動きが海軍省からひそかにつたえられていた。

ロシア側は、日本海軍に関する情報蒐集《しゆうしゆう》に全力を傾け、二月十一日には、諜報網《ちようほうもう》のとらえた日本海軍の詳細な動きが、海軍省を通じてロジェストヴェンスキー中将のもとに暗号電報で打電されてきた。

「一、日本ハ、占領シタ旅順港ヲ修理シテ海軍ノ根拠地トシヨウトスル気持ハ全クナイ。
二、現在、佐世保ト横須賀ノ両軍港ニ碇泊シテイル軍艦ハ戦艦四隻、一等巡洋艦八隻、二等巡洋艦三隻デ、各地ノ軍港ニ散在スル駆逐艦ハ二十隻、水雷艇ハ三十隻デアル。
三、日本艦隊ハ、近々ノウチニ佐世保港ニ集結スルラシイ。
四、日本艦隊ハ修理モ終エテ戦闘準備ヲ整エタ。シカシ、日本カラ遠クハナレテ戦闘スルコトハ避ケルト思ワレルガ、小軍艦ヤ駆逐艦ハ遠ク出動スルカモ知レナイ。
五、台湾海峡ノ西沿岸ニハ海軍電信局ヲ設ケ、六個所ニ望楼ヲ作ッテ監視サセルコトヲ予定シテイル」

この情報は日本海軍の動きを正確にとらえたもので、その内容が高度なものであることからみて、ロシア側の諜報機関が日本海軍の上層部に重要なスパイルートを得ていることはあきらかだった。

ただ、ロシア側諜報部員は、日本海軍が戦艦「初瀬」の機雷接触による沈没をかくしていることに気づいてはいなかった。その証拠には、つづいて入電した情報に「南航シタ大艦ハ七隻、内五隻ハ戦艦デアル」という情報をつたえていて、「初瀬」も健在であると誤認している。が、実際に日本海軍の保有する戦艦は「三笠」「朝日」「敷島」「富士」の四隻のみであった。

諜報情報は、ぞくぞくとロジェストヴェンスキー中将のもとにつたえられ、

「日本海軍ハ、台湾海峡澎湖《ほうこ》島ノ周囲ニ機雷四百個ヲ敷設シツツアリ。又、マレー半島ノマラッカ海峡付近ニ瓜生外吉中将指揮ノ日本軍艦五隻アリ」

という情報も入ってきた。

その後、

「新編成ノ日本陸軍三個師団ヲ朝鮮ヘ輸送中ナリ。新兵ノ教練ハ終了直前デ、三月ノ末マデニハ約九万人ニ達スルト推定サレル。

北海道ノ函館ヲ基地トスル艦隊ハ、装甲巡洋艦三隻、駆逐艦四隻、三等補助巡洋艦三隻ニヨル編成ナリ」

という電報が入電してきた。

日本海軍の動向をさぐるため、ロシア諜報機関は、恐るべき能力を発揮して情報蒐集につとめていた。かれらは、日本内地はもとより東洋の各地に綿密な諜報網をはりめぐらして、ロシア第二太平洋艦隊の作戦計画に貴重な情報を流しつづけていたのだ。

ロジェストヴェンスキー中将は、それらの諜報機関からの情報に大いに力づけられていた。戦いに勝利を得るためには、敵の動きを知らねばならないが、諜報機関の活潑《かっぱつ》な

行動はそれを十分にみたしてくれるものであった。

しかし、諜報情報は、ロジェストヴェンスキー中将の推測通り、日本の全艦艇が故障個所を直すため造船所に入ったことをつたえていた。そして、ほとんどの艦が修理工事も終えて、戦闘可能な状態に復したことをあきらかにしていた。

日本艦隊を確実に潰滅《かいめつ》させる好機はすでに去った、と、ロジェストヴェンスキー中将は思った。傷だらけの日本艦隊は、修理工事をうけてその能力を恢復《かいふく》し、決戦にそなえるため全力をあげるだろう。ロジェストヴェンスキー中将は、日本艦隊が手強《てごわ》い敵となったことを認めないわけにはゆかなかった。

さらに、ロシア諜報機関は、修理を終えた日本艦隊の戦力を詳細につたえてきていた。

三月四日には、

「日本軍艦ノ修理後ニ於ケル速力ハ、戦艦約一七ノット、装甲巡洋艦約一八ノット、二等巡洋艦一八ノット、三等巡洋艦一六ノット、駆逐艦二八ノットナリ。

五隻ノ補助巡洋艦ハ武装工事ヲ受ケ、各艦ハ、六インチ砲六門及ビ小口径砲数門ヲ備エタリ。

潜水艇ノ総数八十隻ニシテ、内三隻ハ澎湖島ニ在リ」

と、打電してきた。

ロジェストヴェンスキー中将は、諜報機関からの詳細な報告に唖然《あぜん》とした。諜報員は、危険をおかして必死に情報蒐集にあたっている。かれらは、第二太平洋艦隊を勝利にみちびくため死を賭《と》して働いている。

ロジェストヴェンスキー中将は、ロシア諜報機関の活潑な動きに満足していたが、同時に、日本側も諜報員を放って必死に情報蒐集につとめているだろう、と判断した。日本側の諜報員は、ロシア艦隊の動きを克明にとらえて本国に送っているにちがいない。かれらの活動の焦点は、ノーシベー湾に碇泊している第二太平洋艦隊に集中されているはずだった。

ロジェストヴェンスキー中将は、ノーシベーの町に日本側の諜報員らしき人物が潜伏しているかどうかを探索するよう司令部員に命じた。その結果、同中将の推測通り、不審な人物がかなりいることがあきらかになった。

その一人は白人で、艦隊が入港してから間もなく、ノーシベーの町にやってきた。かれは、ロシア語がうまく、食糧を集めることに協力したいと艦隊に申し込み、実際にどこからか多量の肉や果物類を買い集めてきて、食糧不足に悩む艦隊にそれらを供給した。艦隊側でも、かれの存在を尊重するようになり、かれは、旗艦「クニャージ・スヴォーロフ」をはじめ各艦に自由に出入りするようになっていた。

しかし、かれは、商人らしくない長い頭髪をしていて、物価が暴騰《ぼうとう》しているというのに利益を度外視したような安い価格で商品を提供してくる。

司令部では不審をいだいてその素性をしらべてみると、男は、マダガスカル島東岸のタマタブ町をぶらついていたが、艦隊がノーシベー湾に入港した直後、町にきたという。しかも、町にやってきた理由は不明だった。

諜報員らしい疑いが深まったので、司令部は、各艦に対してその男の出入りを禁じさせ、商品の買付けも中止した。

また、その後、ノーシベーの町を念入りに探索してみると、艦隊が入港してからかなりの人間が町に入りこんでいることが判明した。大半は艦隊を餌にひと儲《もう》けしようと企てた商人たちだったが、なにも仕事をせず町や海岸をぶらついている男も多い。

そのうちに、ノーシベー湾に、一人の日本人らしき眼の鋭い男があらわれたことを司令部員が探知した。

司令部員は、ひそかにその男を尾行した。中立国領域であるので捕えることはできず、日夜監視するにとどまったが、男は、海岸から艦隊の動きを見守ったり、ノーシベーの町の中を歩いて艦隊の買付ける食糧その他の量をメモしたりしている。郵便局におもむき、数通の暗号電報を発したことも確認された。

さらに男を監視していると、いつの間にか郵便配達夫と親しくなったらしく、艦隊に届けられる郵便袋をかついで、大胆にも配達夫について旗艦「クニャージ・スヴォーロフ」に乗艦しようとした。尾行していた司令部員が、乗艦する寸前に男をとらえて難詰《なんきつ》すると、男は、平然とした態度で小舟にのって陸地にひき返し、そのまま消息を絶った。

また、最初から司令部のマークしていた商人と称する長髪の白人は、艦への出入りを一切禁じられていたのに、司令部員の眼をかすめて、いつの間にか郵便配達夫につき従って各艦に入りこむようになっていた。

かれは、艦内に入ると、配達夫のもとをはなれ、いずこともなく姿を消す。そのうちに、かれの行為は次第に大胆になって、兵にまじって談笑したり一緒に食卓をかこんで食事をするようにさえなっていた。かれは、ロシア語が巧みであるのに、そのことをかくして兵たちの会話を微笑しながらきいていた。

男の奇怪な行動を知った郵便配達夫は、さすがに薄気味悪くなって、司令部員に密告した。

驚いた司令部員は、男を殺害しようとして毒を混じた飲物をすすめたが、男は、異様な気配を察して匆々《そうそう》に退艦していった。

艦隊司令部は、男を日本側の諜報員と断定し、ノーシベー町の町長に逮捕して欲しいと要請した。が、町長は投獄する直接の理由もないとして、男に退去命令を発したにとどまった。

そのような日本諜報員の活動を知ったロジェストヴェンスキー中将は、艦隊の全貌《ぜんぼう》が丸裸同然にかれらの眼にさらされているような不安におそわれた。

艦隊が、ノーシベー湾に碇泊していることはなんの利益もなく、情勢を悪化させるばかりである。石炭、食糧その他生活必需品の消費ははなはだしく、艦の舷側や艦底に付着する海草や貝類は日を追うて増してゆく。

炎熱と湿気のために乗組員の中からは病人が激増し、死者も連日のように出ている。軍規はゆるんで小さな暴動さえ発生し、このまま湾内にとどまれば、艦隊内に大叛乱《だいはんらん》がおこる可能性も濃くなってきている。このような状態がつづけば、艦隊は、日本艦隊と決戦する前に同湾で自滅することはあきらかだった。

艦隊がノーシベー湾を出港できぬ理由の一つは、ドブロヴォリスキー大佐指揮の後発隊を待たねばならぬことであったが、二月十四日に同隊がノーシベー湾に到着したことによって、問題は解決している。

また、ドイツの石炭船が日本艦隊の来襲をおそれて艦隊と同行することを拒絶したことが、出港を逡巡《しゅんじゅん》させた理由の一つであったが、この点については、ロシア海軍省がドイツ石炭船会社に抗議した結果、妥協案が成立していた。

その新契約によると、

一、ドイツ石炭船は艦隊と同行してインド洋を横切るが、シンガポールを通過した地点からひき返すこととする。

二、もしもその途中で日本の艦艇に会った場合、石炭船は即座に降伏し、日本艦隊の命ずるままに連行される。

と、いうものであった。

ロジェストヴェンスキー中将は、ドイツ石炭船会社の身勝手な条件に不満だったが、一応、その妥協案によって問題も解決したことを認めた。

ノーシベー湾にとどまらねばならぬ理由は、ネボガトフ少将指揮の第三太平洋艦隊を待つだけになったが、ロシア皇帝ニコライ二世は、

「ノーシベー湾で待つか、それとも東洋で待つか、その判断は汝《なんじ》にまかす」

と、言ってきている。

ロジェストヴェンスキー中将は、第三太平洋艦隊をノーシベー湾で待つか東洋で待つか、いずれかに決すべき時がやってきたと思った。そして、諸情勢を検討した結果、東洋で待つべきだと決意した。

そうした中で、三月十二日、ロシア陸軍が奉天の大会戦で日本陸軍によって惨敗《ざんぱい》したという報告が入った。相つぐ敗北の報に、艦隊は深い悲しみに沈んだが、ロジェストヴェンスキー中将は入念に出動計画を練り、三月十五日、各戦隊の司令官と各艦長を旗艦「クニャージ・スヴォーロフ」に参集するよう命令を発した。

六

ロジェストヴェンスキー司令長官を中心に各戦隊司令官、各艦長が旗艦「クニャージ・スヴォーロフ」に集合し、会議が開催された。

ロジェストヴェンスキー中将は、その席上で、

「明日、わが艦隊は当湾を出港し、東洋への航進を開始する」

と、力強い口調で告げた。

各司令官、艦長の顔に緊張の色があふれた。

「速力は、原速九ノットとする。尚《なお》、運送船には予備弾薬がないので、各艦は弾薬をみだりに費してはならぬ。また、石炭も艦隊に搭載してある六万トン以外には運送船に五万五千トンしかなく、今後、新たに石炭船のくる望みもないので、出来得るかぎり節約するよう厳命する」

と、訓示した。

会議は終了し、司令官、艦長は、出動準備のため急いで各艦に引き返していった。

ロジェストヴェンスキー中将は、午後、各艦に対して信号を発し、明日正午までに出動準備を完了せよと命令した。

突然の出港準備命令で、各艦船では食糧、飲料水を陸地から運ぶなど大混雑を呈した。湾内には食糧等を満載した小舟が往《ゆ》き交い、各艦でも積込み作業があわただしくおこなわれる。ノーシベーの町の商人たちは、最後の売込みに狂奔し、その騒ぎは日没後までつづけられた。

夜が明けると、各艦では一部の乗組員に上陸を許可した。かれらはボートで陸地に上ると、祖国の肉親あてに書いた手紙類をもって郵便局へ走った。郵便局は、殺到した乗組員であふれた。局員は汗を流して発送手続きにつとめたが、郵便物は山積して、かれらの手では到底さばききれない。苛立《いらだ》った乗組員たちの中から怒声が飛び、小さな郵便局の建物は、押しかける乗組員の圧力できしみ音をあげた。

そのうちに切手が売切れ、局長は、局を閉鎖すると宣言した。やむなく乗組員たちは切手もはらぬ手紙をポストに投函《とうかん》したが、ポストはたちまち充満し、はみ出た手紙が路上に散らばっていた。

そうしたあわただしい空気の中で、定刻の正午に全艦船の出動準備は全く整い、各艦船の煙突からは一斉に黒煙が吐き出された。

司令長官ロジェストヴェンスキー中将坐乗の旗艦「クニャージ・スヴォーロフ」をはじめ戦艦七隻《せき》、巡洋艦十三隻、駆逐艦九隻ほか病院船、運送船十四隻からなる四十三隻の艦船は、出港命令を待った。

やがて、午後三時、各艦船は、つぎつぎに錨《いかり》をあげはじめた。

司令長官ロジェストヴェンスキー中将は、海軍省に対して、

「ワレ、ノーシベー湾ヲ出動ス」

という簡単な電報を発しただけで、次の寄港地についてはなにも報告しなかった。

それは、中将の深い配慮によるものであった。艦隊の進出する東洋は、日本艦隊の活動する海域である。その海域に進入するためには、出来得るかぎり隠密行動をとらねばならない。海軍省への電文は暗号によるものだが、それが日本側に解読されぬという保証はなにもない。そうした万一のことを懸念《けねん》して、中将は、寄港予定地を電文中に盛りこまなかったのだ。

さらに中将は、機密保持の徹底を期して、寄港予定地については親しい副官のみに教えただけで他の者には一切口にしなかった。

艦隊は、湾外に出ると整然とした陣形をととのえた。偵察《ていさつ》隊として巡洋艦四隻が先行し、その後から駆逐艦を両翼にしたがえた戦艦隊、巡洋艦隊がつづいてゆく。マストには十字旗がひるがえり、艦隊は、インド洋上を東方に針路を定めた。

マダガスカル島ノーシベー湾の出港と航進は、艦隊乗組員の元気をまたたく間に恢復《かいふく》させ、士気はふるいたった。

翌三月十七日、マダガスカル島の島影も水平線下に没した。乗組員にとっていまわし

いノーシベー湾のあるマダガスカル島から脱け出られたことは、大きな喜びであった。

艦隊は、インド洋上のセーシェル諸島に針路を向けた。が、ロシア海軍省からは、諜《ちよう》報《ほう》情報としてセーシェル諸島付近に水雷艇をともなった日本の仮装巡洋艦「香港丸」「日本丸」が待ち伏せしている公算が大きい、と警告してきていた。

艦隊は、厳重な警戒態勢をとって進んだが、その日、日没近く艦隊の後方の水平線上に数条の黒煙が望見された。

ロジェストヴェンスキー中将は、ただちに駆逐艦を派遣して黒煙を偵察させたが、それは数隻の商船であった。

艦の故障が相ついで、全艦隊がその修理を終るまで停止したことも多かったが、六ノット平均の速度で北東へ進みつづけた。マダガスカル島をはなれるにつれて暑熱はうすらぎ、乗組員の顔にも生気がよみがえった。

各艦隊では、朝五時起床以後、激しい訓練が実施された。海上決戦にそなえて巡洋艦を左右に展開させ、これを仮想敵として艦隊と諸艦は、照準発射の訓練をくり返した。

三月二十一日午前五時四十五分、ロジェストヴェンスキー中将は、

「石炭搭載開始」

の信号命令を発した。ロシア艦隊独自の洋上補給がはじめられたのだ。

西の微風が吹き、海上の波もゆるやかであったので、石炭積込み作業は順調にすすめ

られた。

しかし、この作業は大きな危険をはらんでいた。各艦は運送船から石炭の補給をうけるため移動するので、陣列はすっかり乱れている。その上、石炭の粉が砲に付着するのを避ける必要から、砲はすべて防水布でつつまれ、また、石炭積込みの作業員として多くの乗組員が各艦から短艇にのって運送船に派遣されている。艦隊は、臨戦態勢と程遠い状況におかれていた。

もしも、日本艦艇が来襲してきた折には、艦隊は、急いで戦闘隊形を整えねばならぬ。砲をおおう防水布をとりはずし、洋上の短艇を引き上げて乗組員を収容しなければならない。日本艦艇の襲撃は急速におこなわれるはずだし、艦隊が、短時間のうちにそれを迎えうつ態勢をととのえることは不可能だった。

そうした事態を恐れた司令部では、載炭作業を続行すると同時に、とりあえず巡洋艦三隻を哨戒艦《しょうかいかん》として放ち、水平線上を厳重に監視させた。

その日の午後四時、不安のうちにも石炭搭載作業は終了し、艦隊は、三時間後に航行序列をととのえて前進を開始した。そして、その夜、ロシア海軍省から警告をうけているセーシェル諸島に接近していった。

ロジェストヴェンスキー司令長官は、

「同諸島付近ニ日本艦隊ノ潜伏スル公算キワメテ大ナリ、厳重警戒ヲ要ス」

と、全艦船に信号を発し、巡洋艦を遠く四方に放って水平線上の監視にあたらせた。哨戒任務についた各巡洋艦では、マストの先端に樽《たる》や箱を結びつけ、その中に信号兵をもぐりこませた。信号兵は、高いマストの上から双眼鏡で遠い洋上に視線を走らせていた。

夜の闇《やみ》が、艦隊をつつみこんだ。午後十時頃、突然、艦隊の前方と後方に火光の点滅するのが目撃され、また、無線電信機に不可解な電信が感受されたので、全艦艇はただちに戦闘配置についた。が、やがて火光も電信も消えて、日本艦艇の来襲する気配はかぎとれなかった。

不安のうちに夜は明け、艦隊は、ひたすら東方への航進を急いだ。

その日も無事に暮れ、翌日には、第二回の石炭補給を実施した。

その作業中、駆逐艦「グロムキー」に舵《かじ》の破損が発見され、司令部では、ただちに工作船「カムチャツカ」を「グロムキー」に横づけさせて修理することを命じた。故障個所が海中の舵であるので、「カムチャツカ」の潜水夫が海中にもぐって修理をおこなうことになったが、工作部の指揮者は潜水夫を海中にもぐらせることをためらった。かれは、前日の午後、腹膜炎で死亡した水兵の遺体を水葬にした時のことを思い出していた。その折、弔銃発射と同時に遺体が海中に投じられたが、その直後、海面に朱色のものがひろがった。それは、集ってきた鮫《さめ》の群れが遺体を食いちぎったからで、そのような鮫の群泳する場所で潜水夫を海中にもぐらせることは、死を強いることを意味していた。

しかし、舵の修理は絶対に必要なので、工作部で協議した末、甲板上に数名の射撃が巧みな水夫を立たせて、接近する鮫を銃撃し潜水夫を護衛する方法をとることになった。

幸い、海水は非常に澄んでいるので、集ってくる鮫を十分に確認できるはずであった。

やがて、潜水夫たちが作業のため艦尾の海中にもぐっていった。その直後、海面を走るものが認められた。十尾近い鮫の群れだった。

甲板上で銃をもつ水兵たちが、一斉に発砲した。銃撃音が海上一帯にひびき、海面に水しぶきが上った。銃撃は正確で、動きの鈍くなった鮫が、つぎつぎに海面にその大きな体を浮き上らせた。

潜水夫たちは、あわただしく作業をつづけ、ようやく舵の修理を終って海面に浮上してきた。

その日も、一人の病死者が出て水葬されたが、遺体の周囲の海面は再び朱に染まった。

石炭積込みを終った艦隊は、東進を開始したが、翌三月二十四日夕刻、巡洋艦「オレーグ」から、艦隊に迫ってくる艦影を発見したという緊急信が入り、総員戦闘配置についた。が、その後、異常はなく、艦隊は陣列を保って航進をつづけた。

艦隊は、展開運動や水雷襲撃撃退訓練などをくりかえしながら、第三回の洋上補給をおこない、平均速力六ノットでインド洋上を進んだ。そして、三月三十日午前九時には、赤道を越えて北半球に入った。

その頃から海上は暴風雨で荒れ狂ったが、四月三日には天候も恢復したので、第四回目の石炭補給をおこない、その作業中、ロジェストヴェンスキー中将は、初めて全艦船に対し次の寄港予定地をつたえた。それは、仏領インドシナのカムラン湾（現在のベトナムの東南岸）であった。

しかし、艦隊がカムラン湾に到達するには、マレー半島とスマトラ島の間のマラッカ海峡を通過しなければならない。海峡はせまく、もしも日本艦隊が襲撃をくわだてているとすれば、そこは絶好の場所にちがいなかった。

ロジェストヴェンスキー中将は、同海峡での日本艦隊との交戦を必至と判断した。

四月五日、艦隊は、インド洋上を横断、その日の朝、水平線上にスマトラ島に付属した小さな島をみた。それは、艦隊乗組員にとって、マダガスカル島ノーシベー湾を出動以来二十日目にみる島影であった。と同時に、ロシア本国を出港してから最大の危険をはらむマラッカ海峡に接近したことをも意味していた。

正午、艦隊はマラッカ海峡に入り、スマトラ島に沿って航進した。陸地が近づいたためか気温が二度上昇し、湿度も急激に増して息苦しくなった。しかし、水平線は鮮明で、艦隊は九ノットの速力を維持し、士官兵員ともに士気はきわめて旺盛《おうせい》だった。

日没後、各艦は消灯し、艦の衝突をふせぐため艦尾灯のみをともした。砲員は砲の傍をはなれず、厳重な警戒にあたった。

翌四月六日、艦隊は、さらに海峡の奥深く進んでいった。途中、一隻の船にも出会わなかった。

しかし、午後五時、哨戒にあたっていた巡洋艦「ジェムチュグ」から、

「南三〇度東ニ敵ノ艦隊ヲ認ム」

という緊急信号が発せられた。

艦隊は、ただちに合戦準備をととのえた。

ロジェストヴェンスキー中将は、いよいよ日本艦隊と接触したと判断して、哨戒艦からの第二報を待った。が「ジェムチュグ」の敵艦と認めた数条の黒煙は、艦隊の前進方向を横断する数隻の商船であることが判明した。

さらに午後十時には、艦隊の隊列の間を無灯で通過しようとする帆船を発見した。機雷敷設船かと疑われたので、艦隊の数艦から探海灯が一斉に放たれた。船の上に漁師らしい男の体が浮び上った。男は、突然の光芒《こうぼう》にひどく狼狽《ろうばい》したらしく、舵を操ることも忘れてすわりこむのがみえた。

司令部では、駆逐艦を近づけて帆船を航路外に導き、再び艦隊は灯火を消して前進をつづけた。前方には、海峡内で最もせまい水路が控えている。

マラッカ海峡の最狭部に近づくにつれて、艦隊は極度の緊張につつまれた。日本海軍が機雷を敷設し、潜航艇をひそませて攻撃を策している公算は大きい。

四月七日の夜を迎え、マラッカ海峡の最狭部に次第に接近してゆく。艦隊は、完全な戦闘態勢をとり、舷窓《げんそう》という舷窓はすべて鉄蓋《てつぶた》でかたく閉ざされ、弾火薬庫の扉は開放されたままいつでも砲弾・火薬を運び出せるように兵員が配置されていた。

哨戒にあたる巡洋艦のマストの頂きにくくりつけられた樽の中では、信号兵が、夜の海上に警戒の眼を走らせていた。その夜は星の光もなく、空は厚い雲におおわれ、時折り雨さえぱらついていた。艦隊乗組員は、士官、兵員すべて就寝する者もなく総員配置についていた。

その夜も、闇の中からつぎつぎと航路上に灯をともした船影があらわれた。各艦の砲口は、その度に船影にむけられたが、それらはすべて商船だった。商船は、北海事件と同じような砲撃を浴びせかけられることを恐れるのか、すぐに艦隊の航路からそれていった。

しかし、各艦からは闇夜を進む船影を認めるたびに、

「敵艦ラシキモノ見ユ」

「敵ノ艦隊ヲ認ム」

という無線電信が、しきりに発せられてくる。

各艦では、その度に探海灯を放って船影を照射したが、それらはすべて日本艦艇ではなかった。

そのうちに、哨戒にあたっていた巡洋艦「アルマーズ」から艦隊を戦慄《せんりつ》させるような緊急信が入電した。それは、今まで各艦から発せられた敵艦発見の報告が見張台に立った信号兵の判断であったのとは異なって、はるかに信頼度の高いものであった。その電文は、

「艦橋ニアリタル司令官、艦長、士官、信号兵ニ至ルマデ、航路上ヲ進ミ来《きた》ル英国商船ノ陰ニ、日本水雷艇約十隻《せき》ガ潜伏シテ航進スルヲ目撃セリ。コレラハ、針路ヲ北東ニ取レリ」

という内容だった。

それにつづいて、哨戒艦の巡洋艦「オレーグ」からも、

「シバシバ怪シキ船見ユ。潜水艇ナルヤモ知レズ警戒ヲ厳ニスベシ」

という報告が入った。

艦隊司令部では、これらの報告を重視した。イギリス商船のかげにひそんで進んできた艦影は、日本潜水艇の群れかも知れない。日英同盟を結ぶ日本は、イギリス商船の協力を得て攻撃を企てているのではないかと想像された。

旗艦「クニャージ・スヴォーロフ」は、ただちに全艦船に対し、

「潜水艇来襲ノ公算大。警戒ヲ厳ニセヨ」

と、発光信号による命令をつたえた。

各艦からは、探海灯が狂ったように洋上に放たれた。日本潜水艇は、闇を利して接近し魚雷を発射してくるだろう。

そのうちに、巡洋艦「イズムルード」から報告が入電してきて、その怪船の正体があきらかになった。「イズムルード」の報告電文は、

「英国汽船ノ後ヨリ海豚《いるか》ノ追尾スルヲ見タリ」

という内容だった。

艦隊司令部の空気は、その電文でたちまちやわらいだ。商船の後ろから泳いできた海豚の群れは、闇夜のことでもあるし潜水艇のようにもみえたのだろう。司令部は、各艦に対し、みだりに探海灯を照射せぬよう指令を発した。しかし、その夜、無灯火の怪船発見がつたえられたが、豪雨が襲来し、それが通過した頃には船影もみえなくなっていた。

艦隊は、細長い陣列をとって航進をつづけるうちに、左方の陸地に灯火のちらつくのが見えてきた。マレー半島のマラッカの市街で、双眼鏡をのぞくと海岸の街路灯が点々と光っているのが確認できた。

夜が明けた。艦隊乗組員は、緑につつまれた陸地を物珍しげに見つめた。帆を張った

漁船が、ひどく東洋的なものに映った。

午前十一時、艦隊は、海峡の最もせまい部分を通過した。

乗組員たちは、安堵《あんど》するとともに、なぜ日本艦隊がマラッカ海峡で攻撃してこなかったかをいぶかしんだ。もしかすると、奉天で敗退したロシアが日本に降伏し平和が来ているのではないか、と臆測《おくそく》する者すらいた。

午後二時頃、左方にマレー半島の最南端にあるシンガポールがみえてきた。乗組員たちは、ロシア本国を出港して以来の長い航海を思った。かれらは、遂《つい》に東洋への入口にたどりついたのだ。

双眼鏡でながめると、港内には三隻のイギリス巡洋艦が碇泊《ていはく》しているのがみえる。市街地には白い建物が密集し、ゴチック風の寺院が家並から突き出ていた。

ロジェストヴェンスキー中将は、艦隊の陣列を見渡した。黒煙を吐いて進む各艦は、整然とした隊列をくんで見事な動きをしめしている。シンガポールには在留する日本人も多く、かれらは海岸に出てロシア艦隊を見守っているにちがいない。おそらくかれらの眼に、ロシア艦隊は威容にみちた強大な艦隊に見え、それはただちに日本本国へ通報されるだろう。

ロジェストヴェンスキー中将は、艦隊の秩序正しい航進に満足した。

その時、シンガポール港内から一隻の小さな船が走ってくるのがみとめられた。船尾

にはロシア領事旗がはためき、さらに同船から、

「本船ニハロシア領事便乗シアリ。司令長官ト面会シタシ」

と、信号を送ってきた。小汽船には、同地駐在のルタノフスキー領事が乗っていた。

ロシア艦隊は、マダガスカル島ノーシベー湾を出動してから二十二日間、インド洋上を横断しどこにも寄港していない。その間に、どのような情勢の変化が起っているのか全くわからなかった。それに、いよいよマラッカ海峡を通過し、東洋へ入りかけているというのに、日本海軍の動きを把握していない。

ロジェストヴェンスキー中将にとって、ロシア領事旗をはためかせて近づいてくる小汽船の存在は貴重なものに思えた。

ルタノフスキー領事は、東洋への入口であるシンガポールで情報の蒐集《しゅうしゅう》に全力をあげ、ロシア艦隊のあらわれるのを待っていたにちがいない。領事は、敵情をロジェストヴェンスキー司令長官につたえるため、小汽船にのってやってきたことはあきらかだった。

ロジェストヴェンスキー司令長官は、ルタノフスキー領事から直接話をききたかった。が、領事を旗艦に乗艦させるためには、艦隊を停止させなければならない。艦隊は、すでに日本艦隊の行動範囲にある東洋海域へ進入している。陣列を乱してしまうことは、大きな危険にさらされることにもなる。

艦隊は、秩序正しい陣形をとって航進している。司令長官は、整然とした隊列を乱し

たくなかった。

ロジェストヴェンスキー中将は、駆逐艦「ベドーヴイ」に信号を発し、領事船におもむいて領事の報告をきくように命じ、「ベドーヴイ」は、ただちに舳《へさき》を領事船に向け高速度で領事船に接近していった。

ルタノフスキー領事は、汽船を「ベドーヴイ」に接舷させると、艦上にあがってきた。領事の頰には、涙が流れていた。シンガポールは、本国から遠くはなれている。その地は日本と同盟を結ぶイギリス領であるため、ロシア領事に向けられる眼は冷たい。その上、ロシア陸・海軍の敗報が相つぎ、かれは、一層萎縮《いしゆく》した気分で日を送っていた。

かれの唯一《ゆいいつ》の希望は、ロジェストヴェンスキー中将指揮のロシア第二太平洋艦隊の来航であった。かれは、自ら入手した情報を手にロシア艦隊の来航する日を待ち望み、日夜、海岸に立って沖合を見つめつづけていた。その日、かれは、黒煙を濛々《もうもう》と吐いて航進するロシア艦隊を眼にした。それは、シンガポールの歴史上、初めて眼にする大艦隊の通過だった。

かれの眼からあふれている涙は、祖国ロシアから来航した大艦隊に対する感動のためだった。

ルタノフスキー領事は、駆逐艦長と激しく肩を抱き合い、接吻《せつぷん》した。そして、艦隊に勝利の神が宿ることを祈る旨《むね》を述べ、日本艦隊の動きをつたえる情報をおさめた封筒を手渡した。

同領事は、艦長から、ロジェストヴェンスキー司令長官が面談を切望しているが、艦隊序列を乱すことを恐れているため艦隊を停止できぬという事情をきいた。領事は、すべてを諒承《りようしよう》して同艦からおりたが、再び小汽船の速度をあげさせると艦隊を追い、旗艦「クニャージ・スヴォーロフ」に追いすがると、並航した。

領事は、伝声器をつかんで、ロジェストヴェンスキー司令長官に大きな声で報告した。

「司令長官、私は、貴艦隊の威容に接し、この上ない感動にひたっております。勝利は、必ず貴艦隊の上にかがやくことはまちがいありません。

敵状を御報告いたします。三月十八日、東郷平八郎提督指揮の日本艦隊主力二十二隻の艦艇が、シンガポールに寄港いたしました。その後、日本艦隊は出港し、現在、ボルネオ島北西海岸に近いラブアン島に碇泊しております。その艦隊から、巡洋艦が一隻ずつシンガポール沖合に来て偵察《ていさつ》をつづけております。

ロシア陸軍に関する御報告をいたします。わが陸軍は、不運にも奉天で大激戦の末、日本軍によって敗退させられました。指揮にあたっていたクロパトキン大将は転任され、代ってリネヴィチ陸軍大将が総司令官に任命されました。わが陸軍は、鉄嶺《てつれい》の後方に陣を布《し》き、増援軍を待って大反攻に出ることを企てております。

ネボガトフ少将指揮のロシア第三太平洋艦隊の航行状況について御報告いたします。

同艦隊は、スエズ運河を通過後、紅海を南下、四月七日、アラビア海を望むジブチを出港、インド洋方面にむかって航進中です。

以上、御報告申し上げます」

ルタノフスキー領事は、波に揺れる小汽船の上に立ちつくしている。

「報告ヲ謝ス」

ロジェストヴェンスキー中将は、領事に対して深い感謝の意をしめした。

領事は手をふり、艦上からもそれにこたえる。小汽船は艦の傍をはなれたが、名残り惜しそうになおも追ってくる。

やがて、小汽船は遠く水平線の彼方に没していった。

ロジェストヴェンスキー中将は、連合艦隊司令長官東郷平八郎大将が自ら主力艦隊二十二隻をしたがえてシンガポールに寄港したことを知って、日本艦隊の来襲が迫っていると判断した。しかし、この情報は、事実とははるかに異なったものだった。東郷司令長官は日本近海の「三笠」艦内で作戦計画の研究に専念していたし、シンガポールに二十二隻の艦艇が寄港した事実もラブアンに集結した事実もなかった。日本海軍は、巡洋艦その他をシンガポール、ラブアン等に寄港させたが、しきりに誇示運動をおこなわせ、また、諜報員《ちようほういん》を放って主力艦隊が行動しているという偽《にせ》情報を流させたために、領事はそのように錯覚してしまっていたのだ。

ロジェストヴェンスキー中将指揮のロシア第二太平洋艦隊のシンガポール沖合通過は、日本だけでなく世界各国に大反響をあたえた。

シンガポールは、イギリス領として東洋の入口に位置する要地である。自然にそこには、世界各国から派遣された外交官や軍人や商社の者たちが駐在し、日本人も数多く住みついている。

ロシア第二太平洋艦隊接近の報は、二日前からシンガポールに入港してくる各国商船によってしきりにつたえられていた。

四月六日には、日本郵船会社雇い入れのイギリス商船「ハパスー号」が、マラッカ海峡を深夜航行中、ロシア艦隊の放つ探海灯を浴びせかけられた。同船は、翌日、シンガポールに入港してその旨をつたえたので、シンガポール市民は、ロシア第二太平洋艦隊がマラッカ海峡を航進中であることを知った。

また、四月七日には、午後一時三十分頃、イギリス商船がシンガポールの西一三〇浬《かいり》の位置で、三十隻以上の艦隊を目撃したことがつたえられ、シンガポール市内は騒然となった。

殊《こと》に日本領事をはじめ在留邦人たちは、極度の不安にとらえられていた。接近してくるロシア艦隊は、遠く本国を発して日本艦隊の撃滅を策して航進をつづけている。その艦隊が、シンガポール沖に迫っているという。

日本人たちは、海岸線に出てロシア艦隊の通過を見守った。

四月八日、午後二時半頃、水平線上に細い黒煙がみえ、尚《なお》も見つめていると、黒煙は後から後から湧《わ》いてきて、それが徐々に接近してきた。

「ロシア艦隊だ」

という声が、海岸を埋める群衆の中から起った。

数十条の黒煙が一定の間隔で立ちのぼり、艦の姿もはっきりとみえてきた。群衆は、どよめいた。

「すごい艦隊だ」

「こんな大艦隊を眼にしたことはない」

かれらは、口々に言い合った。

たしかに接近してくる艦船の大群の航進は、シンガポール市民にとって初めて眼にする光景であった。黒煙は濛々と空をおおい、各艦船のひく白い航跡は海面に長々と尾をひいている。各艦のマストには、青い十字旗が旺盛《おうせい》な戦意を誇示するようにひるがえっている。

群衆の中にまじっていた日本人たちの顔は、青ざめていた。海上を圧する大艦隊は、想像を絶した規模をもっている。戦艦を中心に巡洋艦、駆逐艦が海の城のように重々しく進んでゆく。しかも、その陣列は少しの乱れもない整然とした美しさをえがいていた。

日本人たちは、ロシア艦隊の威容を眼前に、日本の連合艦隊の勝利は全く望みがないと思った。

シンガポールの日本領事館には、人の出入りがあわただしかった。シンガポール沖に姿をあらわしたロシア第二太平洋艦隊の威容は、領事館員や情報員に大きな衝撃をあたえ、かれらは顔をひきつらせて情報の入手に走りまわっていた。

日本海軍省は、ロシア第二太平洋艦隊の戦艦七隻のうち旗艦「クニャージ・スヴォーロフ」がマダガスカル島沿岸で坐礁《ざしよう》沈没したらしいという情報を、三カ月前の一月五日に入手していた。もしもそれが事実であれば、日本海軍にとってこの上もない朗報であった。

海軍省は、シンガポール駐在の日本領事に対し、その情報が事実であるかどうかについて確認するよう指令していた。

情報員は、双眼鏡で沖合を通過するロシア艦隊を凝視した。巡洋艦「ジェムチュグ」以下三隻につづいて、大型仮装巡洋艦三隻が行く。その後から、戦艦群が黒煙を吐きながら航進してきた。

情報員は、双眼鏡に眼をあてながら、

「オスラビヤ、ナワリン、アレクサンドル三世、ボロジノ、オリョール」

と、記録員につたえたが、ひときわ大声で、

「クニャージ・スヴォーロフ、シソイ＝ウェリーキー」

と、言った。

シンガポール沖合を通過するロシア第二太平洋艦隊の中には、旗艦「クニャージ・スヴォーロフ」が確認できた。これによって、同艦の坐礁沈没をつたえた情報が完全にあやまっていることがあきらかになった。

日本領事は、海軍省に対し、ロシア第二太平洋艦隊のシンガポール沖通過を無線電信によってつたえ、艦隊の勢力については、

「戦艦七、装甲巡洋艦二、巡洋艦六、仮装巡洋艦七、駆逐艦七、運送船十二、病院船一。総計四十二隻《せき》ナリ」

と、報告した。

また、日本領事は、シンガポール駐在のロシア領事が小汽船に乗って艦隊にむかったこともつきとめていたので、

「露国艦隊ハ、シンガポールニ於テハ陸上ト通信セザリシモ、露国領事ハ小汽船ニテ出迎エ、旗艦ト通信セリトノ報アリ」

と、海軍省に打電した。

ロシア第二太平洋艦隊は、シンガポール市民の見守る中を北東方向にむかい、黒煙の列も水平線下に没していった。

海岸をうずめる市民の興奮はしずまらず、艦隊の去った方向をながめながら立ち去ろうとはしなかった。かれらは、大きな感動にひたっているようだった。

「日本海軍は強いが、ロシア艦隊はそれよりもはるかに強大だ。日本海軍は必ず全滅させられる」

と、かれらは口々に言い合い、海岸を悄然《しょうぜん》と去ってゆく日本人たちを気の毒そうに見送っていた。

七

ロシア第二太平洋艦隊がシンガポールを通過して南シナ海に入ったというニュースは、欧米各国に驚きをあたえた。ロシア本国から東洋までの距離は遠く、四十余隻の艦船をひきいて石炭補給をつづけながら南シナ海に到達したロジェストヴェンスキー司令長官の行動は、人類史上始まって以来の偉業であった。

ロシアに敵意をいだく世界最大の海軍国イギリスも、さすがにロシア艦隊の航進については感嘆の声を惜しまなかった。イギリスの有力新聞「タイムズ」は、ロシア第二太平洋艦隊の東洋への進入について、

「ロシア艦隊は、北海事件をひき起して、わがイギリスに大きな苦痛をあたえた。しか

し、ロシア第二太平洋艦隊が、危険をおかしてインド洋からマラッカ海峡を通過し、堂々とシナ海に陣を進めたことは驚嘆のほかはない。

わがイギリス国民は、同艦隊の目ざましい壮挙に対して感嘆と賞讃《しょうさん》を送るものである。勇壮きわまりない同艦隊の行動は、ロシア艦隊乗組員の熱烈な祖国愛をしめすものであり、日本海軍との決戦に臨む戦意はきわめて高いものと判断される」

という趣旨の論評を掲載した。

ドイツ、フランスをはじめ欧米各国の新聞も、ロシア第二太平洋艦隊の東洋到達に最大級の讃辞を呈し、次の寄港地はサイゴンまたはプロコンドル島であろうなどと、さまざまな臆測《おくそく》を発表していた。シンガポール沖通過によって、ロシア第二太平洋艦隊の動きは、全世界の関心の的となった。

ロシア艦隊は、四月八日午後七時、ペドラ・ブランカ島灯台付近を通過し、南シナ海に入った。

ロジェストヴェンスキー司令長官は、日本艦隊が南シナ海で決戦をいどんでくると予測し、各艦相互の無線電信の交信を禁止して、北東への航進をつづけさせた。

その夜は異常なく、翌四月九日午前五時には早くもアナンバス諸島近くに到達した。

ロジェストヴェンスキー司令長官は、巡洋艦を四方に放って水平線上を監視させ、各艦艇に石炭補給をおこなわせた。そして、午前十一時には再び航進を命じ、周囲に厳重な警戒をはらいながらアナンバス諸島をはなれた。

翌朝、ロジェストヴェンスキー司令長官は、参謀長グラビエ・デ・コロン大佐、参謀セミョーノフ中佐、後任参謀スヴェントルジェツキー大尉《たいい》等を集めて司令部会議を開催した。議題は、ロシア本国から増援のため追ってきているネボガトフ少将指揮のロシア第三太平洋艦隊に関するものであった。ネボガトフ艦隊は、インド洋にむかって航進している。それを待つべきか、それとも単独で日本近海へ進むべきかを決定する重要な会議だった。

シンガポール駐在のロシア領事は、ネボガトフ少将指揮のロシア第三太平洋艦隊が、四月七日、紅海の最南端にあるジブチ港を出港したというニュースをつたえた。ロジェストヴェンスキー司令長官にとって、それは意外なニュースであった。ネボガトフ艦隊の進度が、余りにも速いことに驚いたのだ。

会議が開かれると、参謀セミョーノフ中佐が立ち上り、

「わが艦隊が、危険なマラッカ海峡とシンガポール沖を無事に通過できたことは、誠に慶賀にたえないところであります。これによって乗組員は、長い航海の間に積み重ねられた疲労も忘れ、いまや士気は天をつくの観があります。司令部としては、このような好ましい状況下で、艦隊を日本近海にむけ直進させるべきであると思います。乗組員の旺盛《おうせい》なる士気は、いつまでも持続するものではありません。もしも直進せずにカムラン

湾でネボガトフ艦隊の到着を待つとしましたら、艦隊は、必ずや重大な危機におちいります。カムラン湾での碇泊《ていはく》は、乗組員の士気を最悪の状態まで低下させるにちがいありません。わが艦隊は、ネボガトフ艦隊を待たず、あくまでも前進をつづけるべきだと確信いたします」

と、冷静な口調で述べた。

参謀たちの中には、その意見に同調する者が多かったが、ロジェストヴェンスキー司令長官は自分の意見を述べず、会議を閉じた。

かれは、参謀たちの意見に同意する気持は強かったが、日本近海に突進を命ずることもできない立場にあった。それは、ネボガトフ艦隊と合流すべし、というロシア皇帝ニコライ二世の命令に反することになるからであった。

艦隊は、マダガスカル島ノーシベー湾をはなれる時、本国の海軍省に対して、

「ノーシベー湾ヲ出動ス」

と、簡単な報告文を送っただけだった。それは、艦隊の行動を秘匿《ひとく》するための配慮で、その結果、ロシア本国は、艦隊の動きも次の寄港予定地もつかむことはできないでいた。

四月十一日、ロジェストヴェンスキー司令長官は、海軍省に対してようやく艦隊の動きと今後の行動について電文を送った。

「当艦隊ハ、現在、仏領インドシナノカムラン湾ノ南方三〇浬《かいり》ノ地点ニアリ。幸イニ

シテ、日本艦隊ヨリ攻撃ヲ受クルコトナシ。シカシ、不可解ナル無線電信ノ発信ヲ絶エズ感ズルトコロヨリスレバ、日本艦隊ハ近クニアルガ如《ごと》シ。厳重警戒ノ下ニ航行中」と、現在の状況を報告後、今後の行動について重大な意見をつたえた。

東洋海域に進出した艦隊は、ロシア領のウラジオストックまでの最後の航海に入る。しかし、その行動を起す以前に解決しなければならぬ重要な問題が二つあった。

その一つは、仏領インドシナのカムラン湾でネボガトフ艦隊を待つかどうかということであり、第二の問題は、果して大航海の終着地であるウラジオストック軍港が、大艦隊を受けいれるのに十分な施設、軍需物資を有しているかということであった。

ロジェストヴェンスキー司令長官は、最後の航進を前にロシア海軍省に対し、率直な意見を電文によって発信させたのだ。

その要旨は、

一、ウラジオストック軍港は、ロシア第二太平洋艦隊乗組員その他三万余名に対する食糧を供給できる能力があるだろうか。また、艦の砲弾も十分に貯蔵されているだろうか。この二点について不安がなければ、わが艦隊は、ネボガトフ艦隊の到着を待たず、日本近海にむかって突進したい。

一週間でも出撃がおくれれば、それだけ不利になることはあきらかであるからだ。

二、前述のように日本近海へ突進することに決定した場合には、ごく限られた海軍首脳者のみが承知し、徹底的に艦隊行動を秘密にすべきである。さらに、東洋地域をはじめ海外各地に派遣されている領事館員その他に、偽の電文を発信させるよう指示して欲しい。その電文は、わがロシア艦隊が南シナ海でネボガトフ艦隊の到着を待つためとどまっているという内容にし、その宣伝を活潑《かっぱつ》におこなって日本海軍の判断を混乱させる。

三、もしもウラジオストック軍港がわが艦隊を受け入れる能力がない場合には、根拠地もない東洋に長くとどまることはできないので、わが艦隊は、ロシア本国に引き返す。

という内容であった。

ロシア海軍省は、最後の一文に愕然《がくぜん》とした。

ロシア第二太平洋艦隊は、本国のリバウ軍港を出発してから六カ月を要してようやく東洋海域へと到達した。さらに、ドブロヴォリスキーの後発隊も合流し、現在、ネボガトフ艦隊も必死にロシア第二太平洋艦隊を追っている。

ロシアとしては、艦隊に大きな期待をかけて国力を投じているのに、ロジェストヴェンスキー司令長官は、ロシア本国に引き返すこともあり得ると打電してきた。海軍省の中枢部は、その電文に狼狽《ろうばい》した。

ロシア海軍首脳部は、ただちに緊急会議を招集した。

その席上、同司令長官の判断は決してあやまってはいないという意見が圧倒的であった。たしかに、艦隊の終着地であるウラジオストック港が艦隊の基地となる能力に欠けていれば、日本艦隊来襲の危険をおかしてまで前進をつづける必要はない。むしろ、同司令長官の意見通り、艦隊を温存させるためにも、ロシア本国へ引き返すことが賢明であるにちがいなかった。

しかし、莫大《ばくだい》な戦費をついやしてようやく東洋海域へ進出できたロシア第二太平洋艦隊を、本国へ引き返させることはもちろん避けなければならない。

海軍省は、入念にウラジオストック軍港の状況を検討した結果、同軍港は、第二太平洋艦隊の基地として不安のないことを再確認した。ただ、ロジェストヴェンスキー司令長官がネボガトフ艦隊の到着を待たぬということについては不満だったが、同司令長官の強硬な意見も尊重してやむなく同意することになった。

海軍大臣は、その日、すぐにロジェストヴェンスキー司令長官に対して、

「ウラジオストック軍港ハ健在ニシテ、軍需物資、食糧ソノ他十分ナ貯蔵品ヲ保有ス。貴官ノ希望通リ、貴艦隊ハ、ネボガトフ艦隊ノ来着ヲ待タズ前進スベシ」

と、命令した。

この電文を受けたロシア第二太平洋艦隊司令部内には、緊迫した空気が満ちた。ロシア海軍省は、日本近海への直進命令を下したが、その途中にはロシア艦隊に決戦をいど

む東郷平八郎大将指揮の日本艦隊が待ちうけている。つまり、露・日両艦隊の一大海戦が展開されるのだ。

ロジェストヴェンスキー中将の眼に、激しい戦意がみなぎった。

かれは、ウラジオストックまでの航海に要する石炭、食糧、水その他を各艦に搭載する方法について考えた。当然、カムラン湾に寄港して同港でそれらのものを積みこむ以外にない。しかし、カムラン湾への寄港は極秘にしていたし、同港でそれらのものを入手できる保証はなにもなかった。

幸いにも、サイゴン港にロシア巡洋艦「ディアーナ」が碇泊していたので、ロジェストヴェンスキー司令長官は、同艦艦長リーヴェン公爵《こうしゃく》に対し、

「サイゴンニテ貨物船多数ヲ雇イ入レ、石炭及ビ食糧ヲカムラン湾ニ回送セラレタシ」

という電文を発した。

決戦のための前進は、迫った。ロシア第二太平洋艦隊は、戦闘序列をとりながら、一〇ノットの速力でカムラン湾にむかって航進をつづけた。

その間、水平線上には、しばしば黒煙の立ちのぼるのがみえた。一般航路であるので、多くの商船が往《ゆ》き交っている。

その海域は、すでに日本海軍艦艇の行動圏で、日本艦隊と遭遇する公算はきわめて大きく、「スヴェトラーナ」以下六隻の巡洋艦は、艦隊の前方に哨戒《しょうかい》線を張って航進をつ

づけていた。

その日(四月十一日)午後五時頃、「スヴェトラーナ」から、

「敵艦見ユ」

の緊急報告が入った。

各艦では、ただちに戦闘配置につき、司令部では巡洋艦を急派して偵察《ていさつ》させた。空は夕焼けに染まり、海面は茜色《あかねいろ》に映えていた。その水平線上に、七条の黒煙が立ちのぼっていた。

巡洋艦は、それを七隻の日本艦隊の一隊と推測してなおも接近していった。が、それはたちまち水平線下に没し、日本艦艇であると確認するまでには至らなかった。

日が没し、月がのぼった。

午後九時、哨戒にあたる仮装巡洋艦「テレク」から、

「イギリス国旗ヲ掲グ一商船ニ出遭イタリ。同船ハ信号ニテ、艦隊ノ東方海上ニ日本駆逐艦ノ一隊ヲ認メタリトノ通告ヲ受ク」

という無電が発信されてきた。それは、夕方、水平線上に出現し没していった七隻の船と同一のものではないかと推定された。

艦隊司令部では、各艦に、

「本夜半、日本艦隊ノ来襲アルヤモ知レズ」

と警告、各艦では、全乗組員が一睡もせず戦闘準備の態勢をかためた。

午後十時、戦艦「ナワリン」に故障が発生したので、艦隊速力を一〇ノットから五ノットに落し修理につとめた。そして、作業も終ったので八ノットに速力をあげ、さらに九ノット半に増速した。

カムラン湾までの距離はわずかになっている。艦隊が、日本艦艇の奇襲を避けるためには、一刻も早く友好国フランスの植民地であるカムラン湾に入港する必要があった。

やがて、夜が白んできた。不安な一夜をすごした乗組員たちの顔には、ようやく安堵《あんど》の色が浮んだ。東の空が明るみ、大きな太陽が水平線上にのぼった。

その頃、司令部員たちは、ロジェストヴェンスキー司令長官の態度がいつもとは異なっていることに気づいていた。長官の眼には、苛立《いらだ》った光が落着きなく浮んでいる。部下が報告事項をつたえても口をきかず、自室から出ると前部艦橋に上る。かと思うと、後部艦橋に行ったり後部の檣楼《しょうろう》に登ったりする。

顔に血の気は乏しく、眼は血走っている。長官が、神経を異常にたかぶらせていることはあきらかだった。

ロジェストヴェンスキー司令長官は、神経過敏な性格だった。笑顔をみせていたかと思うと、急に不機嫌そうに黙りこんでしまったりする。かれは、本国を出港直後から日本艦隊の来襲を警戒しながら六カ月にわたる大航海を指揮してきた。その心痛は大きく、かれの神経はかなり疲労していた。

その日の朝から長官の異常な態度に気づいた司令部員たちは、不安そうに長官の顔をうかがっていた。

ロジェストヴェンスキー司令長官は、朝の陽光にかがやく海面をながめていたが、突然、

「洋上での載炭を開始する。全艦隊を停止させよ」

と、参謀長に命じた。

参謀長をはじめ司令部員たちは、思いがけぬ命令に顔を見合せ、狼狽した。前夜来、日本艦隊の接近がつたえられているというのに、艦隊を停止させて石炭積込み作業をおこなうことは自殺行為に等しい。艦隊の戦闘隊形は乱れるし、砲は、石炭屑《くず》を浴びぬようにシートでおおわねばならない。また、多くの乗組員たちもボートで石炭船に行くため艦をはなれる。そのような時に日本艦隊が来襲すれば、艦隊は全滅の危機にさらされてしまう。

カムラン湾まではわずかに六〇浬弱で、このまま進めば六、七時間後には湾内にすべりこむことができる。安全な湾内でゆっくりと石炭を積込むことができるというのに、危険な洋上で載炭作業をおこなえというロジェストヴェンスキー司令長官の真意は不可解だった。

参謀たちは司令長官に、

「カムラン湾で載炭作業をすべきだと思います。カムラン湾まではわずかな距離です。一刻も早くカムランへ入港すべきです」

と、口をそろえて上申した。

ロジェストヴェンスキー司令長官の顔がひきつれ、椅子《いす》から立ち上ると、

「余は命令を下したのだ。ただちに載炭作業を開始するのだ」

と、声をふるわせて叫んだ。さらに長官は、各艦に対し、機関と機械が安全かどうかを詳細に点検し報告せよと命じた。

参謀たちは、ロジェストヴェンスキー司令長官が精神異常をきたしたのではないか、と思った。が、長官の命令なので、旗艦のマストに全艦隊の停止と載炭作業開始の信号旗をかかげさせた。

各艦は、いぶかしみながらも停止した。たちまち航行序列はみだれ、海面には作業に従事する者たちをのせた多数のボートがおろされた。

参謀たちは、気が気ではなかった。巡洋艦に監視をさせてはいるが、奇襲をうければ艦隊は大損害をこうむる。かれらは、不安にみちた表情で洋上に双眼鏡を向けつづけていた。

朝からはじまった作業は、午後になっても終了しない。

午後三時、旗艦「クニャージ・スヴォーロフ」の電信兵は、奇怪な電信がしきりに交されているのをとらえた。それは、数隻の艦艇が接近してきているとも想像された。参謀たちの顔から血の色がひいた。

参謀たちは、ロジェストヴェンスキー司令長官のもとに走ると、

「不可解な電信をとらえました。日本艦隊が交信しながら接近中と考えられます。ただちに戦闘態勢をととのえねば危険です」

と、必死になって説いた。

司令長官は不機嫌そうに黙っていたが、参謀たちの真剣な説得に、ようやく石炭搭載作業の中止を許可した。

参謀たちは、ただちに各艦に対し、作業をやめて至急、艦を航行序列にもどすよう命じた。その突然の載炭中止で各艦は大混乱を呈し、海面にうかぶボートはあわただしく艦上に引き上げられ、砲をおおうシートはとりのぞかれて、砲身に実弾がつめこまれた。その間にも、怪電信の交信はつづいて、参謀たちの眼には恐怖の光がうかんでいた。

艦隊が航行序列をとることができたのは、二時間も経過した午後五時で、針路をカムラン湾に定めると、危険海域をのがれるように航進を開始した。

艦隊は、翌日の午前六時頃、カムラン湾入口に到着、その日は湾外に碇泊して、四月十四日の夜明けとともに各艦は一斉にカムラン湾に入港した。

艦隊乗組員は、感慨深げにカムランの町に眼を注いでいた。祖国を出発してから六カ月をへて、ようやくたどりついた東洋の地であった。アフリカ大陸の南端喜望峰を迂回《うかい》して航進をつづけてきた艦隊主力は、実に一五、六〇〇浬を航行し、ウラジオストックまで二、五〇〇浬を残すだけになっている。その間、艦隊の消費した石炭の量は莫大なもので、一戦艦あたり平均一二、〇〇〇トンにも達していた。

そのような大航海をへたにもかかわらず、艦隊乗組員の士気は、すこぶる旺盛《おうせい》だった。

その日、追尾してきたドイツ石炭船四隻《せき》が三万トンの石炭を積んで入港してきたので、ただちに石炭搭載作業がはじまった。それらの石炭船は、日本艦隊をおそれてメインマストにロシア国旗、前部マストにフランス国旗、斜桁《しゃこう》にドイツ国旗と三国の旗をかかげていた。

しかし、その石炭船のつんできた三万トンの石炭では、各艦の要求量におよびもつかない。艦隊は、二、五〇〇浬の航路を走破してウラジオストックに到着しなければならず、それには多量の石炭を要するのだ。

この要求をみたすため、ロジェストヴェンスキー司令長官は、サイゴンに待機している公爵リーヴェン海軍大佐に運送船を雇い入れて石炭を回送するよう命じてその返事を待っていたが、翌日送られてきたリーヴェン大佐からの手紙は、司令長官を失望させた。それは、石炭を送るどころか、運送船を一隻も雇い入れることさえできないでいるという苦衷を訴えたものであった。

サイゴンは、ロシア第二太平洋艦隊の最後の出撃に重要な意味をもっていた。艦隊は、日本近海に進出する以前に、仏領インドシナのいずれかの港を最後の寄港地とすることが予定され、その港で石炭、食糧等を積みこまねばならない。そうした想定のもとに、ロジェストヴェンスキー司令長官は、ロシア本国に対してサイゴンに石炭その他を大量に貯蔵し、艦隊の要求に応じられる準備をととのえておくよう何度も依頼していた。同司令長官は、サイゴンに派遣されていたリーヴェン公爵が、その依頼通り石炭等を買い入れて待機していてくれているものと信じきっていた。

しかし、リーヴェン公爵からの返信は期待に反したもので、その文面からは石炭等の貯蔵している気配もないらしいことが推察できた。

ロジェストヴェンスキー司令長官の失望は大きかった。かれは、ネボガトフ艦隊の来着を待たず、一挙に日本近海を突破してウラジオストックに直進することを企てていた。が、それに要する石炭等の補給ができなければ、計画は完全に崩壊する。

司令部内には重苦しい沈黙が淀《よど》んだが、翌四月十六日、ようやくサイゴンから運送船が入港してきた。しかし、それは「エリダン号」ただ一隻で、しかも、食糧品と郵便物を積んでいるだけで、最も必要な石炭は一塊ものっていなかった。

やむなく、ロジェストヴェンスキー司令長官は、空荷の運送船四隻を仮装巡洋艦三隻護衛のもとにサイゴン港へ石炭引きとりのため派遣させることを命じた。

ロシア艦隊は、最後の出撃を前に最大の危機に見舞われた。石炭も食糧も乏しく、身動きすることすらできない。しかも、その寄港地は、日本艦艇の行動海域にある。日本艦隊は、カムラン湾を包囲し、湾口に機雷を敷設して水雷艇による湾内への奇襲を開始するかも知れない。そのような事態におちいれば、ロシア艦隊は、旅順艦隊と同じ運命をたどることになる。

ロジェストヴェンスキー司令長官の顔には、苦悩の色が濃かった。そして、全艦隊に対し、もしも日本艦隊が湾外に出現した折には、旗艦「クニャージ・スヴォーロフ」に戦闘旗をかかげ、主力艦すべてを出撃させて日本艦隊に決戦をいどむという悲壮な決意をつたえた。

カムラン湾の陸地は緑がひろがっていたが、人家は少く、時折り土着人がわずかな物品の交換をする目的で小舟を漕《こ》ぎ寄せてくるだけだった。

ロシア第二太平洋艦隊は、カムラン湾で完全に釘《くぎ》づけになり、ロジェストヴェンスキー司令長官も、精神的苦悩の激しさで健康をいちじるしくそこねるようになった。

毎夜、陸地では火がみえた。それは山火事で、夜空をこがす炎の色が戦火の切迫を告げているようにもみえた。

八

ロシア旅順艦隊全滅後、日本海軍軍令部は、旗艦「三笠」をはじめ艦艇の大半を至急、内地に呼びもどした。

それらの艦艇は、日露戦争開始以後、仁川《じんせん》港外の海戦、旅順港攻撃、黄海海戦等の息つぐ間もない海戦によって損傷や故障個所が続出し、満身創痍《そうい》に近い状態だった。それは、本国から来攻するロジェストヴェンスキー中将指揮のロシア第二太平洋艦隊を迎え撃つ戦力には程遠かった。

軍令部では、まず、これらの艦を修理することを急ぎ、各艦を海軍工廠《こうしょう》に収容させた。

「全力をあげて短期間に、しかも完全に修理せよ」

という鎮守府司令長官の厳命にしたがって、各工廠では、夜を徹して工員が各艦の修理工事に専念した。

日本海軍は、十二月末にロシア第二太平洋艦隊がインド洋にのぞむマダガスカル島に到着したという情報を入手、その後、後発隊も合流したことを知っていた。

日本海軍にとって、ロシア艦隊は、襲来する大津波に似た恐るべきものに思えていた。必死の情報蒐《しゅうしゅう》集の結果得たロシア艦隊の陣容は、戦艦七隻《せき》を主体とした大艦隊で、しかも、戦艦中五隻は新鋭艦である。これに対して日本海軍は、四隻の戦艦を主力とした戦力で対戦しなければならない。

さらに、本国からは、戦艦「ニコライ一世」をはじめ巡洋艦その他をふくむネボガトフ艦隊の出発がつたえられている。このような大規模な戦力をそなえたロシア艦隊と対抗できる力は、傷だらけの日本海軍にはなかったのである。

ただ一つ勝算があるとすれば、艦艇を十分に整備し、兵に猛訓練を重ねさせてロシア艦隊を日本近海に迎え撃つことであった。

ロシア艦隊は、大航海をへて疲労しているにちがいない。それとは対照的に、日本近海に待機する連合艦隊は、弾薬、石炭その他の補給も容易に得られ、しかも、決戦海面はよく知った海域である。

つまり、日本海軍は、地の利を活用する以外に勝利を望むことはできなかったのである。

そのような準備のためには、時間的余裕が欲しかった。ロシア艦隊の碇泊《ていはく》しているマダガスカル島のノーシベー湾は、フランス領に属す。その湾内に碇泊していることは、フランスが中立国違反をおかしていることになる。当然、日本は、フランスに対して抗議を発すべき権利を有していたが、海軍の強い要請にもとづいて、政府は完全な沈黙を守りつづけた。それは、ロシア艦隊がなるべく長期間同湾に碇泊してくれれば、それだけ来攻がおそくなるからであった。

また、日本海軍首脳部の真意は、ロシア艦隊がマダガスカル島からロシア本国に引き返してくれはしないかという期待も強くいだいていた。もしも日本近海に進入してきたロシア艦隊によって日本艦隊が撃破されれば、有利に戦いをすすめてきた戦局は完全にくつがえされ、しかも、その敗勢を恢復《かいふく》させる国力は、すでに日本には尽きていた。

日本海軍は、マダガスカル島ノーシベー湾に碇泊中のロシア第二太平洋艦隊の動きを、不安に駆られながら注視していた。

情報は各方面から入ってきていたが、その中には、

「ロシア政府ハ、第二太平洋艦隊ノ東方ヘノ航進ヲ断念シ、本国ニ引キ返スヨウ命ジタルモノノ如《ごと》シ」

という電報もあった。

もしも、それが事実ならば、日本海軍にとって願ってもない朗報になる。連合艦隊の艦艇修理はほぼ終っているが、ロシア艦隊の巨大な規模は、日本海軍の脅威であることに変りはなかった。

しかし、三月十八日になって、ロシア第二太平洋艦隊が前々日にノーシベー湾を出港、いずこともなく姿を消したという確報が入った。

日本海軍首脳部は、日本近海にむけて出撃したと判断して落胆したが、同時にその出

港をいぶかしんだ。ネボガトフ艦隊は、全力をあげてロシア第二太平洋艦隊を追っているが、マダガスカル島に到着するまでにはかなりの日数を必要とする。もしも、第二太平洋艦隊がネボガトフ艦隊と合流する意図があるとしたら、同艦隊のノーシベー出港は早すぎるように思えた。

ロシア本国へ帰るための出港か？　という希望的観測が、海軍部内に生れた。

そのうちに三月三十日、インド洋上をロシア艦隊が航行中という不確定情報が入ったが、その後の動きは、全く不明になった。

突然、ロシア艦隊が、四月八日、マラッカ海峡に出現、シンガポール沖を通過したという電文が入電してきた。しかも、その陣容は、戦艦七隻を主体とした四十二隻におよぶ大艦隊であるという。

日本海軍首脳部は、その電文に大衝撃を受けた。そして、ロシア海軍が総力をあげて決戦を挑むかたい意志をいだいていることをはっきりとさとった。

ロシア艦隊がウラジオストック軍港にむかうことは、日本海軍も十分に予測していた。同軍港に達する航路には、三つのコースがある。

一つは、最短コースの朝鮮海峡を突破する航路。第二は、太平洋に出て青森県と北海道間の津軽海峡を通過、第三は、北海道と樺太間の宗谷海峡をぬけるという大迂回《だいうかい》航路であった。そのいずれの航路をたどるにしても、ロシア艦隊が日本近海に接近する時期は迫っている。

日本海軍は、ロシア艦隊が洋上補給を終って約一〇ノットの速力で北進している、と推定し、厳密な計算をした結果、十日後の四月十九日朝には、ロシア艦隊が日本近海に姿を現わすと断定した。

海軍軍令部長伊東祐亨《ゆうこう》大将は、連合艦隊司令長官東郷平八郎大将に対し、「敵増遣艦隊ノ先頭タル第二太平洋艦隊ハ、四月八日シンガポール沖ヲ航進セルヲ以《もっ》テ、貴官ハ同艦隊ノ北上スルヲ待チ、コレヲ全滅スルノ目的ヲ達スベキヨウ努ムベシ」

という訓令を発した。

日本国内は、騒然となった。ロシア大艦隊の来攻は迫り、連合艦隊と激突する。日本海軍に勝算があるのかどうか、国民すべてがはげしい不安におそわれていた。

ロシア第二太平洋艦隊の日本近海への直航を信じていた日本海軍は、決戦準備につとめていたが、やがて、同艦隊が仏領インドシナのカムラン湾に入港したことを知った。その寄港は、後発のネボガトフ艦隊を合流させるための処置だと推断した。

日本海軍首脳部の不安は増した。ネボガトフ艦隊は、戦艦「ニコライ一世」をはじめ装甲海防艦三隻、巡洋艦二隻その他で編成されているといわれ、その合流は、むろん日本海軍にとって不利になる。それを阻止するためには、第二太平洋艦隊のカムラン湾碇泊を妨害する必要があった。

同湾はフランス領で、交戦国の艦隊の碇泊を許しているフランスは、中立国違反をおかしていることになる。そのため、日本政府は海軍の要請にもとづいて、四月十八日、フランス駐在の本野公使に命じ、フランス政府に対して厳重な抗議をおこなわせた。

フランス政府は、やむなくロジェストヴェンスキー司令長官に対して、カムラン湾外への退去を勧告した。それによって、二十二日にロシア艦隊はカムラン湾を出港したが、翌々日には再び同湾に入港し、軍需品の積載をはじめたことがあきらかになった。

日本政府は激しい抗議をつづけ、二十六日にも同艦隊は退去したが、翌日には同湾の北方約五〇浬《かいり》の位置にあるフランス領ホンコーヘ湾に入港した。

日本国内のフランスに対する憤《いきどお》りは激しく、経済界にも、フランスとの貿易中止を叫ぶ声が高まった。

そうした中で、連合艦隊は、黙々と大決戦にそなえて準備をととのえていた。まず、日本海軍にとって最も重要な課題は、ロシア艦隊がどのコースをとってウラジオストック軍港にむかうかを判断することであった。

朝鮮海峡、津軽海峡、宗谷海峡のうち、どの海峡を通過するか。

この点については、十二月下旬から連合艦隊司令長官東郷平八郎大将、海軍大臣山本権兵衛《ごんべえ》大将、軍令部長伊東祐亨大将、同次長伊集院五郎中将が、しばしば会合して真剣な討議をくり返した。

その結果、ロシア艦隊は最短コースの朝鮮海峡を通過するにちがいない、という判断を下した。東郷は、この結論を最後まで守りぬくことを決意した。それは、かれにとって、一つの大きな賭《かけ》であった。

参謀たちの中には、津軽、宗谷両海峡の通過を予測し、その方面にも艦隊兵力を配置する必要がある、と進言する者もいた。が、東郷は、あくまでも艦隊兵力の分散を避けたかった。ロシア艦隊は、一団となって突進してくる。それを迎え撃つ連合艦隊は、総力をあげてぶつからねばならず、そのためには、一点に艦艇を集結して待機する必要があった。東郷は、津軽、宗谷両海峡通過は全くありえないと断定、決戦海面を朝鮮海峡と定め、全戦力を同海峡付近に集結させることを命令した。

東郷は、中央との打ち合せも終了したので、二月六日、東京を列車で出発し、呉軍港におもむいた。同港には、損傷故障個所の修理も完全に終えた連合艦隊旗艦「三笠」が碇泊していた。

東郷が「三笠」に乗ると同時に、同艦の大檣《だいしよう》上に大将旗があがった。そして、「三笠」は、二月十四日、諸艦艇をひきいて同軍港を抜錨《ばつびよう》、江田島、佐世保を経て、同月二十一日に朝鮮南岸の鎮海湾《ちんかいわん》に到達した。

東郷は、冷静に日・露両艦隊の戦力について検討した。

ロシア艦隊がネボガトフ艦隊を合流した場合には、主な日・露両艦隊の艦艇隻数は、左のようになることが予想された。
戦艦……日本艦隊四隻、ロシア艦隊八隻
装甲巡洋艦……日本艦隊八隻、ロシア艦隊三隻
巡洋艦……日本艦隊十六隻、ロシア艦隊六隻
装甲海防艦……日本艦隊二隻、ロシア艦隊三隻
つまり、ロシア艦隊は、戦艦保有数が日本艦隊よりはるかに多いが、装甲巡洋艦と巡洋艦以下の戦闘力は、日本側がまさっている。
全体的にみて、巨大な砲をそなえた戦艦八隻をもつ戦艦隊の戦力は日本戦艦隊を圧倒しているが、装甲巡洋艦以下の艦艇の優勢を考えると、日本艦隊の戦力は、ロシア艦隊に比べて遜色《そんしよく》はない、と判断された。
東郷は、ロシア艦艇に大打撃をあたえる方法として二つの要素を考えた。
一つは、地の利を得ていることで、長い航海をへて来航してくるロシア艦隊には、戦力を貯《たくわ》え恢復することのできる基地がない。
それとは対照的に、日本艦隊は、日本内地と朝鮮に数多くの基地をもち、弾薬、石炭その他の補給もできる。つまり、日本艦隊は、十分な準備をととのえてロシア艦隊を迎え撃つことができるのだ。
第二は、日本艦隊の乗組員が戦闘能力に長じていることであった。開戦以来、各艦は

相つぐ海戦に参加し、乗組員たちは豊富な戦闘経験をもっている。それに比して、ロシア本国から来攻するロシア艦隊乗組員は、新編成の艦隊で砲火の下をくぐった者はいない。

東郷は、これらの条件を綜合《そうごう》的に検討した末、乗員の戦闘力をさらに高度なものにたかめて決戦に臨む以外にないという結論に達した。

東郷は、幕僚と各艦長を招いて、

「猛訓練こそ、勝利を手中にする鍵《かぎ》である」

と、訓示し、昼夜の別なく訓練を反復するよう命じた。

東郷司令長官をはじめ全艦隊乗組員たちは、目前に迫るロシア来攻艦隊との大海戦が祖国の興亡を左右するものだということを十分にさとっていた。かれらの眼には、熱っぽい戦意がみなぎり、その日から類のない激烈な訓練が開始された。

朝鮮海峡には、早くも凄絶《せいぜつ》な殺気が満ちた。

各艦は、黒煙をなびかせ白波を蹴立《けた》てて疾走する。指揮艦のマストにあがる信号旗によって、陣形運動がくり返しおこなわれる。仮想敵艦に対する襲撃訓練も連日のように実施され、各艦は、全速力をあげて仮想敵艦にむかって突っこんでゆく。それにつづいて、標的に対し砲口が火をふいた。

百発百中が合言葉となり、砲撃訓練はくり返された。訓練はすさまじく、十日間に平時の一年間に要する練習砲弾を消費したほどであった。

また、夜間には、日本海軍得意の水雷攻撃訓練がおこなわれ、仮想敵艦は、探海灯を照射してそれを迎え撃った。鎮海湾の内外には、連合艦隊の実戦さながらの激しい訓練が展開された。

その頃、ロシア第二太平洋艦隊はマダガスカル島ノーシベー湾に碇泊中であったが、ロシアの海外駐在員がサイゴン、上海《シャンハイ》等に多量の軍需物資を集積し、同艦隊に補給するための準備に専念しているという情報がしきりだった。

大本営海軍部は、それらの地の偵察《ていさつ》と牽制《けんせい》をおこなう必要を感じ、二月十六日、東郷司令長官に艦艇を南方に派遣するよう命じた。それにもとづいて、第一艦隊司令官海軍中将出羽重遠が一隊をひきいて南進することに決定した。

出羽中将は、巡洋艦「笠置《かさぎ》」「千歳《ちとせ》」仮装巡洋艦「亜米利加《アメリカ》丸」「八幡丸」特務船「彦山丸」の五隻によって偵察艦隊を編成、二月二十七日、佐世保軍港を出港した。

同艦隊は、台湾を経て香港《ホンコン》沖を通過、仏領インドシナ沿岸にむかった。そして、カムラン湾、サイゴンを偵察、三月十五日にはシンガポールに入港。さらに、ボルネオのラブアン島ビクトリア港をまわって帰国の途についた。同艦隊が朝鮮の鎮海湾に帰着したのは、四月一日であった。

それから一週間後の四月八日、ロシア第二太平洋艦隊がシンガポール沖を通過したという情報が入った。

東郷は、決戦の日が迫ったことを知った。艦隊の戦闘力は、連日くり返される猛訓練で極度に向上している。乗組員の士気はきわめて旺盛《おうせい》で、砲の命中率は高度なものになっていた。

迎撃準備はととのえられたが、東郷の胸には一つの不安があった。それは、ウラジオストック軍港に残存する敵艦隊の存在だった。

ウラジオストック軍港には、一等巡洋艦「ロシーヤ」「グロモボイ」を主力にした艦艇が、名提督エッセン司令官の指揮のもとに健在だと推定されていた。蔚山《うるさん》沖海戦で痛手をうけて以来、活潑《かっぱつ》な動きをみせてはいなかったが、ロシア第二太平洋艦隊が来攻すれば、必ずそれに呼応して出撃してくるはずで、連合艦隊としては腹背に敵をもつことになり、戦闘行動は不利になる。

東郷は、ウラジオストック艦隊を抑圧するため、ウラジオストック軍港の港外一帯に機雷敷設を企てた。そして、第二艦隊司令長官海軍中将上村彦之丞《かみむらひこのじょう》にその重大任務をあたえ、上村は、装甲巡洋艦「磐手《いわて》」「浅間」巡洋艦「高千穂」「秋津洲《あきつしま》」をひきい、四月十三日に朝鮮海峡を発した。そして、ウラジオストック港外に七百十五個の機雷を敷設、高速度で十八日に鎮海湾に帰着した。

東郷司令長官は、ロシア艦隊が朝鮮海峡を通過しウラジオストック軍港にむかうと予想していたが、司令部内では異論をとなえる者が多かった。たしかに、朝鮮海峡を通過することは、ウラジオストック軍港への最短コースをとることで、ロシア艦隊としても有利であった。が、ロシア艦隊が、その常識的なコースをとるとは思えない。海軍軍令部長を経てロシア艦隊司令長官に推されたロジェストヴェンスキー中将は、戦略的にも日本艦隊の意表をつく航路をえらぶにちがいない。同中将は、朝鮮海峡に集結すると予想される日本艦艇との接触をさけて、ウラジオストックに到達しようとはかるだろう。

その場合、ロシア艦隊は、太平洋上に出て津軽海峡または宗谷海峡を通過する航路をえらぶのではないだろうか。もしも、そのような事態になれば、朝鮮海峡の日本艦隊は、距離的にもロシア艦隊を捕捉することはほとんど不可能になる。

司令部の参謀たちは、津軽、宗谷両海峡を通過する確率も高いと判断し、同方面にも艦隊兵力の一部をさいて配置すべきだ、と主張した。

しかし、東郷は、

「いくら考えても仕方がない。結論が出た以上、それを守るだけだ。敵艦隊は、朝鮮海峡を通過する。まどうことは避けるべきだ」

と、平静な口調で答えた。その後、さまざまな進言をする参謀たちもあったが、かれは、常に素知らぬ表情で返事もしなかった。

東郷は、シンガポール沖を通過したロシア艦隊が一路北上し、台湾と中国大陸との間を通過、沖縄の近くを経て必ず朝鮮海峡にむかってくると確信していた。というよりは、かたい信念をいだくことが決戦を勝利に導く唯一《ゆいいつ》の方法だ、と思っていた。

戦闘を有利に開始するためには、接近するロシア艦隊を事前に発見しなければならない。そのためには、厳重な哨戒《しょうかい》をおこなう必要があった。哨戒の任をあたえられたのは、片岡七郎中将を司令長官とした第三艦隊で、旗艦は、二等巡洋艦「厳島《いつくしま》」（四、二一〇トン）であった。

東郷は、日本海から黄海、シナ海にいたる広大な海域を経・緯度によって碁盤の目のように区分し、それらに番号をつけ、その海域に密度の濃い哨戒網をはりめぐらした。さらに、ロシア艦隊の航路と予想される海面に散在する多くの岬や島々に、二百以上にもおよぶ望楼を設置した。

大きな望楼には七名、小さなものには四名の兵員を常駐させ、昼夜の別なく望遠鏡で海上監視にあたらせた。そして、ロシア艦隊を発見した折には、旗をかかげたり手旗信号を送ったりして他の望楼につたえ、狼火《ろうか》や発光信号も利用することになっていた。

これらの島々には無人島が多く、海上が荒れた場合は、小舟が近づけず食糧、飲料水の補給も断たれる。病者も収容できず、そのため餓死者や病死者が続出したが、望楼員は、多くの島々にしがみついてロシア艦隊の発見につとめていた。

連合艦隊司令部は、

「敵艦隊来攻近シ」

と、全艦艇に警告、四月八日、シンガポール沖を通過したロシア艦隊のその後の動きをさぐることに全力を注いだ。

情報は、ぞくぞくと入電し、翌々日の十日の、

「ロシア艦隊ハ、シンガポールノ東北方約一五〇浬ノアナンバス群島付近ニアリ」

について、十一日には、「コーナ号」という商船が、また翌十二日には一商船が、それぞれ四十二隻から成るロシア艦隊が北にむかって航行しているのを目撃した、という確実な情報も入った。

連合艦隊司令部の緊張は、極度にたかまった。

ロシア艦隊は、一路日本近海にむかって直進している。それも、一〇ノット平均の速力で一団となって進んできているようだった。

さらに、翌十三日になると、ノルウェー貨物船「ブルンヒルデ号」が、カムラン湾の北方海上でロシア艦に停船を命ぜられ、六名の士官によって臨検を受けたという報も入った。

その日、奇異な外電が入電した。それは、オランダの新聞に掲載された記事だが、シンガポールの東北方海面で日・露両艦隊の間に激しい海戦が展開されたと報じ、ロシア

の新聞も、その海戦で日本軍艦七隻がロシア艦隊の砲火を浴びて撃沈されたとつたえた。

連合艦隊司令部は、その新聞報道に苦笑した。出羽中将のひきいる偵察艦隊はすでに朝鮮海峡へ引き揚げているし、台湾以南には一隻の日本軍艦もいない。全艦艇は、朝鮮海峡でロシア艦隊の出現を待っているのだ。

そのような相つぐ情報によって、連合艦隊司令部は、ロシア艦隊の朝鮮海峡来着が四月十九日早朝と判断した。

しかし、翌四月十四日、ロシア艦隊が日本への直進を中止した確報が入った。

たまたま二週間前の四月一日、有栖川宮《ありすがわのみや》と妃殿下は、ドイツ商船「プリンツ・ハインリッヒ号」で横浜港を出発、ドイツにむかった。ドイツ皇太子の結婚式に参列のためであった。

同船は、上海を経て四月十四日、仏領インドシナ沿岸を航行中、午前十一時半、左舷《さげん》方向に三本マスト、二本煙突の軍艦を望見した。有栖川宮には海軍中佐大沢喜七郎が随行していて、大沢は、それがカムラン湾を根拠地として哨戒任務にあたるロシア艦隊の艦艇であることを確認した。さらに、船がカムラン湾外に達した時、湾内に、思いがけなくおびただしい大小多数の軍艦が碇泊《ていはく》し、さかんに煤煙をあげているのを目撃した。

大沢中佐は興奮し、連合艦隊にカムラン湾におけるロシア第二太平洋艦隊の状況を至急、報告しようと思った。そして、翌々日の午後、「プリンツ・ハインリッヒ号」がシンガポール港口近くに投錨《とうびよう》すると、小汽船で田中シンガポール駐在日本領事とともに出迎えにきていた本山某に報告書を託した。本山は、日本海軍省からシンガポールに情報蒐集《しゆうしゆう》のためひそかに派遣されていた森海軍大佐で、本山という偽名を使って活動していたのだ。

大沢中佐の報告書は、森大佐によって海軍省に打電された。海軍士官の大沢だけに観察は的確で、情報蒐集につとめていた連合艦隊に、貴重な資料をあたえた。

「十四日午後一時、本船南南西ノ針路ニテ安南カムラン湾ノ沖一〇浬ノ所ヲ航行中、同港ノ内外ニ於テ露国艦隊ヲ見タルコト左ノ如《ごと》シ。

三檣《しよう》二煙突ノ軍艦一隻（ドンスコイ型）及ビ二檣三煙突ノ仮装巡洋艦一隻（リオン型）ハ同港外ヲ巡邏《じゆんら》シ、四檣一煙突ノ商船二隻、北口ニ近ク港外ニ碇泊ス。

又、北口ヨリ戦闘艦ラシキモノ五隻程港内ニ碇泊セルヲ見タルモ、其《そ》ノ距離遠キヲ以テ檣、煙突ノ数ヲ見分ケ難キモ、二檣二煙突二檣三煙突ノ軍艦二隻ノ前檣頭ニ将旗ラシキモノ揚リ居ルカニ見ユ。又、南口ノ外側ニ陸ニ沿ウテ六隻ノ軍艦単列ニテ碇泊セルモ、山影ニテ艦型ヲ識別スル能《あた》ワズ。駆逐艦等ハ見エザリシモ、南口ヨリ煤煙盛ニ港内ニ揚ルヲ認メタリ。

港外ヲ巡邏セシ仮装巡洋艦一隻ハ、四浬ノ距離迄本船ニ近ヅキタリシモ再ビ引キ返シ、何事モ為《な》サザリシ」

この報告は、ただちに東郷司令長官につたえられた。

大沢中佐の報告電文は、厳重警戒のもとに出撃準備をととのえるロシア第二太平洋艦隊の動きを生々しくつたえていた。その報告によって、東郷は、ロシア艦隊が石炭、食糧その他の補給が終れば日本にむかって直進してくると予想した。

また、東郷は、もしかするとロシア艦隊が根拠地を得るため台湾の澎湖《ほうこ》島を攻撃し占領する意図があるかも知れぬと思い、同地一帯に厳戒を命じた。

戦機は、熟した。

九

カムラン湾のロシア第二太平洋艦隊は、同湾に碇泊《ていはく》して石炭、食糧その他の到着を待っていた。依然としてサイゴンからは肝腎の石炭が一トンも送られてこず、ロジェストヴェンスキー司令長官は激しい苛立《いらだ》ちを感じていたが、さらに、かれを不快がらせる指令がフランス側からつたえられた。

四月二十一日午後一時、同湾に碇泊していたフランス巡洋艦「デカルト」から汽艇がおろされて、ロシア第二太平洋艦隊旗艦「クニャージ・スヴォーロフ」に近づいてきた。舷側《げんそく》についた汽艇からタラップをふんで上ってきたのは、「デカルト」に坐乗《ざじょう》していたフランス海軍のジョンキエール少将であった。

同少将の来訪は不意のことで、ロジェストヴェンスキー司令長官は、いぶかしみながらも少将を丁重に長官室へ招じ入れた。

同少将は、

「貴艦隊がわがフランス領の当湾に碇泊している事実に対し、日本政府は、フランス政府に中立国違反であると強硬に抗議してきております。わがフランス政府としては、日本の抗議が妥当であると認め、私に退去勧告をおこなうよう命じてきました。私としては誠に辛《つら》い任務ですが、現在から二十四時間以内に当フランス領の領海外に退去するよう要求します」

と、告げ、部下を連れて匆々《そうそう》にタラップをおりていった。

ロシア、フランス両国は友好関係にあった。ロジェストヴェンスキー司令長官は、そのことを念頭に、本国を出発してから専《もっぱ》らフランス領植民地にある港に寄港してきた。カムラン湾に入港したのも、フランス領であったからであった。

しかし、ジョンキエール少将は、二十四時間以内に退去せよという。ロジェストヴェンスキー司令長官は、ロシア陸軍が奉天の大会戦で惨敗《ざんぱい》を喫したので、フランスの態度が冷たくなっているのだと思った。

気弱になっていたロジェストヴェンスキー司令長官は、翌朝、各司令官と各艦長を旗艦に招集し、フランス政府の退去要求を告げ、すべての艦をひきいて領海外に出るとつたえた。また、公海に出ても、石炭、食糧等の補給と本国との無電交換に便利であるように、カムラン湾の近くにとどまる、と説明した。その指令にもとづいて、各艦では、カムラン湾を出動する準備があわただしく開始された。

ロジェストヴェンスキー司令長官は、出港直前に本国の海軍大臣に対して、

「サイゴンカラ送ラレテクル約束ノ石炭ハ、本四月二十二日マデニ一トンモ到着シテイナイ。ワガ艦隊ハ、フランス政府ノ要求ニヨリ、領海外へ退去シナケレバナラナクナッタ。石炭ノ補給ガナイカギリ、日本近海へ出撃スルコトモデキナイ。領海外ニ出レバ石炭モ消費シ、今ニ艦隊ハ東洋ノ一郭デ進ムコトモ退クコトモデキナクナル。一刻モ早ク石炭ノ補給ヲシテクレルヨウ切ニオ願イシタイ」

と、悲痛な電文を発した。

退去期限の四月二十二日午後一時、ロシア第二太平洋艦隊は、巡洋艦「アルマーズ」と運送船を湾内に残してカムラン湾を出港した。

フランス巡洋艦「デカルト」は、艦隊の出港を確認するため追尾してきた。そして、艦隊が領海外に退去したことを見定めてから、湾内に引き返していった。

その日から艦隊は、カムラン湾の沖でエンジンをとめて停止したり、微速力で航進し

たりした。それは、洋上をさ迷う大キャラバンの群れに似ていた。ロジェストヴェンスキー司令長官は、石炭の浪費を恐れ、しかも、カムラン湾の近くにとどまっていたかったのだ。

カムラン湾外に出てから三日後の四月二十五日、ようやく石炭、食糧等を満載した「エワ号」「ダグマル号」第三号汽船の三隻《せき》の貨物船がサイゴンから到着した。艦隊は、洋上でそれらの船から積載物を積込んだ。

その日、ロジェストヴェンスキー司令長官は、前日に本国から発信された電報を受けとった。電文は、追尾しているネボガトフ艦隊の航行状況に関するもので、

「ネボガトフ艦隊ハ、順調ニインド洋ヲ航進シアリ。現在ノ航行状況ヨリ見レバ、同艦隊ハ五月五日シンガポール沖ヲ通過スルコト確実ナリ。ネボガトフ艦隊ハ、約二週間後ニ貴艦隊ノ位置ニ到着スルヲ以テ、合流スルマデ出撃ヲ待ツベシ」

と、命じてきた。

ロジェストヴェンスキー司令長官をはじめ幕僚たちは、ネボガトフ艦隊の航進が想像以上に速いことに感嘆していた。司令部内にも、合流するまで待つべきだという意見がたかまった。

カムラン湾外での漂泊は、乗組員たちに倦怠感《けんたい》をあたえるようになっていた。その頃から艦内に鼠《ねずみ》がはげしい繁殖をしめすようになり、乗組員の中には、就寝中、鼠に足を

かまれて傷口が化膿《かのう》し切開手術を受ける者すらいた。

四月二十六日、カムラン湾にとどまっていた巡洋艦「アルマーズ」が、湾外に出てきて艦隊に合流した。そして、午前九時三十分、艦隊は、突然、八ノットの速力で北進しはじめた。

艦隊乗組員たちの顔に、緊張の色が濃く浮び上った。かれらは、艦隊がいよいよ日本近海にむかって航進を開始したのだと判断した。

しかし、艦隊は、その日の夕方近く、カムラン湾の北方六〇浬にあるホンコーヘ湾に入港した。ロジェストヴェンスキー司令長官は、あらかじめカムラン湾付近の地勢を調査させていたが、ホンコーヘ湾が艦隊をひそませるのに好都合であることを知っていた。

広大な湾は高い山々にかこまれ、陸岸には小さな村落があるだけで、フランスの官吏もいないし、電信局もない。その湾はフランス領であるが、同艦隊が碇泊していることをフランス官吏に発見される確率は少かった。

艦隊が湾内に錨《いかり》を投げると、村から小舟に乗った土着人たちがやってきた。長い弁髪を垂らしたかれらは、小舟に牛、鶏、鴨《かも》、バナナ、南瓜《かぼちゃ》等を載せて買ってくれという仕《し》種《ぐさ》をする。艦隊司令部では、新鮮な食料を欲していたので、それらを買い入れたが、かれらが代金の釣銭にさし出したロシアの小額紙幣は、あきらかに贋造《がんぞう》紙幣であった。

司令部員は、その紙幣の製造場所がどこであるか臆測《おくそく》を交したが、東洋の地でそのような印刷技術をもつのは日本だけで、日本の工作員が、そんな地にまで潜行し活動していることに愕然《がくぜん》とした。

ロジェストヴェンスキー中将の判断通り、ホンコーヘ湾は、ロシア第二太平洋艦隊にとって戦備を整えるのに好適な場所であった。湾内は波静かで、食糧は土着人が安い価格で豊富に提供してくれるし、フランス人官吏の眼もとどかぬらしく、退去命令を突きつけられることもない。幸いサイゴンから石炭を満載した待望の運送船がつぎつぎに来着し、各艦は石炭積込みにつとめた。

ロジェストヴェンスキー司令長官は、旗艦にあって指揮をとっていたが、健康状態は思わしくなかった。甲板に出ても、息ぎれがして長く歩くことができない。それに、かれは新たな悩みをいだいていた。それは、かれが最も信頼していたフェリケルザム少将の発病であった。

フェリケルザム少将は、地中海の入口にあるタンジール港で艦隊の主隊とわかれ、地中海からスエズ運河を経て支隊をマダガスカル島に導いた。そして、同島ノーシベー湾で、アフリカの南端喜望峰を迂回《うかい》してきた主隊と合流することに成功した功績者であった。しかし、かれの体は長い航海による影響で衰弱し、四月十六日に脳溢血《のういっけつ》で倒れ、症状は、軍医に再起不能と診断されていた。

ロジェストヴェンスキー司令長官は、決戦を目前にして有能な同少将の助言が得られなくなったことに暗澹《あんたん》としていた。

かれの強靱《きょうじん》な意志も、ぐらつきがちだった。かれは、いつの間にかネボガトフ艦隊の来着を心待ちにするようになっていた。それまでかれは、ネボガトフ艦隊の追尾を迷惑に感じ、同隊の派遣を決定した本国の海軍首脳者たちを激しく罵《のの》りつづけてきたが、フェリケルザム少将の発病によって、ネボガトフ艦隊に大きな期待を寄せるようになっていたのである。

そうした思いは司令長官だけではなく、乗組員一般にも共通したものだった。士官室でも、ネボガトフ艦隊の来航を待ち望む声がしきりで、艦隊の来着がいつかという話で持ちきりだった。

四月二十八日、艦隊の諸艦の電信兵は、遠い洋上で交信されている無線電信をとらえた。

各艦では、急航中のネボガトフ艦隊が早くもホンコーヘ湾の近くに来ているのではないか、と想像した。

そのうちに、戦艦「シソイ＝ウェリーキー」の士官が、旗艦「クニャージ・スヴォーロフ」内の司令部に急いでやってきた。士官の報告によると、「シソイ＝ウェリーキー」では明瞭《めいりよう》な無線電信を受信した。それは、ネボガトフ艦隊旗艦「ニコライ一世」から旗艦「クニャージ・スヴォーロフ」に発信されたもので、第二太平洋艦隊の所在を問うていたという。

司令部内は沸き立ち、ロジェストヴェンスキー司令長官は、ただちに巡洋艦一隻を湾外へ派遣したが、やがて、無電は、沖合を航行中の二隻のフランス軍艦の間で交信されたものであることがあきらかになった。

「シソイ＝ウェリーキー」の艦長は叱責《しっせき》されたが、その一事件によって、ネボガトフ艦隊の来着を待つ乗組員たちの期待は一層強くなった。

四月二十九日、ホンコーへ湾に碇泊しているロシア第二太平洋艦隊の各艦には、華やかな色彩がひろがった。色とりどりの花や緑葉が飾られ、甲板のテーブルには彩色した鶏卵やパンが並べられた。それは、翌日の復活祭のための準備であった。

その日、ロジェストヴェンスキー司令長官は、全乗組員に対し、

「一カ月前、日本艦隊の巡洋艦、駆逐艦数隻が、この仏領インドシナやシンガポールの港にも寄港した。この海域一帯は、日本艦隊の行動範囲内にある。かれらは、わが艦隊に奇襲をかける機会をねらっているものと想像される。日本艦艇は、奇襲攻撃をおこなう時機として、わが艦隊の乗組員が最も心をゆるめる時をえらぶにちがいない。例えば、復活祭の前夜である今夜などは、甚だ危険である。各員は、このことを十分に念頭に入れて、砲員も見張りの信号兵も、決して部署をはなれてはならぬ」

と、警告した。

この指示によって、その夜、各艦では灯火を消し、当直員も増加して厳重に洋上監視にあたった。

翌日、全艦艇は満艦飾にいろどられた。陸地からは、華やかな装飾に驚いた土着人たちが、女や子供を小舟にのせて艦の近くに集り、好奇にみちた眼を輝かせて、諸艦を彩《いろど》る旗の列を見上げていた。

乗組員たちは、白い制服を着て甲板上に整列し、神父のとなえる復活祭の祈禱《きとう》に頭を垂れた。そして、甲板上に並べられたテーブルのまわりに集ると、嬉々《きき》とした表情で祝いの朝食をとった。

ロジェストヴェンスキー司令長官は、汽艇に乗って艦隊を一巡、各戦隊の旗艦にのぞみ、士官と復活祭を祝う挨拶《あいさつ》を交し、甲板上に整列する乗組員を閲兵した。

しかし、これらの行事がおこなわれている間も、各艦の乗組員の半数は配置をはなれず、実弾をこめた砲口を湾口の方向に向けていた。

その日の午後、祝祭行事はすべて終了し、石炭搭載作業が再開された。また、司令長官の命令によって、各艦のマストが灰色に塗りかえられた。それは、決戦時に日本艦隊の距離測定を乱すための処置であった。

五月二日、陸岸から一隻の小船が旗艦「クニャージ・スヴォーロフ」に近づいてきた。乗っていたのはフランス人官吏で、領海外に退去することを要求する書面をたずさえていた。

そのことを予測していたロジェストヴェンスキー司令長官は、素直に要求をいれ、艦隊をひきいて湾外に出た。そして、沖合で停止したり微速で航行したりすることを繰返していたが、官吏が去ったのを見とどけてから、翌々日の午前八時に再びホンコーへ湾に入り、ひっそりともとの位置に投錨《とうびょう》した。

ネボガトフ艦隊の来着を待つ乗組員たちは、同艦隊が姿を現わさぬことに不安を感じはじめていた。消息が全く絶えてしまっていることは、艦隊が、途中、待ち伏せしていた日本艦隊の襲撃を受けて大損害をこうむったのではないかとも想像された。

しかし、五月七日にようやくネボガトフ艦隊の行動があきらかになった。その日、郵便局の所在地であるナトランにおもむいた駆逐艦が、本国からの電報を持ち帰った。それによると、ネボガトフ艦隊は、二日前の五月五日午前四時にシンガポール沖を無事通過したとつたえていた。

その報は、全艦艇を大いに沸き立たせた。

五月五日にシンガポールを通過したことから察すると、艦隊は、きわめて接近した位置にまで来ている。ネボガトフ艦隊の推定される航行速度から判断すると、明後日の五月九日に同艦隊はホンコーへ湾に到着、ロシア第二太平洋艦隊と合流できると予想された。

しかし、ロジェストヴェンスキー中将は、本国の海軍省にカムラン湾在泊を報告はしたが、ホンコーヘ湾に移動したことはつたえていなかった。もしも第二太平洋艦隊がホンコーヘ湾にひそんでいることを打電すれば、日本海軍艦艇に傍受されて、その所在位置をさとられるおそれがあるし、フランス政府に退去命令を受けねばならなくなる。そうした事情から報告は一切控えていたが、それは同時にネボガトフ艦隊の判断を混乱させることをも意味していた。おそらくネボガトフ艦隊は、ロシア第二太平洋艦隊が依然としてカムラン湾に投錨していると信じて、カムラン湾にむかうだろう。そして、同湾内に第二太平洋艦隊を発見できず、いたずらに仏領インドシナ沿岸をあてもなくさ迷うにちがいなかった。

ロジェストヴェンスキー司令長官は、そうした事態を避けるため、ネボガトフ艦隊を探しあててホンコーヘ湾に誘導する必要を感じ、巡洋艦「ジェムチュグ」「イズムルード」「リオン」「ドネープル」の四艦を出動させた。

その日の午後四時三十分、湾内にフランス巡洋艦「ギシヤン」が入港してきて、同艦に坐乗していたジョンキエール海軍少将がロジェストヴェンスキー司令長官に対し、

「仏領インドシナの諸湾に碇泊《ていはく》することは、わがフランスの中立を侵害するものであり、即刻、退去すべし」

というフランス政府の抗議書を手渡した。

ロジェストヴェンスキー司令長官は、黙ったままうなずいた。艦隊が仏領インドシナのカムラン湾に入港したのは四月十四日で、それから約一カ月間、カムラン湾、ホンコーヘ湾に出入りしながらその沿岸を彷徨《ほうこう》した。かれは、フランス政府の抗議を受けながらも時間稼ぎをし、ネボガトフ艦隊の到着を待ったのだ。

そのネボガトフ艦隊も、翌々日には到着することが予想される。合流が実現すれば、仏領インドシナ沿岸をはなれて一挙に日本近海へ直進する。幸いにも、その日、石炭を満載した貨物船四隻が入港するなど、石炭補給も順調におこなわれ、さらに、サイゴンから貨物船「エリダン号」が水兵靴《ぐつ》一万二千足を運んできて最後の出撃に必要な物資は十分にととのっている。かれは、もうしばらくの辛抱だ、と思った。

ロジェストヴェンスキー司令長官は、翌五月八日、諸艦艇に対し石炭積込み作業を命じた。四隻の貨物船からは、俵詰めにした石炭が各艦内に運びこまれ、作業は日没後までつづけられた。

五月九日午前六時、ロシア第二太平洋艦隊は、フランス政府の退去要求にしたがって出港準備をととのえた。各艦の煙突から黒煙が吐き出され、それは、微風にのって陸地の方になびいていった。

午前八時、再びジョンキエール少将坐乗のフランス巡洋艦「ギシャン」が入港し、ロシア第二太平洋艦隊は、追い立てられるように抜錨、ゆるやかな速度で湾外に出た。

午前十時、艦隊は二列縦陣をとって航行しはじめたが、間もなくネボガトフ艦隊の出迎えに行った「ジェムチュグ」をはじめ四隻の巡洋艦と出会った。その四艦は、意外にもネボガトフ艦隊の姿を発見できず、むなしく引き返してきたという。

司令部内に、重苦しい空気がひろがった。ネボガトフ艦隊がシンガポール沖を通過後、航行中と推定される海域に出動した四隻の巡洋艦が発見に失敗したことは、艦隊に突発事故が発生したのではないかと危惧《きぐ》された。付近には日本艦艇の行動がしきりだという情報がつたえられているだけに、ネボガトフ艦隊が日本艦隊と遭遇したことも十分に予想できた。

その日の正午、遠方からロシア語の暗号電信がしきりに発せられているのを、旗艦「クニャージ・スヴォーロフ」の電信兵がとらえた。

「貴艦ハ何国ノ軍艦ナリヤ」

と、問うと、

「ロシア国巡洋艦ウラジーミル・モノマフナリ」

と、返電してきた。

艦隊司令部に、明るい歓声が起った。「ウラジーミル・モノマフ」はネボガトフ艦隊の所属艦で、おそらく哨戒艦《しようかい》として艦隊に先航しているのだろう。艦隊司令部員は、本国から必死に追ってきていたネボガトフ艦隊をとらえることができたことを確認した。

「ウラジーミル・モノマフ」からはしきりに無電が発信されてきて、全艦艇が健在であるとつたえると同時に、合流したい、と告げていた。

しかし、ロジェストヴェンスキー中将は、喜びに眼を輝かせながらも、慎重な態度をとるべきだ、と司令部員をいましめた。もしかすると、日本艦隊が「ウラジーミル・モノマフ」を装《よそお》ってロシア第二太平洋艦隊を洋上におびき寄せようと企てているのかも知れない。その罠《わな》にはまりこめば、艦隊は日本艦艇に大打撃をあたえられるにちがいない。

同司令長官は、その真偽をたしかめるため「ウラジーミル・モノマフ」に、

「貴艦ノ副長ノ氏名ヲ報告セヨ」

と、打電させた。

それに対して副長の氏名を告げる返電があって、その氏名を本国から送られてきていた機密編成表に照合すると合致したので、日本艦艇ではないかという疑惑は解消した。

ロジェストヴェンスキー中将は、

「貴艦隊ノ位置ヲ示セ」

と命じ、「ウラジーミル・モノマフ」からも経緯度を返電してきたので、針路を同方向に定めて航進を開始した。

午後三時頃、見張台上に立つ信号兵が前方の水平線にかすかに黒煙の上るのを望見し、そのうちにマストと煙突も見えてきた。

艦隊の乗組員たちは、歓声をあげ、甲板上にとび出して水平線上に眼を向け、士官たちは、艦橋で望遠鏡を奪い合うようにして艦影を凝視した。

艦影は次々に現われ、一団となって接近してくる。

ロジェストヴェンスキー中将は、艦隊の航進を停止させ、ネボガトフ艦隊に対し、

「航海ノ成功ヲ祝シ、且《か》ツ喜ブ」

という信号をかかげさせた。と同時に、両艦隊の諸艦艇の間にも、祝賀の信号旗が相ついで掲揚された。

単縦列で進んできたネボガトフ艦隊の全艦船は、右舷《うげん》方向を逆航すると、最後尾の艦の後方を迂回《うかい》し、ロシア第二太平洋艦隊と並んだ。と同時に、合流成った両艦隊の全艦船上に、

「ウラー、ウラー」

の叫び声が、激浪のように巻き起った。

海は、熱帯の陽光にまばゆく輝いていた。歓声は、いつまでたってもやまない。

そのうちに、旗艦「クニャージ・スヴォーロフ」の甲板上に整列した軍楽隊が、国歌を吹奏しはじめた。ウラーを唱和する声が、さらにたかまった。

ネボガトフ艦隊と合流したロシア第二太平洋艦隊は、軍艦三十七隻《せき》、特務船十三隻にふくれ上り、その他サイゴンからの雇い入れ船数隻も加わり、各艦船から吐き出される

黒煙は付近の海上一帯に流れた。

やがて、戦艦「ニコライ一世」から汽艇がおろされた。艇上には、肥満した体軀《たいく》を軍服に包んだネボガトフ少将の姿がみえた。

汽艇は、白波を立ててロシア第二太平洋艦隊旗艦「クニャージ・スヴォーロフ」に近づいてくる。その光景に、両艦隊の乗組員の歓声が海上を圧した。

旗艦の舷側についた艇から、白毛まじりの顎鬚《あごひげ》をつけた少将がタラップをふんで上ってきた。そして、甲板上に待っていたロジェストヴェンスキー司令長官に挙手の礼をとると、互いに体を抱き、接吻《せっぷん》し合った。

歓喜の声は、両長官の体をつつみ、軍楽隊の奏《かな》でる旋律が海上の空気をふるわせた。ロジェストヴェンスキー司令長官は、長い航海をつづけてきたネボガトフ少将をねぎらい、互いに合流できたことを祝し合った。

同司令長官は、ネボガトフ少将と両艦隊の幕僚を艦内に招じ入れ、祝賀の宴がはられ、シャンペンが音をたててあけられた。かれらは、杯を手に立ち上ると、

「皇帝陛下、ウラー。ロシア第二太平洋艦隊、ウラー」

と、声をあげてシャンペンを飲み干した。

その席で、ネボガトフ少将から、二月十五日に本国を出発して以後の航行状況が報告された。

ネボガトフ艦隊は、艦船の故障もなく順調に航行をつづけた。士気もきわめて旺盛《おうせい》で軍規は厳正に保たれ、途中、実弾発射等の訓練もくり返した。しかし、ロシア第二太平洋艦隊がマダガスカル島ノーシベー湾を出港後、消息を絶ったので、ネボガトフ少将は、単独でウラジオストック軍港におもむくことも考慮したという。

艦隊は、インド洋を横断、五月一日にはマラッカ海峡に入り、五月五日午前二時頃、シンガポール市街の灯を見ながら、沖合を通過した。

その日の午後一時頃、航路上に一隻の汽艇を発見、艇上でしきりにハンカチをふる人影を見た。それは、シンガポール駐在のロシア領事の代理人であった。代理人は、領事の依頼を受けて、二日間、海上を漂いながらネボガトフ艦隊の通過を待っていたという。代理人は、本国の海軍大臣からの電報を持っていた。

電報は、ネボガトフ少将にとって、その後の行動を指示する重要な内容をふくんでいた。電文内容は、次のようなものであった。

「ロジェストヴェンスキー中将ハ、全艦隊ヲ率イテ無事マラッカ海峡ヲ通過シ、四月二十二日サイゴン北東カムラン湾ニ入港セリ。但《ただ》シ、同湾ヲ出港後、現在位置ハ不明。モシ貴官がロジェストヴェンスキー中将ノ艦隊ニ合同スルコトガ出来ヌ場合ハ、単独デウラジオストック軍港へ直航スベシトイウ皇帝陛下ノ御許可ヲ得テイル。ソノ際ハ、宗谷海峡ヲ通過スル方ガ望マシイ。満州デノ戦況ハ、変化ナシ」

この電文にもとづいて同少将は、とりあえず艦隊をひきいてカムラン湾にむかい、五月九日早朝、同湾に接近した。が、湾内にロジェストヴェンスキー艦隊の艦船を発見することはできなかった。やむなく艦隊は、その地に碇泊していたが、正午すぎに遠方で二艦が互いにロシア語で交信する不明瞭《ふめいりよう》な無線電信をキャッチした。

ネボガトフ少将は、最も強力な受信機をもつ巡洋艦「ウラジーミル・モノマフ」を出動させ、遂《つい》に旗艦「クニャージ・スヴォーロフ」との交信に成功したという。

同少将の報告に、ロジェストヴェンスキー中将以下幕僚たちは、再び両艦隊の合流を祝して杯をあげた。

やがて、ネボガトフ少将は、旗艦「クニャージ・スヴォーロフ」をはなれ、戦艦「ニコライ一世」にもどって行った。

その日、ネボガトフ艦隊は、ロシア第二太平洋艦隊に編入され、艦隊編制もすべて終了した。

ロジェストヴェンスキー艦隊とネボガトフ艦隊の乗組員の態度は、対照的であった。ロジェストヴェンスキー艦隊の乗組員たちの士気は沈滞していて、一カ月にわたり仏領インドシナ沿岸をさ迷ったことに退屈し、いつのまにか、日本艦隊と戦っても敗北を喫するのではないかという不安におそわれるようになっていた。

士官たちの顔にも生気が失われていたが、それは、多分にロジェストヴェンスキー中将の特異な性格に大きな影響をうけていたからでもあった。同中将は、完全な秘密主義に徹していて、ウラジオストック軍港におもむく航路についても、朝鮮、津軽、宗谷の三海峡のどのコースをたどるか幕僚会議を開くこともしない。かれは、ただ命令を発するだけで、幕僚たちの意見をきくようなことはしなかった。

このような同中将の態度に、司令部員たちは快活さを失い、かれらの顔には沈鬱《ちんうつ》な表情が濃くにじみ出ていた。

それとは対照的に、ネボガトフ艦隊乗組員の士気は、きわめて旺盛だった。艦隊司令長官ネボガトフ少将は豪放な性格で、些細《ささい》なことは気にかけない。そのため、部下はかれに親愛感をいだき、人の和が保たれていた。

ネボガトフ艦隊の乗組員たちの明るい表情は、ロジェストヴェンスキー艦隊の乗組員たちに好ましい影響をあたえた。かれらは自信を恢復《かいふく》し、日本艦隊との決戦に勝利を得るにちがいないと確信するようになった。

ロジェストヴェンスキー中将も、ネボガトフ艦隊との合流に満足していた。ネボガトフ艦隊の艦艇は完全に整備されていて、戦艦「ニコライ一世」以下各艦乗組員の士気もきわめて高い。そのような同艦隊の戦力の参加によって、ロジェストヴェンスキー中将は、目前に迫る大決戦に有利な戦いを展開することができると判断した。

その日、ロジェストヴェンスキー司令長官は、全艦隊乗組員に対して訓示を発した。

「今や、ネボガトフ少将の率いる艦隊の合同を得て、わがロシア艦隊の勢力は、敵と匹敵するどころか戦艦の隻数ではわが方がはるかに優勢となった。しかし、日本艦隊は、わが艦隊よりも実戦の経験をつみ、砲撃術もすぐれていると思われる。このことを決して忘れてはならぬ。もしも日本艦隊が先制攻撃をおこなってきても、冷静さを失わず照準を定めて砲撃を開始すべきである。これを確実に実行すれば、わが艦隊の勝利は不動のものになる。

日本人は、皇室と国家に対して忠誠心がすこぶる強いと言われている。また、不名誉を最も恥とし、それを避けるためには死を選ぶ勇壮な国民である。しかし、われらにも皇帝陛下がおられる。本国を出発して以来、現在まで無事に航海できたのは、常に神がわれらをお守り下されたからである。神は、われらとともにある。

わがロシアは、開戦以来、日本陸・海軍によって不運な敗北を続けてきた。われらは、この祖国の恥辱を鮮血をもってそそぐべきである」

この訓示は、全艦隊乗組員に感動をあたえた。かれらは、東洋の小国である日本にロシア魂の激しさをぶつけてやる、と互いに誓い合った。

合流したロシア艦隊は、針路を北東にとり、午後七時までに戦艦を除く艦船をクアベ湾に入港させた。クアベ湾は、フランス官憲に発見されるおそれのない碇泊地として、あらかじめ「ルーシー」を派遣して調査させていた湾で、その地で最後の決戦準備をおこなう予定であったのである。

艦隊は、四昼夜、クアベ湾の内外に碇泊した。その間、諸艦は機械、機関の検査と整備をおこない、運送船から石炭をはじめ食糧、器材等の積込みにつとめた。

ロジェストヴェンスキー司令長官は、出撃を前に、

「ワガ艦隊ハ、ネボガトフ隊ト合同セリ。フェリケルザム少将ハ、病臥《びょうが》シテ四週間経過シタガ、起床不可能トナリ、益々容体ハ悪化ノ一途ヲタドッテイル。

私ノ健康状態モ芳《かんば》シクナク、殊《こと》ニ歩行ガ困難デ、甲板ヲ一周スルコトモ容易デハナイ。健康ヲ損ネタ私ニハ、ウラジオストック軍港ニ到着後、艦隊ノ指揮ヲトル自信ガナイ。コノヨウナ状態ナノデ、ウラジオストック軍港ニ、予《あらかじ》メ私ノ後任者ヲ派遣シテオイテイタダキタイ。

シカシ私ハ、ウラジオストック軍港ニ到着スルマデハ、艦隊指揮官トシテ倒レルマデ任務ヲ遂行スル覚悟デアル」

という電文を本国に発した。

その間にも、クアベ湾の内外では、最後の出撃を前に石炭積込み作業が活潑《かっぱつ》につづけられた。

各艦は、石炭でふくれ上った。砲塔の周囲、兵員の衣料品置場、起臥《きが》甲板をはじめ、士官室から艦長室にいたるまで足の踏み場もないほど石炭の俵が積み上げられた。が、

湾外にある戦艦群は波浪にもまれて石炭搭載ができず、ロジェストヴェンスキー司令長官は戦艦をひきいてホンコーへ湾に入港、同湾内で夜を徹して石炭積込み作業をおこなわせた。

そのようなロシア艦隊の動きに対して、フランス官憲は、中立国違反になることを恐れ、またも厳重な退去要求をつきつけてきた。ロジェストヴェンスキー司令長官は、これに対して、

「全艦艇の整備が終了次第、余は、全艦隊をひきいて出動する」

と、回答した。

出撃の時は迫った。全艦隊は石炭を十分に積込み、整備も完全に終了した。各艦では、夜になると指揮者が乗組員を集めて、士気をたかめるための講話をおこなった。皇帝と祖国に対して忠誠心をふるい立たせるような幻灯を映写したり、絵画を観させたりした。兵たちは、真剣な眼をして話に耳をかたむけ、画像を見つめていた。

明治三十八年五月十四日の夜が明けはじめた。

ロジェストヴェンスキー司令長官は、全艦隊に対し、

「出発！」

と、命じ、湾外に碇泊している旗艦「クニャージ・スヴォーロフ」に坐乗し、ホンコーへ湾内より出港してくる艦船の群れを見つめていた。

……時刻は午前五時。天候は快晴だった。

午前九時頃、艦隊の陣列は全く整った。総隻数は五十隻。その内訳は、軍艦旗をかかぐるもの三十七隻、国旗をかかぐる特務船十三隻という大陣容だった。

十

各艦船のマストには十字旗がひるがえり、煙突からは濛々《もうもう》と黒煙が吐かれていた。

午前九時二十分、艦隊は、針路を北にさだめ八ノットの速力で航進を開始した。ロシア本国を出港以来七カ月をへて、ロシア第二太平洋艦隊は、遂《つい》に日本近海にむけて出撃したのだ。

ロジェストヴェンスキー中将は戦艦「クニャージ・スヴォーロフ」に、フェリケルザム少将は戦艦「オスラビヤ」に、ネボガトフ少将は戦艦「ニコライ一世」に、エンクウイスト少将は巡洋艦「オレーグ」にそれぞれ坐乗、将旗がそれら各艦に掲げられていた。

艦隊の前方には、巡洋艦によって成る偵察《ていさつ》隊が二列縦陣をとって航進し、その後方に戦艦群を中心とした各艦船が同じく二列縦陣で続航してゆく。空は晴れ、海は輝いていた。

午前十一時四十分、艦隊は、北七二度東に転針し速力を九ノットに増加した。艦隊は、台湾に針路を定めた。

艦隊にとって最も重要な課題は、朝鮮、津軽、宗谷の三海峡のうちいずれの航路をえらんでウラジオストック軍港に到着するかであった。艦隊司令部内では、日本艦隊が朝鮮海峡に集結して待ちかまえているにちがいないと判断していた。その中に艦隊が突き進んでゆくことは、日本艦隊の全戦力と激突することを意味している。

ロシア艦隊とすれば、日本艦隊の戦力を分散させ、各個に撃破する方法をとることが望ましかった。そのためには、朝鮮海峡を避けて遠く太平洋上に進出し、津軽または宗谷海峡を通過する航路をとる方が有利だった。

太平洋を迂回《うかい》することは多量の石炭を必要とするが、各艦船には、それを可能とさせるだけの十分な量の石炭が積込まれている。洋上での石炭積込みは困難だが、台湾西方にある澎湖《ほうこ》諸島か太平洋上の小笠原諸島を占領して、その湾内で補給することも考えられた。

さらに、これらの島々を仮の根拠地として、日本の沿岸を威嚇《いかく》すれば、東郷平八郎大将指揮の日本艦隊は、朝鮮海峡をはなれて太平洋上に出動してこなければならなくなる。それを待ちかまえて包囲すれば、ロシア艦隊は、優勢に戦闘をおこなうことができる。

また、それらの島々を基地にして長期戦に巻きこみ、日本へむかう欧米各国の輸送船を阻止すれば、日本の軍需物資は枯渇する。そして、ウラジオストック軍港から巡洋艦が出撃すれば、日本から朝鮮への兵員、物資の輸送も杜絶《とぜつ》する。つまり、日本艦隊の戦力は四分五裂となるのだ。

太平洋上に進出する方法をとれば、東郷平八郎大将は、津軽海峡と宗谷海峡に艦隊を二分しなければならなくなるだろう。しかも、その両海峡は濃霧のたちこめる日が多く、ロシア艦隊は、その霧の壁につつまれて無事に通過することができるはずだった。

ロシア艦隊にとって、朝鮮海峡を通過することは、むろん、ウラジオストック軍港におもむく最短コースであったが、司令部員たちは、ロジェストヴェンスキー司令長官が朝鮮海峡突破を避けて太平洋上を迂回し、津軽、宗谷のいずれかの海峡を通過するコースをえらぶだろうと推測していた。

しかし、ロジェストヴェンスキー司令長官は、それに関して完全な沈黙を守っていた。かれは、部下の意見をきくこともなく、長官室にひきこもって、一人でひそかにウラジオストック軍港までの航路について真剣な研究をおこなっていた。かれは、他人の言に耳をかすことはせず、自分一個の判断ですべてを決断すべきだと考えていた。それが、司令長官として戦闘に臨む姿勢だと信じていた。かれは、自分の頭脳と提督としての兵術思想に強い自信をいだいていた。

仏領インドシナのクアベ湾を出港した時、かれの意志はすでに決定していた。それは、朝鮮海峡を突破する最短航路を航進することであった。

かれは、むろん、太平洋上に出て津軽または宗谷海峡を通過する方が危険の少いことを十分に知っていた。そして、津軽、宗谷両海峡を通過する場合について、さまざまな要素を基礎にその是非を検討した。

津軽海峡通過案だが、かれは、日本の新聞が同海峡に多数の機雷を敷設したとしきりに書きたてているという情報を得ていた。それは、なんとなく日本海軍の宣伝のように思えたが、その可能性も十分考えられるので、無視することはできなかった。

それに、ロシア艦隊は速力がおそく、もしも太平洋上を津軽海峡方面にむかって進んだ折には、速度の速い日本艦隊が朝鮮海峡から日本海を北上し津軽海峡に先廻りして待ちかまえるにちがいない。そのような可能性を考え合せると、わざわざ太平洋上を迂回する意味はなくなる。

また、北海道、樺太間の宗谷海峡を通過する方法についても、ロジェストヴェンスキー司令長官は消極的だった。

同海峡は、五月になると海上一帯に濃霧が発生する。そうした気象条件は、日本艦隊の眼をくらますのに有利だが、逆に五十隻《せき》にもおよぶロシア艦隊の一部が行方不明になったり、艦同士の衝突事故を起すおそれもある。もしも、そのような不祥事が起れば、石炭の量に限度があるだけに、航行不能におちいって日本海軍に捕獲されることにもなる。

このような事情を綜合的《そうごう》に検討した結果、ロジェストヴェンスキー司令長官は、津軽、宗谷両海峡を通過する案を完全に捨て、朝鮮海峡を通過する最短コースをとることに決したのである。

ロジェストヴェンスキー司令長官は、朝鮮海峡に日本海軍の全戦力が待ちかまえているにちがいないと覚悟した。また、司令部員の大半が日本艦隊との全面衝突の危険を避けるべきだと考えていることも知っていた。しかし、かれは、自らの指揮するロシア艦隊の戦力が日本艦隊のそれをしのいでいるという確信をいだいていた。かれにとって、日本艦隊との大決戦はむしろ望むところであった。その強い自信が、かれに朝鮮海峡突破のかたい決意をいだかせたのである。

ロジェストヴェンスキー司令長官は、朝鮮海峡突破計画を限られた幕僚と各戦隊の司令官のみにしかつたえなかった。しかも、その決定は口外することをかたく禁じたので、各艦の艦長すら艦隊の進路についてはなにも知らされていなかった。

クアベ湾を出撃した艦隊は、一団となって進んだ。

ロジェストヴェンスキー司令長官の最大の関心事は、事前に発見されずひそかに朝鮮海峡へ接近することであった。そのため、日本艦隊に傍受されることを恐れて、無線電信を発することを厳禁し、信号と報告は、すべて信号旗か手旗または発光信号によるよう命令した。

出撃後三日目の正午に、巡洋艦「ドミトリー・ドンスコイ」から潜水艦の潜望鏡らしきものを発見したと報告してきたが、それは、前に進んでゆく艦から海中に投げ捨てた浮遊物を誤認したことが判明、洋上に一隻の船影もみえなかった。

翌々日の五月十八日、艦隊は、周囲に厳重な警戒をはらいながら洋上での石炭補給をおこない、午後四時四十分、針路を北七二度東にとると八ノット半の速力で再び航進を開始した。

ロジェストヴェンスキー司令長官は、航路上に船影があらわれるのを最も恐れた。その船の国籍がどこであろうと、船の乗員はロシア艦隊を目撃したことを口にし、それをただちに日本海軍につたえるだろう。幸い航路上に船影はあらわれなかったが、その夜、十時四十五分、南方水平線上に火光の明滅するのが望見され、しかも、その灯は約五千メートルの距離で艦隊と並行して動いてくる。

ロジェストヴェンスキー司令長官は、火光信号で巡洋艦「オレーグ」に調査を命じ、「オレーグ」は、隊列をはなれて同船に探海灯を浴びせ、空砲を発して停船させた。そして、士官二名が水兵九名を連れて乗船し、臨検した。

やがて、臨検士官は拡声器で、船が日本にむかうイギリス船「オールドハミヤ号」で、多量の石油を積んでいるのに、船積証書をもっていない、と報告した。

艦隊司令部では、同船が日本海軍の要請でロシア艦隊の発見につとめている疑いが濃く、そのまま釈放することは艦隊行動の洩《も》れるおそれがあると判断し、「オレーグ」艦長に、士官一名、水兵三名を乗船させて艦隊に続航してくるように命じた。「オレーグ」では、その指示にしたがって、乗船させた士官を船長として指揮をとらせ、同船を「オレーグ」の後から進ませた。

翌早朝、再び南方に一隻の船影があらわれ、ただちに巡洋艦「ジェムチュグ」が接近、武装した士官一名と水兵四名が臨検した。その船は、ノルウェー船「オスカル二世号」で、マニラから日本へむかう途中で荷物は積んでいなかった。そして、証書類もすべてととのえられ、不審な点がなかったので釈放した。

しかし、ロジェストヴェンスキー司令長官は、同船を釈放したことを悔いた。かれは、その船の乗組員がロシア艦隊の位置と編制を日本海軍につたえるにちがいないと思ったのだ。

ノルウェー船の臨検と釈放につづいて、イギリス船「オールドハミヤ号」の再調査のため停止していたロシア第二太平洋艦隊は、その日（五月十九日）午前十時十五分、微速力で航進を再開した。

そのうちに、「オールドハミヤ号」に乗っていた士官から、

「船員ノ一人ガ、船艙《せんそう》内ノ石油箱ノ下ニ砲ヲ隠シアルコトヲ告白ス」

と、報告してきた。

狼狽《ろうばい》した司令部では、三度目の臨検を実施させた結果、石油箱は十五万個もあるのでその下から砲を発見することは不可能だったが、船積証書もなく船長の弁明もはなはだ要領を得ないので、船を積荷とともに押収することに決定した。そして、船長以下船員を、巡洋艦「オレーグ」と仮装巡洋艦「ドネープル」の二艦に移乗させ、軟禁した。

その際、船員がロシア士官たちの眼をぬすんで機関室のキングストン弁をひらいたため、船は浸水しはじめたが、ロシア水兵が素早くそれを発見して弁を閉じ、辛《かろ》うじて船の沈没を防ぐことができた。

ロジェストヴェンスキー司令長官は、「オールドハミヤ号」を艦隊内に吸収させたが、同船には石炭が乏しく、同行させるには石炭を供給しなくてはならなかった。艦隊にとっては荷厄介なものを背負いこんだわけだが、行動の秘密を守るためにはやむを得ぬ処置だった。

しかし、ロジェストヴェンスキー司令長官は、このイギリス船を巧みに利用することを思いついた。

かれは、朝鮮海峡進入をひかえて巧妙な戦術計画を立てていた。それは、艦隊の一部をさいて四国、九州沖合に進出させることであった。それらの艦艇によって、日本商船を撃沈し、外国商船を臨検させれば、日本海軍首脳部は、ロシア艦隊が太平洋を迂回、津軽または宗谷海峡を通過するコースをとると推測し、東郷艦隊も太平洋上に出撃してくることが予想された。そして、東郷艦隊が朝鮮海峡をはなれたすきをついて、ロジェストヴェンスキー司令長官は、同海峡を突破しようと考えたのだ。かれは、その計画を実行に移す機会がきたと判断し、仮装巡洋艦「クバン」(一二、〇〇〇トン)に対し、捕獲したイギリス船「オールドハミヤ号」を伴なって日本の太平洋沿岸に進出し、宗谷海峡をへてウラジオストック軍港にむかうよう命令を発した。それにもとづいて、「クバン」は、「オールドハミヤ号」とともに艦隊からはなれていった。

五月二十日午前四時二十五分、艦隊は北五〇度東に転針し、フィリッピンと台湾の中間にあるバタン諸島付近を通過、太平洋上に出た。そして、翌二十一日には、台湾の東方洋上を北上しつづけた。

艦隊は、日本近海にむかって接近してゆく。幸いにも航路上に船影はあらわれず、台湾は後方に去った。

五月二十二日午前五時、艦隊は、宮古島と沖縄諸島の間にある海峡にむかって針路を定めた。

その日は、未明から暴風雨になった。マストに掲揚された軍艦旗は、激しい風にあおられて音をたててはためいていた。

ロジェストヴェンスキー中将は、仮装巡洋艦「クバン」、捕獲船「オールドハミヤ号」の太平洋上への進出についで、陽動作戦の徹底を期するため、仮装巡洋艦「テレク」

「貴艦ハ、艦隊トハナレ、日本ノ四国南方一〇〇浬《かいり》及ビ二〇〇浬ノ洋上ニ進出シ、日本商船及ビ外国商船ヲ撃沈又ハ臨検スベシ」

と、命じ、ただちに「テレク」は、最大速力一九ノットの高速を利して北東方向に舳《へさき》を向け、水平線下に没していった。

この作戦計画によって、九州から四国の沖合に仮装巡洋艦二隻と捕獲商船一隻を出動させたわけだが、それは、東郷司令長官指揮の日本艦隊をその方面におびき出すための戦術だった。

ロシア第二太平洋艦隊は、平均速力八ノットで北上をつづけた。航路上に船影はなく、正午には宮古島と沖縄諸島の間の海峡を無事通過した。

夕方になって、海は凪《な》いだ。

その頃から、急に気温の低下がいちじるしくなった。ロシア本国を出航以来、熱帯地方を通過してきた艦隊乗組員にとって、数カ月ぶりにふれる快い冷気だった。が、ロジエストヴェンスキー司令長官は、急激な気温の変化が乗組員の体に悪影響をあたえることを恐れ、信号をもって、甲板上に勤務する乗組員にフランネルの下着をつけるよう指示した。

その夜は漆黒の闇夜《やみよ》で、艦隊はひっそりと航進をつづけ、五月二十三日の朝を迎えた。

艦隊は、東シナ海に入り、沖縄諸島の西方海上に到達した。

午前五時、司令長官は、艦隊を停止させて石炭積込み作業をおこなうよう命じた。

この命令は、一部の艦隊首脳部をのぞく各艦長以下乗組員たちに一つの反応をあたえた。

かれらは、艦隊がどのコースをたどってウラジオストック軍港におもむくのか知らされていなかった。各艦船には、太平洋に出て津軽、宗谷両海峡のいずれかを通過するのに十分な石炭が積みこまれている。それなのに、さらに多量の石炭を積みこむことは、太平洋上を遠く迂回することをしめすもので、司令長官が、朝鮮海峡通過のコースをとる意志が全くないものと想像した。

各艦では必死に石炭積込み作業をおこない、午後三時三十分に作業は終了した。その直後、ロジェストヴェンスキー中将は、最後の命令を全艦隊に対して発した。

「戦闘準備ヲ完了セヨ」

という指令にはじまって、ロジェストヴェンスキー司令長官は、海戦が開始された後に、もしも旗艦「クニャージ・スヴォーロフ」が損傷を受けた折には、戦艦「アレクサンドル三世」の指揮に従うべし……などと、詳細な訓令を発した。

しかし、その訓令は、各艦艇の乗組員をいぶかしがらせた。

艦隊が太平洋上に進出するのなら、海戦にはまだ十分な時間的余裕があるはずなのに、なぜ「戦闘準備ヲ完了セヨ」などという緊迫した命令を発したのか。乗組員たちは、司令長官の訓示が、日本艦艇との接触が近づいていることを警告したものにすぎないのだろうと解釈した。そして、艦隊が太平洋方面へむかわず、北西に針路を定めたことも、日本艦隊をあざむくための陽動作戦だろうと推察した。

しかし、旗艦「クニャージ・スヴォーロフ」のマストには、しきりに信号旗があげられ、命令がひんぱんに発せられる。航進を開始した午後三時半から五時までの一時間半に、旗艦にかかげられた信号は、実に五十回にもおよんだ。

その異常な信号旗の掲揚回数に、ようやく全艦隊乗組員は、日本艦隊との大決戦が目前にせまっていることをはっきりとさとった。

その夜、ロジェストヴェンスキー司令長官のもとに悲報が寄せられた。四月十六日に脳溢血《のういっけつ》で倒れ病臥《びょうが》していたフェリケルザム少将が死亡したというのだ。

同少将は、艦隊の第二戦艦戦隊司令官としてロジェストヴェンスキー中将の最大の協力者であった。その少将を海戦目前の重大な時機に失ったことは、ロジェストヴェンスキー司令長官にとって痛手であった。

ロジェストヴェンスキー司令長官は悲嘆にくれたが、同少将の死が艦隊乗組員の士気に悪影響をあたえることを恐れ、フェリケルザム少将の死を極秘扱いとして、各戦隊司令官、各艦長にすら通知しなかった。そして、戦艦「オスラビヤ」にひるがえる同少将の将旗もマストからおろさせず、ひそかに同艦艦長ベルー大佐を第二戦艦戦隊司令官に任命した。

その夜以後、ロジェストヴェンスキー司令長官は、全艦隊に対して発光信号の禁止を命じた。夜間に日本艦艇から発見されることをおそれたための処置で、わずかに艦の舷《げん》側《そく》と艦尾に淡い灯火をともすことを許可しただけで、艦隊は、濃い闇の中をひっそりと北上をつづけていった。

翌五月二十四日午前六時、哨戒《しょうかい》にあたる巡洋艦「ドミトリー・ドンスコイ」が、南東の水平線上に黒煙の立ち昇っているのを発見した。南方に向って通過するイギリス商船であったが、そのまま通過を黙視した。日本艦隊との接触はせまっているし、商船を臨検するゆとりはなかった。

翌五月二十五日午前八時、「ヤロスラヴリ」をふくむ六隻の運送船が、仮装巡洋艦「ドネープル」「リオン」の二隻とともに艦隊をはなれていった。それらの運送船は石炭運搬の任務を終え、戦闘行動の足手まといになるので仮装巡洋艦によって上海《シャンハイ》に送られたのだが、二隻の巡洋艦は、途中で運送船と別れた後に、黄海方面で行動するよう命じられていた。その行動も、ロシア艦隊が黄海方面に行動中であるかのように装《よそお》って、東郷司令長官の判断をかき乱そうとする陽動作戦であった。

十一

五月中旬、大本営海軍部に緊急電報が入った。その電文は、

「ネボガトフ艦隊ト合同セシ敵艦隊ハ、本月十四日ホンコーヘ湾ヲ出動、東方海上ニムカイタリ」

という内容だった。

日本海軍首脳部は、遂《つい》にロジェストヴェンスキー司令長官指揮の大艦隊が出撃したことを知った。

その報は、ただちに朝鮮海峡鎮海湾にある連合艦隊司令長官東郷平八郎大将のもとにつたえられた。

東郷は、インドシナ沿岸から朝鮮海峡までの距離が約二、〇〇〇浬《かいり》、艦隊速力を一〇ノットとすれば、五月二十二日までにはロシア艦隊が朝鮮海峡近くに到達するはずであると推定した。

東郷は、片岡中将指揮の第三艦隊に敵艦隊出撃を告げ、一層、哨戒《しょうかい》を厳にすることを命じた。

ロシア艦隊のホンコーヘ湾出撃の報は、新聞や号外で日本全国につたえられていった。

そのニュースを知った国民の反応は、一言で言えば恐怖であった。日本海軍は、開戦以来連勝をつづけているが、来航するロシア艦隊は、ロシアの総力を投入した巨大な規模であるという。日本国民にとって、ロシアはヨーロッパの先進国であり、広大な領土と豊かな人口と工業力をもつ世界の大国である。その強国が七カ月の航海を費して派遣してきたロシア艦隊は、日本海軍の到底対抗できぬ強大な力をもつものに思えた。

一般庶民のみではなく軍の首脳者や政財界の者たちも、激しい不安に駆られていた。ロシア本国から途中一隻《せき》の軍艦も失わず東洋に到達したことを考えただけでも、ロシア艦隊の力は並々ならぬものがあると想像され、ひとたび海戦が起れば、日本艦隊は全滅の憂《う》き目にあうことは必至と思われた。

その頃、一年余にわたる戦争で日本の経済力は破滅寸前に追いこまれていた。貿易は益々衰退し株価は下落する一方で、さらに、物価の暴騰《ぼうとう》によって庶民の生活は一層困窮し、経済界は大恐慌《だいきょうこう》を呈していた。そのような状態の中で、ロシア大艦隊の接近を知った庶民は、平静さを失い激しい不安をいだいていた。

目前にせまった日露両艦隊の激突は、全世界の最大関心事にもなっていた。

四月二十二日には、アメリカの雑誌「サイエンティフィック・アメリカン」が、「ロジェストヴェンスキー提督の使命と、その勝敗の予測」と題する論文を発表していた。「今やロジェストヴェンスキー中将は、一身をもってロシアの運命をになっているといってよい。ロシアが制海権を奪い返して戦局を逆転できるか否《いな》かは、一に同提督の今後の行動による」

という書き出しのもとに、勝敗の予測について科学的な論調を展開し、

「日露戦争の勝敗の定まる時期は、目前に迫っている。

今日までの経過をみると、東洋に威容をほこっていたロシア海軍力は日本海軍によって潰滅《かいめつ》され、わずかにウラジオストック軍港に三隻の軍艦が残されているのみになっている。また、強大な戦力をほこったロシア陸軍も、すぐれた司令官と最新式の兵器を装備した百万の大軍を擁しながら、日本陸軍の果敢な攻撃を受けて大敗北をこうむっている。

しかし、ロシアはなおも屈服せず、最後の手段としてロジェストヴェンスキー中将に命じ、多数の軍艦を率いて東洋にむかわせた。そして、ロシア艦隊は、今まさに東郷大将指揮の日本艦隊と激しい砲火を交えようとしている。その勝利は、果していずれの艦隊に輝くか」

と述べ、海戦予想を分析している。

まず、ロジェストヴェンスキー中将が大艦隊をひきいて一八、〇〇〇浬の大航海に成功し、日本艦隊に決戦をいどもうとしている勇気を激賞し、両艦隊の戦力比較を試みている。

戦艦については、ロシア側が日本側に倍する隻数をもち、しかも海戦の運命を決するのが主として戦艦であることから、ロシア側優勢と判断している。そして、ロシア艦隊の戦艦の性能について一般的に老朽艦が多いという風説を否定し、

「その風説は、甚だ事実に反するものである。同艦隊に属する戦艦中クニャージ・スヴォーロフ、アレクサンドル三世、ボロジノ、オリョールの四隻は、ツェザレヴィチ型戦艦に改良を加えた世界最新鋭の戦艦である。ツェザレヴィチが、昨年八月十日黄海海戦で日本の戦艦から集中砲火を浴びながら、防禦《ぼうぎょ》がきわめて堅固で追及をのがれることができたことは記憶に新しい。

その改良型であるクニャージ・スヴォーロフをはじめ四隻の戦艦が、ツェザレヴィチより一層猛烈な攻撃にも対抗でき、砲火をもってこれを撃沈することは至難である。

このような艦隊規模からみると、勝利はロシア艦隊が手中にし、日本艦隊は潰滅するものと予想される。

しかし、観点を変えて乗組員の質からみると、日本艦隊の乗組員は、多くの海戦を経験した歴戦のつわ者たちであり、砲火の飛び交う中で平静に戦う勇気をもっている。それにくらべて、ロシア艦隊の乗組員は、長い航海中、射撃をはじめ多くの訓練をつづけてはきたが、実戦の経験がない。この点では、日本艦隊が有利である。

いずれにしても両艦隊の激突は、日露両国にとってすこぶる重大な意義をもっている。

もしも東郷艦隊が勝てば、日露戦争は日本の勝利として終り、日本は、一躍世界一流国に列する大国になるだろう。また、もしもロジェストヴェンスキー艦隊が勝利をおさめれば、ロシアは一挙に開戦以来の敗戦を逆転させて、終局的にロシアに勝利をもたらすだろう。

われわれは、この海戦の結果を大いに注目するものである」

と、結んでいた。

また、イギリスの雑誌「エンジニアリング」も、

「まさに開始されようとしている日露両艦隊の海戦は、歴史上かつてない大規模なものであり、世界の人々はこの海戦を今やおそしと待っている」

と述べ、ロシア艦隊が戦艦八隻、日本艦隊五隻（実際は四隻）であることを重視し、ロシア艦隊の優勢を予想している。そして、両艦隊が「全滅を期して戦おうとしている一大決戦」は、注目に価《あたい》する死闘である、と論評していた。

このような論文によってもあきらかなように、全世界の人々は日露両艦隊の間に開始される海戦を息をひそめて見守り、しかも、その予測は、戦艦数の多いロシア艦隊が絶対に有利だという意見が支配的であった。

このような東郷艦隊不利の声は、日本国内にもたかまっていて、一般人も政府、軍首脳者たちも、日本艦隊が全滅の憂き目にあうのではないかという激しい不安にとらわれ

ていた。

そうした中で、東郷司令長官は、朝鮮海峡にのぞむ鎮海湾の旗艦「三笠」にあって、鋭意、作戦計画を練っていた。

まず、敵情を探るのが先決だったが、ホンコーへ湾を出撃してからロシア艦隊の動きは全く不明で、「三笠」におかれた司令部に焦《あせ》りの色が濃かった。

司令部内には、

「ロシア艦隊は、ホンコーへ湾を出港後、海戦を断念しロシア本国へ引き返す途上にあり」

「ロシア艦隊は、台湾の澎湖島占領を企ておるものの如《ごと》し」

「ロシア艦隊の進路は、津軽海峡、または宗谷海峡と決定せり。その途中、東京湾を砲撃すること確実なり」

といった情報がぞくぞくと寄せられていたが、すべて不確定情報で、その出所も不明だった。

しかし、それらは、大半がロシア海軍省所属のロシア側諜報《ちょうほう》機関の謀略にもとづく偽装《ぎそう》情報であった。ロシア側は、ロジェストヴェンスキー中将指揮の艦隊が隠密裡《おんみつり》にホンコーへ湾を出撃して以来、総力をあげて怪情報の流布《るふ》につとめていた。その中心となっていたのは上海に本部を置く諜報機関で、密偵《みってい》を総動員して日本艦隊を苛立《いらだ》たせるような流言をさかんに発していた。

日本艦隊は、怪情報に包まれながら朝鮮海峡に集結したまま動かなかったが、それらの情報に神経を苛立たせて、司令部内には、ロシア艦隊の津軽または宗谷海峡通過を予測する声も高まった。そして、高級幕僚たちも、心痛の余り東郷司令長官に面会を申し込み、

「長官、敵はどの海峡を通ってウラジオストック軍港にむかうとお考えになっておられますか」

と、沈痛な表情で問うた。

東郷は無表情な顔をあげると、

「当海峡だ」

と、答えた。その声には、少しの迷いも感じられない平静さがにじみ出ていた。

幕僚たちは、淡々とした東郷の答えに立ちすくんだが、東郷の疑念をもたぬ穏やかな表情に、むしろ安堵《あんど》を感じてなにも言わず連れ立って長官室を辞した。

東郷は多くの情報を耳にしていたが、それらを冷静に整理し分析し、信頼性のうすいものであると判断していた。

そのうちに、ようやく信頼度の高い情報が入った。それは、ノルウェー船「オスカル二世号」のもたらしたもので、同船は、マニラから日本の口之津《くちのつ》にむかって航行中、五

月十九日午前九時頃、バタン島付近で北上中のロシア艦隊を目撃し、その折、ロシア艦から士官と水兵が乗りこんできて臨検を受けたが、その後釈放され口之津に入港してきたという。

その情報によって日本海軍首脳部は、ロシア艦隊が日本近海にむかって航進していることを確認した。また、「オスカル二世号」の船長の語るところによると、臨検したロシア海軍士官が、

「わが艦隊は、朝鮮海峡を通過してウラジオストック軍港におもむくのだ」

と、もらしたともいう。

この証言は、大本営海軍部、連合艦隊司令部内に激しい議論を沸騰《ふっとう》させた。迂闊《うかつ》にもロシア士官が艦隊の秘密をもらしたと考えれば、ロシア艦隊は朝鮮海峡を通過するコースをたどる。しかし、ロシア士官が、そのような重大なことを臨検した船の船長にもらすとは思えない。朝鮮海峡を通過するともらしたのは日本海軍をまどわす方策で、実は、津軽または宗谷海峡を通過しようとしているのかも知れない。

さらに、その裏を考えれば、ロシア艦隊が、津軽、宗谷両海峡にむかうようにみせかけて日本艦隊をその方面に移動させ、そのすきに、手薄になった朝鮮海峡を一気に突破しようと企てているとも推測された。

この点について、大本営と東郷司令長官の間に熱をおびた意見の交換がおこなわれた

が、結論として、ロシア艦隊は朝鮮海峡を通過するという初めの判断を変えぬことに決定した。しかし、津軽、宗谷海峡にむかう可能性も全くないとはいえぬので、ロシア艦隊が太平洋の日本東方に出現した折には、ただちに日本海を急速北上して、津軽または宗谷海峡でロシア艦隊を迎撃する案もひそかに立てられた。

五月二十四日の朝を迎えた。

日本海軍の推定では、ロシア艦隊が朝鮮海峡に出現する頃であるので、連合艦隊の哨戒は、一層厳重なものになった。

その日の正午頃、

「敵艦隊ラシキモノ朝鮮海峡ニ現ワレタリ」

という情報が入った。

司令部内に緊迫した空気が満ちた。東郷司令長官の推断が的中し、ロシア艦隊は朝鮮海峡通過を目ざして進んできている。

東郷は、ただちに全艦隊に対し出撃命令を発した。

各艦では出動準備に入り、湾内は、各艦から吐かれる黒煙におおわれた。そして、各艦艇は、旗艦「三笠」を先頭に湾外へ出撃した。と同時に、諸方面に警告が発せられ、門司港務部は一般船舶の西方への航行を禁止した。

しかし、その情報は、やがて味方艦を敵艦と錯覚した誤報であることが判明し、艦隊は再び鎮海湾にもどった。

その日、フランス政府はインドシナ沿岸の各港にロシア艦は一隻もなしと公表し、また、同沿岸を航行して香港に入港した一汽船も、艦影を見ずとつたえた。ロシア艦隊の行方は、依然として不明だった。

連合艦隊は厳重な哨戒網をはりめぐらして艦影の発見につとめたが、敵艦隊は現われず、日本海軍の推定をうらぎって太平洋方面にむかったのではないかとも想像された。

五月二十四日もなんの確実な情報もなく暮れたが、翌二十五日、三井物産上海支店長から、有力な情報が大本営海軍部に入った。それによると、ロシア仮装巡洋艦二隻に護衛された六隻の運送船が、同日午後二時半、上海沖に出現、巡洋艦は北東に去ったが、運送船のみが午後八時頃、同港に入港したという。これは、ロジェストヴェンスキー司令長官の陽動作戦の一つで、ロシア艦隊が同方面にあるかのようによそおって日本艦隊をおびきだそうとした策略だった。

しかし、東郷司令長官は、運送船の上海入港から全く異なった結論をひき出した。運送船は海戦の足手まといになり、さらに、石炭補給の任務をもつ運送船を上海に入港させたことは、ロシア艦隊が決戦を覚悟して、最短コースの朝鮮海峡を通過することを暗示していると単純に考えたのだ。

東郷は、自分の予測が確実に的中したと思った。そして、全艦隊に対し、敵艦隊が朝鮮海峡に接近していることをつたえ、出撃にそなえて待機するよう命じた。

東郷は、幕僚たちとともに綿密な作戦計画をたてていた。

まず、ロシア艦隊の艦隊規模については、左のようなものと推定された。

艦隊勢力は戦艦八、装甲巡洋艦三、装甲海防艦三、巡洋艦六、駆逐艦九、特務艦九、計三十八隻。このほかウラジオストック軍港に装甲巡洋艦二、巡洋艦一、水雷艇十二、計十五隻が健在である。

これに対して日本艦隊は、戦艦四、装甲巡洋艦八、装甲海防艦二、巡洋艦十六、駆逐艦二十一、計五十一隻で、戦艦隻数ではロシア側が圧倒的に優勢をしめしているが、巡洋艦以下は日本側が強力である。

この両艦隊の勢力を比較する上で重要な問題は、搭載されている砲の威力であった。概括的に考えてみると、一〇インチ砲以上では、日本側の十七門に対しロシア側は三十三門（内六門は旧式）と圧倒的優位に立っているが、八インチ砲と九インチ砲では日本側三十門、ロシア側八門、新式の六インチ砲では日本側八十門、ロシア側三十三門と中・小口径砲では日本側に利がみとめられた。

東郷は、この事実を分析した結果、遠距離での戦闘では、ロシア側の巨砲が大猛威をふるって、日本艦隊は潰滅《かいめつ》的打撃を受ける確率が高いと判断した。

もしも、勝機をつかめるとしたら、その方法はただ一つしかない。それは、勇をふるって接近戦をいどむことで、八インチ砲の有効射程内に迫れば、日本側が優位に立ち、さらに接近して六インチ砲の射程内に入れば、日本側がはるかに有利になる。しかも、日本の六インチ砲は発射速度が早く、ロシア側に多量の砲弾を放つことが可能だった。

射撃訓練は徹底的におこなったし、接近することに成功すれば、日本艦隊は優勢に戦闘を展開することができる。さらに、艦の速度もロシア側よりすぐれているので、急速に接近することも不可能ではなかった。

作戦計画は決定し、東郷は、ロシア艦隊の出現を待った。

日本艦隊が必死にロシア艦隊の動きをさぐっていた五月二十五日、ロシア艦隊は、上海東方海上を朝鮮海峡にむかってひそかに接近していた。

ロジェストヴェンスキー司令長官は、明朝になれば必ず日本艦隊と接触すると察し、戦艦、装甲巡洋艦には一二ノット、巡洋艦には一五ノットの速力を出せる準備をととのえるように命じた。

その日の夕方、旗艦「クニャージ・スヴォーロフ」の無線電信員からの報告で、ロシア艦隊司令部員たちの顔は紅潮した。電信員が、日本語による交信をとらえたというのだ。

ロジェストヴェンスキー司令長官は、全力をあげてその交信を追うように電信室に命令した。

日没がやってきた。闇《やみ》の中からは、断続的に交信される電信がつたわってくる。初めは混乱した電信だったが、次第にはっきりとし、平文の日本語であることが確実になった。近くに位置する艦と左方の遠い洋上に位置する日本軍艦の間で交信されていることもあきらかになった。……ロシア艦隊は、本国を出動以来、初めて日本艦艇の電信にふれたのだ。

強力な無線電信機をもつ仮装巡洋艦「ウラル」から信号が送られてきて、電波を発して日本の哨戒艦の交信をかき乱したらどうか、と申し出てきた。しかし、ロジェストヴエンスキー司令長官は、強い態度でその申し出を却下した。

第一、闇の海上をつたわってくる通信文が暗号でないことは、日本哨戒艦《しょうかい》がロシア艦隊を発見していないことをしめしている。もしも、その交信を妨害すれば、逆に日本哨戒艦にロシア艦隊の位置をさとられることになる。司令長官としては、あくまでも隠密裡に朝鮮海峡に近づきたかった。

さらに、翌二十六日の夜明け近くに、日本艦艇数隻の間で交される電信がキャッチされた。その電文の中には、「灯火十個」「大キナ星ノ如シ」という、意味は不明だったが、日本語がまじっていた。ロシア艦隊司令部では、それらの文句から艦隊が日本哨戒艦に発見されたのではないかと緊張したが、その後の交信にも緊迫感はなく、不安は薄らいだ。

ロジェストヴェンスキー司令長官は、午前九時、日本海軍の哨戒圏に突入したことを確認して、海戦直前の予備行動として演習をおこなうことを決意し、

「演習ヲ開始ス。敵ハ、ワガ艦隊ノ後方及ビ左方ニアリ」

という信号旗をかかげさせた。各戦隊では、それにしたがって艦隊運動をつづけた。

その日、海上は濃霧が立ちこめ、白い商船が航行してゆくのがかすかに見えたが、艦隊はそのまま見過し、正午には、九州の五島列島西方の済州島付近に達した。……朝鮮海峡は、眼前にせまった。

五月二十六日午後、ロシア艦隊は八ノットの速力で朝鮮海峡の中央にむかい、同四時四十分、旗艦「クニャージ・スヴォーロフ」の檣頭《しょうとう》高く、

「合戦準備ヲナセ」

の信号旗がひるがえった。

各艦では、ただちに戦闘準備に入った。まず、甲板上に砲弾の破片をふせぐため石炭袋その他で砲の周囲を防禦《ぼうぎょ》し、昇降口、扉、隔壁が木材で補強された。さらに、戦闘の障害物や可燃性の艤装《ぎそう》品、調度類等を海中に投げ捨てた艦もあり、全艦隊は、約二時間後に完全な戦闘準備をととのえた。

乗組員たちの顔は、紅潮していた。祖国ロシアを出発以来七カ月余を経て、ようやく日本艦隊と砲火を交える時が迫った。かれらは、大航海の苦労が大きかっただけに、必

ず日本艦隊を潰滅するという激しい意欲に燃えていた。

かれらは、祖国の栄誉のために死を覚悟していて、部屋にもどると黙々と私物を整理した。

その日の夕刻になると、遠方から日本艦艇の間に交される無線電信が再びとらえられた。ロジェストヴェンスキー司令長官は、試みに装甲海防艦「アドミラル・ゼニャーヴィン」に命じて妨害電波を流させ、日本艦艇の呼出符号を発信してみると、

「アキラカニ見ユ」

という応答があった。

なにが見えるのか、発見されたのではないか、と艦隊司令部員は動揺したが、それらの交信は簡単なもので、日本の哨戒艦が交信によって点呼をおこなっていることがあきらかになった。その交信の捕捉によって、日本艦艇が、まだロシア艦隊を発見していないことが確認できた。

日没後、各艦は、接近し合って一団となって進んだ。全くの闇夜で、海上には濃霧がたちこめている。甲板から高く屹立《きつりつ》する艦橋も見えぬほど濃い霧だった。

各艦では、砲のかたわらに砲員が配置につき、闇の海に眼を向けている。声を発する者はなく、各艦には深い静寂がひろがっていた。

ロジェストヴェンスキー司令長官は、旗艦「クニャージ・スヴォーロフ」の艦橋に立

ちつくしていた。夜は日本水雷艇から奇襲を受ける危険があったが、濃霧のため、そのおそれもなくなっている。かれは、無事にその夜をすごすことができるだろうと思った。なすべきことはすべてつくした、と、かれは思った。艦艇は十分に整備され、乗組員の戦意は異常なまでにたかめられている。かれに残されたことは、強力な八隻の戦艦を主力とした艦隊の総力をあげて、日本艦隊を全滅させることだけであった。

太平洋と黄海の両方面には、仮装巡洋艦四隻も出動させている。東郷艦隊は、その策略にひっかかって期待通り朝鮮海峡をはなれているかも知れない。

かれは、濃霧のたちこめた闇の海を見つめた。時計の針が、午前零時をまわった。

五月二十七日午前零時、五島列島の白瀬北西方の海上には、濃霧が立ちこめ波も荒かった。その海面には、仮装巡洋艦「亜米利加丸」「佐渡丸」「信濃丸」「満州丸」が白瀬の西方に、また、その東方には三等巡洋艦「秋津洲《あきつしま》」「和泉」が、それぞれ厳重な哨戒任務についていた。

哨戒艦「信濃丸」（六、三八七トン）は、闇夜の海上を北東にむかって進んでいたが、午前二時四十五分、北緯三三度一〇分東経一二八度一〇分の位置で、左舷《さげん》方向に東へむかって動く灯火を発見した。

艦長成川揆《なるかわはかる》大佐は、不審に思って、八戸三輪次郎航海長に灯火へむかって航進させるよう命じた。

慎重に接近しながら双眼鏡をむけると、灯火は、東に航行している汽船からもれているものであった。後檣に、白・赤・白の灯火をともしているのも認められた。

その時、たまたま霧の間から淡い月がのぞいた。「信濃丸」は、月を背にしているので船影を望見するのに甚だ都合が悪く、成川艦長は、速度をあげさせると汽船の後方をまわってその左方向に出た。

午前四時三十分頃、少しずつ近づいてみると、汽船の煙突が二本、マストが三本であることが確認できた。その形態から察するとロシア艦のように思え、しかも、それはロシア艦隊所属の仮装巡洋艦「ドネープル」に似てみえた。

「信濃丸」の艦橋には緊迫した空気がみなぎり、なおも濃霧の中を接近してゆくと、同船には大砲が装備されていないことが視認できた。それによって、「ドネープル」でないことは確認できたが、成川艦長は、ロシア艦隊に従って航行している病院船かも知れぬと判断した。

その時、同船から灯火の点滅がみえた。それは灯火信号で、同船が、接近してきた「信濃丸」を味方艦だと思いこんでいることはあきらかだった。

成川艦長は、もしもロシア病院船だとすれば、近くにロシア艦隊の艦艇がいるはずだと推定し、入念にあたりの海上をさぐった。しかし、夜はまだ明けきらず、その上、霧も濃いので、なにも発見することはできなかった。

成川は、判断に迷った。汽船はロシア船と思われるが、艦隊に所属したものではなく、ただ一隻で朝鮮海峡にむかって航行しているのかも知れない。敵艦隊の偵察《ていさつ》船か、それともロシア船以外の外国船か、いずれとも判断できなかった。

しかし、哨戒海域を進む同船の行動は不審なので、臨検する必要を感じ、短艇をおろして同船にむかう準備を命じた。そして、同船に対し停船命令の信号を発しようとした時、

「艦長！　左舷方向に船影が見えます」

と、航海長が叫んだ。

成川は、愕然《がくぜん》として双眼鏡を左舷方向にむけた。夜明けの気配が、かすかにきざしはじめていた。

不意に、成川の口から、短い叫びがもれた。かれの体は、硬直した。一、五〇〇メートルほど左方向に、十数隻の艦影が、城のようにつらなって動いているのがかすかに見える。

成川の体は、熱くなった。予測通り、ロシア艦隊は朝鮮海峡に接近してきたのだ。さらに、海上をさぐってみると、水平線上に数条の黒煙が立ちのぼっているのもとらえられた。

「信濃丸」の艦内は、騒然となった。右舷方向に病院船、左舷方向に十数隻の艦影を発見したことは、「信濃丸」がロシア艦隊の隊列のまっただ中に入りこんでいることを意味している。

「航海長！　われわれは、敵の列間にまぎれこんでしまっている。全力をあげて離脱せよ」

成川艦長は、顔をこわばらせて八戸航海長に命じた。

もしも敵艦隊によって「信濃丸」が日本の哨戒艦であると気づかれれば、装備も貧弱な「信濃丸」はたちまち撃沈されてしまうだろう。哨戒艦としては、敵の攻撃を避けて一刻も早く敵艦隊発見を通報しなければならぬ義務を負わされている。

「面舵《おもかじ》一杯！」

鋭い命令が発せられ、「信濃丸」は、急速反転し、全速力で霧の流れる海上を突っ走り、ようやく艦隊の列外に出ることに成功した。

と同時に、「信濃丸」の電信兵は、

「敵ノ艦隊、二〇三地点ニ見ユ」

と、暗号電文のキーをたたいた。……時刻は、午前四時四十五分であった。

その頃、戦艦「三笠」を旗艦とした第一艦隊と装甲巡洋艦「出雲《いずも》」を旗艦とした第二艦隊は、朝鮮半島南岸にあり、二等巡洋艦「厳島《いつくしま》」を旗艦とした第三艦隊は、さらに前進して対馬《つしま》竹敷要港の外港である尾崎湾方面に待機していた。

敵艦見ユの報は、「信濃丸」の近くの海域で哨戒任務についていた各艦によってキャッチされ、また、尾崎湾の第三艦隊旗艦「厳島」にもとらえられた。ただちに「厳島」は、朝鮮の鎮海湾に碇泊《ていはく》中の連合艦隊旗艦「三笠」に緊急打電した。

午前五時〇五分、その報を受けた副官永田泰次郎中佐は、長官寝室に走り、起きてきた東郷司令長官に、

「哨戒艦信濃丸、午前四時四十五分発電、厳島取りつぎ。敵の艦隊二〇三地点に見ゆ」

と、報告した。

第一、第二艦隊は朝鮮鎮海湾口の加徳水道にあり、旗艦「三笠」のみが鎮海湾にあったので、東郷は、「三笠」艦長伊地知彦次郎大佐に緊急出港を命じるとともに、加徳水道にある諸隊にも出動命令を発した。

東郷は、午前六時零分、大本営に対して、

「タタタタ、アテヨイカヌ、ノレラヲハイ、ヨシヌ、ワケフウメル」

という電文を発した。それは、「敵艦隊見ユトノ警報ニ接シ、連合艦隊ハ直チニ出動、之《これ》ヲ撃滅セントス」という意味の暗号電文で、その末尾に、主席参謀秋山真之《さねゆき》中佐が、「本日天気晴朗ナレドモ波高シ」と、平文による電文を書き添えた。

午前六時〇五分、連合艦隊旗艦「三笠」は、鎮海湾を出港、加徳水道に出た。

同水道には、連合艦隊の主力である艦艇の群れが出撃態勢をととのえていた。第一戦隊の「敷島」（一四、八五〇トン）「富士」（一二、五三三トン）「朝日」（一五、二〇〇トン）の三戦艦をはじめ装甲巡洋艦「春日」「日進」および通報艦「竜田」。さらに、第二戦隊の装甲巡洋艦「出雲」「吾妻《あずま》」「常磐《ときわ》」「八雲」「浅間」「磐手《いわて》」および通報艦「千早」、第四戦隊の巡洋艦「浪速《なにわ》」「高千穂」「明石」「対馬」ほか十七隻《せき》の駆逐艦と十一隻の水雷艇、計四十五隻の艦艇が、第二艦隊上村彦之丞中将の指示によって出港準備を終えていた。

午前六時三十四分、各艦の尾部のスクリューが回転、海水が白く泡立った。……東郷は、「三笠」以下四十六隻の艦艇に急速出港を命じた。

十二

哨戒艦《しようかい》「信濃丸」は、必死になってロシア艦隊を監視し、午前四時四十五分には、

「敵針路東北東、対馬東水道ニ向ウモノノ如《ごと》シ」

と、打電、ついで、

「敵針路不動、対馬東水道ヲ指ス」

と、発信した。

ロシア艦隊は、「信濃丸」に気づかず北東にむかって航進してゆく。

夜が、明けた。

「信濃丸」は、遠距離からひそかに並行して進んでいたが、午前五時二十分頃、ロシア艦隊の艦影は濃い霧の中に没して見失ってしまった。「信濃丸」は、全速力でロシア艦隊の艦影を求めて疾走し、午前六時〇五分、再びその姿を発見することができた。

その頃、「信濃丸」の航路方向に白波をけたてて一隻の艦が先行していた。それは、三等巡洋艦「和泉」(三、九八七トン)であった。艦長石田一郎大佐は、「敵艦見ユ」の「信濃丸」からの打電をとらえ、午前六時四十五分、北緯三三度三〇分、東経一二八度五〇分の地点でロシア艦隊を発見、「信濃丸」と監視任務を交代した。

「和泉」の行動は、大胆だった。同艦は、ロシア艦隊を正確に観察するため七、〇〇〇メートルの距離まで接近した。

双眼鏡に眼を押しあてていた石田艦長は、

「敵艦隊発見。戦艦八隻、巡洋艦九隻、海防艦三隻及ビ仮装巡洋艦、工作船等若干、並ビニ駆逐艦数隻」

と、打電させたが、石田は、ロシア艦隊の大規模な陣容に慄然《りつぜん》としていた。

ロシア艦隊は、戦艦八隻を主力に、万里の長城にも似た壮大な陣列で整然と航進している。百本にもおよぶ各艦の煙突から黒煙が吐かれていたが、長い航海中に焚火《ふんか》法に熟達したらしく、少い量しか流れ出ていない。

石田艦長は、ロシア旅順艦隊と遭遇したことがあるが、それとは比較にならぬ規模と威容にみちたロシア艦隊の姿に、日本艦隊危うし、という不安におそわれた。

ロシア艦隊に七、〇〇〇メートル近くまで接近した「和泉」は、一二インチ主砲を有するロシア新鋭戦艦の射程内にあった。また、もしも高速巡洋艦が突進してくれば、速度もおそく備砲も貧弱な「和泉」は、たちまち撃沈されることはあきらかだった。しかし、石田艦長は、ロシア艦隊の動きをとらえているのは「和泉」一艦だけであり、撃沈されることを恐れずにあくまでもまとわりついてゆかねばならぬと判断していた。

霧が、幾分うすらぎはじめた。

その頃まで、ロシア艦隊は、日本軍艦間で交信される電信が急増したことを知っていたが、依然として日本艦艇には発見されていないと確信していた。むろん、夜明け寸前に「信濃丸」によって視認され、その緊急報が東郷司令長官のもとにつたえられて、日本艦隊がすでに出撃していることなど予想すらしていなかった。

ただ、「信濃丸」は、病院船「オリョール」によって目撃されていたが、同船のシチエルバチェフ大尉は「信濃丸」について、

「午前五時頃、右方ノ霧ノ中ヨリ艦隊ヲ追尾シテ次第ニ接近スル商船現ワル。同船ハワレラト同航シタガ、数分後、右方ニ転舵《てんだ》シテ霧ノ中ニ没ス。同船ノ国籍ハ不明。ソノ速

力ハ約六ノット」

と、旗艦に報告したにとどまった。つまり、ロシア艦隊は、「信濃丸」を哨戒中の仮装巡洋艦ではなく、ただの商船と思いこんでいたのである。

しかし、「信濃丸」とは異なって「和泉」は、ロシア艦隊側から日本軍艦であることが確認されていた。

霧に見えがくれするので初めのうちはよくわからなかったが、霧のきれ間からさしこんだ陽光に、その船体が明るく浮び上った。二本煙突、二本マストの艦型から、ただちにそれが日本の三等巡洋艦「和泉」であることが認められていた。

右翼列に縦陣をとって航進中の諸艦の巨砲は、一斉に「和泉」に向けられていた。しかし、射程内にあるといっても距離は遠く、その上、霧も立ちこめているので、砲撃しても命中する確率は少いと推定された。

ロシア艦隊にとって三等巡洋艦「和泉」は、本国を出航以来七カ月目に初めて眼にする日本軍艦だった。しかも、同艦が偵察《ていさつ》の任務をもっていることはあきらかで、七、〇〇〇メートルの距離で追尾してくる。ロシア艦隊の乗組員たちは、黒煙をなびかせながら進んでいる「和泉」の姿を苛立《いらだ》った眼でみつめていた。

すでに各艦では、非常ラッパが甲高く鳴り、艦隊は、二列縦陣をとってその中央に特務船と二隻の病院船をつつみこむように進んでいる。

ロシア艦隊司令部内では、巡洋艦を派遣して「和泉」を撃沈すべしという意見がたかまった。「オレーグ」「スヴェトラーナ」の二快速巡洋艦を急派すれば、「和泉」をとらえて撃沈することは容易だった。

しかし、ロジェストヴェンスキー司令長官は、巡洋艦に「和泉」追撃の命を下さなかった。「和泉」は霧につつまれて航行している。その後方の霧の中に、有力な日本艦隊がひそんでいる可能性もある。もしも巡洋艦を「和泉」に向ければ、「和泉」は霧の中へ逃走するだろう。それを追う巡洋艦は、霧中にひそむ日本艦隊に包囲されて撃沈の憂《う》き目にあうかも知れない。ロジェストヴェンスキー司令長官の眼には、ただ一艦で航行している「和泉」が囮《おとり》のように映じたのだ。

そのようなロジェストヴェンスキー司令長官の誤った判断によって、「和泉」は、攻撃されることもなく、ロシア艦隊の針路、陣列等を詳細に連合艦隊司令部に打電しつづけていた。

東郷大将指揮の連合艦隊主力は、朝鮮沿岸をはなれて全速力で南下していた。

主力艦隊以外には、対馬の尾崎湾方面に第三艦隊司令長官片岡七郎中将指揮の哨戒艦隊が、また出羽重遠中将指揮の第三戦隊が五島列島白瀬の北西方にあった。そして、片岡艦隊と出羽戦隊は、「信濃丸」の「敵艦見ユ」の報と同時に、ロシア艦隊をもとめて緊急出動していた。

片岡艦隊は、午前五時四十四分、東郷正路少将が三等巡洋艦「須磨」「千代田」と八隻の水雷艇をしたがえて出撃、ついで片岡司令長官も、二等巡洋艦「厳島」「鎮遠」「松島」「橋立」通報艦「八重山」（一、六〇九トン）をひきいて出動した。その際、水雷艇隊は、尾崎湾に待機させる計画であったが、艇員の出撃要望が強く同行させることに決定し、一〇〇トン未満のものをもふくめた水雷艇十八隻が巡洋艦にむらがるようにして南下していた。

午前九時五十五分、片岡艦隊は、対馬の神崎南東一二キロの海上に達し、南方の水平線上を航進中のロシア艦隊を発見した。が、海上は波が高く、水雷艇は激浪に翻弄《ほんろう》されて航進不可能の状態になっていた。そのため、片岡は、通報艦「八重山」を伴なわせて水雷艇群を対馬の神崎方面に退避させた。

片岡第三艦隊司令長官は、第五戦隊の旗艦である二等巡洋艦「厳島」（四、二一〇トン）に坐乗、「鎮遠」（七、六七〇トン）「松島」（四、二一〇トン）「橋立」（四、二一〇トン）をひきいて、ロシア艦隊の左前方八、〇〇〇メートルの位置に進出した。同艦隊に課せられた任務は哨戒で、その位置からロシア艦隊の監視につとめた。

また、第三戦隊司令官出羽重遠中将は、巡洋艦「笠置」に将旗をかかげ、「千歳」「音羽」「新高」をひきいて行動を開始していた。同戦隊は、午前五時五十分、ロシア艦隊の病院船一隻を発見、遠く黒煙が十数条あがっているのを確認した。が、霧にさまたげられて、たちまち艦影を見失ってしまった。

出羽戦隊は、霧の中を高速を利してさがしまわったが、発見できず、ようやく午前七時頃、「和泉」から発信された電信をとらえ、敵艦隊が北方にあることを知った。

出羽は、四隻の巡洋艦をひきいて北上、午前十時三十分頃、ようやく対馬の神崎南方二五キロの海域で、再び霧の中に淡くかすむロシア艦隊を発見した。

出羽戦隊は、ロシア艦隊の左方約九、〇〇〇メートルの位置に進出、その針路、陣形等を東郷連合艦隊司令長官に打電した。これによってロシア艦隊は、三等巡洋艦「和泉」についで片岡艦隊、出羽戦隊に遠く包囲されて監視を受けることになった。

ロシア艦隊の乗組員は、それら日本軍艦の追尾に苛立っていた。日本艦艇は、射程距離ぎりぎりの海上を追ってくる。

ロシア艦隊の各艦の砲員たちは、

「射《う》たせて下さい。射たせて下さい」

と、士官に必死になって頼みこんだ。が、旗艦「クニャージ・スヴォーロフ」のマストには、「砲撃セヨ」の信号旗はあがらない。各艦の士官たちは、はやる砲員たちを制止するのにつとめた。

午前十一時四十分頃、出羽戦隊の「笠置」「千歳」「音羽」「新高」の四巡洋艦が、八、〇〇〇メートルの距離まで近づいてきた。

それを見た戦艦「オリョール」は、忍耐の限度も越え、旗艦の命令も待たず、砲撃を命じた。その発射が口火となって、戦艦とそれにつづく各艦の砲口は、一斉に火をふいた。

出羽戦隊は、たちまち一二インチ、六インチ砲弾につつまれた。その射撃は、日本海軍の予測を完全に裏切ったものだった。ロシア艦隊の砲撃術は拙劣だといわれていたが、旗艦「笠置」の舷側《げんそく》に数条の水柱が上るなど射撃はきわめて正確だった。「笠置」以下各艦は、砲口をひらいて応戦したが、射程内にとどまれば全滅するおそれがあるので、出羽司令官は、各艦に対し射程外にのがれることを命じた。「笠置」「千歳」「音羽」「新高」の四巡洋艦は、砲撃しながら全速力で射程外に退避した。

出羽戦隊にむけられたロシア艦隊の初砲撃は、日本海軍に激しい脅威をあたえ、ロシア艦隊強しの印象を濃くした。辛《かろ》うじてロシア艦隊の射程外にのがれた出羽戦隊の四巡洋艦は、隊列をととのえると、九、〇〇〇メートルの射程距離外にはなれて監視行動をつづけた。

砲撃を中止したロシア艦隊の旗艦「クニャージ・スヴォーロフ」のマストに、「兵員交代デ昼食シテヨロシ」の信号旗があがった。日本艦隊との決戦をひかえて、早目に食事をとらせようとしたのである。

その日は、たまたまロシア皇帝ニコライ二世の戴冠《たいかん》式記念日にあたっていた。乗組員たちは、決戦日が祝日であることを縁起がよいと口々に言い合ったが、決戦直前なので、式は簡単におこなわれただけであった。各艦では総員勝利をちかう祈りが神にささげられ、士官室では、一同起立して祝杯をあげた。

艦長たちは、士官たちにロジェストヴェンスキー司令長官からの祝辞を力強くつたえた。

「陛下の神聖な戴冠式記念日にあたる本日、われらは死を賭《と》して祖国のために戦おうとしている。神よ、われらの熱烈な祖国愛をお認め下され、われらに輝かしき勝利をあたえたまえ！　皇帝陛下、皇后陛下、ウラー！」

艦長の声に、士官たちはウラー、ウラーと叫び、それは艦内や甲板上にいる兵たちにもつたわり、大歓声となってひろがっていった。

食事をあわただしくすませた乗組員たちは、それぞれの部署にもどった。かれらは、ロシア艦隊の砲撃によって出羽戦隊の四巡洋艦が狼狽《ろうばい》したように逃げ去ったことを痛快がっていた。

「日本人め、思い知ったか」

「たかが東洋の猿どもだ。ひねりつぶしてやる」

士官も兵も、眼をいからせてののしっていた。

しかし、避退した出羽戦隊と片岡艦隊は、霧の中を見えがくれしながらつきまとってくる。殊《こと》に三等巡洋艦「和泉」は、ロシア艦隊の右舷方向にただ一艦で依然として並行に航進をつづけていた。

ロシア艦隊は、九州と対馬の間の海峡に接近してゆく。

その頃、ロシア艦隊の航進を知らぬ日本の商船が、九州方面から進んでくるのがしばしば目撃された。「和泉」は、ただちに艦首をめぐらすと商船に接近し、

「ロシア艦隊前方ニアリ。反転セヨ」

と、信号旗をかかげた。これらの商船は、驚いたように急速に反転すると、九州方面に去っていった。

そんなことが何度かくり返された後、門司方面から一隻の運送船が航進してくるのが目撃された。それは、陸軍運送船「鹿児島丸」で、陸軍将兵を満載して朝鮮へむかう途中であった。

「鹿児島丸」は、ロシア艦隊にむかって一直線に突き進んでゆく。「和泉」は、全速力で同船にむかって進みながら危険を警告する信号旗をあげたが、「鹿児島丸」は反転する気配もみせない。

「鹿児島丸」の甲板上には、陸軍将兵がひしめき合いながら、前方を航行中のロシア艦隊に眼を向けている。船長以下船員も、大きな城の群れのように黒煙をあげて進むロシ

ア艦隊に眼をうばわれ、「和泉」のマストにかかげられた信号旗には気づいていないようだった。

「和泉」艦長石田一郎大佐は、「鹿児島丸」の船長をはじめ陸軍将兵たちが、ロシア艦隊を日本艦隊と思いこんでいるらしいことに気づいた。「鹿児島丸」は、転針もせず速力をゆるめもせずに、ロシア艦隊にむかって突き進んでゆく。そのまま航進してゆけば、無防備の「鹿児島丸」は、たちまちロシア艦隊の砲撃をうけて撃沈され、多数の陸軍将兵たちの生命も失われる。

石田艦長以下乗組員たちの顔から、血の気が失せた。危険は、刻々とせまっている。石田は、航海長に対し、ロシア艦隊に近づいてゆく「鹿児島丸」に全速力で追いすがるよう命じた。そして、信号兵に手旗信号を送らせたが、「鹿児島丸」は、依然として航進をやめようとしない。

「和泉」の艦上は、騒然となった。信号兵は、しきりに反転するよう手旗をふる。石田艦長は、

「警笛鳴ラセ」

と、命じた。

波浪を蹴《け》散《ち》らして全速航進をつづける「和泉」から、鋭い警笛が連続的にふき上った。

その音響に、「鹿児島丸」の甲板上にひしめき合う陸兵たちが、「和泉」に眼を向けた。

それを見た「和泉」乗組員たちは、必死になって手をふり手旗信号を送った。が、期待に反して陸兵たちは、それを歓迎の挨拶《あいさつ》と思ったらしく、嬉しそうに手をふりはじめた。

石田艦長は、狼狽した。「鹿児島丸」は、ロシア艦隊の射程距離内に入ろうとしている。かれは、「和泉」を「鹿児島丸」に接近させると、拡声器を口に押しあてて、

「もどれ、引き返せ。前方の艦隊は、敵艦隊だ。味方ではない。引き返せ、引き返せ」

と、叫んだ。

その時、「鹿児島丸」甲板上の陸兵たちの間から、

「バンザイ、バンザイ」

の叫び声が起った。かれらは、「和泉」が近々と接近したことに歓喜している。

石田は、

「引き返せ、敵艦隊だ」

と、絶叫しつづけた。

しかし、その声は、陸兵たちのバンザイを唱和する声にかき消された。陸兵たちは、帽子をふり手をふって、白い歯列をみせて微笑しながら、バンザイ、バンザイを叫んでいる。

かれらは、ロシア艦隊を日本艦隊と信じて疑わなかった。洋上を長い陣列を組んで航行する艦隊の威容に、戦場へ輸送される途中の陸軍将兵たちは、感動し歓声をあげている。

バンザイの声は、洋上を圧している。三等巡洋艦「和泉」の乗組員たちは、口々に、

「引き返せ、敵艦隊だ」

と、叫びつづけた。

石田艦長は、再び艦の警笛を連続的に鳴らさせた。すでに「鹿児島丸」は敵艦の射程距離内に入っていて、しかも、一直線に敵艦隊にむかって進んでいる。

相つぐ鋭い警笛に、陸兵たちのバンザイの声がしずまった。石田は、この機をのがすまいとして、拡声器に口をあて、

「バカ者、前方にいる艦隊は敵だぞ。射程距離内に入っているのだ、引き返せ、引き返すのだ」

と、思いきり大きな声で叫んだ。

連続的に鳴る警笛と拡声器で必死に叫ぶ石田大佐の姿に、ようやく異様な気配を察したのか、「鹿児島丸」甲板上のどよめきもしずまった。

石田は、叫んだ。

「貴船は、敵艦隊にむかって進んでいる。急速に博多方面へ引き返せ」

その声に、「鹿児島丸」の甲板上にいた陸兵たちが、前方のロシア艦隊にあらためて眼を向けるのがみえ、その直後、かれらの間に激しい混乱が起った。おびえたように、船内に走りこんでゆく者もみえた。

「鹿児島丸」の船長も、「和泉」のマストにひるがえる警告信号にようやく気づいたらしく、船は、舳《へさき》を曲げて大きく反転し、速力をあげて九州方面に引き返していった。
「和泉」の乗組員たちの間から、安堵《あんど》の声がもれた。いつの間にか「和泉」は、敵の砲撃を浴びせかけられる位置に入りこんでいたので、石田艦長は急速反転を命じ、ロシア艦隊の射程距離外に避退することができた。

ロシア艦隊は、右手に九州、左手に対馬をのぞみながら対馬水道に進入してゆく。その艦隊の右舷方向には三等巡洋艦「和泉」が、左舷から前方には片岡艦隊の二等巡洋艦「厳島」「鎮遠」「松島」「橋立」三等巡洋艦「須磨」「千代田」「秋津洲」と出羽戦隊の巡洋艦「笠置」「千歳」「音羽」「新高」が、それぞれロシア艦隊の射程距離外にあって、霧の中を見えがくれしながら追ってきていた。

対馬東水道に達したロシア艦隊は、針路を北二三度東にさだめ、ウラジオストック軍港に艦首を向けた。

ロジェストヴェンスキー司令長官は、艦橋上から日本巡洋艦が北方に進むのを確認し、東郷の指揮する主力艦隊が北方から接近してくる、と予測した。

北方に東郷司令長官の指揮する日本主力艦隊が待ち伏せしていると判断したロジェストヴェンスキー司令長官は、一列になって航進しているロシア艦隊の隊列を変えさせた。

それは、東郷艦隊が二列縦陣をとって決戦をいどんでくるだろうと予測したからで、ロシア艦隊にも二列縦陣をとらせたのである。

しかし、この陣列は、戦闘隊形として決して好ましいものではなかった。もしも日本艦隊が右舷方向にあらわれれば、右側に列をつくって進む艦が主として戦闘をおこなわねばならない。つまり二列縦陣は、戦闘力を半減しかねない危険があった。

ロシア艦隊は、一二ノットに速度をあげていた。各艦内の機関部では、逞《たくま》しい体をした焚火《ふんか》兵たちが、スコップで石炭をすくっては必死になって石炭をカマの中に投げ込んでいる。すさまじい火熱と煙が室内に充満し、その中でかれらは、半裸の体を石炭の粉《ふん》塵《じん》と汗につつまれながら石炭を投げこみつづけていた。

その頃、東郷平八郎司令長官指揮の主力艦隊は、朝鮮南岸の加徳水道を出撃後、決戦海面に急いでいた。海上の気象状況は、不良だった。空は晴れていたが、海上には霧が立ちこめていて、視界は八、〇〇〇メートルから九、〇〇〇メートルまでしかひらけていない。それに、西南西の風が強く、波浪は高かった。そのため、各艦にはすさまじい高波が激突し、全艦隊は大きく揺れながら航進をつづけていた。

先頭には、連合艦隊旗艦「三笠」（一五、一四〇トン）が位置し、第一戦隊の戦艦「敷島」（一四、八五〇トン）「富士」（一二、五三三トン）「朝日」（一五、二〇〇トン）についで装甲巡洋艦「春日」「日進」（いずれも七、七〇〇トン）が続航する。その後を、第二艦隊司令長官上村彦之丞中将指揮の装甲巡洋艦「出雲」（九、七三三トン）「吾妻」（九、三二六トン)「常磐」(九、七〇〇トン)「八雲」(九、六九五トン)「浅間」(九、七〇〇トン)「磐手」(九、七七三トン)が行き、さらに巡洋艦「浪速」「高千穂」(いずれも三、六五〇トン)「対馬」(三、四二〇トン)「明石」(二、七五五トン)もつづいていた。つまり戦艦四、装甲巡洋艦八、巡洋艦四の編成で、それに十七隻の駆逐艦(三〇〇トン内外)と十一隻の水雷艇(約一五〇トン)が、魚の群れのようにむらがっていた。

その日本主力艦隊の隻数は四十四隻という数にのぼっていたが、そのうち二十八隻は、四〇〇トン以下の駆逐艦、水雷艇で、全艦隊が一団となって航進するロシア艦隊とくらべると、はるかに見劣りするものであった。

激浪の中を艦隊は進んだが、波浪による艦の動揺はさらにたかまり、各艦の舳は波間に沈み、その直後には高々と突き立つ。砕ける波のしぶきに、各艦はつつまれた。

激浪は、つらなる峰のように果しなく押し寄せ、各艦の動揺はいちじるしく、殊に二百トン足らずの水雷艇十一隻は波浪に激しくもてあそばれていた。

高々と迫る波の中に水雷艇の舳は没し、甲板上には絶えず波が走り、煙突内にも海水が流入する。その傾斜は実に六、七十度にも達し、水没する危険も予想された。それでも十一隻の水雷艇は、決戦海域にむかって主力艦隊とともに進んでゆく。

旗艦「三笠」におかれた連合艦隊司令部では、駆逐艦と水雷艇の航行状況を不安そうに見つめていた。

駆逐艦と水雷艇の群れは、波の間に没するかとみると、次には波の頂きにおどり上るように姿をあらわす。波にのみこまれぬのが不思議にさえ思えた。

艦隊司令部では、強襲に適した駆逐艦と水雷艇を重要な戦力と考えていたが、水没の危険が増大したので、

「駆逐隊、艇隊ハ、三浦湾ニ風波ヲ避ケヨ」

という信号旗をかかげさせた。

この命令は、駆逐艦と水雷艇の乗組員たちに大きな失望をあたえた。

「敵が間近にいるというのに、引き返せとは酷だ」

「今までの訓練が、水泡に帰してしまう」

「おれたちは、なんのために海軍へ入ったのだ」

乗組員たちは、口々に激しい言葉を交して歯ぎしりした。しかし、命令にそむくこともできず、十七隻の駆逐艦と十一隻の水雷艇は、舳をかえすと対馬東岸にある三浦湾にむかって去った。

主力艦隊は、駆逐艦、水雷艇を避退させて、十六隻の規模になった。

その間にも、片岡艦隊、出羽戦隊、哨戒艦「和泉」からぞくぞくとロシア艦隊の動きがつたえられていた。東郷司令長官は、このまま進めば沖ノ島付近でロシア艦隊と遭遇する、と予想した。

各艦は、激浪をおかして沖ノ島方向にむかいながら、急速に戦闘準備をととのえていた。砲のかたわらには、砲弾が整然と積み上げられてゆく。艦内から運び出されたハンモックが、砲弾を防ぐため艦橋をはじめ要所要所に縛りつけられ、防火防水の要具も甲板各所におかれ、隔壁の戸はかたくしめられていた。そうした戦備がととのえられた後に、甲板が清められ、戦闘時に乗組員がすべって転倒せぬよう砲台の通路などに砂が入念にまかれた。

午前十時三十分、東郷司令長官は、各艦に対し昼食をとるよう命じ、各艦では乗組員が甲板上であわただしく食事をとった。

食後、各艦では総員集合が命じられ、艦長が、本日の決戦こそ祖国の運命を左右する重大な意味をもつものである、と訓示した。乗組員の戦意は激しく、各艦上に軍歌が流れ、中には「川中島」の琵琶《びわ》をかなでる者もいた。

十三

戦闘準備は、全くととのった。

旗艦「三笠」の前部艦橋には、司令長官東郷平八郎大将を中心に参謀長加藤友三郎少将、参謀秋山真之中佐、飯田久恒少佐らが、洋上を見つめていた。

戦策は、すべて確定していた。その基本となるものは、前年の八月十日におこなわれた黄海海戦で得た教訓だった。

同海戦で東郷艦隊は、ロシア旅順艦隊の戦艦「ツェザレヴィチ」ほか五戦艦、四巡洋艦と砲火を交えた。東郷艦隊は、午後一時すぎに旅順艦隊と接触したが、両艦隊は、すれちがう形で航進した。東郷艦隊は、旅順艦隊の後方で大きく回頭し、旅順艦隊を追撃したが、この戦法は、東郷艦隊にとって決して好ましい結果をあたえなかった。旅順艦隊は、速度をあげて逃走し、東郷艦隊は、夕刻近くになってようやく交戦状態にもちこんで、旗艦「ツェザレヴィチ」に砲弾を命中させた。しかし、致命的打撃をあたえることはできず、旅順艦隊は旅順港に逃げこんだ。

この追撃は五時間にもおよび、しかも、大局的には日本艦隊の損害の方が大きかった。逃走する旅順艦隊は追尾する各艦に砲撃を浴びせかけ、先頭をゆく旗艦「三笠」に砲弾が集中した。その結果、「三笠」の主要部分に刻まれた弾痕《だんこん》は二十数カ所にもおよび、一二インチ主砲一門が破壊され、前部艦橋に命中した砲弾によって艦長以下約二十名が死傷、その他の個所で七十余名の死傷者を出した。

東郷は、この黄海海戦で味わった苦い経験を再びくり返すまいと思った。そして、参謀長らと作戦をねった末、すれちがう形の逆航戦は絶対に避けるべきだという結論を得た。ロシア艦隊の戦艦群の装備する一二インチ主砲は射程距離も大きく、もしもロシア艦隊を追う形をとれば、主砲の砲弾を浴びて、黄海海戦よりもさらに大きな損害をこうむることはあきらかだった。

結局、東郷は、ロシア艦隊と平行に進む同航戦をおこなうべきだと決意した。しかも、主力艦の副砲と巡洋艦以下の艦艇のもつ中小口径砲の威力を十分発揮できる短い距離での交戦が、絶対必要だと判断した。もしも接近戦にもちこむことができれば、砲弾の発射速度は東郷艦隊の方がすぐれているので、より多くの砲弾を浴びせかけられることは疑う余地がなかった。

東郷は、無表情に洋上をみつめている。その顔には、決戦を間近にひかえた緊張の色はみじんも見られなかった。

日本艦隊は、速度をあげて突き進み、正午頃には決戦海面と推定されていた沖ノ島付近に達した。しかし、ロシア艦隊の姿はみえない。

その時、ロシア艦隊を監視中の第三艦隊司令長官片岡七郎中将から、

「敵艦隊ハ、壱岐《いき》ノ国若宮島ノ北方一二浬《かいり》ニアッテ、北東微東ニ航シツツアリ」

という暗号電文が入電した。

ロシア艦隊は、眼前にある。日本主力艦隊は、針路を変じてロシア艦隊に急速に接近していった。

波浪は各艦の艦首に激突し、飛散した海水が甲板を洗い艦橋にたたきつけられる。

午後一時十分、南西微西方向の霧の流れる洋上に、黒煙が数条立ちのぼっているのが望見された。敵艦隊か？　と司令部内は緊張したが、それは、出羽重遠中将指揮の第三戦隊「笠置」「千歳」「音羽」「新高」の諸艦であった。出羽戦隊はロシア艦隊と接触を保ちながら航行しているという報告を受けていたので、連合艦隊司令部は、「敵艦隊近し」と判断した。

間もなく、西方洋上に数条の黒煙のつらなるのを発見した。それは、出羽戦隊と協力してロシア艦隊を監視中の片岡七郎中将指揮の第三艦隊の諸艦で、ロシア艦隊が近くにあることが再確認された。

東郷平八郎海軍大将指揮の主力艦隊は、激浪の中をさらに突き進んだ。霧は、強風にも吹きはらわれず、灰色の幕を垂れたように海上にたちこめている。各艦の艦尾には、波の飛沫《しぶき》に濡《ぬ》れた軍艦旗が鋭い音を立ててはためいていた。

午後一時三十九分、見張台の信号兵が、

「南西方面に敵艦隊発見！」

と、鋭い声で叫んだ。

霧のきれ間に、黒煙がかすかに望見できる。しかも、それは長々とつらなっていて、洋上を圧するロシア艦隊であることが判明した。全艦艇に、殺気がみなぎった。人類史上初の、百隻《せき》近い両艦隊の大艦艇群が激突する機はせまった。

旗艦「三笠」の前部最上艦橋にあった連合艦隊司令長官東郷平八郎大将をはじめ幕僚たちは、双眼鏡でロシア艦隊を凝視した。左舷《さげん》南微西に、ロシア艦隊が整然と二列縦陣の陣列をとってかなりの速度で航進している。

右翼列の先頭にロシア艦隊旗艦「クニャージ・スヴォーロフ」が見え、それにつづいて最新鋭戦艦「アレクサンドル三世」「ボロジノ」「オリョール」が、左翼列には戦艦「オスラビヤ」「シソイ＝ウェリーキー」「ナワリン」装甲巡洋艦「アドミラル・ナヒモフ」につづいて戦艦「ニコライ一世」装甲海防艦「アドミラル・アプラクシン」「ゼニャーヴィン」「アドミラル・ウシャーコフ」が続航している。また、巡洋艦「ジェムチユグ」「イズムルード」の二艦は、駆逐艦数隻をひきいて右翼列の右前方に進み、防護巡洋艦「オレーグ」「アヴローラ」装甲巡洋艦「ドミトリー・ドンスコイ」「ウラジーミル・モノマフ」をはじめその他の巡洋艦、駆逐艦、特務艦は、二列縦陣の後方にあって、霧の中にうすれながら航進していた。

それは、むろん東郷をはじめ日本艦隊乗組員にとって、眼にしたこともない大艦隊だった。しかも、戦艦八隻を主体とした大艦の列は、前世紀の巨大な海獣の進むのに似た威圧にみちていた。

ロシア艦隊を眼前にした東郷司令長官は、

「戦闘開始」

を全艦隊に下令、と同時に、旗艦「三笠」の檣頭《しょうとう》に大軍艦旗がかかげられた。

全艦隊の艦上には、戦闘開始のラッパが鳴りひびき、各艦のマストにも「三笠」にならって大軍艦旗がひるがえった。すでに、ロシア全艦隊のマストにも、×型の青い線の入った戦闘旗がかかげられているのが望見された。

東郷は、ロシア艦隊の左翼列の先頭をゆく戦艦「オスラビヤ」「ニコライ一世」「シソイ＝ウェリーキー」「ナワリン」が戦艦隊の中では弱体であることを知悉《ちしつ》していたので、まず、左翼列を攻撃することを決意した。そして、全速力でロシア艦隊の針路のはるか前方を斜めに横断、ロシア艦隊の左舷方向に進出した。

しかし、ロジェストヴェンスキー司令長官は、早くも東郷司令長官の意図を見破った。かれは、霧中から出現した日本主力艦隊がロシア艦隊の前方を横切るのを認め、東郷が、ロシア艦隊の劣勢な左翼列の先頭に攻撃をしかける、と推断した。

ロジェストヴェンスキー司令長官は、東郷の企図を挫折《ざせつ》させる方法として、右翼列の先頭をゆく旗艦「クニャージ・スヴォーロフ」をはじめ最新鋭戦艦四隻から成る強力な第一戦艦隊に、一一ノットの増速を命じて、左翼列の先頭に進出させた。また、同時に二列縦陣をやめて、日本艦隊と同じく艦列を一列にする単縦陣をとるため、全艦隊に隊列を変えるように命じた。東郷とロジェストヴェンスキーの兵術家としての頭脳の戦いは、すでに始まったのだ。

ロシア艦隊の進路を横断した東郷艦隊は、針路を南西に定めた。その結果、日露両艦隊は、平行線上を徐々に接近する形になった。しかし、両艦隊の距離は依然として遠かった。互いに水平線の前方に、黒煙のつらなるのを認めるだけであった。

ロシア艦隊を発見してから十六分後の午後一時五十五分、東郷は、秋山参謀に命じて旗艦「三笠」艦上に四色に彩《いろど》られた信号旗をかかげさせ、全艦隊に対して、

「皇国ノ興廃此《こ》ノ一戦ニアリ、各員一層奮励努力セヨ」

と、下令した。

全艦隊に、粛然とした空気が流れた。ロシア艦隊の規模は大きく、眼前にせまる大海戦に日本艦隊が撃滅されれば、戦争の勝利はロシア側に輝く。祖国の興廃は、たしかにこの海戦の勝敗にかかっていた。

各艦の乗組員の眼には、決死の光がはらんだ。各艦の上部では、全乗組員がそれぞれの部署につき、戦闘開始を待っていた。緊迫した静寂がひろがっていたが、艦底近くの区画でも、あわただしい人の動きがみられた。弾薬庫から大小の砲弾を必死になって運び上げる運弾員の作業がつづけられ、機関部にはエンジンの轟々《ごうごう》と回転する音がみちている。裸身の機関兵は、すさまじい熱気の中で石炭をカマの中に投げこみ、炭塵《たんじん》と煙で汽《き》罐《かん》室は濛々《もうもう》とけむっていた。

午後二時二分、針路を南西に変えた東郷のひきいる日本主力艦隊とロシア艦隊との距

離は約一万メートルで、両艦隊は、縦列陣を形成して徐々に接近してゆく。

ただ、ロシア艦隊は、まだ完全な一列縦陣をとるまでには至っていなかった。ロジェストヴェンスキー中将は、二列縦陣から一列縦陣にするため、右翼列にあった旗艦「クニャージ・スヴォーロフ」をはじめ四隻の戦艦を左翼列の戦艦隊の前方に急速進出させたが、これによって左翼列の艦艇は足ぶみ状態になっていた。

艦と艦の距離は接近し、しかも、その間に左翼列の艦が割りこんでくる。そうした事情から衝突事故も起りかねない混乱をしめしたが、ロシア艦隊は、必死に一列縦陣をとることにつとめていた。

両艦隊は、接近してゆく。このまま進めば、互いに敵を左舷にみながら砲火を交えて通過する反航戦となる。

旗艦「三笠」の前部最上艦橋には、息づまるような緊張感がみなぎっていた。前方から迫るロシア艦隊は、戦艦八隻を擁し、その大口径砲の砲力は日本艦隊のそれをはるかにしのいでいる。日本艦隊が優勢なのは、装甲巡洋艦の八インチ砲、戦艦、装甲巡洋艦の六インチ副砲と巡洋艦以下の中小口径砲で、その威力を発揮させるためには接近戦に持ちこまねばならない。

東郷司令長官をかこむように加藤友三郎参謀長、秋山真之参謀、「三笠」艦長伊地知彦次郎大佐らが、ロシア艦隊を凝視しながら、東郷の命令を待っていた。

日本艦隊は速力一五ノット、ロシア艦隊の速力は約一一ノットと測定され、両艦隊は、一分間に約八〇〇メートルの割合で接近していた。

「距離九、〇〇〇メートル」

という報告が、艦橋につたえられた。

艦橋にあった「三笠」砲術長安保《あぼ》清種少佐の顔には、焦《あせ》りの色がみられた。各砲の砲員は、砲にしがみついて砲撃開始の命令を待っている。艦隊がこのまま進めば反航戦となって、左舷方向にむかって砲撃することになるが、変針すれば右舷戦闘をおこなうことになるかも知れない。砲術長としては、左舷戦闘か右舷戦闘かを一刻も早く指示してもらわねばならなかった。

かれは、風向き、風力を注意しながら測距機で距離をはからせていたが、敵艦隊との距離は八、五〇〇メートルに短縮した。ロシア艦隊の一二インチ主砲の射程距離内に入るのも間近い。

安保砲術長の焦慮は、さらに深まった。左舷戦闘か、右舷戦闘かを決定すべき時機が来た、とかれは思った。

その時、加藤参謀長が、

「砲術長！　距離を正確にはかって報告せよ」

と、鋭い声で言った。

安保砲術長は、測距機にとりついた。ロシア艦隊の先頭をゆく旗艦「クニャージ・スヴォーロフ」の艦形が次第に近づいてくる。距離は、遂《つい》に八、〇〇〇メートルに迫った。その距離は、ロシア戦艦群の装備する一二インチ主砲の有効射程距離内にあった。測距機を凝視していた砲術長安保清種少佐が、

「距離八、〇〇〇メートルになりました。どちらの舷で戦闘するのですか」

と、悲痛な叫び声をあげた。

艦橋に集っていた幕僚たちの顔は、こわばっていた。いつも無表情な東郷の顔には、なんの感情もあらわれていない。小柄な体は身動きもせず、眼は、ロシア艦隊に向けられている。

幕僚たちは、東郷の沈黙に苛立《いらだ》った。敵艦の射程距離内に入ったというのに、東郷は、かたく口をつぐんでいる。深い沈黙の中で、艦に激突する波浪の音とマストにかかげられた大軍艦旗のはためく音がきこえるだけだった。

幕僚たちは、東郷を不安そうに凝視していたが、突然、東郷の右手が高くあげられるのを見た。

幕僚たちは、息をのんで東郷の命令を待った。そして、東郷の右手を見つめたが、その手が勢い良く左へ振り下ろされた。幕僚たちは、すぐにその意味をさとり、唖然《あぜん》とした。東郷は、左舷方向に回頭して敵艦隊に突進しようというのだ。

加藤参謀長が、「三笠」艦長伊地知大佐に、

「艦長、取舵《とりかじ》一杯だ」

と、言った。

伊地知の顔に不審そうな表情が浮び、

「取舵ですか」

と、反問した。

加藤が、大きくうなずいた。伊地知艦長は、ただちに、

「取舵一杯」

と、下令した。

その命令は素早く舵手《だしゅ》につたわり、急速に「三笠」の艦首は一八〇度左舷方向に大きく回頭した。後続艦にも、旗艦につづいて大回頭するように発令された。

この敵前回頭は、各艦の乗組員に危険極まりないものに感じられた。すでに艦隊の先頭はロシア戦艦主砲の射程距離内に入っていて、砲撃を浴びせかけられる位置にある。そうした位置で回頭すれば、艦の発砲は不可能になり戦闘力はゼロになる。つまり、東郷艦隊は、ロシア戦艦隊が砲撃を開始してもそれに応ずることはできず、ロシア戦艦隊の砲撃を無抵抗のまま受けることになる。

東郷司令長官の大回頭命令を、接近戦法をとるための行動だと考えた者も多かったが、

東郷にとって、それは十分に考えつくした末の最も有効な戦法だった。

かれの頭には、前年の八月におこなわれた黄海海戦の戦訓が灼《や》きつき、その苦い経験を基礎に、綿密な作戦計画が立てられていた。同海戦では、互いに接近して通過しながら砲撃し合う反航戦がとられたが、結果的には、旅順艦隊に致命的な損害をあたえることができず、却《かえ》って旗艦「三笠」をはじめ日本艦隊の方が損害は大きく、旅順艦隊は旅順港内に避退してしまった。その黄海海戦での不利な戦闘を強いられた反航戦を避けるためには、敵前回頭が必要だった。両艦隊がそのまま進めば、互いに砲火を交えて通過する反航戦となる。それを再びくり返すことを恐れた東郷は、ロシア艦隊の先頭にむかってあえて大回頭をおこなったのだ。

ただ戦術的に考えて、艦が急激な回頭をすれば、その間は発砲もできず戦闘力はゼロになる。それに、全艦隊が同じコースをたどって回頭し終るまでには十分間以上を必要とし、しかも、同位置で回頭することは敵の砲撃の好目標になるとも考えられた。

しかし、東郷は、それらの危険性はほとんどない、とかたく信じていた。

かれは、黄海海戦でロシア旅順艦隊の発砲する砲弾の命中率を科学的に分析した結果、距離八、〇〇〇メートルでは、ロシア艦艇の砲弾命中率はきわめて低いという結論を得ていた。そのため、八、〇〇〇メートルの距離での回頭は、危険も少い、と断定していた。また、回頭運動をしている間は、たしかに日本艦隊の発砲は不可能になり、回頭点に砲撃目標を定められるという危険もあるが、波浪は高くロシア戦艦の主砲も動揺して照準が定まらず、正確な砲撃をすることは不可能だ、と推断していた。かれは、緻密《ちみつ》な頭脳をもつ冷静な提督だった。祖国の興廃をかける大決戦に冒険的な戦法をとるような性格ではなく、綿密に計算し考えつくした結果得た大回頭だったのである。

しかし、かれは、初めから敵前大回頭を計画していたわけではなかった。かれは、反航戦を絶対に避けたいという考えと、出来るだけ中小口径砲の威力を発揮させるため接近戦にもちこみたい、と願っていただけだった。両艦隊が八、〇〇〇メートルに接近した時、かれが、突然のように敵前大回頭を命じたのは、その二つの条件を同時にみたすものとして採用したからであった。

旗艦「三笠」の船体は大きく右へ傾き、艦首は、激浪の中を左舷方向に鋭く回転した。そして、後続の戦艦「敷島」「富士」「朝日」につづいて巡洋艦群も回頭態勢に入ってゆく。

日本艦隊の突然の大回頭は、ロシア艦隊にとって、大きな驚きをあたえた。先頭艦「三笠」が回頭すると、後続の艦艇も同じコースをたどって回転する姿勢をしめしている。つまり、後続艦は、「三笠」の回頭する位置に達して初めて回頭する。その位置は、海上での動かない一個の点と同じことで、その位置に砲弾を集中すれば、日本主力艦隊は一隻ずつ順々に撃沈することができる。

司令部員をはじめ各艦の高級士官たちは呆然として日本艦隊の動きを見つめていたが、たちまちかれらの間から、歓喜にみちた叫び声がふき上った。

「見ろ、見ろ。日本人はなにを考えているのだ」

「東郷は狂った、無謀だ、わが艦隊は勝った、神が、東郷の頭を狂わせた」

かれらは、口々に叫び合った。

旗艦「クニャージ・スヴォーロフ」の艦橋にいたロジェストヴェンスキー司令長官の顔も、紅潮した。その眼には、歓《よろこ》びにみちた光がはりつめた。

ロシア艦隊司令部員たちは、東郷が射程距離内にありながら大回頭を命じたのは、反航戦をきらい、平行に並んで砲火を交える同航戦に持ちこもうとするためと推定した。しかし、それは、全滅の危険も大きい行動で、ロシア艦隊側からみれば、東郷の意図は余りにも無謀であると思われた。自ら墓穴を掘るのに似た愚かしい行動にも思えた。

ロシア艦隊の全艦艇上に、激しいどよめきが起っていた。かれらは、祖国愛に燃えて本国を出発し、大航海に堪えてようやく日本艦隊と接触し、決戦の時を迎えた。その折に、突然、日本艦隊のしめした大回頭に、ロシア艦隊全乗組員は、われら勝てり、と判断した。

ロジェストヴェンスキー司令長官は、むろん、この好機をのがさなかった。かれは、まず、の信号旗を旗艦「クニャージ・スヴォーロフ」のマストにかかげさせた。それは、東郷艦隊の先頭に位置する旗艦「三笠」に砲撃目標を定め、順次その後につづく各艦を砲撃させる合図だった。

同司令長官は、それにつづいて、

「砲撃開始」

を命じた。それは、先頭艦の「三笠」が回頭を終えようとしている時であった。

「射《う》て」

の命令とともに、旗艦「クニャージ・スヴォーロフ」の一二インチ主砲が火をふいた。

すさまじい発砲音があたりの空気を引きさき、同艦の巨体が激しく震動した。

旗艦の発砲につづいて、最後方の第三戦隊をのぞく各艦は、一斉に砲撃を開始した。目標は、「三笠」であった。たちまち海上は、砲煙と轟音の交叉《こうさ》する壮絶な世界に化した。歴史上かつてない大艦隊同士の海戦が開始されたのだ。

しかし、ロシア艦隊の隊員たちは、不運にも冷静さに欠けていた。かれらは、東郷艦隊の突然の大回頭に啞然とし、そして狂喜した。かれらは、この絶好の機会をのがすまいと気持がはやっていた。一月二十三日、ロシア艦隊がマダガスカル島ノーシベー湾に在泊中、ロジェストヴェンスキー司令長官は、

「敵艦砲撃ノ際ニハ、マズ試射ヲ行ッテ、弾着位置ヲ確認シタ後、砲撃スベシ」という訓令を発していたが、功をあせっていた各艦の砲員は、試射もおこなわず「三笠」に砲火を集中した。

それは、ほとんど乱射に近いものであったが、先頭をゆく旗艦「三笠」は、たちまち落下する砲弾の巻き上げる水柱につつまれた。その中の数弾は艦の各所に命中、その度に艦は激しく震動した。

「三笠」は回頭を終えて、全速力をあげて疾走してゆく。集中砲火を浴びながら進む「三笠」の姿は、悲壮だった。後続艦からみると、立ちのぼる水柱の中に「三笠」の艦影は没し、撃沈されてしまったのではないかと危惧《きぐ》された。

やがて、二番艦の戦艦「敷島」が回頭位置に達して、艦首を左舷《さげん》方向に激しくふり向けた。ロシア艦隊の発する砲弾は「敷島」にも浴びせかけられ、順次回頭する諸艦は砲火にさらされた。「三笠」艦上には血が流れ、舷側近くに立ち昇る水柱が甲板上に落下する。「三笠」の砲員たちは、悲痛な表情で海上を凝視していた。敵艦隊からは発砲の白煙が連続的に湧き、いんいんと雷鳴のような砲撃音がとどろいてくる。空気を引き裂くように砲弾の通過音がして、海面に水柱がせり上り、艦にも砲弾が命中し、すさまじい炸裂《さくれつ》音が起っている。が、砲撃開始の命令は、依然として発せられなかった。

砲員たちは、爆風によろめき飛来する破片に傷つきながらも、砲にしがみついてはなれない。敵艦隊との距離が、七、五〇〇メートルに迫った。「三笠」の装備する一二インチ主砲の砲弾は十分に敵艦にとどく距離にあって、かれらは、一刻も早く敵艦に砲弾を浴びせかけたかった。

かれらは、苛立った眼で最上甲板を仰ぎ見ていた。が、そこには、東郷司令長官を中心に幕僚たちが、ただ双眼鏡を手に身じろぎもせず立っている姿がみえるだけであった。後続艦に眼を向けると、各艦は、水柱につつまれながら次々に回頭している。「三笠」をはじめ各艦は、全く無抵抗に砲撃を浴びながら航進している。

距離が、七、〇〇〇メートルに達した。しかし、東郷は無表情に口をつぐんでいる。幕僚たちの顔には、焦りの色が濃くなっていた。

日本艦隊は、砲火にさらされながら回頭を終え、「三笠」を先頭に一列に直進してゆく。その艦列は、ロシア艦隊の航路前方を横切るように進み、日露両艦隊の陣列は、T字のような型になってゆく。

東郷にとって、それは、理想の戦闘隊形であった。Tの横棒の位置に日本艦隊が達すれば、全艦艇が、縦棒の形で進んでくるロシア艦隊の先頭艦を集中砲撃できる。むろん、ロシア艦隊の先頭艦は応戦するだろうが、後続の艦艇は距離も遠く、たとえ砲撃をしても、命中率は低いはずだった。

「三笠」とそれにつづく各艦に対するロシア艦隊の砲撃は、距離の短縮にともなって一層激しくなった。しかし、東郷は、口をつぐんだまま砲撃開始を下令しない。

先頭艦「三笠」をはじめ後続艦の砲員たちは、

「砲撃開始はまだですか、射たせて下さい、射たせて下さい」

と、上官に懇願した。

かれらは、約四カ月間、朝鮮海峡を中心に寸暇を惜しんで砲撃の猛訓練を積み重ねてきた。敵艦は十分に射程距離内にあって、砲弾を命中させる自信があるのに、砲撃開始命令は発せられない。その間、各艦には敵艦から放たれる砲弾がぞくぞくと命中しはじめ、このままでは戦わずに撃沈されるのを待つに等しかった。

しかし、東郷は、かたく口をとじていた。かれは、大回頭によってT字陣形が形成されてゆくのに満足していたが、むろん、それだけでは敵艦隊に大打撃をあたえるには不十分だった。

ロシア艦隊の八隻、日本艦隊の四隻という戦艦隻数の差はいかんともしがたく、大口径砲の数は、ロシア艦隊の方がはるかに多い。遠距離での砲戦になれば、むろん、ロシア艦隊が圧倒的に優勢で、日本艦隊の敗北はほとんど決定的なものになる。

日本艦隊が中小口径砲の威力を発揮するためには、短距離での砲戦しかない。東郷は、敵の砲火にさらされながらも接近戦をいどむ方針を変えず、ただ、全速力で突進することのみを願っていた。

「距離七、〇〇〇メートル」

という絶叫に近い報告がつたえられた。

しかし、東郷は、沈黙を守ったまま身じろぎもしない。各艦の砲員は、眼を血走らせて砲撃命令を待った。

第一戦隊の戦艦「敷島」についで「富士」「朝日」も回頭を終え、「三笠」に続航してくる。その後につづく装甲巡洋艦「春日」「日進」も、四戦艦を追うように回頭態勢に入ろうとしている。その後方には、上村彦之丞第二艦隊司令長官の率いる第二戦隊の「出雲」以下六隻の装甲巡洋艦が回頭位置にむかっていた。

時計の針が、午後二時十分をしめした。

「距離六、五〇〇メートル」

砲術長の声が、ひびいた。

その瞬間、東郷司令長官が砲術長に顔を向け、

「射ち方始め」

と、平静な声で告げた。

安保砲術長の眼に、歓喜の光がうかび上った。たちまち発砲命令は、各砲座につたえられた。

旗艦「三笠」の一二インチ主砲が、轟音《ごうおん》とともに火をふいた。これにつづいて、戦艦

「敷島」が六、八〇〇メートル、一分後には「富士」が六、二〇〇メートルの距離から、「朝日」が七、〇〇〇メートルでそれぞれ発砲し、つづいて回頭を終えた装甲巡洋艦「春日」が、また、二時十四分には、第一戦隊最後尾をゆく装甲巡洋艦「日進」が、ともに六、〇〇〇メートルの距離で発砲、第一戦隊の全艦が砲撃を開始した。

これら「三笠」をはじめとした各艦は、東郷司令長官の指示を忠実に守った。攻撃目標は、右翼列の先頭を進むロジェストヴェンスキー司令長官坐乗のロシア艦隊旗艦「クニャージ・スヴォーロフ」であった。

さらに、後続の上村艦隊の装甲巡洋艦「出雲」「吾妻」「常磐」「八雲」らも砲戦に参加した。その諸艦の攻撃目標は整然と指示されていて、「春日」「日進」「出雲」「常磐」「八雲」は左翼列の先頭を進む戦艦「オスラビヤ」（一二、六七四トン）、「吾妻」は「クニャージ・スヴォーロフ」に砲火を集中した。つまり、「三笠」をふくむ四戦艦と装甲巡洋艦「吾妻」は右翼列の先頭艦「クニャージ・スヴォーロフ」に、「春日」をふくむ五隻の装甲巡洋艦は左翼列の先頭艦「オスラビヤ」に目標を定めたのだ。

しかし、各艦の砲員たちは、ロシア艦隊の砲員たちと同じように、大海戦に参加してほとんど放心状態におちいっていた。が、猛訓練につぐ猛訓練を重ねてきたかれらは、霞《かす》んだ意識の中でも砲撃の基本を忘れなかった。各艦の砲撃は、試射することからはじめられた。そして、海面に落下する砲弾の上げる水柱を見定めて順々に照準を修正し、弾着位置は、徐々に旗艦「クニャージ・スヴォーロフ」と戦艦「オスラビヤ」に近づいていった。

日本艦隊の砲撃が開始された頃、ロシア艦隊には、一種の混乱が起っていた。かれらは、まだ整然とした一列縦陣をとるまでに至っていなかった。右翼列にいた旗艦「クニャージ・スヴォーロフ」以下第一戦艦隊の四戦艦は、左翼列の前方に出ようと全速力で疾走していた。これを知った左翼列の第二戦艦隊は、第一戦艦隊を前方に進出させるため急激に速度を落していた。殊《こと》に先頭艦の戦艦「オスラビヤ」は、ほとんど停止状態にあった。

日本艦隊にとって、動きをとめた「オスラビヤ」は攻撃の好目標になった。「オスラビヤ」は、不揃《ふぞろ》いながらも一列縦陣をとっているロシア艦隊の第五番目に位置していたが、日本艦隊の「春日」をはじめ五隻の装甲巡洋艦は、「オスラビヤ」一艦に砲火を集中させた。

日本艦隊とロシア艦隊の距離は五、〇〇〇メートル以下に短縮、東郷司令長官の念願であった接近戦が実現した。これによって第一、第二戦隊の諸艦の六インチ副砲も一斉に砲撃に参加、しかも砲数が多い上に発射速度がすぐれているので、ロシア艦隊の数倍におよぶ砲弾が浴びせかけられた。

猛砲撃を開始してから十分後には、ロシア艦にぞくぞくと砲弾が命中しはじめ、攻撃目標に定められた旗艦「クニャージ・スヴォーロフ」と戦艦「オスラビヤ」の被害がいちじるしくなった。殊に日本装甲巡洋艦の集中砲火を浴びた「オスラビヤ」は、午後二時三十八分頃、艦首の一〇インチ、六インチ各砲に命中弾を受け、さらに砲弾は艦首に命中、マストは倒れ、煙突は射ぬかれた。

Ｔ字戦法をとった日本艦隊に、ロシア艦隊は進路前方をさえぎられた形になり、ロジェストヴェンスキー司令長官は右舷方向への変針を命じた。

それを認めた東郷司令長官は、旗艦「三笠」以下に変針を命じ、ロシア艦隊の進路前方にのしかかるように航進させた。その間、両艦隊の砲撃は絶え間なくつづけられ、殊に、先頭をゆく艦には砲撃が集中した。

日本艦隊旗艦「三笠」の被弾はいちじるしく、前部司令塔に命中弾を受け、さらに前部艦橋にも砲弾が炸裂、飛散した防弾用のハンモックが東郷司令長官の体をかすめた。至近弾は壮大な水柱をあげ、その海水が瀑布《ばくふ》のように艦上に音を立てて落下する。東郷司令長官をはじめ幕僚たちは、海水を浴びて全身濡《ぬ》れ鼠《ねずみ》になっていた。

左方に変針した日本艦隊とロシア艦隊の距離はさらに四、六〇〇メートルに接近し、日本艦隊は、小口径砲まで砲撃に参加して急射撃に移った。それによって午後二時三十八分頃、艦首に被弾し左舷に一二度傾斜していた新鋭戦艦「オスラビヤ」の中部甲板に、大火災が発生した。

炎はひろがり、黒煙は西風にあおられて流れる。

日本艦隊乗組員は、歓声をあげた。

戦艦「オスラビヤ」は、火炎につつまれながら艦列の右方に出た。それを見た戦艦「ボロジノ」と「オリョール」は、「オスラビヤ」を守護するため列外に出て、「オスラビヤ」と一列縦陣をとった。

日本艦隊は、変針したロシア艦隊の前方を高速を利して圧迫しながら、すさまじい砲火を浴びせかけた。その執拗《しつよう》な日本艦隊の前面圧迫戦法に、ロジェストヴェンスキー司令長官は、このまま戦闘がつづけば、ロシア艦隊は不利な立場に追いこまれると判断した。そして、日本艦隊の戦法をかき乱すため、信号旗をかかげて全艦隊を右に左に変針させた。しかし、日本艦隊は、それに応じて執拗に食いさがり、前面圧迫をやめない。

日本艦隊の連射は一層激しさを加え、戦艦「オスラビヤ」についで、遂《つい》にロジェストヴェンスキー司令長官坐乗《ざじょう》の旗艦「クニャージ・スヴォーロフ」にも火災が発生した。しかも、同艦の舵機《だき》の汽罐《きかん》に砲弾が命中、航行の自由を失って速度もおとろえ、艦列外に出ざるを得なかった。

旗艦の落伍《らくご》によって戦艦「アレクサンドル三世」が先頭艦となったが、同艦にも砲弾が集中、マストは吹き飛び煙突は倒壊して、火炎が噴き上った。が、炎につつまれながらもロシア砲員たちは、砲からはなれず必死になって砲撃をつづけていた。

ロシア艦隊旗艦「クニャージ・スヴォーロフ」、戦艦「オスラビヤ」「アレクサンドル三世」の噴き上げる黒煙は、洋上を色濃く流れた。そのため、ロシア艦隊の姿は、その中に没して視界は閉ざされ、日本艦隊は、砲撃目標をつかむことができず、しばしば砲撃を中止しなければならなかった。

日本艦隊の被害も増して、旗艦「三笠」の被弾は二十発以上に達し、六インチ砲に命中した敵弾によって砲員すべてが死傷した。煙突は貫通され砲身は傷つき、甲板は破壊された。戦死傷者の数も百名を数え、参謀飯田久恒少佐、清河純一大尉、「三笠」副長松村龍雄中佐、水雷長菅野勇七少佐らが負傷していた。

また、後続の戦艦「敷島」以下「富士」「朝日」も、命中弾を数多くこうむり、甲板上に肉塊が飛散し血が流れていた。日露両艦隊は、傷だらけになりながら、すさまじい死闘をくり返していた。両艦隊乗組員は、それぞれ祖国の興亡をかけて激しい戦意をぶつけ合っていた。

しかし、東郷司令長官のとった敵前大回頭によってはじまった大胆な戦法は、優勢なロシア艦隊を圧倒していた。

ロジェストヴェンスキー司令長官は、東郷司令長官の執拗な前面圧迫戦法を攪乱《かくらん》するため、信号旗をかかげて、全艦隊に一八〇度の大回頭を命じた。その命令によって、南東に進んでいたロシア艦隊は順々に艦首を返し、針路を北東に向けた。

これを認めた東郷司令長官は、あくまでロシア艦隊の前面を圧迫することを決意、第一戦隊に命じて一斉に反転させた。そのため、最後尾についていた装甲巡洋艦「日進」が先頭艦になり、「三笠」は最後尾を進む隊形になった。

その間にも、日本艦隊の砲撃は間断なくつづけられ、火炎と黒煙を噴き上げる三戦艦に砲火を集中していた。

火炎は一層激しく立ちのぼり、その中でも戦艦「オスラビヤ」の被害は甚大で、必死に艦隊を追う姿は悲壮だった。すでに艦首は沈み、艦は、左舷方向に大きく傾いている。黒煙は全艦をおおい、煙突は裂け、マストは断ち切られていた。それでも、砲員は砲にしがみついて砲撃をやめない。かれらは、ロシア魂をふるい立たせて日本艦隊に砲火を浴びせていた。

「オスラビヤ」は、排水につとめ、傾斜を恢復《かいふく》させることに全力をそそいでいた。が、その努力もむなしく、艦の傾斜は徐々に増していく。艦首は水面下に没し、艦尾が次第に突き立ち、遂に同艦の機関も停止した。艦は火につつまれながら左舷方向に刻々と傾斜し、黒煙にまじってすさまじい音を立てて壮大な白煙が立ち昇った。それは、同艦をおおう火炎が海水にふれて発する水蒸気であった。

必死につづけられていた発砲もやみ、艦上には、蟻《あり》の群れのように乗組員の右往左往する姿が見えた。かれらは、帽子をぬぎ衣服を捨てて半裸になる。救命ボートは火災でことごとく燃えつきていて、洋上を泳ぐ以外に方法はなかったのだ。

かれらは、傾いた甲板を右舷へ右舷へと移動してゆく。炎はさかまき、火傷《やけど》を負ってころがりまわっている者も多かった。

右舷の艦底が、わずかに露出しはじめた。それは、巨大な海獣が身をかしげてゆくのに似ていた。しかも、死に瀕《ひん》した「オスラビヤ」には、絶え間なく日本軍艦の放つ砲弾が炸裂《さくれつ》、人体が鉄板とともに空中に舞う。傾斜がさらに増し、裂けた煙突がかたむいて海水に洗われ、右舷の赤黒い船腹がせり上ってきた。

乗員たちの混乱は、はげしさを増した。かれらは、狂ったように露出した船腹に這《は》い上ってゆく。死の恐怖にかられたかれらは、他の者をひきずりおろして上方へ進もうと争う。が、そのうちかれらの体は、海草におおわれた船腹から一斉に海面へ滑り落ちはじめた。

たちまち、波浪の逆巻く海面に、乗組員のうごめく姿がひろがった。近くを進むロシア艦に手をふって救助を求める兵もいれば、他人の体にしがみついて一緒に海面下に沈んでゆく者もいる。

艦は、艦尾を高々と突き上げ、左舷は海中に没した。火炎と水にふれる水蒸気の音が、あたりを走った。艦は、急に傾斜速度を早めると、左舷方向へのめりこむように沈んでいった。

……時刻は、午後三時六分であった。

たちまち、沈没海面に、すさまじい渦が起った。海面でもがいていた乗組員の群れが、激しい渦にまきこまれ、かれらの間から悲しげな絶叫がふき上った。

ロシア艦隊乗組員は、眼前で沈没してゆく「オスラビヤ」の姿に慄然《りつぜん》とした。七カ月前ロシア本国を出港以来、常に行動を共にしてきた戦艦「オスラビヤ」の姿はすでになく、艦長以下多くの乗組員も、海面に投げ出されて大きな渦に巻きこまれてゆく。それは、余りにも悲惨な光景だった。

砲弾の飛来する中を、駆逐艦「ブイヌイ」「ブイストルイ」「ブラーヴイ」特務船「シヴィリ」が沈没海面に近づき、助けを求める乗組員を引揚げた。約九百名の「オスラビヤ」乗組員のうち五百四名が戦死、または溺死《できし》した。

ロシア第二戦艦隊旗艦「オスラビヤ」が沈没した頃、第一戦艦隊をひきいる旗艦「クニャージ・スヴォーロフ」も、戦列を脱していた。マストは折れ、煙突は倒壊して、艦全体がすさまじい火炎につつまれていた。

すでに艦上の建造物はことごとく破壊され、甲板上には、死体が散乱していた。乗員たちは、流れる血に足をすべらせながら消火に駈《か》けまわっていたが、ポンプもホースも飛来した砲弾によって破られていた。すぐに予備のホースが補充されて再び消火にあたったが、ホースは次々に引き裂かれて取りかえるホースもつきていた。

そうした事態を予測して戦闘開始前、ボート十一隻に海水をみたし防火用として用意しておいたが、砲弾の破片でボートに穴があき、海水が洩《も》れていた。乗組員たちは、シャツをぬいで穴の漏水をふせぎ、ボート内の海水をバケツにくんで炎にふりかけていたが、むろん、消火には役に立たず、艦は燃えるにまかせる状態におちいった。

同艦に命中した第一弾は、右舷舷側をつらぬいて、内部にある仮包帯所で炸裂していた。そのため同所にあった薬瓶・包帯材料などの器具が吹き飛び、包帯所にいた人々は一瞬の間に肉塊と化した。首、胴、手足などが散乱し、壁には多くの肉片がこびりつき、仮包帯所の機能は完全に失われていた。

艦内には死体が累々《るいるい》として横たわり、負傷者の呻《うめ》き声がみちていた。

その間にも、満身創痍《そうい》となった「クニャージ・スヴォーロフ」には、容赦なく日本艦隊の放つ砲弾が浴びせかけられ、後部司令塔と艦尾士官室にもそれぞれ砲弾が命中して、付近にいた士官、下士官兵を殺戮《さつりく》した。舷側には、到る所に大きな穴があけられて海水が浸入しはじめ、甲板は穴だらけになった。さらに、後部砲塔にも巨弾が命中、一二インチ砲一門が破壊され、他の一門は、根元から切断されて空中に舞い上り、水しぶきをあげて海面に落下していった。

しかし、生き残った同艦乗組員の士気は、きわめて旺盛《おうせい》だった。砲員たちは、全身を血に染めながら砲撃をやめない。砲手が倒れれば、他の者がそれに代って砲にとりつく。

「クニャージ・スヴォーロフ」の戦闘力は、乗組員たちの旺盛な戦意に支えられて、少しの衰えもみせてはいなかった。

負傷者は、逆巻く火炎と落下する砲弾の中を、防禦《ぼうぎょ》甲板の上に設けられた治療室にはこび込まれていく。が、室内には負傷者の体が充満し、坐ることもできず、体を寄せ合って立っている者も多い。顎《あご》のない者、手足の欠けた者、中には腹部からはみ出した内臓を手でおさえて呻吟《しんぎん》している兵もいた。

午後二時五十二分、同艦の舵機が完全に破壊され、前進しても同じ海面を回転するだけになり、航行の自由は失われた。

旗艦「クニャージ・スヴォーロフ」は炎につつまれ、船体は、無残にも穴だらけになっていた。しかし、発砲は依然としてつづけられ、ロジェストヴェンスキー司令長官も、前部司令塔にあって指揮をとっていた。

かれは、日本艦隊の砲撃が予想以上に高い命中率をしめしていることに呆然《ぼうぜん》として、「クニャージ・スヴォーロフ」以下の味方艦の被弾が甚しいことにも戦慄していた。

しかし、かれは、希望を失ってはいなかった。日本艦隊には火災も発生せず、整然とした陣列を組んでさかんに砲撃してくる。その航進速度は早く、艦隊行動も機敏であった。が、旗艦「三笠」をはじめ「敷島」「富士」「朝日」らは水柱につつまれ、しばしば艦に砲弾が命中するまばゆい火閃《かせん》が起っている。その上、上村中将指揮の第二戦隊の装甲巡洋艦「浅間」も、命中弾を浴びて航行の自由を失ったらしく、艦列から落伍しているのが望見できた。

ロジェストヴェンスキー司令長官は、日本艦隊もかなりの損害をうけている、と推定した。かれは、長身の身をかがめるようにして、前部司令塔から双眼鏡を日本艦隊に向けていた。

しかし、午後二時五十二分、舵機が破壊されたと同時に、司令塔の眼窓のふちに砲弾が轟音《ごうおん》をあげて炸裂した。弾片が、閃光とともに塔内を走った。倒れたのは、ロジェストヴェンスキー司令長官と「クニャージ・スヴォーロフ」艦長イグナチウス大佐であった。

負傷をまぬがれた参謀長グラビエ・デ・コロン大佐は、愕然《がくぜん》として司令長官に駈け寄り、かれの肩をゆすったが、応答はない。コロン参謀長が、

「長官、長官」

と、さらに激しく肩をゆすると、ロジェストヴェンスキー司令長官の眼に光がやどった。頭部に傷を負って一瞬、失神状態になっていたが、すぐに意識を恢復した。

参謀長は、治療室へ運ぼうとしたが、ロジェストヴェンスキー司令長官は、

「ここをはなれるわけにはゆかぬ。今が最も重大な時だ。私は、このまま指揮をとる。

傷は大したことはない」

と言って、再びころがった双眼鏡をとり上げた。

参謀長は、なおも司令長官の身を案じて軍医長を呼ぼうとしたが、司令長官は、それをかたく拒否した。

「皇帝陛下と祖国のために、私はこのまま指揮をとるのだ」

かれの顔には、決死の表情があらわれていた。

艦長イグナチウス大佐は頭部に深い傷を負い、ふき出た多量の血が顔面を流れていた。艦長は、よろめきながら治療所へ去った。

旗艦「クニャージ・スヴォーロフ」が大損傷を受けて列外に出たため、先頭艦の位置を占めた第一戦艦隊の二番艦「アレクサンドル三世」も、砲火を浴びて大火災を生じ、一時、列外に脱落せざるを得なかった。その結果、三番艦である戦艦「ボロジノ」が、先頭艦となって全艦隊を指揮した。

「ボロジノ」艦長セレープレンニコフ大佐は、戦局を冷静に観察していた。

第二戦艦隊旗艦「オスラビヤ」は沈没し、第一戦艦隊旗艦「クニャージ・スヴォーロフ」と「アレクサンドル三世」は火炎につつまれて落伍している。それに比べて日本艦隊は、整然とした隊列を組んで前面圧迫をくり返しながら、しきりに砲火を浴びせかけてきている。このままの態勢で進めば、ロシア艦隊の不利は一層増すものと予想された。

セレープレンニコフ艦長は、敗勢を恢復させるためには、前進を中止して進路を大きく変え、日本艦隊の後尾を突破して北方へ逃れるべきだと判断した。かれは、「ボロジノ」のマストに信号旗をかかげさせると、急に左へ反転、北方に針路を定めた。

しかし、日本艦隊の「三笠」を旗艦とする第一戦隊は、いち早くその動きを察知して反転、再びロシア艦隊の前面に突き進んできた。東郷司令長官は、あくまでもT字戦法をやめようとはしなかった。

「ボロジノ」艦長セレープレンニコフ大佐は、機敏な日本艦隊の行動に呆然とし、やむなく東へ針路を変えた。かれは、指揮能力を失った旗艦「クニャージ・スヴォーロフ」に代って、全艦隊の誘導をはかった。

この変針を見た東郷司令長官の第一戦隊は、ロシア艦隊の前面に進出するため、再び反転した。当然、第一戦隊に続航していた上村彦之丞中将指揮の第二戦隊は、第一戦隊の反転にならって航進しなければならなかったが、上村は、そのまま反転すれば、ロシア艦隊との距離が大きくはなれ、北方への逃走を許してしまうだろうと推定した。また、反転した第一戦隊がそのまま前進すれば、逆にロシア艦隊側が有利なT字戦法をとる位置を占めることも予想された。

そのため、上村は、第二戦隊を第一戦隊に続航させず、そのまま前進をつづけて、高速度でロシア艦隊にむかって突き進んだ。この上村艦隊の行動は、全く上村の独断によるものだったが、判断は的中して、たちまち距離は三、〇〇〇メートルまでに短縮し、「出雲」をはじめとした装甲巡洋艦群は、連続的に砲弾をロシア艦隊に浴びせかけた。

その頃、大火災に悩んでいた戦艦「アレクサンドル三世」は、消火に成功して再び艦列に復帰し、先頭艦としての位置を占めていた。

「アレクサンドル三世」艦長ブフウォストフ大佐は、上村艦隊の猛攻を避けるため、さらに右方へ回頭し、南方へとむかった。自然に上村艦隊と反航戦をとってすれちがう形になったので、ロシア艦隊と日本艦隊との距離は遠ざかった。

十四

戦艦「アレクサンドル三世」に誘導されたロシア艦隊が、日本艦隊の攻撃をのがれて淡い霧の中に避退することに成功したのは、午後三時二十分頃であった。それは、日露両主力艦隊との間で砲戦が開始されてから、一時間十分後のことで、第一次戦闘は終ったのだ。

しかし、その戦闘によって、日本艦隊は、ロシア艦隊に大きな損害をあたえていた。第二戦艦隊旗艦「オスラビヤ」は、ロシア艦隊の目前で沈没、また、戦艦「アレクサンドル三世」「シソイ＝ウェリーキー」の火災発生など諸艦の受けた傷は深く、ロシア艦隊は、艦列を乱して辛《かろ》うじて霧の中にまぎれこんでいった。

さらに、ロシア艦隊旗艦「クニャージ・スヴォーロフ」は、悲惨な立場に身を置いていた。同艦は、集中砲火を浴びて炎に包まれ、煙突も砕けマストは倒れて、艦上の構造物はなにもない。それは、巨大な亀の甲が海上に浮んでいるように艦の形態は失われていた。しかも、舵《かじ》を破壊されているので航行の自由はなく、退避するロシア艦隊からも置き去られて孤立していた。

同艦に坐乗《ざじよう》していたロジェストヴェンスキー司令長官は、すでに頭部に傷を負っていた。かれは、コロン参謀長らと前部司令塔にいたが、塔内の羅針盤その他の器物が破壊され火炎にもつつまれたので、幕僚をしたがえて艦内の吃水《きつすい》線下にある下部発令所に移った。

しかし、かれは、負傷にもめげずすこぶる元気で、

「この下部発令所では、戦況を観察できぬ」

と言って、同室内から上甲板へとあがった。

しかし、上甲板は火災によって焼けくずれ、前部方向に行くことはできない。かれは、やむなく左舷《さげん》中央の六インチ砲塔におもむこうとしたが、それも不可能で、結局、右舷中央の六インチ砲塔にむかった。

その時、飛来した砲弾の破片が、かれの左足首を襲い、神経を切断した。部下たちは、

膝《ひざ》をついたかれを六インチ砲塔内に運び、塔内にあった箱に腰を下ろさせた。

かれは、応急手当を受けながらも、

「大した傷ではない」

と、部下の気遣わしげな眼をうるさそうに制し、六インチ砲が発砲をやめていることに気づいて、

「なぜ、この砲塔では砲撃をせぬのか」

と、苛立《いらだ》って問うた。

「長官、この砲塔は、損害を受けて回転の自由を失っているのです」

掌砲長の答えに、ロジェストヴェンスキー司令長官は、無言のままうなずいた。

旗艦「クニャージ・スヴォーロフ」は、ただ一艦で洋上をさまよっていた。

司令長官ロジェストヴェンスキー中将は、頭部につづいて脚部に負傷、その傷はかなり深く、六インチ砲塔内の箱に腰を下ろしたまま頭を垂れていた。また、参謀長グラビエ・デ・コロン大佐も重傷を負い、同艦の指揮系統は乱れていた。

その頃、日本艦隊は、霧中に姿をかくしたロシア艦隊を必死に探し求めていた。戦艦「オスラビヤ」を撃沈し、「クニャージ・スヴォーロフ」その他に大損傷をあたえたことは確認できたが、ロシア艦隊を潰滅《かいめつ》させるまでには至っていない。ロシア艦隊が、そのままウラジオストック軍港に逃げこんで艦の修理をおこなえば、その巨大な海上兵力は、

日本海軍にとって大きな脅威となる。日本海軍としては、初戦に勝利をおさめた勢いに乗じてロシア艦隊を徹底的に撃破したかった。

東郷司令長官は、全艦艇に対し、大々的な索敵を命じた。

その直後、上村司令長官指揮の第二戦隊は、霧の切れ間から火災と黒煙につつまれた巨艦を発見した。それは、煙突も破壊し前檣《ぜんしょう》も失われたロシア艦隊旗艦「クニャージ・スヴォーロフ」の無残な姿であった。

上村は、ただちに攻撃を下令、「出雲」以下の装甲巡洋艦戦隊が同艦にむかって突き進み、約二、〇〇〇メートルの近距離に迫って砲火をひらいた。さらに「八雲」は、魚形水雷を発射したが、それは命中するに至らなかった。

装甲巡洋艦戦隊の放つ砲弾は、「クニャージ・スヴォーロフ」の艦上に次々に命中、それに対し同艦は、わずかに艦尾の七・五センチ砲一門で応戦するのみであった。

上村司令長官は、同艦がすでに廃艦にひとしい残骸《ざんがい》にすぎないことを知った。そして、同艦を撃沈するよりはロシア艦隊を追撃すべきだと判断し、砲撃を中止して同海域をはなれた。

しかし、「クニャージ・スヴォーロフ」は、その直後、新たな敵を迎えねばならなかった。上村艦隊に所属する第五駆逐隊が襲来し、さらに、通報艦「千早」(一、二三八トン)も攻撃に参加してきた。

第五駆逐隊は、広瀬順太郎中佐を指揮者に「不知火《しらぬい》」「叢雲《むらくも》」（いずれも二四七トン）「夕霧」「陽炎《かげろう》」（いずれも二七五トン）で構成され、航行の自由を失った「クニャージ・スヴォーロフ」に肉薄してきた。それは、深い傷を負った巨大な獣に小動物のむらがるのに似た光景で、広瀬隊は、一、六〇〇メートルの近距離で魚雷二個を発射したが命中せず、「千早」とともに砲弾を浴びせかけた。

これに対して「クニャージ・スヴォーロフ」は、残された艦尾の七・五センチ砲を駆使して広瀬隊に応戦、そのうちに、近くを通過したロシア艦艇も広瀬隊に砲火を浴びせかけ、「千早」は三弾を浴びて石炭庫に浸水して避退、また、広瀬隊も計四発の魚雷を発射したが命中せず、急いで弾着圏外にのがれた。

炎上する各艦から起る黒煙が霧とまじり合って、洋上には厚い雲が垂れこめているようにみえる。その中に姿を没したロシア艦隊がウラジオストック軍港にむかっていることはあきらかで、日本艦隊はその方面をさぐったが、艦影をとらえることはできなかった。

東郷司令長官は、第一戦隊をひきいて北東方向に索敵航進し、上村中将指揮の第二戦隊もそれにつづいた。敵を見失ってから四十分間が経過していた。

午後四時頃、第一戦隊見張員が、左舷方向六、五〇〇メートルの距離に数十条の黒煙が霧の中から立ちのぼっているのを発見した。ロシア艦特有の煙突が点々とつづいていて、そこからしきりに黒煙が吐かれている。

戦艦「アレクサンドル三世」の火災は鎮火して「ボロジノ」「オリョール」両戦艦と隊列を組み、その後方を戦艦「シソイ＝ウェリーキー」「ナワリン」装甲巡洋艦「ナヒモフ」が一団となって続航し、戦艦「ニコライ一世」以下の第三戦艦隊は遠くおくれている。陣形は乱れていて、荒波の中を北東方にむかって進んでいた。

東郷司令長官は、第一戦隊に、

「攻撃」

を命じると同時に、続航してくる第二戦隊にもロシア艦隊発見をつたえさせた。

「三笠」以下戦艦と装甲巡洋艦計六隻《せき》によって構成されている第一戦隊は、「三笠」を先頭にロシア艦隊にむかって突き進んだ。

午後四時四分、第一戦隊は、六、〇〇〇メートルの距離をへだてたロシア艦隊と並行して進む態勢に入り、砲撃を開始した。再び洋上に砲声がいんいんと轟《とどろ》き、両艦隊の周囲には水柱が林立した。

この並航戦は十数分間で終ったが、ロシア艦隊は、さらに深く傷ついた。殊《こと》に戦艦「シソイ＝ウェリーキー」の損害はいちじるしく、命中弾によって大火災が発生、黒煙が全艦をつつみこんだ。また、先導艦「アレクサンドル三世」の前部も破壊されて再び列外に落伍《らくご》し、戦艦「オリョール」も大損害を受けた。

ロシア艦隊の各艦には、死傷者が激増した。肉塊が散乱する中で、負傷者が呻《うめ》き声をあげてもがいている。鉄片とともに空中に舞う人体も多く、指揮をとる各艦の艦長の大半は、瀕死《ひんし》の重傷を負って指揮権を代行者にゆずっていた。

ロシア艦隊の陣列は、激しく乱れていた。しかし、「アレクサンドル三世」に代って先導艦となった「ボロジノ」は、日本艦隊の攻撃を避けるため他艦の誘導につとめ、大きく南方向へ回頭した。東郷司令長官は、その退路を断とうとして変針を命じたが、霧が濃くなって午後四時四十三分、またもロシア艦隊の姿を見失った。第二次戦闘は、ロシア艦隊に損傷をあたえて終了し、日本艦隊は、さらにロシア艦隊の姿をもとめて洋上を進んだ。

戦艦を中心とした主力艦同士の激闘がつづけられている間、日・露両艦隊の巡洋艦群もすさまじい砲戦をくりひろげていた。

出羽重遠中将指揮の第三戦隊巡洋艦「笠置」「千歳」「音羽」「新高」と通報艦「竜田」は、瓜生外吉《うりゆうそときち》中将の指揮する第四戦隊巡洋艦「浪速」「高千穂」「明石」「対馬」と協力して、午後二時四十五分からロシア艦隊の後部を進むロシア巡洋艦隊に戦いをいどんだ。

ロシア巡洋艦隊は、エンクウィスト少将を司令官に巡洋艦「アヴローラ」（六、七三一トン）以下巡洋艦七隻、駆逐艦九隻、仮装巡洋艦一隻によって構成され、特務船六隻の護衛に任じていた。

ロシア巡洋艦隊にとって、ほとんど武装もほどこしていない特務船の存在は戦闘行動に大きな障害になった。砲戦がはじまると同時に、たちまち特務船隊は列を乱して右往左往し、巡洋艦隊は、それを守りながら戦闘をつづけねばならなかった。

エンクウィスト司令官は、隊列をととのえて有利な位置を占めようとして各艦艇を導いたが、出羽・瓜生両巡洋艦隊は、高速を利して追撃戦に入った。それに対してロシア巡洋艦隊は、必死に反撃を試みたが、午後四時頃にはその艦列も無秩序に乱れ、被害が急に増大した。旗艦「オレーグ」をはじめ巡洋艦「アヴローラ」その他にしばしば砲弾が命中して火災が起り、航行の自由を失う艦も出てきた。さらに午後四時すぎには、片岡七郎中将指揮の第五戦隊（厳島、鎮遠、松島、橋立）第六戦隊（須磨、千代田、秋津洲）も戦闘海域に到着した。

片岡艦隊は、すでに午後三時頃、ロシア艦隊の後方にあった病院船「オリョール」と「カストロマー」を発見し、仮装巡洋艦「佐渡丸」「満州丸」に命じて両船を三浦湾へ連行することに成功していた。病院船「オリョール」の船内には、台湾付近でロシア艦隊のために捕えられていたイギリス船「オールドハミヤ号」の船長以下船員たちが収容されていたので、両船をヘイグ条約違反で佐世保に送付していた。

片岡艦隊の参加によって、ロシア巡洋艦隊は全く混乱状態におちいり、特務船「ルース」は撃沈され、仮装巡洋艦「ウラル」、工作船「カムチャツカ」も航進力を失っていた。

砲戦は日本巡洋艦隊の勝利に終り、ロシア巡洋艦隊は、特務船を放置して北方へのがれ、日本巡洋艦隊はこれを追って激浪の中を北進した。しかし、この戦闘によって出羽戦隊旗艦「笠置」は水線下に命中弾をうけて浸水、瓜生戦隊の「高千穂」も、舵機に砲弾を浴びて落伍した。

日本巡洋艦隊は全速力で追撃戦に入り、出羽戦隊を先頭に、各艦は戦闘旗をひるがえして疾走する。波のうねりは高く、艦首にくだけ散る波が、艦上に豪雨のような激しさで降り注いでいた。

日本巡洋艦隊の追尾を必死にのがれようとしていたロシア巡洋艦隊に、思わぬ幸運がおとずれた。午後四時三十分ごろ北方の水平線上に、東郷司令長官直率の第一戦隊、上村司令長官指揮の第二戦隊に追われて避退中の戦艦「ボロジノ」をふくむロシア戦艦隊の一部を見出《みいだ》したのだ。

エンクウィスト少将指揮の巡洋艦隊に喜びの声があがり、戦艦隊と合流して日本巡洋艦隊に反撃をこころみるため南に反転した。

午後四時五十分頃、ロシア巡洋艦隊と戦艦隊は、追撃してきた日本巡洋艦隊の前面に進出、たちまち激しい砲戦が開始された。

「ボロジノ」をはじめとした戦艦の巨砲は、すさまじい威力を発揮して、出羽戦隊、瓜生戦隊に砲火を集中、また、片岡艦隊にも命中弾を浴びせかけて、日本巡洋艦隊を潰滅寸前にまで追いこんだ。

日本巡洋艦隊は、戦艦隊の戦闘力に対抗する力はないことをさとって、ロシア艦艇の射程距離外にのがれることにつとめた。

この戦闘によって、出羽中将坐乗の第三戦隊旗艦「笠置」(四、九〇〇トン)は、すでに左舷の炭庫水線下に命中弾を受けていたが、その損傷によって艦内への浸水がさらにはげしくなっていた。同艦は、戦闘行動をとることが不可能になり、沈没の危険も予想されたので、僚艦「千歳」(四、七六〇トン)の護衛のもとに波の荒い同海域をはなれ、油谷《ゆや》湾(山口県)に退いた。そして応急修理につとめたが、かなりの時間を要することがあきらかになり、やむなく「笠置」にかかげられていた将旗を「千歳」に移し、午後九時三十分、出羽司令官は「千歳」に乗って再び戦闘海域に急いだ。

また、瓜生中将坐乗の第四戦隊旗艦「浪速」(三、六五〇トン)も艦尾に命中弾を浴び、「高千穂」(三、六五〇トン)も舵機《だき》に損傷を受けて、第四戦隊は、一時戦闘不能の状態におちいった。さらに、片岡中将指揮の第五戦隊の「松島」も、同じく舵機に損傷を受けて列外に落伍した。

ロシア巡洋艦隊の傷は深く、巡洋艦「オレーグ」「アヴローラ」は火炎につつまれ、殊に「アヴローラ」は吃水線付近に命中弾を受けて大きな穴がひらいていた。戦死傷者の数も多く、「アヴローラ」では、艦長エゴリエフ大佐以下十四名が戦死し、副長クローシ中佐以下八十九名が負傷して、指揮系統に重大な支障をきたしていた。

日・露両巡洋艦隊は、凄惨《せいさん》な闘いをくりひろげ、互いに深い傷を負っていた。

日・露両巡洋艦隊の死闘はロシア側に有利に展開していたが、その砲戦は、同海域に上村中将指揮の第二戦隊を誘導する結果にもなった。

上村艦隊は、東郷司令長官指揮の第一戦隊を見失って洋上索敵につとめていた。そのうちに、砲声が遠くいんいんと轟いているのをとらえ、さらに第一戦隊がその方向に急いでいることも無線電信で知った。上村は、東郷司令長官から戦闘海域に先行するよう命じられたので、艦隊をひきいて砲声のきこえている方向に全速力で突き進んだ。

砲声が一層近づき、やがて、霧の流れる水平線上に二隻のロシア艦を発見した。その付近には、砲口から湧《わ》く煙が厚く洋上をおおい、砲声が絶え間なく起っていた。

上村艦隊が同方向に急ぐと、前方に壮烈な光景がくりひろげられているのがみえた。日本巡洋艦隊が、ロシア戦艦隊、巡洋艦隊と激戦中であった。

日本巡洋艦隊は半円をえがいて北方へ、ロシア艦隊も同じく半円をえがいて南方へと、互いにすれちがう形で疾走しながら砲火を交えている。煙突から吐かれる黒煙であたり一帯は淡くかすみ、水柱が絶え間なく立ちのぼって、海面が一斉に沸騰《ふっとう》しているようにみえる。両艦隊には命中弾の火閃《かせん》がひらめき、大火災を起している艦もあった。その戦闘は日本巡洋艦隊に不利で、各艦の周囲に立ちのぼる水柱はおびただしく、急速に圧迫されていることが確認できた。

上村艦隊は、日本巡洋艦隊が射程距離外に必死にのがれようとしているのを見出し、全速力で前進をつづけ、約七、〇〇〇メートルの距離で砲撃を開始した。

上村艦隊の不意の出現は、ロシア側を驚愕《きょうがく》させた。そして、上村艦隊が直進しながら猛砲撃を加えてくるのに恐怖を感じて、午後五時五分頃、ロシア艦の群れは、北西方に舳《へさき》をめぐらし避退行動に入った。ロシア戦艦隊と巡洋艦隊は、やがて、同海域をはなれて霧の中に姿を没した。

洋上に、砲声は絶えた。

その後、戦艦をふくむロシア巡洋艦隊は霧の中を航進していたが、幸運にもロシア主力戦艦隊と出会うことができた。各艦の艦上にどよめきがひろがった。大半の艦は傷ついていたが、戦闘力は十分に残されていて、各艦は洋上で陣列をととのえることにつとめた。

新鋭戦艦「ボロジノ」が先導艦としての位置を占め、その後方に戦艦「オリョール」「ニコライ一世」装甲海防艦「ウシャーコフ」戦艦「アレクサンドル三世」「ナワリン」「シソイ＝ウェリーキー」装甲巡洋艦「アドミラル・ナヒモフ」がつづいて一列縦陣を形成、巡洋艦隊、特務船隊等も左舷《さげん》に陣列を形成した。

戦艦六隻を中心に、諸艦艇は再び一団となって航進を開始した。目的地はウラジオストック軍港で、同港を基地に大々的な戦闘行動をおこなおうと企てていた。

日本艦隊は、霧中に没したロシア艦隊をとらえるため、各戦隊が互いに連絡をとりながら洋上を走りまわっていた。洋上には砲声が絶え、深い静寂が訪れた。初夏の陽は、わずかに西に傾きはじめていた。

その頃、ロシア艦隊旗艦「クニャージ・スヴォーロフ」は、ただ一艦のみ洋上に取り残されていた。

同艦はくり返し砲弾を浴びせかけられ、火炎は同艦をつつみ、マストも煙突も吹きとび甲板は穴だらけになっていた。死者はいたるところにころがり、それは洋上にうかぶ巨大な柩《ひつぎ》でもあった。しかし、艦は無残に破壊され、わずかに左舷に傾きながらも沈没しない。ロシア海軍の誇る最新鋭艦としての誇りをしめすように、「クニャージ・スヴォーロフ」は、残骸と化しながらも浮びつづけていた。

さらに、同艦の乗組員は、艦が大損傷を受けながらも、異常なほど激しい戦闘意欲をしめしていた。巨砲はことごとく破壊され、艦尾に七・五センチ砲一門が残されていただけだったが、相ついで攻撃してくる日本艦艇に執拗《しつよう》な砲撃をやめなかった。

午後四時――

突然七・五センチ砲台から、

「ウラー、ウラー」

の激しい歓呼が起った。それは、発射した砲弾が日本艦艇に命中したのを認めたから
で、歓声は、またたく間に全艦内にひろがっていった。

「ウラー、ウラー」の連呼は、兵たちの戦意をさらにたかめ、

「わが艦隊は、勝利に近づいている」

と、叫ぶ者すらあった。

たしかに、東郷司令長官指揮の戦艦隊は姿を消していて、攻撃してくるのは巡洋艦以下の小艦艇のみであった。それらから発射される小口径砲の砲弾は、たとえ命中しても「クニャージ・スヴォーロフ」にとっては致命的な傷にならない。

「日本艦隊は、大口径砲の砲弾を使い果したらしい」

と、喜びの声をあげる者も多かった。

艦長イグナチウス大佐は、頭部に二度負傷していたが、軍医のとめるのもきかず治療室を出ると、砲塔の上に駈《か》けのぼった。

「わが勇敢なる戦士たちよ。われらは、ロシア海軍軍人として、最後の一兵まで戦おう。余につづけ、まず、火災をしずめよ。全員一致協力して火炎をたたき消すのだ」

かれは、血にそまった姿で絶叫した。

その叫びに、兵たちはふるい立ち、傷を負った者も立ち上って、消火のために全艦上

に散った。が、その時、日本艦艇の放った一弾が砲塔近くに炸裂《さくれつ》した。硝煙がうすらいだ時、イグナチウス艦長ほかその付近にいた兵たちの姿は、あとかたもなく消えていた。

「クニャージ・スヴォーロフ」の舷側には命中弾による大きな穴が開き、そこから多量の海水が艦内に浸入していた。そうした中で乗組員たちは、鎮火に防水に最後の余力をふりしぼって走りまわっていた。

六インチ砲塔内の椅子《いす》に坐《すわ》っているロジェストヴェンスキー司令長官の意識は、ほとんどうすれかけていた。深く頭を垂れ、眼もとざされて、時折り頭をあげると、

「戦況はどうか？」

と、問う。

コロン参謀長が苦戦中であると告げると、司令長官はうなずいて再び頭を垂れる。そのうちに司令長官が、はっきりと眼をさまして、

「幕僚を集めよ」

と、言った。

コロン参謀長は、従兵に司令部員を呼び集めるよう命じた。

数名の従兵が、すぐに艦内に散った。艦内には黒煙が充満し電灯も消えていて、人影をみることもできない。従兵たちは、やむなく司令部員の名を呼んで探しまわったが、艦内には死体が折り重なっているだけで、無気味な静寂がひろがっている。死体の中に

は、黒煙で窒息し倒れた者も多いようだった。

疲れきった従兵たちが、コロン参謀長のもとに駈けもどってきたが、かれらの努力によって集ったのは、わずか二名の司令部員だけであった。

コロン参謀長は、

「長官、幕僚を集合させました」

と声をかけたが、ロジェストヴェンスキー中将は、またも意識を失って何度声をかけても頭をあげなかった。

コロン参謀長は、艦の浸水が増し、沈没の可能性がたかまっていると判断した。かれは、重傷を負い人事不省におちいったロジェストヴェンスキー司令長官を他の安全な艦に移さねばならぬ、と思った。

しかし、味方の艦を呼び寄せようとしても、信号旗をかかげるマストもない。このままでは司令長官も艦と運命を共にする以外にない、と予想された。

艦の傾斜はさらに増し、炎と黒煙も衰える気配はない。しかも、上村中将指揮の第二戦隊が水平線上に姿をあらわし、砲撃を開始していた。

その時、

「敵水雷艇接近中！」

という信号兵の叫び声がきこえた。

艦尾にただ一つ破壊をまぬがれていた七・五センチ砲に砲員がとりつき、砲口を全速力で突進してくる小艦艇に向けた。しかし、それは日本水雷艇ではなく、駆逐艦「ブイヌイ」であった。「ブイヌイ」は、たまたまその付近を通過中、火炎につつまれた「クニャージ・スヴォーロフ」を発見し、大胆にも砲弾の降り注ぐ中を接近してきたのだ。

旗艦「クニャージ・スヴォーロフ」が危機におちいった場合、救難の任にあたる駆逐艦はあらかじめ定められていた。それは、駆逐艦「ブイストルイ」と「ベドーヴイ」で、ロシア艦隊が日本近海に接近した五月二十三日に、司令長官名でその任務が両艦に課せられていた。

しかし、両駆逐艦は、沈没した「オスラビヤ」の乗組員救助などに気をうばわれて、「クニャージ・スヴォーロフ」に接近することもできず、ただ海上をさまよっているだけだった。

これら二艦とは対照的に、駆逐艦「ブイヌイ」は、艦長コロメイツォフ中佐のすぐれた指揮によって、まず「オスラビヤ」の沈没位置で二百四名という多数の溺者《できしゃ》を収容した。その後、火災につつまれた「クニャージ・スヴォーロフ」を発見、すでに救出した「オスラビヤ」乗員で満載状態であったにもかかわらず、全速力で「クニャージ・スヴォーロフ」に急航してきたのだ。

「ブイヌイ」艦長をはじめ同駆逐艦乗組員は、「クニャージ・スヴォーロフ」の悲惨な姿に啞然《あぜん》とした。

「まるで栗を焼くのに使う火鉢のようだ」

艦長は、唇をふるわせてつぶやいた。

それは、すでに軍艦の形態を失った、ただ海上に浮ぶささくれ立った鉄の巨大な残骸《ざんがい》にすぎなかった。炎と黒煙が逆巻く艦上には人影もない。ロジェストヴェンスキー司令長官以下全員が死に絶えたのか……と、コロメイツォフ艦長は慄然《りつぜん》とした。

しかし、さらに艦に近づいてゆくと、「クニャージ・スヴォーロフ」の右舷にある六インチ砲の近くに、コロン参謀長と数名の士官が身を寄せ合って立っているのがみえた。

コロン参謀長が、

「司令長官は重傷を負っておられる。長官を貴艦に移したい」

と、叫ぶのがきこえた。

コロメイツォフ「ブイヌイ」艦長は、

「長官をお乗せする短艇がありますか」

と、たずねた。

しかし、コロン参謀長は、

「すべて焼滅し、一艘《そう》もない」

と、答えた。

「ブイヌイ」艦長は、口をつぐんだ。短艇がなければ、長官を収容するためには駆逐艦を「クニャージ・スヴォーロフ」に接舷させる以外に方法はない。が、波は荒く、三五〇トンの小さな駆逐艦「ブイヌイ」は、海面を上下してはげしく動揺している。このまま舷側に近づいてゆけば、波にあおられた「ブイヌイ」は、巨大な「クニャージ・スヴォーロフ」の舷側に激突して大破し、沈没のおそれがある。

しかし、長官の傷は重く、しかも、「クニャージ・スヴォーロフ」の傾斜は増して、危険はせまっている。「ブイヌイ」艦長は、沈没を覚悟で同艦を「クニャージ・スヴォーロフ」に接舷させることに決意した。

「本艦は、旗艦に接舷を試みる。準備をととのえて下さい」

コロメイツォフ艦長は、叫んだ。

駆逐艦「ブイヌイ」の「クニャージ・スヴォーロフ」に対する接舷は、無謀ともいえる行為であった。しかし、ロジェストヴェンスキー司令長官を救出するためには、それ以外に方法はない。

「ブイヌイ」艦長コロメイツォフ中佐は、波浪の状態を観察した。

波は、むろん「クニャージ・スヴォーロフ」の風下方向の方が幾分おだやかだった。かれは、風下にある舷側に「ブイヌイ」を接近させたかった。が、「クニャージ・スヴォーロフ」をおおう大火炎と黒煙は風下に渦巻きながらなびいていて、到底近づくことができない。

かれは、途方にくれた。艦を風上に接舷しなければならぬが、その方向の海面には、波浪が強風に押されて逆巻いている。

「ブイヌイ」乗組員の顔には、血の気が失われていた。が、「ブイヌイ」艦長は、同艦を接舷するため急いで風上方向にまわしていった。

「クニャージ・スヴォーロフ」の艦上には、「ブイヌイ」が救援にやってきたことを知った乗組員たちが、どこからともなく姿をあらわした。かれらの大半は傷つきながらも、その眼には、はげしい戦意が鋭い光になってはりつめていた。

砲塔内では、司令長官が血だらけの包帯につつまれて頭を低く垂れて坐っていた。

幕僚の一人が、せまい砲塔内に入ると、

「長官、駆逐艦が参りました。お移り下さい」

と、ロジェストヴェンスキー司令長官に大きな声で言った。

長官は、わずかに体を動かし、

「フィリポフスキーを呼べ」

と、低い声で言った。

幕僚は、ロジェストヴェンスキー司令長官が旗艦の航海長を招こうとしていることは作戦指揮を忘れていないあらわれだと思った。

「はい、すぐに従兵を遣わして航海長を呼びます」

と、幕僚は答え、砲塔の外に顔を出すと、

「従兵！　航海長を呼べ」

と、叫んだ。そして、再び砲塔内にもぐりこむと、

「長官、駆逐艦にお移り下さい」

と、声をかけた。

しかし、ロジェストヴェンスキー司令長官は、頭を横にふった。かれは、意識がかすれてはいたが、あくまでも旗艦にとどまり艦隊の作戦指揮をつづけようとしていた。

幕僚の胸に、熱いものがこみ上げた。本国を出発して以来七ヵ月、司令長官は、侍従武官を兼ねた顕職にあって全艦隊を指揮し、航海史上類のない大航海を成功にみちびいた。司令長官は、尊大な提督であり気位も高い軍人だった。が、その長官も血だらけの姿で頭を垂れ眼を閉じている。それは、余りにも悲痛な姿であった。

ロジェストヴェンスキー司令長官は、かすかに頭を横にふりつづけていたが、幕僚や士官たちは、司令長官を駆逐艦「ブイヌイ」に移乗させる準備にとりかかった。司令長官は重傷を負っているので、担架で「ブイヌイ」に移さねばならない。しかも、激浪にもてあそばれる「ブイヌイ」に運びこむためには、旗艦から「ブイヌイ」に吊《つ》り下げておろす以外に方法はなかった。

士官や兵たちは、艦内を走りまわって、上甲板から半ば焼けこげた釣床を持ってくると、縄で結びつけて吊り台状の担架を作り上げた。

この時、体の所々に軽傷を負ったフィリポフスキー航海長がよろめきながらやってきたので、幕僚の一人が六インチ砲塔内に入り、

「長官、航海長が参りました。寸刻の猶予《ゆうよ》もありません。すぐに駆逐艦にお移り下さい」

と、大きな声で言った。

ロジェストヴェンスキー司令長官が、頭をあげた。顔は青白く、眼にはうつろな光しかやどっていなかった。

「駆逐艦へお移り下さい」

幕僚が再び言うと、ロジェストヴェンスキー司令長官は、また、弱々しげに頭をふった。

士官たちは、立ちすくみ口をつぐんだ。退艦をこばむ司令長官の意を無視するわけにはゆかなかったが、沈黙をやぶるように士官の一人が、

「諸君、なにをためらっているのだ。長官をすぐに砲塔の外に出したまえ。長官は重傷を負っておられる。駆逐艦も移乗をお待ちしているのだ。早く長官を運び出せ」

と、荒々しい声で言った。

放心状態にあった士官たちは、その言葉にうながされて長官の体に手をかけた。ロジェストヴェンスキー司令長官は、すでに立つ力もなく、呻《うめ》き声をあげているだけだった。意識のさめる気配もなく、部下たちに抱き上げられた。

しかし、砲塔の扉は半分しまったまま動かず、長身の体を運び出すことはむずかしかった。ようやく数人がかりで砲塔の外に引き出すことができたが、司令長官の上衣が突起物にひっかかって裂けた。

ロジェストヴェンスキー司令長官は、昏睡《こんすい》状態のまま担架に横たえられ、コロン参謀長をはじめ士官や兵たちにかこまれて艦尾にはこばれた。

駆逐艦「ブイヌイ」は、煙突から黒煙を吐きながら「クニャージ・スヴォーロフ」に接近してきた。波浪のうねりはすさまじく、「ブイヌイ」は大きく上下にゆれている。

ロジェストヴェンスキー司令長官をのせた担架は、焼けただれた砲塔の傍のせまい通路をたどって舷門《げんもん》に運ばれた。激浪が舷側にあたって、くだけた波が、司令長官の体に豪雨のように降りかかった。

ロジェストヴェンスキー司令長官の「ブイヌイ」移乗作業は、到底不可能に思えた。「ブイヌイ」は、押し寄せる激浪に大きく動揺している。波に乗って高々とのし上るかとみると、次には波の谷間に深く沈んでゆく。

さらに、「ブイヌイ」の甲板が、旗艦「クニャージ・スヴォーロフ」の舷側にふれたと思った直後、ひいてゆく波浪にひきずられて遠く後退してしまう。「ブイヌイ」艦長コロメイツォフ中佐は、声をふりしぼって乗員を指揮し、操舵員《そうだ》は、眼をいからせて艦を操った。

そのような決死的作業がおこなわれている頃、上村艦隊は、付近にある工作船「カムチャツカ」を砲撃中で、いつ「クニャージ・スヴォーロフ」に対して砲火を浴びせてくるかわからぬ状況だった。むろん、砲撃される以前に、司令長官を「ブイヌイ」に移乗させたかったが、「ブイヌイ」は激しい波浪にもまれて接舷することもできない。

そのうちに、「ブイヌイ」がひときわ高いうねりの波にのって、旗艦の舷側にすさまじい動きで近づいてきた。担架をロープで吊り下げていた士官の一人が、

「今だ、おろすぞ」

と、叫んだ。

「ブイヌイ」の甲板が、波にゆり上げられながら急速に接近してくる。

「おろせ」

という叫びと同時に、ロジェストヴェンスキー司令長官をのせた担架が「ブイヌイ」の甲板上に投げ落された。その直後、「ブイヌイ」のスクリューが、海水を白く泡立たせてはなれていった。

その光景を息をのんで見守っていた「クニャージ・スヴォーロフ」艦上の士官や兵は、

「やった、やったぞ。長官の移乗は成功した。司令長官、ウラー」

と、歓声をあげ、「ブイヌイ」の乗組員もそれに和した。

その時、上村艦隊の放つ砲弾が、「クニャージ・スヴォーロフ」と「ブイヌイ」にも集中しはじめた。

しかし、「ブイヌイ」は、出来るかぎり多くの旗艦乗組員を救出しようと、衝突の危険をおかして接舷をくり返す。まず参謀長コロン大佐、ついで幕僚・士官数名と従兵十名ほどが、波の飛沫《しぶき》を浴びながら「ブイヌイ」に飛び移った。その間にも、「クニャージ・スヴォーロフ」に命中した砲弾の破片が、接近した「ブイヌイ」の艦上にも飛んできて、乗組員数名を殺傷した。

もしも、「ブイヌイ」に一弾が命中すれば、小艦であるだけにたちまち轟沈《ごうちん》されてしまう。しかし、「ブイヌイ」艦長は、大胆にも旗艦への接舷の努力をやめようとはしなかった。

「クニャージ・スヴォーロフ」艦上には、士官をはじめ多くの兵たちが立っている。艦は、左舷方向に傾き、火炎はますますたけり狂っている。しかも、上村艦隊の砲弾の飛来は一層はげしさを加えて、旗艦の所々に命中弾が炸裂《さくれつ》している。が、それは同時に、接舷をくり返す「ブイヌイ」の撃沈される危険を意味したものでもあった。

「ブイヌイ」艦長コロメイツォフ中佐は、一人でも多くの乗組員を移乗させようと接舷をつづけていたが、突然、「クニャージ・スヴォーロフ」艦上からの怒声に似た叫び声を耳にして、旗艦に眼を向けた。くずれた砲塔に立ち上った士官の一人が、

「なにをしとるか！　早く離れろ！」

と、しきりに叫んでいる。

また、他の士官も拳《こぶし》をかため、「ブイヌイ」艦長を殴打《おうだ》するような仕種をして威嚇《いかく》しながら、

「ぐずぐずするな、早くはなれろ。長官を殺してしまう気か」

と、憤怒にみちた顔でどなっている。

その士官をかこむようにして立っていた兵たちも、一斉に手をふって、

「はなれろ、はなれろ」

と、声をそろえて叫んでいる。かれらは、自らの生命を犠牲にしても、ロジェストヴェンスキー司令長官を死の危険から守ろうとしている。

「ブイヌイ」艦長は、その悲壮な叫び声にさからうこともできず、「クニャージ・スヴォーロフ」からはなれることを決意し、

「幸運を祈る」

と、叫んだ。

それに対して砲塔に立つ士官が、

「われらは、皇帝陛下の御命令によって旗艦乗組となったのだ。艦の最後を見とどけずに去ることはできない。もしも本艦が沈没したときいた折には、われらが艦と運命を共にしたということを故国の家族につたえてくれ。つつしんでロシア帝国の万歳と、諸君の幸運を祈る」

と、あたりにみちた炸裂音の中で叫んだ。

「ブイヌイ」は、激しくひく波浪に乗じて全力後進をかけ、旗艦の舷側からはなれた。「クニャージ・スヴォーロフ」は左舷に傾き、右舷の赤い船腹が水面上にむき出しになっている。その傾いた艦上で別れを告げる叫び声がつづき、乗組員たちは手をふっていた。

駆逐艦「ブイヌイ」は、大きく舳《へさき》を返すと、全速力で進みはじめた。艦長コロメイツォフ中佐は、自分に課せられた責任の重大さを痛感した。そして、巧みに艦を操って上村艦隊の砲火をのがれることにつとめたが、その一弾が艦尾部の近くに飛来し、損傷を受けた。しかし、同艦は、辛《かろ》うじて戦闘海域を脱出することに成功した。

すでに、「クニャージ・スヴォーロフ」は左舷に傾き、沈没は時間の問題になり、乗組員たちには、ただ死が待っているだけであった。救命ボートは一艘残らず炎上していたし、たとえ海上に投げ出された後、浮遊物につかまることができても、逆巻く波にのまれて溺死《できし》することは確実だった。

しかし、死を目前にひかえながらも、旗艦の乗組員たちの間に混乱はみじんもみられなかった。かれらは、光栄あるロシア艦隊旗艦の乗組員として、死を迎えることに誇りをいだいていた。

瓜生中将指揮の第四戦隊をはじめ日本諸艦隊は、大破し洋上にただよう「クニャージ・スヴォーロフ」に波状的な砲撃をくり返していた。しかし、同艦は、岩だらけの島のように洋上に浮んだまま沈まない。

砲撃をつづける日本艦艇に焦《あせ》りの色が濃くなったが、同艦を撃沈できぬ最大の原因は、日本艦隊の放つ砲弾に重要な欠陥がひそんでいたからであった。

砲弾には徹甲弾という種類があって、艦に命中すると鋼鉄を貫いて船体の奥深く食いこみ、炸裂する。内部爆発することにより、艦に致命的な打撃をあたえて撃沈させることができるのだが、日本艦隊の放つ砲弾は艦に突き刺さることもなく、命中したと同時に炸裂してしまう。

日本艦隊の砲弾は、下瀬火薬と称する海軍の誇る強力火薬がつめこまれていて、爆発力はすさまじかった。が、徹甲弾ではないので、艦の外部に突き出た物を飛散させ大火災を起させはするが、短時間に艦を撃沈させる能力には欠けていた。そうした理由から「クニャージ・スヴォーロフ」は沈没しなかったが、それだけに同艦の破壊度は悲惨なものになった。それはすでに軍艦という概念からは程遠いスクラップの巨大な塊にすぎなかった。

しかし、艦尾にただ一門残された口径七・五センチの小口径砲のみは、依然として発砲をやめなかった。それは、旗艦としての矜持《きょうじ》を失わず戦闘を続ける悲壮な姿であった。

夕闇《ゆうやみ》が濃くひろがり、「クニャージ・スヴォーロフ」の大火炎は闇に赤々と映えている。それは、炎につつまれる落城寸前の城のようにもみえた。

午後七時過ぎ、砲撃では撃沈させることができないとさとった巡洋艦隊は、水雷艇隊に襲撃命令を発した。その任にあたったのは、富士本梅次郎少佐指揮の第三艦隊第十一艇隊で、四隻《せき》の水雷艇（八九トン）が激浪の中をはげしく上下しながらすさまじい速度で突進していった。「クニャージ・スヴォーロフ」の七・五センチ砲は水雷艇に砲弾を浴びせかけたが、水雷艇隊は、それにもひるまず三〇〇メートルの至近距離に達すると、一斉に魚雷を放った。

魚雷は、夜の海面にほの白い航跡をひいて突き進んでゆく。水雷艇は急いで反転し、艇員たちは、その航跡を眼で追った。

かれらは、四本の航跡のうち二本が、城のようにうかぶ「クニャージ・スヴォーロフ」に吸いこまれてゆくのをみた。その直後、火炎につつまれた同艦の舷側に、ほとんど同時に二本の壮大な火柱とそれを追うように水柱が立ちのぼった。

すさまじい炸裂音が、空気を引き裂いた。夜空には砕けた鋼鉄が舞い上り、「クニャージ・スヴォーロフ」から火山の噴火するように新たな炎と黒煙がふき出した。

第十一水雷艇隊の艇上に、歓声があがった。「クニャージ・スヴォーロフ」は、左舷への傾斜を急に増しはじめて、舷側が海面にふれ、それにつれて右舷の船腹がせり上ってきた。

しかし、第十一水雷艇隊の艇員たちは、顚覆《てんぷく》寸前の同艦に思いもかけぬ光景を眼にして息をのんだ。甲板を海水が洗い艦が激しく傾斜しているのに、艦尾に残された七・五センチ砲の砲口からは、発砲の光がひらめきつづけている。同艦の砲員たちは、最後の力をふりしぼって砲撃をつづけている。

艦は、大きく傾き、七・五センチ砲が海面下に没した時、ようやくその砲撃はやんだ。恐るべき砲員たちの戦闘意欲に、第十一水雷艇隊の各艇上には、厳粛な沈黙がひろがった。

「クニャージ・スヴォーロフ」は、海面を激しく泡立たせながら、遂《つい》に顚覆。海面には、貝類と海草におおわれた艦底が露出した。そして、しばらくそのまま動かなかったが、やがて艦尾が海面下に沈みはじめ、同時に艦首が徐々に上昇し、夜空に高々と突き立った。その直後、驚くほどの速さで海面下に吸いこまれていった。

海面に、黒々とした大きな渦が湧《わ》き起った。船体の消えた洋上には、黒煙が雲のようになびいているだけだった。

ロシア艦隊旗艦「クニャージ・スヴォーロフ」は、満身創痍《そうい》となりながらも五時間近く浮びつづけていた。乗組員たちは、死力をつくして、くり返し来襲する日本艦艇の群れに応戦してきたが、その力もつきて海底に沈下していったのだ。

同艦に乗組んでいた者のうちロジェストヴェンスキー司令長官以下幕僚、士官、兵十数名をのぞいた他の者は、全員、海中に没した。死者は、士官三十八名、准《じゅん》士官十六名、下士官、兵八百七十一名計九百二十五名というおびただしい数であった。

「ブイヌイ」に収容されたロジェストヴェンスキー司令長官は、依然として意識がかすんでいた。

参謀長コロン大佐をはじめ幕僚たちは、士官室の釣床に横たわっている司令長官の傍で協議を重ねた。かれらは、ロジェストヴェンスキー司令長官を「ブイヌイ」からさらに他の戦艦に移乗させるべきだと考えていた。小さな駆逐艦「ブイヌイ」では、むろん全艦隊の指揮をとることはできず、残存している六隻の戦艦のうち損傷の少い艦に移して、司令長官としての指揮をとってもらいたい、という希望をいだいていた。

士官室に、駆逐艦「ブイヌイ」のクデノフという軍医があわただしく入ってきて、ロジェストヴェンスキー司令長官の治療にとりかかった。コロン参謀長以下参謀たちは、沈痛な表情で、傷ついたロジェストヴェンスキー司令長官の姿を見つめていた。

軍医が包帯をとりかえると、司令長官は意識をとりもどしたらしく、

「大した傷ではない」

と、つぶやいた。

コロン参謀長は、「ブイヌイ」艦長コロメイツォフ中佐に、

「長官を、艦隊指揮に便利な戦艦にお移ししたい。戦艦隊に追いつくように航進せよ」

と、命じた。

その時、

「なにを言っておられるのですか。無謀なことを言ってもらっては困ります」

と、軍医クデノフが腹立たしげに叫んだ。

軍医は、険しい表情でロジェストヴェンスキー司令長官の容体について説明しはじめた。額の傷はかなり深く、大きな傷口から血がおびただしく流れ、右肩と右の足も負傷していて骨もくだけているという。

さらに、軍医は、左の足首をさし示した。朱にそまった包帯をとりのぞくと、血が噴水のようにほとばしり出ているのがみえた。

「動脈が切れているため出血がひどいのです」

軍医が、低い声で言った。

顔色を失った幕僚たちは、軍医にうながされて士官室の外に出た。

「よろしいですか。長官は、重態です。生命の危険さえある憂慮すべき状態なのです。しかも、最も深い傷は額の傷です。頭蓋骨《ずがいこつ》の骨片が内部に落ちこんでいて、少しでも衝撃が加われば、たちまち長官は死亡します。このような波の逆巻く中を他艦にお移しすれば、必ずなにかのショックが加わるでしょう。長官は、足も負傷しているので歩くことはできません。それに……」

クデノフ軍医は、そこで言葉をきった。

コロン参謀長をはじめ幕僚や「ブイヌイ」艦長は、クデノフ軍医の顔をみつめた。

クデノフ軍医は、言葉をつづけた。

「長官は、時々、眼をあけてなにか言われます。しかし、意識は全くないのです。出血多量で昏睡《こんすい》状態におちいっています。よろしいですか。私の言うことをよくきいて下さい。長官は、ただ、うわごとを言っているだけです。指揮をとることなど、とても出来ません。長官は、もはやなんの力もないのです」

クデノフ軍医の顔がゆがむと、眼から涙があふれ出た。

コロン参謀長たちの眼にも、光るものが湧いた。軍医は、ロジェストヴェンスキー司令長官が「もはやなんの力もない」と言い、死の危険もある重傷の身だとも言った。コロン参謀長たちは、ようやく司令長官が指揮能力もないただの重傷者にすぎないことをさとった。

ロジェストヴェンスキー司令長官を乗せた駆逐艦「ブイヌイ」は、旗艦「クニャージ・スヴォーロフ」からはなれて約一時間後、装甲巡洋艦「ドミトリー・ドンスコイ」以下「スヴェトラーナ」「イズムルード」「ウラジーミル・モノマフ」等の巡洋艦隊の列に加わった。

コロン参謀長たちは、沈鬱《ちんうつ》な表情で、艦隊の指揮について意見を交し合った。艦隊は分散してしまっていて、他艦ではロジェストヴェンスキー司令長官が重傷を負っていることすら知らない。ロシア艦隊は、最高指揮者を失い、重大な危機にさらされている。

コロン参謀長は、決断をくだした。それは、ロジェストヴェンスキー中将のもつ指揮権を他にゆずることであった。

当然、最適任者は、第二戦艦隊司令官フェリケルザム少将であったが、同少将は、朝鮮海峡に接近した五月二十三日に病没していた。それにつづく者としては、第三戦艦隊旗艦「ニコライ一世」に坐乗《ざじょう》する司令官ネボガトフ少将であった。

コロン参謀長が再び士官室に入ると、ロジェストヴェンスキー司令長官は、クデノフ軍医の治療を受けながら眼をひらいていた。

「長官。負傷されたお体では指揮をとることにも支障をきたします。全艦隊のためにも、指揮権をネボガトフ少将におゆずりになることをおすすめします」

と、言った。

ロジェストヴェンスキー司令長官は、顔をゆがめたが、しばらくすると顔をあげ、

「ネボガトフを指揮者とする。全艦隊をウラジオストック軍港に航進させるように命令せよ」

と、言い、その直後、再び意識を失った。

駆逐艦「ブイヌイ」のマストに、

「ロジェストヴェンスキー中将は、指揮権をネボガトフ少将にゆずる」

という信号旗がかかげられた。時刻は、午後六時すぎであった。

「ブイヌイ」にかかげられた信号旗に、同航している巡洋艦の一部はそのことを諒解《りようかい》したが、ネボガトフ少将坐乗の第三戦艦隊旗艦「ニコライ一世」は遠くはなれていたので、同少将は、その命令を知ることはできなかった。

そのため、コロン参謀長は、近くを航進中の駆逐艦「ベヅウプリョーチヌイ」に手旗信号を送って、

「貴艦ハ、『ニコライ一世』ニ急行シ、全艦隊ノ指揮権ヲネボガトフ少将ニ譲ル旨《むね》ヲツタエ、サラニ針路ヲウラジオストック軍港ニ定メルヨウ指示セヨ」

と命じた。

駆逐艦「ベヅウプリョーチヌイ」は、水平線上に黒煙をあげて進んでいる戦艦隊にむかって急いだ。そして、第三戦艦隊旗艦「ニコライ一世」に接近すると、趣旨を徹底す

るためメガホンで、

「ネボガトフ少将に御報告いたします。ロジェストヴェンスキー司令長官は、重傷を負われて旗艦クニャージ・スヴォーロフから退艦し、現在、駆逐艦ブイヌイに移って治療中であります。長官は、貴艦に坐乗のネボガトフ少将に全艦隊の指揮権を託すという命令を発せられました。また、ネボガトフ少将に、艦隊をウラジオストック軍港に導くよう指令しております。右の趣旨を御諒解下さい」

と、つたえた。

それに対して、戦艦「ニコライ一世」からは、

「諒解す」

という返事があった。

しかし、ネボガトフ少将は、その命令をいぶかしんだ。ロジェストヴェンスキー司令長官が重傷を負ったのなら、当然、その指揮者に第二戦艦隊司令官フェリケルザム少将が任命されるはずだった。それなのに、自分が指揮者に任ぜられたのは、第二戦艦隊旗艦「オスラビヤ」が撃沈された折に、同艦に乗っていたフェリケルザム少将が艦と運命を共にしたためだろうか、と思った。ネボガトフ少将は、フェリケルザム少将が四日前に病没していたことを知らされてはいなかったのだ。

ネボガトフ少将は、「ニコライ一世」の艦長に命じて、

「各艦、ワレニ続ケ」

の信号旗をマストにかかげさせた。

その状況報告を駆逐艦「ベヅウプリョーチヌイ」から受けたコロン参謀長たちの顔には、安堵《あんど》と深い疲労の色がにじみ出た。かれらは、身を横たえているロジェストヴェンスキー中将の顔を見つめた。

コロン大佐が、身をかがめて、

「長官、御気分はいかがですか」

と問うと、中将は眼をあけて、

「旗艦クニャージ・スヴォーロフはどうした。戦闘旗はひるがえっているだろうな」

と、言った。

幕僚たちは、口をつぐみ顔を見合せた。

「艦隊前進、ウラジオストック、針路東北二三度」

中将は、うわごとをつづけた。

ロジェストヴェンスキー中将に代って指揮権をにぎったネボガトフ少将は、各艦を集めて陣列をととのえた。

戦艦「ボロジノ」を先頭に、戦艦「オリョール」「ニコライ一世」装甲海防艦「アプラクシン」「ゼニャーヴィン」戦艦「アレクサンドル三世」装甲海防艦「ウシャーコフ」

戦艦「ナワリン」「シソイ＝ウェリーキー」装甲巡洋艦「ナヒモフ」が、一列縦陣でづいた。また、巡洋艦七隻は戦艦隊の左方に、その左方向には運送船が駆逐艦とともに続航していた。各艦は、それぞれ損傷を受けて速度もおとろえていたが、かれらの再起する道は、ウラジオストック軍港に逃げこむ以外になかった。

ロシア艦隊は、ひそかに同軍港目ざして進んでいたが、午後六時ごろ、突然、右方向の水平線上に「三笠」を旗艦とした東郷平八郎大将指揮の第一戦隊が姿をあらわし、急速に接近してくるのを認めた。

ネボガトフ少将は、東郷艦隊の前面圧迫戦法をおそれて信号旗をかかげ、全艦隊に針路を北北西に変えるよう命じた。これによって、ロシア艦隊は、東郷艦隊と六、〇〇〇メートルから八、〇〇〇メートルの距離をへだてて並ぶ形になった。

東郷艦隊の砲撃が開始され、ロシア艦隊もそれに応じた。第三次戦闘が開始された。

しかし、それは、ロシア艦隊にとって余りにも苛酷《かこく》な鞭《むち》であった。ロシア艦隊の諸艦は、落人の群れのように傷つき疲労しきっている。そこにおそいかかってきた東郷艦隊は、ロシア艦隊よりも豊かな実戦経験をつみ猛訓練をかさねてきた強靱《きょうじん》な戦闘力をもっていた。

すさまじい砲戦が展開され、東郷艦隊は、先頭をゆく戦艦「ボロジノ」とそれにつづく戦艦「オリョール」に砲火を集中し、ロシア艦隊は、たちまち苦戦におちいった。

日は、西に傾いていた。霧の間からのぞく太陽は、茜色《あかねいろ》の光を海面にまき散らしている。壮大な水柱が林立して海面は一斉に沸騰《ふっとう》し、命中弾が各艦上に炸裂《さくれつ》した。

すでに大損傷をうけてあえいでいた戦艦「アレクサンドル三世」は、装甲海防艦「ゼニャーヴィン」「アプラクシン」「ウシャーコフ」の間にあってひときわ船体も大きいため、砲撃の好目標になり、たちまち命中弾を浴びてその傷は一層深まった。そして、遂《つい》に左舷《さげん》へ身を傾けながら、陣列から落伍した。

同艦は、それでも必死になって艦隊を追ってきていたが、傾斜は刻々と増し、やがて、右舷がいちじるしく高くそびえると同時に、多数の乗組員が甲板から海面にころがり落ちるのがみえた。

空は、夕陽に染まっていた。その茜色の空を背景に、同艦の甲板は水中に没し、黒々とした艦尾の巨大なスクリューが徐々にあらわれてきた。と同時に、艦底が海面を激しく泡立たせながらむき出しになった。同艦は、完全に顚覆《てんぷく》した。

艦底の上に、動くものがあった。それは三十名ほどの乗組員で、かれらは、横転する同艦の舷側から艦底に辛《かろ》うじて這《は》い上った者たちであった。また、同艦の周囲の海面にも、数百名の乗員たちの頭が波にもまれていた。

巡洋艦「イズムルード」は、それらの乗組員を救助しようと近づき、釣床、救命衣をはじめ木材等を投下し、また、ボートをおろして救出しようとした。が、東郷艦隊の砲撃は「イズムルード」にも集中し、救助作業をおこなえる状態ではなくなった。「イズムルード」艦長フェルゼン中佐は、やむなく乗組員の救助を断念して、「アレクサンドル三世」からはなれた。

「アレクサンドル三世」は、その後、二時間ほど顚覆したまま浮んでいたが、午後九時三十分頃、沈没した。同艦の生存者は一名もなく、艦長ブフウォストフ大佐をはじめ八百六十七名の乗組員全員が死者となった。この沈没によって、新鋭戦艦五隻のうち「オスラビヤ」「クニャージ・スヴォーロフ」についで「アレクサンドル三世」も撃沈されたのだ。

「アレクサンドル三世」の顚覆を眼前にみたロシア艦隊の各艦乗組員たちの顔には、悲痛な表情が浮んでいた。かれらは、赤々とした夕陽を見つめた。かれらの願いは、夕陽が一刻も早く水平線に没してくれることであった。夜がやってくれば、ロシア艦隊は、闇の中にまぎれこんで日本艦隊の攻撃からのがれることができる。

しかし、夕陽は、動きを停止したように茜色の光を海面にまき散らしていた。

「なぜ沈まぬのだ。太陽は、動きをとめてしまったのか」

夕陽に眼を向ける乗組員たちは、悲しげな叫び声をあげていた。

ロシア艦隊は、新鋭戦艦「ボロジノ」を先導艦に東郷艦隊と砲撃を交しながら進んでゆく。すでに「ボロジノ」は、四度または五度傾斜していたが、午後七時十分頃、日本戦艦の放った一二インチ砲弾が右舷の艦尾に命中した。

それまでしきりに応戦していた同艦の砲撃は急に衰え、同時に、後部艦橋付近から発した火災が落日とその色を競うように夕空をこがした。それにつづいて、午後七時二十分頃、四・七センチ砲弾弾薬庫に火が入ったのか、すさまじい火柱が二度ふき上った。その直後、「ボロジノ」は急速に右舷方向に傾きはじめた。

顚覆は、驚くほど早かった。右舷砲塔で二回の発射がおこなわれたのを最後に、同艦はたちまち艦底を露出した。その直後、再び大爆発が起り、水中から火柱がふき上り、その光に水中で回転しているスクリューが浮び上った。

艦底の上には、約四十名の人影が狂ったように走りまわりながら、しきりに手をふって救助を乞《こ》うている。その姿が、落日の残光に痛々しく映えていた。

戦艦「オリョール」は、同艦に近づいたが、激戦中であるため乗組員の救助には手をつけず、「ボロジノ」からはなれていった。

「ボロジノ」は、その後、しばらく艦底をさらして浮んでいたが、やがて、夜の海底に沈んでいった。

同艦の人的損害も、悲惨きわまりないものであった。同艦には、艦長セレーブレンニコフ大佐以下八百六十六名の士官、下士官、兵が乗組んでいたが、生存者はわずかユーシチンという若い兵一名のみであった。

かれは、同艦が沈没してから数時間、海上を漂流していたが、駆逐艦「朧《おぼろ》」に救助された。

「朧」がその海面を航進中、波間から「オボロ、オボロ」と叫ぶ声をきき、日本の乗員が艦名を口にして救けを求めているのだと思い、救い上げた。「朧」の乗員は、ロシア水兵であることに驚いたが、ユーシチンも呆然《ぼうぜん》としていた。「朧」が、四本煙突の艦で艦型が「リバウ」に似ていたので、かれは乗艦していた「ボロジノ」の名を連呼し、それが「オボロ」とききまちがえられたことで奇蹟《きせき》的にも救出されたのだ。

先導艦「ボロジノ」の顚覆によって、残存のロシア艦隊の陣列は大混乱におちいり、列を乱して針路を西南方にむけた。

夕陽が水平線下に没した。日没時刻は、午後七時二十八分であった。

その日、午前四時四十五分に哨戒艦《しょうかい》「信濃丸」から、「敵ノ艦隊、二〇三地点ニ見ユ」の報告によって端をひらいた日・露両艦隊の昼間戦闘は、日没とともに終了した。

海戦の結果は、ロシア艦隊に大損害をあたえていた。

ロシア艦隊は、新鋭戦艦五隻のうち「クニャージ・スヴォーロフ」をはじめ「オスラビヤ」「アレクサンドル三世」についで「ボロジノ」を失い、ただ一艦残った新鋭戦艦「オリョール」も、主砲の大部分が破壊され、艦長ユング大佐は瀕死《ひんし》の重傷を負っていた。さらに、旧式戦艦「シソイ＝ウェリーキー」「ナワリン」も艦首がやや沈下し、旧式戦艦「ニコライ一世」のみが健在であるにすぎなかった。その他の工作船「カムチャツカ」曳船《えいせん》「ルース」も撃沈されていた。

ロシア艦隊は、八隻の戦艦のうち四隻が沈没、一隻大破の大損害を受けたが、巡洋艦、駆逐艦の被害は、きわめて軽微であった。

これに対して日本艦隊は、戦艦隊に被弾が多く、殊《こと》に「三笠」は三十発以上の命中弾を浴び、数門の砲が破壊されていたが、同艦の戦闘力は依然として残されていた。この昼間戦闘で、奇蹟的にも日本艦隊の撃沈された艦艇は一隻もなかった。

十五

日が没し、空には星の光がひろがった。

連合艦隊司令長官東郷平八郎大将は、駆逐隊と艇隊をのぞく全艦隊に、戦闘中止を命じた。そして、明朝を期して、朝鮮半島中央部の東方海面にある鬱陵島《うつりょう》に集合せよ、と指示した。

ロシア艦隊は、夜の闇《やみ》を利用して、ウラジオストック軍港に進路をむけ北進していることは疑う余地がない。東郷は、あらかじめその航路上に艦隊を先廻りさせて、夜明けとともに再び出撃し、ロシア艦隊を全滅させようとくわだてていた。

さらに東郷は、あらかじめ計画していた駆逐艦と水雷艇の総力をあげて、夜襲を実行に移すことを決意した。日本海軍の駆逐艦隊と水雷艇隊は、開戦以来、夜間の奇襲攻撃にゆたかな経験を積んできていた。夜襲は、日本駆逐隊と艇隊の最も得意とする戦法で、ロジェストヴェンスキー艦隊の来攻にそなえて、夜襲戦法をさらに高度なものにする猛訓練を課してきていた。

東郷艦隊は、昼間戦闘で圧倒的な勝利をおさめたが、その報告を受けぬ日本国内には重苦しい不安がはりつめていた。

戦端のひらかれた海域に近い対馬では、午後二時ごろ沖合からすさまじい砲撃の音がとどろいてきた。ロシア艦隊が徐々に接近していることを新聞で知っていた島の者たちは、日・露両艦隊が激突したことに気づいた。

島は、たちまち騒然とした空気につつまれた。日本海軍は連戦連勝を誇っているが、来攻するロシア艦隊の規模は、日本艦隊のそれを大きく上廻っているという。ロシア艦隊が日本艦隊を潰滅《かいめつ》させることは十分に予想され、勝ちに乗じたロシア軍艦が、対馬の湾に侵入してくるかも知れなかった。

ロシア艦隊の乗組員たちは、長い航海で気持もすさんでいるはずだった。かれらが上陸してくれば、食糧強奪や家屋に対する放火をはじめ、婦女暴行、殺戮《さつりく》などが大々的におこなわれるにちがいない。島の男たちの中には、それに備えて日本刀を持ち出して海岸に飛び出す者も多く、婦女子を山中に避難させる動きもみられた。

砲声は戦闘海域に近い島々だけではなく、九州北部や山口県の日本海沿岸の各地にもつたわった。

それらの土地の人々は寄り集って、

「大丈夫だろうか」

と、眉《まゆ》をひそめて沖合を見つめていた。

そうした不安は全国に淀《よど》んでいたが、政府、軍部の上層部の動きもあわただしかった。大本営陸軍部参謀総長山県有朋《やまがたありとも》陸軍大将は、東郷艦隊の出撃を知ってから席に落着いていることはできず、首相の桂太郎《かつらたろう》と連れ立って午後四時頃、海軍省を訪れた。

「戦況はどうなっていますか」

かれは、応対に出た山本海軍大臣と伊東軍令部長に問うた。

しかし、山本と伊東は、

「まだ戦況報告は入っておりません」

と、答え、口をつぐんだ。

重苦しい時間が流れた。かれらは、日本艦隊が強大な規模をもつロシアの大艦隊によって潰滅させられる不吉な予感におびえていた。

日が没して、東京の町々にも灯《とも》が点りはじめた。道を歩く人影も少く、人々は家の中で神仏に祈り、息をころしていた。

夜の闇が町々をつつみこんだ頃、一通の緊急電が大本営海軍部に入電した。

その暗号文はただちに解読され、電信兵は、軍令部長室に走った。

電文を眼にした伊東軍令部長の顔が紅潮し、それは、海軍大臣から首相、参謀総長へと渡されていった。電文は、連合艦隊司令長官東郷平八郎大将からのもので、昼間戦闘に圧倒的な勝利をおさめたことを告げたものであった。

「連合艦隊ハ、沖ノ島付近ニ於テ露国艦隊ヲ邀撃《ようげき》シ之《これ》ヲ大破セリ。少クモ露艦四隻《せき》ハ沈没シ、爾余《じよ》ノ諸艦モ亦《また》損害大ナルベシ。我艦隊ノ損害ハ大ナラズ。水雷艇隊ハ日没ト共ニ襲撃ヲ開始セリ」

大本営海軍部内に、

「バンザイ、バンザイ」

の大歓声があがった。

その報はたちまち各方面につたえられ、新聞社の印刷機は狂ったように動き、号外の鈴の音が町々へ流れ出て行った。ロシア艦隊の来攻におびえていた国民は、日本艦隊が第一日目の海戦で勝利をかちとったことを知ったのだ。

その頃、日本駆逐・水雷艇隊は、夜の闇を利してウラジオストック軍港にむかうロシア艦隊に対し、夜襲攻撃を開始していた。

その日、駆逐・水雷艇隊の大半は、昼間戦闘に参加することを許されなかった。戦闘海域の波浪が荒く、航行不可能であったからであった。

駆逐隊、水雷艇隊は、激浪を避けて対馬の三浦湾に集結していたが、遠く立ちのぼる爆煙を見、砲声を耳にして激しい焦慮におそわれていた。

「波濤《はとう》など物の数ではありません。出撃させてください」

各隊の隊員たちは、必死になって隊長に懇願した。しかし、東郷司令長官からは出撃命令が発せられず、かれらの焦慮はつのった。

やがて夕方になるとようやく風もおさまってきたが、波は依然として高い。各隊では、石炭をたいて、いつでも出動できる態勢をとっていた。

午後七時三十分頃、東郷司令長官から駆逐隊、水雷艇隊に出撃命令が発せられた。

満を持していた各艦艇は、一斉に出撃、ロシア艦隊にむかって突進した。

夜の海は、荒れていた。

小さな艦艇は、波浪に激しくあおられる。各艇の動揺は五〇度から六〇度にも達し、羅針盤は使用不能の状態だった。

しかし、隊員の士気はきわめて高く、闇夜の中をロシア艦隊の姿を求めて走りまわった。

ロシア艦隊は、「ニコライ一世」を先導艦としてウラジオストック軍港にむかって急いでいた。総指揮官ネボガトフ少将は、夜の間に少しでもウラジオストック軍港に近づこうとしていた。

闇夜の中に、日本駆逐艦と水雷艇の群れは、ロシア艦隊に接近し、午後八時、激浪にもまれながら夜襲攻撃を開始した。

一二ノットの速力で航進していたロシア艦隊の各艦は、一斉に探海灯をともした。光《こう》芒《ぼう》が、闇の海上をなぐように交叉《こうさ》する。その光に、魚の群れのような駆逐艦と水雷艇の影がうかび上った。

ロシア艦隊の各艦の砲口は火を吐き、海上はたちまち凄絶《せいぜつ》な夜の戦場と化した。この探海灯の照射は、ロシア艦隊にとって自らの位置をしめすことにもなり、数十隻に達する駆逐艦と水雷艇の大群は、激浪を押し分け砲火をくぐって前後左右から驀進《ばくしん》した。

やがて、ロシア艦隊の先頭部隊は、探海灯をともすことが不利であるとさとって灯を消した。が、後続の諸艦は、探海灯をともしたままであったので、日本駆逐艦と水雷艇の好目標になった。

各隊は、至近距離に接近すると魚雷を発射、砲撃を加える。

ロシア艦隊の各艦にぞくぞくと火災が起り、おびただしい水柱が立ち昇った。駆逐艦と水雷艇の乗員たちは、探海灯の光に眼をあけていることもできず、顔を伏せてその光芒にむかって突進をつづけた。

その攻撃によって、ロシア艦隊は大混乱におちいり、右に左に変針して、各艦は洋上を逃げまわった。

攻撃は三時間にもおよび、午後十一時頃、ようやく駆逐隊と水雷艇隊の攻撃はやんだ。

ロシア艦隊の後続部隊は探海灯の灯を消し、海上には再び静寂がもどった。空に雲片もなく、満天の星空であった。風はさらに弱まり、波のうねりもおだやかになった。

ロシア艦隊は、駆逐艦と水雷艇の追撃を避けながら、夜の闇に身をひそませてウラジオストック軍港に急いだ。その間、戦艦「ナワリン」（一〇、二〇六トン）は、午後十時頃、日本水雷艇の放った魚雷を左舷に受け、後部砲塔付近まで海水が浸入し、艦尾が沈下した。その後、夜半の一時頃、またも追尾してきた日本水雷艇の放つ二個の魚雷を右舷と左舷に受け、にわかに艦は傾斜しはじめた。

乗組員は上甲板にのがれてボートをおろそうとしたが、さらに二個の魚雷を舷側に受けて急激に顚覆《てんぷく》、沈没した。乗組員七百三名のうち一名が日本駆逐艦に、二名がイギリス商船に救助されたのみで、七百名の乗組員が戦死した。

日本水雷艇隊の夜間攻撃によって、ロシア艦隊は四分五裂となった。

夜空に、欠けた月がのぼった。

猛攻撃はやんだが、戦艦「ナワリン」は沈没し、ロシア艦隊の戦艦八隻中「オスラビヤ」「クニャージ・スヴォーロフ」「アレクサンドル三世」「ボロジノ」「ナワリン」の五隻の戦艦を失った。しかも、残された戦艦三隻のうち「シソイ＝ウェリーキー」は艦首が沈下、さらに舵機《だき》室《しつ》付近に魚雷を受けて航行も意のままにならなくなっていた。また、装甲巡洋艦「アドミラル・ナヒモフ」「ウラジーミル・モノマフ」も、魚雷を受けて大損害をこうむっていた。

このようなロシア艦隊の損害に対して、日本艦隊は、わずかに第三十四、三十五、六十九号水雷艇三隻が撃沈、または衝突事故によって沈没したにとどまった。

ロシア艦隊の戦艦中、逃走をつづけていたのは総指揮官ネボガトフ少将坐乗の「ニコライ一世」と戦艦「オリョール」のみであった。この二艦に続航する艦は、装甲海防艦「アプラクシン」「ゼニャーヴィン」巡洋艦「イズムルード」の三隻にすぎなかった。

ネボガトフ少将は、日本水雷艇の影におびえながら、それらの艦をひき連れてウラジオストック軍港に針路を向けていた。それは、落人の群れに似た痛ましい姿であった。

戦艦「シソイ＝ウェリーキー」は、ネボガトフ艦隊の姿を見失い、ただ一艦で夜の海上をよろめくように北へ向って進んでいた。浸水は刻一刻と増して、艦首は沈んでゆく。乗組員たちの表情には、不安の色が濃くにじみ出ていた。

時計の針が、五月二十八日午前三時をさした。その頃、同艦の艦首は、水面からわずか五〇センチほど露出しているにすぎない最悪の状態におちいっていた。

艦長オーゼロフ大佐は、艦の沈没も時間の問題であり、到底、ウラジオストックに到達することは不可能と判断した。

かれは、士官たちを集めて協議した。日本艦隊が姿をあらわせば、最後の死力をつくして戦うのが最も好ましい。が、砲塔の大半は破壊され、艦も沈没に瀕《ひん》していて、戦闘力は皆無に近い。

オーゼロフ艦長は、悲痛な表情で最後の決断をくだした。艦は、やがて沈没するだろう。艦長としては、ただ一人でも多くの乗組員を救うべきだと思った。

乗組員たちは、戦闘が開始されてから、全力を傾けて日本艦隊の激しい攻撃に応戦した。その結果、戦死者十五名、負傷者四十六名を出して、艦上は血に染まっている。なすべきことは果したのだ。

オーゼロフ艦長は、乗員の損害を少くする方法として対馬に近づくことを決意した。陸地に接近すれば、たとえ艦が沈没しても海岸に泳ぎつく乗組員が多いだろう。艦長の命令によって、同艦は、対馬にむかってゆっくりと近づいて行った。

夜が、白々と明けはじめた。

その時、二隻の軍艦が近づいてくるのを発見し、双眼鏡をむけてみると、装甲巡洋艦「ウラジーミル・モノマフ」と駆逐艦「グロムキー」であった。

「シソイ＝ウェリーキー」の艦上に、安堵《あんど》の声があがった。対馬に近づいてゆけば日本側にとらえられることは確実で、それよりも味方の艦艇に救出されたかった。オーゼロフ艦長は、信号兵に命じて、

「ワレ危険ニオチイレリ。救助ヲ乞《こ》ウ」

という信号を「ウラジーミル・モノマフ」に送らせ、「ウラジーミル・モノマフ」からの信号を待ったが、折返し送られてきた同艦からの返信は、

「本艦モ同ジク沈没ノ危険大ナリ。貴艦ヲ救ウコトハ不可能ナリ」

という内容で、同艦につき従っている駆逐艦「グロムキー」を接近させてもよい、とつたえてきた。

オーゼロフ艦長の失望は大きかった。たしかに「ウラジーミル・モノマフ」の速力は低下し、大損傷を受けているらしい。駆逐艦を救助に向けると言ってきているが、約六百名の乗組員を、わずか三五〇トンの「グロムキー」に移乗させることはできない。オーゼロフ艦長は、「ウラジーミル・モノマフ」に対して駆逐艦派遣の必要がないことをつたえ、

「航行ノ無事ヲ祈ル」

と、返信させた。

「ウラジーミル・モノマフ」と「グロムキー」は、寄りそうように水平線下に没してい

った。

戦艦「シソイ＝ウェリーキー」は、ただ一艦海上に取残された。艦首の沈下はさらに増して、速度も急激におちている。乗組員たちの顔には、死を目前にした虚《うつ》ろな諦《あきら》めの表情が濃くなっていた。

午前七時二十分頃、水平線上に黒煙がみえ、急速に「シソイ＝ウェリーキー」にむかって接近してきた。「信濃丸」「台南丸」の二隻の仮装巡洋艦であった。

両艦は、六、〇〇〇メートルの距離に進んできて砲撃する態勢をしめした。オーゼロフ艦長は、艦の運命もこれまでと判断し、マストに、

「本艦、沈没セントス。救助ヲ乞ウ」

という万国信号による信号旗をかかげさせた。

「信濃丸」艦長成川揆《はかる》大佐は砲撃を中止させ、「シソイ＝ウェリーキー」に、

「降伏スルヤ」

と、問うた。

これに対して、「シソイ＝ウェリーキー」は、降伏の信号旗を上げた。「信濃丸」と「台南丸」の艦上に、大歓声があがった。

「シソイ＝ウェリーキー」の乗組員たちは、無言で艦上に立ちつくしている。さらに、

「信濃丸」と「台南丸」は、砲口を向けて接近してゆく。付近にいた仮装巡洋

艦「八幡丸」駆逐艦「吹雪」も急航してきた。歓声は、各艦上にどよめいている。新式一二インチ砲四門をもつ一〇、四〇〇トンの戦艦が、商船を武装した艦に降伏をもとめているのだ。

午前八時十五分、「信濃丸」から短艇がおろされ、「シソイ゠ウェリーキー」に接舷《せつげん》した。短艇には、山田虎雄中尉以下三十一名の武装した将兵が乗りこんでいた。

かれらは、艦上に上った。「シソイ゠ウェリーキー」の乗組員たちは、背の低い日本の将兵を見つめ、その鋭い眼に戦慄《せんりつ》した。日本人の顔には、六百名にもおよぶロシア乗組員の視線をはね返すような精悍《せいかん》な表情があふれていた。

日本水兵はオーゼロフ艦長以下士官に銃をつきつけ、山田中尉は、斜桁《しゃこう》に日本海軍の軍艦旗を上げさせた。

山田は、オーゼロフ艦長に対して全員捕虜として収容する旨《むね》をつたえ、ただちに救出作業に入った。短艇が洋上を往来し、ロシア人乗組員たちは、ぞくぞくと日本艦艇に送られてゆく。「信濃丸」には百六十四名、「台南丸」に百九十六名、「八幡丸」に二百五十三名、計六百十三名が収容された。

「信濃丸」艦長成川大佐は、「シソイ゠ウェリーキー」を捕獲曳航《えいこう》することを決意し、同艦の前部にある一二インチ砲塔の砲身にワイヤーを結びつけた。そして、曳航を開始したが、同艦の艦首は沈む一方で、海岸まで曳《ひ》いてゆくことは不可能と断定された。そのため成川艦長は、曳航の中止を命じ、同艦の斜桁にひるがえる軍艦旗をおろさせ、山田中尉以下に帰艦することを命じた。

山田中尉らは、軍艦旗をまとめて急いで短艇に乗り、同艦をはなれた。時刻は、午前十時五十七分であった。

「信濃丸」以下四隻の日本艦艇は、「シソイ＝ウェリーキー」を見守った。

山田中尉らが同艦をはなれてわずか五分後、同艦は、急速に右舷に傾きはじめ、激しく海面を泡立たせながら横転すると、海中に没していった。沈没位置は、韓埼の北東約三〇浬《かいり》の地点であった。

「シソイ＝ウェリーキー」と同じくロシア主力艦隊から落伍《らくご》した巡洋艦「アドミラル・ナヒモフ」も、損傷を受けて洋上をさまよっていた。艦首はいちじるしく沈下し、やや右舷に傾いていた。すでに航進する力もなく、対馬北方の海面で停止状態にあった。

午前五時頃、仮装巡洋艦「佐渡丸」がこれを発見。駆逐艦「不知火《しらぬい》」も接近した。

「不知火」は砲撃を開始したが、「アドミラル・ナヒモフ」は、意外にも日本の小艦艇に応戦してこない。しかも、「ナヒモフ」の艦上に大混乱が起っているのが認められた。

「ナヒモフ」の艦上では、乗組員たちがうろたえたように走りまわり、先を争うように海中に飛びこんでいる。短艇もつぎつぎに下ろされ、オールに白布をしばりつけて「不知火」の方にふっている者もいる。かれらは、艦の沈下と「不知火」の砲撃で死の恐怖におそわれていたのだ。

「佐渡丸」と「不知火」の乗組員たちは、八、五二四トンの装甲巡洋艦「ナヒモフ」が降伏を求めていることをいぶかしんだ。

ようやく「佐渡丸」艦長釜尾忠道大佐は、「ナヒモフ」が戦意を完全に失っているのに気づき、これを捕獲しようと五〇〇メートルの位置まで接近した。「佐渡丸」の備砲はわずかに四・七インチ砲一門と小砲数門であるのに対し、「ナヒモフ」は八インチ砲八門のほかに六インチ砲十門を備えていることから考えても、「佐渡丸」の行為は余りにも大胆であった。

釜尾艦長は、航海長犬塚助次郎大尉に、

「敵艦を捕獲し、艦長以下を連行せよ」

と、命じ、短艇を下ろして海上に漂流するロシア人乗組員の救助も命令した。

犬塚大尉は、短艇に乗って午前七時五十分「ナヒモフ」に接舷した。

甲板にあがった犬塚は、呆気《あっけ》にとられた。「ナヒモフ」の艦上には、艦長を中心に数名の士官が残っているだけで人影は絶えている。乗組員たちは、恐怖にかられて艦からのがれ出てしまっていたのだ。

犬塚は、悄然《しょうぜん》とたたずむ艦長ロジオーノフ大佐に、

「私は、貴艦を捕獲する命令を受けてやってきた。貴官らは、短艇に乗って佐渡丸に移

乗するように」

　と、言った。

　その間にも、「ナヒモフ」の浸水は刻々と増して、艦は右舷に傾きはじめている。犬塚は、艦の沈没も間近だと判断し、艦長たちに至急、短艇に移るよううながした。

　艦長たちは、すすめにしたがって短艇に移りはじめたが、ロジオーノフ艦長が航海長のいないことに気づき、気づかわしげに甲板へ引き返していったが、いつまでたってももどってこない。苛立《いらだ》った犬塚大尉が艦上に再び上ってみると、艦長と航海長らしき士官が、砲身の近くに寄りそうように立っているのが見えた。

「早く短艇に乗りなさい」

　犬塚が言うと、艦長は首をふり、

「私たちは、ロシア海軍軍人として祖国の軍艦と死を共にしたい」

　と、低い声で言った。

　艦長と航海長の頬には、光るものが流れていた。

　犬塚大尉は、感動した。が、それだけにこの二人の生命を救いたいという気持も強く、声を荒げて短艇に移乗することをうながしたが、かれらの死の決意はかたいらしく、首を激しくふりつづけている。

　そのうちに「佐渡丸」から至急、帰艦すべしという信号がつたえられた。北北東の海上に敵艦が姿をあらわし、しかも、「佐渡丸」の方向に航進してくるのを発見したからだった。

犬塚は、やむなく艦長と航海長の説得を断念し、急いで短艇にもどると、同艦の舷側をはなれた。

「佐渡丸」は、駆逐艦「不知火」とともに敵艦を追って同海域をはなれた。その間に、「佐渡丸」が救助した「ナヒモフ」の乗組員は五百二十三名(内士官以上二六名)に達し、他の百一名の者たちは、短艇等によって対馬の茂木海岸に上陸し捕えられた。

午前九時、「ナヒモフ」は、対馬琴崎の東方沖合で沈没。艦長と航海長も、相擁して海中に没した。が、その直後、かれらは日本漁船によって発見され、奇蹟《きせき》的にも救い上げられた。

「佐渡丸」と「不知火」が追撃した敵艦は、戦艦「シソイ゠ウェリーキー」の救助要請を断わって洋上をさまよっていた装甲巡洋艦「ウラジーミル・モノマフ」(五、五九三トン)であった。「ウラジーミル・モノマフ」は、「佐渡丸」が一発砲弾を発射すると、軍艦旗をおろして北へ避退しはじめた。

「佐渡丸」と「不知火」が全速力をあげて追うと、敵の駆逐艦が一隻北方から姿をあらわし、「ウラジーミル・モノマフ」に合流した。それに力を得たらしく、「ウラジーミル・モノマフ」のマストに軍艦旗が再びかかげられた。

駆逐艦「不知火」は、敵の駆逐艦を砲撃してこれを北に追いはらい、「佐渡丸」は、「ウラジーミル・モノマフ」に六、〇〇〇メートルの距離に接近して砲火を浴びせかけた。

その砲撃によって抵抗する意志を失ったのか、「ウラジーミル・モノマフ」は、軍艦旗をおろして停止し、乗組員たちが艦上からボートをつぎつぎにおろし、先を争うように艦からはなれるのが認められた。

「佐渡丸」艦長釜尾大佐は、砲撃中止を命じ、艦を三〇〇メートルの距離まで接近させた。そして、福田一郎大尉以下士官二名、下士官十五名を捕獲員として「ウラジーミル・モノマフ」に派遣した。

やがて、艦長ポポーフ大佐と副長が、士官にともなわれて艦橋の梯子《はしご》をあがってきた。五十歳を越えたポポーフ艦長の眼に生気は失われ、白毛のまじった髭《ひげ》も垂れていた。かれらは、艦橋に立つ釜尾艦長に、梯子の途中から見上げるようにして敬礼し、降伏することを告げた。

「ウラジーミル・モノマフ」は、午後二時三十分頃、沈没した。釜尾艦長は、兵員を甲板上に整列させ、ラッパ手に「命を捨てて」の曲を吹鳴させ、同艦の沈没を見送った。

ロジェストヴェンスキー中将を乗せた駆逐艦「ブイヌイ」は、夜の闇《やみ》の中をロシア残存艦隊を追って航行していた。

同中将を沈没寸前の「クニャージ・スヴォーロフ」から移乗させる時、「ブイヌイ」は、日本巡洋艦の放った砲弾を艦尾に受けて傷ついていた。そして、夕刻まで「ドンスコイ」「スヴェトラーナ」「イズムルード」「モノマフ」等の巡洋艦とともに航行していたが、夜に入ってから機関に故障を生じて巡洋艦からおくれ、ただ一艦取り残されていた。

艦隊のコロン参謀長をはじめとした幕僚と「ブイヌイ」の乗組員たちのただ一つの願いは、ロジェストヴェンスキー中将を無事にウラジオストック軍港に送りとどけることであった。そして、「ブイヌイ」は必死になって北上をつづけていたが、夜半の五月二十八日午前三時頃、「ブイヌイ」艦長コロメイツォフ中佐は、艦の状態がきわめて悪化していることを知った。

コロメイツォフ中佐は、開戦後、最初に撃沈された戦艦「オスラビヤ」の乗組員二百名を救出し、さらに旗艦「クニャージ・スヴォーロフ」に決死的な接舷をおこなって、ロジェストヴェンスキー司令長官以下幕僚の収容にも成功した。その後も、艦を巧みに操って同中将をウラジオストック軍港に運ぶことにつとめていたが、機関が故障している上に海上を走りまわったため石炭の量が乏しくなり、ウラジオストック軍港にたどりつくことは絶望的になった。

コロメイツォフ艦長は、コロン参謀長の部屋におもむくと、激しい疲労で眠っている参謀長をゆり起し、艦をウラジオストック軍港に到達させることは不可能である、と報告した。

コロン参謀長の顔は、青ざめ、沈痛な表情で黙っていたが、

「艦長、君はどのようにしたらよいと考えているか。率直な意見をきかせて欲しい」

と、言った。

コロメイツォフ艦長は、

「ロジェストヴェンスキー司令長官は、重態です。日本側に捕われることは艦隊の総指揮者として恥辱でしょうが、傷ついた身であるかぎり、許されることと思います。私は、まず艦を日本の海岸につけて長官を陸に揚げ、その直後、艦を爆破して自沈するのが最も賢明な方法だと考えます」

と、強い語調で言った。

参謀長と艦長の話し声に目をさました幕僚航海長フィリポフスキー大佐が協議に加わり、航海長も艦長の意見に同意し、コロン参謀長にも賛成すべきだ、と説いた。

「それでは、もしも、日本の海岸に到達する前に敵艦と遭遇した時はどうする」

参謀長の言葉に、コロメイツォフ艦長は唇をかんだ。

「残念だが、応戦することは避けるべきだろう」

フィリポフスキー航海長が、低い声で言った。

コロン参謀長も「ブイヌイ」艦長も、結局、それに同意せざるを得なかった。が、かれらのみで結論を下すこともできないので、ロジェストヴェンスキー司令長官の意見をただすことになった。

かれらは、連れ立って長官が身を横たえている士官室におもむいた。長官は、釣床の上で眠っていた。

かれらは、重傷を負って昏睡《こんすい》している長官を起すに忍びがたかったが、フィリポフスキー航海長が、

「長官、長官」

と、声をかけて肩をゆすった。

ロジェストヴェンスキー中将が、眼をあけた。その顔に生色はなく、赤茶けた無精髭ものびて老いの表情が濃くにじみ出ていた。

航海長は、長官を日本の海岸に送りとどけた後、「ブイヌイ」を自沈させようという意見が強いことを報告した。

長官の眼に光がやどり、口をひらくと、

「余のことは一切考えてはならぬ。余がこの艦にいないものと思い、その上で最善の方法を考えねばならぬ。それが余の希望だ」

と、力をふりしぼるように答えた。

参謀長たちは、長官の部屋を出ると、再び意見を交した。長官の答えは、ロシア艦隊総指揮者らしい毅然《きぜん》としたものだった。が、長官の意識は薄れていて、その言葉通りに行動することもできない。部下としては、長官の生命を守護することが最大の義務であると意見が一致し、艦長は艦橋へもどっていった。

コロン参謀長は、フィリポフスキー航海長と、さらに協議をつづけ、敵艦と遭遇した折には、砲撃される前にいち早く白旗をかかげ降伏しよう、と相談がまとまった。

コロン参謀長は、幕僚のウールム大尉を呼び、

「白旗に使えるものを探して、艦長に渡せ。敷布などが適当だと思う」

と、言った。

ウールム大尉は、言葉もなく立ちすくんだ。

「早く行け。すべては、司令長官のお命をお救いするための処置だ。ただ、艦の者たちを動揺させることは避けねばならぬ。かれらに気づかれぬように艦長へ渡すのだ」

コロン参謀長は、悲痛な表情で言った。

ウールム大尉は、うなずくと挙手し、部屋をぎこちない足取りで出て行った。

大尉は、自分の釣床にもどると敷布を引き出して小さくたたんだ。そして、艦長を求めて艦内を歩きまわると、コロメイツォフ艦長が上甲板に立っているのに気づいた。大

尉は、艦長に近づいて敷布を渡し、コロン参謀長の言葉をつたえた。

コロメイツォフ艦長の顔に憤怒の色がみなぎり、敷布を荒々しく甲板上に叩《たた》きつけた。

「なんたることを言うか。おれは、ロシア帝国海軍の艦長だ。すすんで白旗をかかげることなどできるか」

かれは叫んだが、その眼からは涙があふれ出た。

五月二十八日の夜明けを迎えた。

白々と明けはじめた水平線上に、三隻《せき》の軍艦が姿を現わした。日本軍艦か？　と艦上に緊張した空気がみなぎったが、それは、味方の装甲巡洋艦「ドミトリー・ドンスコイ」駆逐艦「ベドーヴイ」「グローズヌイ」であった。

「ブイヌイ」艦長コロメイツォフ中佐は、「ドミトリー・ドンスコイ」に、

「停止サレタシ」

という信号を送った。かれは、「ブイヌイ」が機関に故障を起し石炭も少く到底ウラジオストック軍港に到達することは不可能なので、ロジェストヴェンスキー司令長官と幕僚を他艦に移したかったのだ。

かれは、ロジェストヴェンスキー司令長官の横たわる士官室に走った。幸い長官は、一時的ではあるが意識をとりもどしていたので、味方艦が近くにあることを報告した。

長官は、「ブイヌイ」がウラジオストック軍港に到達できない事情を察知していたの

で、

「駆逐艦ベドーヴイに移ろう」

と、言った。

かれは、海戦前、もしも旗艦「クニャージ・スヴォーロフ」が沈没に瀕《ひん》した折に移乗する艦として、駆逐艦「ベドーヴイ」をあらかじめ指定していた。その「ベドーヴイ」が「ドミトリー・ドンスコイ」とともに接近してきたことは、好都合だった。

コロメイツォフ艦長は、ただちに手旗信号によって「ドミトリー・ドンスコイ」と「ベドーヴイ」に、司令長官の命令をつたえ、駆逐艦「ベドーヴイ」が接近してきた。

ロジェストヴェンスキー司令長官は、担架で「ベドーヴイ」に移され、コロン参謀長以下幕僚もそれに従った。また、重傷の長官の治療にあたるため、「ドミトリー・ドンスコイ」からプルゼメスキーという軍医が「ベドーヴイ」に派遣された。「ベドーヴイ」に移されたロジェストヴェンスキー司令長官は、またも意識を失い、艦長バラーノフ中佐に、

「艦内に白旗はないか」

と、意味不明のことを問うたりした。

プルゼメスキー軍医は、長官を診断した。

「どうだ、御容体は？」

コロン参謀長が気遣わしげにたずねると、軍医は、

「甚だ危険な状態です」

と、表情をくもらせた。

長官を乗せた駆逐艦「ベドーヴイ」は、駆逐艦「グローズヌイ」に、

「ワレニ続キテ来レ」

と、信号を発し、「ベドーヴイ」と「グローズヌイ」は、ウラジオストック軍港に針路を定めて航進を開始、「ドミトリー・ドンスコイ」と「ブイヌイ」は、その姿を見送った。

駆逐艦「ベドーヴイ」は、駆逐艦「グローズヌイ」を伴なってウラジオストック軍港に向けて航進していったが、「ベドーヴイ」は、搭載している石炭量も少いので速力を一二ノットに落していた。

コロン参謀長とフィリポフスキー航海長は、「ベドーヴイ」艦長バラーノフ中佐と今後の行動について協議した。「ベドーヴイ」は、ウラジオストック軍港に到達する能力を十分持っているが、途中で日本艦艇に発見され攻撃を受ける公算が大きい。その折にはどのように対処すべきかが、協議の焦点になった。

かれらは、例外なく消極的であった。旗艦「クニャージ・スヴォーロフ」以下主力戦艦は撃沈され、司令長官ロジェストヴェンスキー中将も瀕死の重傷を負っている。コロ

ン参謀長らは、徹底抗戦の意欲を失っていた。

三人の意見は、自然に一致した。もしも途中で日本艦艇に攻撃された折には、司令長官の生命を救うために降伏しよう……と。

午前十時、コロン参謀長の意をくんだ艦長バラーノフ中佐は、当直将校デ・ラッシ少尉に白旗を準備しておくよう命じた。

午後一時頃、「ベドーヴイ」の見張員は、ウラジオストックへの航路上にある鬱陵島方面の水平線上に、黒煙を発見、艦長に急報した。

艦長は、コロン参謀長ら幕僚とともに艦橋に駈《か》け上り、双眼鏡で水平線上を見つめた。出現したのは二隻の日本駆逐艦で、舳《へさき》をこちらに向けて突き進んでくる。「漣《さざなみ》」(三〇五トン)と「陽炎《かげろう》」であった。

「ベドーヴイ」の艦上には不安が満ち、砲員たちは砲にとりついた。

高速力を出せる「グローズヌイ」は、「ベドーヴイ」を擁護して日本駆逐艦に対戦しようと、速度をあげて後方から「ベドーヴイ」を追い越し、前方に進出した。

戦機は、みちた。「グローズヌイ」は前進、「陽炎」はこれを追った。

「グローズヌイ」は、「陽炎」の前面を圧迫しようと急に針路を変え、両艦の距離は約三、八〇〇メートルまで短縮した。

「陽炎」の砲口が火を吐き、「グローズヌイ」は、「陽炎」を「ベドーヴイ」から引きはなそうとして針路を転じ逃走しはじめた。その速度は「陽炎」よりもはるかにまさり、両艦の距離は六、〇〇〇メートルまでひらいた。

「グローズヌイ」は、「ベドーヴイ」に対して、

「日本軍艦、ワレヲ攻撃ス。如何《いか》ニ行動スベキヤ」

と、信号を送った。

これに対して、「ベドーヴイ」は、

「ドノ程度ノ速力デ航進デキルヤ」

と問うてきた。

「グローズヌイ」は、

「二二ノット」

と、答えた。

「ベドーヴイ」のマストに、

「貴艦ハ、ウラジオストック軍港ニムカイ急行セヨ」

という信号旗がかかげられた。

「グローズヌイ」艦長は、その命令をいぶかしんだ。「グローズヌイ」は戦闘力も十分で、司令長官の乗っている「ベドーヴイ」を守護するため日本駆逐艦二隻と一戦を交える覚悟であった。が、「ベドーヴイ」は、ウラジオストック軍港に急げと命じてきてい

る。その命令に従うことは、「ベドーヴイ」を置き去りにすることを意味している。

艦長も乗組員も、その真意を理解できかねたが、指揮艦の命令でもあるのでそのままウラジオストック軍港方面に去った。

「ベドーヴイ」は、「陽炎」が「グローズヌイ」を追ってゆくすきに逃走しようとはかったが、駆逐艦「漣」が急追撃してきた。

乗組員たちは、全員戦闘配置について、砲撃開始の命令を待った。そのうちに、「漣」との距離が徐々に短縮し、「漣」にひるがえる軍艦旗もはっきりと見えてきた。

その頃、「ベドーヴイ」の艦上に異様な動きが起っていた。コロン参謀長と艦長が、砲員に対して砲のかたわらからはなれるように命じはじめたのだ。

砲員たちは、呆気《あつけ》にとられた。その間にも「漣」との距離はちぢまり、「漣」が第一弾を発射したと同時に、「ベドーヴイ」は停止した。

コロン参謀長は、マストに、

「ワレ、重傷者ヲ有ス」

という信号旗をかかげさせ、さらに、艦尾のロシア海軍旗をおろさせると、テーブル掛けを利用した白旗と赤十字旗をあげさせた。

艦長室にただ一人横たわっていたロジェストヴェンスキー司令長官は、艦が停止したことに気づいて意識をとりもどし、

「なぜ、停止したのか。航進するのだ、進むのだ。われらは、むしろいさぎよく撃沈されるべきだ」

と、叫んだ。

艦長室の近くにいた従兵はうろたえて、

「白旗はすでにかかげられています」

と、答えた。

長官は、憤然と立ち上ろうとしたが、再び意識を失って眼を閉じた。

艦上では、怒声がとびかっていた。乗組員たちは、同等の戦闘力しかもたぬ一隻の日本駆逐艦と戦わずに降伏することが理解できなかった。かれらは、眼をいからせて銃をとり、砲口を「漣」に向け、士官たちに、

「死をそれほどに恐れるのか。おれたちは最後まで戦うぞ」

と罵声《ばせい》を浴びせかけた。

士官たちは、

「降伏の責任は、私たちが負う」

と叫んで、必死に乗組員たちを説得して走りまわった。

しかし、下士官、兵たちは、士官たちの言葉に耳をかさず、砲口を「漣」に向け、銃器を手からはなそうとしない。

士官の中にも、降伏をロシア海軍軍人の恥辱として反対していた者もいた。それはイリュドーヴィチ二等大尉で、ソコーロフ機関兵曹に、

「腰ぬけ士官たちめ。降伏するくらいなら自沈すべきだ。本艦の爆沈準備をせよ」

と、命じたりしていた。

士官たちの必死の慰撫《いぶ》も効を奏せず、フィリポフスキー航海長が幕僚とともに艦上に姿をあらわし、

「よくきけ。ロジェストヴェンスキー中将は、ロシア艦隊司令長官である。中将の生命とこの駆逐艦とどちらが大事か。むろん、中将の生命のほうが貴重である。中将を救うため降伏するのだ。武器から手をはなせ。抵抗してはならぬ」

と、叫びながら水兵たちを説得した。

その頃、駆逐艦「漣」の艦長相羽《あいば》恆三《つねぞう》少佐は、「ベドーヴイ」が、

「重傷者ヲ有ス」

との信号を発して停止し、白旗と赤十字旗をかかげるのを見て、降伏を確認した。

相羽艦長は、「ベドーヴイ」が損傷らしいものも受けていないことを知り、同艦を捕獲しようと決意した。

かれは、捕獲指揮官に先任将校伊藤伊右衛門中尉を任じ、九名の下士官と兵を従えて「ベドーヴイ」におもむくことを命じた。

相羽たちが見守る中を、伊藤中尉以下捕獲員は、ボートに乗って波の荒い洋上を「ベドーヴイ」に近づき、舷側《げんそく》に上った。「漣」は砲口を「ベドーヴイ」に向け、相羽艦長以下乗組員たちは伊藤中尉らの動きを追っていたが、やがて、かれらが再びボートに乗って引き返してくるのがみえた。

不審に思ってボートを凝視していると、ボートにはロシア士官が四名同乗していて、ボートが「漣」につくと、ロシア士官を伴なった伊藤らが艦上にあがってきた。

伊藤は、相羽艦長に、

「ロシア語がわからず要領を得ないので、一応、応対に出た士官四名を捕虜として連行してきました」

と、報告した。

相羽は、当惑した。艦内には、ロシア語に通じている者は一人もいない。伊藤が引き返してきた行為は当然ではあったが、白旗をかかげているとは言え、いつ反抗を示すかもわからぬ敵艦の捕獲処理を一刻も早く終えなければならなかった。

相羽は、ふと、塚本克熊中尉を派遣しようと思いついた。塚本はロシア語を知らぬが、兵学校時代、英語の学業成績が特に秀れていたときいている。「ベドーヴイ」の中には英語に通じている者がいることが十分予想され、かれを伊藤中尉の代りにおもむかせる以外にないと思った。

かれは、塚本中尉を招くと、

「敵艦に行き、武装を解除せよ」

と、命じた。

塚本は諒承《りようしよう》すると、屈強な下士官、兵十数名を選抜し、銃に着剣させ実弾をこめさせてボートに乗りこんだ。

ボートは、波にもまれて激しく上下しながら進み、「ベドーヴイ」の舷側についた。

塚本は、部下とともに艦に上り、拳銃《けんじゆう》を擬して艦上を見渡した。甲板上には、険しい眼をした「ベドーヴイ」乗組員が、捕獲員たちを凝視している。

捕獲員たちは、剣つき銃を擬しながら近くの無電用のアンテナ線を切断し、つづいて大砲、水雷の重要部分を取りはずして弾薬を海中に投棄し、さらに罐室《かましつ》に入ると、一罐を残して他はすべて石炭の火を消してしまった。

その機敏な作業を乗組員たちは無言で見守っていたが、屈辱に堪えきれぬように水兵の一人が、顔をひきつらせて塚本中尉に近づいてきた。腕に入墨をした大きな体をした水兵で、眼には殺気にみちた光がやどっていた。

狼狽《ろうばい》したロシア士官が、水兵の腕をつかんで、なにか叫びながら制止している。が、水兵は、士官の言に一層感情が激したらしく、塚本の体につかみかかろうとした。

塚本は、部下に発砲を命じようと思った。が、水兵は、他の士官にも抑えつけられて甲板の脇《わき》に連れ去られた。

甲板上の武装解除も終ったので、塚本は、艦内調査に移ろうとした。が、入口付近にいたロシア士官が、塚本の前に立つとしきりになにか言う。塚本にはその言葉がわからなかったが、艦内に入ることを拒んでいることだけは理解できた。

塚本は、艦内に重要な武器に類したものがかくされているのだろうと疑い、士官を押しのけて艦内に入った。そして、内部を調べながら通路を進んだが、或る部屋の前に近づくと、足をとめた。そこには士官が立っていて、なにかしきりに言いながら手で制している。その眼には、懇願するような光がうかんでいた。

塚本は、士官に拳銃を突きつけたが、士官はその場から動こうとしない。その部屋に危険物があると想像した塚本は、士官の体を突きとばして、ドアを勢い良く開けた。

内部に眼を向けた塚本は、一瞬、体をかたくした。やや広い部屋の中には、立派な士官服を着た男が十名近く立っていて、ぎくりとしたようにおびえたような眼をこちらに向けている。かれらは、部屋の中央におかれたベッドをとりかこんでいたが、ベッドには、白布で頭をおおわれた老人が上半身をもたせかけるようにして眼を閉じている。その老人の風貌《ふうぼう》は気品にあふれ、士官服には鷲《わし》の徽章《きしよう》のついた肩章が金色に光っていた。

塚本は、ふと、ドアの前で入室を制した士官が、しきりにアミラルという言葉をくり返していたことを思い出し、それがアドミラル（提督）の聞きまちがえだということに気づいた。かれの全身が熱くなった。ベッドに身を横たえている老人は、ロシア艦隊司令長官ロジェストヴェンスキー中将にちがいない。かれは、後ずさりすると、部下の一部を残して宙をふむような足取りで甲板上に走り出た。

かれは、部下に手旗で駆逐艦「漣」にむかって、

「敵司令長官ロジェストヴェンスキー提督ラシキ将官、捕獲艦ニ在リ。イカガスベキヤ」

と、信号を送らせた。

かれの眼に、一瞬、「漣」艦上に深い静寂がひろがるのが見えた。しかし、その直後、艦上の者たちに激しい動きが起り、その中から声をかぎりに叫ぶ「バンザイ」の声がふき上った。両手をあげて、狂ったように走りまわっている者もいる。

塚本の胸に、熱いものがつき上げた。そのかすんだ眼に、手旗がふられるのが見えた。

それは、

「本艦ニ連行セヨ」

という信号だった。

塚本は、再び艦内に入り、ドアの中に身を入れると、

「ロジェストヴェンスキー提督ですね」

と、確認のため英語で問うと、参謀たちは無言でうなずいた。

塚本は、ロジェストヴェンスキー中将に付き添っている参謀たちに、

「長官を本艦に連行する」

と、つたえた。

参謀たちはその意味が分ったらしく、顔に悲しげな表情を浮べた。そして、英語でロジェストヴェンスキー中将がきわめて危険な重傷者なので、このままベッドに横たえておいて欲しいと懇願した。

塚本は、

「この艦に長官が乗っていることは、旗艦から移乗したことをしめしている。それならば本艦に連行しても支障はないはずではないか」

と、詰問《きつもん》した。

参謀たちの顔に、狼狽と困惑の色がうかんだが、一人の士官が塚本の前に立つと、

「私は軍医ですが、長官は出血多量の重傷を負い危篤《きとく》状態におちいっております。なにとぞ、このままベッドに横たえておいて下さい」

と、真剣な表情で言った。

塚本は困惑し、部屋を出ると、部下たちを艦にとどまらせて再びボートに乗り、「漣」に引き返した。そして、相羽艦長に事情を説明し指示を求めた結果、ロジェストヴェンスキー中将を参謀たちの希望通り艦にとどまらせることになった。

塚本は、再び「ベドーヴイ」にもどると、参謀たちに相羽艦長の言葉をつたえた。それによって、ロジェストヴェンスキー司令長官をはじめコロン参謀長と幕僚、艦長および七十七名の下士官兵が「ベドーヴイ」に残り、「漣」の曳航《えいこう》によって佐世保軍港にむかうことになった。

「ベドーヴイ」のマストに日本の軍艦旗が掲揚され、ロープがとりつけられて曳航準備がととのった。

しかし、相羽艦長は、塚本ら捕獲員を「ベドーヴイ」に残して曳航することは危険だ、と思った。日本艦隊は圧倒的勝利をおさめているが、その後の戦況は不明で、途中、敵艦と遭遇することも十分予想される。そのような折には、「ベドーヴイ」を放棄して敵艦と戦闘しなければならず、その間に「ベドーヴイ」も逃走して塚本たちを殺害するおそれがあった。

そのため相羽は、塚本ら全員を帰艦させ、ひとまず蔚山《うるさん》に回航して、連合艦隊司令部の指示を仰ぐべきだと判断した。

海上に、夕闇《ゆうやみ》が落ちてきた。駆逐艦「漣」は、「ベドーヴイ」に灯火をともさせ蔚山にむかって曳航を開始したが、ロープが三度にわたって切断し、ようやく両艦が動き出したのは、午後七時二十分であった。

その頃、東方洋上に砲声がしきりに轟《とどろ》くのを耳にし、敵艦の出現に厳重な警戒をはらいながら航進した。

不安のうちに夜をすごした「漣」は、朝鮮半島沖を蔚山にむかって進み、翌二十九日午前六時、蔚山北方の迎日湾付近で、南航中の巡洋艦「明石」（二、七五五トン）に出会った。

相羽艦長は、「明石」艦長宇敷甲子郎大佐にロシア駆逐艦「ベドーヴイ」を捕獲し、同艦にロジェストヴェンスキー司令長官の在艦していることを告げた。宇敷艦長からは祝辞をつたえる信号が返ってきて、「明石」艦上にも歓《よろこ》びの声があがった。

相羽は、「ベドーヴイ」の曳航に腐心していたので、その作業を「明石」に託したいと要望した。それに対して宇敷艦長も諒承し、太いロープが「明石」から「ベドーヴイ」に連結された。「漣」は、「ベドーヴイ」の後方から監視しながら、鎮海湾にむかった。

その間、「漣」は、旗艦「三笠」からの指示を待っていたが、午前十時過ぎ司令部からの無電が入電、佐世保に直行するよう命令を受けた。

相羽は、宇敷と協議の結果、曳航をやめて「ベドーヴイ」を単独航行させることに決定した。輸送指揮官には捕獲指揮官であった塚本克熊中尉を任じ、着剣した下士官兵十数名とともに「ベドーヴイ」に送りこんだ。

「ベドーヴイ」の艦内には、依然として不穏な空気がみちていた。その中を塚本中尉は、ロジェストヴェンスキー中将の横たわる部屋におもむき、挙手の礼をとって輸送指揮官に任ぜられたことをつたえた。操舵《そうだ》を「ベドーヴィ」航海長に一任して、艦を佐世保軍港に進めたい、と告げた。

塚本の礼儀正しい申し出に、コロン参謀長ら幕僚はおだやかな表情で諒承し、塚本は航海長とともに艦橋にあがった。

「ベドーヴィ」は石炭量も豊富で、巡洋艦「明石」と「漣」に警護されながら、佐世保軍港に針路を定めた。

午後四時頃、駆逐艦「叢雲《むらくも》」と「霰《あられ》」にも出会い、「ベドーヴィ」は四艦にかこまれて進んだ。

夜が、やってきた。「ベドーヴィ」に灯火が点ぜられたが、塚本ら輸送員にとって夜の到来は無気味だった。艦内には深い静寂がひろがっていて、舷側に寄せる波の砕ける音と機関の音しかきこえない。「ベドーヴィ」乗組員たちの殺気立った空気が塚本らにも察せられ、輸送員たちは、一睡もせず艦橋付近で警戒にあたっていた。

そのうちに、足音を忍ばせて艦橋に近づいてきたロシア水兵が、日本水兵をにらみつけながら立ち、無言で引き返してゆくことが繰返されるようになった。塚本も、常に拳銃を手に周囲を警戒して、航海長の操舵指揮を見守っていた。その間、突然、後頭部に衝撃を受けロシア水兵の襲撃だと直感し振向いたが、それは、艦橋内に飛びこんできた飛魚であった。

塚本は、表情をこわばらせた航海長の顔を見守っていたが、操舵を故意にあやまらせているようなことはないかと疑い、

「この羅針盤は、正確だろうね」

と、きいてみた。

航海長は、黙っていたが、

「正確かどうかは、北極星が君に教えてくれるさ」

と、不機嫌そうに答えた。

塚本は、苦笑した。かれは、航海長が降伏した屈辱感に苦しんでいることを察した。

その夜は、幸い、艦内に騒乱も起らず朝を迎えた。「ベドーヴイ」は、そのまま航進をつづけ佐世保湾口に近づいていった。

ネボガトフ少将指揮の残存のロシア艦隊主力は、むろん、ロジェストヴェンスキー司令長官の生死もその所在も知らなかった。

同艦隊は、夜間の日本艦艇による水雷攻撃を辛《かろ》うじてのがれ、ウラジオストック軍港に針路を定めて、十二、三浬《かいり》の速力で航進をつづけていた。

五月二十八日の夜明けを迎えたが、艦隊の陣容は、ネボガトフ少将坐乗の戦艦「ニコ

ライ一世」を先頭に、新鋭戦艦「オリョール」装甲海防艦「ゲネラル・アドミラル・アプラクシン」同「アドミラル・ゼニャーヴィン」巡洋艦「イズムルード」のわずか五隻にすぎなかった。

それらの艦のうち、戦艦「オリョール」が前日の戦闘で大損傷を受けていたが、他艦は、ほとんど損傷も少く十分な戦闘力を残していた。

しかし、視界内には味方艦の姿は見えず、前日の昼間戦闘につづく夜間の日本水雷艇による攻撃で、規模の大きさを誇っていたロシア艦隊は完全に四分五裂の状態になっていることが察知された。

ネボガトフ少将は、夜の間に日本艦隊の追撃を避けることができたのではないかとも思っていた。そして、周囲に警戒の眼をくばりながら、ウラジオストック軍港にむかって航進していた。

しかし、東郷平八郎連合艦隊司令長官は、水雷艇隊に夜間攻撃を決行させている間に、朝鮮海峡からウラジオストック軍港までの航路上にある鬱陵島付近に先廻りしていて、ロシアの残存艦隊が姿を現わすのを待ちうけていた。そして、夜明けとともに全艦艇は、行動を開始した。

美しく晴れた朝であった。午前五時、ロシア艦隊の見張員は、西方の水平線上に数条の黒煙が出現するのを発見した。

戦艦「オリョール」の艦長代理シュウェーデ中佐（ユング艦長は重傷）からも、

「ワガ左方向ニ煤煙《ばいえん》見ユ。多分味方ノ巡洋艦ナラン」

という報告が、「ニコライ一世」のネボガトフ少将に報告されてきた。

少将は、続航する「オリョール」以下に厳重警戒を命じ、水平線上の艦影を確認することにつとめた。

やがて、それは、七隻《せき》の日本巡洋艦であることが判明した。

ネボガトフ少将は、ただちに戦闘準備の信号旗をかかげ、巡洋艦「イズムルード」に日本艦隊の偵察《ていさつ》を命じた。「イズムルード」は、煤煙の方向に進み、それが「厳島」をはじめとした第五戦隊の巡洋艦隊であることを報告した。

ネボガトフ少将は、日本艦艇に発見されたことを知って愕然《がくぜん》としたが、ひたすらウラジオストック軍港に入ることをねがって、針路も変えず航進をつづけさせた。

不安にみちた時間が流れた。戦艦「ニコライ一世」を旗艦とした戦艦「オリョール」と「ゲネラル・アドミラル・アプラクシン」以下二隻の艦艇は、一団となって進んでゆく。

そのうちに、水平線上に、新たに黒煙がぞくぞくと湧《わ》きはじめた。それは、「浪速」を旗艦とした四隻の巡洋艦によって成る瓜生外吉《うりゅうそときち》中将指揮の第四戦隊と、巡洋艦「須磨」を旗艦とした東郷正路少将の率いる第六戦隊の艦艇群であった。

「ニコライ一世」以下ロシア軍艦の乗組員たちは、狼狽《ろうばい》した。艦隊の進む両側におびただしい数の黒煙が立ちのぼって、それが艦隊の動きとともについてくる。

さらに、午前十時頃、ロシア艦隊の乗組員たちは、針路の前方に思いがけぬ艦影の群れを発見し、激しい衝撃を受けた。それは、戦艦「三笠」を先頭艦とした「敷島」「富士」「朝日」の四戦艦と「春日」「日進」の二装甲巡洋艦の第一戦隊、それに「出雲」をはじめ六隻の装甲巡洋艦をふくむ上村彦之丞《かみむらひこのじょう》中将指揮の第二戦隊であった。

ネボガトフ少将以下乗組員にとって、それら日本艦隊の姿は、到底信じがたいものであった。ロシア艦隊は、八隻の戦艦中旗艦「クニャージ・スヴォーロフ」をはじめ六隻が撃沈され、他の艦船も数多く撃沈、大破されている。当然、日本艦艇の損害も大きいことが予想されていたが、眼前にあらわれた日本主力艦隊は全艦が健在であった。

双眼鏡でのぞいてみると、旗艦「三笠」の後檣《こうしょう》が折られているのが認められたが、それ以外には損傷らしいものもなく、第一、第二戦隊が、整然とした単縦陣を形成して針路前方を圧するように航進している。

ネボガトフ少将をはじめ指揮層の者たちの眼に、絶望的な光がうかんだ。ロシア艦隊の周囲には、日本艦艇の群れが鎖のようにつらなっている。日本の主力艦艇が、あたかもその海域に大集結した観があった。

十時三十四分頃、ロシア残存艦隊と日本艦隊の第一、第二戦隊との距離が八、〇〇〇メートルに接近した。

まず、装甲巡洋艦「春日」が砲撃を開始し、戦艦「三笠」をはじめ他艦も一斉にこれにならった。「ニコライ一世」をふくむ五隻の艦艇は、完全に日本艦隊に包囲され砲火を浴びることになった。

これに対して、戦艦「オリョール」も数発砲弾を発射して応戦したが、「オリョール」艦長代理シュウェーデ中佐は、前方を進む旗艦「ニコライ一世」に意外な光景がくりひろげられているのを眼にして愕然とした。「ニコライ一世」のマストにひるがえっていた軍艦旗と少将旗が下ろされ、それに代って、

「ワレ包囲セラレタルヲ以テ降伏ス」

という万国信号による信号旗がかかげられたのだ。

さらに、「オリョール」以下続航する諸艦にも、

「敵ノ優勢ナル艦隊ニ包囲セラレタルヲ以テ、ワレハ降伏ス」

という信号が発せられた。

この突然の降伏は、後続艦はもとより旗艦「ニコライ一世」の乗組員にも、大きな驚きをあたえた。たしかに五隻のロシア残存艦隊は日本艦隊に完全に包囲され、このまま戦闘を開始すれば全艦艇が撃沈されることはあきらかだった。が、乗組員たちは、応戦することもなく降伏することはロシア海軍の名誉をいちじるしく傷つけることであり、

全滅は覚悟で最後の決戦をいどむべきだ、と思っていた。

しかし、旗艦の発した命令であるので、続航する四隻のロシア軍艦も軍艦旗をおろし、降伏をしめす信号旗をかかげた。

各艦上には、険悪な空気がひろがった。死を賭《と》して戦うべきだという声がみち、巡洋艦「イズムルード」では、艦長フェルゼン中佐が旗艦の降伏命令に激昂《げっこう》した。かれは、損傷も少い艦を敵の手にゆだねることはできなかった。

かれは、意を決して信号兵に降伏をしめす信号旗の降下を命じ、全速力で艦を東方に驀進《ばくしん》させた。これを知った日本の巡洋艦は、「イズムルード」を追撃したが、同艦は、快速力で日本巡洋艦の追尾をふりきった。その後、同艦は、翌五月二十九日ロシア領ウラジミール湾外に到着し、夜の闇の中を同湾に入ったが、湾口の暗礁にふれて坐礁《ざしょう》した。フェルゼン艦長は、日本艦隊に捕獲されることを恐れて艦を爆破し、乗員一同、徒歩でウラジオストック軍港にむかった。

「イズムルード」の逃走後、ロシア残存艦隊は、降伏旗をかかげながらも、依然として航進をつづけていたので、東郷司令長官は、砲撃を続行させた。ネボガトフ少将は、すぐに艦を停止させ、さらに日本の国旗までかかげて絶対服従の意をしめした。そのため、ようやく東郷は、砲撃中止を命じた。

日本艦艇の群れは四方から接近して、ロシア艦隊旗艦「ニコライ一世」戦艦「オリョール」装甲海防艦「アドミラル・アプラクシン」同「アドミラル・ゼニャーヴィン」を完全に包囲した。

巨大な規模をほこっていたロシア艦隊は、五月二十七日の昼夜にわたる海戦で大半が日本艦隊によって潰滅《かいめつ》させられた。さらに、残された艦隊主力である二隻の戦艦、二隻の装甲海防艦も、日本艦隊にかたくとりかこまれ、それらの艦のマストには降伏をしめす信号旗に加えて、憐《あわ》れみを乞《こ》うように日本国旗までかかげられている。

海上に、砲声は絶えた。

四隻のロシア軍艦のうち戦艦「オリョール」は、かなりの損傷を受け、艦長ユング大佐も重傷を負って指揮不能となっていたが、他の三艦の戦闘力は十分に残されていた。各艦の乗組員たちの中には、依然として全滅を覚悟で最後の一戦をたたかうべきだと主張する者が多かった。かれらは、包囲された直後、応戦することもせず降伏信号を発し、その上、日本国旗までかかげた指揮者の態度に憤激していた。

旗艦「三笠」艦上にあった連合艦隊司令長官東郷平八郎大将は、参謀長加藤友三郎少将と協議の結果、参謀秋山真之《さねゆき》中佐と山本信次郎大尉を「ニコライ一世」におもむかせることに決定した。

ロシア艦は降伏信号をかかげているとは言え、二人だけで敵艦に乗り込むことは危険だったが、秋山と山本は、指揮刀を腰にさげただけで拳銃も持たず、水雷艇「雉《きじ》」に乗って「ニコライ一世」にむかった。

「雉」が戦艦「ニコライ一世」に到着し、秋山参謀と山本大尉は艦上に上った。乗組員の険しい視線が注がれたが、秋山と山本は、士官に案内されて将官室に入った。すぐにネボガトフ少将が、幕僚とともに姿を現わした。

秋山は、

「わが連合艦隊司令長官東郷平八郎大将は、貴艦隊の降伏を認めることに決しました。東郷大将は、武人の名誉を以《もっ》て貴官以下乗組員を遇する所存です。貴官と降伏条件をむすぶ希望をもっておりますので、ただちに三笠においで下さい」

と、丁重な口調で言った。

ネボガトフ少将は、

「諒解《りょうかい》しました」

と、悲痛な表情で言うと、礼装に着かえた。

少将は、「ニコライ一世」の全乗組員を艦橋の下に集合させた。かれは、艦橋に立つと、乗組員たちを見渡した。その眼には、光るものが湧《わ》いていた。

「親愛なる乗組員たちよ。私は、最も悲痛な訓示を諸君に述べなければならない。諸君も承知しておるように、昨日来、激戦につぐ激戦でわが艦隊はいちじるしい損害をこうむった。本隊も、わずかに四隻が残されただけになった。諸君、海上を見よ！」

少将は、おだやかな海に眼を向けた。

かれのさしめす海上には、日本艦隊の艦艇の群れが黒煙を吐いて浮び、その砲口は、一斉に四隻のロシア軍艦に向けられている。

ネボガトフ少将の声は、一段とたかまった。

「わが四隻の軍艦は、実に二十余隻の日本艦隊に包囲されているのだ。われらがいかなる勇敢な戦闘精神をもっていても、もはや、いかんともし難い。私は、すでに六十歳の老人であり、死を迎えてもなんの悔いもない。が、諸君はちがう。降伏はたえがたいことではあるが、一時の恥をしのんで、将来、ロシア海軍の再建のためにつくして欲しい。降伏の責任は、私が一身に負うであろう」

ネボガトフ少将の沈痛な訓示に、憤激していた乗組員たちも、いつの間にか頭を垂れていた。

「ニコライ一世」の艦上に深い静寂が流れ、その中をネボガトフ少将は、参謀長クロッス中佐、「ニコライ一世」艦長スミルノフ大佐らとともに、秋山参謀、山本大尉の案内で水雷艇「雉」に乗り移った。

「雉」は、白波を蹴立《けた》てて海上を走り、「三笠」に接舷《せつげん》した。

ネボガトフ少将以下参謀長らは、秋山参謀の案内で長官室に入った。肥満した同少将を無表情の東郷司令長官が迎え入れ、握手を交した。

テーブルを中に、日本側は東郷司令長官、加藤参謀長、「三笠」艦長伊地知彦次郎大佐らが、ロシア側はネボガトフ少将以下が着席し、ただちに降伏条件の交渉に移った。

しかし、交渉といってもロシア艦隊は全面降伏の意をしめしていて、日本側が、一方的に降伏条件を押しつけることのできる立場にあった。ネボガトフ少将らは、苛酷《かこく》な条件をしめされるのではないかという不安にかられて、顔をひきつらせていた。

しかし、東郷は、敗北した敵軍人に対して武人としての名誉を尊重する態度をとった。かれの顔にはおごった表情はなく、淡々として降伏条件を口にし、それを装甲巡洋艦「浅間」艦長八代六郎大佐が、巧みなロシア語でネボガトフ少将らにつたえた。それは、概略左のようなものであった。

一、降伏した各艦の士官以上は、帯剣を許す。また、全員の私有金品は各自保有して差支えない。

二、降伏した各艦は、いたずらに傷つけたりすることなく、日本艦隊に引渡す。

三、東郷大将は、ネボガトフ少将がロシア皇帝陛下に戦況報告できる許可を得るよう努力する。

四、東郷大将は、降伏した士官以上の者が、宣誓の上、故国に帰る許可を得られるよう努力する。

つまり東郷大将は、降伏した各艦の乗組員に最大限の好意を約束したのだ。

ネボガトフ少将らは、その言葉に深く安堵《あんど》したようだった。そして、東郷にうながされてシャンペンの杯をあげ、戦闘の終了したことを祝し合った。

ネボガトフ少将は、降伏条件を承諾した後、幕僚等をしたがえて「三笠」から「ニコライ一世」にもどった。そして、信号旗をかかげて、戦艦「オリョール」装甲海防艦「アドミラル・アプラクシン」「アドミラル・ゼニャーヴィン」の各艦長を招いた。が、各艦の汽艇も短艇もほとんど破壊されていたので、かれらは、日本艦隊の提供した水雷艇と汽艇に乗って集ってきた。

ネボガトフ少将は、各艦長にあらためて降伏理由と東郷のしめした降伏条件を説明し、幕僚らとともに戦艦「富士」に収容されることになった。

同少将が捕虜として退艦することを知った乗組員たちは、無言のまま甲板上に立ちつくしていた。かれらの間からは、すすり泣く声も起っていた。ネボガトフ少将は、かれらに眼を向けると、

「私は、むろん、このようになることを望んだわけではない。しかし、他にとるべき方法があったろうか。敵の軍門に下ったのは、二千余名の乗員の生命を助けたかったからだ。諸君、一時の恥をしのんで自重してくれ」

と、声をふるわせて言った。

乗組員たちは深く頭を垂れ、肩を波打たせて泣く者も多かった。中には、砲に走り寄

って砲身を破壊しようとした若い士官もいたが、辛うじて艦長に制止された。

ネボガトフ少将をはじめ各艦の乗組員の約三分の一は、日本艦艇に収容され、それと同時に、各艦に日本艦隊の捕獲員が乗りこみ、四隻のロシア艦のマストに軍艦旗がかかげられた。

午後七時三十分、戦艦「ニコライ一世」についで捕獲されたロシア艦は、日本艦艇の監視のもとに動きはじめた。戦艦「ニコライ一世」は、戦艦「敷島」副長山田猶之助中佐を捕獲指揮官として、翌々日の五月三十日午後二時三十分、佐世保に入港。同日午前九時には装甲海防艦「アドミラル・アプラクシン」「アドミラル・ゼニャーヴィン」も、同じく佐世保に入った。

それらの艦では、ロシア人乗組員たちの間に不穏な空気がみち、航海中に叛乱《はんらん》の危険もあったが、日本艦隊の捕獲員たちは厳重な警戒をおこなって不祥事の発生を防止した。

殊《こと》に戦艦「オリョール」では、乗組員の空気が険悪だった。同艦には、戦艦「朝日」副長東郷吉太郎中佐を指揮官に士官・下士官兵二百八名が捕獲員として乗り込んでいたが、ロシア人乗組員が機関部の安全弁等をいつの間にか破壊していた。そのため、航行不能の状態になって、修理に時間を費し、ようやく午後十一時になって前進することができた。

捕獲員はロシア人乗組員の動きを警戒し、同艦は予定していた佐世保入港を変更して舞鶴にむかった。同艦の損傷は激しく、戦死者三十二名、負傷者九十二名にも達し、負傷者中、四名の乗組員が舞鶴へむかう途中で息をひきとった。

捕獲された戦艦「オリョール」は、右に身をかしげながら、戦艦「朝日」装甲巡洋艦「浅間」の護衛のもとに舞鶴にむかって進んでいたが、五月二十九日の夜、重傷を負っていた艦長ユング大佐の容体が悪化し、危篤《きとく》状態におちいった。

捕獲指揮官東郷吉太郎中佐は、軍医に命じてユング大佐の治療につとめさせた。しかし、ユング大佐の呼吸は次第に弱まり、夜半に、東郷中佐らに見守られながら死亡した。

翌早朝、東郷中佐は、その霊を丁重に慰めるべきだと考え、遺体を清潔な白布につつんで甲板上に運び上げた。マストには、その死を悼《いた》む半旗がかかげられ、捕獲員の日本海軍士官、下士官兵の大半とロシア人士官たちが、直立不動の姿勢で甲板に整列した。

厳粛な静寂が艦上にひろがり、その中を遺体が静かに舷側にはこばれた。

日本水兵の手にした弔銃が、指揮者の号令とともに空に向けられた。悲しげな発射音が起り、遺体は、水しぶきをあげて海面に落された。東郷中佐以下捕獲員とロシア人士官たちは、海面にむかって挙手の礼をつづけていた。

その日の午後一時、同艦は舞鶴に入港した。

ネボガトフ少将指揮の二戦艦、二装甲海防艦がほとんど応戦することもなく降伏したのとは対照的に、壮絶な戦闘をいどんだロシア軍艦も多かった。

巡洋艦「スヴェトラーナ」（三、七二七トン）も、その一つだった。「スヴェトラーナ」は、駆逐艦「ブイストルイ」と二隻でウラジオストック軍港にむかっていたが、五月二十八日午前七時頃、鬱陵島南方約五〇浬の位置で巡洋艦「音羽」「新高」に発見され、追撃を受けた。

「スヴェトラーナ」は、すでに前日の戦闘で艦首に大損害を受けていたので、たちまち日本巡洋艦の砲撃を浴び、航行の自由を失った。が、艦長シェイン大佐以下乗組員は、恐るべき戦闘精神を発揮して六インチ砲二門によって応戦し、「音羽」に三発の命中弾を浴びせかけた。

激闘一時間後、「スヴェトラーナ」は最後の一弾まで射ちつくし、砲弾も皆無になった。「スヴェトラーナ」には降伏か死のいずれかしかなかったが、シェイン艦長は艦を自ら爆沈しようとした。しかし、弾薬庫も浸水していて火薬は水びたしになっていたので、やむなくキングストン弁を開いた。

海水が、すさまじい勢いで艦内に浸入しはじめた。すでに副長ズーロフ中佐は瀕死《ひんし》の重傷を負い、シェイン艦長も、艦と運命を共にする覚悟で艦橋に立ちつづけていた。その時、飛来した砲弾でシェイン艦長の肉体は四散した。そして、艦も急速に傾斜して、午前十一時、海中に没した。戦死及び溺死者《できししゃ》は艦長、副長以下百七十名におよび、海中に投げ出され漂流中の二百九十一名が、日本仮装巡洋艦「亜米利加丸」に救出された。

「スヴェトラーナ」の自沈についで、同航していた駆逐艦「ブイストルイ」も、巡洋艦「新高」駆逐艦「叢雲《むらくも》」の急追撃を受けた。

「ブイストルイ」は必死に応戦したが、のがれることができぬとさとった艦長マニコフスキー中佐は、艦を自爆させることを決意し、朝鮮の竹辺湾の北方海岸に艦を坐礁させ、艦底を爆破した。艦長は、八十二名の乗員をひきいて陸岸に上り、山中に身をひそめたが、日本監視所の兵に発見され、後に装甲巡洋艦「春日」の陸戦隊によって全員捕虜となった。

また、駆逐艦「グロムキー」の最後も、悲壮だった。

「グロムキー」は、装甲巡洋艦「ウラジーミル・モノマフ」の掩護《えんご》にあたっていたが、日本艦艇の攻撃を受けた「ウラジーミル・モノマフ」の指示で、五月二十八日午前八時三十五分、ウラジオストック軍港にむかって進んだ。それを駆逐艦「不知火」が追撃、さらに、水雷艇（第六十三号艇）も加わって、「グロムキー」に激しい砲火を浴びせかけた。

しかし、汽罐《きかん》に命中弾を浴び速力もおとろえていた「グロムキー」は、勇敢にも二隻の日本艦艇と激戦を展開した。その砲撃はきわめて正確で、「不知火」に大小二十余の命中弾を浴びせ、その軍艦旗もしばしば落下した。「不知火」では、その度に軍艦旗を再びかかげさせたが、旗の落下は四度にもおよんだ。

そのうちに「不知火」は、舵も破壊されて同じ海面を廻ることしかできなくなったが、それでも「グロムキー」に対して砲火を浴びせつづけていた。

「グロムキー」の被害も大きく、「不知火」と同じように軍艦旗は吹きとんだ。艦長ケルン中佐は、軍艦旗を旗竿《はたざお》に釘《くぎ》づけにして徹底抗戦をつづけたが、午後零時四分、「グロムキー」の砲弾が尽き、砲もすべて破壊された。

死闘三時間三十分、「グロムキー」の砲は沈黙し、その間に、ケルン艦長も戦死していた。それでも乗組員は、艦の捕獲されることを避けるためキングストン弁を開き、全員救命衣をつけて海中にとびこんだ。

「グロムキー」は次第に右舷に傾斜、午後零時四十三分、蔚山北東約一五浬の位置で沈没した。

さらに装甲巡洋艦「ドミトリー・ドンスコイ」の最後も、凄絶《せいぜつ》だった。

五月二十八日午後五時五十分頃、同艦は、巡洋艦「浪速」「高千穂」「明石」「対馬」によって成る瓜生外吉中将指揮の第四戦隊と「朧」「曙《あけぼの》」「電《いなずま》」の三駆逐艦、仮装巡洋艦「熊野丸」に発見された。

八隻の日本艦艇は全速力で「ドミトリー・ドンスコイ」を追撃し、瓜生司令官は同艦に対して、

「汝《なんじ》ノ指揮官ネボガトフ少将ハ、スデニ降伏セリ。汝ニモ降伏ヲ勧告ス」

と、無線電信を発した。

日本艦艇は、両側からはさみこむように迫った。当然、「ドミトリー・ドンスコイ」の降伏が予想されたが、同艦の軍艦旗はおろされる気配もなく、戦闘旗はひるがえり、航進をやめない。

「ドミトリー・ドンスコイ」に降伏の意志がないことを知った八隻の日本艦艇は、急追撃をつづけたが、「ドミトリー・ドンスコイ」の速力は早く距離がちぢまらない。

その時、巡洋艦「音羽」「新高」駆逐艦「朝霧」「白雲」も姿をあらわし、午後七時二十分、十二隻の日本艦艇は、「ドミトリー・ドンスコイ」を完全に包囲、猛砲撃を集中した。が、それでも「ドミトリー・ドンスコイ」は降伏の意志をしめさず、異常な戦意を発揮して、むらがる日本艦艇に必死の応戦をつづけた。

艦上には砲弾が炸裂《さくれつ》し、そのために火災も起ったが、砲員たちは、砲にしがみついて砲撃をつづけた。しかも、同艦の放った一弾は、巡洋艦「浪速」の舷側をつらぬき、急激な浸水のため、艦はにわかに傾斜した。

さらに、巡洋艦「音羽」も被弾し、すでに夜の闇《やみ》も濃くなっていたので、巡洋艦隊は、「浪速」「音羽」を守るように同海域をはなれた。その後、駆逐艦隊によって夜間攻撃がおこなわれたが、効果は少く、遂に「ドミトリー・ドンスコイ」を見失ってしまった。

同艦は、夜の闇の中をひそかに鬱陵島の南海岸に接近し、投錨《とうびょう》した。煙突は倒れ甲板は穴だらけで、奮戦の跡が生々しかった。同艦には、沈没した戦艦「オスラビヤ」駆逐艦「ブイヌイ」から救助した乗組員が乗っていたが、死者は八十名にも達し、艦内は血に染まっていた。また、老艦長レベデフ大佐も重傷を負って、指揮は副長ブローヒュ中佐が代行していた。

ブローヒュ副長は、艦長と協議の結果、乗組員すべてを上陸させ、同艦の捕獲を避けるためキングストン弁をひらいて自沈することに意見が一致した。

やがて、乗組員の上陸がはじまり、その後、同艦は、深い海面に移動して、キングストン弁がひらかれた。

二十九日の夜明けを迎えた。

第二駆逐隊の「朧」「曙」「電」の三駆逐艦は、「ドミトリー・ドンスコイ」の発見につとめていたが、午前五時、鬱陵島の南東岸付近に「ドミトリー・ドンスコイ」が浮んでいるのを見出《みいだ》した。

第二駆逐隊司令矢島純吉大佐は、付近にいる装甲巡洋艦「浅間」その他に「ドミトリー・ドンスコイ」発見を報告するよう「曙」「電」に命じるとともに、「朧」を注意深く「ドミトリー・ドンスコイ」に接近させていった。そして、万国信号で「降伏セヨ」とつたえたが、艦上に人影はなく、深い静寂がひろがっているだけだった。

矢島司令は、内藤省一中尉に下士官兵五名をひきい小短艇に乗って敵艦におもむくよう命じた。短艇が海面を進み、二、三〇〇メートルの距離まで近づいた時、「ドミトリー・ドンスコイ」は、艦首をふるわせるような動きをみせると、にわかに傾きはじめて静かに海中へ没していった。

内藤中尉が引き返そうとした時、一隻の和船が島かげから姿をあらわし近づいてくるのがみえた。乗っていたのは鉢巻をしめた一人の日本人漁師で、顔面は蒼白《そうはく》だった。

漁師は、喘《あえ》ぎながら、

「ロシア兵がいる。昨夜、たくさんのロシア兵が上陸した」

と、叫んだ。

内藤省一中尉は、「ドミトリー・ドンスコイ」の乗組員が艦を自沈させて退避したことを察し、手旗信号で、島に「ドミトリー・ドンスコイ」の乗組員らしきロシア兵が多数上陸していることを駆逐艦「朧」につたえた。

それに対して、第二駆逐隊司令矢島純吉大佐は、内藤中尉に、部下を連れて上陸し敵の艦長を捕虜として連行することを命じた。

内藤は、漁師の案内で鬱陵島の沿岸に接近した。付近は断崖《だんがい》絶壁で、その間に、わずかな砂浜があり、そこに数艘《そう》のロシアの短艇が砂地に乗り上げているのを発見した。

漁師はおびえたように櫓《ろ》をこいで去り、内藤は、警戒しながら短艇を砂浜に近づけて、五名の部下とともに海岸に上った。十二隻の日本巡洋艦等に包囲されながら降伏もせず奮戦した「ドミトリー・ドンスコイ」の乗組員が、艦を自沈させた後も抵抗することは十分に予想された。

内藤中尉の眼に、三つの人影が映った。若いロシア士官で、寄りかたまりながら海岸に近づいてくる。

内藤たちが拳銃《けんじゅう》を向けていると、士官たちは、歩み寄りながらしきりに握手を求めるような仕種をする。内藤は、かれらに敵意のないことをさとって、近づいてきた士官の握手に応じると、

「艦長のもとに案内せよ」

と、ロシア語で言った。

うなずいた士官に連れられて進んだ内藤たちは、前方に異様な光景を眼にして息をのんだ。それは、艦内から収容した数十体の死体で、短艇用の帆の上に頭や手足のない死体が並べられ、激しい腐臭を放っていた。

その地域を越えると平坦地《へいたんち》がひろがっていて、数百名のロシア水兵が休息していた。内藤たちは、その間を進んで丘陵にみちびかれた。

「艦長は、あの家におります」

ロシア士官の一人が、指さした。それは、ただ一軒建っている朝鮮の民家であった。

民家の前庭には、ロシア士官が二十人ほど集っていて、内藤中尉たちに険しい眼を一斉に向けた。

家の前に立った内藤は、内部から激しい呻《うめ》き声がきこえてくるのを耳にした。

やがて、家の中から士官が出てきて、

「今、艦長は治療中なので、しばらく待ってほしい」

と、言った。

しばらくして士官にうながされて軒をくぐると、小さな部屋でアンペラに身を横たえた老人の姿が眼にとまった。艦長レベデフ大佐であった。左腿《もも》に大きな傷がひらき、軍医が綿を詰めている。血の噴出も激しく、内藤にも、かなりの重傷であることがわかった。

内藤は、部下とともにレベデフ艦長に挙手すると、

「昨日の貴艦の勇敢な戦いについては、深い敬意をささげます。私は、貴官を連行するよう司令から命じられましたが、重傷を負っておられる貴官を連れて行くことはできません。貴官の代理者を連れて行きたいと思いますが、適当な人をお選び下さい」

と、丁重な口調で言った。

内藤の申し出に、身を横たえていたレベデフ艦長は、感謝するように何度もうなずき、部下に副長ブローヒュ中佐を呼ぶように命じた。

すぐにブローヒユ中佐が部屋に入ってきた。艦長は、弱々しい声で、

「この日本士官は、私を連行するために来られたが、私が重傷を負っていることに同情して代理者でもよいと言ってくれている。私の代理として、君が行って欲しい」

と、言った。

ブローヒユ副長の眼から涙があふれ、身を横たえた艦長の体を抱くと、激しく接吻《せっぷん》した。

内藤中尉は、民家を出てしばらく副長の出てくるのを待った。そして、涙を拭《ぬぐ》って出てきた副長をつれて、海岸にむかった。

第二駆逐隊司令矢島大佐は、ブローヒユ副長から事情をきいて食糧を陸上に送りとどけ、午後に入って装甲巡洋艦「春日」駆逐艦「吹雪」が到着し、レベデフ艦長以下ロシア人乗組員を収容した。

その後、艦長レベデフ大佐は、日本の病院で手厚い治療を受けたが、その効もなく二日後に死亡した。

「ドミトリー・ドンスコイ」に劣らぬ抵抗をこころみたのは、装甲海防艦「アドミラル・ウシャーコフ」（四、一二六トン）であった。「ウシャーコフ」は、ただ一艦でウラジオストック軍港に航進していたが、五月二十八日午後二時頃、装甲巡洋艦「磐手」（九、七七三トン）に発見され、「八雲」（九、六九五トン）も加わって追撃を受けた。

午後五時過ぎ、「磐手」「八雲」は、「ウシャーコフ」に約一五、〇〇〇メートルの距離まで迫った。「磐手」に坐乗していた第二艦隊司令官島村速雄少将は、東郷司令長官から、もしも敵艦に近づいた折には降伏をすすめるようにと命じられていたので、島村司令官は「ウシャーコフ」に対して、

「汝ノ司令官ハ降伏セリ。我ハ汝ニ降伏ヲ勧告ス」

という万国信号による信号旗をあげさせた。

これを見た「ウシャーコフ」艦長ミクルフ大佐は、部下を見廻して、

「わが艦は、破損していて戦闘力にも乏しい。それにくらべて、追撃してくる艦は日本のほこる装甲巡洋艦だ。わが艦が二隻の大型軍艦と戦闘を交えれば、たちまち艦は撃沈されるであろう。しかし、私はロシア海軍軍人である。栄光のために死を辞さない」

と、眼をいからせて叫び、信号兵が半ば揚げていた回答旒《かいとうりゅう》をおろさせ、戦闘旗をひるがえさせた。

降伏を拒否した装甲海防艦「ウシャーコフ」の姿に、第二艦隊司令官島村速雄少将は、胸を熱くした。装甲巡洋艦「磐手」「八雲」に発見された「ウシャーコフ」の運命は定まっている。両装甲巡洋艦の砲が火をふけば、たちまち「ウシャーコフ」は撃沈されるが、「ウシャーコフ」は、戦闘旗をひるがえして挑戦しようとしている。

島村は、ロシア海軍軍人の激しい戦意に感動し眼をうるませた。そして、「磐手」「八

雲」に速力をあげて追撃することを命じ、九、〇〇〇メートルの距離に接近して、まず「磐手」が砲撃を開始し、「八雲」がそれにつづいた。

これに対して「ウシャーコフ」も応戦したが、砲弾が次々に同艦に命中し、たちまち海水が艦内に浸入してきた。戦闘開始後わずか十分にして、「ウシャーコフ」の抵抗は衰え、やがて砲弾も尽きて砲撃も絶えたが、それでも同艦のマストには依然として戦闘旗がひるがえり、降伏の意志はみられなかった。

艇長ミクルフ大佐は、自沈を決意してキングストン弁を開かせた。艦上には火炎と黒煙が逆巻き、艦尾が徐々に沈下しはじめたが、ミクルフ艦長は、部下とともに艦橋に立って、砲撃をつづける「磐手」「八雲」に視線を据えつづけていた。

午後六時十分、沈下していた艦は急に右舷に傾き、艦首が高々と突き立った。そして、艦長らをとじこめたまま、艦は吸いこまれるように海面下に没していった。同艦の戦死者は、艦長以下八十三名であった。

沈没海面には、おびただしい木具と乗組員たちの泳ぎ廻る姿がみえた。島村司令官は、「磐手」「八雲」に、

「タダチニ敵兵ヲ救助セヨ」

と命じ、両艦からは、数隻の短艇があわただしくおろされた。

短艇を見送る両艦の日本水兵たちは、短艇にむかって、

「一人残らず救って来てやれよ」

と、一斉に声をかけた。かれらは、死を賭《と》して奮戦した「ウシャーコフ」の乗組員に敬意をいだいていたのだ。

短艇は、救助のため海面を走りまわった。潮の流れにのって「磐手」「八雲」の近くに漂流してくるロシア人乗組員が多く、それを眼にした日本水兵たちは、舷側から海面にロープを競い合うように投げ、しがみついてくるロシア兵たちを次々に甲板に引き上げた。

ロシア兵たちは大半が裸身で、首から十字架をかけていた。早目に救助された者は元気だったが、長い間水中につかっていた者は、艦に上る体力もない。日本兵たちは、舷《げん》梯《てい》におりてかれらの肩を支え甲板まで運び上げた。

ロシア兵の体は冷えきっていたので、後甲板でフランネルのシャツや衣服をあたえたが、体が大きいので手を通せぬ者も多く、やむなく背の部分を裂いて身につけさせた。

救助作業は二時間以上にもおよび、その間に、乗組員四百二十二名中実に三百三十九名という多数の漂流者を収容した。

ロシア人乗組員たちは、敗れたことを悲しんでいたが、「磐手」「八雲」両艦の乗組員の温かい扱いに心をうたれているようだった。

或るロシア兵は、肩を支えられて救い上げられた時、感謝の余り救出してくれた日本兵の体を抱きしめ、接吻しようとした。体を抱かれた日本水兵は、ロシア人が男同士でも接吻する習慣があることなど知らず、体の大きなロシア兵が咬《か》みつこうとしているのだと思った。水兵は、顔色を変えるとロシア兵の腕をふりほどき、怒声をあげてその体を甲板上にたたきつけた。腰を打ったロシア兵は、日本水兵の憤《いきどお》りにみちた顔を呆気《あっけ》にとられて見上げていた。

「ウシャーコフ」との砲戦が日本艦隊の最後の戦闘で、五月二十七日、二十八日の両日におこなわれた大海戦も終了した。

十六

海戦の結果は、世界海戦史上、全く前例のない驚くべき数字をしめしていた。

七カ月の大航海をへて来攻したロシア艦隊は、戦艦八隻《せき》、巡洋艦九隻、装甲海防艦三隻、駆逐艦九隻、仮装巡洋艦一隻、特務船六隻、病院船二隻、計三十八隻の大陣容であった。が、その艦船も、日本艦隊との激しい交戦によって、左のような大損害を受けていた。

一、戦艦八隻

撃沈……六隻

捕獲……二隻
一、装甲巡洋艦三隻
撃沈……三隻
一、巡洋艦六隻
撃沈……一隻
一、装甲海防艦三隻
撃沈……一隻
捕獲……二隻
一、駆逐艦九隻
撃沈……四隻
捕獲……一隻
一、仮装巡洋艦一隻
撃沈……一隻
一、特務船六隻
撃沈……三隻
一、病院船二隻
抑留……二隻

この数字からみても、ロシア艦隊三十八隻のうち、二十六隻が撃沈または捕獲（抑留）され、殊《こと》に戦艦、装甲海防艦、装甲巡洋艦、病院船は全滅したことをしめしている。

さらに、撃沈または捕獲をまぬかれた十二隻の艦船の大半も、それぞれに悲惨な道をたどった。

巡洋艦「イズムルード」は、ロシア領ウラジミール湾に入ったが坐礁《ざしよう》して自爆、駆逐艦「ブレスチャーシチー」は、上海《シャンハイ》に向けて逃走中、沈没した。

また、ロシア艦隊の艦艇の中には、戦闘海域からはなれて遠く逃れ去った艦もあった。巡洋艦「オレーグ」「アヴローラ」「ジェムチュグ」の三隻は、司令官エンクウィスト少将にひきいられてマニラにのがれ、その地でアメリカ政府に抑留され、武装解除された。さらに、駆逐艦「ボードルイ」特務船「コレーヤ」「シヴィリ」は上海にのがれて、同じく武装解除を受け、特務船「アナドゥイリ」のみが、遠くロシア本国にむかって難を避けた。

つまり、ウラジオストック軍港へむかうことを念願とした三十八隻のロシア艦隊は、撃沈十九隻、捕獲五隻、逃走中沈没または自爆二隻、抑留八隻、計三十四隻という全滅に近い大打撃を受けたのだ。

結局、ロシア本国へのがれた特務船一隻以外に目的のウラジオストック軍港に到達したのは、わずかにヨット式の小型巡洋艦「アルマーズ」駆逐艦「ブラーヴイ」「グローズヌイ」の三隻のみという悲惨な結果に終った。

これに対して、日本艦隊の損失は、第六十九号艇（八九トン）、第三十四号、第三十五号艇（いずれも八三トン）の水雷艇三隻が沈没しただけという信じがたいものであった。

損失排水量をしめすと、ロシア艦隊の失った艦船の排水量は一九五、一六二トンに対して、日本艦隊は、わずか二五五トンを失っただけであった。

人的被害も、海戦の苛酷《かこく》さをはっきりとしめしている。

ロシア艦隊側

戦死者　士官　一八〇名
　文官　二一名
　下士官兵　四、三四四名
　計　四、五四五名

捕虜　司令長官以下　六、一〇六名

日本艦隊側

戦死者　一〇七名

この数字によってもあきらかなように、ロシア艦隊乗組員の半数近くが死者となり、その他、捕虜中にもおびただしい負傷者がふくまれていたのに比較して、日本艦隊側の人的消耗は僅少《きんしょう》であったのである。

ロシア艦隊乗組員の中には、沈没した艦船からのがれて日本の海岸に上陸し、捕虜になった者も多かった。それらの上陸地点では、例外なく住民に大混乱をあたえた。

装甲巡洋艦「アドミラル・ナヒモフ」は、五月二十八日午前九時、対馬琴崎《きんざき》の東方約四浬《かいり》の沖に沈没。乗組員中五百二十三名は「佐渡丸」に収容されたが、士官二名をふくむ百一名の乗組員は、三隻の短艇に乗って対馬琴《きん》村の茂木海岸に上陸した。

突然上陸してきたロシア人乗組員の姿に、村人たちは愕然《がくぜん》とした。戦況は不明であったので、村民たちは、ロシア乗組員が対馬を占領するため上陸してきたのだと判断した。

老幼婦女子がすぐに避難させられ、男たちは、家伝の日本刀や鍬《くわ》、鎌《かま》などを手に海岸に集った。しかし、ロシア人乗組員たちは、殺気にみちた村民たちに、しきりに白い布をふっている。かれらの中には傷ついた者も多く、戦意は全くみられなかった。

村民たちは、武器を手に百一名のロシア人乗組員たちに迫ったが、対馬島庁書記の中原駒太郎は公務出張中で、代りに戸長佐護森之助が琴村小学校長賀島尚太郎とともに駈《か》けつけた。

佐護は、ロシア人乗組員たちが白布をふっているので、降伏を求めていることを知り、賀島校長に通訳を依頼した。賀島は、海岸にむらがるロシア人乗組員に近づくと、二人の士官とおぼつかない英語で話し合った。その結果、かれらが、沈没艦から辛《かろ》うじてのがれ出た者たちであることが判明した。賀島が、

「全員を捕虜にする」

とつたえると、ロシア人士官も、異存はないと答えた。

賀島校長が、佐護をはじめ村民たちにそのことをつたえると、村民たちの態度は一変した。かれらは、負傷者を戸板にのせ、ロシア人乗組員たちを村内に導き入れて、かれらを小学校や民家に分宿させ、丁重に介抱した。

また、五月二十八日には、島根県石見江津《いわみごうつ》市の海岸にも、二百数十名のロシア人乗組員が上陸してきた。それは、沈没した運送船「イルトゥイシ」（七、五〇五トン）の乗組員たちで、海岸一帯は騒然となった。

しかし、短艇には白旗がかかげられ、海戦も日本側の大勝利に終ったことがつたえられていたので、かれらを捕虜として扱うことになった。

村民たちは、駈けつけた警官の指導で、ロシア人乗組員たちの救出に全力をあげ、老人や婦女子も海岸に集ってきて、水や食糧をかれらにあたえた。中には、腰巻一つで海中にとびこみ、短艇から負傷者をおろして海岸に運び上げた漁師の妻もいた。

村民たちは、士官を民家に、下士官以下の乗組員たちを小学校に収容して温かくもてなした。そのうちに、浜田の歩兵第二十一連隊補充大隊が到着、捕虜全員を浜田に移送して負傷者を治療した。

山口県阿武郡の見島という孤島でも、ロシア人乗組員の上陸騒ぎがあった。同島では、五月二十七日午後から夜にかけて沖合に砲声がしきりにきこえ、住民たちは、夜も眠らず厳重な警戒態勢をとっていた。

その島の北端にある見の口には、舞鶴鎮守府に所属する望楼が設けられていたが、翌五月二十八日朝、望楼に常駐する水兵たちが、沖合から近づく一隻のロシア短艇を発見した。そこには、白い服を着たロシア人乗組員がひしめき合って乗っているのが見えた。村の男たちも、短艇に気づき、日本刀や槍《やり》を手に望楼へ競い合うように集ってきた。

「露助が来た。いいか、奴らと戦い、一人残らず殺すのだ」

望楼の水兵の叫びに、村の男たちは、眼をいからせてそれに応じた。

その時、ロシア兵接近の報をつたえきいた郡書記の厚東、小学校教師の多田、巡査の黒瀬の三名が駈けつけてきて、水兵や村人たちと海岸へひそかに下りて行った。

短艇が海岸に近づいてきたが、艇上に白いものがひらめいている。しきりにふられる白いハンカチであった。短艇の中には負傷者もいるらしく、白旗の代りに白い包帯をしめす者もいた。

厚東郡書記は、

「降伏を求めているのだから、救《たす》けてやらねばならぬ」

と、水兵や村人たちを説得した。そして、負傷者を収容する場所について意見を交した結果、南方の本村にある病舎をあてることになった。しかし、本村まではかなりの距離があるので、上陸するより短艇で本村港に行ってもらう方が好都合であった。

その時、宇津村の長富弥三郎という青年が、

「おれにまかしてくれ。おれが、敵の短艇に泳いで行って、敵兵を本村港に案内する」

と、言った。弥三郎は、フンドシ一つの裸身で日本刀を手にしていた。かれは、敵が近づいた折には海中にもぐって、短艇に斬《き》りこむ用意をしていたのだ。

しかし、弥三郎一人を短艇に送りこむことは危険なので、弥三郎を制し、陸上からハンカチをふって南の方へ行くように合図した。

短艇に乗っていた者たちは、その合図がわかったらしく南に進みはじめたが、観音崎を過ぎた直後、不意に艇を宇津村近くの砂浜にのしあげさせた。艇からロシア人乗組員が浜にあがったが、かれらは、疲労しきっているらしく膝《ひざ》を折ると、砂浜に突っ伏してしまった。

黒瀬巡査は、村の男を村役場に報告のため走らせ、長谷川房次郎村長が医師二名と多くの男たちをひきいて現場にやってきた。上陸したのは、工作船「カムチャツカ」（七、二〇七トン）の生存者五十五名で、前日に船が沈没してから短艇で漂流を続けていたのだ。

村民たちは、ロシア人乗組員の介抱につとめた。負傷者は十名ほどいて、かなりの重傷であった。村民は、重湯をみたした丼《どんぶり》を負傷者にさし出し、

「ミルク、ジャパンミルク」

といってすすめたが、食欲も失われているのか、口をつける者はいなかった。

やがて、宇津村から炊出《たきだ》しの握り飯がはこばれ、一人に三個ずつ配布された。かれらは、頭を垂れてそれを黙々と食べていた。その哀れな姿に同情し、砂浜にむらがる老人や女たちの中には、涙を流す者も多かった。

午後になって二隻の水雷艇が到着し、ロシア人乗組員たちは、村人に見送られて艇に分乗し、本村港をはなれていった。

このように各地に上陸したロシア人乗組員は、住民の手厚いもてなしを受けたが、島根県簸《ひ》川《かわ》郡北浜村の村民たちの行為も、温情にみちたものであった。

海戦が終って十日ほど経《た》った六月八日、同村の漁師福田忠次郎ほか三名が出漁中、十六島岬と経島の間の海面でロシア人水兵の遺体を発見した。遺体は腐敗していてふくれ上っていた。

漁に行く途中であったが、漁師たちは、その水兵を哀れに思い、舟べりに結びつけると村に曳《ひ》いて帰った。

また、六月二十三日には、十六島沖の海面で、同村の漁師小沢常太郎ほか五名が、ロシア人水兵の遺体を二個発見し、同じように村に曳いてもどった。

北浜村の漁師によって収容された計三個のロシア人水兵の遺体は、軍にも報告され、調査も受けた。遺体は腐爛《ふらん》し、氏名もわからない。

その処置が問題になったが、北浜村の村民たちは、ためらうことなく丁重に葬《ほうむ》ることを申し出た。それらの水兵は、日本を敵国として闘うためにやってきた兵たちだったが、すでにロシア艦隊は潰滅《かいめつ》し、三人の水兵も死体となって異境の海を芥《あくた》のように漂い流れていた。村民たちは、水兵の霊を慰めたいと思った。

六月八日に収容したロシア人水兵の遺体は、同村多打の共同墓地に、六月二十三日に発見された二個のロシア人水兵の遺体は、同村本郷の共同墓地にそれぞれ埋葬された。葬儀は、村民総出でしめやかにおこなわれ、僧の読経《どきょう》の中で線香の煙が墓地をおおった。

村民たちの温情はそれだけにとどまらず、三名の水兵の霊に、同地方としては最高の霊位である居士の名を添えた戦孝良勝居士、露岳就本居士、徳雲道隣居士という戒名をあたえ、埋葬地に碑を建立《こんりゅう》した。その後、現在まで毎年、村では慰霊祭がおこなわれ、墓前も村民の手で清掃されている。

庶民のこのような扱いと併行して、日本の指導層のロシア艦隊乗組員に対する態度も、温情に徹したものであった。

東郷平八郎連合艦隊司令長官は、降伏したネボガトフ司令官との間に好意にみちた降伏条件を取り交し、その実施に尽力すると約束したが、東郷は、五月三十日、旗艦「三笠」で佐世保に到着すると、すぐに許可願いを大本営に打電した。

これに対して、伊東軍令部長は、天皇にその旨《むね》を報告し、天皇も約束の履行を命じた。それによって、伊東は、東郷に対して、その日のうちに左のような電報を打電した。

「天皇陛下ハ、連合艦隊司令長官東郷平八郎ヲシテ戦艦『ニコライ一世』同『オリョール』装甲海防艦『ゲネラル・アドミラル・アプラクシン』同『アドミラル・ゼニャーヴィン』ヲ率イテ投降セシ敵将ネボガトフ以下ニ対シテ、特ニ左ノ通リ履行セシムルコトヲ得セシメラル。

一、ネボガトフ少将ニ、戦況報告書並《ならび》ニ死傷者及ビ捕虜トナリタル者ノ名簿ヲ露国皇帝ニ送呈スルコトヲ許スコト。

二、前記四艦ヨリ収容セル捕虜士官以上ニ宣誓ノ上其《そ》ノ故国ニ帰還スルコトヲ許スコト」

敗北した敵司令官に、その戦況報告をすぐに本国の皇帝に打電することを許した天皇以下軍上層部の態度は、戦時下にあって異例のことと言わなければならない。また、捕虜になった者たちを、早々と故国に帰還させることを確約した処置も、きわめて人道的なものであった。

五月三十日、東郷司令長官は、旗艦「三笠」に乗って戦艦「敷島」「富士」装甲巡洋艦「春日」「日進」「出雲」「吾妻」「八雲」「磐手」を率い、捕獲艦「ニコライ一世」「ゼニャーヴィン」「アプラクシン」をともない佐世保に入港した。

佐世保の町は大勝利にどよめき、人々は、入港してくる日本主力艦隊の姿に歓声をあげた。庶民は、ロシア艦隊の影におびえ、連合艦隊全滅の不吉な予感にとらえられていたが、眼前に捕獲艦をしたがえてぞくぞくと入港してくる「三笠」以下の姿に、感動の涙を流していた。

佐世保には、ロジェストヴェンスキー中将を乗せた駆逐艦「ベドーヴイ」も、同日午後零時四十五分に、駆逐艦「漣」「叢雲」「霰」巡洋艦「明石」の護衛のもとに入港してきた。

「三笠」から約一〇〇メートルはなれた位置に「ベドーヴイ」が投錨《とうびょう》後、「三笠」から、

「成功ヲ祝ス」

という信号が送られてきた。そして、「三笠」から発した汽艇が早い速度で近づいてくると、数名の司令部員がタラップをあがってきた。先に甲板へ姿を現わしたのは、連合艦隊参謀長加藤友三郎少将であった。

「ベドーヴイ」の輸送指揮官塚本克熊中尉は、元「三笠」乗組で、しかも、加藤は同郷の広島県出身者なので、加藤から深いねぎらいの言葉を受けた。

塚本は、すぐに加藤らを連れて艦内に入ると、ロジェストヴェンスキー中将の部屋に案内した。加藤が握手を求めると、ロジェストヴェンスキー中将は、沈痛な表情でそれ

に応《こた》えた。

その後、東郷司令長官は、敗軍の将であるロジェストヴェンスキー中将の苦痛を思い、ロシア語の巧みな「三笠」分隊長山本信次郎大尉を慰問使として派遣した。

山本大尉は、病衣を手に港内で繋留《けいりゅう》されている「ベドーヴイ」におもむくと、参謀長コロン大佐に会い、病衣を手渡し、

「東郷大将は、ロジェストヴェンスキー提督の身を深く案じております」

と言って、ロシア皇帝への戦況報告許可等、好意にみちた今後の扱い方をつたえた。

コロン参謀長は、眼をうるませた。

「誠に感謝にたえません。ロジェストヴェンスキー司令長官にお目にかかっていただきたいのですが、長官は神経が極度に過敏になっており、傷にさしさわりが生じることも予想されますので、お引合せできかねます。東郷大将の温かいお気持は、私からつたえます故《ゆえ》、お許し下さい」

参謀長は、申し訳なさそうに言った。

山本大尉は何度もうなずいて、

「御自愛下さるようにおつたえ下さい」

と言って、その場をはなれた。

かれが病室を出ると、「ベドーヴイ」に乗っていた士官たちが、山本をとりかこんで

海戦の結果を不安そうに質問した。かれらは、港内に「ニコライ一世」をはじめ捕獲艦が入港しているのを眼にして敗北を察していたようだったが、山本が戦況の推移を説明すると、かれらは、顔を蒼白《そうはく》にして呆然《ぼうぜん》と立ちつくしていた。

山本が短艇に乗り移ろうとすると、コロン参謀長が走り寄ってきて、

「長官がお目にかかりたいと申していますから、こちらにおいで下さい」

と言って、反対側の舷側《げんそく》に導いた。

ロジェストヴェンスキー司令長官は、海軍病院で治療をうけるため、甲板に運び上げられるところだった。輸送指揮官塚本中尉が、部下に命じてロジェストヴェンスキー中将を運ぼうとしたが、同中将に付添っていた参謀たちが、自分たちの手で運びたいという。そのため、中将はかれらによって甲板上へ仰臥《ぎようが》したままの姿であがってきた。

山本大尉が挙手の礼をとると、中将も、眩《まば》ゆい陽光に眼をしばたたきながら弱々しくそれにこたえた。そして、東郷大将の厚意に対して深く感謝していると低い声で述べ、大将によろしくつたえて欲しい、と言った。

ロジェストヴェンスキー中将の顔は土気色に変っていて、頭部に巻かれた包帯が痛々しかった。その体を数名の参謀たちが、或る者は足をかかえ、或る者は背に手をさし入れて守るように舷側へ静かに運んでゆく。

頬骨の張った参謀の一人が、

「長官」

と言って、佐世保港内を指さした。そこには、旗艦「三笠」をはじめ戦艦、巡洋艦、駆逐艦等日本艦隊の艦艇群が所狭いまでに浮んでいる。傷ついた艦も多かったが、大半は逞《たくま》しい船体をつらねていて、各艦の間にボートや汽艇の往来がしきりだった。

「あれが、旗艦『三笠』です。その右舷方向にいるのは……」

と、参謀は、艦名を次々に口にする。

ロジェストヴェンスキー中将は、顔を湾内に向けてうなずいていたが、すぐに顔をそむけると、眼を閉じた。

輸送指揮官の塚本中尉は、ロジェストヴェンスキー中将の顔に激しい苦悶《くもん》の表情を眼にし、敗将の悲哀を感じた。かれは、姿勢を正して挙手し、中将の顔に視線を注いでいた。

やがて、中将は、参謀たちの手で汽艇に移され、「ベドーヴイ」の傍をはなれた。陸岸につくと、待ちかまえていた衛生兵たちによって、佐世保の海軍病院に送られた。

佐世保海軍病院院長は、軍医総監であった戸塚環海で、鎮守府からの特別の指示で同中将を丁重に取り扱うことになった。治療は戸塚院長が自らあたり、病室は特等室があてられた。

中将の傷は深かったが、応急処置が適切であったので生命の危険は脱していた。意識も鮮明になっていて、体温も三七度二分に低下していた。

戸塚は、部下の医師たちとともに傷を消毒し、薬液を塗った。

また、同病院では、鎮守府の補助金を受けて、中将の食費として月額五十五円の食事を提供することになっていた。これは、日本海軍の将官級よりはるかに高額の食費で、わざわざ長崎からロシア料理専門の料理人も招いて、料理作りに専念させた。

同病院には多くのロシア人乗組員が入院していたが、かれらの食事にも十分な配慮がはらわれていた。たとえば、士官以上の食事の献立の一例をみると、

朝食……パン、スープ、鶏卵、バター、紅茶、砂糖、牛乳

昼食……パン、スープ、魚のフライ、ローストビーフ、プディング、バター、紅茶、砂糖、牛乳

夕食……パン、スープ、ローストビーフ、焼いた若鶏、シチュー、バター、紅茶、砂糖、牛乳

という内容になっている。

ロジェストヴェンスキー中将には、むろん、一般士官よりも豪華な食事が提供され、満ち足りた病床生活が送られるように細心の注意がはらわれていた。

六月二日、東郷司令長官は、参謀秋山真之中佐、「三笠」分隊長山本信次郎大尉を従えて海軍病院におもむいた。出迎えた戸塚院長の案内で、東郷たちは、階段をあがって

ロジェストヴェンスキー中将の病室の前で足をとめた。

ドアの外に立った東郷は、まず、山本大尉を病室に入れて見舞いに来たことをつたえさせた。ロジェストヴェンスキー中将は、驚いたように包帯で巻かれた頭をわずかにもたげて、目礼した。

東郷は、病室に入ると、横たわった中将の手をにぎった。

「御気分は、いかがですか。心からお見舞い申し上げます」

東郷の言葉を山本大尉が通訳すると、ロジェストヴェンスキー中将は、

「感謝に堪えません」

と、答えた。

東郷は、中将の青ざめた顔を見つめながら、

「申すまでもありませんが、勝敗は兵家の常であり、貴官が敗軍の将となられたことは少しも恥ずべきことではありません。貴艦隊が、本国を出発してから一八、〇〇〇浬《かいり》の海を航海してきたことだけでも、驚嘆に価《あたい》する大偉業です。その上、二日間にわたる海戦で、貴艦隊の乗組員は、実に勇敢に奮戦しました。私たちは、深い敬意をいだいております」

と言った。

さらに東郷は、言葉をついで、

「貴官は、重傷の身を押して司令長官としての指揮をとられた由《よし》ですが、私どもは、貴官に心から敬意を表する次第です。当病院での御生活は、おそらく御不自由なことも多いと存じますが、一日も早く御快癒なさるよう祈っております」

と、述べた。

ロジェストヴェンスキー中将は、山本大尉の通訳する言葉をうなずいてきいていたが、その眼に涙をにじませながら、

「私は、高名な提督である貴官の御訪問をうけ、誠に光栄に思います。また、温かいお言葉をいただき、深い感謝で言葉もありません」

中将は、そこまで言うと、絶句して眼を閉じた。

東郷は、静かにベッドの傍をはなれて室外に出た。廊下の窓の外には、初夏の緑が目にしみ入るような鮮やかさでひろがっていた。

その頃、日本国内には日本艦隊圧勝の歓声がふき上っていた。日露両艦隊の海戦は、海軍側から正式に「日本海海戦ト呼称ス」と発表され、ロシア艦隊が全滅した経過が、号外によって全国につたえられていた。

東郷連合艦隊司令長官は、大本営に対し、

「敵艦隊ノ主力ハ、ホトンド全滅セシニ付御安心アリタシ」

と、報告文を打電。伊東軍令部長は、天皇にその旨を上奏した。

五月三十日、天皇は、東郷司令長官に左のような勅語を発した。

「連合艦隊ハ敵艦隊ヲ朝鮮海峡ニ邀撃《ようげき》シ奮戦数日遂《つい》ニ之《これ》ヲ殲滅《せんめつ》シテ空前ノ偉功ヲ奏シタリ。

朕《ちん》ハ汝等《なんじら》ノ忠烈ニ依リ祖宗ノ神霊ニ対《こた》ウルヲ得ルヲ懌《よろこ》ブ　惟《おも》ウニ前途ハ尚遼遠《りようえん》ナリ汝等愈《いよい》ヨ奮励シテ以《もっ》テ戦果ヲ全《まっと》ウセヨ」

この勅語も全国につたえられ、人々の歓喜はさらにたかまった。人々は、興奮の余り家にいることもできず、路上に出て近隣の者たちと勝利を喜び合った。

五月三十日の夜を迎えると、日本の各地では、おびただしい提灯《ちようちん》の灯が湧《わ》いた。提灯は寄りかたまって動き出し、小さな流れはたちまち大きな流れになっていった。提灯行列の先頭からバンザイの声があがると、それは、波頭のように次々に列の後方につたわってゆき、人々は提灯をふり上げてバンザイを叫ぶ。若い男は狂ったように走りまわり、老人や女は感激の極に達して涙を流し、笑った。

日本艦隊の大半は、それぞれの作戦基地にもどり、乗組員たちも、祝酒をあたえられて互いに勝利を喜び合った。

砲火の飛び交った朝鮮海峡には、深い夜の静寂がもどっていた。中止されていた一般船の航行も許可され、灯火をともした船も往《ゆ》き来するようになった。海は、五千名の死者をのみこんで静まりかえっていた。

日本艦隊の圧倒的勝利は全世界につたえられ、海戦結果は、各国に大反響をまき起していた。

世界海戦史上、勝敗の最もきわ立った海戦は、トラファルガー沖海戦であった。それは、ナポレオンがフランスを統治していた一八〇五年のことで、十月二十一日、ネルソンのひきいるイギリス艦隊二十七隻とフランス・スペイン連合艦隊三十三隻の間で砲火が交された。

当時の軍艦は帆船で、互いに接近して砲弾をたたきつけ合う。結果はイギリス艦隊の大勝利に終り、同艦隊の沈没艦は皆無であるのに対して、フランス・スペイン連合艦隊は沈没五、捕獲十七、戦死八千名弱の大損害をこうむった。

しかし、日本からつたえられてきた日本海海戦の結果は、百年前におこなわれたトラファルガー沖海戦よりもさらに勝敗の差が甚しかった。トラファルガー沖海戦では、フランス・スペイン連合艦隊三十三隻中十一隻が脱出しているのに対し、ロシア艦隊中ウラジオストック軍港にたどりついたのはわずか三隻にすぎない。また、日本海海戦での日本艦隊の戦死者がわずか百七名にとどまったのに対して、トラファルガー沖海戦で勝利をおさめたイギリス艦隊の戦死者は千六百余に達し、提督ネルソンも戦死している。

このようなことを考え合せると、日本海海戦の日本艦隊の勝利は、世界史上初のものであった。

欧米各国の新聞は、大きく紙面をさいて海戦結果を報道した。一例をあげると、アメリカの新聞「ニューヨーク・サン」は、五月三十日の社説で次のように述べている。

「日本艦隊がロシア艦隊を潰滅《かいめつ》したことは、海軍史のみならず世界史上、例のない大偉業である。日本が鎖国をといたのはわずか五十年前であり、海軍らしい海軍を持ってから十年にもならぬのに、早くも世界一流の海軍国になった。

今後、日本の地位はますます向上し、二十世紀のうちに日本は、まちがいなく世界の首位に立つだろう」

これに類した最大級の賛辞が、驚嘆とともに寄せられていた。

その間にあって、ロシア国民のみが、ロシア艦隊の敗北を知らなかった。皇帝をはじめ高官たちは、その悲惨な結果を知っていたが、国内の人心動揺をおそれて新聞報道をかたく禁じていた。

しかし、敗戦の報は、わずかずつではあったが、国内にもつたわりはじめていた。絶対君主制政治の打倒を企てて活動しはじめていた革命推進者たちにとって、ロシア艦隊の全滅は、大衆運動をひき起すのに恰好《かっこう》な材料であった。国内には、さまざまな風説が入り乱れて流れはじめ、革命推進者たちは、その風説を誇張して不穏な空気をたかめるのにつとめていた。

ロジェストヴェンスキー司令長官は、東郷大将の許可のもとに、本国の皇帝ニコライ二世に対し、敗戦の結果を電報で報告した。

「皇帝陛下

五月十四日（ロシア暦。西暦では五月二十七日）午後一時三十分、対馬南端ト日本トノ間ニ於テ十二隻ヨリ成ル日本艦隊主力及ビ十二隻ヨリ少カラザル其《そ》ノ巡洋艦隊ト戦闘ヲ開始セリ。

二時三十分『スヴォーロフ』ハ、中央位ヲ去ルノ止《や》ムヲ得ザルニ至レリ。

二時三十分幕僚ノ一部及ビ小臣（私）ハ、知覚ヲ失イタルママ『ブイヌイ』ニ移サレシガ、同艦ニハスデニ沈没セル『オスラビヤ』乗員一部ヲ収容シアリタリ。

艦隊ノ指揮権ハ、ネボガトフニ委譲セリ。『ブイヌイ』ハ夜間ニ艦隊ト相失セシガ、翌朝二隻ノ駆逐艦ヲ伴ナエル『ドンスコイ』ニ遭遇シテ『オスラビヤ』ノ兵員ヲ同艦ニ移シ、マタ小臣ハ『ベドーヴイ』ニ移サレ『グローズヌイ』と共ニ前進セリ。

十五日（二十八日）ノ夕刻『ベドーヴイ』ハ二隻ノ日本駆逐艦ニ降伏セルヲ知レリ。

十七日（三十日）『ベドーヴイ』ハ佐世保ニ引致セラル。

十八日（三十一日）ネボガトフ佐世保ニ在リト聞ク。

侍従将官

ロジェストヴェンスキー」

また、海戦の途中から艦隊の指揮をとったネボガトフ少将も、降伏した経過をロシア皇帝に電文で報告した。

「皇帝陛下

謹テ奏ス。

前夜ノ激戦ノ後五月十五日（二十八日）戦艦『ニコライ一世』装甲海防艦『ゼニャーヴィン』『アプラクシン』戦艦『オリョール』及ビ巡洋艦『イズムルード』ハウラジオストックニ向ケ進航ノ途次、二十七隻ノ日本軍艦ノタメニ包囲セラレタリ。弾丸ノ欠乏、大砲ノ破損及ビ『オリョール』ノ戦闘力喪失ノタメ、敵艦隊ニ抵抗ヲ試ミルハ絶対ニ不可能ナル状態ニアリ。

且《かつ》コノ上二千四百ノ人命ヲ失ウハ無益ナルト同時ニ他ニ免ルルノ途《みち》ナカリシヲ以テ、高速力ヲ利用シテ逃走シタル『イズムルード』ヲ除クノホカ他ノ四隻ハ士官以上ノ帯剣ヲ許シ且士官以上ハ宣誓ノ上本国ニ帰還スルヲ得ル様日本政府ニ対シ尽力スベシトノ条件ヲ以テ降伏スルノヤムヲ得ザルニ至レリ。右条件ハ、日本皇帝陛下ノ寛大ナル聖意ニヨリ御承認ヲ得タリ。

小臣ハ、右ニツイテ陛下ノ御聖断ヲ仰グ。

ネボガトフ」

この両将官の報告は、海戦結果の報告と同時に、敗戦の責任についてロシア皇帝ニコライ二世の裁断を請《こ》うものであった。

ロジェストヴェンスキー中将とネボガトフ少将の海戦結果報告に対して、ロシア皇帝ニコライ二世から、日本駐在フランス大使を仲介にロジェストヴェンスキー中将宛《あて》に返電が送られてきた。

「ロジェストヴェンスキー提督

朕ハ卿《けい》及ビ艦隊ノ全員ガ露国及ビ朕ノタメニ戦闘ニ臨ミ身命ヲ投ゲウチ、誠実ニソノ任務ヲ尽シタルヲ深ク嘉《よみ》ス。神ハ、卿ニ名誉ノ戦勝ヲ冠スルニ至ラザリシモ、卿等不朽ノ勇武ハ、今後祖国ノ常ニ誇リトスル所ナルベシ。

朕ハ、卿ガスミヤカニ全快センコトヲ望ム。神ハ、卿等ヲ慰藉《いしゃ》セラルベシ。

ニコライ」

ロシア皇帝ニコライ二世の返電は、敗北を悲しみながらも深い理解をしめしていた。

しかし、ネボガトフ少将に対しての返電はいつまで経っても送られてこなかった。その原因は、容易に推察できた。ロジェストヴェンスキー中将は、重傷を負い人事不省になって捕われの身になり、坐乗していた旗艦「クニャージ・スヴォーロフ」も撃沈され、司令長官の責務は果された。それとは対照的に、ネボガトフ少将は、戦闘力も十分に残された戦艦二隻をふくむ五隻の軍艦を擁しながら、戦うこともせず降伏した。その行為は、ロシア海軍の名をけがすものと判断されたにちがいなかった。

ロジェストヴェンスキー中将は、ネボガトフ少将の立場に同情して、六月十二日に再びニコライ二世に左のような電文を送った。

「皇帝陛下

陛下ノ御親電ヲ拝シタル数時間前ニ至リ、小臣ハ戦艦『オリョール』『ニコライ一世』装甲海防艦『ゼニャーヴィン』『アプラクシン』ガ、五月十五日（二十八日）敵ニ降伏シタルノ報道ニ接セリ。

小臣ハ、此《こ》ノ災害ヲ聞キ呆然《ぼうぜん》ナス所ヲ知ラズ。コレ全ク小臣一人ノ責任ナリト思惟ス。小臣ハ、ココニ悲惨ノ状況ニアル者ニ対シ陛下ノ御理解ヲ切願ス。

ロジェストヴェンスキー」

ロジェストヴェンスキー中将は、ネボガトフ艦隊の降伏を自分の責任であるとして、ニコライ二世に嘆願したのである。しかし、この電文に対してもニコライ二世の返電はなかった。

五月三十一日、ロンドンからの通信によると、ニコライ二世は、重臣を集めて重大会議を開き、ロシア艦隊潰滅を公表することに決したとつたえてきた。また、ロシアの高官が「タイムズ」の記者に語ったところによると、会議の席上、ニコライ二世は、総力をあげて戦争継続を主張したという。

この日、ロシアの新聞は、一斉に日本海海戦の結果を報道し、首都ペテルブルグの一

有力紙は、

「対馬沖で行われた海戦は、日露戦争の勝敗をはっきりときめてしまった。歴史は、新しいページに入った」

という社説をかかげた。

ロシア全土に、深い悲しみがひろがった。

十七

欧米各国の新聞は、旅順攻防戦、奉天会戦につぐ日本海海戦で日本軍が勝利をおさめた機会に、日露戦争の終結を望む社説を一斉にかかげた。その要旨は、勝敗の差は決定的で、これ以上の流血は避けるべきだという点で一致していた。

しかし、日本の庶民の大半は、講和論に反対だった。かれらの中には、家族の一員を戦場で失った者も多く、その上、例外なく物価の高騰《こうとう》、戦時下の重税、戦費の献納等の苦しみに堪えてきた。それは、戦争の勝利をねがったためのもので、戦況は、期待通りに進展し新聞は連戦連勝をつたえ、庶民は勝利に酔っていた。強大な軍備をもつロシアに勝利をおさめたことによって、日本の兵力に対し過大な信頼感を寄せていた。

さらに、日本海海戦の圧倒的勝利によって、その傾向は一層強まり、かれらは、ハルビンを陥落させ、ウラジオストックを占領せよと叫んでいた。戦争終結よりも、さらに大きな勝利を望んでいた。

しかし、華やかな新聞報道と庶民の熱狂の背後には、冷厳な現実がひそんでいた。

第一は、日本財政の極端な破綻《はたん》であった。日露戦争が開始されてから、戦争に投入された金額は二十億円近くにも達していた。それは、戦前の一年の政府予算額の八倍にもあたる巨額であった。政府は、これを増税、新税の創設をはじめ五回にわたる国債、四回の外債によっておぎなってきたが、これ以上の出費に堪える力はなかった。

また、第二の問題として、軍備の点に大きな不安があった。

たしかに海軍力については、ロシア海軍に少しの脅威も感じない態勢をかちとることができた。開戦以来、東洋にあったロシア海軍力は日本海軍によって全滅し、さらに、ロシア本国から来攻したロジェストヴェンスキー中将指揮のロシア艦隊も、日本海海戦によって潰滅《かいめつ》した。これらの相つぐ海戦によって、世界的な海軍力をほこっていたロシア海軍はその全戦力を失い、日本海軍は、完全に優位に立ったのである。

問題は、陸軍の戦力であった。

明治三十八年三月十日、奉天会戦で日本陸軍がロシア軍を敗走させた三日後に、総司令官大山巌《いわおげんすい》元帥は、大本営の参謀総長山県有朋元帥宛《あて》に、

「今後ノ作戦ノ要ハ、政略ト戦略ノ一致ニアリ」

という意見書を提出している。

「政略」とは、戦争継続を考えるよりは、その終結――講和条約を結ぶよう外交的な働きかけもして欲しい、ということを意味している。つまり、大山は、戦力を冷静に検討した結果、これ以上戦闘をつづけることは不可能だと判断していたのである。


山県参謀総長も、この点について大山総司令官と意見は完全に一致していた。かれは、日本の戦争継続能力がすでに限界点に達していることを認めていた。

三月十日、奉天会戦で、日本陸軍は優勢なロシアの大軍を敗走させたが、それ以後の進撃は危険であると推測されていた。日本陸軍の戦力は、すでに底をついていた。そのことは、現地軍である大山総司令官、児玉総参謀長も十分に自覚していた。


大山は、日露戦争開始時に総司令官として日本をはなれる時、山本権兵衛《ごんべえ》海軍大臣に、

「戦は勝ちますが、時機をみて講和することに努力していただきたい」

と、述べたし、奉天会戦後、天皇に戦果報告のため帰国した児玉は、東京駅に出迎えた大本営の長岡参謀次長に、

「おれは、戦争を止めさせるために帰国したのだ」

と、語った。大山も児玉も、日本陸軍の戦力を冷静に判断していたのである。


山県有朋大本営参謀総長も情勢を的確に分析していて、首相桂太郎に左のような悲痛な報告をおこなった。

「一、敵は、其《そ》の本国になお強大な兵力を有するに反し、我陸軍は、すでにあらんかぎりの兵力を用いつくしおるなり。

二、敵は、いまだ将校に欠乏を告げざるに反し、我は、開戦以来すでに多数の将校を失い、今後、容易にこれを補充すること能《あた》わざるなり」

たしかに、ロシア陸軍は、初めの頃、国内の革命運動にそなえて兵力を温存したことと、日本軍の戦力を軽視したために満州方面への兵力派遣をためらっていた。が、相つぐ敗北によって、逆に国内の人心動揺がたかまることをおそれて、大々的な兵力増遣にふみ切っていた。

その兵力移動に大きな力になったのは、シベリア鉄道であった。シベリア鉄道は、日本軍部のみならず欧米各国の軍事専門家からも、その輸送能力はほとんど無視されていた。兵と軍需物資を送るためには二、〇〇〇哩《マイル》におよぶ距離は余りにも長大で、しかも、単線では大軍を送る機能はない、と断定されていた。しかし、ロシア鉄道大臣ヒルコフは、異常な熱意と実行力でレール、車輛《しゃりょう》を整備するとともに、待避線を急設させた。

しかも、かれは、きわめて大胆な輸送方法をとった。それは、単線のシベリア鉄道を一方通行路線として使用したのである。つまり、満州へむかう車輛は、目的地に到着すると引き返させることなくその場で遺棄する。そして、つぎつぎに新造した車輛に兵や軍需物資を満載させて、ひたすら満州へ満州へと送りこんだのである。

たちまち日本陸軍と対峙《たいじ》するロシア陸軍の兵力は増大し、老兵は後方の勤務にうつされ、その代りに精鋭部隊が第一線に配置された。そのような兵力の大増強は、シベリア鉄道沿線に放たれた日本の諜報員《ちょうほういん》によって、詳細に満州軍総司令部につたえられていた。連戦連勝をつづけていた日本陸軍にとって、急激に増強されたロシア陸軍は無気味な存在だった。

そのようなロシア陸軍の大増強によって、日露戦争末期に近づいた頃の日露両軍の兵力の差は、いちじるしいものになっていた。歩兵は、日本の二百四十六大隊に対してロシア側は六百八十七大隊、騎兵六十五中隊に対し二百二十二中隊、砲一千百八十門に対して二千二百六十門と、日本側は、ロシア側の約三分の一の兵力しか保有していなかった。

しかも、日本陸軍の兵力は、かなり素質の低下したものでもあった。兵の補充を急ぐ余り、徴兵検査の合格水準を身長四尺九寸(一・四七メートル)まで下げていたし、馬も五尺三寸から四尺六寸まで体長基準を低めて徴用していた。さらに、予備兵、後備兵まで召集し、訓練期間も乏しく戦力として多くの期待はかけられなかった。

また、兵器弾薬の欠乏も深刻で、内地に配属された国民軍には、小銃を十分に支給することすらできない状態にあった。

このような情勢の中で、日本政府と軍部内には、旅順陥落、奉天会戦直後にそれぞれ講和を望む声がたかまっていた。元来、日本が戦争にふみきったのは、ロシアの露骨な挑発行為に対する反撥《はんぱつ》からだった。ロシアは、満州を占領し、朝鮮に多くの権益を得て軍事基地を設置する動きをしめしていた。それは、日本にとって国防上、重大な危険を意味し、日本は、存亡をかけて宣戦布告をしたのである。

日本の指導者たちは、領土的野心をいだくこともなく、遠くロシア領内深く進撃する力のないことも自覚していた。政府も軍部も、開戦時から戦争を短期間で終了し、ロシアと講和条約を結ぶことを真剣に考えていた。

奉天会戦後、伊藤博文は枢密院《すうみついん》議長として、

「戦勝国である日本側から講和の話を持ち出しても、決して恥しいことではないと思います」

と、天皇に上奏したが、それは、政府、軍部の指導者たちの一致した意見であった。

そのような状況の中で、日本海海戦の圧勝は、日本側にとって講和をむすぶ絶好の機会であった。これ以上戦争を継続することは、日本にとって不利であり、ロシアに大打撃をあたえたことだけでも、戦争にふみきった目的は十分に果されたはずであった。

幸いにも、欧米各国の政府も新聞人も、しきりに講和条約をむすぶべきだと声を大にして叫んでいる。日本は、そのような列国の声を背景に、講和への道を進むことを決意した。

当然、講和には、第三国を仲介に立てなければならぬが、満州、朝鮮には各国がそれぞれの権益を拡大しようと暗躍し、日露両国間の講和に参画して、自国の立場を有利にしようとはかっていた。

日本としては、列国の横暴な介入を許さずに講和条約を結ばねばならなかった。そして、慎重に検討した結果、日本に対してきわめて好意的で講和を早くから主張していたアメリカ大統領ルーズベルトに、斡旋《あっせん》を依頼することに意見が大きく傾いていった。

その頃、アメリカには、米国通の金子堅太郎子爵《ししゃく》が日本政府の命によって滞在していた。

かれは、日露戦争開始決定の御前会議のおこなわれた明治三十七年二月四日夜、枢相伊藤博文に招かれ、渡米するよう指示された。日本政府は宣戦布告を決意したが、大国アメリカがロシアに加担することを恐れ、金子をアメリカへ派遣して、アメリカが日本を援助するように仕向けようとはかったのである。

金子は、責任の重大さに驚いてかたく辞退したが、翌日、再び会見した伊藤の強いすすめに屈して大任を引き受けた。

かれは、予備知識を得るため、その日のうちに陸海軍首脳部に会ってロシアとの戦争に勝算があるかどうかをたずねた。これに対して陸軍側の児玉源太郎大将は、

「私としては、勝利を得る見込みは少いと思っているが、もしもロシア軍に一万の兵力

があれば、三万の兵力を投入して緒戦でロシア軍の士気をくじこうと思う。今のところ勝敗は、五分と五分というところだ」

と、答えた。

また、山本権兵衛海軍大臣も、

「まず、日本軍艦の半分は撃沈されると覚悟している。それでも、わが海軍は、最終的に勝利を得るための方策を鋭意検討している。これ以上、君に話すことはない」

と、回答した。

心許《こころもと》ない返事であったが、金子は、かたい決意をもって責任を果すことを約束した。

翌朝、金子の家に皇后陛下が突然のように訪れてきた。皇后は、仮の玉座につくと、

「早朝から家を騒がせてすまぬ。金子は近々渡米する由《よし》だが、日本とロシアとの間が険悪な関係にある時に渡米するのは、国家の重要な仕事で行くのであろうと思う。十分わが国のためによろしく頼みます」

と、言った。

金子は感激して、

「粉骨砕身、国家のために責任を果します。生命を賭《と》して尽力いたします」

と、答えた。

金子は、皇后の来訪によって一層責任の重大さを痛感し、二月二十四日、船で日本を

はなれた。

当時、アメリカでは駐米ロシア大使を中心としたロシア側の動きが活潑《かっぱつ》で、対日感情は決して好ましいものではなかった。金子は、そのような風潮を改善するため各都市で講演会をひらいて、日本がロシアに対し宣戦布告をせざるを得なかった事情を説明したが、ロシアに好意をもつ新聞は、

「日本は、悪どい国である。ロシアが戦争の準備をととのえぬうちに宣戦を布告した。しかし、あの小さな国になにができようか。Yellow little monkey（黄色い小猿）になにができるか。今にロシアは日本をひねりつぶすだろう」

と、悪意にみちた論説をのせる始末だった。

アメリカの新聞のほとんどはロシア側に好意を寄せ、金子の泊る宿の前には反日運動のデモ隊が往《ゆ》き来した。

反日的空気の中で、金子は、古くから親交のあったルーズベルト大統領にしばしば会った。ルーズベルトは、アメリカが日露戦争に対して厳正中立を守ることを宣言していたが、金子には、日本に対して好意をもっているということをくり返し述べた。

金子は、米国通としての能力を十分に発揮して、国務長官ヒル、海軍長官ウィリアム・ムードに接近して親密な関係を結び、アメリカ政府内に親日的な空気をひろめていった。

そのうちに、仁川《じんせん》沖海戦や旅順港閉塞《へいそく》作戦の成功がつたわるにつれて、アメリカ人の日本に対する考え方に変化が起り、対日感情も好転してきた。

金子は、その気運を巧みに利用して新聞記者の来訪を歓迎し、各地で盛んに講演をしてまわった。そのような努力が効を奏して、人心は次第に日本に傾いた。

その間、ルーズベルトは、日本の国力がこれ以上戦争を続行させる力はないと推察して、ロシア側に講和条約の締結をすすめたが、ロシア側は、ロジェストヴェンスキー中将指揮の大艦隊に対する期待が大きく、その度にルーズベルトの申し出をかたく拒否していた。

ルーズベルト大統領は、日露両艦隊の激突を、むろんロシア側に有利と判断していた。そして、金子堅太郎に、

「この度の海戦は決戦である。ロシア艦隊には強力な戦艦が多いが、それに比べると日本の軍艦はきわめて貧弱である。戦法としては、日本艦隊を二手にわけて、両側からはさみ撃ちにすべきだと思う」

と、以前に海軍次官をしていたかれらしい忠告を発したりしていた。

五月七日、ロシア艦隊が支那海に入ったという電報を受けた金子は、気が気ではなかった。五月二十七日の土曜日には、日本海で両艦隊が激突し大海戦が開始されたことを知ったが、戦況の結果をしらせる電報はいつまでたってもこない。

かれは、その夜、友人の晩餐《ばんさん》会に招かれて午後十一時過ぎにアトランティック市のホテルに帰ると、電報が待っていた。それは、日本艦隊の大勝利を告げる電文であった。

金子は躍り上って喜び、その夜は一睡もできなかった。

翌朝、かれは、列車でニューヨークにむかったが、アトランティック駅に集った人々は、歓声をあげて金子を取りかこみ、フォームは大混乱を呈した。さらにニューヨーク駅に到着すると、そこにも群衆が駅の内外にあふれ、さかんに握手を求めてくる。馬車でホテルまで行く道路沿いの建物には、日本の国旗がひるがえり、人々の祝いの言葉がかれをつつんだ。

金子は、ワシントンにいるルーズベルト大統領に大勝利をつたえ、六月七日にはルーズベルトに会った。ルーズベルトは、

「最初、海戦の第一報を受けた時、事実と信ずることができなかった。世界史上、前例のない大勝利だからだ。ついで第二、第三報が入ってくるにつれて興奮は極度にたかまり、面会人とは、海戦のことばかり話し合って、大統領としての仕事も手につかなかった」

と、祝いの言葉を述べた。

五月三十一日、日本政府は、外務大臣小村寿太郎を通じてアメリカ駐在の高平公使に対し、

「アメリカ大統領に、日本国はロシア国と講和締結の意があることをつたえ、その仲介の労をとってくれるよう依頼せよ」

という訓令を発した。

高平公使は、翌六月一日、ルーズベルト大統領に面会し、訓令の趣旨をつたえると、大統領は待ちかねていたようにその申し出を快諾した。

ルーズベルトは、ロシア側の意向をたしかめようと、翌二日、ロシア駐米大使カシニーを招き、

「これ以上、戦争を継続してもロシアにとって益はない。世界平和のためにも日本と講和条約を結ぶ時機だと思うが、貴官からその旨《むね》を本国に打電して欲しい」

と、勧告した。

しかし、カシニー大使は、五月三十日、ロシア本国で皇帝臨席のもとにおこなわれた指導者会議で戦争継続を決定した電報を大統領にしめし、

「この電文にあるように、わが国は、講和条約を結ぶ意志はみじんもない。第一、わが領土は、日本軍によって占領された事実がない。勝敗は、これからである。ロシアの名誉にかけても、和議を乞《こ》うようなことはできない」

と、強い語気で答えた。

大統領は、なおもカシニー大使を説得し、大使もその熱意に屈して、一応、本国に打

電してみると約束した。しかし、大統領は、自分の勧告がカシニー大使によって本国にゆがんだ形でつたえられることを危ぶみ、ロシアに駐在するアメリカ大使メイヤーに、ロシア皇帝に直接会って講和条約をむすぶよう説得せよ、と訓令を発した。

そのうちに、六月六日夜、カシニー大使が、ロシア本国からの回答をルーズベルト大統領に寄せた。その内容はきわめて要領を得ないもので、結論として、ロシア政府は和議を申し出る意志がないことをほのめかしていた。

大統領は失望し、その日、訪れてきた金子堅太郎に、

「万策つきた。ロシアは私の申し出に耳をかたむけようとしない。戦争継続以外にない」

と、語った。

金子は、呆然《ぼうぜん》とした。日本には、戦争をこれ以上つづける力はない。講和条約をむすぶことができなければ、日本は、ジリ貧状態におちいって最悪の危機にさらされる。かれは、心痛の余り、翌日もルーズベルトを訪れたが、答えは同じであった。

金子が悄然《しょうぜん》とホワイトハウスを辞去した十数分後に、ロシア駐在アメリカ大使メイヤーから緊急電が大統領宛《あて》に入電した。その内容は、

「ロシア皇帝ハ、講和ノ意志ヲ有ス。タダシ、ロシア国ヨリ講和ヲ申シ込ムコトハセズ、日本国ヨリ申シ込ミガアル場合ニ限リ講和ニ同意スル」

というものであった。

ルーズベルト大統領は、ただちに高平公使と金子を招き、ロシア皇帝の意向をつたえ、それに応ずることができるか、と問うた。

高平と金子は、ルーズベルト大統領の申し出を喜び、日本側にはむろん講和条約を結ぶ意志があることを告げた。

大統領は、ただちに日本、ロシア両国に対して、それぞれ講和会議のための全権委員を選出するようつたえた。

日本政府は、六月十日、承諾の旨をルーズベルトに打電し、また、ロシアも同様の回答をした。

ルーズベルトは、ロシア皇帝の気持が変ることを防ぐため、日露両国が講和会議の開催に同意した旨を新聞に発表した。これによって、講和への道が正式にひらかれたわけだが、その開催地の決定について、早くも日露両国間に意見の対立があった。

日本は東洋案をとったが、ロシアは友好国であるフランスの首都パリで開催することを主張した。この件について、両国は互いに自説をまげなかったが、結局、アメリカのワシントン案が採択され、さらに酷暑の時季であることから、気候のよいポーツマス軍港を開催地とすることに決した。

全権委員の選出についても、日露両国内でそれぞれにかなりの曲折があった。

日本政府内では、桂首相が、枢密院《すうみついん》議長伊藤博文と外相小村寿太郎を推し天皇にも内奏したが、伊藤は、かたく拒絶した。

日本は連戦連勝をつづけてきたが、ロシア側は日本の国力が尽きたことを見ぬいていて強硬な態度で講和会議にのぞんでくることが容易に想像できた。会議では、日本側がロシア側に譲歩して、講和条約をむすばねばならぬにちがいなかった。しかし、内情を知らぬ日本の庶民は、戦争継続を叫び、講和会議でロシア側から巨額の賠償金と広大な領土を得られると信じこんでいる。そのような国民の風潮から考えると、もしも講和会議の全権委員として条約を締結すれば、庶民からの激しい非難を浴びせかけられる。

伊藤は、このような割の合わぬ仕事はしたくなかった。この点について知人の谷干《かん》城《じょう》は伊藤に書簡を送り、

「もし老台（あなた）がおだてられて講和会議の全権にでもなれば、必ず、槍玉《やりだま》に上げられ馬鹿者呼ばわりをされるにちがいない」

と、警告を発して、委員就任に反対している。

伊藤も、そのようなことは十分承知していて、政府の最高責任者である桂首相が直接その交渉にあたるべきだと主張した。が、桂も、首相として国内にとどまらなければならず、結局、全権委員には小村外相と高平駐米公使が決定した。

しかし、小村は、時に過激な強硬論を口にする性格があり、会議進行の途中で日本政

府の指示を無視することが危ぶまれた。そのため、海軍大臣山本権兵衛は、

「訓令以外のことは、必ず日本政府の指示を仰いで会議を進めるだろうな」

と、小村に言った。

小村は、

「もちろんそうする」

と、答え、小村が正式に決定したのである。

小村は、辛《つら》い役目を引き受けたわけだが、ロシア側の全権委員の選択も難航をきわめた。

ロシアは、首席全権委員に外交官の中で最古参である駐仏大使ネリドフを定めたが、かれは、健康がすぐれず英語も巧みでないという理由で、委員に就任することを拒否した。

そのため、前法務大臣で当時駐伊大使であったムラブイヨフに白羽の矢が立った。かれは、いったん承諾してロシアに帰国したが、会議を成功させる自信がなく、それに、アメリカへ派遣される手当として十万ルーブルを欲したが、皇帝が一万五千ルーブルと回答したので、健康不良と称して辞退した。

つぎに、デンマーク駐在公使であったイスボルスキーが候補に上ったが、それも不適当という声が高く、結局、ラムスドルフ外相の強い推挙でウイッテが決定した。

ウイッテは、ロシアの満州侵略に反対した平和論者で、主戦論者である皇帝からはうとんじられていた。が、皇帝は、ウイッテを宮殿に招いて、親しく渡米の労をねぎらった。その折、皇帝は、

「講和条約が結ばれることを望みはするが、ロシアの名誉のために、賠償金は一ルーブルも支払うことはせず、また、ロシアの領土を一インチでも日本に割譲してはならぬ」

と、告げた。

この皇帝の一言は、ウイッテにとって大きな負担になった。ロシアは、日本との戦争で敗北をかさね、さらに期待を一身に負ったロジェストヴェンスキー中将指揮の大艦隊も、東郷艦隊によって潰滅《かいめつ》した。そのような背景のもとでひらかれる講和条約に、皇帝は、賠償金の支払いも領土の割譲もしてはならぬという。日本は、戦勝国として、当然その二条件を押しつけてくるはずだし、皇帝の意志をそのまま表面に出せば、講和会議はたちまち決裂するだろう。

ウイッテは、宮殿を退出した後、友人に、

「私を全権委員に任命した目的は、国家のためにつくせというよりも、むしろ、私を失脚させようとする工作としか思えない。皇帝をはじめ多くの人々は、戦争継続の意向が強く、私に託した皇帝の要求は無謀である。会議にのぞむ私は、十中九までは失敗するだろう。その時、私は完全に葬《ほうむ》り去られるのだ。しかし、私は、皇帝の命令のもとに全

力をつくして会議を進める」

と、悲しげに語った。

その頃、アメリカ駐在のロシア大使カシニーは、ロシア本国の信頼を失ってローゼンがそれに代っていて、ローゼン駐米大使が、次席全権としてウイッテを補佐することになった。

日本側は小村外相と高平駐米公使、ロシア側はウイッテとローゼン駐米大使と両国の全権委員が確定し、講和会議開催の準備はととのった。しかし、日露両国の全権は、それぞれ本国の強硬な世論を背景に、薄氷をふむような思いで会議開催地にむかわねばならなかった。

日本側は、小村を講和会議に送り出す前に、会議を有利に展開させるための秘策を練った。

まず、日本海海戦の圧勝について、奉天戦後クロパトキンに代って総司令官になったリネヴィチのひきいるロシア軍に攻撃をしかけて、粉砕すべきだと主張する者もあった。リネヴィチロシア軍総司令官は、着々と兵力を増強して、日本軍を粉砕すると豪語していた。このロシア軍に大打撃をあたえることができれば、たしかに日本側は講和条約を有利に進められるだろう。

しかし、日本軍にはそのような力はなかった。むしろ、失敗する可能性が大きく、逆に講和条約に悪影響をあたえるおそれがあった。

つぎに、講和会議開催前に北朝鮮に分散しているロシア軍を一掃する案もあったが、主戦場は奉天前面で、北朝鮮に兵力をさくことは好ましくないという理由で、この案も採用されなかった。

講和以前の工作として実行に移されたのは、ロシア領土樺太《からふと》への進攻作戦であった。

ロシアは、敗戦につぐ敗戦をかさねながらも領土は少しもおかされていないと公言し、講和条約を対等の立場で進めようとする気配が濃厚だった。それを打ち破るためには、樺太を占領しておくことが、会議を有利に進める確実な方法と判断された。

この点については、首席全権にえらばれた小村外相も大賛成で、六月十七日夜、天皇の同意も得た。

七月六日、第一次上陸部隊は、青森港から輸送船に乗って出発、同月九日、樺太南岸のコルサコフに上陸、二十四日には主力部隊も上陸に成功した。

同島のロシア軍守備隊の兵力は乏しく、三十一日には樺太全島が日本軍の手中におさめられた。

このような工作を背景に、外相小村寿太郎の講和会議への出発が迫った。日本人の大半は戦勝に酔い、講和会議でも多くの利益を得るだろうと期待している。が、小村は、戦争停止を第一義としているだけに、強硬なロシア側の委員に押しまくられることは十分に予想していた。

すでに会議に提出される日本側の要求は決定していたが、その中には、軍事賠償費を得ることも明示されていた。

しかし、満州軍総参謀長児玉源太郎大将は、

「桂（首相）の馬鹿が、償金を取る気になっている」

と、ののしった。児玉は、増強されているロシアの大軍と日本軍の兵力差を冷静に判断していて、償金など要求せず一日も早く講和を結ばなければ危ない、と思っていたのだ。

そのような苦しい事情を知っている元老井上馨《かおる》は、小村に会うと、

「君は、実に気の毒な境遇に立った。今までの君の名誉も、今度でくつがえるかも知れない」

と、涙を流した。

また、伊藤博文も、

「君が帰朝する時には、罵声《ばせい》が君をつつむだろう。他人はどうであろうと、私だけは必ず出迎えに行くよ」

と、予想される小村の苦しい立場に同情した。

七月六日、小村は、参内して勅語を賜わった。首席特命全権大使小村寿太郎、副全権

高平小五郎駐米公使で、随員は弁理公使佐藤愛麿《よしまろ》、外務省政務局長山座円次郎、公使館一等書記官安達峰一郎、外務書記官本多熊太郎、同落合謙太郎、陸軍大佐立花小一郎、海軍中佐竹下勇、外務省法律顧問アメリカ人デニソンであった。

十八

明治三十八年七月八日、小村全権は、桂首相とともに馬車で新橋駅へむかった。沿道にむらがる民衆は、大歓呼をあびせかけた。かれらは、小村たちがロシアから巨額の賠償金と広大な領土を獲得してくるにちがいないと信じこんでいるのだ。

小村は、桂首相に微笑しながら、

「帰ってくる時には、人気は全く逆でしょうね」

と、言った。

桂は、黙ったまま馬車にゆられていた。

万歳の声は、駅に近づくにつれて一層たかまった。

小村は、随員とともに列車に乗った。フォームをつつむ歓声の中で、列車は動き出した。

線路ぎわにも民衆はつめかけていて、列車が近づくと万歳のどよめきが起る。小村と

ともに窓外に眼を向けていた随行員の山座円次郎は、

「あの万歳が、帰朝の時に馬鹿野郎の罵声《ばせい》ぐらいですめばいい方ですね」

と、小村に言った。

小村は苦笑したが、

「しかし、あの万歳を叫ぶ人たちの中には、戦場にいる肉親が近いうちに帰ってくると喜んでいる者もいるはずだ。それを心の支えにしたい」

と、しんみりした口調でつぶやいた。

横浜に到着した一行は、民衆の歓声を浴びながら、大北汽船会社の「ミネソタ号」に乗って日本をはなれた。

航海は平穏で、同月十九日夜、アメリカのシアトル港外に到着した。

同地方の在留邦人、親日アメリカ人たちは、歓迎の準備をととのえていて、「ミネソタ号」が港外に錨《いかり》を投げると同時に、砲台から祝砲が発射された。そして、日本領事、在留邦人代表、諸団体代表が、小汽船を走らせて小村を出迎えた。

また、翌二十日午前、「ミネソタ号」が港内に入ると、花火が数十発にぎやかに打ち上げられ、埠頭《ふとう》には、シアトル市長をはじめ米人の諸団体その他邦人等三千名が整列して、小村らを出迎えた。

小村らが、十数名の警官に先導されて市内に入ると、群衆は、帽子やハンカチをふって歓迎の意をしめし、路上にあふれた人のため、電車は一時停止状態になったほどであった。

その夜、一行は列車で出発、二十五日にニューヨークに到着した。駅には、高平小五郎公使らが出迎え、ホテル「ウォルドルフ・アストリア」に入った。

また、ロシア首席全権大使ウイッテは、七月十九日、ロシア本国を出発し、パリを経てアメリカへむかった。途中、パリでフランス首相ルヴィエルに対して、

「ロシアは、日本に対して賠償金を支払う意志は全くない。もしも日本がそれを強硬に主張すれば、私は、アメリカから引揚げるだろう」

と述べ、早くも日本側の牽制《けんせい》をはかった。

ウイッテは、八月二日、ニューヨークに船で到着したが、かれは、老練な外交官としての才能を十分に発揮した。

かれは、まず、ロシアが決して講和を望んでいないという態度をとることにつとめていた。また、ロシアは、強大な戦力を保持していて、長期戦にもちこめば必ず日本軍を潰滅《かいめつ》することができるという信念をもっている、と公表した。

さらに、アメリカのロシアに対する世論をやわらげる方法として、出来るかぎり庶民的な態度でのぞむことが最も効果的だと判断していた。そのため、アメリカへむかう船内でも、多くの船客と親しくつき合い、握手を交した。

ニューヨークの港についた時、かれの外交手腕は、さらに巧妙な演出となってあらわれた。

かれの船には、多くの新聞代表者が集ってきたが、かれは声明書を発表して、アメリカの新聞の偉大さを激賞し、アメリカ人の同情と援助を熱っぽく訴えた。その態度には、大国ロシアの全権としての尊大さはみじんもみられず、握手してまわるウイッテに、新聞代表者たちは大きな拍手を浴びせた。

日露両国の全権委員の到着によって、講和会議開催前の空気は最高潮に達した。

七月二十八日、小村と高平がオイスター湾の別荘にルーズベルト大統領を訪れた。ルーズベルトは、小村らに、

「ロシアの態度はきわめて強硬で、講和会議の難航が予想される。日本側としては、譲歩もやむを得ないという考え方で、おだやかに会議を進めるべきだ」

と忠告し、小村もその趣旨に賛意をしめし、ロシア領土に対する要求は樺太のみに限るつもりだとつたえ、大統領も満足の意を表した。

八月四日には、ウイッテが大統領を訪問したが、その午餐《ごさん》会の席でウイッテは、

「ロシアは、日本に征服されたのではない。それ故、ロシアは、不利になるような条件は一切拒否するつもりである。むろん、賠償金の支払いなどには応じない。それでも日本側がそれを不服とするなら、ロシアは、総力をあげて日本と戦うだろう。長期戦にい

ずれが勝つか、それを見守るだけである」

と、言った。

ルーズベルトは、

「賠償金の額については、或る程度日本側も譲歩するだろうが、要求することはたしかだと思う。また、樺太の割譲を求めることもまちがいないだろう」

と、答えた。

これに対してウイッテは、樺太を渡すこともできぬと強い語調で語り、ルーズベルトは、講和条約の成立がきわめて困難なものになると予想した。

重苦しい空気の中で、八月五日、日露両国全権委員の初顔合せが大統領立ち会いのもとにおこなわれた。日本全権は米国巡洋艦「タコマ」に、ロシア全権は同「チャタヌーガ」に搭乗、オイスター湾に碇泊《ていはく》中の大統領専用の巡洋艦「メイフラワー号」にむかった。

午後零時三十五分、日本全権委員は、巡洋艦「タコマ」から小艇に移った。祝砲がとどろき、小艇は、「メイフラワー号」にむかって走り出した。港内に碇泊中の汽船は祝福の汽笛を鳴らし、民衆の歓声は空気をふるわせた。

小柄な小村全権たちは、生真面目《きまじめ》な表情で立ちつくし、やがて、艇が「メイフラワー号」に達すると、タラップをあがっていった。

その直後、「メイフラワー号」上に奏楽が起り、小村全権と随行員たちは、接待官パースの案内で甲板下のサロンに入った。そして、そこに待っていたルーズベルト大統領と握手を交した。

大統領は、小村と高平を隣室に誘い、ドアをとざして密談した。その席で、大統領は、前日会見したロシア全権ウイッテが強硬な意見をいだいていることをつたえ、余程の覚悟をもってあたらねば講和の締結はむずかしいと思う、と忠告した。

間もなくロシア全権ウイッテが、随行員をしたがえて到着したので、日本側委員は一時、隣室に退いた。

大統領はウイッテらと握手を交し、自らサロンのドアをひらいて日本側委員を招き入れ、紹介し、一同を隣室の食堂に誘った。

大統領は、両国全権の扱いについて慎重な配慮をはらった。戦勝国である日本の委員を上席に坐《すわ》らせれば、ウイッテらは侮辱されたと憤《いきどお》りをしめすことはあきらかだった。また、アメリカにとって、ロシアは大使を派遣している国であるのに日本は公使国なので、外交慣例にしたがえばロシア委員を上席に坐らせるべきだという意見もあった。

そうしたことをすべて考慮した末、大統領は、円形の食卓のまわりにある椅子《いす》をすべて取りのぞかせ、席の順序を廃していた。そして、食卓のまわりに導くとシャンペンをあけて、

「平和がよみがえることは、両大国のみならず人類の希望するところである」

と、述べて杯をあげた。

数分間雑談の後、日露両国全権委員らは、大統領にみちびかれて甲板上にあがり、そこで記念写真を撮影することになった。

大統領は、

「好きな所に立って下さい」

と、軽い口調で言って、自らは中央に立った。自然にロシア側委員は右側に、日本側委員は左側に立ってカメラにおさまった。この大統領の指示も、日露両国全権を刺戟《しげき》せぬための配慮であった。

二十一発の祝砲がとどろき、大統領は退船し、日本国全権は巡洋艦「ドルフィン」に移乗し、ロシア国全権一行はそのまま「メイフラワー」にとどまり、それぞれポーツマス市におもむくことになった。

両艦はオイスター湾を出港したが、途中、ロシア全権ウイッテが船酔いのため下船し、陸路ポーツマスにむかい、八月七日夜、同地に到着、小艇に乗って港内に入っていた「メイフラワー」に乗艦した。

翌朝、日露両国全権一行は、多数関係者の出迎えを受けて上陸、州知事主催の歓迎会に出席後、ホテル「ウェントワース・バイ・ザ・シー」に入った。いよいよ講和会議の開始は迫った。

小村全権は、講和会議開催を前に苦慮していた。

かれのもとには、さまざまなロシア側の情報が寄せられていた。

満州におけるロシア軍の兵力は百万の大軍にふくれ上り、日本軍兵力を完全に圧倒する勢力に達している。それを裏づけるように、ロシア軍の指揮官たちは強硬な戦争継続を主張しているらしい。かれらは強い自信をいだいていて、ロシア満州軍総司令官リネヴィチ大将以下各軍司令官連署の上で、ロシア皇帝ニコライ二世に、

「講和ヲ締結スルコトニハ反対」

の旨《むね》の電文を送っていた。

また、ロシアの新聞も、日本陸軍の弱体化を指摘して、日本は長期戦に勝つ見込みがないので講和を急いでいるのだ、と戦争継続を唱えていた。たしかに、その論調のように日本側はこの機会に講和を結ぶ必要があり、ロシア側は、その点を十分に見ぬいていた。

しかし、ロシア側にも戦争を早めに終結させなければならぬ事情がひそんでいた。ロシア国内には、革命の気運が一層たかまっていた。革命派の指導者レーニンは、日露戦争はロシア皇帝によって起された犯罪戦争と非難し、民衆も戦争による物価の高騰《こうとう》に不満を深めていた。さらに、相つぐ敗戦によって民衆の不平はつのり、大ストライキ

が各所で発生、官憲による流血事件も頻発していた。

四月には、ロンドンで、レーニンの提唱による社会民主党第三回大会がひらかれ、五月には繊維労働者七万名の大ストライキが起り、労働者代表ソビエトが創設された。さらに、六月十四日には、オデッサ港に碇泊中の戦艦「ポチョムキン」内に叛乱《はんらん》が勃発《ぼっぱつ》し、マストに赤旗がかかげられた。乗組員たちは、陸軍軍隊に砲弾を浴びせかけ、鎮圧に急航した政府側艦隊にも砲戦をいどみ、撃退した。

戦闘艦「ボベドノスツェフ」運送船「プロート」も叛乱に参加、騒動は拡大した。

「ポチョムキン」は、その後、ルーマニアのコンスタンツァ港でルーマニア官憲に降伏したが、軍隊内の革命行動にロシア皇帝は大きな衝撃を受けていた。

そのような国内不安からロシア皇帝も講和を決意したのだろうが、条約の締結を有利に進めるため、日本側に対してはあくまで強い姿勢をくずしそうにもなかった。

つまり、日本は軍事力と経済力の衰弱から、また、ロシアは、国内の革命運動に対する恐れから戦争終結をねがっていたのだ。

講和条約は、アメリカ側の干渉を排して日露両国委員が直接談判することになっていた。が、その開催をどのような順序でおこなうべきかは、定められていなかった。

八月八日夜、同じホテルに泊る両国全権は、たまたま同時刻に食堂で夕食をとった。

席は遠くはなれていて、互いに素知らぬ風をよそおって食事をしていたが、ローゼン大使は、食事が終る少し前にボーイを呼ぶと、紙片に走り書きして、日本全権に手渡せ、と低い声で命じた。

紙片を受けたボーイは、遠くはなれた席で夕食をとっている日本側委員のテーブルに近づくと、紙片を小村全権に渡した。そこには、

「もしお差支えがなければ、明朝、非公式に会見いたしたい」

と、書き記されていた。

小村は、新しく紙をとり寄せると、

「承知しました。会見時間は？」

と、走り書きして、ボーイに渡した。

ローゼンからの返事を、ボーイが持ってきた。

「午前十時ではいかが？」

という答えに、小村は、承知した旨をつたえさせた。

そのやりとりは無言のうちにおこなわれたが、難航を予想された予備会議の打ち合せが、そんな形であっさりときまった。

翌日午前十時、約束通り小村とウイッテは、それぞれ随員をしたがえて会議場に姿をあらわし、大きなテーブルをはさんで対坐した。そして、簡単な挨拶《あいさつ》を交した後、本会議開催について打ち合せた。その主な内容は、

一、会議及び議事録の用語は、英語、フランス語を使うこと。
二、会議は、毎日午前九時から正午までと、午後三時から五時までの二回にすること。
その他、会議に出席する随員の範囲等について話し合った後、その日は別れた。

翌十日午後、いよいよ第一回の本会議がひらかれた。日本側は小村、高平が三随員と、ロシア側はウイッテ、ローゼンが三名の随員をしたがえて出席した。

両全権は、それぞれの全権委任状をしめして確認し合った後、本議題に入った。小村が、まず口をひらいた。

「わが天皇陛下は、人道と世界平和のために日露両国間に平和の樹立されることを望んで、私たちを派遣された。私たちは、この使命を果すために全力をつくすが、ロシア全権も同様に努力していただきたい」

これに対してウイッテも同意し、

「日本の講和条件をしめして欲しい」

と、言った。

小村は、すでに用意しておいた講和条件を個条書きにしたものを手渡し、

「各条項ごとに回答して欲しい」

と、述べた。

ウイッテは回答を約して、その日の第一回会議は終った。日本側のしめした講和条件

は、おおむね左のようなものであった。
一、朝鮮を、日本の自由処分にまかすこと。
二、一定期限内にロシア軍は満州から撤兵し、同時に日本軍も撤退する。
三、満州を清国に返すこと。
四、満州における各国の機会均等。
五、樺太とその付属する島々を日本へゆずること。
六、遼東《りようとう》半島租借権の日本への譲渡。
七、ハルビン・旅順間鉄道の日本への譲渡。
八、満州横貫鉄道（東清鉄道）を商工業の目的にかぎり使用すること。
九、ロシアは、日本に戦費を支払うこと。
十、中立港に避退したロシア軍艦を引き渡すこと。
十一、極東水域におけるロシア海軍力を制限すること。
十二、（略）
小村は、会議開催と同時に、十二条にわたる日本政府の講和条件をロシア側にしめしたわけだが、その内容については多少の訂正をしていた。

軍事賠償の件については、最高十五億円を要求するということになっていたが、金額については明示しなかった。また、「賠償」という表現を「払戻し金」という表現に変えていた。このような処置は、ルーズベルト大統領の忠告にもとづいて、ロシア側を刺戟しないための配慮からであった。

翌々日の八月十二日に第二回会議がひらかれ、十二条の講和条件について各条ごとに激しい応酬が開始された。

小村は、瘦《や》せて背も低く、それとは対照的にウイッテは肥満した大きな男だった。ウイッテはフランス語を使っていたが、意味を徹底させるためにしばしばロシア語を口にした。ウイッテは早口で、時々感情が激すると議論が本題からそれることもあったが、その論法はたたみかけるような鋭さがあった。これに対して小村は、一句一句慎重に言葉をえらんで話し、表情も変えなかった。

ウイッテは、よく煙草《たばこ》をすった。会議では、ウイッテと小村との間で激しい言葉がやりとりされ、副全権のローゼンも高平も黙しがちだった。ウイッテは興奮すると、椅子をゆすり脚をしきりに組みかえ顔を紅潮させた。小村は終始冷静だったが、不機嫌な折には煙草の灰を強くたたき落し、テーブルを拳《こぶし》でたたくのが常であった。

このようにして八月十日から同十七日まで十回にわたる講和会議に於て、日本側の要求条件中八条件をロシア側が同意した。ウイッテが強い態度で拒絶した条件は、左の四件であった。
一、樺太を日本へゆずること。

二、賠償金を日本へ払うこと。
三、中立国に逃げこんだロシア軍艦を日本に引き渡すこと。
四、極東に於けるロシア海軍力を制限すること。

この四条件を中心に、日露両全権は、それぞれ本国の意向を背に頭脳をしぼって対決することになった。しかも、ウイッテは、これら四条件をロシアに対する侮蔑《ぶべつ》要求であるとして、あくまで拒否する態度をとっていた。

しかし、ウイッテは、満州軍総司令官であったクロパトキン大将の元幕僚で講和会議の随員ルシン大佐から、ロシア軍は増強されたが日本軍を撃破することは困難だという報告を受け、講和条約をむすぶべきだと判断した。そのため、会議の進行状況報告とともに、左のような電報を本国へ打電した。

「軍事賠償、樺太割譲、海軍力制限、中立港抑留軍艦の四件が最後の協議事項になった。この四件について、双方からなんらかの譲歩がなければ、会議は決裂することはまちがいない。日本側がどのように考えているかは不明だが、海軍力制限、抑留軍艦の二件については譲歩してくるように思うが、軍事賠償、樺太割譲の二件は、あくまでゆずらぬと思う」

と、報告した。

この電報を受けたロシア政府は種々検討した末、ロシア皇帝ニコライ二世の裁断を仰

いだ。これについてニコライ二世は、

「余は、会議開催前に一インチの領土も一ルーブルの金も渡してはならぬと命じた。その考え方は、今もって少しも変りはない」

と、答えた。

この本国からの回答を受けたウイッテは、苦しい立場に立たされた。本国の皇帝をはじめ政府部内では、戦争継続をとなえる声が日増しにたかまっているとつたえられるし、ウイッテは、自分の背にたえがたいほどの重圧がのしかかってきているのを感じた。

ウイッテは、ロシア側に譲歩の余地がなければ会談は決裂する以外にないと考え、八月十七日の会議で、

「十八日に最終会議をおこないたい」

と、小村に告げた。「最終会議」とは、妥結か決裂かをはっきりときめる会議にしたいという意をしめしたもので、ウイッテの顔は青ざめていた。

小村全権は、その申し出に動揺した。日本は、この時機に講和をむすばねば、国の存立も危なくなる。かれは、慎重にどのような態度をとるべきか迷った。

まず、四条件中、軍事賠償、樺太割譲の二点はあくまでも主張しなければならないが、抑留軍艦の引き渡しと極東海軍力制限の二要求は放棄してもさしつかえない。この譲歩案を、十八日の会議に提出してウイッテの再考をうながしたい、と思った。

しかし、小村は、ロシア本国の態度が強硬らしいことを察していたので、妥協の見込みは少いと推測した。その際には、日本側委員もポーツマスから引揚げて、アメリカ大統領にその仲介を依頼する以外にない、と思い、その旨《むね》を本国政府へ電報で報告した。

八月十八日、運命を左右する最終会議がひらかれた。小村は、会議の開催直後、すぐに口を開いた。

「過去十回にわたる会議で、四条件について双方に重大な意見の対立があることがあきらかになった。われら日本全権委員は、これらの問題を調整したいという誠意をもって検討した結果、もしもロシア全権委員が軍事賠償、樺太割譲に同意する気持があるならば、日本全権委員は、海軍力制限、抑留軍艦引き渡しの二条件をとりさげる覚悟をもっている」

と、述べた。

ウイッテは、テーブルに肘《ひじ》をついて考えこんでいたが、やがて顔をあげ、

「双方の書記官を退席させて、全権委員のみで非公式にじっくりと話し合ってみてはどうだろうか」

と、提案した。

その申し出に、小村はすぐに同意した。講和会議は決裂か否《いな》かの最後の会議であり、ウイッテも小村も、胸に秘めたものをさらけ出して結論を得たかった。

両国の書記官はすべて室外に退去し、両全権は対決した。

ウイッテが、巨躯《きよく》を乗り出して口をひらいた。

「事実を申し上げると、本国政府から樺太割譲問題と賠償金の件については、絶対に拒絶せよという命令をうけている。日本側は、この二条件を主張しているのであるから、このままでは会議も決裂のほかない。しかし、私個人としては、なんとか講和会議を成立させたい。もしも妥協点を双方で見出《みいだ》すことができたなら、本国政府を説得するつもりである」

と、前置きして、本論に入った。

「正直のところ、講和に対するロシア政府と国民の態度は、私が出発した以後、全く一変してしまっている。戦争継続の声がすこぶる高く、樺太割譲と賠償金の支払い条件には強硬に反対している。政府は、そうした国民の世論を無視できない立場にある。そうした状況なので、国民感情を傷つけずなにか妥協点に達する方法を見出そうと苦慮してきたが、妙案がないので困っている」

ウイッテは、顔を曇らせ、鋭い眼を小村に向けると、

「まず、賠償金の件についてだが、ロシアはまだ完全に敗れたのではないから、ロシア人捕虜のために要した費用をはらうのは当然だろうが、それ以上のものを払えという条件には、絶対に承服できないことを確言する。次に、樺太を割譲せよという条件につい

てだが、この条件については妥協点もあると思う。たとえば、その北部をロシアに、南部を日本に所属させるという案はどうであろう。樺太北部はロシアにとって黒竜江の防衛上必要で、それを日本の領土に帰属させるということは忍びがたい。樺太南部は、漁業に適しているので、日本には利益も多いと思う。つまり、樺太を半分にわけて互いに領有することになるが、その際には、樺太と北海道間の宗谷海峡をロシア船も安全に通過できる保証が欲しい」

と、述べた。

小村は、静かにウイッテの言葉をきいていた。そして、ウイッテが言葉をきると、自分も講和条約の成立は心から望むと前置きしてから、一句一句区切るような口調で話しはじめた。

「私も、腹蔵ない意見を申し述べたい。講和会議の妥協点は、政府と国民の世論をにらみ合せたものでなければならない。殊《こと》に国民感情についてであるが、日本は、ロシアと異なって立憲国であり国民は参政権をもっているので、ロシア以上にその意見を尊重しなければならないのである」

小村の顔に、血の色がさした。かれは、日本の外務大臣として、ロシアきっての外交官といわれるウイッテに日本の主張を的確につたえたかった。

小村全権は、さらに言葉をついだ。

「ロシア国民は強硬論を吐いているといわれるが、日本国民はそれ以上であり、しかも、その論議は正当な理由にもとづいている。つまり、日本はロシアに連戦連勝をつづけてきたので、国民も戦争を継続してロシアを極東から追い払え、と叫んでいる。そのため、講和会議についても強硬な意見をもっていて、樺太のみならずウスリー地方をも譲渡させよとさえ唱えている。しかし、政府は諸情勢を冷静に考え、殊に日本とロシアの将来の和親を思い、あえて強い要求は出さずこのような穏やかな条件を決定したので、この条件は断じてゆずるわけにはいかない。

樺太については、日本軍の占領下にあることでもあるし、国民は、いかなることがあろうともその領有を断念することはない。しかし、貴官のいわれるようにロシア側の事情にも理解できることもあるので、ロシア側が一歩をゆずる気持があるなら、日本側も一歩をゆずらぬでもない。私一個人の意見としてきいていただきたいが、もしも樺太を二分する案を採択するとしても、樺太は、現在、わが陸軍の占領下にあるのだから、ロシア側が北半分を欲しいというなら、それに相当する代償を日本側にあたえなければ理屈が立たない」

小村は、そこで言葉をきると、ウイッテの顔を見つめた。小村は、賠償金を得ることはきわめてむずかしいと察していたが、樺太問題で譲歩した代りに賠償金を手中にしようとしたのだ。

小村の理路整然とした言葉に、ウイッテは、

「たしかに、それは一理ある」

と、うなずいた。

小村は、この機会をのがすまいとして、

「それならば、その代償はなにをあてるべきか。ロシア領土の他の部分を代償として日本側に提供するのが、最良の方法だろう。が、それは事実上不可能なことであるだろうし、結局、金銭で支払う以外にあるまいと思う」

と、述べた。

これに対してもウイッテは、

「その通りだと思う」

と答えたので、小村は、さらにたたみかけるように口をひらいた。

「その代償の金額であるが、少くとも十二億円程度でなくては、日本政府も承諾しまいと思う。殊に国民は、樺太の南半分しか領有できぬことを知れば、激怒することはあきらかで、それをなだめるためにはこの額でも不十分すぎる。もしも仮に樺太を二分する案をよしとするなら、その境界線は、北緯五〇度と定めるべきで、ロシアが宗谷海峡の自由航行を希望するなら、日本も、ダッタン海峡の自由航行を要求した上で同意しよう」

と、熱っぽい口調で述べた。

この要求は、講和会議が完全に煮つまったことを意味し、日露両国の妥協点がはっきりした形になってしめされた。

樺太南半分の引き渡しと十二億円の賠償支払いという小村の提案について、ウイッテは、

「十二億円という巨額の賠償額は、私個人の考え方として同意しがたいし、本国政府も認めようとしないだろう。しかし、その金額ならば日本側と折り合うことができるということは、本国政府に報告する」

と、答えた。

小村にとってもその妥協案は、自分の考えによるものなので、日露両全権は、それぞれ本国政府へその妥協案を認めるべきか否かという電報を打った。

この電報を受けとった日本政府は、会議をひらいて慎重に検討した。

日本政府としては、戦争終結を考えねばならない立場にあった。そのため、樺太の南半分の領有に同意し、さらに小村がウイッテにしめした十二億円という賠償金の金額についても、

「多少その金額より少い額で妥協してもよい」

と、回答した。

これを受けた小村は、ルーズベルト大統領の協力を得て、ロシア側にこの妥協案を認めさせようと思った。その工作をおこなうには、滞米中の金子堅太郎が適当だった。

金子は、ルーズベルトに接近して講和会議を開催にみちびいた功績者だった。開催が決定し日本全権小村寿太郎がアメリカに到着した時、小村に対して、

「私の任務は終ったので、ヨーロッパをまわって帰国する」

と、つたえた。

しかし、小村は、

「君は、アメリカにいてルーズベルトと私との間で働いて欲しい。君がいないと、私は、なにもわからぬ。日本側の要求も大きいから、談判が決裂するおそれもある。そんな時には、ルーズベルトとの連絡役を買ってもらいたいのだ」

と、引きとめた。そして、日本の苦しい立場についてもふれ、

「満州軍総司令部総参謀長の児玉大将の報告では、わが軍は、奉天から前進することは全く不可能だという。ロシア軍には気づかれずにいるが、日本軍はすでに兵力も乏しく、食糧もつきていて、どうしても講和するほかに道はない。日清戦争の折は軍人が欲しなかったが、今回は軍人の方から講和を望んでいるのだ。なんとかして談判をまとめなければならぬ。もしも、それが成立しなかった折には、死ぬ覚悟でいる」

と、述べた。

その説得によって、金子は、帰国の途につかず会議の進行と併行してルーズベルトとの連絡につとめていた。そして、最後の妥協案ともいうべき日本側の提案も、金子からルーズベルトにつたえられ、ルーズベルトもこの妥協案を講和会議の最終案として歓迎した。

しかし、ロシア全権ウイッテは、賠償金問題の要求は苛酷《かこく》で会議が決裂すると判断したらしく、ホテルで鞄《かばん》を荷造りなどして帰国する準備をはじめていた。講和会議は、決裂の気配濃厚という声がたかまった。

ルーズベルト大統領は、会議の不成立を憂《うれ》え、直接、ロシア皇帝ニコライ二世に左のような電報を送った。

「日本は、ロシアの極東における海軍力制限とロシア軍艦引き渡し要求の二条件をとりさげた。さらに、日本は、樺太の南半分のみでよいという。賠償金問題については、後でその金額を決定することにして、この妥協案を採用すべきだと思う。私は、陛下がこの時機をのがさず、講和条約を締結することを心から希望している」

しかし、この電文を一読したニコライ二世は、その紙の端に、

「一インチの領土も、一ルーブルの金も、日本に与えてはならぬ。余は、これ以上、一歩も譲歩せぬ」

と、鉛筆で書き、ラムスドルフ外相に手渡した。

ラムスドルフ外相は、電報をロシア全権ウイッテに打電し、

「わが皇帝は、一インチの領土も一ルーブルの金も日本にあたえる御意志はない。皇帝は、最後の決断と談判打ち切りを考えておられるが、その勅命は追ってつたえる」

と、つたえてきた。

ウイッテは、困惑し、

「このように樺太問題、賠償金問題の二つとも拒否することは、世界各国の非難を招くだろう」

と、本国政府に警告した。

しかし、ロシア政府は、依然として強硬で、折り返しラムスドルフ外相から電報がウイッテに送られてきたが、そこには、

「わがロシア皇帝は、日本があくまでも要求を撤回しないなら、談判を打ち切るよう命じられた」

と、書かれていた。

さらに、それを追うように、

「談判打ち切りの勅命が下ったことを、アメリカ大統領に告げよ」

という電報につづいて、「談判決裂の日時を知らせよ」と打電してきた。形勢は、最悪の事態におちいった。

講和会議開催の労をとったルーズベルト大統領は、日本の態度を支持していた。ロシアは敗戦国であるのに、ロシア皇帝は頑固に譲歩しようとはしない。かれは、ロシア皇帝に憤《いきどお》りを感じていた。

しかし、最終会議のひらかれる前日、ルーズベルトの態度は、急に一変した。かれは、樺太南半分の割譲と賠償金支払いを求める日本の提案に賛成していた。ただ、賠償金の額については、日本側のしめした十二億円は高すぎるきらいがあると考え、それを六億円とし、その他、ロシア人捕虜の給養費一億五千万円を加算して、計七億五千万円が適当だろうという意見を述べていた。小村も、かなりの譲歩ではあるが、講和会議を成立させるためにはそれに近い額までひきさげる覚悟ももっていた。

そのような折に、突然、ルーズベルト大統領は、意外とも思える大譲歩を日本側に勧告してきた。

アメリカ大統領が日本側にしめした譲歩案は、「賠償金要求は放棄すべきである」というものであった。その勧告は、八月二十二日夜、金子堅太郎宛《あて》に手紙でつたえられた。

その書簡の中でルーズベルトは、

「賠償金要求をこれ以上主張すれば、講和会議は決裂し、日露両国は戦争を継続することになる。金銭が原因で戦争をつづけるなどということになれば、日本に対する世界各国の同情は消えるだろう」

と述べ、日本政府にもつたえて欲しい、と求めた。

さらに翌二十三日朝にも、ルーズベルトから金子に、「日本の利益と世界の利益のために、私の勧告をのんで欲しい」という書簡がきた。この大統領の勧告は極秘とされていたが、意外にも大統領は、ロシア全権ウイッテに日本に対する勧告文をひそかに手渡していた。そして、ロシア皇帝ニコライ二世にも、

「日本は、私の勧告にしたがうだろう。そのために私は、最善の努力をするつもりである」

と、つたえた。

ルーズベルトのこのような態度の変化は、なにに原因があったのか。かれが、講和会議の決裂をおそれていたことはまちがいない。その焦点は賠償金問題であって、これを日本側が撤回すれば会議は成立する。そのようなことを冷静に判断した結果、日本側への勧告となったのだろう。

しかし、その勧告内容をロシア側にもらしたことは、あきらかにルール違反であった。

八月二十三日、日露両国全権は、緊張した表情で会議場に入った。会議が開催される前に、ウイッテは本国政府に電報を打った。それは「樺太全島を日本に割譲する代りに賠償金の支払いを撤回させる」という案で、本国政府の意見を仰いでいたのだ。

席につくと、小村が日本政府の正式回答として、

一、樺太南半分の割譲。

二、樺太北半分をロシア側にあたえる代償金十二億円の支払い要求。

の二点を中心とした覚書をウイッテに手渡した。

これに対して、ウイッテは、金銭支払いには応じられぬと突っぱね、小村もこれに応酬した。

その日の会議は不調に終り、三日後の八月二十六日に最後の会議をひらき、決裂か成立かを決定することになった。

このような講和会議の経過は日本国内にもつたえられていたが、思いがけぬロシア側の強硬な態度に激しい議論がまき起っていた。賠償金支払いと樺太割譲は最低の要求で、もしもロシアが同意しなければ、戦争を続けよと叫ぶ声が満ちていた。

さらに、ロシア国内にも、戦争継続の声が日本以上に高まっていた。陸軍大臣サカロフなどはその中心人物で、自ら満州の戦場に立って日本軍を撃破すると公言していた。

八月二十六日がやってきた。それは、最後の決をとる会議のひらかれる日であった。講和会議の成立は、絶望的であった。

ウイッテは、談判が決裂することは確実と判断し、随員の一人に、

「明日は当地を引揚げるから、ホテルの勘定書をとりよせておくように」

と、命じた。また、他の随員には、九月五日にニューヨーク発の欧州行き汽船に乗る

手筈《てはず》をととのえさせるため、ニューヨークに向けて先発させた。

そうした重苦しい空気の中で、会議は、午後四時三十分にひらかれた。

ウイッテは、席につくとすぐに、

「本国政府は、あくまでも日本の提案した要求に反対の態度をとっている。ロシア陸軍は必ず勝つと公言し、講和を結ぶことに強く反対している。すでに私たち全権団の力ではいかんともしがたい状態におちいっているので、これ以上談判をしてもなんの効果もないと思われる。なるべく早目に会議を終了させた方が賢明だと思う。日本全権の各位が平和恢復《かいふく》のために努力されたことは、私たちもよく知っている。互いに悪感情をいだくことなく、袂《たもと》をわかとうではありませんか」

と、口早に言った。

小村は、

「私もあなたのいう通りだと思うが、後一回、会見する機会をもとう」

と言って、議場を出た。

小村も、局面が完全にゆきづまったことをさとり、本国政府に対して、

「わが国がこれ以上ロシア側に譲歩することは、国家の体面にかかわる恥辱になると思う。もしも妥協案でまとまらなければ、やむを得ず談判を終了し、ニューヨークに引揚げるつもりである」

と、電報を打った。

しかし、その日、日本政府からも電文が寄せられていた。その中には、

「アメリカ大統領の勧告にしたがって、賠償金の額についてさらに一層譲歩してもよい」

と、記されていた。日本は、会議の決裂を極度に恐れていたのである。

日本政府は、二十八日に予定されている最終会議を二十四時間延期させるよう努力せよと命じた。講和を成立させるために十分な検討をしようと考えていたのだ。

小村は、二十七日夜、特に副全権の高平をウイッテのもとに派遣して延期の申し込みをした。その際、ウイッテは延期を承諾した後、今度の会議こそ最後の会議にしたい、と述べた。

ウイッテは、高平との会談後、日本側の延期申し込みに承諾したことをロシア本国に報告した。それに対するロシア皇帝の返電は、

「談判の終結を命じる。余は、日本の譲歩をまつより戦争を継続することを望んでいる」

と、つたえた。

小村も、いよいよ談判の決裂を決意し、

「談判を中止し、ニューヨークに引揚げる。私たちは、力のおよぶかぎり努力したが、

不幸にもこのような事態になったことを甚だ残念に思っている」

と、電文を本国に発信した。

小村全権一行も、引揚げ準備をはじめた。荷物の整理を終えると、ポーツマス市民の好意に対する謝意として同市の慈善団体に二万ドルの寄付手続をとるなどして、東京からの最後の訓令を待つのみになった。

日本政府は、重臣会議をひらいて慎重に協議した。かれらは、一人の例外もなく、戦争を継続することは重大な危機を招くという点で意見が一致していた。そして、小村全権からのさまざまな報告を検討した結果、さらに大譲歩をすることに決定、天皇の許可を得て、左のような命令を小村に発した。

「日露開戦の目的である満州、朝鮮の重要問題は、すでに有利に解決したことを考えると、樺太割譲と賠償金の二大要求は放棄してもよい。あくまでも講和の成立をはかるよう努力せよ」

これを受けとった小村は、

「多分こうなるだろうと思っていた」

と、随員につぶやいたが、他の者たちは、声もなく頭を垂れていた。かれらは、頑強なロシア側委員と激論を重ねたが、国力の衰微によってロシア側に大譲歩しなければならなくなったのだ。

さらに、日本政府から、第二の電報が入った。日本政府は、ロシア皇帝の態度がやや軟化して、賠償費は一切認めないが樺太の南半分は日本に割譲してもよいと考えているという情報をつかんでいた。その情報によって、日本政府は、樺太全島の割譲要求を放棄せよという小村に対する指令を、北半分を放棄してもよいという命令に修正してきたのだ。

いよいよ最終会議が、八月二十九日午前九時すぎから開かれた。

ウイッテは、一つの計略を立てていた。もしも、小村が、またも賠償金支払いの要求を口にした折には、席を立って隣室におもむき、

「ロシア煙草《たばこ》を持ってきてくれ」

と、命じることにしていた。

それは談判決裂の合図で、随員は、ただちにその旨を本国に打電する。本国では、すぐに満州のロシア軍につたえ、全部隊が一斉に攻撃を開始する手筈になっていた。

そのような策略を、むろん、小村たちは知らなかった。

会議がはじまると、小村が、

「樺太の南半分の割譲については、どのように思うか」

と、ウイッテにたずねた。

「私個人の考えとしては同意する」

と、ウイッテは答えた。

小村は、この問題について正式にロシア本国の回答を得て欲しいと発言し、会議は休憩に入った。その間に、ウイッテは、電報で本国政府と打ち合せすることにつとめた。

午前十時五十五分、会議が再開されて、ウイッテは、ロシア政府の正式の回答を小村に覚書として手渡した。それは、樺太南半分を日本に引き渡すことに対する同意であった。

「それでは、これから日本政府の指令にしたがって、きわめて重要な通告をする」

小村は、発言した。その顔は、かすかに青ざめていた。

小村の口にした「重要な通告」という言葉に、ウイッテをはじめロシア側委員は、小村の顔を見つめた。会議場内には、緊迫した空気が流れた。ウイッテらは、小村が日本政府の通告として談判決裂を宣言するのかと思った。

小村は、おもむろに口をひらいた。

「わが日本は、ロシア側に賠償金支払いを要求する正当な理由があるとかたく信じている。しかし、ロシアは、その要求をうけ入れないと強硬に主張している。日本政府は、慎重に検討した末、一つは人道と文明のため、一つは日露両国の真の利益のためを思い、樺太を日本が占領しているという事実をロシア側が認めることを条件に、賠償金の要求を取りさげる」

会議場に、一瞬、静寂がひろがった。小村の英語は、詳細にフランス語に翻訳されてウイッテにつたえられた。

ウイッテの顔に血がのぼった。

さらに、小村は、

「日本は平和恢復を強くねがって、賠償金の支払い要求を一切放棄し、また、北緯五〇度を境界線に樺太北半分をロシア領とすることに同意する」

と、述べた。

ウイッテの眼は、歓喜にかがやき、小村の提案を全面的に承諾する、と答えた。この瞬間に、日露両国の講和会議は、決裂寸前で一挙に妥結したのである。

ウイッテは、喜びをおさえきれず立ち上ると、足早に会議室をとび出した。そして、別室に沈鬱《ちんうつ》な表情でひかえている随員たちに駈け寄ると、

「平和だ、平和だ。日本はすべて譲歩した」

と、低い声で言った。

随員たちの喜びは大きく、かれらは、ウイッテを代る代る抱きしめて接吻《せっぷん》した。

その朗報は、ただちにルーズベルト大統領につたえられた。ルーズベルトは、

「大出来だ。これほど嬉《うれ》しいことは近年にない」

と、手を打って叫んだ。

その後、両国全権は、条約文作成のための会議を数回ひらいた。そして、九月一日には休戦に関する調印も終り、講和条約の正式調印と同時に、両国陸海軍に休戦命令を発することに決定した。

九月五日、講和条約の調印式がおこなわれた。午後三時、両国全権は、儀仗兵《ぎじようへい》に迎えられて会議場に入り、三時四十分、調印式に移り、同四十七分、署名を終えた。

それを確認したアメリカ国務省の官吏は玄関から走り出ると、入口に待機していた海兵隊分隊長に、

「三時四十七分、一同、署名を終る」

と、告げた。

分隊長が、手にした赤旗を高くかかげて振った。それが合図で、平和恢復を祝う十九発の砲声がいんいんととどろいた。同時に、ポーツマス軍港に在泊中の船舶から汽笛がふき出し、教会からは鐘の音が流れ出た。

調印式の署名を終えた日露両国委員は、ポーツマス市にあふれる祝砲や教会の鐘の音を黙ってきいていた。

やがて、ロシア副全権ローゼンが立ち上り、平和の恢復を喜び日本全権の紳士的態度によって無事調印の終ったことに深く感謝する、と述べ、手をのばすと、

「敬愛すべき友の手をにぎらせて欲しい」

と、言った。

小村と高平は手をのばし、ウイッテも握手を求めた。

ついで小村が、この調印式は人道と文明に貢献するところが大きいことを述べ、日露両国の平和のために努力したい、と答えた。そして、ロシア全権に手をのばし、かたく握手して祝福し合った。それからシャンペンで祝杯をあげることになったが、杯がなく、接待の係員があわててホテルに杯をとりに走った。その間、雑談となったが、ウイッテの随員の一人が、小村の前に進み出ると、平和の恢復を祝う言葉を述べた。

小村はうなずいていたが、

「日本には、この講和条約の締結内容について反対の声が高いときいている。私は、本国の多くの者から非難されることを覚悟している。しかし、物事というものはすべての人を満足させることはできない。ロシアでも不満をもつ人がいるだろう。しかし、群集心理では、時局のむずかしさを理解できない。われわれの仕事は、縁の下の力持ちのようなものだ。ただ自分にあたえられた責任を果したことに、満足すべきなのだろう」

と、感慨深げに答えた。

その時、シャンペンの杯がとどいて、一同、杯をあげて祝福し合い、両国全権は会議場をはなれた。

会議場には、特に調印式の参観を許された海軍工廠《こうしょう》長、「メイフラワー」艦長、「ドルフィン」艦長、国務次官、ニューハンプシャー知事、ポーツマス市長の六名が陪席していた。そして、日露両国全権らが会議場から去ったと同時に、かれらの間になごやかな混乱が起った。かれらは、歴史上に残る調印式に使われたテーブル上の文具などを記念として手に入れようとし、ペン軸やインク消しなどをとり合った。

その後、会議場の調度品は競売されたが、それも記念すべき貴重物として高値で処分され、ルーズベルト大統領は、ロシア全権ウイッテ、副全権ローゼンの坐《すわ》った椅子《いす》を買い入れた。

講和条約調印の報告を受けた日本政府は、小村と高平に、

「深甚なる感謝の意を表す」

と、その努力をたたえた。

しかし、小村の眼には沈鬱な光がうかんでいた。会議進行中にも、日本国内に激烈な強硬論が大勢を占めているというニュースがしきりに流れてきていた。そして、談判の成立と同時に、庶民の不満が一斉に爆発したことも知っていた。

十九

講和会議の締結内容は、詳細に日本国内につたえられた。天皇も政府も安堵《あんど》したが、

一般民衆は、その結果に唖然《あぜん》とした。

かれらは、日本の財源が底をつき、満州の日本軍がロシア軍に対抗する力をほとんど失っていることに気づいてはいなかった。かれらの知っていることは、旅順戦、奉天戦をはじめとした日本陸軍の相つぐ勝利であり、さらに日本海海戦での東郷艦隊の圧倒的勝利であった。そのような大戦勝国である日本が、ロシアに対して多くの賠償を請求し、それを手中にする権利があるのは当然だと信じていた。

野党の重鎮である大隈《おおくま》重信は、ロシアの満州全土の放棄、ウラジオストック軍港、沿海州、樺太の割譲等を講和条件として取得すべきだと主張し、新聞は、賠償金として少くとも三十億円を獲得せよ、と唱えていた。

殊《こと》に賠償金問題は、講和条約の重要な条件と解釈されていた。日本は、戦争によって十五億二千三百万円の軍費をついやしていた。それらの費用は国債・外債によってまかなわれたが、戦後には、その債券を利子つきで返済しなければならぬ義務が残されている。また、外地にいる軍隊の引揚げにも、かなりの費用を必要とすることが予想されていた。

このような事情から、かなりの賠償金を入手しなければならぬと考えられていた。それだけに知識人も財界人も一般人も、賠償金問題には熱心で、講和条約の意味はその点にあるのだと唱えていた。

政府が一般の人々に財政的危機と日本陸軍の弱勢を教えなかったことが、混乱をひき起した最大の原因だったが、それを政府の秘密主義政策として責めるわけにもいかなかった。もしも、それを公表すれば、たちまちロシア側の知るところとなって、ロシア側は強気になり講和条約の締結を拒否したか、たとえ締結したとしても、その条件は、日本側に一層不利なものになったにちがいない。政府も軍部も、苦しい立場に身を置いていたのだ。

このような庶民感情の下で、小村全権らの締結した講和条約の内容を知った国民の不満は大きかった。殊に賠償金がゼロであることは、かれらに激しい憤《いきどお》りをあたえた。

まず、八月三十日、大阪の財界人をまじえた講和問題同志連合会が、屈辱的講和条約に反対を表明し、翌三十一日、日本全権小村寿太郎に対し、

「君国ノ大事ヲ誤リタルモノト認ム。スミヤカニ処決シテ、罪ヲ上下ニ謝セヨ」

という電報を打った。

さらに九月三日には、大阪中之島公会堂で市民大会がひらかれた。参加者は五千名を数えた。

また、同会は、九月四日、天皇に、小村全権と政府首脳者に対する不満を訴え、講和条約を破棄して戦争継続を請願した。

小村全権と日本政府に対する庶民の憤りは、たかまる一方だった。国民は、肉親を戦

場で失い、物価高騰《こうとう》と重税に苦しんできた。その代償が、賠償金も全くない講和条件として終止符を打たれたことに、かれらは激怒していた。

新聞、雑誌も、一斉に小村全権の外交手腕に激しい非難を集中した。有力新聞「万朝《よろず》報」は、九月一日の社説で、

「帝国の栄光を残りなく抹殺《まっさつ》したるは、わが全権なり。全勝国民の顔に泥を塗りたるは、わが全権なり。世界的舞台の上に見苦しき戸惑いをなして赤恥をさらしたるは、わが全権なり。わが国民は、断じて彼の帰朝を迎うるなかれ。之《これ》を迎うるに、弔旗を以てせよ」

という激烈な論調をのせた。

また、他の新聞の中には、講和条件の内容を黒枠でかこんだものもあった。小村全権は国賊視され、小村を支持した日本政府首脳者も、国民を裏切る無能者と判断された。

国民の不満は激化する一方で、九月三日には大阪市民大会、栃木県民大会、名古屋市民大会、呉市民大会が、四日には神奈川県三浦郡民大会、三重県山田演談会、山形講和反対大懇親会、堺市民大会、高松市民大会が相ついでひらかれ、講和条約破棄が叫ばれ、小村全権の抹殺が唱えられた。

政府は、苦境に立った。

九月五日は、講和条約の調印される日であった。講和条約に最も強硬な態度をとって

いた講和問題同志連合会は、その日、日比谷公園で国民大会を開催すると発表した。主唱者は、頭山満《とうやまみつる》、河野広中《ひろなか》、小川平吉、大竹貫一など黒竜会系の右翼政治家と野党の政治家たちであった。

連合会は、九月三日に三万枚の講和条約絶対反対のビラを各地でばらまき、九月四日には天皇に同様趣旨の上奏文を提出した。

警視庁では連合会の態度が余りにも過激なので、大会開催の禁止を発表した。しかし、新聞は、このような警視庁の処置に反撥《はんぱつ》し、その日の「万朝報」は、

「来《きた》れ、来れ、来れ。

講和問題全国同志大会、特に本日を以て日比谷原頭に開かれんとす。

血あるものは来れ、涙あるものは来れ、骨あるものは来れ、鉄心あるものは来れ、義を知るものは来れ、恥を知るものは来れ。

来り集りて一斉に卑屈醜辱なる講和条約に対する不満の声を九重《ここのえ》の天に揚げよ。聖明必ず赤子の至情を諒《りよう》とし給うべきなり」

と、書いた。

このような呼びかけに応じて、午前十時頃には早くも数千名の群衆が、日比谷公園の近くに集ってきていた。公園の出入口はすべて丸太を組んだバリケードで閉ざされ、多くの警官が警戒にあたっていた。

暑い日であった。

群衆はふえる一方で、遂《つい》に三万名にふくれ上った。

正午頃、路上を黒枠の旗を押し立てた一団が近づいてきた。千葉県から来た者たちで、旗には「弔講和成立」と大きく書かれていた。かれらは、警官の待機する公園の入口に進んでいった。

その姿をみた警官隊は、かれらの前に立ちふさがった。

「公園は公共の場所だ。それを封じるのは違法だ」

一団の指導者が叫び、丸太を組んで閉鎖している公園入口に突き進んだ。

警官隊は、その一団の中に走りこんで旗を奪い、竿《さお》を折った。

これをきっかけに群衆が、投石しながら警官隊に殺到してきた。その時、大会の主催者である河野広中、小川平吉らが姿を現わし、群衆はそれに力を得て、丸太のバリケードを突破して公園内へなだれこみ、三万の大群衆によって国民大会が強行された。

「ああ大屈辱」「われに斬奸《ざんかん》の剣あり」などというのぼりが立てられ、大会の熱気は、いやが上にもたかまった。

議長には河野広中がえらばれ、

「屈辱条約を破棄せよ！」

「戦争を継続せよ！」

「講和条約の破棄を天皇に上奏すべし！」

という決議が採択され、群衆は、拍手と喚声をあげた。

さらに大会決議として、満州軍総司令部に、

「吾人《ごじん》ハ挙国一致、必ズ屈辱的条約ヲ破棄センコトヲ期ス。吾人ハ我ガ出征軍ガ、驀然《ばくぜん》奮進以《もつ》テ敵軍ヲ粉砕センコトヲ熱望ス」

という電報を打った。

群衆は、バンザイ、バンザイと唱和しながら宮城前広場にむかい、警官隊は、

「解散、解散」

と、叫んだ。

群衆は、警官の制止にあって日比谷公園にもどった。暑熱が、かれらの興奮をたかめた。大会決議をしただけでは、かれらの憤りはいやされなかった。それに、警官の威圧的な態度も不満だった。

突然、一人の壮士風の男が、

「内務大臣をやっつけろ」

と、叫んだ。

たちまち群衆はそれに同調し、公園から出ると内幸町の内務大臣官邸に走った。

警官隊は、官邸を守護していたが、群衆は正門と裏門を突き破って邸内になだれこん

だ。それを見た警官隊が、抜刀した。群衆がひるんだ時、一人の警官が少年の右足を斬った。血をみた群衆は激怒し、

「焼打ちだ、焼打ちだ」

と、叫んで、石油をまいて火をつけた。

群衆の興奮は最高潮に達し、その一団は国民新聞社を襲った。国民新聞社は徳富蘇峰《とくとみそほう》が健筆をふるっていたが、かれは、講和条約の締結を支持する立場をとって、

「今や吾人は戦勝の結果として、平和条約に於《お》て其《そ》の目的を達したり。ことごとく之《これ》を達し、全く之を達したるのみならず、其れ以上の獲物を握れり」

と、論評していた。そうした蘇峰の態度に憤激していた群衆は、国民新聞社の焼打ちをはかったのである。

内務大臣官邸、国民新聞社を襲った群衆は、東京全市に散って、警察や交番に次々と火を放った。警官隊は抜刀して群衆に立ちむかったが、人数の差は大きく、逆に群衆の激しい暴行を受けた。

東京市内は狂ったような群衆の手で無法地帯となり、暴動はさらに拡大していった。かれらは、戦時中の苦しみを一挙に晴らそうとしているようにみえた。

群衆は、小村全権の留守宅である外務大臣官邸にも押しかけた。邸には小村の妻、息子、娘の三人がいた。

夕方、数名の警官が邸内に走りこんできて、群衆が邸にむかってきていることを告げ、窓をすべて閉ざした。やがて群衆は、集団を組んでつぎつぎと押し寄せてきて、

「国賊小村！　恥を知れ！」

などと怒声をあげ、石油をそそいだ俵に火をつけて塀ごしに邸内へ投げこみはじめた。それは、建物にとどかなかったが、庭には無数の火が散った。

群衆の怒声はさらにたかまって投石がはじまり、日没後には門を破って建物をとりかこんだ。少数の警官は、家族を台所へ避難させたが、殺害される危険も迫った。

その時、近衛の一部隊が駈《か》けつけ鎮圧にかかったが、群衆はひるむ気配もなく、一層たけり狂った。軍隊は、一斉に銃に着剣して威嚇《いかく》したので、ようやく群衆は徐々に散っていった。

翌九月六日になると、暴動は、東京全市にひろがった。交番は次々に焼打ちされ、警官と民衆との衝突が到《いた》る所で起った。政府は、軍隊を派遣して鎮圧につとめたが、勢いをしずめることはできなかった。

その両日の間に、下谷、深川の二警察署をはじめ分署九、交番・派出所二百十九が焼払われ、四十五の交番が破壊された。それは、東京市の交番の八割にも達する数であった。

また、キリスト教会も襲撃の対象になって十三の教会が焼失、その他民家五十三、電

車十五台にも火が放たれ、一般市民の恐怖はつのった。死傷者も多く、一般市民五百二十八、警官四百五十四、消防夫・軍人四十に達した。

六日夜、政府は、緊急勅令を発して東京全市と府下五郡に戒厳令をしき、同時に民衆を煽動《せんどう》する新聞雑誌の取締り令も施行した。それによってようやく暴動はしずまったが、検挙者は二千名にもおよんだ。

日比谷焼打ち事件は各地につたわって、同様の騒動が起った。

東京市と府下五郡にしかれた戒厳令は、十月二十九日までつづけられ、その間、不穏な記事を発表したことを理由に、「万朝報」「二六新聞」「都新聞」「日本新聞」「東京朝日」「大阪朝日」「大阪日報」などがつぎつぎと発行停止処分を受けた。講和に対して反対したのは、一般民衆だけでなく、帝国大学教授数名も講和条約破棄と戦争継続を天皇に訴えたりした。

国民大会が日比谷焼打ち事件にまで発展したのは、大会の主催者の一部によってあらかじめ準備されていたものであった。その実行を指導したのは、右翼団体の雇い入れた壮士たちであった。

かれらは、焼打ちのための大八車を用意し、石油カンや俵などを積んで待機していた。そして、日本刀を右手に白張提灯《しらはりぢょうちん》を左手にした壮士が先頭に立ち、

「焼打ちだ！　焼打ちだ！」

と、叫んで、民衆をあおった。

また、電車が十五台焼きはらわれたのも、壮士の煽動によるものだった。壮士たちは、人力車の車夫数十名を集めると、

「諸君たちは、電車に対してどのように考えておるのか。電車の出現によって、人力車は甚しく圧迫されている。やがて諸君は職を失い、家族は餓えに泣くのだ。電車は、諸君の敵だ。復讐《ふくしゅう》しようではないか」

と、激しい口調で演説した。

車夫たちは興奮し、壮士たちの後に従って電車をとめ、火を放って走りまわったのである。

暴徒と化した民衆の行動は、国民大会の議長であった河野広中を困惑させた。かれは、民衆の姿に呆然《ぼうぜん》とした。民衆は電車に放火すると、バンザイ、バンザイと叫び拍手する。さらに一般民家や教会まで火が放たれたことを知った河野は、民衆の無謀な行動を制止しなければならないと思った。

かれは、政府に対して、

「暴徒化した民衆を反省させるビラを多量に印刷してもらいたい。私は、それを手に東京全市をかけ廻ってばら撒《ま》くつもりだ。ただし、身の危険も大きいので、憲兵と巡査で私を完全に護衛して欲しい」

と提案した。

政府はこれに対して沈黙を守ったが、民衆は、大会主催者の意志を越えて暴走したのである。

この焼打ち事件は、政府に深刻な打撃をあたえた。桂首相は、山県有朋に手紙を出して、全く思いもかけなかった大騒動であったと述べているが、事件の発生は政府にも予知することさえできなかったのだ。

この事件について、日本にも革命が起ることを憂《うれ》える声がたかまり、社会主義者の動きを警戒せよという意見もあった。さらに大隈重信は、政府のとった新聞の発行停止処分について、

「政府は周章狼狽《ろうばい》し、自らの失態をかくすため言論出版の自由を奪った」

と、鋭く攻撃した。

いずれにしても、民衆の不満は予想以上に大きかった。しかも、それは戦勝国として得た利益が不足だという不満から起ったもので、戦争継続を熱望していた。そのために、平和恢復《かいふく》を説く十三のキリスト教会も焼打ちされたのである。

日比谷焼打ち事件があった日、小村全権は、ポーツマス市を出発してニューヨークへむかった。

途中、ボストン市に立寄って自動車で市内を進んでいた時、俄雨《にわかあめ》にあった。その時に体が濡《ぬ》れたのが原因だったのか、かれは悪寒《おかん》におそわれた。そして、翌九月六日ニューヨークに到着した折には、かなりの発熱になやんでいた。

しかし、翌日の夜、在留同胞日本人会の歓迎会がひらかれたので、発熱を押して出席した。それが体に悪影響をあたえたらしく、熱はさがらない。

かれの体には、ポーツマス市でおこなわれた講和会議の間の疲労が蓄積していた。かれは、その間、講和条約を締結にみちびくために全神経を集中した。毎日、眠りにつくのは午前二時すぎで、朝は午前六時にベッドをはなれる。そして、随行員と会議の内容について検討し、情報蒐集《しゅうしゅう》につとめた。そのような疲労がいつの間にか小村の体をむしばみ、調印後に一時にふき出たようだった。

しかし、かれは、帰国前にワシントンにいるアメリカ大統領ルーズベルトに会って条約内容について意見を交す仕事が残っていたので、病いを押してワシントンにおもむいた。かれの病状はさらに悪化し、ひとたび横になればそのまま寝ついてしまうことがはっきりしていたので、八日の夜は椅子《いす》に坐《すわ》って仮眠した。

夜が明けた。かれは、立っているのもやっとという状態だった。が、かれは随行の者たちと約束の時刻に大統領官邸を訪れた。

かれは、元気をよそおって大統領と朝鮮問題と満州問題について意見を交換した。これについて大統領は、小村に全面的な協力を約束した。そして、午食をともにしたが、小村は食事を口にすることもできなかった。しかし、かれはよく笑い、よくしゃべって病身であることをさとられまいとした。

食後、大統領は小村を庭園の散策に誘った。小村は快く応じて大統領と歩いたが、すでに体力の限界は越えていた。かれの顔は青ざめ、呼吸は荒かった。

大統領は、ようやく小村の異常に気づき、

「小村男爵《だんしゃく》。あなたは病気ではないのですか」

と、顔色を変えてたずねた。

小村は、

「誠に恥しいが、その通りです」

と、答えた。

大統領は、散策を中止すると、小村に静養するように熱心にすすめた。

小村は、その好意を謝し、すぐにニューヨークにもどると、ホテルのベッドに倒れこんだ。熱はさらに高くなって、かれは頭もあがらぬ容体になり、九月十日にグラント将軍が小村のために催してくれた午餐《ごさん》会にも出席を辞退しなければならなかった。

小村は、暗い表情をして病床にふしつづけた。かれのもとには、講和条約に反対する内地の状況がつぎつぎとつたえられてきていた。講和問題同志連合会からは過激な電報も送られてきていたし、また、それら諸団体が天皇に講和条約の破棄を請願したという話もつたわってきていた。

さらに、九月五日には激昂《げっこう》した民衆によって日比谷焼打ち事件が突発し、自分の留守宅をはじめ内務大臣官邸、国民新聞社、警察、交番が襲われて焼打ちされたことも知った。殊《こと》に教会が襲われ焼払われたことは、アメリカ国内にも大きく報道されていた。

小村は、民衆の非難が自分に集中されていることに気づいていた。それは、全権にえらばれた時から覚悟していたことではあったが、民衆の憤《いきどお》りが予想以上に激しいものであることを知って顔をくもらせていた。

病いが重く、小村の帰国予定は立たなくなった。そのため、随員の一人である外務省政務局長山座円次郎に、講和条約の重要書類の半分を持たせてとりあえず帰国させることになった。書類を二分したのは、国内の空気が依然として不穏で、帰国後、書類を奪われる危険を避けるためであった。

小村は、山座が出発する時、

「桂首相につたえて欲しい。講和に対する国民の不平はずいぶん激しいらしいが、ひるまずに条約内容を実行に移すべきだ。必要があるなら、戒厳令をしいてでもやってもらいたい」

と、伝言した。

山座はアメリカを出発し、十月五日、横浜沖に到着した。が、外務省から、上陸を待てという電報がとどいた。不穏分子が、山座の携行している講和条約の重要書類を奪うおそれがあるという判断からだった。

山座が船内にとどまっていると、三隻《せき》の水雷艇がやってきた。かれは、水雷艇に乗っていた外務省の高官に書類を手渡し、水雷艇は、ひそかに品川に回航した。

山座は、空になった箱の中にいかにも講和条約の書類が入っているように装《よそお》って上陸し、東京に入った。幸い、事故は起らずにすんだ。

小村は、たまたま渡米していた海軍軍医総監鈴木重道の手当をうけてようやく病状も好転し、ベッドをはなれることができるようになった。鈴木総監は、主治医と看護婦一名をバンクーバーまで小村に同行させることにした。

かれは、車中でも病臥《びょうが》してゆかねばならぬ身であったが、カナダ太平洋鉄道会社社長の好意で特別列車が提供され、九月二十七日、ニューヨークを出発し、十月一日バンクーバーに到着した。

翌二日、小村は、「エンプレス・オブ・インディア号」に乗ってバンクーバーをはなれた。かれにとって、祖国への旅は気分の重いものであった。国内には、自分を国賊と叫ぶ声がみちている。かれは、口数も少く思案している時が多かった。

かれが、無事に本国の土をふめる保証はなにもなかった。日比谷焼打ち事件の余波は依然として根強く残り、いつ爆発するかわからない。三万人の暴徒によって東京市の交番の八割が焼払われながら、それを阻止できなかった警察力の意外な非力に、民衆はおごりたかぶっている気配すらあった。暴動の再発する気配はきわめて濃厚で、その時期は、小村が横浜に上陸する時と予想された。

日本に在住する外国人の間では、小村が、埠頭《ふとう》から横浜駅へ行く間に暗殺されるか否《いな》かということを賭《か》ける者すらいた。

小村をのせた「エンプレス・オブ・インディア号」は、太平洋上を日本にむかって進んでゆく。かれは、船内で戦後実施しなければならぬことについて研究し、「満韓経営綱領」と題した意見書を二通作成した。そして、一通を秘書官に渡し、

「もしも私が途中で命を失うようなことがあった折には、山座外務省政務局長を通じて桂首相に渡して欲しい」

と、命じた。

船が横浜へ近づくにつれて、国内の警戒態勢も厳重になった。そして、入港前日の夜、小村の留守宅に憲兵隊から急使が派遣された。憲兵は、

「明日横浜にはどなたがお迎えに参るのですか」

と、かたい表情で家族にたずねた。

「家族全員で参ります」

小村夫人が、答えた。

「それは困ります。男の方は差しつかえありませんが、御婦人は、お迎えにゆくことを御中止下さい」

憲兵が、言った。

夫人がいぶかしそうにその理由をたずねると、憲兵は、ためらいながらも理由を説明した。憲兵隊では、小村外相が生命をねらわれる可能性がきわめて大きいと推定し、警察と協力してきびしい警戒態勢をしいている。しかし、港や駅の警戒は十分にできる自信はあるものの、横浜駅から新橋駅までの途中の警備はむずかしい。列車目がけて爆裂弾を投げつける事故が発生することも考えられる。

「情勢は悪化しております。憲兵隊では、なるべく出迎えの人を少くしたいという結論のもとに、万が一のことを考えて、男の方だけにしていただきたいのです」

と、憲兵は深刻な表情をして言った。

夫人は顔をこわばらせたが、結局、憲兵隊の指示にしたがって、長男の欣一だけが横浜へ出迎えに行くことになった。

翌十月十六日、「エンプレス・オブ・インディア号」は、横浜港に姿を現わした。出迎える者はきわめて少く、憲兵、警官の物々しく警戒する姿がみえるだけであった。

埠頭には、小村が出発した時の約束通り枢相《すうしよう》伊藤博文が迎えに出ていて、かれの手をかたく握りしめ、労苦をねぎらった。小村は、沿道の警戒がきびしいのを眼にしながら、皇宮御用邸で休息をとった後、馬車に乗って横浜駅にむかった。

小村の顔は、病後でもあるので瘦《や》せこけていた。

沿道には、小村に敵意をはらんだ眼を向けた群衆が押しかけている。通行は一切禁止になっていて、馬車は、乾いた車輪の音をさせて路上を走ってゆく。今にも爆裂弾か銃弾がかれに浴びせかけられるのではあるまいか、と警護の者は眼を光らせていた。

馬車が、横浜駅についた。小村は、警護員に守られて構内に入り、臨時列車に乗った。やがて列車が発車し、新橋駅についた。プラットフォームには、首相桂太郎と海相山本権兵衛らが出迎えていて、小村と握手を交すと駅の外へ出た。その間、桂と山本は、小村の両側にぴたりと体をつけて歩き、もしも爆裂弾か銃弾を浴びせかける者がいたら、共に倒れようと覚悟していた。桂と山本の姿は、警備の者たちに深い感銘をあたえた。

駅前に待っていた馬車の列が、騎兵百騎の護衛のもとに小村らをのせて宮城へむかった。

沿道には、兵や警官が人垣をつくり、交通は遮断《しゃだん》されていた。

小村も桂も山本も、かたい表情をして前方に眼を向けているだけだった。

馬車が宮城に走りこんだ。小村は、桂らとともに天皇に拝謁《はいえつ》し、講和条約締結を報告した。

天皇は、小村の努力をねぎらい、「深ク嘉賞《かしよう》ス」という勅語をあたえた。小村は、天皇の言葉に感涙した。民衆の罵声《ばせい》を浴びせかけられてきただけに、かれには、その言葉が大きな慰めになり喜びになった。

この勅語は世界各国にもつたえられたが、「ロンドン・タイムズ」はその社説で、

「日本全権委員は、国民の冷たい眼にかこまれ、その努力と功績は国民からなんの反響も受けなかった。しかし、賢明な日本皇帝は、その努力を深く賞讃《しようさん》した。小村男爵の努力は、ここに公然と認められたのである」

と、述べた。

翌十七日、天皇は、小村に内帑《ないど》金三万円と酒肴《しゆこう》を、また、副全権高平駐米公使に金一万円を贈った。

天皇の小村に対する勅語によって、民衆の動きはしずまったが、講和条約に対する不満は根強く残り、それは、桂内閣に対する反感として次第にたかまっていった。

日露戦争後、初の議会である第二十二議会がひらかれた。議会では、民衆の不満を背景に野党の激しい追及が政府へむけられるはずであった。しかし、十二月二十八日、議会開院式のおこなわれた直後、桂は、突然、議会を休会にし、かねてから黙約のあった西園寺《さいおんじ》公望《きんもち》に首相の座をゆずり、桂内閣は崩壊した。

日露戦争は、講和条約の発効によって終結した。

戦争に日本が動員した総兵力は百八万八千九百九十六名で、このうち四万六千四百二十三名が戦死、一万六千三百名が負傷、約二千名が捕虜になった。

また、巨額の戦費を使ったため、財政上の窮乏が戦後の大きな課題になって残され、講和条約締結に尽力してくれたアメリカの存在も、日本にとっては無気味なものになった。アメリカの真意は、ロシアに代って満州進出を意図し、さらに、日本の軍事力殊《こと》に海軍力に脅威を感じて、すでに太平洋方面への軍備強化への道を歩みはじめていた。

アジア、インドに植民地その他をもつイギリス、フランス、オランダも、日本の東洋にしめる優位な立場に狼狽《ろうばい》し、日本に対して警戒の度を深めていた。それに、大国ロシアを敗戦に追いこんだ日本の存在に自信をいだいた植民地の民衆の間には、日露戦争をきっかけに独立の機運がきざしていた。つまり、日露戦争は、後の軍縮会議、日中戦争、太平洋戦争への過程につながっていったのである。

そのような要素をはらみながらも、日本国内では、戦勝の浮き立った気分が濃く残されていた。殊に民衆を狂喜させた日本海海戦の圧勝は、民衆に強い印象となって刻みつけられていた。そして、その歓喜を最高潮にたかめたのは、講和条約発効の日から八日後の十月二十三日に横浜沖でおこなわれた、連合艦隊の勝利を祝う凱旋《がいせん》観艦式であった。

その前日、連合艦隊司令長官東郷平八郎大将は、午前九時、各司令長官幕僚をしたがえて横浜に上陸、横浜駅にむかった。一週間前にその道を通った講和全権小村寿太郎に注がれた民衆の侮蔑《ぶべつ》にみちた眼とは対照的に、東郷以下を出迎えた沿道の民衆は、小旗をふりバンザイを唱和して熱狂した。

同四十五分、東郷たち一行は特別列車で新橋にむかったが、線路わきにも多くの人々が詰めかけ歓呼の声を上げた。

新橋駅のプラットフォームには、政府首脳、軍人、貴衆両院議員が駅の出口に通じる通路までひしめき合い、天皇、皇太子、各皇族の御使いから祝辞を受けた。

駅を出ると、そこには無数の民衆が押し寄せていて、東郷たちの姿をみると一斉にバンザイの声をあげた。駅前には宮内省差廻しの馬車が待っていて、東郷たちは、それに乗ると宮城へむかった。

一個小隊の儀仗《ぎじよう》騎兵が、馬に乗って進んでゆく。その後を天皇の使いである海軍少将井上良智侍従武官の乗る馬車が進み、東郷連合艦隊司令長官、同参謀長海軍少将加藤友三郎、大本営参謀海軍大佐山下源太郎を乗せた馬車がつづく。さらに、第三、第四、第五、第六の馬車には各司令長官、幕僚たちが、そして最後尾には山本海軍大臣、伊東軍令部長らが乗る馬車が進んでいった。

その整然とした馬車の列に、民衆の感激はたかまった。

沿道には「祝・凱旋」の華やかな装飾があふれ、ひしめき合う群衆の歓声がどよめいた。その中を七台の馬車の列は二重橋外に達し、宮城の正門からすべりこんだ。

東郷らは、西溜《にしだまり》の間《ま》に控えてしばらくの間待った。謁見の場である千種《ちぐさ》の間には、桂首相以下陸・海相ほか元老多数が並び、その中には講和全権であった小村外相の姿もあった。

午前十一時二十分、海軍制服を着た天皇が、皇太子をはじめ皇族をしたがえて出御、東郷らも千種の間に入った。東郷は、天皇に海戦の経過を詳細に報告した。

天皇は、静かに東郷の説明をきいていた。そして、東郷の報告が終ると、賞讃の勅語をあたえ、その労をねぎらった。

その後、東郷は、別室で酒肴をふるまわれて宮城を退出した。沿道には、民衆がひしめき合って東郷たちに歓声を浴びせかける。その中を東郷は、海軍省におもむいて祝宴に参加、特別列車で横浜にむかった。

翌二十三日には、横浜沖に於《おい》て凱旋観艦式がおこなわれた。

戦艦「敷島」「富士」「朝日」をはじめ百六十五隻《せき》におよぶ艦艇の群れが、それぞれ根拠地をはなれて集結していた。各艦は満艦飾をほどこし、その盛儀を見ようと海岸には人々の群れがひしめき合っていた。

天皇は、宮城を出発して横浜に到着、御召艦に指定された装甲巡洋艦「浅間」に乗り、通報艦「八重山」の先導で式場に進むと、全艦艇は一斉に皇礼砲を発した。各艦の甲板上には、乗組員が整然とならび、御召艦がゆっくりと艦艇の近くを通過すると、各艦から国歌の吹奏と万歳三唱が起る。それが終らぬ間に、他艦の吹奏と万歳三唱が重なり合った。

海岸は、遠い丘の上も黒山のように人の体でうずまり、その中からふき上る歓声が海上に大きなどよめきとなってひろがっていった。

参列した艦艇の中には、捕獲した戦艦「ポルタワ」が「丹後」、「ニコライ一世」が「壱岐《いき》」、「オリョール」が「石見《いわみ》」、「ペレスヴェート」が「相模《さがみ》」、装甲海防艦「アドミラル・アプラクシン」が「沖島」、同「アドミラル・ゼニャーヴィン」が「見島」などに改名され、計十一隻の捕獲艦が加わっていた。

さらに夜になると、旗艦「敷島」にならって全艦艇に電灯艦飾がほどこされた。暗い海上につぎつぎとひろがる電光に、見物人の中から感嘆の声がもれた。海上は、華やかな灯にうずめられ、それは勝利と平和の喜びを象徴する美観であった。

しかし、その観艦式に一つの暗い事実がひそんでいた。日本海海戦の中心となった連合艦隊旗艦「三笠」の姿が観艦式に見ることができなかったのである。

日本海軍の保有していた戦艦は四隻であったが、観艦式には「敷島」「富士」「朝日」の三艦しか参列せず、旗艦もいつの間にか「敷島」になっていて、「三笠」の姿はどこにも見あたらなかった。

なぜ「三笠」は参列していなかったのか。理由は、簡単だった。「三笠」は、佐世保軍港内で沈没していたのである。

観艦式の一カ月半前の明治三十八年九月八日、「三笠」にいた東郷司令長官のもとに、伊東軍令部長から至急、上京せよという命令がつたえられた。東郷は、第一艦隊をひきいて佐世保軍港に入り、十日には「三笠」を降りて列車で東京へむかった。

その夜半、つまり九月十一日午前零時三十分、後部左舷《さげん》にある一五センチ砲弾火薬庫内から突然、小爆発が起り、火薬庫から炎がふき上げた。艦内は騒然となって消火につとめたが、火災はひろがり、後部三〇センチ砲火薬庫にも引火した。その瞬間、大火柱が暗夜に高々と上り、轟音《ごうおん》とともに「三笠」は一瞬の間に沈没したのである。死者は二百五十一名で、それは日本海海戦の戦死者の二・五倍に達する人命損失であった。

日本海軍にとって、「三笠」の爆沈は大打撃になった。上京途中の東郷は絶句し、海軍首脳者は顔色を失った。ただちに爆沈原因が査問委員会によってさぐられ、その結果、原因は火薬の自然発火と報告された。しかし、爆沈原因は火薬の自然発火によるものではなかった。大正元年十月に「三笠」は再び火薬庫火災事故をひき起しているが、その事故調査中に、明治三十八年九月十一日に発生した爆沈事故の真相があきらかにされたのだ。

日本海海戦の圧勝と講和条約の締結もあって、佐世保に凱旋した「三笠」艦内は浮き立っていた。しかも、東郷司令長官以下高級幕僚も東京へむかって出発していたので、乗組員たちは解放感にひたっていた。

その夜おそく、数名の水兵が火薬庫の通路へひそかにしのびこんだ。その場所は上官の眼もとどかず、酒を飲むのには好都合であった。

かれらは、酒の代りに発光信号用のアルコールを盗み出し、アルコールの臭気をぬくため火をつけた。が、アルコールが容器からあふれ出て、火がひろがった。水兵たちは、狼狽して上衣でたたき消そうとつとめた。そのうちに、容器が倒れて火が通路いっぱいにひろがり、必死に防火につとめたが、体にも火がついて、かれらは大火傷《おおやけど》を負って上甲板に逃げ出した。それによって、火災は一時に拡大したのである。

これらの水兵たちの中で、火傷で死亡した一人の水兵が、死の直前に看護兵に告白したことによって真相があきらかにされたのだ。

当時の新聞雑誌は、日本海海戦の勝利をたたえ、東郷司令長官以下全将兵を神のようにあがめていた。水兵は一人残らず忠勇なる兵士であり、民衆もそれを疑わなかった。しかし、旗艦「三笠」の中には、アルコールを盗み出し、深夜、ひそかに飲酒しようと火薬庫通路にしのびこんだ水兵たちもいたのである。

かれらは、日本海海戦で艦隊の先頭に立ち、最も激しく被弾した旗艦「三笠」の乗組員として、死を賭《と》して戦った。幸いに、日本艦隊はロシア艦隊を全滅させ、かれらも勝利の喜びにひたった。そのような歓喜が飲酒につながったのだが、それが「三笠」の爆沈と二百五十一名の死者を生んだのである。

二十

日本海海戦では、ロシア艦隊司令長官ロジェストヴェンスキー中将、ネボガトフ少将をはじめ六千百六名が捕虜となったが、ロシア捕虜の総計は陸海軍合わせて約七万名に達し、日本内地の各捕虜収容所に収容されていた。

日本は、明治三十二年、ロシアをふくむ約三十カ国との間にハーグ条約を締結していた。その条約中には、捕虜を人道的に取り扱うという項目があったが、日本は、その趣旨を忠実に守って多くのロシア人捕虜を誠意をもって優遇した。

最初、日本側が収容した二十四名のロシア負傷兵は、巡洋艦「ワリャーグ」の乗組員だった。「ワリャーグ」は、日露宣戦布告の前日である明治三十七年二月九日、瓜生外《うりゅうそと》吉《きち》中将指揮下の第四戦隊の砲火を浴びて大火災を起し、仁川《じんせん》港内で自沈した。そして、同艦乗組員は、フランス巡洋艦「パスカル」、イギリス巡洋艦「タルボット」、イタリア巡洋艦「エルバ」にそれぞれ分乗し、日本政府の許可を得て列車でロシア本国へ送還された。

しかし、重傷患者の処置は愛国婦人会に託され、日本赤十字社が治療にあたることになった。そして、日本政府も、かれらを捕虜扱いとせず難船被救助民と認定し、二名が死亡したので、重傷者二名を日本赤十字社船「博愛丸」で四国の高浜港へ移送した。すでに二月二十九日、日本赤十字社の代表者松方公爵《こうしゃく》は、四国の松山支部に救護所設置を依頼し、ロシア人重傷者を松山市救護所に収容することに決定していた。

開戦直後のことでもあるので、民衆のロシアに対する敵意は燃えさかっていた。ロシア人負傷兵に暴行をはたらくおそれも多分にあったので、内務大臣は、県知事宛《あて》に「ロシア人捕虜ニ対スル取リ扱イハ、日本帝国ノ品位ヲオトサヌヨウ……」という訓令を発し、県当局も三月四日、各方面に、

「彼らが祖国のために奮闘する情は誠に憫《あわれ》むべきものあり。俘虜《ふりょ》の出入通過の際、濫《みだ》りに群衆雑沓《ざっとう》して一時の敵愾《てきがい》心に駆られ、侮辱に渉《わた》るが如《ごと》き行為あるに於《お》ては、一視同仁の聖旨に悖《もと》るのみならず邦人の面目を累《わずら》わすに至らん」

として、捕虜に対して十分温情をもって扱うよう一般に告示した。

三月十一日朝、重傷者を乗せた「博愛丸」が高浜に到着、列車で松山市に護送され、無事に日本赤十字社松山救護所に収容された。市民の来襲するような事故をふせぐため、救護所は警官によってかたく警護され、菅井県知事が救護所に訪れ、菓子などを贈って慰問した。

これらの重傷者は、七カ月間治療を受けた後、本国に送還されたが、その間、日本側のかれらに対する態度は丁重をきわめた。県の高等官や各種団体の代表者たちがしばしば慰問に来訪し、また、皇后陛下からは手足を切断手術した患者に義手、義足を贈り、東伏見、梨本両宮妃殿下からも自作の帽子が寄贈されたりした。

この重傷者の収容につづいて、その月の十九日には、純然たる捕虜三名が同じく松山収容所に送られてきた。それは、三月十日、旅順攻撃の折に駆逐艦「漣《さざなみ》」がとらえた駆逐艦「ステリョグシー」の乗員で、捕虜第一号といえるものであった。その後、ぞくぞくとロシア兵捕虜は激増していった。

松山市は、日清戦争の折に清国捕虜の収容所になったが、日露戦争でも、ロシア将兵の捕虜の収容地となった。その理由は、戦地から移送するのに便利で、しかも、呉鎮守府等捕虜監視にあたる陸海軍基地も近く、さらに風光美しく気候温暖で最適の収容地と判断されていたためであった。

松山捕虜収容所は、明治三十七年二月二十七日、第十一師団参謀長の令達で設置され、所長には陸軍騎兵大佐河野春庵が任命された。収容所は、松山衛戍《えいじゅ》病院、松山公会堂、松山勧善社、大林寺があてられていたが、その後、捕虜の数が増加したので、雲祥寺、妙清寺、法竜寺等が追加され、さらに、収容所人員が千九百名に達した頃には、正宗寺収容所、一番町収容所、妙円寺収容所、出淵町収容所を開設し、松山に収容されたロシア人捕虜の延人員は、六千十九名にもおよんだ。

日本政府は、これら捕虜に対する措置として、同年五月十五日に陸軍大臣名で関係官憲に対し、

「俘虜ノ待遇取締ハ、誠実ニシテ寛大デアルト同時ニ厳格デアラネバナラナイ。ソレハ敵国ロシアニ対スル礼儀デアルダケデハナク諸外国ニ対シテ日本ノ威信ヲシメスコトデモアル。シカシ、彼等ハ決シテ賓客デハナイ。寛大ニ扱イスギレバ、ソノタメニ風紀、規律ガ乱レルコトニモナル。但《ただ》シ彼等ハ凶徒デモナイ。彼等ノ自由ヲ必要以上ニ束縛シ苦痛ニ呻吟《しんぎん》サセテハナラヌ。諸官ハコノ理ヲ解シ、俘虜ノ身分、階級ニ応ジテ適切ニ待遇シ、日本帝国官憲ノ威信ヲ保持スベシ」

という要旨の内訓を発した。

日本政府は、ロシア捕虜を迎えた松山市民の敵愾心を恐れたが、むしろ、市民は、捕虜に温情を以《もっ》て接し、好奇の眼を向ける者が多かった。そして、収容所をのぞいては手まねで話し合ったり、物品を交換したりすることもしばしばだった。

このような風潮について、菅井県知事は、松山、三津の両警察署長に対し、

「俘虜ノ来県及ビ送還等ノ場合ハ、一般人民ヲシテ彼等ヲ侮辱シ又ハ危害ヲ加エシメザル様警察官吏ヲ派シ厳重取締ヲナスベシ。

収容所ノ外部ヨリ一般人民ヲシテ言語ヲ交シ、又ハ品物ヲ交換授受シ或ハ罵詈《ばり》雑言・

覗見等ヲナササシムベカラズ」

という通達を発した。

これにもとづいて、警察は、捕虜に不快感をあたえぬよう警官を要所要所に配置して、取締りにあたらせた。そして、収容所を覗き見た者として、明治三十七年には一万六千二百九十一名、明治三十八年には七万二千六百二十七名。捕虜を物珍しげにとり囲んでついて歩いた者として、明治三十七年に二万四千三百十三名、明治三十八年に十六万八千六百九十七名（以上いずれも延人数）という多数の市民を取締った。その他、「俘虜ノ投ズル金銭ヲ拾セントスル者」「俘虜ニ対シ多額ノ賃銭ヲ乞《こ》ワントスル人力車夫」「俘虜ニ対シ侮慢ニ渉ル言行アル者」「俘虜ニ対シ暴行ノ気勢ヲ示シタル者」「俘虜ヲ手招キスル者」「俘虜ノ通行ヲ妨害スル者」等に対しても処罰した。

このように県当局は、日本政府の命令に従って捕虜の警護につとめた。むろん、捕虜に対しては逃亡を警戒し、発信物の検閲をおこない、将校捕虜に許可した相互訪問日も定めて、それ以外は禁止した。

しかし、収容所側では、可能なかぎり捕虜を優遇することに努力した。まず、食事については、日本軍人の給付よりも良質のものが量多くあたえられ、かれらの嗜好《しこう》に合うようにパン、バター、紅茶等に肉類の料理が毎日あたえられた。

捕虜たちは満足していたが、いつの間にかそれに馴《な》れ、食物の質が悪いとか量が不足だと述べる者が多くなった。殊《こと》に、肉類の点でかれらの不満は甚しく、神戸に駐在するフランス領事に訴える者さえあった。

領事は、ハーグ条約違反の疑いをいだいて、副領事モーリスニコーを松山に派遣して実情を調査させた。が、副領事は、食物が想像以上に良質で、収容所の捕虜に対する扱いが好意にみちたものであることを知って驚いた。たしかに料理等は決して美味ではなかったが、それも調理法が巧みではないからで、収容所側もその点は十分に知っていて、西洋料理専門のコックの指示を受けて、ロシア人捕虜の嗜好に合うよう料理し提供していることが判明した。また、訴えのあった肉類の点についても、戦時下の窮乏した食糧事情の中で、収容所側は、新鮮な牛肉を買い集めて捕虜にあたえていることも知ることができた。

副領事は、収容所側の努力に感動し、ロシア人捕虜たちを厳しくたしなめた。

収容所側では、捕虜取扱い規則に従って、将校に一カ月五十円、下士官兵に十五円の手当をあたえていた。捕虜たちは、概して所持金は少く、煙草《たばこ》を買う金もない者さえいた。

しかし、中には、多量の金銭を手に贅沢《ぜいたく》な生活をしている者もいた。その一人に、義勇艦隊汽船「エカテリノスラーフ」船長セレツキー予備海軍中佐がいた。かれは、捕えられる直前に船内の金品を私有したらしく、懐中は豊かで、松山収容所に収容されて以来、非戦闘員であるのに捕虜として扱われることは不当だと主張していた。そして、収容所側の提供する食物を拒否し、自分でコックを雇い入れて思うままに贅をこらした食事を楽しみ、また、上等の桐簞笥《だんす》を買い入れて自室を飾ったりしていた。

捕虜の外出は自由で、松山公会堂を中心に半径四キロメートルの範囲を自由散歩区域に指定し、境界に標示柱を立てた。また、将校の家族が収容所の近くに居住することも許可し、かれらに苦痛をあたえぬために努力した。

捕虜の死者は計九十八名に達したが、それに対する処置も懇篤《こんとく》をきわめ、遺体は、陸軍墓地に埋葬《まいそう》してロシア人捕虜の会葬を許した。

明治三十八年九月には、「ペレスヴェート」艦長ワシリー・ホイスマン大佐が病死し、葬儀が盛大にもよおされた。日本側からは旅団長、収容所長、県知事、その他高級将校、官吏等百五十名が会葬し、ロシア人捕虜側からは約六百名が参加、また、一般人の会葬者も多く、同大佐の遺体の埋葬された墓地には香華が満ちた。

松山市民は、ロシア人捕虜を慰問するため多くの物品を寄贈したが、明治三十七年九月には伊予鉄道会社社長井上要が、列車を利用して名所旧蹟《きゅうせき》に捕虜を案内する計画を立て、許可を得た。この観光旅行に参加したのは将校二十四名、下士官一名、兵一名、計二十六名で、郡中《ぐんちゅう》におもむいたが、その折のことをタゲーエフという将校が手記として残している。

かれは、同僚たちと午後零時三十分、松山発の列車に乗って郡中にむかった。客車は一等車で、日本将校三名、通訳、井上社長が同行した。

郡中駅には、町長をはじめ町の代表者が出迎え、一行は、彩浜館という豪壮な建物に案内された。そして、茶菓の饗応《きようおう》を受けたが、その席には、接待のため華美な着物をまとった良家の娘たちが姿をみせた。タゲーエフは、その中の鼻高くイタリア女性に似た美女に眼を奪われ、その名を問うと、梅子と答えたという。

かれらは、建物の内部の巧緻《こうち》な画や家具に眼をみはり、窓外にひろがる海浜の光景の美しさに驚嘆した。

その後、大広間に陳列された土地の産物を見学し、また、弓術の実射場に案内されて、矢が的に命中するのに拍手を送ったりした。そして、町民から贈物を受けて、再び列車で松山に引き返した。

かれらの行動は次第に自由になり、夏期には、三津高浜の海岸へ海水浴に行くことも多くなった。初めは、日本将校引率のもとに週に数回許可しただけだったが、その海浜まで自由散歩区域にくり入れて、自由に海水浴ができるように取りはからった。

捕虜たちは大いに喜んで、海浜までの列車の定期券を買い求め、晴雨にかかわらず連日出掛ける者もいた。陸軍将兵の大半は海を知らず、海水は体に良いという俗説を信じて、泳げぬ者も浅い海に身をひたしている者が多かった。

ただ、将校はパンツをはいて海に入ったが、下士官兵のほとんどは裸身で海に入ってゆく。その姿は風紀上好ましくないので、収容所では、各人に褌《ふんどし》をあたえて必ずそれを身につけるよう指示したりした。

冬期にかれらを楽しませたのは、道後温泉で入浴することであった。かれらは、温泉というものを知る者は少く、人為的に温めた湯と信じ、天然の温泉であることに疑惑をいだいていた。が、やがて、温泉が自然に湧出《ゆうしゅつ》した湯でその効能も著しいことを知ると、かれらは、競い合うようにして道後温泉に通うようになった。かれらは、温泉に手拭《てぬぐい》を持たず入り、湯から上ると、体を犬のようにふるわせて服を着たりする。さらに、将校たちは、浴衣《ゆかた》がけで宿の一室に入り、ビールを飲んで談笑するのが常であった。

その他、収容所では、捕虜に芝居を観させたり、道後公園で自転車競走会をもよおして商人から寄贈された賞品をあたえたりした。

県当局は、捕虜の中で殊に将校たちを慰問することに出来るだけの努力をはらった。かれらを慰めるために、幼稚園、小学校の運動会、中学校のボートレース、学校の授業参観、剣道、薙刀《なぎなた》の試合などに招待した。

かれらは、料亭、飲食店等に自由に出入りすることを許可されたが、驚いたことに遊《ゆう》廓《かく》に入ることすら許されていた。道後温泉の裏手には多くの娼家《しょうか》があって、ロシア語の看板を立てた店もあった。遠く長崎から出稼ぎにきた娼婦もくわわり、リリー、スター、敷島、朝日などという源氏名を使って捕虜に接していた。

将校たちは、遠く三津浜の遊廓までおもむくようになり、遊里はにぎわった。かれらが帰国するまで遊廓に登楼した捕虜の延人員は、道後温泉四千九百八十二名、三津浜九百七十七名、計五千九百五十九人と記録されている。

自由外出を許されたかれらの行動からは、さまざまなエピソードが生れた。

湊町に美人姉妹のいる菓子店があったが、捕虜将校たちは、その姉妹に目をつけ、店にむらがった。姉妹に愛を打ち明ける者もいて、近隣の噂《うわさ》になった。が、戦場では日本将兵が苦しい生活の中で戦っている時に、そのような行為は好ましくないとされて、その店は立ち入り禁止にされた。

また、三津浜の遊廓にいる若縫、双八、若子という三人の娼妓は、裸体になって捕虜将校に写真をとらせたことが発覚した。これも、戦時下の日本婦人の恥辱であるとして、それぞれ処分される事件も起った。

このような捕虜に対する日本人の温かい扱いは、松山のみではなかった。

捕虜収容所は、松山についで明治三十七年内に丸亀、姫路、福知山、名古屋に設けられた。さらに、明治三十八年になると、似島《にのしま》、浜寺、大里、福岡、豊橋、山口、大津、京都、伏見、小倉、習志野、金沢、熊本、仙台、久留米、佐倉、高崎、鯖江《さばえ》、善通寺、敦賀、大阪、弘前、秋田、山形にぞくぞくと新設され、殊に大阪の浜寺が最も大きく三万名以上の捕虜を収容した。そして、それらの地でも捕虜たちは好遇されたのである。

このように捕虜を丁重に扱うべし……という日本政府首脳者の指示は、民衆に驚くほどの素直さで受け入れられた。

その原因には、さまざまな要素がからみ合っている。礼節を重んじるという日本人の気風によるものだが、多分に東洋思想の象徴ともいえる儒教から得た生活態度でもあった。それは、四囲を海にかこまれ温暖な気候に恵まれた島国という環境の中で、独得なはぐくみ方をしたものでもあった。

潔《いさぎよ》さということを尊んだ武士の伝統的な考え方が軍人にうけつがれていて、戦場で卑劣な行為をとることをいやしんだ。そのため、戦闘中でも一種の節度をもった秩序正しさがたもたれていた。その例は無数にあるが、ネボガトフ艦隊の降伏直前にしめした海軍軍人の考え方にも、よくあらわれている。

日本艦隊に包囲されたネボガトフ艦隊の旗艦「ニコライ一世」が、マストに降伏の意をしめす信号旗をかかげた時、ネボガトフ艦隊の諸艦は、依然として航進をつづけていた。

参謀秋山真之《さねゆき》中佐が東郷司令長官に、

「長官！　敵は降伏の旗をかかげました」

と言ったが、東郷は発砲中止を命じない。

秋山は、

「武士の情です。砲撃中止をお命じ下さい」

と、悲痛な声で叫んだ。

しかし、東郷は、ネボガトフ艦隊が停止しないのは真の降伏を意味しないと答え、その後、停船と同時にようやく砲撃中止を命じたという。

「武士の情」という言葉は、明治の軍人にとって、それは生きた言葉であり、秋山参謀には、敵艦隊に対する同情を適切に表現した言葉でもあった。また、東郷がそれを排して砲撃を続行したのは、イギリスに留学し兵術を習得したかれの海戦定義にしたがったものであった。旧来の武士道に西欧の人道主義という考え方が加味されて、降伏した者に可能なかぎりの温情をもって対しようとした意識が強かったのである。

民衆は、このような軍人の潔さを重んじる言動に大きな影響を受け、軍人にならって捕虜に礼をもって対した。また、民衆は、戦争が日本の連続的な勝利によって進行していることに、精神的なゆとりをもっていて、捕えられた弱者であるロシア人捕虜に寛容な態度をもち得たのである。さらに、日本人には白人に対する劣等意識が強いが、白人であるロシア人将兵に必要以上の厚遇をしめそうとしたこともあったにちがいない。

収容所の設けられた京都では、祇園《ぎおん》の花見小路に、花蝶倶楽部《クラブ》という捕虜専門の店が開店していた。

洋食は、精々軒のコックが料理し、和食は魚駒の板前が出張して捕虜たちに提供した。若い女が給仕にあたって、捕虜たちを接待したのである。

また、静岡でも、捕虜たちは二丁町遊廓に登楼することを許された。初めは、同遊廓の小松屋その他の遊女が捕虜と接することをこばんで拒絶同盟をつくったが、私娼が捕虜を迎え入れるようになったので、その同盟も崩れ去ったのである。

このような自由を許したが、ロシア人捕虜殊に将校の中には、待遇が悪いといって収容所側に不満をぶつける者が多かった。

福知山収容所では、二名の中尉が中心になって、

「衣服も粗悪だし、靴《くつ》も質が悪い」

と言って、収容所長に抗議してきた。

その報告を受けた第十師団参謀長小原正恒大佐は、二名のロシア人中尉を呼ぶと、

「貴官らの言うことは、平和時の理屈にすぎない。衣服や靴が豊富にあれば、むろん、貴官らにも出来るだけ良質のものをあたえたい。しかし、わが国は、戦時下で物資は乏しく、製造力も乏しい。やむを得ないことなのだ。見給《みたま》え、あの日本兵の靴を。踵《かかと》がゆがんだ質の悪い靴をはいているではないか。貴官らも軍人なら、私の言うことを理解して欲しい」

と、注意した。

このような例は多く、奉天戦後に捕えられたロシアの或る佐官が、待遇改善を叫んで一悶着《もんちゃく》を起したこともあった。

佐官は軽傷を負っていて、

「私は、将校である。他の捕虜になった兵たちと同じ待遇であることは、誠に心外である。そこで要求するが、私には、普通の食事以外に牛乳、鶏卵、ブランデーを必ずつけ加えてもらいたい」

と、申し出た。

日本側は、それを拒否したが、佐官は頑として要求をとりさげない。それを耳にした第四軍司令官野津道貫大将は、藤田嗣章軍医部長に、

「よく言いきかせてやれ」

と、命じた。

藤田部長は、病室に行くと、

「ハーグ条約の中の捕虜に対する取り扱い規約には、捕われた国の法規にしたがって取り扱われることになっている。つまり、貴官は日本の法規にしたがわねばならぬ。日本では、戦場で将校も兵も同じ衣服を着、同じ食事をとっている。これを見給え」

と言って、自分の外套《がいとう》と従兵の外套を見せた。それは全く同じ質のもので、佐官は口

をつぐんだ。

ロシア側に捕えられ、または抑留された日本軍人、一般人の総数は二千四百五十六名で、佐官以下の日本将兵の数は千二百名と推定される。それらの大半は、重傷を負ったり意識不明で捕われた者たちばかりで、総数ははっきりしているが、内訳は曖昧《あいまい》なのである。

なぜ、このようなことが起ったのか。それは、捕虜になった将兵が所属部隊と氏名を口にすることをきらったため、軍人か一般人か区別がつかなかったからである。日本軍将兵には、捕虜になることを恥じるという共通した心理があった。

それをしめす例に、次のような挿話《そうわ》がある。

講和条約締結後、参謀本部の伊丹松雄という大尉が、ロシア軍総司令部のあるハルビンに派遣された。

伊丹は、ハルビン郊外の予備病院で、捕えられた日本軍の負傷兵が収容され死亡したという話をきいていた。そのため、かれは、ロシア側に、同病院へおもむいて墓前に花を手向《たむ》け、埋葬《まいそう》者の名を探りたいと申し出た。

ロシア側は承諾して、伊丹を馬車に乗せて同病院へ連れて行った。かれは、まず、病院長に会った。院長の話によると、病院で収容した日本軍将兵の負傷者は数十名で、そのうち十数名が死亡した。かれらの遺体は、病院の裏手にある墓所に埋葬し、墓標も立ててあると言う。

さらに、院長は、言葉をついだ。

「誤解をしないでいただきたい。その十数名の死亡者は、われわれが治療を怠ったためではない。ロシア軍将兵と全く同じように親身になって治療をしたのだ。ところが、なぜかわからぬが、日本軍将兵は、薬をあたえても吐き捨ててしまう。包帯をまいてやっても、むしりとってしまう。その上、食事にも手をつけようとしない。またたく間に痩《や》せ細り、傷も悪化して、次々と死んでいったのだ。自殺と同じ行為だ」

院長は、顔をしかめると、

「なぜ、そんなことまでして死を選んだのか。今もってわれわれには、理解できない」

と、言った。

伊丹大尉は、院長に深く謝意を表し、

「かれらが死をねがった理由は、日本人であるわれわれには、よく理解できる」

と、答えた。

伊丹は、墓標に花をささげて合掌した。

その後、かれは、東京の参謀本部にもどってこのことを報告した。それを聞き知った天皇は、伊丹を宮城に招いた。

伊丹は、学問所で天皇に、捕われの身になった負傷兵が死をえらんだ経過を詳細に報告した。天皇は、身じろぎもせずにきいていたが、眼には涙が光っていた。

大正三年、岡市之助陸軍大臣は、西川虎次郎少佐に命じて、ハルビン郊外の病院で死亡した十数名の日本軍人捕虜の遺骨回収を命じた。天皇の耳にもつたわったそれら将兵の遺骨を放置するにしのびなかったのである。

西川少佐は、ただちにハルビンにむかって出発した。

西川は、ハルビン到着後、郊外の病院へおもむいた。

病院長は病没していたので、西川は、病院関係者の案内で裏の墓所に行き、墓をひらいた。

伊丹大尉が病院長からきいた死亡者は十数名であったが、土中からは、五十名の遺体が出てきた。その数の差はどのような理由によるのか、西川は病院関係者にただしたが、直接その任にあたった病院長が死亡してしまっているため、真因をさぐり出す手がかりはなかった。

かれは、やむなく朽ちた遺体を火葬に付して、遺灰を蒐集《しゅうしゅう》した。

さらに、西川は、ハルビンのロシア陸軍墓地に足をむけた。そこには、捕虜になった後、死亡した日本軍将兵の墓標がならんでいた。かれは、粛然とした気持で墓標に刻まれている死亡者の所属部隊名と氏名を克明に書きとめ、それを陸軍省に報告書として提出した。

しかし、西川が墓標から書き写した所属部隊名は、実在しないものであった。日露戦争当時、連隊は第一連隊から第四十九連隊までしかなかったのに、墓標に刻まれた連隊名は、第百二連隊とか第九十四連隊などという架空のものばかりであった。また、姓名も、あきらかに偽名と思われるもののみであった。

陸軍省では、行方不明者として処理されているそれら将兵の遺族に同情して、その名称から遺族を探し出すことにつとめた。そして、まず、在郷軍人会の機関誌である「戦友」に、姓名と連隊名を発表した。また、新聞社も陸軍省に協力して、それに関する記事を掲載したが、結局、遺族側から申し出た者は一人もいなかった。それらの遺体は、氏名不詳者として処理された。

また、捕虜になった者の中には、自殺した者も多かった。たとえば、旅順港口閉塞《へいそく》作戦の折にも、自決者の出たことが確認されている。

その作戦は、第一回、第二回の失敗のあと、明治三十七年五月三日に第三回閉塞作戦が決行された。港内にあるロシアの旅順艦隊を港内に閉じこめるため、商船を港口に沈めようとはかったのである。

第三回作戦は、十二隻《せき》によっておこなわれたが、風波が激しく総指揮官林三子雄中佐は、作戦中止を命じた。しかし、命令が徹底せず、八隻の船の乗組員と収容隊はそのまま突進した。作戦は失敗に終り、八隻の船の乗組員百五十八名中収容された生存者はわずかに六十三名のみで、多くの日本兵が戦死し、他は岸に泳ぎついた。

かれらのうち意識不明になった十七名の者が捕虜になったが、他の者は、頑強にロシア軍守備隊に抵抗した。が、武器も乏しく少人数の日本兵の抵抗には限度があって、たちまちロシア軍に圧迫された。そして、ロシア兵が近づくと、日本兵は、互いに短剣で刺しちがえて自決した。軍規には「生きて虜囚の辱《はずか》しめを受けるなかれ」という一文はなかったが、日本軍将兵には、捕われの身となることを恥辱と考える気持が強かったのである。

ロシア側の日本軍捕虜将兵に対する扱いは、好意的であった。ほとんどが負傷兵で、ロシア側は治療にあたり、死者は埋葬して墓標を立てた。

しかし、ロシア領土内と満州で捕えられた一般の日本人は、苛酷《かこく》な扱いを受けた。かれらは、各地でロシア兵に暴行、掠奪《りゃくだつ》を受け、婦人は犯された。そして、少人数ずつ集められて監獄に投じられ、次第に他の集団と合流して、大集団にふくれ上っていった。

その中の一団は、和田三郎を長とする百余名で、移送される途中、多くの者がいずれかへ連れ去られ、三十二名に減った。

他の一団は、高橋庄之助を長とする二百三十九名であった。高橋は、集団を結成した時、左のような規則を設け、日本人としての秩序ある行動をとることを誓わせた。
一、日本ノ品位ヲ失墜スルガ如《ごと》キ挙動ナキヨウ注意ノコト。
二、男女トモ静粛ニ行動シ、決シテミダリガマシキ事ナキヨウ注意ノコト。殊《こと》ニ女子ハ沈黙ヲ守リ、外国人ニ物イウトキハ、部長又ハ組長ヲ通ジテスベキコト。
三、不体裁ノ服装ヲセザルコト。
四、女子ハ洋装ノコト。髪ハ束髪ノコト。
五、病者及ビ小児ハ特ニ大切ニスルコト。
さらに自衛手段として、
一、モシモ、ロシア兵ニシテ日本婦人ニ恥辱ヲ加エントスルガ如キ事アル時ハ、全員一致コレヲ防禦《ぼうぎょ》スルコト。
二、馬賊ノ襲撃ニ会イタル時ハ、男子ノ全力ヲアゲテコレラヲ防禦スルコト。
と、定めた。

かれらは、各地を転々と移送されたが、途中、食糧もあたえられず、泥濘《ぬかるみ》の道を数日間歩かせられたこともあった。そして、苦難の末に、他の集団とともにウラル山中に送りこまれた。

そこには八つの市にそれぞれ収容所があって、半死半生の七百二十四名の日本人が集結した。かれらの中には婦人や幼児も多く、途中、死亡した者もかなりの数にのぼっていた。

どの収容所でも食事は乏しく、その上、役人はさまざまな理由をつけて物品を奪う。日本人は、互いに食物をわけ合って、辛うじて餓死をまぬがれる状態だった。

このような苛酷な扱いは、ロシア側の上層部から発した命令によるものであった。一例をあげると、カムイシロフ市におかれた収容所には、郡長から市長宛《あて》の命令書が保管されていた。それには、左のような一文が書きとめられていた。

「カムイシロフ市に収容した黄色の皮をかぶれる動物に対しては、食糧を与うる必要なし。かれらの取り扱いは刑法第八十二条に依《よ》るべし」

「黄色の皮をかぶれる動物」とは、黄色人種である日本人を動物同様に扱えということを暗示したものであった。その後、抑留された日本人は、死を覚悟でロシア駐在のアメリカ大使と連絡をとることに成功し、ようやくドイツへ入国することができた。総数は八百二十四名で、明治三十七年十二月六日に長崎へ帰ることができたのである。

ロシア人捕虜に対する日本側の扱いは、異常なほど温情にみちたものだったが、日本人の中には、そうした日本側の態度に批判的な眼をむける者もいた。松山の宗教団体では、ロシア人捕虜に対する慰問と同じようにロシア側に捕えられた日本軍将兵にも眼を向けなければならぬと説いて、慰問袋を送る運動をはじめた。その趣意書の中には、左のような一文がある。

「……不幸敵国に捕虜となりたる将士に対しては、慰安の道を講ずる者甚だ少きが如し。いま我国にいる敵国捕虜を見るに、仏国より独国よりまたは本国等より幾多金品の寄贈を受け、身は我皇国の寛大な優遇に接し、其《そ》の生活の状態は外国の貴賓か観光の客に似たり……」

と述べて、ロシア人捕虜に対する厚遇を批判している。

さらに、第一線に配属された一将校は、日本内地に収容されているロシア人捕虜の扱いについて、左のような所論を発表し、激しい憤《いきどお》りをぶちまけている。

「松山に捕虜収容所を造って、非常に捕虜を優遇して居る。遂《つい》にかれら捕虜は、日本人を殴打《おうだ》する、暴行を働く、女郎屋にあがって酒を飲む、そのあげくに喧嘩《けんか》をはじめ、甚しきは、日本の婦女を辱しめようとしたこともある。

これらの事実は着々新聞紙上にのって、内地に居るものは如何《いか》に感じたかは知らぬが、われわれ戦地にある者は、かような不都合をはたらく捕虜ならば、その数何千あるとも、何万あるとも、一人残らず斬《き》って捨てたいという感覚が起って、われわれの血管に血をみなぎらすのである。

その馬鹿らしさ加減は、ほとんど口が開けない。今日では捕虜という特殊な名称を日本ではつけておるが、西洋ではこれをプリズナーといって、牢獄《ろうごく》に投ぜられる囚人とおなじ字である。

昔なら擒《とりこ》といえば全く奴隷《どれい》のように扱ったもので、牢獄に投ぜられる者もあれば、野原にさらさるる者もあり、全く人間の取扱いをしなかったものである。西洋の文明国と称するプロシャでさえ、西暦一八七〇年及び九一年の戦役でフランス国の捕虜を矢来の内へ追いこめて一週間も水一つあてがわぬことさえあった。

このような性質のものを、珍客が来たように非常なる優遇をしめしてほしいままに行動せしめておる。捕虜に対する当局者の仕方はもちろん同意ができぬが、人民の方でも捕虜に金銭をやるとか品物を贈るとか馬鹿げたことをやっている。何たる間違ったことであろうか」

この将校は、最前線で勤務につく者として、ロシア人捕虜に対する過剰とも思える日本人の優遇に矛盾を感じ、激怒しているのである。

他の一日本軍将校も、日本人のロシア人捕虜に対する優遇に不平を述べている。かれの書きとめた著書によると、ロシア軍人は捕虜になった時、必ずといっていいほど、

「松山!」

と言って、松山収容所に送ってくれと頼むという。それは、ロシア将兵が、いつの間にか松山で捕虜が優遇されることを知っていて、物見遊山《ゆさん》にでも行くような気分になっているのだという。

かれは、大要、次のように書いている。

「聞くところによると、松山収容所のロシア将校たちは、優遇されることになれて大道を自由に歩きまわり、料理屋で豪遊し、昼間から遊女屋にあがって騒いでいるという。捕虜にこれほどまで思う存分の事をさせておいてよいのか。

それはさておいて、市民の態度も理解できぬ。商店の中には捕虜でなければ商品を売らぬ店があり、芸妓の中には捕虜でなければ侍らず、車夫の中には捕虜のみしか乗せぬなどということが実際におこなわれているという。いったいこれはどうしたことなのか。

市民は、ロシア人捕虜を大切な客とでも思っているらしく、演芸会等をもよおして捕虜を慰めることにつとめ、鉄道会社は特別列車を仕立ててかれらの物見遊山に協力し、それでも足りないと、さまざまな努力をつづけている。

教育者たちの態度も、理解に苦しむ。かれらは捕虜たちを招いて各学校を丁重に案内し参観させている。あたかも英雄を迎えるように学生、生徒に訓話している。捕虜とは恥ずべきものであるのに、そのような参観をさせ訓話をすれば、学生、生徒は捕虜こそ最も尊敬すべきものであると誤解するであろう。果して、こんなことでよいのだろうか」

捕虜の扱いに対するこのような非難はあったが、それは、きわめて少数者の意見であった。日本人のほとんどは、捕われの身となったロシア軍人に深い同情を寄せていた。

「昨日の敵は今日の友」といった考え方が根強くひろがっていて、日本人は、出来るだけ捕虜たちを慰めようと努力していたのである。

捕虜たちは自由に振舞っていたが、かれらにとって、大きな関心事は戦況であった。

明治三十八年一月一日、ロシア人捕虜の将校三名が、松山収容所長河野大佐の部屋に年頭の挨拶《あいさつ》におもむいた。その時、当番兵が河野に号外を渡した。それを読む河野の顔に、喜びの色がひろがった。

ロシア将校は、

「なんですか」

と、不安げにたずねた。が、河野は、ロシア人捕虜を悲しませることを恐れて答えなかったが、執拗《しつよう》に問われたので、旅順要塞《ようさい》の松樹山を日本軍が占領したことをつたえた。さらに翌日には、要塞の陥落がつたわって、捕虜たちは悲しみに沈んだ。

その夜、かれらは、松山の町の中を練り歩く提灯《ちょうちん》行列を眼にした。提灯が高々とあげられると、バンザイ、バンザイの声がふき上る。捕虜たちは、悄然《しょうぜん》と華やかな灯の列をながめていた。

しかし、ロシア将兵捕虜は、悲しみの中にも、来攻するロシア艦隊に強い期待をいだいていた。戦艦八隻《せき》を主力とするロシア艦隊は、戦力で日本海軍よりもまさっていて、一挙に日本艦隊を撃破し制海権をにぎることができるだろうと予想していた。

そうした空気の中で、旅順陥落後、半月ほどした明治三十八年一月十四日午後三時四十分、旅順守備隊司令官ステッセル中将が、夫人をはじめ高級幕僚とともに船で長崎港に到着した。

天皇は、第三軍司令官乃《の》木《ぎ》希典《まれすけ》陸軍大将に、捕えられたステッセル将軍の武人としての名誉を重んじて遇するようにと命じ、それによって乃木は、

「ロシア軍ノ勇敢ナル防禦ヲ名誉トシテ、ロシア陸海軍ノ将校及ビ官吏ノ帯剣及ビ直接生活ニ必要ナ私有品ノ携帯ヲ許ス。マタ、将校、義勇兵、官吏デアッテ、コノ戦争ニ反対スル行為ヲシナイト筆記宣誓スル者ハ、本国ニ帰還スルコトヲ承諾スル」

旨《むね》の条文を降伏条件の中にくわえていたが、この条文中にある「本国ニ帰還スルコトヲ承諾スル」という約束を、日本側は、ステッセル中将と高級幕僚に早くも適用した。戦争は、依然としてつづけられているが、日本側は、敵司令官の本国送還を許し、その出発地である長崎に移送したのである。

乃木は、あらかじめ左のような書簡を長崎県知事荒川義太郎に送っていた。

「ステッセル将軍は開城後よく謹慎を守り、少しも開城規約にそむく行為はなかった。ステッセル将軍は、勇敢に戦った後やむを得ず開城に同意したのである。たとえ敵国の将校であっても、いったん武装をといた以上はもはや敵ではないのだから、この名誉ある将軍に対して、十分歓待されるように望む次第である」

乃木は、武人としての信義を重んじたのである。

荒川長崎県知事は、乃木の指示にしたがってステッセル中将を迎えた。長崎には、江戸時代末期からロシア船の来航もあり、日露戦争前にもロシア艦隊は、冬期に凍結するウラジオストック軍港を避けて長崎にもしばしば入港してきていて、住民はその応対になれていた。ロシア人死者専用の墓地もあったし、それらを弔う悟慎寺という寺もあった。そうした親近感もあって、荒川知事は、県吏を指揮してステッセル将軍一行を迎える準備を手際《てぎわ》よく整えた。

長崎に上陸する前夜、ステッセル中将は、将校を集めてシャンペンをあけ、部下の労に感謝した。そして、上陸後、ステッセル中将一行は、長崎で三日間を過し、荒川県知事は、ステッセル中将一行を慰めるため長崎在住の西洋人コックを雇い入れて料理を提供し、土産品を贈ったりした。

一月十七日、ステッセル中将夫妻をはじめ参謀長レース大佐らが、フランス郵船「オーストラリアン号」に乗船した。午後五時、船は、平戸小屋波止場をはなれ、ロシア本国に帰国のため上海《シャンハイ》にむかった。

波止場には、荒川知事たちが見送りに出て、船影が高鉾《たかほこ》島のかげにかくれるまで立ちつくしていた。

その後、本国に帰ったステッセル中将は、旅順要塞を失った責任を問われて軍法会議に付せられた。日本軍の執拗な攻撃を半年近く排除して要塞を守備しつづけたことは認められたが、ロジェストヴェンスキー中将指揮のロシア艦隊の日本近海到着まで死守せよという二コライ二世の命令を守り得なかったという理由で、禁錮《きんこ》刑に処せられた。かれは、四年間、牢獄生活を送った後、釈放されたが、晩年はわびしい生活を余儀なくされ、第一次大戦中に死去した。

旅順陥落後、日本の各地に収容されていたロシア将兵捕虜の最大の関心事は、ロジェストヴェンスキー中将指揮のロシア艦隊の来攻であった。

収容所側では公《おおやけ》な発表はしなかったが、捕虜たちは、次第にロシア艦隊が接近してきていることをどこからともなくきき知っていた。

かれらの眼に映る日本人たちの顔には、ロシア艦隊に対するおびえの表情が濃くこびりついていた。日本人たちは、東郷司令長官の指揮する日本艦隊に信頼感をいだいているようだったが、ロシア艦隊の強大さに恐怖をおぼえていることはあきらかだった。

「今に日本人は、ロシアの強さを思い知って、顔色を変えるぞ」

と、かれらは互いに言い合っていた。

不安と期待の入りまじった中で、かれらは、五月二十七日、遂に日露両艦隊が朝鮮海峡で激突したことを知った。収容所に勤務する者も一般市民も、戦況の経過に対する不安で眼は血走っている。そうした表情をながめながら、ロシア将兵捕虜は、ロシア艦隊の勝利を信じて疑わなかった。

しかし、翌日、収容所の内外に、バンザイの声がまき起った。ロシア将兵捕虜の顔から、血の気が失《う》せた。かれらは、情報の蒐集《しゅうしゅう》につとめた。その結果、ロシア艦隊が日本艦隊によって大打撃を受けたらしいということを知った。

眼に涙をにじませる者もいたが、その報は、日本側の作り上げた話だ、とかたくなに否定する者も多かった。しかし、戦況は刻々とつたえられ、多くの戦闘艦が撃沈または捕獲され、さらに、司令長官ロジェストヴェンスキー中将、ネボガトフ少将ら艦隊首脳者たちも捕虜になったことがあきらかになった。

日本海海戦の大勝を祝う提灯行列が、全国の市町村でくりひろげられた。松山、大阪、京都など三十一カ所に設けられた収容所で起居するロシア軍将兵捕虜たちは、声もなくそのどよめきをきいていた。

かれらは、ロシア本国の海軍力を総動員したロシア艦隊の大敗北が、信じられなかった。ロシアは、世界一流の海軍国であり、ヨーロッパでは各国の脅威の的になっている。造船技術の水準も高く、新鋭戦艦を巨大な海軍工廠《こうしょう》の船台からつぎつぎと進水させている。それに比べて日本は、鎖国をとき欧米の文明を導入するようになってから、わずか三十数年しかたっていない。造船国としても後進国で、戦艦をはじめ軍艦のほとんどは外国に発注し輸入している。わずかに建造し就役していたのは、巡洋艦、駆逐艦クラスのみであった。

そのような日本海軍が、仁川沖、蔚山《うるさん》沖、黄海等の海戦でロシア海軍を圧倒し、さらに、日本海海戦でロシア大艦隊を潰滅《かいめつ》させたということは奇蹟《きせき》としか思えなかった。また、陸上戦でも、日本は世界最強の陸軍国であるロシア軍と対決し、連続的な勝利をおさめている。これも、奇蹟的な現象であった。

東洋の新興国である日本。それは、ロシアにくらべれば、ほんの一にぎりの土地しかもたぬ島国に過ぎない。それに、日本人は体が小さく、食べる物といえば少量の菜食のみで、かれらに強大な戦闘力があるとは思えない。

しかし、戦場でたたかい捕われの身となったロシア軍将兵捕虜たちは、小人のような日本軍将兵の恐るべき戦闘力をまざまざと見せつけられた。日本軍将兵は、驚くほど勇敢だった。かれらは、戦場で退くことを忘れているようにすら思えた。かれらが体を動かすのは、前進する時のみであった。そして、格闘戦に移っても、かれらは、大きな体格をしたロシア軍将兵を恐れず、その体にひるむことなく突きあたってくる。そこには、不逞《ふてい》としか思えぬ自信がみなぎっているように感じられた。

それに、日本軍将兵は、きわめて知恵にとんでいるようにも思えた。戦場で指揮官は、巧みな戦法を用いてロシア軍を混乱におとしいれる。さらに、日本軍の統制力はすぐれていて、指揮者の命に忠実に従って、兵たちは一糸乱れぬ動きをしめす。そうした要素が綜合《そうごう》されて、ロシア軍は、日本軍に連敗の憂《う》き目を味わわされてきたのだ。

日本海海戦でロシア艦隊が惨敗《ざんぱい》したというニュースは、日本軍の底知れぬ戦力をしめすものであった。その後、各収容所に送りこまれてきたロシア艦隊乗組員のおびただしい群れを眼にした時、日本軍に対する畏怖《いふ》はさらにつのった。

捕虜たちは、乗組員たちを取り囲み、海戦の結果を不安そうに質問した。乗組員たちは、とぎれがちに戦況の経過を口にした。捕虜たちの顔は、蒼白《そうはく》になった。

艦隊乗組員たちの口からは、予想をはるかに越えた惨敗の結果が果しなく流れ出た。戦艦八隻中六隻が撃沈され、二隻は日本艦隊に包囲されて捕獲された。その他、軍艦の大半が撃沈または捕獲され、威容をほこったロシア大艦隊は完全に潰滅したのだ。

それをきく一般捕虜たちは、口をかたく閉ざし、眼に涙をうかべていた。

「海戦は、あっという間に始まり、あっという間に敗れた。それからは、ただ日本軍艦に追われて海上を逃げまわっただけだった」

悪夢をみたような乗組員の言葉に、捕虜たちは、深い吐息をつくだけだった。

しかし、日本海海戦によるロシア艦隊の敗北は、講和会議開催の気運を生んだ。それを知ったロシア軍将兵捕虜たちの間に、ようやく明るい空気がひろがった。戦争が終結すれば、自分たちはなつかしいロシア本国に送還され、肉親に会うこともできる。かれらは、収容所の所員から手渡される日本の新聞によって講和会議が開催されていることを知り、その成行きに深い関心をいだくようになった。

新聞には、ロシア皇帝ニコライ二世が講和全権ウイッテに対して、

「一ルーブルの償金も、一インチの領土も日本に与えてはならぬ」

という訓令をつたえたことも、掲載されていた。

これを知ったロシア軍将兵捕虜は、ニコライ二世の強硬な態度に、

「さすがは、わがロシア大帝国の皇帝だ」

と、痛快がった。

しかし、その反面、講和会議が決裂することによって故国へ帰れなくなることも恐れた。

その頃から、かれらの間には、講和条件についてはげしい討論が交されるようになった。日本側は、樺太全島の割譲と巨額な賠償金を要求しているという。或る者は、樺太など放棄すべきだと論じ、また、或る者は、皇帝の意志通り強引に会議を押し進めるべきだと主張した。いずれにしても、ロシアの名誉をそこなわぬような講和条約の成立を望んでいた。

各収容所内には、講和に関する期待と不安が日を追うてたかまってきた。

八月二十九日、アメリカのポーツマスで日露両国の講和条約が成立した。日本側は、「樺太半分の割譲、賠償金要求の撤回」をしめし、ロシア側もそれを全面的に受け入れた。そのニュースは日本国内にもつたえられ、号外の音が全国に鳴り、講和成立は、各

収容所の捕虜にも報された。

捕虜たちは、躍り上って喜び合った。

翌日、講和条約の内容がつたえられた。それは、ロシアにとって名誉を守ることのできた条約であると解された。

かれらは、さらに、多くのニュースを知りたがった。しかし、意外にも収容所側は、その日から新聞をかれらに渡すことを中止した。

捕虜たちの間に、不安がうずまいた。収容所側の態度から考えると、なにか自分たちに知られたくない記事が新聞に掲載されていると予想される。それは一体なんなのか、かれらは、額を寄せて臆測《おくそく》し合った。

そのうちに捕虜たちは、異様な空気が収容所内外にひろがっていることにも気づくようになった。ふだんは明るく応対してくれる収容所の所員も、険しい眼をしていて質問に応じてくれない。それに、旅順陥落、日本海海戦圧勝などの折に、必ず町の中にくり出す提灯行列もおこなわれない。戦勝国として講和条約が成立したことを知った日本人は、当然、平和の訪れを喜び、夫や息子が戦場から凱旋《がいせん》してくることを期待しているはずだった。

しかし、家並には、国旗をかかげる家もなく、町は無気味に静まり返っている。

捕虜たちの不安は、さらにつのり、代表者を出すと、新聞を渡してくれるよう収容所側に強く要請した。長い交渉がつづき、ようやく新聞を渡してもらった。

日本語に堪能《たんのう》なロシア将校捕虜が、大きな活字で印刷されている記事を翻訳した。そこには、思いがけぬ記事が掲載されていた。日本人は講和条約に反対して、各地で大集会をひらき、東京では大々的な焼打ち事件も起っている。警官隊と民衆との衝突で多くの死傷者が出て、東京の大半の交番が焼払われたこともつたえていた。

さらに、各種団体は、天皇に講和条約破棄を請願し、日本全権小村寿太郎外相に日本へ帰るなと電報を打ったことも記されている。

捕虜たちは、ようやく収容所内外の重苦しい静寂を理解することができた。日本人は、講和条約を祝うどころではなく、逆に激しい不満をいだいている。収容所側としては、そうした一般大衆の不穏な動きに捕虜たちが恐怖を感じることを恐れて、新聞を渡すことをこばみつづけたのだ。民衆が条約に対する不満をロシア軍捕虜に向けはしないか、と恐れていることが推察できた。

捕虜たちの顔は、こわばった。温かく接してきてくれた日本人が、今では激しい怒りをいだいている。かれらの中には、夫や息子を戦場で失った者もいる。そうした尊い血の代償が屈辱的な講和条件であると知った時、かれらが、自分たち捕虜に憎悪《ぞうお》をぶっつけてくることは十分に予想できた。

収容所のある市や町でも、講和反対の国民大会が開催された。激昂《げっこう》した民衆が収容所にむかって殺到してはこないか、と捕虜たちはおびえた。捕虜たちは、身の危険を感じて収容所外に出ることもしなくなった。

二十一

明治三十八年九月五日に発生した東京市内の焼打ち事件も、二日後には戒厳令の布告によって鎮圧され、その後、東京をはじめ各地の不穏な空気も徐々にうすらいでいった。九月十日午後四時四十五分、佐世保海軍病院に収容されていたロシア海軍士官の一行が、病院の門を出て港にむかった。

先頭を行く人力車には、ロシア艦隊司令長官ロジェストヴェンスキー中将が乗り、その後から傷の癒《い》えぬ捕虜二人が担架にのせられてゆく。港はすぐ近くにあったので、他の者たちは、ステッキをついたりして歩いていった。

港には、美しい客船「玄海丸」が浮び、ロジェストヴェンスキー中将一行は汽艇で岸をはなれ、「玄海丸」の船内に入った。サロンも一等船室も洋風で豪華に飾りつけられ、士官たちは、満足そうに船内をながめていた。

佐世保鎮守府の参謀長坂本少将が見送りにきて、慰問の言葉を述べ、航海の安全を祈った。

やがて、午後五時三十分、「玄海丸」は港内の浮標《ブイ》を静かにはなれ、その直後、捕虜たちは一人残らずサロンに集められ、窓のおおいがすべておろされた。軍港の出入口にある防塞《ぼうさい》を眼にさせないための処置であった。

「玄海丸」が港口を出ると、窓のおおいは除かれ、捕虜たちは、それぞれの部屋にもどることを許された。かれらには、佐世保海軍病院の手塚医師と木村海軍少佐が付添いのため同行していた。

月が、海面を明るく照らしていた。「玄海丸」は、おだやかな海を進み、翌朝、大里についた。そこで同行していた捕虜の下士官兵を下船させ、船は、関門海峡をぬけて瀬戸内海に入り、午後六時四十五分、広島県似島《にのしま》に投錨《とうびょう》した。

その夜、ロジェストヴェンスキー中将と三人の参謀士官は、海岸に近い板張りの建物内に泊った。

かれらは、ベッドが海軍病院のものより粗末であることに顔をしかめた。殊《こと》に、ロジエストヴェンスキー中将は、不機嫌そうに口をつぐんでベッドに近づこうともしない。付添いの木村海軍少佐が、

「今夜ひと晩ですから……」

と、しきりに言いわけをして、かれらをなだめた。

士官の一人が、

「長官の敷布は一枚だが、せめて二枚ぐらい準備すべきではないか」

と、木村少佐を強くなじった。

少佐は困惑し、外へ出てゆくと、どこからか新品の掛ぶとんを探して持ってきた。それを敷布の代用として使って欲しい、と言った。

士官たちはようやく納得し、それをロジェストヴェンスキー中将のベッドに敷いた。中将は、黙ったままその上に身を横たえた。

似島に駐屯していた陸軍将校たちは、欧米の生活を知っていなかった。それだけに、ロジェストヴェンスキー中将一行は、その待遇に不満を感じていたのだ。

ロジェストヴェンスキー中将一行は、参謀士官三名、士官五名、候補生一名、付添人二名の計十二名であった。

かれらは、気むずかしい捕虜の集団だった。それは、ロシア艦隊司令長官一行という尊厳をそこなわれたくないという意識が、かれらの間に強く巣食っていたからだった。

似島で朝を迎えたかれらに、洗面具があたえられた。が、洗面器がよごれていたので、かれらは、水桶《みずおけ》からすくった水を顔にかけただけだった。

ロジェストヴェンスキー中将一行の世話を担当する陸軍大佐がやってくると、通訳を介して朝の挨拶《あいさつ》をし、

「なにか御不自由なことはありませんか」

と、たずねた。

ロシア士官は、

「ヨーロッパでは、良種の豚なら、われわれの受けている待遇よりも、はるかによい扱いを受けている」

と、憤然として答えた。

大佐は啞然《あぜん》として、しきりに弁解をして、足早に去った。

食事も、ロジェストヴェンスキー中将たちを不快がらせた。テーブルクロスもナプキンもないことが、かれらにとって不満だった。ナイフやスプーンに汚れがついていると言っては文句を言い、フォークに銹《さび》がついていると言っては腹を立てた。出された料理が、また、かれらを憤《いきどお》らせた。朝食はパンと砂糖、それにカレーライスで、かれらは、それには手をつけず行商人からアメリカ製のカン詰、コーヒー、果物を買った。

昼食はスープとオムレツだったが、かれらは、オムレツの色が悪いといって非難した。似島には西洋料理のコックがいず、知恵をしぼってロシア士官に向くように調理したのだが、捕虜たちの口には合わなかったのだ。

午後四時に夕食が出た。士官の一人の手記に、

（またもやパンと砂糖。それから肉と脂《あぶら》をこまかに刻んだ、見るもいやらしいドロドロ

のスープだ）

　と、記されている。

早い夕食をいぶかしんだ士官の一人が、

「なぜ、今頃、食事をさせるのか」

　と、たずねると、

「やがて出発するので、早目に食事をしていただきたいのです。なにも粗略にしたわけではありません。後は明日の朝まで食事ができませんが、その点は御辛抱下さい」

　と、通訳が答えた。

　三十分後、一行は、小汽艇に乗って似島をはなれ、宇品《うじな》についた。そこから、ロジェストヴェンスキー中将と傷の癒えぬ士官二人が人力車に乗り、他の六名の士官は徒歩で駅にむかった。

　中将一行が駅につくと、世話役の陸軍大佐が、中将の傍について身辺に気をつかった。中将が煙草《たばこ》をとり出すと、大佐がマッチをすって炎を近づける。中将がプラットフォームの柱に身をもたせかけると、大佐は走って椅子《いす》を持ってきて、中将に、

「お茶はいりませんか。それとも、サイダーかビールにしますか」

　と、機嫌をとった。

　中将一行は、宇品から列車で広島へむかった。途中、陸軍病院長、広島県知事代理ら

が一行を迎えて挨拶した。

列車が午後六時に広島へつくと、真鍋中将が出迎えに出ていて、列車に入ってきた。真鍋は、

「戦いの勝敗は、その時の運によるものです。日本が勝てたのは、運に恵まれていたからです」

と言って、ロジェストヴェンスキー中将を慰め、一同に紅茶をすすめた。

午後七時、列車は広島駅を出発、収容所のある京都にむかって走った。

二時間ほどたつと、ロシア士官たちは空腹を感じはじめたが、或る駅から婦人会の婦人たちが乗りこんできて、にこやかな表情で茶や菓子のもてなしをしてくれた。しかし、それだけでは十分でなく、かれらは空腹になやみはじめた。美しい月夜で、沿線の夜景は美しかったが、かれらは空腹感に堪えきれず、月をながめるゆとりはない。その上、蚊やブヨが皮膚をさしはじめて、神経はさらにたかぶった。

癇性《かんしょう》のロジェストヴェンスキー中将は、空腹にたえきれなくなって、午前四時頃、眠っている日本人通訳をたたき起すと、

「一体いつ、どこで食事をさせる気なのか」

と、どなった。

その声に、付添いの陸軍大佐が起きてくると、

「午前十一時に姫路へ着きますが、そこで洋食を準備してあります」

と、答えた。

中将の顔は、憤りで紅潮した。

「馬鹿を言うな。われわれは、夕方四時に似島で食事を提供されてから、なにもあたえられていない。似島で出した汚物のような物は食えない。すぐに、固くゆでた卵を一人に五個ずつと、パンと紅茶を十二人前用意するよう、次の大きな駅へ電報を打て」

と、大佐につかみかかるような剣幕で叫んだ。

大佐は、困惑したように顔をしかめながらも、

「朝食は洋食にするはずで、姫路で召し上っていただくようすべて計画を立てております。旅行の日程等は上層部で決定したもので、私には変更の権限がありません」

と、答えた。

中将は、いきり立ち、同じことを何度もくり返したが、大佐は、かたくなに拒否しつづけた。

中将は、ポケットから数枚の日本紙幣をつかみ出すと、大佐に押しつけて、

「早く、この金で次の駅に電報を打て」

と、頼んだ。

「提督」

日本人通訳が、たまりかねたように口をはさんだ。

「大佐殿は、独断で決定を変えることはできないお立場にあります。むろん、紙幣など断じて受けとることはできません」

「出来ない？」

中将は叫ぶと、紙幣を丸めて窓の外に投げすてた。

中将の顔は、激しくひきつれていた。かれは、戦いにやぶれ重傷を負って捕われの身になった。そして、空腹になやみ、蚊とブヨに刺されながら夜行列車で移送の途中にある。午前十一時まで食事が出ないことを知ったかれは、捕虜としての屈辱を感じ、空腹感にたえきれなかったのだ。

日本側の付添い役であった陸軍大佐は、ロジェストヴェンスキー中将の憤りが余りにも激しいので、やむなく中将の要求を入れて、岡山駅に食物を準備するよう電報を打った。

夜が明け、午前六時に列車が岡山駅につくと、中将の要求通り、固くゆでた卵六十個とパンを入れた籠《かご》が車内に運びこまれてきた。中将一行は大いに喜び、たちまちそれを食べつくした。

その上、気品のある婦人たちが車内に入って来て紅茶をもてなしてくれたので、中将一行は、たちまち機嫌を直して、列車が同駅を発車すると満足そうに眠りに入った。

午前十一時頃、列車が姫路につき、大佐の言っていた通り洋食があたえられた。婦人会の人々が、車内を見舞ってサイダーやビールをすすめたが、中将たちは、その洋食が粗末だといって不満を鳴らした。かれらの食欲は旺盛《おうせい》で、さらに質のよい食物を多量に欲した。

中将は、憤りをおさえ兼ねたように日本人通訳を呼ぶと、

「神戸駅へ電報を打て。そして、われわれのために上等のビフテキと馬鈴薯《ばれいしょ》を用意させるように」

と、言って紙幣をさし出した。

通訳は答えに窮し、大佐の意向をうかがったが、大佐は首をふるだけだった。

しかし、大佐は、紛糾することを恐れて神戸駅に電報を打った。そして、駅に列車が入ると、ビフテキと馬鈴薯がかれらにあたえられた。中将たちは、清潔なナプキン、フォーク、ナイフのあることに満足して、嬉《うれ》しそうに食物を口に入れた。

かれら一行の関心事は、食欲をみたすのみであるようだった。午後三時二十分、大阪駅につくと、駅の外の洋食店でまた食事をとり、再び列車に乗ると、午後五時四十分、目的地の京都についた。

駅には、京都捕虜収容所長以下日本人将校と、先着のロシア捕虜士官ら多数が出迎えていた。京都収容所には、ロシア艦隊の捕虜多数が収容されていた。

中将一行には、馬車が用意されていた。駅前からかれらを乗せた馬車が、つらなって走り出した。すでに京都の町々には灯がともりはじめ、静かな古都の道路を、馬車は蹄《ひづめ》の音と轍《わだち》の音をひびかせて進んでゆく。

中将は、黙然と家並に眼を向けて身をゆらせていた。

やがて、馬車は、収容所にあてられた知恩院に入った。

京都では、知恩院、妙法院、智積院《ちしやくいん》、本圀寺《ほんこくじ》、東福寺の各寺院にロシア海軍の捕虜が収容されていた。ネボガトフ少将は、すでに妙法院の貴賓室で捕虜生活を送っていた。

ロジェストヴェンスキー中将のもとに大阪の師団長茨城中将が訪れ、

「講和条約も締結されましたので、間もなく解放される時がやってくるでしょう」

と、中将を慰めた。条約の批准《ひじゆん》がおこなわれれば、捕虜たちは帰国できる。

ネボガトフ少将は、ロジェストヴェンスキー中将の京都到着を知ると、その収容先である知恩院に三度やってきた。

ネボガトフ少将は、苦しい立場に身を置いていた。かれは、日本海海戦後、捕虜になってから日本政府の許可を得て、ロジェストヴェンスキー司令長官とともにロシア皇帝ニコライ二世宛《あて》に戦況報告の電報を打った。それに対して、ニコライ二世からロジェストヴェンスキー中将に勇戦奮闘をたたえた温情にみちた返電が来たが、ネボガトフ少将にはなんの返電もなかった。

それは、ネボガトフ少将が戦艦「ニコライ一世」「オリョール」ほか二隻とともに東郷艦隊に降伏したからで、ネボガトフ少将は、抗戦すれば全滅することはあきらかであると判断したのだが、それがニコライ二世を激怒させたのだ。

その後、ニコライ二世は、ネボガトフ少将と三名の降伏艦長に、

「その官を奪い勤務を解き、帰国の後、軍法会議に付して、その判決にしたがい処刑せよ」

と、命令を下したことが日本側にもつたえられた。

「官を奪い勤務を解く」ということは、軍人ではなくなったことを意味している。そのため、日本側も捕虜として扱うことはできず、ロシア民間人として釈放し帰国させなければならなくなった。

九月二十六日、ネボガトフ少将は本国へ送還されることになり、前日にロジェストヴェンスキー中将のもとに別れの挨拶にやってきた。その折、かれは、廊下で旗艦「クニャージ・スヴォーロフ」乗組のウラジーミル・セミョーノフ海軍中佐に会った。

ネボガトフ少将は、

「あの時降伏すべきかどうか、私は大いに迷った。ただ、わが艦隊には敵に損害を与える力がなかったことだけはたしかだった。全滅するか、それとも降伏するか、それによって多くの乗組員を救うことができるかどうか、それが最大の問題だった。私は後者を

えらんだのだ。しかし、今考えてみると、私は気が弱かったのかも知れない。いやおそらくそうだったのだ。この点は、私が悪かった。しかし、私は、自分の生命が惜しかったわけではない。乗組員を殺すのに忍びなかったのだ。私は、裁判を受けるため明日、本国へ帰る。それでは、さようなら」

と、悄然《しょうぜん》とした表情で廊下を重い足どりで去っていった。

講和条約の締結によって、ロシア軍将兵捕虜は帰国できる喜びにひたった。そして、十月十六日、条約批准が公布されて、かれらは捕虜の身から解放された。

かれらは、収容所に飼っていた小鳥を籠《かご》から放って、自由になったことを喜び合った。日本政府は、かれらに外泊を許し、遠出の旅行も許可した。京都、大阪、東京と、かれらは、帰国前の観光旅行をたのしみ、本国から金を送ってもらって土産品を買い込む者も多かった。屏風《びょうぶ》を買う者、重い長持を入手する者、碁盤、着物、陶器など車五台分の荷物を買った将校もいた。

しかし、その頃からロシア本国の騒然とした社会情勢が、かれらの間で深刻な話題になった。

ロシアは専制君主国であり、信仰、思想、言論、集会、結社の自由はなく、民衆の参政権は許されていなかった。そうした暗黒政治が革命運動をうながし、黒海では戦艦「ポチョムキン」の叛乱《はんらん》事件となり、九月にはモスクワでストライキが発生、十月に入ると鉄道を中心とした大ゼネストに発展、ロシアの経済は完全に麻痺《まひ》していた。

このような情報が日本の新聞にも掲載され、それが、捕虜たちに大きな反響をあたえた。

「憲法を制定し、参政権を得るべきだ」

と、或る者が言うと、他の者は、

「それは革命論者の言うことだ。国家をくつがえそうとする危険思想だ」

と、激しく反論する。

将校たちは、同席すれば必ず二派にわかれて激論を交し、時には暴力沙汰《ざた》にまで発展することもあった。

下士官や兵などの間でも革命論議がさかんで、かれらは、上層階級出身者の将校たちに反感をいだくようになっていた。下士官、兵たちが泥酔《でいすい》して器物を破損し暴れまわった行為を将校がなじると、兵たちは、

「日本政府は、われわれ兵たちに飲酒を許している。飲酒は、将校だけの特権ではない」

と、反撥《はんぱつ》するようなことも続出した。

帰国の準備があわただしくはじまって、ロシア側捕虜受領委員として、ダニロフ中将が日本に到着した。かれは、日本内地に収容されている七万名の捕虜に対し、

「軍人としての規律を守って帰国せよ」

というニコライ二世の訓示をつたえた。

最初の帰国者は、十一月十三日神戸へ集合し、ロシア捕虜輸送船「ボロネージ号」でウラジオ経由、陸路でロシア本国へむかうことになった。その帰国者名簿には、ロジェストヴェンスキー中将とその幕僚の氏名もまじっていた。

その日の朝、ロジェストヴェンスキー中将一行は、馬車で京都駅におもむいた。プラットフォームには日本側の高官をはじめ多くの者が見送りに出ていて、午前九時三十八分、列車が動き出すと収容所長の発声で、

「ウラー」

という声が起り、帽子をふって見送った。

大阪駅頭には、茨城師団長が参謀とともに見送りに出ていて、

「無事御帰国を祈ります」

と、挨拶《あいさつ》した。

ロジェストヴェンスキー中将は、感謝の意を述べて、握手を交した。

中将一行を乗せた列車が神戸駅につくと、プラットフォームには、捕虜受領委員ダニロフ中将とその副官が捕虜輸送船「ボロネージ号」船長とともに迎えに出ていた。ロジェストヴェンスキー中将は、ダニロフ中将らと握手を交し、港にむかった。埠頭《ふとう》

には帰国する中将の姿を眼にしようと、多くの市民がつめかけていた。

中将一行は、短艇に乗って埠頭をはなれ、「ボロネージ号」の舷側《げんそく》についた。そして、タラップを上った中将一行は、足をとめてマストにひるがえるロシア国旗を見つめた。海戦後、半年ぶりにみるロシア国旗に、かれは、身をかたくして立ちつくしていた。ロシア本国に帰れることは嬉しかったが、敗戦の責任を負って裁きの場に立たされることが気分を重くしていた。どのような運命が本国で待っているのか、かれの眼には、不安の色がかげっていた。

しかし、ロシア船に身を置いた士官たちの顔には、深い安堵《あんど》の表情がひろがっていた。かれらは、国旗に敬礼すると、くつろいだ表情で各自の部屋に入っていった。

その日から二日間、「ボロネージ号」は神戸港内に碇泊《ていはく》して、ぞくぞくと集ってくるロシア軍将兵を乗船させることにつとめ、十一月十五日夜半、神戸を出港、瀬戸内海を西下した。

風も凪《な》いでいて、航海は平穏だった。

しかし、翌日の夜、小事件が起った。一人の兵が、檣楼《しょうろう》にのぼって激しい口調で演説をはじめたのだ。

「諸君、世の中で下級の兵ほどあわれなものはない。われわれは、死を賭《と》して戦ったのに、われわれは将校たちから低く見られている。それでも黙っているつもりか」

そのアジ演説に、兵たちが集りはじめた。

海軍士官が飛んできて、

「なにをさわいでいるのか。事情をよく説明しろ」

と、言った。

兵たちは、士官をとりかこむと、

「今夜の食事はひどいではないか。食物はみなカビが生えている。牛肉など食えたものではない。船の側で、将校とわれわれ下士官兵を差別しているのだ」

と、訴えた。

士官は、すぐに食物を点検し、実際にカビが生えているのを確認した。かれは、兵たちの反撥をおそれて、夕食を再び作り直させることを命じ、兵たちを必死になだめた。

それで一応騒ぎはおさまったが、その夜、兵の代表者であるという一人の軍曹が士官室にやってくると、自分たちの給料を将校が不当に搾取《さくしゅ》しているのではないか、と憤《いきどお》りをぶつけてきた。士官たちは、そのような事実のないことを説明して引きとらせたが、船内には不穏な空気が重苦しくよどみはじめた。

その夜、九時五分、「ボロネージ号」は下関港口に投錨《とうびょう》した。

ロシア国内の新旧両思想の対立は、捕虜輸送船「ボロネージ号」船内にはっきりとした形になってあらわれていた。兵たちがロシア本国から受けとる肉親の手紙にも、故国の内乱の状況とともに皇帝に対する非難にみちた文面が多く、それが、かれらに大きな影響をあたえていた。

同船には二千五百名の下士官、兵が充満し、士官はわずかに五十六名で、船内に叛乱がおこるという噂《うわさ》がしきりだった。船内には下士官、兵の手によって、

「沖へ出たら、将校を一人残らず海中へ投げこんでしまおう！」

というビラが配られ、士官たちの不安をつのらせた。

士官たちは、旗艦「クニャージ・スヴォーロフ」乗組の忠実な水兵を選抜して、昼夜、士官の部屋を守護することを命じたが、叛乱が起きれば、たちまち下士官、兵たちに圧倒されることはあきらかだった。

その日の深夜、ロジェストヴェンスキー中将の部屋に、泥酔した一人の水兵が暴れこんできた。水兵は、

「おれたちに酒をふんだんに出すよう命令を出せ」

と、からんだ。

監視兵は眠っていたが、物音に起きてきて、水兵を引きずり出した。この事件で、士官たちの不安は一層つのった。

翌朝早く、日本の短艇が接舷すると、「ボロネージ号」がおもむく予定になっているウラジオストックでも暴動が発生していることをつたえた。士官たちは、帰国の旅が多

難なものになることをさとって表情を曇らせた。

船は、下関から門司に入港した。

無聊《ぶりょう》に苦しむ兵の中で音楽好きの者が集り、楽団を組織した。士官たちは、兵たちの険悪な空気が音楽の旋律でやわらぐにちがいないと期待し、楽団の組織されたことを歓迎した。

楽団は、士官室の窓の下でマーチ、ポルカ、ワルツ、ギャロップなどを演奏し、ロジエストヴェンスキー中将も喜んで金銭をあたえたりした。が、かれらは嬉しそうな顔もせず、当然の報酬を得るかのように黙って金銭を受けとっていた。

そのうちに、一般の兵たちの間から、楽団員に対する激しい非難の声があがるようになった。

「お前たちは、乞食《こじき》と同じだ。提督から金をもらいたいために楽器を鳴らすのか」

兵たちは、楽団員を罵倒《ばとう》した。その非難には、提督をふくむ士官たちに対する反感がふくまれていることはあきらかだった。

楽団員たちは、士官室の窓の下からはなれて、船の舳《へさき》の近くに移動して音楽をはじめた。将校たちは、顔を青ざめさせた。

「ボロネージ号」は、門司を出港して長崎にむかった。夜の海上は暗く、船内は静まり返っている。

士官たちは、下士官、兵たちが船内で叛乱を起す予感におびえていた。

船内には、険悪な空気が一層濃くなった。

士官たちのもつ武器は拳銃《けんじゅう》と各人が腰に吊《つ》っているサーベルだけで、それに対して、下士官、兵は百梃《ちょう》以上の拳銃を持ち、多くの者がナイフを所持しているとつたえられていた。

士官たちは、下士官、兵たちとの対抗策を協議した。

まず、武器の入手が先決問題であった。船内の倉庫には、十三梃の小銃と弾薬が荷造りして積みこまれている。士官たちは、それを手に入れたかった。

しかし、その倉庫へおもむくには、叛乱を企てている主謀者たちのたむろしている部屋の前を通らなければならない。もしも強引にその場所を通ろうとすれば、必ず争いが生じ、大騒動に発展するにちがいなかった。

士官たちは小銃の入手を断念して、ロジェストヴェンスキー中将の身辺を警護するため、その部屋の前にピストルを持った士官二名と忠実な水兵一人を立哨《りっしょう》させた。また、船内監視の必要から、四名の士官を上甲板に配置した。さらに、船長も叛乱を予期して対策を練り、船を陸岸に沿って航行させ、その上、浮袋多数を用意した。もしも船内で暴動が起った折には、ロジェストヴェンスキー中将以下士官たちを海中にとび込ませ、浮袋で海岸に到達させようとはかったのだ。

無気味な夜が、明けた。

「ボロネージ号」は、朝六時、長崎に入港した。捕虜収容船は、長崎からウラジオストック軍港にむかうことになっていた。

港内には、捕虜を送還するロシア側の船が数隻碇泊していた。その中の一隻である「ポガトゥイリ号」の船長が、「ボロネージ号」を訪れてきた。かれは、顔をこわばらせて、

「ウラジオストック軍港では、大暴動が発生している。その騒然とした軍港に船を入港させることは危険だと思う」

と、不吉な情報をもたらした。

士官たちは、顔色を変えた。かれらは、多くの兵たちとともに日本軍と戦い、捕虜になった。そして、平和の到来で解放されたが、故国は革命運動の激化ではげしく揺れ、帰国するのも危険だという。しかも、船内には不穏な空気がみちている。

士官たちは、進退を失ったように呆然《ぼうぜん》と立ちすくんでいた。

「ポガトゥイリ号」船長のつたえた情報は、いつの間にか一般の下士官、兵にもつたわった。士官たちが、ウラジオストック軍港の騒乱を恐れて同軍港への出発をためらっているということを知って、下士官、兵たちの憤りはさらにたかまった。

ウラジオストックの暴動は、政治家、軍人に対する人民の抵抗運動で、それは、下士

官、兵たちの士官に対する反抗と同じ意味をもっている。下士官、兵たちにとって、ウラジオストックの暴動は歓迎すべきもので、むしろ、一刻も早くその騒乱の渦中に入りたかった。

士官たちは、ロジェストヴェンスキー中将を守護するように一カ所に寄りかたまっていた。

そのうちに、士官たちを戦慄《せんりつ》させる情報が入ってきた。それは、正午に下士官、兵たちの会議がひらかれ、今夜までに長崎を出港しなければ、中将以下士官、船長たちを海中に一人残らず投げこんで、船を占領することを決議するという。

さらに、その情報を裏づけるように、下士官、兵の代表者と称する下士官がやってくると、

「明日、ウラジオストック軍港に出発しない時には、われわれだけで勝手に出発する」

と、鋭い眼をして士官たちに告げた。

士官たちは、動揺した。船内の動きもあわただしくなって、コザック兵六名が士官室を訪れ、

「われわれは味方するから、日本刀を買い入れてくれ」

と、申し出たりした。

日が暮れ、小雨が降りはじめた。が、下士官、兵たちは、雨を気づかう風もなく上甲

板にぞくぞくと姿をあらわした。

船内の不穏な空気は、最高潮に達した。前甲板では、楽隊が狂ったように音楽を演奏しはじめ、それに呼応するように、船尾では多くの者が集ってコーラスを歌い出した。たちまち静かな港内に、音楽と合唱が騒々しく流れ出た。

さらに、甲板上では、大集会がもよおされた。一人の下士官が、箱の上に立って演説をはじめた。その口調は次第に激烈なものになって、

「同志諸君！　立ち上るのだ。そして、戦うのだ。すでにこの船は、われらの手中にある。船内には、今までわれわれを奴隷《どれい》のごとくこき使ってきた士官どもがいる。かれらを徹底的にこらしめる時がやってきたのだ。同志よ、一致団結して、かれらを追放しようではないか」

と、くり返し叫び、その度に、兵たちの間からすさまじい喚声があがった。

船の機関部をはじめ要所要所は、すでに下士官、兵に占領されて、士官たちは一カ所にとじこめられていた。暴動が起れば、士官たちを殺戮《さつりく》する事故が発生する可能性がたかまった。

船長はなすべき手段も失われたと判断して、無線電信でひそかに陸上にむかって船内に暴動発生のおそれがあることをつたえた。十分な武器ももたぬ士官たちを守るためには、日本側の助力を求める以外に方法はなかった。

騒然とした「ボロネージ号」に、一艘《そう》の小舟がひっそりと近づいてくると、数名の日本人警官が輸送船のタラップを静かに上った。

かれらは、上甲板の光景を一瞥《いちべつ》した。アジ演説に喚声をあげる兵の群れの後方では、楽団がものにつかれたように絶え間なく演奏をつづけ、船尾の方では、多くの者たちが歌を合唱している。

警官たちは、身をかくすように士官たちの寄りかたまる船内へ足早に入っていった。船長と士官たちが警官の周囲に集って、口々に船内の状況を説明し、

「今や、この船には暴動発生の危険がある。いや、すでに暴動は発生していると言っていい。船は完全に下士官と兵に占領されているし、ウラジオストックに出発しなければ、われわれを海中に投げこむと脅迫している」

と、蒼白《そうはく》な顔で訴えた。

警官は通訳を介して、

「船長からの通報で、われわれは、事態がきわめて重大な段階にきているということを予知している。貴官たちの言われるように、われわれは、すでに暴動が発生したと解釈している。ただ、この長崎には、軍隊が常駐していない。しかし、知事は、暴動鎮圧のために適当な処置をとった。軍隊派遣を関係方面に要請したので、おそくも明朝十時前には到着する予定になっている。また、知事は、佐世保軍港に軍艦派遣をも要請した。

知事としては、万全の態勢をととのえているから御安心いただきたい」

と告げ、再び小舟に乗って引き返して行った。

警官から船内事情の報告を受けた知事は、船内の空気が想像以上に険悪化していることを知って、暴動鎮圧のため警官隊を同船に派遣することを決定した。ただちに、長崎警察署では非常召集を発し、約七十名の警官が、警察署長の指揮で数艘の小舟に乗り「ボロネージ号」に急いだ。

警官隊は拳銃を携行し、足音をしのばせてタラップをのぼっていった。

突然、姿をあらわした警官の群れに、上甲板にいた兵たちは息をひそめた。楽団は演奏をやめ、コーラスもやみ、アジ演説をつづけていた男も口をつぐんだ。

無言のままかれらは、警官隊と向き合った。警官たちはサーベルの柄に手をかけ、鋭い目つきで下士官、兵たちを凝視している。その姿に畏怖《いふ》を感じたらしく、かれらの群れはくずれて、上甲板から船内に姿を消した。

やがて上甲板には、警官たちだけが残された。

しかし、船内では兵たちの激しい声が再び起りはじめ、

「武器だ、武器だ！　武装するのだ」

と、連呼する叫び声がしていた。

警察署長は、警官を要所要所に配置して徹夜で厳重警戒にあたることを命じた。かれ

らは拳銃に実弾をこめて、周囲に監視の眼をそそいでいた。

警察官の派遣によって、船内の騒ぎは幾分しずまったが、士官たちの不安は消えず、小舟で脱出をはかろうとした者もいた。下士官、兵たちは警官隊をおそれて船内深くもぐりこんでいた。

その夜、五名の兵が逃亡したことが判明し、警官隊は、陸上に連絡をとって捜索を依頼した。

朝を迎え、長崎に陸軍の一隊が到着し、午前十一時半には佐世保軍港から四隻の日本水雷艇もやってきて、「ボロネージ号」を包囲した。それによって、ようやく「ボロネージ号」の騒ぎもおさまった。

翌々日の午前十時半、「ボロネージ号」にロシア捕虜受領委員ダニロフ中将がやってきて、各部署から下士官一名ずつを船の一室に招くと、訓示した。

ダニロフ中将は、

「今後、決してこのような暴動を起さぬと宣誓せよ。また、暴動の主謀者を引き渡せ」

と、きびしい口調で求めた。

しかし、下士官たちは、

「主謀者と言っても、別にだれときまっているわけではない。強いて言うなら、われわれすべてが主謀者です」

と、答え、

「なぜ、ウラジオストックにすぐ出発しないのですか。革命運動をそんなに恐れているのですか」

と、皮肉な口調でたずねた。

「そうではない。暴動のため市街地は焼きはらわれ、鉄道の輸送機関が破壊されている。ウラジオストックは、諸君たちを受け入れられる状態ではないのだ。しかし、いつまでも待機しているわけにはいかない。諸君はやがて出発できるだろう」

と、ダニロフ中将は答えた。

下士官、兵の代表者たちはその答えに納得したらしく、連れ立って船室を出て行った。

ダニロフ中将は、船長、士官たちに、

「かれらを十分に説得したから、ウラジオストックに行くのにも支障はないだろう」

と、告げた。

しかし、船員の側から苦情が出て、

「われわれを海に投げこもうと考える危険な者たちを乗せてゆくのはいやだ」

と、訴えた。

そのうちに、士官たちの間からも同様の意見が出て、激しい論議が交された。その結果、暴動を起した下士官、兵を二分して、捕虜輸送船「タンボフ号」と「キエフ号」に分乗させることに決定し、ロジェストヴェンスキー中将以下幕僚と士官たちは、「ヤクート号」という七〇トン余の船に移乗することになった。

翌十一月二十二日、下士官、兵二千四百余名は、「ボロネージ号」から「タンボフ号」「キエフ号」に分乗し、ロジェストヴェンスキー中将らは、「ヤクート号」に乗りこんだ。

翌日の正午、「ヤクート号」は錨《いかり》をあげた。初冬の空は、青く澄みきっていた。中将らは、港口にむかって進む船上から長崎の町並に眼を向けていた。かれらにとって、それは日本との最後の別れであった。

二十二

「ヤクート号」は、長崎港外に出ると北に針路を向け、五島列島のかたわらを過ぎ、対馬海峡に入った。

ロジェストヴェンスキー中将以下海軍士官たちは、船内に深く入って甲板上に出ることはしなかった。その海峡は、かれらにとっていまわしい記憶にみちた海であった。本国を出港してから七カ月後に、ロシア艦隊は対馬海峡で日本艦隊と砲火を交えた。海戦はロシア艦隊の惨敗《ざんぱい》に終り、多くの艦船が海底に沈んでいった。ロジェストヴェンスキー中将たちは、その海を見るのが堪えがたかったのだ。

夕方になると強い西風が吹くようになり、船は揺れはじめた。幸いにも同乗している下士官、兵たちに不穏な動きはなく、機関の音と船体にぶつかる波の音がきこえるだけで、船内は静まりかえっていた。

翌十一月二十四日、風波はさらにひどくなって波浪が船に激突し、船酔いに悩む者も多くなった。が、翌日になると風も弱まり、夕方には海も凪《な》いだ。

士官の中には、船に備えられたピアノをひく者もいて、その夜、一行は安らいだ眠りについた。

「ヤクート号」の速度はおそかったが、十一月二十六日朝、前方の水平線上に淡い山塊のつづくのがみえてきた。ウラジオストック軍港の後方にそびえる山脈であった。

乗船していた者たちは、上甲板に出て山脈に眼を向けた。

「おお、故国よ。われらがロシアよ」

士官や兵の中から、感動にみちた声がもれた。かれらは、ようやく故国を再び眼にすることができたのだ。

その日の午後四時、「ヤクート号」はウラジオストック軍港に入港、投錨《とうびょう》した。港内には、日本海海戦でマニラにのがれ武装解除を受けた巡洋艦「ジェムチュグ」をはじめ、数隻《せき》の水雷艇と運送船が碇泊《ていはく》していた。

「ヤクート号」の甲板からは、遠くウラジオストックの市街が望見できた。そこには、暴動の痕《あと》が生々しく残されていた。将校官舎は焼払われて壁だけが突き立ち、市街は瓦《が》礫《れき》の山と化している。「ヤクート号」の便乗者たちは、革命運動の激しさをあらためて知り、声もなく立ちつくしていた。

翌朝、「ヤクート号」に、グレウェ軍港司令官が訪れてきた。かれは、ロジェストヴェンスキー中将に挨拶《あいさつ》すると、中将を案内して短艇に乗った。港内には濃霧が立ちこめ、短艇は、その中を進んで軍港桟橋についた。

中将は、グレウェ軍港司令官からウラジオストック軍港に勃発《ぼっぱつ》した暴動の経過をきいた。

暴動は反政府運動の者たちの煽動《せんどう》によるものであったのだろうが、外観的には職もない無頼の者たちによって自然に発生したようだという。暴徒は群れをなして市街を走りまわり、商店を襲って商品を奪い、放火した。軍隊は、その勢いにおそれてなんの手を打つこともできず、主要な建物はすべて焼払われたという。

ロジェストヴェンスキー中将は、激しく揺れ動く故国の姿に顔をしかめていた。

中将一行は、ウラジオストックに三日間滞在した。中将に応接する人々は、中将とさりげない会話を交すのが常であった。日本海海戦で大敗を喫したロシア艦隊司令長官に、海戦のことをきくのは酷だということを知っていたのだ。

また、随行の士官たちにも海戦の状況を質問することはせず、ロジェストヴェンスキー中将の傷の具合をたずねるだけであった。

十一月三十日、中将一行は、ウラジオストック駅から、午前十時四十五分発の列車に乗った。一部の者にしか報《しら》せぬ出発だったが、駅頭には多くの人々がつめかけていた。

中将一行は、人々の温かい見送りに心もなごんだらしく、窓から沿線の風景をながめていた。

翌々日早朝、列車はハルビンに到着したが、市街には火災の跡が所々にみられ、だらしない服装をした兵たちが酔って歩きまわっていた。ハルビンにも暴動が発生し、軍隊の規律も乱れていた。

列車は、さらに進んで、正午には狼子窩《ろうしか》についた。駅には、終戦時に大山巌《いわお》元帥《げんすい》指揮の日本陸軍と対峙《たいじ》していたロシア陸軍総司令官リネヴィチ大将が出迎えていた。ロジェストヴェンスキー中将は、リネヴィチ大将と二人だけで話し合い、昼食をともにして、その地に一泊した。

翌朝、ロジェストヴェンスキー中将一行は、列車に乗って北上、朝九時に小さな駅についた。そこには、ロシア陸軍の前総司令官であったクロパトキン大将が待っていた。そこでも中将は、クロパトキン大将と密談したが、クロパトキンは最大の好意をしめしたらしく、部屋から出てきた中将の顔は輝いていた。

クロパトキンは、一行を駅まで送ってきて、話が尽きぬらしく車内に入ってくると、

十五分間もロジェストヴェンスキーと会話を交した。そして、名残り惜しげに車からおりながら、

「貴官は、偉大なことをしたのです。それは、皇帝のみならずロシア全国民が知っています。貴官の将来は、明るい希望にみちています。もしも首都に帰って海戦の状況について質問されたら、なにもかもかくさずありのままをお答えになるべきです」

と、言った。

「ありがとうございます。貴官の言葉に気持が晴れました」

ロジェストヴェンスキー中将は、深い感謝を顔に浮べて、クロパトキンの手を強くにぎった。

随行の士官たちの顔も、明るんだ。かれらは、列車の座席に身をもたせて談笑したり、途中で買い求めた酒をくみ合ったりしていた。

翌日正午すぎ、列車はヒンガルのトンネルを通過した。同時に寒気がきびしくなり、沿線には一面に雪の白さがひろがった。故国ロシアは、すでに冬期の中にあった。

午後二時三十分、列車は、中継駅のフォームにすべりこんだ。そして、石炭の補給をはじめた時、車窓から駅前の広場に眼を向けていたロジェストヴェンスキー中将一行は、思わぬ人の群れを眼にして顔色を変えた。雪を蹴散《けち》らしながら、群衆が駅にむかって突き進んでくる。それは、服装からみて労働者と兵が多く、かれらは、互いになにか叫び

合っていた。

駅員たちは、驚いたように駅舎からとび出して、四方から走ってくる群衆に眼を向け、群衆の殺気立った気配に身の危険を感じて、一斉に逃げ出した。

中将一行は、思わず座席から立ち上った。群衆は駅を占領しようというのか、それとも中将一行を襲って、その生命を奪おうと企図しているのか、いずれにしても好ましくない事態の起ることが予測された。

中将たちは、客車の中で身をすくめて外の気配をうかがった。

群衆は駅に入ると、フォームになだれこんできた。かれらの目標は駅舎ではなく、中将一行の乗っている客車であることは明白だった。

たちまち客車は、おびただしい人の群れにかたく包囲され、数人の男たちが、客車の入口から中へ入りこもうとした。

ただ一人ふみとどまっていた四十歳ぐらいの駅員が、

「入っては困ります。入らないで下さい」

と、ふるえ声で必死にかれらを制止したが、男たちは、その手を荒々しく払いのけて客車に入ってきた。それは、三人の兵士で、中将に随行していた海軍士官が、兵に近づくと、

「なんの用ですか」

と、虚勢をはるように肩をいからせてたずねた。

兵たちは、士官に敬礼した。その眼には、意外にも険しい光はなく、むしろ親しみにみちたやわらぎが浮び出ていた。

赤茶けた髭《ひげ》の伸びた大柄な兵が前へ進み出ると、

「この客車には提督閣下が乗っておられるそうでございますが、閣下の御機嫌はどんな具合でしょうか、おうかがいいたします」

と、身をかがめてたずねた。

それらの兵たちの顔には、中将の身を案じている真剣な表情があふれていて、殺意のようなものはみじんも感じられなかった。

士官は、ようやく恐れることはないことを知り、男たちに、

「提督の御容体は、全快してはいないが、経過は良好です」

と、答えた。

兵たちはうなずくと、

「いかがでしょうか。提督閣下にせめて車窓からでもお顔をみせていただきたいのですが……」

と、懇願した。

士官は、客車の奥に行って中将にその旨《むね》をつたえると、中将は、快く引き受けて客車

の後部に出た。群衆は一瞬、声をひそめ、畏敬《いけい》の眼で中将を見つめた。

年老いた下士官が一人進み出ると、

「偉大なる提督閣下。閣下は、自らを捧《ささ》げてわがロシアのためその貴き血を流されました」

と、歓迎の辞を述べはじめたが、適当な言葉が見つからぬらしく口ごもると、人々の口から、

「提督、ウラー、ウラー」

という歓声が起り、中将の立っている客車の後部に押し寄せてきた。

中将は、

「諸君の温かい出迎えに深く感謝する」

と、声をたかめて言った。そして、腰をかがめると、ステップに足をかけていた一人の兵に、

「どこの隊に所属しているのだ」

と、たずねた。

若い兵は、

「負傷して帰郷するところです。ここにいるのは、みな負傷者ばかりです」

と、答えた。

中将は、不意に兵を抱くと接吻《せっぷん》した。その光景に、兵や労働者は感動し眼から涙をあふれさせた。

列車が、ゆるやかに動きはじめた。群衆は、列車とともに走って「ウラー、ウラー」と叫び、帽子をはげしくふった。中将は、いつまでもかれらに手をふってこたえていた。

その思いがけぬ歓迎に、中将一行の気分は明るんだが、その夜おそく列車は急に停止した。鉄道員のストライキ指令で、それ以上の運行は不可能だという。駅の助役の話では、機関車の三分の二が故意に破壊され、少数の駅員や保線夫だけが作業にしたがっているという。

中将は、ロシア陸軍総司令官リネヴィチ大将に、列車の進行を命じて欲しいと電報を打った。が、駅員の話では、通信網も乱れているので、電報がリネヴィチ大将のもとまで届くかどうかおぼつかないという。

しかし、電報は幸い目的地に達したらしく、正午近くになって、ようやく列車は出発することができた。

列車は、シベリア鉄道を首都ペテルブルグにむかって進んでゆく。

日露戦争中、ロシアは、シベリア鉄道で大軍を満州に輸送したが、講和条約成立後は、故郷に帰還する将兵を送る鉄道になっていた。しかも、シベリア鉄道は、革命の動乱によるストライキでその機能を半ば失っている。列車の進む前途には、どのような障害が待ちかまえているか、想像もできない状態にあった。

十二月六日の夜明け前、列車はオロヴィヤン駅についたが、そこで、またも停止を命じられた。駅員たちが顔を引きつらせて、あわただしく走りまわっている。

「どうしたのだ」

中将に随行している士官が、駅員をつかまえてたずねた。

「ここから二十露里ほど前方で、軍用列車が暴徒に襲われ破壊されたのです。現在までの情報では、約二十人が重軽傷を負ったそうです」

駅員は、口早に答えると走り去った。

その報告を受けた中将は、負傷者を治療させるため救難隊を組織することを命じた。そして、同行していた軍医を指揮者に十名ほどの隊員を募った。

列車は、朝六時に駅を出発した。中将一行は、事故現場近くで軍医からの報告を待っていた。シベリア鉄道は単線で、襲撃を受けた軍用列車が破壊されて動けなくなれば、線路はふさがってしまう。もしも、そのような事態におちいれば、後続の列車の進行はすべて停止させられ、数十万のロシア帰還将兵が立ち往生する。

中将をはじめ随行員は、しきりに線路の前方をうかがっていたが、夜明けが近づいた頃、カンテラをさげた救難隊が線路上をつたってもどってきた。

軍医は、中将の前に立つと、

「列車はたしかに破壊されておりましたが、思ったよりも軽微で、故障個所を修理して進みはじめました。また、負傷者も治療の経過は順調で、生命に別条はありません」

と、報告した。

中将一行の顔に、安堵《あんど》の色がひろがった。

列車はゆっくりと進みはじめた。それまで殺風景だった沿線の風景が次第に豊かになって、所々に灌木《かんぼく》がみえ、放牧された牛馬の姿も眼にとまるようになった。村落も点在するようになり、ブーリャンスキー駅を過ぎた頃からは瑞々《みずみず》しい森林がつづいた。

中将一行は、身の危険も忘れて美しい風景に見とれていた。

列車は、交通の要地チタに到着したが、駅の助役によって再び進行を阻止された。

助役は、中将の乗っている客車に入ってくると、

「誠に申し訳ございませんが、列車の出発を一時見合わさなければならなくなりました。実は、当地にも反政府運動がさかんに起っておりまして、約三千名の群衆が、デモ行進をして町の中に入りこんできております。もしも列車を走らせますと、群衆が列車をおそい、破壊行動にうつるおそれが多分にあります。それを避けるためには、まず、デモの行列が完全に通過するのを待ってから出発した方が、安全だと思われます」

と、事情を説明した。

中将は、シベリア鉄道の各地で列車が群衆によって破壊される事件が続発していること

とをきいていたので、助役の忠告に従わないわけにはいかなかった。

中将一行は、客車内で息をひそめた。

やがて、遠くの方から、行進曲の旋律とともに群衆の唱和する声がきこえ、次第に近づいてきた。車内の者たちは、おびえきった眼で窓から町の中をうかがった。

大合唱する群衆の声が近づき、突然、町角から人の列があふれ出てきた。二本の旗竿《はたざお》に赤い旗がとりつけられ、その後から整然と列を組んだデモ隊がつづいてくる。そして、駅前に達すると列車の傍を進み、線路を横ぎった。

かれらは、声を合わせて歌っている。その文句は、

「国民よ、立て！　一刻も早く立て！　自由を得るのは、今だ！　この良き機会をつかんで共に立ち上ろう」

といった趣旨のものであった。

群衆の中には、教養のあるらしい男女も多く、兵や将校までまじっている。中将一行は、初めて故国の大衆運動を眼にして愕然《がくぜん》とした。

デモ隊の動きは整然としていて、列車に危害をくわえるような気配はみられなかった。そして、一時間後には、デモ隊の行列も遠ざかって、列車の進行にも不安がないと判断された。

「出発」の合図で、列車はチタ駅を発車した。が、進むにつれて、危険が急激にたかま

っていった。

翌十二月七日、ムソヴァ駅につくと、ストライキの規模が拡大し、列車が反政府運動の群衆に抑留されはじめていることを知らされた。駅長は、

「ともかく行けるところまで、突っ走るべきです」

と、すすめてくれた。

その忠告にしたがって、列車は、ただちに同駅を発して進んだ。

日が没し、月が出た。列車は、バイカル湖畔を進んでゆく。車窓からは、左手に雪でおおわれた山脈が月光に青白く光ってつづき、右手には断崖《だんがい》がそびえ立っている。その夜景は、幻想的な美しさにあふれていた。

長く、そして不安にみちた列車の旅であった。

三日後、ツルン駅では、列車が群衆によって包囲され運行が不可能になった。

群衆の代表者が、

「ロジェストヴェンスキー提督の姿をみたい」

と申し入れてきたので、中将は、客車を出ると零下一八度の広場に立った。群衆の要求に応じない場合には、どのようなことが起るかわからなかったからであった。

群衆は、中将に海戦の経過を質問した。中将は、一々それについて答え、

「神は、私たち海軍軍人に幸福をお与え下さらなかった」

と、悲痛な声で述べ、群衆に頭をさげると客車にむかって歩いた。

群衆の中から、

「神よ、わが提督に健康と長寿をあたえ給《たま》え。提督は、老人の身で国民のために血を流されたのです」

と、いう叫びが起った。

その声が群衆を感動させ、頭に包帯を巻いて客車にもどる中将の背に、同情の声を浴びせかけた。

群衆は包囲を解き、列車は動き出した。

しかし、翌日、クラスノヤルスク駅で、列車は帰還兵を多く乗せた列車に追いついた。その列車に乗っている兵たちは凶暴で、駅員をおどして掠奪《りゃくだつ》をほしいままにしていた。かれらの中将一行に注ぐ眼は険しく、激しい反感の色がみちている。中将をはじめ随行員たちは、顔を青ざめさせて客車内にとじこもっていた。

兵たちを乗せた軍用列車が出発したので、中将一行を乗せた列車も、その後からつき従うように進みはじめた。シベリア鉄道は単線なので、追い越すことはできない。

その日も翌日も、列車は、軍用列車の後から進んだ。が、翌々日の深夜、小さな駅についた時、機関手が奇策を弄《ろう》して待避線を巧みに利用し、軍用列車を追い越すことに成功した。

列車は、軍用列車の追尾をおそれて驀進《ばくしん》しつづけたが、二日後には再び前方に軍用列車が進んでいるのを発見した。それまでに通過した駅の話では、その軍用列車に乗っている兵も駅の物資を手当り次第に奪うことをくり返す凶暴な集団であるということだった。

十二月十六日、ウーファ駅に到着、軍用列車の後方に停止した。

中将一行をのせた列車は、前方を軍用列車に閉ざされ、さらに後方からは軍用列車が迫ってきている。それらの列車に乗った兵たちに襲撃される公算は大きかった。

その危険から脱れるためには、再び先行する軍用列車を追い越す以外にない。機関手は待避線を再び利用することを考え、駅員もその企てに協力した。そして、日没後、列車は突然発車して軍用列車を一気に追い越した。列車は、シベリア鉄道を西方にむかって驀進し、夜おそくキネリ駅に到着した。

しかし、そこには不吉な電報が待っていた。それはウーファ駅から発信されたもので、軍用列車の追越しに協力した同駅の駅員たちが、軍用列車に乗っていた帰還兵たちにとらえられ、暴行を受けたという。兵たちは駅員を激しく殴打《おうだ》し、それによって駅員すべてが瀕死《ひんし》の重傷を負ったというのだ。

また、駅側からの電報についで、兵からの電報もキネリ駅長宛《あて》についていた。その電報用紙には、

「提督ヲ乗セタ列車ニ停止ヲ命ゼヨ。モシモ命令ニソムイテ列車ヲ発車サセタ折ニハ、貴駅ヲ焼打チスル」

と、書き記されていた。

しかし、キネリ駅長は悲痛な表情で、

「軍用列車に追いつかれると、騒ぎは一層大きくなります。早目に御出発下さい。後のことはなんとかいたします」

と、言った。

駅長の勇気あるすすめに従って、列車は出発し、翌日の正午にはサマラ駅にたどりついた。

サマラ駅長が挨拶《あいさつ》にきたが、その眼にはおびえの色が濃く、

「駅長としての権限はすべて失われました。私たちは、ただ帰還兵や民衆の命ずるままに従っているだけです」

と、声をふるわせて言った。

その駅の周辺にも群衆がつめかけていて、

「提督の顔をみたい」

と、申し込んできた。

中将は、群衆の怒りを誘うことを恐れて、駅の広場に三度も出て行って挨拶をした。

三十分後、列車は出発し、午後二時頃、小さな駅についた。列車がフォームにすべりこむと、駅長が客車内に走りこんできた。

「群衆です。大群衆が押しかけてきています。あれをごらん下さい」

と言って、客車の両側を指さした。

すでに駅の近くに群衆がひしめき合っていたが、遠くからも線路にむかって多くの人々が走ってきているのがみえる。大騒動の起る気配は濃厚だった。

中将をはじめ客車内の随行員たちは、最期の時が来たことをさとって身をすくませたが、突然、客車の両側から、

「ウラー、ウラー」

という大歓声がまき起った。

中将たちや駅長は呆気《あつけ》にとられた。そのうちに駅員がやってきて、事情が判明した。群衆は、どこからともなくロジェストヴェンスキー中将の列車が駅に到着することを知って、歓迎のため集ってきていたのだという。

中将は、表情をやわらげると、客車の後部に出て群衆の歓呼にこたえた。

列車は、歓呼に送られて出発し、十二月十八日、モスクワ着。十九日には目的地の首都ペテルブルグにたどりついた。ウラジオストック出発以来、二十日にわたる苦難にみちた列車の旅であった。

ペテルブルグは、厳寒の季節を迎えていた。雪道は凍りつき、空はどんよりと曇っていた。

ロジェストヴェンスキー中将一行を駅に迎えたのは、少数の者だけであった。かれらは、負傷した頭部を薄汚れた包帯で巻いてフォームに降り立った中将の姿に、痛々しげな眼を向けた。

一年以上前、中将は、大艦隊をひきいて日本海軍を撃滅するためリバウ軍港を出発した。港内には、ロシアの誇る戦艦群をはじめ諸艦艇が煙突から煙を吐き、海面を所せまいまでに埋めていた。その間を、ニコライ二世が皇帝旗をかかげた艦艇に乗って巡視し、海岸をうずめた群衆は大歓声をあげてひしめいていた。

やがて、大艦隊は同港を出発していったが、その艦艇は帰ってこず、威厳にみちた姿で出発していった司令長官ロジェストヴェンスキー中将も、傷ついた姿で数名の幕僚とともに列車からおりてきたのだ。

中将の眼には、悲しげな光がうかんでいた。そして、出迎えの者にうながされて駅を出ると、口数も少く指定された宿舎に入った。

ペテルブルグにも革命運動の不穏な空気が濃くひろがっていたが、そうした中でロジェストヴェンスキー中将は、艦隊を喪失した最高責任者として戦況経過報告の作成にとりかかった。誠実なかれは、冷静に事実を曲げずに筆を進めていった。

やがて、かれは、報告書を作成するとニコライ二世につつしんで提出した。かれは、周囲から温かい眼でみられていたが、大敗北を喫したという事実はいかんともしがたかった。

新聞は、かれの帰国を好意的に紹介したが、日がたつにつれて、その態度は冷ややかなものになっていった。新聞記者は、乗組員生存者から多くの声を取材して、ロジェストヴェンスキー中将の人間像を作り上げた。

それによると中将は、部下を信頼することが薄く、終始、秘密主義をとったことが敗北の一因になっている、と非難を浴びせかけていた。その好例として、東支那海から朝鮮海峡に艦隊が進入する時も、中将は、参謀長以下にそれを告げなかったことをあげていた。また、中将がきわめて怒り易《やす》く、それが艦隊乗組員の空気を硬化させ、士気をおとろえさせた原因になったと批判もしていた。

中将に対する評価は日増しに下落して、新聞には、中将への非難のみが掲載されるようになった。

そうした空気の中で、ロジェストヴェンスキー中将は、軍法会議への出頭を命じられた。それは、敗北の最高責任者であるかれに対する処置としては当然のことで、中将としてもリバウ軍港を出港後、いかにして大航海を成功させ、その後、敗北の憂《う》き目にあったかを説明したいと願っていた。

かれは、裁きの場に立った。

軍法会議の海軍部門では、すでに、日本艦隊に降伏したネボガトフ少将に対する判決を下していた。

ネボガトフ少将は軍法会議の席で、

「私は、五千名の部下を救おうとし、無益な血を回避するため、やむを得ず日本艦隊に降伏しました」

と、弁明した。

しかし、軍法会議は、左のような結論をくだした。

「たしかに、包囲した日本艦隊の兵力は圧倒的に優勢で、抵抗することは全滅を意味していたにちがいない。が、ロシア艦隊の名誉のためには、血を流すことも決して無益ではなかった。昔から戦士の名誉ある死は、国民の士気をふるい立たせるだけでなく、子々孫々までも語りつがれるものである。もしも全滅を覚悟で徹底抗戦をつづけたなら、その勇敢な行為は、幾世紀をへても国旗の名誉とともに永久に朽ちることなく、一層その輝きを放つであろう。

これに反して、不名誉な降伏は、後の世まで臆病《おくびょう》な軍人たちとさげすまれ、しかも、このような弱者の行為は海軍全体を腐敗させ、その代りに敵の士気をさかんにする大きな原因となる。以上のような理由から、ネボガトフ少将のとった行為は、ロシア軍人、ロシア国民の名誉をおとしめたものと断定する」

という理由のもとに、ロシア海軍法律第二七九条が適用された。その条文は、

「艦隊、戦隊、船艇隊或は艦船艇統率の任にあたり宣誓義務により軍人たる名誉の要件に応じ、その上自己の職分をつくさざる者は、官位を奪い、その職務を免ず。もし戦いを交えず、或は防戦できる状態で戦いを放棄した者は、これを死刑に処す」

というもので、軍法会議は同少将に死刑を科した（後に要塞禁錮《ようさいきんこ》十年に減刑される）。

ネボガトフ少将に対して容赦ない審判をおこなった軍法会議は、ついで、司令長官ロジェストヴェンスキー中将の審理に着手した。

むろんロジェストヴェンスキー中将に対しては、ネボガトフ少将とは異なり、あらゆる点で同情すべき点があった。かれは、海戦直後重傷を負い、人事不省《ふめいりよう》におちいって指揮をとることができなくなった、そして、捕われた折も意識は不明瞭で、捕虜になったこともやむを得ない情況下にあったと解釈された。

ロジェストヴェンスキー中将は、捕虜になった直後、ニコライ二世から「汝《なんじ》が身命をなげうってロシア国と余のために戦ったことを嘉賞《かしよう》す」という趣旨の勅語をたまわっていたので、当然、無罪の判決が下り、中将の位置を追われることもあるまいと思いこんでいた。

しかし、審理が進むにつれて、その望みは徐々に薄らいでいった。査問官の追及はきびしく、中将は、それに対して釈明したが、査問官の表情は冷たい。中将の顔には、苦悩の色が濃くなった。

軍法会議の判決がくだった。それは、無罪釈放であったが、官位は剝奪《はくだつ》されたのである。

軍法会議の得た結論は、左のようなものであった。

「ロジェストヴェンスキー提督は、意志強健で職務にも忠実であった。ロシア本国から朝鮮海峡にいたる長大な海洋を大艦隊が航行したことは世界史上類のない壮挙で、それは、ロジェストヴェンスキー提督のすぐれた才能によるものと認める。ただし、海戦になった折の提督の作戦指揮能力はゼロに近く、戦闘に対する準備も指揮もきわめて拙劣であった。

むしろ、提督よりも艦隊の各艦長、士官等の方がはるかに軍人として戦闘能力にすぐれ、ロシア海軍の名誉を後世に残した。殊《こと》にクニャージ・スヴォーロフ、ボロジノ、アレクサンドル三世、アドミラル・ウシャーコフ、ドミトリー・ドンスコイ、スヴェトラーナ、グロムキーの諸艦は、永久にロシア海軍の模範とすべき勇敢な戦闘をおこなった。中でもドミトリー・ドンスコイが数十隻から成る日本大艦隊と勇戦奮闘したことは、ロシア海軍の名誉をいちじるしくたかめたものと判断し、賞讃《しょうさん》する」

この判決内容は、たとえ無罪にはなったとしても、ロジェストヴェンスキー中将にとって屈辱にみちたものであった。

しかし、かれは、敗北の将であり、故国ロシアに抗議できる立場にはなかった。軍人としての地位を失ったかれは、悄然《しょうぜん》として妻の待つ家にもどった。海軍部内きっての才人であり、皇帝の信頼も厚く侍従武官長の顕職にまでのぼったかれは、一介の市民になったのだ。

老いが、急速にかれを訪れた。髪にも白毛が増し、顔には深い皺《しわ》がきざまれた。かれは、いつも不機嫌そうに顔をしかめ、口数も少く家の外に出ることもなかった。

生活はわびしく、しかも、頭部に受けた傷が疼痛《とうつう》となって、かれを苦しめつづけた。そして、明治四十一年の夏、かれは、人知れずこの世を去った。日本海海戦からわずか三年後のことで、死因は頭部の傷の後遺症によるものと言われているが、それもつまびらかではない。

日本海海戦を日本側に有利に導いたのは旅順要塞の陥落であったが、要塞司令官であったステッセル中将も、帰国後、陸軍の軍事裁判に付せられ、死刑の宣告を受けた。

乃木大将をはじめ旅順戦に関係した日本軍人は、その報を悲しみ、参謀の一人がヨーロッパの新聞にステッセル将軍の勇戦をたたえる論文を発表し、それが世論を大きく動かした。その結果、ステッセル将軍の刑も減ぜられ、シベリア追放になった。

その後、ステッセルは悲惨な運命をたどった。かれは、老いの身で紅茶の行商人になり、古びたトランクを手にシベリアの町々をさまよい歩いた。かれは第一次大戦中に死亡したが、要塞禁錮十年の刑に処せられたネボガトフ少将の、その後の消息は今もってあきらかにされていない。

日露戦争は、勝国である日本にも苛酷《かこく》な重圧となってのしかかった。

桂太郎を首班とする内閣が総辞職した後、西園寺《さいおんじ》公望《きんもち》が総理に就任して、戦後の経済政策にとりくんだ。が、国債を例にとってみても、戦前の発行高が六億円前後であったのに、戦費のために募られた国債は急激に膨脹していて、約二十二億円にまではね上っていた。政府としては、その巨額な元金と利息を支払わねばならぬ立場におかれていた。

さらに、物価の高騰《こうとう》はいちじるしく、庶民の生活は苦しかった。殊に、戦争で働き手の男を失った家族は貧窮にあえぎ、世情は暗澹《あんたん》としたものになっていた。

また、日本の勝利は、欧米各国の日本に対する警戒心を増大させていた。殊にアメリカは、日本が鎖国をといてからわずか五十年足らずで世界の大国ロシアに勝ったことに瞠目《どうもく》し、急激に発展の一途をたどる工業力を背景とした軍備力にあなどりがたいものを感じていた。アメリカ大統領は、日本海軍の将来に脅威をおぼえ、太平洋方面の戦備を強化するよう命じた。

さらに、アメリカは、講和条約締結直後、早くも鉄道王ハリマンを日本に派して日本がロシアとの交渉で得た南満州鉄道の買収をはかった。戦後、日本の経済力は衰微していたので、桂首相は、満州鉄道を経営する自信を持つことができず、これに同意して覚書を手交した。が、これは小村外相の激しい反対で破棄されたが、アメリカは、有力な市場である満州に権益の拡大をはかることに努めるようになった。

そうした不穏な情勢下で、日露戦争での日本の勝利は、欧米各国の圧迫を受けている弱小国に大きな影響をあたえた。殊に日本艦隊がロシアの大艦隊を全滅状態におとしいれた日本海海戦は、これらの国の人々を狂喜させた。かれらは、黄色人種国である日本が白人国であるロシアに圧勝したことを新しい時代の到来と察し、白人に対する長年の鬱憤《うっぷん》をはらすとともに、民族意識に目ざめたのだ。

イギリスの植民地であったインドでは、日本の勝利に刺戟《しげき》されて反英運動が起った。このような民族主義運動はインドのみならず、オランダ領東インドにも起り、プロシャ、オーストリア、ロシアによって領土を分割されていたポーランドでも、激しい独立運動となってあらわれた。また、西欧各国の圧力に呻吟《しんぎん》していたペルシャ、トルコ、清国でも革命が勃発《ぼっぱつ》、それぞれ完全独立への道を突き進むようになった。

講和全権大使小村寿太郎は、外相に再任された後、病弱のため引退。神奈川県葉山の小さな借家でひっそりと過し、明治四十四年十一月二十六日、肺結核で死亡した。

旅順攻略を担当した第三軍司令官乃木希典大将は、明治天皇の死を追うように妻静子とともに自害した。遺書には、明治十年の役に軍旗を失ったことが自殺の理由であると書き残してあったが、旅順攻略戦に失敗し多くの犠牲者を出した責任を負ったための死であるとも推察された。

連合艦隊司令長官東郷平八郎大将は、明治三十七、八年戦役の功により功一級金鵄《きんし》勲章、大勲位菊花大綬章《だいじゅしょう》を授与され、伯爵《はくしゃく》に列せられた。大正二年には元帥の称号を受け、昭和九年五月三十日、喉頭癌《こうとうがん》で死去した。葬儀は国葬としておこなわれ、葬列は、一、五二四メートルにもおよんだ。

あとがき

日本海海戦は、艦隊同士の海戦として史上最大の、そしておそらく最後の戦闘である。その海戦は凄惨《せいさん》であったが、戦闘方法をはじめ被害艦の乗組員救出とその収容方法等に一種の人間的な秩序がみられる。

ロシア艦隊は約七カ月間を要して本国から日本近海まで達したが、その背景にはロシア革命が控え、それを迎え撃った日本艦隊の背後にも新興国日本の民衆があった。そして、講和条約締結後に起った日本国内の民衆運動は、日本人が戦争と平和について未成熟な意識しかもたぬ集団であることをしめし、その意識が改善されぬままに後の歴史を形作っていったように思う。

この千枚余の作品は、昭和四十五年十一月に「海と人間」と題して稿を起し、地方各紙に連載発表して翌四十六年十月に擱筆《かくひつ》した。その後約一年、稿を改め加筆、訂正、削除を経て「海の史劇」としてまとめたものである。

執筆にあたっては福井静夫、棟田博、中野忠次郎、渓口豪介、塚本張夫、愛媛県立図書館越智通敏、西村博明、国立国会図書館中島陽一郎の諸氏等多数の方々から豊富な資料提供と助言を得、砲術関係については、黛治夫氏の研究論文を参考にさせていただいたことを付記し、感謝の意をしめしたい。

参考文献

千九百四・五年露日海戦史第一巻～七巻（第五巻欠） 露国海軍軍令部編纂《へんさん》

明治三十七八年海戦史（上・下） 日本海軍軍令部編纂

日露海戦記（全） 海軍勲功表彰会編纂

日露戦局経過日誌 水交社刊

機密日露戦史 谷寿夫著

日本海大海戦 殉国記 ウラジミル・セミヨノフ著 高須梅渓訳

露艦隊来航秘録 ロシア海軍造船大技士 ポリトウスキー著

露艦隊幕僚戦記 著者不明

露艦隊最後実記 著者公表セズ

日露戦争実記 博文館刊

独国皇太子結婚式参列日誌 海軍中佐 大澤喜七郎

明石元二郎（上・下） 小森徳治著

小村外交史 外務省編

伯爵山本権兵衛伝（上・下） 故伯爵山本海軍大将伝記編纂会編

日露戦争史の研究 信夫清三郎 中山治一 編集

松山市誌 松山市誌編集委員会編

愛媛県誌稿　愛媛県誌稿編集委員会編
道後温泉史　道後町編
日本捕虜志（下）　長谷川伸著
松山収容所　才神時雄著
松山収容露国俘虜　松山収容所編
外

解説

田村隆一

ロジェストヴェンスキー司令長官が、ロシア艦隊をひきつれてフィンランド湾クロンスタット軍港から滄海《そうかい》の東へ向う圧倒的な場面にはじまり、連合艦隊司令長官東郷平八郎の死で終るこの一大叙事詩は、戦争の愚劣さをいやというほど思い知らせてくれる。そしてまた、戦う男たちの、民衆の崇高なやさしさを浮き彫りにする。

「日本海海戦は、艦隊同士の海戦として史上最大の、そしておそらく最後の戦闘である。その海戦は凄惨《せいさん》であったが、戦闘方法をはじめ被害艦の乗組員救出とその収容方法等に一種の人間的な秩序がみられる」

著者は「あとがき」で右のようにのべているが、読者もまた同じ感想を抱かれるにちがいない。

それにしても、とぼくは改めて思う。ロジェストヴェンスキー長官も東郷長官も、まず燃料である石炭と戦わなければならなかった。原子力をエネルギーとする現代の海軍は、核弾頭を搭載《とうさい》したミサイルを満載してどこの港へも寄港せずに何年もぶっつづけに海を走る。そこにあるのは憎悪《ぞうお》とイマジネーションの欠如と悪意と悲惨だけであり、「人間的な秩序」のカケラもないではないか。人間をこんな風にしてしまったのは、いったい何なのだろう？「人間的な秩序」を失ってしまったわれわれは、もはや人間ではなくなってしまったのではないだろうか、とおびえずにはいられない。ぼくはこの本を読むと、著者は、「人間的な秩序」をなんとか恢復《かいふく》するため、その方法を模索するために書かずにはいられなかったのではあるまいか、そのやさしい野望の成就のために一票を投じなければならないと闘志をかきたてられるのだ。

昭和十八年十二月九日、ぼくは横須賀第二海兵団（武山）に臨時徴集現役兵として入団、海軍二等水兵を命ぜられた。土浦海軍航空隊、鹿児島海軍航空隊（鴨池《かもいけ》）、滋賀海軍航空隊などでウロウロしているうちに二十年の敗戦を迎えて復員した。

この間、ぼくの頭には、いつも一枚の「絵」があった。

「砲員たちは、爆風によろめき飛来する破片に傷つきながらも、砲にしがみついてはなれない。敵艦隊との距離が七、五〇〇メートルに迫った。『三笠』の装備する十二インチ主砲の砲弾は十分に敵艦にとどく距離にあって、かれらは、一刻も早く敵艦に砲弾を浴びせかけたかった。／かれらは、苛立った眼で最上甲板を仰ぎ見ていた。が、そこには、東郷司令長官を中心に幕僚たちが、ただ双眼鏡を手に身じろぎもせず立っている姿

がみえるだけであった」(本書三五二〜三ページ参照)

マストにはZ旗がひるがえり、煙突からたちのぼる黒々とした煙、吉村氏がたんねんに描き出している明治三十八年五月二十七日午後二時の日本海。ロシア艦隊の砲撃による無数の白い水柱。東郷長官のかたわらには、秋山真之《さねゆき》の姿も見えるこの絵が、ぼくの脳裡《のうり》からはなれたことはなかった。

何年か前の春、横須賀白浜海岸に永久保存されている『三笠』を見学に行った。小学生のとき一度、そして昭和十八年の暮にも、二等水兵で行った。だが、上甲板にあがってみて、びっくりした。ほんとにびっくりしたのである。小学生のときも、二等水兵のときも、ぼくはぼくの目で『三笠』を見ていながら、じつは「絵」を見ていたにすぎなかったのである。

『三笠』はイギリスのヴィッカース社建造。一九〇〇年進水、一九〇二年完成、常備排水量一五一四〇トン、三〇センチ砲四、一五センチ砲一四、八センチ砲二〇、発射管四、速力一八ノット。当時日本が有する最新鋭艦であり、世界最大最強の戦艦。ド級前戦艦の典型であった。

本書に述べられているように、後部火薬庫の爆発によって佐世保港に沈んだが、引き揚げられて修理され、第一次大戦には沿海州方面の作戦に参加した。一九二一年のワシントン軍縮条約の結果、廃艦となったが、記念艦として保存されて今日に至っている

(世界大百科事典・平凡社刊による)。

ところが、いまこれを見ると、呆然《ぼうぜん》とせざるをえない。なんという小ささだろう。

上甲板と艦橋のせまさは言語に絶する。上甲板は、六畳、せいぜい八畳敷で、艦橋にいたっては、赤坂、六本木あたりの気のきいた喫茶店のトイレットの空間ぐらいしかない。

同行の友人は、

「ほんとにこれでバルチック艦隊を破ったのかなあ」と疑わしげな顔でぼくにたずねた。ぼくはうなずき返したのだったが、たしかに肉眼で、あの劇的な西洋と東洋の艦隊決戦にたちあっていたのだ。劇的な、としかいいようがない「敵前回頭」の現場である。

明治三十七年九月五日、ロシア最大の軍港クロンスタット港で、皇帝ニコライ二世と皇太后、そして必勝を祈るロシアの大群衆の歓呼の声に送られて出航する世界一流のバルチック艦隊の主力、そして、英・仏の政治的軍事的支配力のなかにあって、日本海にいたる七カ月の大遠征の戦旅は、石炭との戦いだけでなく、嵐と炎熱との戦いでもあった。

そして、対馬《つしま》沖で待ちかまえていた貧しさにあえぐ後進国、日本の三流海軍によって、またたくまに、その大半を撃沈、捕獲されるまでのプロセスは、まさに、今世紀初頭の「文化」の現象学にほかならない。そして、じつは、本書の最後の四分の一、つまり、ポーツマスにおける日露講和条約、ロシア海軍の捕虜、司令長官以下、重要スタッフの本国への帰還、その軍事法廷と判決、帝政ロシアの末期をゆすぶる二つの「民衆」、ストライキ、暴動、革命前夜のダイナミックな民衆の力学と、敗将ロジェストヴェンスキー中将に涙をながすもう一つのロシア民の顔、これらの事実とディテールによって真実をかたらしめ、ついには、読者に「肉眼」をあたえずにおかぬ、この力こそ、本書の深い主題であろう。「人間的な秩序」恢復への、吉村氏の憧憬《どうけい》が、史劇として成就しているのである。

旅順・二〇三高地攻撃という陸軍の死体を踏みこえての戦いを背景に据えて、千九百四・五年露日海戦史第一巻〜七巻（第五巻欠。露国海軍軍令部編纂《へんさん》）と、露艦隊来航秘録（ロシア海軍造船大技士ポリトウスキー著）、露艦隊幕僚戦記（著者不明）、露艦隊最後実記（著者公表セズ）などのロシア側の貴重な資料が、この文化の現象学の「塩」となっている。

本書を読むことは、期せずして人間が人間であった時代、その人間たちが動かしていた歴史の現場に立ちあうことであり、そのような幸福をあたえてくれた吉村氏に感謝するとともに、大いにその力量を讃《たた》えたい。

（昭和五十六年三月、詩人）

この作品は昭和四十七年十二月新潮社より刊行された。

吉村昭著
戦艦武蔵

帝国海軍の夢と野望を賭けた不沈の巨艦「武蔵」――その極秘の建造から壮絶な終焉まで、壮大なドラマの全貌を描いた記録文学の力作。

吉村昭著
星への旅
太宰治賞受賞

少年達の無動機の集団自殺を冷徹かつ即物的に描き詩的美にまで昇華させた表題作。ロマンチシズムと現実との出会いに結実した6編。

吉村昭著
高熱隧道

トンネル貫通の情熱に憑かれた男たちの執念と、予測もつかぬ大自然の猛威との対決――綿密な取材と調査による黒三ダム建設秘史。

吉村昭著
冬の鷹

「解体新書」をめぐって、世間の名声を博す杉田玄白とは対照的に、終始地道な訳業に専心、孤高の晩年を貫いた前野良沢の姿を描く。

吉村昭著
零式戦闘機

空の作戦に革命をもたらした〝ゼロ戦〟――その秘密裡の完成、輝かしい武勲、敗亡の運命を、空の男たちの奮闘と哀歓のうちに描く。

吉村昭著
陸奥爆沈

昭和十八年六月、戦艦「陸奥」は突然の大音響と共に、海底に沈んだ。堅牢な軍艦の内部にうごめく人間たちのドラマを掘り起す長編。

吉村昭著 漂流

水もわかず、生活の手段とてない絶海の火山島に漂着後十二年、ついに生還した海の男がいた。その壮絶な生きざまを描いた長編小説。

吉村昭著 空白の戦記

闇に葬られた軍艦事故の真相、沖縄決戦の秘話……。正史にのらない戦争記録を発掘し、戦争の陰に生きた人々のドラマを追求する。

吉村昭著 大本営が震えた日

開戦を指令した極秘命令書の敵中紛失、南下輸送船団の隠密作戦。太平洋戦争開戦前夜に大本営を震撼させた恐るべき事件の全容——。

吉村昭著 背中の勲章

太平洋上に張られた哨戒線で捕虜となり、アメリカ本土で転々と抑留生活を送った海の兵士の知られざる生。小説太平洋戦争裏面史。

吉村昭著 羆（くまあらし）嵐

北海道の開拓村を突然恐怖のドン底に陥れた巨大な羆の出現。大正四年の事件を素材に自然の威容の前でなす術のない人間の姿を描く。

吉村昭著 ポーツマスの旗

近代日本の分水嶺となった日露戦争とポーツマス講和会議。名利を求めず講和に生命を燃焼させた全権・小村寿太郎の姿に光をあてる。

吉村昭著

長英逃亡（上・下）

幕府の鎖国政策を批判して終身禁固となった当代一の蘭学者・高野長英は獄舎に放火させて脱獄。六年半にわたって全国を逃げのびる。

吉村昭著

冷い夏、熱い夏

毎日芸術賞受賞

肺癌に侵され激痛との格闘のすえに逝った弟。強い信念のもとに癌であることを隠し通し、ゆるぎない眼で死をみつめた感動の長編小説。

吉村昭著

仮釈放

浮気をした妻と相手の母親を殺して無期刑に処せられた男が、16年後に仮釈放された。彼は与えられた自由を享受することができるか？

吉村昭著

ふぉん・しいほるとの娘

吉川英治文学賞受賞（上・下）

幕末の日本に最新の西洋医学を伝え神のごとく敬われたシーボルトと遊女・其扇の間に生まれたお稲の、波瀾の生涯を描く歴史大作。

吉村昭著

桜田門外ノ変（上・下）

幕政改革から倒幕へ——。尊王攘夷運動の一大転機となった井伊大老暗殺事件を、水戸薩摩両藩十八人の襲撃者の側から描く歴史大作。

吉村昭著

ニコライ遭難

〝ロシア皇太子、襲わる〟——近代国家への道を歩む明治日本を震撼させた未曾有の国難・大津事件に揺れる世相を活写する歴史長編。

吉村昭著

天狗争乱

大佛次郎賞受賞

幕末日本を震撼させた「天狗党の乱」。水戸尊攘派の挙兵から中山道中の行軍、そして越前での非情な末路までを克明に描いた雄編。

吉村昭著

プリズンの満月

東京裁判がもたらした異様な空間……巣鴨プリズン。そこに生きた戦犯と刑務官たちの懊悩。綿密な取材が光る吉村文学の新境地。

吉村昭著

わたしの流儀

作家冥利に尽きる貴重な体験、日常の小さな発見、ユーモアに富んだ日々の暮し、そしてあの小説の執筆秘話を綴る芳醇な随筆集。

吉村昭著

アメリカ彦蔵

破船漂流のはてに渡米、帰国後日米外交の先駆となり、日本初の新聞を創刊した男――アメリカ彦蔵の生涯と激動の幕末期を描く。

吉村昭著

生麦事件（上・下）

薩摩の大名行列に乱入した英国人が斬殺された――攘夷の潮流を変えた生麦事件を軸に激動の五年を圧倒的なダイナミズムで活写する。

吉村昭著

島抜け

種子島に流された大坂の講釈師瑞龍は、流人仲間と脱島を決行。漂流の末、流れついた先は何と中国だった……。表題作ほか二編収録。

司馬遼太郎著

燃えよ剣（上・下）

組織作りの異才によって、新選組を最強の集団へ作りあげてゆく〝バラガキのトシ〟――剣に生き剣に死んだ新選組副長土方歳三の生涯。

司馬遼太郎著

馬上少年過ぐ

戦国の争乱期に遅れた伊達政宗の生涯を描く表題作。坂本竜馬ひきいる海援隊員の、英国水兵殺害に材をとる「慶応長崎事件」など7編。

司馬遼太郎著

花神（上・中・下）

周防の村医から一転して官軍総司令官となり、維新の渦中で非業の死をとげた、日本近代兵制の創始者大村益次郎の波瀾の生涯を描く。

司馬遼太郎著

胡蝶の夢（一～四）

巨大な組織・江戸幕府が崩壊してゆく――この激動期に、時代が求める〝蘭学〟という鋭いメスで身分社会を切り裂いていった男たち。

司馬遼太郎著

草原の記

一人のモンゴル女性がたどった苛烈な体験をとおし、20世紀の激動と、その中で変わらぬ営みを続ける遊牧の民の歴史を語り尽くす。

司馬遼太郎著

アメリカ素描

初めてこの地を旅した著者が、「文明」と「文化」を見分ける独自の透徹した視点から、人類史上稀有な人工国家の全体像に肉迫する。

塩野七生著

ローマ人の物語 1・2
ローマは一日にして成らず
（上・下）

なぜかくも壮大な帝国をローマ人だけが築くことができたのか。一千年にわたる古代ローマ興亡の物語、ついに文庫刊行開始！

塩野七生著

ローマ人の物語 3・4・5
ハンニバル戦記
（上・中・下）

ローマとカルタゴが地中海の覇権を賭けて争ったポエニ戦役を、ハンニバルとスキピオという稀代の名将二人の対決を中心に描く。

塩野七生著

ローマ人の物語 6・7
勝者の混迷
（上・下）

ローマは地中海の覇者となるも、「内なる敵」を抱え混迷していた。秩序を再建すべく、全力を賭して改革断行に挑んだ男たちの苦闘。

塩野七生著

チェーザレ・ボルジア
あるいは優雅なる冷酷
毎日出版文化賞受賞

ルネサンス期、初めてイタリア統一の野望をいだいた一人の若者――〈毒を盛る男〉としてその名を歴史に残した男の栄光と悲劇。

塩野七生著

コンスタンティノープルの陥落

一千年余りもの間独自の文化を誇った古都も、トルコ軍の攻撃の前についに最期の時を迎えた――。甘美でスリリングな歴史絵巻。

塩野七生著

ロードス島攻防記

一五二二年、トルコ帝国は遂に「喉元のトゲ」ロードス島の攻略を開始した。島を守る騎士団との壮烈な攻防戦を描く歴史絵巻第二弾。

海《うみ》の史《し》劇《げき》

新潮文庫　よ－5－10

昭和五十六年五月二十五日　発行
平成十五年二月二十日　三十八刷改版
令和五年八月三十日　五十二刷

著者　吉《よし》村《むら》昭《あきら》

発行者　佐藤隆信

発行所　株式会社新潮社

郵便番号　一六二―八七一一
東京都新宿区矢来町七一
電話　編集部(〇三)三二六六―五四四〇
　　　読者係(〇三)三二六六―五一一一
https://www.shinchosha.co.jp

価格はカバーに表示してあります。

乱丁・落丁本は、ご面倒ですが小社読者係宛ご送付ください。送料小社負担にてお取替えいたします。

印刷・大日本印刷株式会社　製本・加藤製本株式会社

ISBN978-4-10-111710-2 C0193